dtv
premium

Mira Magén

Als ihre Engel schliefen

Roman

Aus dem Hebräischen
von Mirjam Pressler

Deutscher Taschenbuch Verlag

Von Mira Magén
sind im Deutschen Taschenbuch Verlag erschienen:
Klopf nicht an diese Wand (12967)
Schließlich Liebe (13201)

Deutsche Erstausgabe
September 2006
Deutscher Taschenbuch Verlag GmbH & Co. KG,
München
www.dtv.de

Titel der hebräischen Originalausgabe:
›Mal'achejha nirdemu kulam‹ (Keter Books, 2003)

Umschlagkonzept: Balk & Brumshagen
Umschlagfoto: picture press/Graphistock/Lisa Spindler
Satz: Fotosatz Amann, Aichstetten
Gesetzt aus der Berling 10,2/12,75˙
Druck und Bindung: Kösel, Krugzell
Gedruckt auf säurefreiem, chlorfrei gebleichtem Papier
Printed in Germany
ISBN-13: 978-3-423-24532-6
ISBN-10: 3-423-24532-8

Für Schuli, Schimon und Muschik,
in Sehnsucht,
für den Mund, der uns tadelte und küßte,
für die Hand, die uns nachts zudeckte,
für das Fenster, durch das wir die Welt sahen.

Erstes Kapitel

Sie gingen zur Straße, und das Licht fiel über sie her, als hätte es ihnen aufgelauert. Naomi hob die Hand, um ihre Augen zu schützen, und der Schatten ihrer Hand fiel auf den Weg, passiv, beiläufig, ergeben. Sie sahen nicht, daß ich sie vom Fenster aus beobachtete, aber ich sah sie, ihre einfachen Kleider, ihre Hälse, die von den Kleidern verschluckt wurden, ihre Hände, da war nichts, wofür sie sich hätten schämen müssen.

Ihre Gesichter, zur Straße gewandt, entfernten sich. Naomis schwarze Haare hingen bis auf die Schulter, Chanis Haare waren kurz und von einer groben, engen Wollmütze bedeckt.

Sie würden an einem Dutzend Paternosterbäumen vorbeigehen müssen, bis sie die Haltestelle erreichten. Ein starkes, stechendes Licht drang durch die Zweige, sprenkelte ihre Kleider, ließ die Pupillen der Vögel und die runden, harten Früchte aufleuchten. Die violetten Blüten brannten, aber ihre Augen waren auf den Gehweg gerichtet. Naomi erspart sich den Schmerz, der mit Schönheit einhergeht, denn sie ist sowieso die meiste Zeit mit dem beschäftigt, was flüchtig ist und vorübergeht. Und Chani? Nach Jahren, in denen sie keinen Moment Zeit gehabt hatte, Schönheit zu sehen, hat sie sich daran gewöhnt und achtet nicht mehr auf Dinge, um die sie sich nicht unbedingt kümmern muß und die ihr nichts abverlangen.

Knochig, mit vorgerecktem Hals, ging sie gebeugt unter der Last ihrer Aufgaben, ihre Beine waren fest entschlossen, Zeit zu gewinnen, ihre Schritte nahmen zwei Platten auf einmal. Ihre Aufgaben ließen ihr keine freie Minute, und sie wäre heute nicht zu mir gekommen, wenn mein Vater nicht in die Liste der Bedürftigen eingetragen worden wäre, in die Liste jener, denen Gott das Geld genommen hatte, die Gesundheit oder das Gehör. Sie hätte auch Naomi nicht mitgenommen, wenn Naomi dadurch nicht von Schuld freigesprochen werden würde. Man kann nie wissen, was bei der großen Abrechnung den Ausschlag gibt, und es konnte Naomi nichts schaden, Taten zu verrichten, die die Waagschale zu ihren Gunsten senkte.

Mit Vater gehe es bergab, hatten sie gesagt. Wir sind sechs, wenn jeder von uns einen Tag in der Woche übernimmt, werden wir seine Einsamkeit lindern, und die Hauptsache ist, daß er etwas hat, worauf er warten kann.

»Nimmst du es auf dich, mit den drei anderen zu sprechen, Moria?« Zwei Paar Augen hingen an mir, das eine Paar wach und glühend, umgeben von einem Netz dichter Falten, das zweite distanziert und gereizt und mit glatten Lidern.

»Ja, das tue ich«, sagte ich, obwohl ich nicht verstand, warum es die Hauptsache war, auf etwas warten zu können. Was soll der Vorteil dieses Etwas sein, das auf etwas Kommendes verweist, gegenüber dem Leben, das jetzt gelebt wurde? Als hätte das Jetzt nichts Eigenes, und als würde das Etwas, auf das man wartet, nicht auch zum Jetzt werden.

Sie entfernten sich, klein und gebückt, die Augen auf die Blumen gerichtet, die sie unter ihren Füßen zertraten. Naomi trug bordeauxfarbene Schuhe, sie bedeckten ihre makellosen Füße, deren Vollkommenheit ihr bis heute nichts gebracht hatte. Chanis Schuhe waren schwarz, einfach schwarz, sechs Ösen, ein Schnürsenkel, eine flache Sohle, eine breite, elliptische Spitze. Alle zwei Tage putzt sie sie, damit sie sich nicht abnutzen, denn woher sollte sie Geld für neue nehmen, und hätte man ihre Füße gefragt, hätten sie die alten gewählt, in denen es für jeden widerspenstigen Zeh eine Ausbuchtung gab, für jede Beule oder Hautfalte. Neue Schuhe waren für die Augen der anderen bestimmt, und woher sollte sie Zeit für die Augen der anderen haben? Sie hat genug zu tun mit den zehn Augenpaaren ihrer Kinder, die zu ihr aufsehen, denn sogar das bißchen Zeit, das sie den suchenden Augen ihres Mannes El'asar widmet, stiehlt sie ihnen, und vor lauter Augen bleibt ihr keine Zeit für ihre eigenen, niemand hindert die Tränensäcke am Anschwellen und daran, die Haut ringsum faltig zu machen.

Etwas, worauf er warten kann. Als wäre es nicht genug, daß sich morgens deine Augen öffnen, daß sich deine Zunge im Mund bewegt, daß es dir gelingt, den Schuh anzuziehen, daß du zur Toilette gehst und alles funktioniert.

Die Paternosterblüten wurden blau, mit einem Mal dämpfte sich das Licht und verlor seine Kraft, als hätte sich das Land zur Seite geneigt. Sie standen schon an der Haltestelle oder saßen schon im Autobus, bordeauxfarbene Schuhe, schwarze Schuhe mit elliptischen Spitzen. Ich stand am Fenster, lauschte den Stimmen des ausgehenden Tages in der Stadt, über die der Himmel seine heiligste Zeltplane gespannt hatte. In dieser Stunde kehren auch jene heim, die ihre Schuhe zu Ehren des Messias putzen. Gleich wird die Dunkelheit die Paternosterbäume verschlucken, und Juvals Volkswagen wird auftauchen. Inzwischen werde ich die Tassen spülen und die drei anderen anrufen, Sarale, Muli und Tehila, und ich werde jedem einzelnen sagen, daß es bergab geht und daß man auf etwas warten muß. Als wäre das Warten, das am Faden der Zeit hängt, die Begründung und der Sinn für die Existenz.

Chani hatte sich mit Wasser zufriedengegeben, sie zweifelt immer, daß mein Geschirr koscher genug ist, ihre Tasse blieb so trokken wie ihre Lippen. An Naomis Tasse haftete etwas weiße Creme, Vaseline, die sie aus der Tube mit dem Aufdruck der Apotheke, in der sie arbeitet, gedrückt hatte. Die zarten Hände einer Frau, die nie im Leben Kinderwindeln gewaschen hat, die nie ein Kind auf dem Arm getragen hat, die sich nie bemüht hat, es vor Wind zu schützen, vor Regen, vor den vielen Menschen auf dem Platz, die nie angebrannten Brei aus Kesseln und Töpfen gekratzt hat. Hände, an denen sich keine Spuren festgesetzt haben wie an einer Hand, die zugreift oder drückt, die ausgestreckt wird, sich mit der eines Mannes verschränkt oder ihm die Nägel in die Haut schlägt.

Beide hatten den Kuchen nicht angerührt, die eine wegen Gott und die andere wegen der schlanken Linie. Den Apfel hatten sie sich geteilt, Chani hatte ihn bis auf den Butzen gegessen, und Naomi hatte sich dünne Scheiben abgeschnitten und sie vorsichtig in den Mund geschoben, damit nichts von der Vaseline auf ihren Lippen daran hängenblieb.

Es geht bergab, hatte Chani gesagt. Aus welchem Grund behauptet Chani, daß sein ausgedehntes Schweigen eine Verschlechterung bedeutet? Er schweigt, weil er aufgehört hat, sich auf Worte zu verlassen, schon bevor ihn die Worte enttäuschten, war er kein großer Redner gewesen. In jeder Familie gibt es eine, die sich einmischt und immer alles besser weiß. Eine, die dir immer das Gefühl gibt, daß ein Unheil kommt, und die dir ein schlechtes Gewissen wegen Sünden macht, die gar keine sind. Du kaufst dir Kuchen auf der Straße und entschuldigst dich für deine Selbstsucht, und einen Moment später rebellierst du gegen diese Entschuldigung und kaufst dir noch zwei Stück.

Und ausgerechnet für die Stunde, die ich mit Valeri verbracht habe, entschuldige ich mich nicht, denn die Sünden wiegen sowieso schwer, entweder man begeht sie nicht oder man tut es, und wenn man es tut, gibt es keine Rechtfertigung, die deine Verurteilung mildern könnte, und nichts verringert deine Schande. Wie könnte ich Chani erklären, daß das, was mir mit Valeri passiert, einem Hurrikan gleicht, der mich ergriffen hat, schließlich bin ich nicht leichtfertig und nicht zügellos, und ich wäre nie auf der Straße stehengeblieben, um seinem Saxophon zu lauschen, hätte ich gewußt, daß er sein Spiel unterbrechen, meine Hände preisen und sagen würde, daß sie etwas ganz Besonderes seien. Kann man die Stärke des Sturms, der aufkommen wird, schon am Stand des Grases, am ersten aufgewirbelten Staub, erahnen? Was würde Chani begreifen, wenn ich ihr erklärte, wie die Zischlaute seine Lippen geteilt hatten, wie ich dort gestanden und gehofft hatte, daß er noch ein oder zwei Zischlaute ausstieße, er aber hatte das Saxophon wieder an den Mund gehoben und das Mundstück mit seinen dunklen, blutvollen Lippen umfaßt. Falls es Anzeichen für den Sturm gegeben hatte, dann waren sie unsichtbar, der Wind gab keinen Hinweis darauf, daß sich die Nüstern des Sturms schon blähten.

Der Abend hatte sich verzögert, der Sonnenuntergang hing wie ein blasser Schein über der Straße und dämpfte die Farben der Paternosterbäume. Juval wird kommen, wenn es ganz dunkel ist, die Buchhandlungen schließen nicht vor acht Uhr. Ich stand am Fenster, als erwartete ich etwas, und erwartete nichts, im Gegenteil, ich hoffte, es würde nichts geschehen, ich hoffte, die Dämmerung würde länger dauern und die Nacht nicht so plötzlich kommen. Um diese Zeit drangen samtige Töne aus Valeris Saxophon, sie rollten die Ben-Jehuda-Straße herunter und zerstreuten sich auf dem Zionsplatz.

Aber da klackten Schiras Schritte schon, ein rhythmisches klack klack, und schon tauchte ihre Gestalt unter dem fünften Baum auf. Sie trug hohe, schwarze Schuhe, die eisernen Hufeisen schlugen auf das Pflaster des Gehwegs. Schmale Füße mit den rebellischen Knöcheln einer Ballerina, die in groben Schuhen steckten. Unter dem dritten Baum blieb sie stehen, atmete tief ein, betrachtete die Vögel, die auf den Zweigen herumhüpften, dann ging sie weiter. Ich drückte mich an den Fensterrahmen, um mich vor ihr zu verbergen, aber sie hatte mich schon gesehen.

»Was hast du am Fenster zu suchen?« Sie befreite eine Schulter vom Riemen ihres Rucksacks. »Sag bloß nicht, du hast dir Sorgen um mich gemacht, ich halte es nicht aus, wenn man sich um mich sorgt.«

»Ich habe mir keine Sorgen gemacht, ich habe nur zugeschaut, mit welcher Plötzlichkeit der Abend kommt.« Wäre sie nicht so ungeduldig gewesen, hätte ich ihr erzählt, wie schnell alles dunkel geworden war, als hätten sich Finger vom Himmel gesenkt und alles Licht eingesammelt und den Himmel verfinstert. Ich hätte ihr erzählt, wie die Raben einen dünnen, schwarzen Strich über den Horizont gezogen hatten, sie zeichneten die Grenze des Tages und versanken in den Zypressen.

Sie setzte sich auf das Sofa, schlüpfte aus ihren Soldatenschuhen und fragte, wer dagewesen sei. Sie zog auch ihre Strümpfe aus, und ihre nackten Zehen hinterließen feuchte runde Flecken auf dem Boden.

»Deine beiden Tanten.«

»Die beiden mit den Trauergesichtern, Chani und Naomi? Was wollten sie? Daß du mich reuevoll zur Religion zurückführst?« Sie betrachtete die Tassen und was übriggeblieben war und lachte.

»Sie haben gesagt, daß es mit Großvater bergab geht.«

»Es geht bergab?« Ihr Lachen zog sich zusammen, wich vor sich selbst zurück, und ihr Mund wurde schmal. Sie krümmte ihre weißen Zehen und sagte, vom Tag der Geburt an gehe es bergab, das ganze Leben sei ein beschissener Versuch, das zu verbergen. Und überhaupt, warum bemühe sich der Mensch, das Greisenalter zu erreichen, wenn es das sei, was ihn dann erwarte? Alle würden nur Theater spielen, sie jedenfalls würde eine Schauspielerin mit einem Vertrag und einem Gehalt werden; wenn sie schon als Verrückte geboren sei, wolle sie wenigstens was davon haben.

Sie schob die Ärmel hoch, zeigte ihre schmalen, weißen Hände, knochige Finger, magere, weiche, kindliche Handgelenke. Sie hatte sich noch nicht abgewöhnt, in der Nase zu bohren, Kaugummi mit den Lippen aufzublasen, sie genierte sich noch wegen ihres reifenden Körpers und bereitete sich auf die Niederlage vor, die mit der Zeit unweigerlich kommen würde. »Und du auch, was stehst du so am Fenster und vergeudest Zeit, hast du nichts Besseres zu tun? Du bist in letzter Zeit auch nicht ganz auf der Höhe.« Sie warf mir einen prüfenden Blick zu, nahm ihre Schuhe, einen in jede Hand, ging barfuß zu ihrem Zimmer, schloß hinter sich die Tür, und dann war zu hören, wie sie auf die Tasten ihres Telefons drückte.

Unter dem Neonlicht der Apotheke in der Ben-Jehuda-Straße wischt jetzt jemand die Spucke von dem Mundstück seines Saxophons, bückt sich zu seinem Instrumentenkoffer und nimmt ein löchriges Tuch heraus, unten, auf dem Zionsplatz, verstummen die Melodien, die von dem Arbeiter erzählen, der zur Ruhe kommt, von dem geliebten Land, von Pierre und Natascha, die weinen, vom Herzen, das weh tut, dem Tor, das einsam knarrt, und drei Straßen weiter knarren die Gitter der Buchhandlung.

Die benutzten Tassen standen noch immer auf dem Tisch, der Apfelbutzen wurde bräunlich wie Rost, und ich mußte Muli, Sarale und Tehila anrufen und dreimal sagen, es geht bergab, es gibt etwas, worauf man warten soll.

Schira hatte gesagt, ich sei nicht auf der Höhe, und der müde Arbeiter fand keine Ruhe.

Juval kam herein und fragte, wer da gewesen sei. Einen Moment berührte mich seine Hand, fünf Finger, fünf hastige, angenehme Druckstellen auf der Schulter. Auch er merkte etwas. »Ist was mit deinem Vater? – Gut, ich mache solange Salat, während du deine Geschwister informierst.« Einen ganzen Tag lang war er im Laden gewesen, und noch immer verströmte sein Körper einen angenehmen Geruch. Als meine Hände sich von allein hinter seinen Schultern verschränkten, ihn umarmten, ohne einen bestimmten Grund, atmete ich an seinem Hals, an seiner Brust, an seiner Achselhöhle eine kühle, trockene Sauberkeit. Jetzt lösten sich seine Finger schnell von mir, so hatte seine Hand es sich angewöhnt, seit sie den sich verhärtenden Rücken spürte, die abweisenden Muskeln. Manchmal ist es die Hand, die es zuerst weiß. Und was würde es mir nützen, über das nachzugrübeln, was einmal war, ich hatte jetzt sowieso drei, denen ich mitteilen mußte, daß es bergab ging.

»Hi, Moria!« rief unsere kleine Schwester Tehila, und ihre Stimme füllte den Hörer ganz aus.

Ich begann mit ihr, der spätgeborenen Tochter meines Vaters. Es ist leichter, zu einer »es geht bergab« zu sagen, der dieses Bergab noch fernliegt, deren Leben noch aus fröhlichen Lebensräumen besteht, in denen Freude aufblitzt und verlischt wie Feuerwerk.

Sie lachte. »Dein Sohn ist zufällig hier. Gio, deine Mutter ist am Telefon.« Als Giora geboren wurde, war sie siebzehn gewesen. Sie trug noch die blaue Schuluniform, ihre Brüste füllten den groben Stoff und ließen ihn zwischen den Knöpfen aufklaffen. Steck dir eine Sicherheitsnadel da hin. Hab ich getan, was soll ich machen, wenn sie aufgeht? Dann nimm eine größere. Auf ihrem Weg von der Schule nach Hause ging sie auf die öffentliche Toilette und steckte ihre Bluse zu, und wenn sie das Haus verließ, klaffte sie wieder, und Tehila zeigte ihren billigen, stramm gefüllten Baumwollbüstenhalter. Für die Tage, an denen sie bei ihm babysittete, bekam sie etwas zum Anziehen, ein paar Strümpfe für eine Stunde, einen Wollschal für zwei Stunden.

Zwanzig Jahre sind vergangen, seit sie ihn auf ihren Schoß gesetzt hat, damit er seinen goldenen Anhänger in ihrem Ausschnitt versenkte, sie gierte nach seinen feuchten Fingern. Er befeuchtete die Gesetzestafeln, die sie zu ihrer Bat Mizwa bekommen hatte, und sie beugte sich zu ihm, damit er mit seinen spuckefeuchten Fingern die Gesetzestafeln in den Spalt drücken und herausziehen konnte. Wer hat Giora lieb? Tila.

Und was hat er jetzt bei ihr zu suchen? Seine Mietwohnung ist auf der anderen Seite von Tel Aviv, soll er sich doch dort mit den beiden Studenten vergnügen, mit denen er zusammenlebt, auch sie studieren Jura, auch sie lassen sich die Haare wachsen und tragen T-Shirts, auch sie sind scharf auf Vergnügungen, ihr Hunger auf das Leben ist noch ungestillt.

Mir war heiß, die Luft stand, dichte Dunkelheit verbarg jetzt die Bäume und verschluckte den Hof. Schwarz und schwer drückte die Nacht ihre Stirn ans Fenster, betrachtete uns von draußen, atmete bleiern und feucht, hielt den Wind zurück, als wäre uns die Schwüle hier drinnen nicht schon genug.

»Was macht er bei dir?«

»Verwandtenbesuch. Er ist vorbeigekommen, um zu sehen, wie es seiner alten Tante geht.« Ihr Lachen sprudelte tief und warm.

»Wenn wir schon von alten Leuten sprechen, mit Vater geht es bergab.«

»Was, wird er senil oder was? Mach ihn wie immer, Gio, ja, auch Zucker, wie üblich, zwei gehäufte Löffelchen.«

Den Zucker wie üblich. Wie oft hat er ihren Kaffee schon gesüßt, bis es zu einer Gewohnheit wurde? Sie ist achtunddreißig und hat einen roten Kimono und dichte Locken, die ihr bis auf die Brust hängen. Und er ist einundzwanzig. Er weiß schon, wo man bei ihr Wasser kocht, wo die Löffelchen liegen, wieviel Zucker sie nimmt. Wer hat Gio lieb?

»Möchtest du mit deiner Mutter sprechen?«

Ding, ding, das Löffelchen klirrte leise, als es an das Porzellan schlug. »Nein, ich rufe sie beide später an.«

Sie. Es gibt ein Ich und ein Du. Und es gibt ein sie beide. Ich ging zum Fenster, an das sich die Nacht lehnte, und die Nacht wich nicht vor mir zurück wie das Wasser in Ägypten, feucht und erstickend klebte sie am Glas. Kein Alptraum ängstigte die Raben, kein Flügelschlagen stieg aus den Wipfeln, kein Wind strich durch die Blätter, als hätte sich die Nacht mit dem Herzen verschworen und wäre genauso bitter und schwer geworden. Ich schluckte meine Spucke hinunter und sagte mit trockenem Mund, Vater brauche etwas, worauf er warten könne.

»Nun ja, wer braucht nichts, worauf er warten kann?« fragte sie und sagte, sie würde vorbeikommen, sobald sie könne, und was ich von getrockneten Pflaumen für ihn halte, oder von getrockneten Feigen? Von jenen Früchten, die Zucker speichern und alle möglichen Vitamine, und wenn diese Früchte zu hart für seine Zähne seien, könne man sie ja in Wasser einweichen. »Weißt du was, wenn ich so darüber nachdenke, warum braucht er eigentlich etwas, worauf er warten kann?« Sie würde auf jeden Fall vorbeikommen, »aber du weißt ja, ich kann mich nicht auf einen Tag festlegen, meine Projekte entstehen von einem Tag auf den anderen. Oh, hast du die Tasse schon wieder so voll gemacht? Kipp etwas aus, das ist nicht für die Hawdala. Nicht schlimm, laß nur, wir wischen es nachher auf.«

Juval schnitt Frühlingszwiebeln in der Küche, kleine, präzise Ringe, zerteilte Cherrytomaten, schnitt Gurkenscheiben ab und pfiff das Lied, in dem der Herbst mit fallendem Laub ankommt. Das Laub fällt noch nicht, der Herbst kommt noch nicht, und es hat keinen Sinn zu fragen, warum er heute abend von allen Liedern der Welt dieses wählte, in dem es auch eine Zeile von der Traurigkeit des Tores gibt, das einsam knarrt, und warum er diese Traurigkeit mit aller Kraft pfiff, und warum der Herbst kommt, der nichts mit der warmen Sonne und den Himmelswinden zu tun hat.

Nach dem Essen werde ich ihm von Giora erzählen.

Dummerchen, wer liebt Gio? Sie hatte einem Maler Modell gestanden, Jacquo, sie saß in seinem Studio auf Samt oder Satin, nackt, mit übergeschlagenen Beinen, und er malte den Schatten, den ihre Wölbungen und Rundungen auf den Stoff warfen, bei Tageslicht, beim Schein eines offenen Oberlichts oder von Kerzen, die er ihretwegen angezündet hatte, oder beim Licht von fünf Hundertwattbirnen, die er auf sie gerichtet hatte. Danach heiratete er sie und sie wohnten über seinem Studio in einer gemieteten Eineinhalbzimmerwohnung. Sie hatte einmal erzählt, daß er mehr als alles andere ihre Ohren liebe. »Von allen guten Dingen, die mir Gott geschenkt hat, liebte er ausgerechnet diese beiden dünnen Stücke Fleisch.« Nach einigen Monaten stellte sich heraus, daß er andere Stücke Fleisch bei anderen Frauen liebte. Sie packte ihre vier Kimonos ein, ihre Spitzenunterwäsche, die sie anläßlich ihrer Eheschließung angeschafft hatte, kaufte in einem Laden für Scherzartikel ein Plastikohr mit einem Magneten, befestigte es am Kühlschrank und schrieb ihm: »Die ursprünglichen Ohren verschwinden, hier ist Ersatz.« Sie hinterließ keine Adresse, und den Besitz teilten sie nicht unter sich auf, weil es nichts aufzuteilen gab. Die Samt- und Satintücher blieben bei ihm, und andere Modelle saßen auf ihnen, sie waren ohnehin schon verschossen, die fünf Hundertwattlampen hatten ihre Farben gebleicht. Heute näht sie Kostüme fürs Theater, manchmal steht sie Modell für Strandkleidung in Übergrößen, ganz selten wendet sich ein Kunststudent an sie, und sie steht ihm Modell. Sie hat auch angefangen, abstrakte Aquarelle zu malen, und einmal am Tag geht sie zur Ibn-Gabirol-Straße, und wenn sie dort einen Männerhals entdeckt, der sich nicht nach ihr umdreht, atmet sie mit herabhängender Lippe aus und sagt, daß dies nicht ihr Tag sei.

Vater wunderte sich über Gott, der sie im Übermaß mit Gefährdungen ausgestattet hatte. Sie war immer größer gewesen als es ihrem Alter entsprach, ihre Locken standen wild um ihren Kopf, ihre Gliedmaßen rebellierten gegen die Regeln der Anmut, in ihren Augen blitzten wilde Funken und ließen einen vergessen, daß sie erst zwölf war. Meine Mutter schlug kaschierende Kleidung vor, Zelte aus dunklem Stoff, und sie weigerte sich. »Was ist mit euch? Auch wenn ich hundert bin, ziehe ich so etwas nicht an.« Sie verzog das Gesicht und zwängte sich in die dünnen Blusen der Schuluniform, die für die Durchschnittsmaße von Fünfzehnjährigen zugeschnitten waren. Die Nachbarn im Hof sagten, sie sei zu groß, und ihre Lippen seien immer zu feucht, und könne man nicht endlich ein Gummi finden, um all diese Locken zu bändigen? Und daß sie sich an Jom Kippur beim »Über die Sünden, die wir vor dir begangen haben durch Recken des Halses und durch den Blick der Augen« besonders heftig auf die Brust schlagen müsse. Sie wechselte von einer Schule zur anderen, und als unsere Eltern nicht mehr weiterwußten, schickten sie sie in ein Internat für fromme Mädchen und hofften, sie würde unter Gleichartigen zur Vernunft kommen. Als sie zwei Wochen später zu einem freien Wochenende nach Hause kam, stellten sie fest, daß sie ihre Augenbrauen dünn gezupft und ihre Pflaumenlippen mit einem dunklen Stift nachgezogen hatte. Und als der Becher bei der Kabalat Schabbat von Mund zu Mund wanderte, nahm sie einen tiefen Schluck und trank ihn aus. »Hast du gesehen, was für ein Schluck?« flüsterte Chani Naomi zu und schielte erstaunt in den leeren Becher. Vater unterhielt sich mit gesenkten Augen mit ihr, er richtete den Blick nicht direkt auf sie, als wäre er gezwungen, vor ihrer Nacktheit zu stehen. Er zitierte für sie Abschnitte über die Bescheidenheit und sagte, daß die Ehre der Königstochter in ihrem Inneren liege.

»Aber ich bin keine Königstochter, Papa, du bist schließlich nur ein Angestellter bei der staatlichen Rentenversicherung, hast du das vergessen?«

Insgeheim wußte er, daß er seine Worte in den Wind sprach, er quälte sich das »Wer seine Rute schont« ab, unfähig, ihr seine Herrschaft aufzuzwingen, er fürchtete sich vor der Rechnung, die ihm nach einem hoffentlich langen Leben präsentiert würde. Nur ein einziges Mal an diesem Schabbat ermannte er sich und befahl ihr, du kommst um Punkt zehn zurück, keine Minute später. Und sie kam fünfundfünfzig Minuten später. Als sie hereinkam, sah er ihre glühenden Wangen und verstand, wie armselig und weich seine Macht war, er schwieg und sagte kein Wort zu ihr. Mutter mahnte: »Es wird nicht gut mit dir enden, wenn du so weitermachst«, und sie fragte, was das bedeute, gut zu enden. »Sagt mir, glaubt ihr wirklich, daß eine Wohnung und ein gebrauchter Subaru-Kombi gut zu enden bedeutet?«

Sie konnten damals nicht ahnen, daß von allen sechs Kindern, die ihnen geboren wurden, nur Chani gut enden würde, daß sie einen gottesfürchtigen Mann heiraten, jedes Jahr schwanger werden und zehn Kinder zur Welt bringen würde. Indessen konnten sie die scharfen Linien, die sich in Chanis Gesicht gruben, nicht ignorieren, Linien, die nicht einem Übermaß an Freude und Glück entstammten, aber um ihr Glück ging es sowieso nicht, denn es ist nicht die Bestimmung des Menschen, glücklich zu sein. Es gibt einen Weg, den man gehen muß, und der Mensch ist geboren, um zu arbeiten, so ist das Leben des Menschen.

Sechs Kinder haben unsere Eltern geboren, und sie teilten ihre seelische Kraft in sechs gleiche Teile, dieselbe Brust nährte alle, dieselbe Hand deckte nachts zwölf Beine zu, derselbe Mund tadelte und küßte, die sechs Kinder hatten dasselbe Kinderzimmer, dasselbe Fenster, und davor erstreckte sich für alle derselbe Weg.

Wie konnte es geschehen, daß sie, als sich ihnen die Tür öffnete, alle ihren eigenen Weg gingen und den Eltern nur eine blieb?

Juval schnitt Brot, Krümel fielen auf das Schneidebrett, er hatte die Ärmel bis zum Ellenbogen hochgekrempelt, die Haare auf seinem Unterarm waren naß. Fünf angenehme Abdrücke hatten seine Finger auf meiner Schulter hinterlassen, und ich wünschte mir, er würde mich wieder berühren. Das Brot reagierte auf ihn, wurde flach, zeigte den Abdruck seiner Hand.

Nach dem Essen werde ich ihm von seinem Sohn erzählen, wem er heute abend Kaffee serviert.

Tehila war fünfzehn gewesen, als Juval zum ersten Mal zu uns nach Hause kam. Sie schaute ihn mit nackten Augen an, fuhr sich mit einer feuchten Zunge über die Lippen, und als er ging, sagte sie: »Bestimmt zittert dein ganzer Körper wie Espenlaub.«

Ich lachte. »Mein ganzer Körper? Nur mein kleiner Fingernagel.«

In den folgenden Nächten lag sie wach im Bett und wartete auf mich. »Nun, hat heute dein Nagel gezittert? Ich verspreche dir, wenn ich jemanden küsse, werden mir zwanzig Nägel und auch andere Sachen zittern.«

Zwei Löffelchen Zucker. Wie gewöhnlich. Laß nur, wir wischen es nachher auf. Sie werden es nachher aufwischen, wonach? »Ein wunderbares Kind«, hatte die Schwester von der Säuglingsfürsorge über ihn gesagt, »zu schön für diese Welt.« Die Schwestern der Säuglingsfürsorge wissen einiges über die Gefahren, die schönen Kindern drohen. »Doris, Schula, kommt und schaut, ist er nicht ein Engel?« Doris und Schula kamen in ihrer grünen Schwesternkleidung angelaufen, um ihn zu sehen, und bestätigten: »Du hast recht, ein Engel.« Engel, das wußten diese Schwestern, waren Geschöpfe mit glatten Wangen und Milchzähnen, die noch nicht durch den Gaumen gebrochen waren. Alte Engel, verwirrt und mit Falten auf der Stirn, kamen im Katalog der Säuglingsstation nicht vor.

Wer lehrt die Engel, sich vor den Flügeln eines roten Kimonos zu hüten?

Niemand tut das, ebensowenig wie jemand sie lehrt, sich davor zu hüten, eine Mietwohnung zu betreten und dort Wurst und Schwarzbrot zu essen, sich brennenden Wodka durch die Kehle zu gießen, am Südfenster zu stehen und den Rauch einer Zigarette über den dunklen Wadi zu blasen. Wenn er seine Zigarette geraucht hat, wird er den Stummel wegwerfen und das Fenster schließen, er wird sein Saxophon sanft stimmen und Noten aus seinem Heimatland hineinatmen, dann wird er den Speichel vom Mundstück wischen und das Instrument für den folgenden Tag polieren.

Der Geruch der Frühlingszwiebeln ist wie der Geruch, den früher die Beete des Landwirtschaftslehrers verströmten, Zwiebeln vererben ihren Nachkommen den Geruch. Wenn Valeri Kinder hätte, würde es noch andere Münder mit diesen seidigen Zischlauten geben. Ich habe ihn nicht gefragt, ob er Kinder hat.

Juval hat Giora den Goldschimmer seiner Wimpern vererbt. Zu schön für diese Welt, haben die Schwestern der Säuglingsstation gesagt, und sie wissen, wovon sie reden. Sie haben Tabellen für die Größe und das Gewicht, die Länge und den Kopfumfang. Schönheit, die aus dem Rahmen fällt, ist nicht weniger gefährlich als ein kurzes Bein oder ein zu breiter Schädel.

Der Salat war fertig, das Salz zog den Saft aus der Tomate, das Brot war geschnitten, der Tisch gedeckt, aber ich hatte noch zwei, denen ich erzählen mußte, daß es bergab ging, und die Nacht hatte die Ellenbogen noch nicht vom Fenster genommen, und Juval pfiff noch immer sein Lied, wie war es möglich, sein Pfeifen war mal lauter, mal leiser, mal energisch, mal nachgebend, als flehte es um sein Leben und ließe sich nur widerwillig von ihm pfeifen.

Sarale war nicht zu Hause. Asa'el wußte nicht, wohin sie gegangen war und wann sie wiederkommen würde.

»Du bist gerade beim Essen, also reden wir später.«

Er schluckte den Mund leer und räusperte sich. »Wieso denn, das Essen kann warten.« Er hatte sich selbst etwas gemacht, wenn sie zurückkommt, wird sie eine Scheibe Brot im Stehen essen, oder sie wird Heißhunger haben und sich eine große Mahlzeit zubereiten. Er kratzte sich die Reste, die zwischen seinen Zähnen hängengeblieben waren, heraus und schluckte sie, und die Stimme, die aus seiner Kehle kam, war umwickelt von der Nahrung, die er geschluckt hatte. Man braucht ihn nicht zu sehen, um zu wissen, wie sein Adamsapfel sich auf- und abbewegt und die Sommersprossen an seinem Hals hervortreten läßt. Er hat die Haut eines Rothaarigen, trocken, rauh, zu früh faltig geworden. Sarale, die vier Jahre vor mir auf die Welt gekommen ist, hatte wer weiß was alles angestellt, um dieses Welken zu verhindern, sie kaufte Sonnenschutzmittel mit Faktor sechzig, die er sich auf das Gesicht und den Hals schmieren sollte, sie kaufte ihm eine Sonnenbrille, damit er die Augen nicht zusammenkniff und noch mehr Falten bekam, als er ohnehin schon hatte. Das Alter entsendet Schwalben, Sarale verscheucht sie, sie kommen wieder. Ihr eigener Hals ist noch glatt und weiß wie Marmor. Sie verachtet die Zeit, überrumpelt und verspottet sie, sie trinkt grünen Tee, zählt Fette und Kohlehydrate, nimmt Süßstoff, trinkt Cola light, ißt zwei Stück Obst am Tag. Sie hat sich einen Gang mit langen

Schritten angewöhnt, mit erhobenem Kopf und gespanntem Doppelkinn, sie färbt sich die Haare blond und hat einen asymmetrischen Stufenschnitt.

»Wenn du schön bist, hast du es leichter im Leben. Punkt«, sagt sie. »Die Welt hat automatische Türen, du brauchst nichts anzufassen, und schon geht das Leben für dich auf.« Sie unterrichtet an der Universität Literatur aus dem Goldenen Zeitalter Spaniens, sie füttert ihre Studenten mit Ibn Gabirol und glaubt, daß sie ihr nicht zuhören würden, wenn sie nicht so gut aussähe.

Je jünger sie wird, desto schwerer fällt es ihr, die Kluft zu ertragen, die zwischen ihr und Asa'el sichtbar wird, und die Zeit, die Spöttern nichts verzeiht, lauert ihr auf und erwischt sie gerade vor diesem Abgrund. Es reicht ihr, mit Asa'el auf der Straße zu gehen, und die Zeit stößt ihr aus einem unerwarteten Spiegel entgegen und überfällt sie. Plötzlich ist ihr der schlaffe Hals im Spiegel fremd, es dauert den Bruchteil einer Sekunde, bis sie den alternden Mann erkennt, der sie am Ellenbogen hält, sie krümmt sich, erschrickt über ihre Verbindung mit ihm und darüber, daß sie so erschrickt.

Aber es sind nicht die unerwarteten Spiegel, die jäh einen Begriff der Zeit vermitteln, die das gemeinsame Abendessen verderben. Sarale sagt, daß die Welt aus sich öffnenden Türen bestehe, und was sie hinter diesen Türen sehe, mache sie ungeduldig gegenüber den bekannten Türen. »Schau dir das an, man macht sich mit zwanzig gemeinsam auf den Weg, und es ist pures Glück, was heißt da Glück, ein Wunder, wenn man ihn im gleichen Rhythmus geht. Du stimmst mir doch zu, daß jede Seele ein eigenes Temperament hat, warum soll ich mir dann soviel vom Leben versagen, alles, was ich haben kann, nur weil mein Mann sich mit weniger begnügt?« Sie eilt von Workshop zu Workshop, Joga, Shiatsu, Meditation, bewußte Entspannung, unbewußte Entspannung, sie ist bereit zu schwören, daß es Glück auf der Welt gibt und daß es für den erreichbar ist, der die Hand ausstreckt, um es zu ergreifen, und sie hat schon einen enormen Schritt in diese Richtung gemacht, das heißt, das Glück liegt schon nicht mehr so weit entfernt, wie, sagen wir mal, vor zehn Jahren, und auch daß ihre drei Kinder erwachsen sind und ihr Gewissen weniger belasten, macht das Glück greifbarer, sie fühlt es schon in den Fingerspitzen.

Aber in Asa'els Stimme war keine Spur von Alter zu hören. Eine männliche, feste, ruhige Stimme. »Was verschafft mir die Ehre?« hatte er gefragt. Würden die Tomaten nicht im Salat aufweichen, hätte ich ein paar Worte mit ihm gewechselt und mich nicht mit diesem »Es geht bergab« begnügt, schon um seinem Baß-Bariton zu lauschen, ein starker Fels in den Wellen, die uns umtosen. Ausgerechnet Asa'el, der Mann meiner sprudelnden Schwester, die sich auf die Zehenspitzen stellt, um das Glück zu berühren, betrachtet die Welt mit der Gelassenheit eines Menschen, der aufgehört hat, in ihr nach einer Spur von Vernunft zu suchen. Seit er aufgehört hat zu rauchen, lutscht er Bonbons, morgens und abends und den ganzen Tag über, immer hat er ein Bonbon im Mund, und er hat immer einen Vorrat in seiner Tasche und in seinen Hosentaschen. Sarale sagt, im Lauf der Jahre reagiere man allergisch auf die Geräusche, die der andere mache, und sein Schmatzen bringe sie um. Sie höre, wie er seine Spucke schlucke, und gehe die Wände hoch, und auch wenn er das Bonbon mit der Zunge bewege und es an seine Zähne schlage, könnte sie die Wände hochgehen. »Moria, dieses Klacken an den Zähnen macht mich wahnsinnig, und wenn ich, sagen wir mal, nervös mit dem Schuh scharre, dann lutscht der Ärmste sein Bonbon, ohne es zu bewegen, es klebt ihm dann irgendwo im Mund. Verstehst du, wie absurd das ist? Ich bin empfindlich gegen jedes Geräusch, das er von sich gibt, und er ist empfindlich gegen meine Empfindlichkeit, wir haben uns ineinander verknotet, und wer denkt dann an die Tricks, die man in den Workshops für Entspannung, Meditation oder Joga lernt? Und das geht so weit, daß ich, wenn er kein Bonbon im Mund hat, ganz angespannt seine Hand beobachte, ob sie auf dem Weg zu der Tasche mit den Taschentüchern oder mit den Bonbons ist, der Ärmste hat keine Sekunde Ruhe vor mir, und ich habe keine Sekunde Ruhe vor meinem Gewissen.« Asa'el wundert sich nicht über seine Frau, als hätte er erwartet, daß ihre natürliche Veranlagung mit der Zeit herauskommen würde. Ist das nicht schade, sagen die Leute, mit solch einer prophetischen Begabung hättest du an die Börse gehen sollen, dann wärst du Millionär geworden. Als ihr geheiratet habt, war sie irgendwie durchschnittlich, die Welt war voller Frauen wie sie, und plötzlich ist der Schwan geschlüpft. Asa'el lacht, er soll ein Prophet sein, der die Zukunft sieht? Schließlich beschäftigt er sich mit der Betrachtung des Begrabenen. Seit über zwanzig Jahren lehrt er Geschichte an der Negev-Universität Ben-Gurion. Zwei Korridore entfernt von dem Hörsaal, in dem Sarale Vorträge über Salomon Ibn Gabirol hält.

»Omelette oder Spiegelei, Moria?«

»Omelette.« Juval kann das gut, er wendet das Ei in der Luft und bekommt es so hin, daß es rund bleibt.

Ein vollkommenes Omelette braucht seine Zeit, und inzwischen kann ich Asa'el erzählen, was mir Chani und Naomi über Vater erzählt haben.

Asa'el weiß etwas von Valeri. Ich habe niemandem davon erzählt, nur ihm. Auch ihm nicht wirklich, ich habe nur eine Andeutung gemacht, daß ein kleines Erdbeben mein Leben erschüttert habe. Von allen Menschen auf der Welt nur Asa'el. Millionen von Sekunden habe ich mit Juval geteilt, aber als der Moment kam, dessen Geschichte ich nicht mit ihm teilen konnte, ging ich zu meinem Schwager, der so aufrecht und bescheiden wie mein Mann durch die Welt geht, der keine übertriebenen Forderungen an das Leben stellt und nicht aufbegehrt, wenn es ihn verletzt. Ich hätte es ihm nicht erzählt, wenn es mich nicht für ein Gegengeschäft, das mir vorgeschlagen worden war, in den Süden verschlagen hätte. Ich besuchte ihn auf einen Sprung in der Universität, und als ich vor ihm stand, brachte ich es nicht fertig, ihm weiszumachen, es gehe mir wie gestern oder vorgestern. Er goß einen Gummibaum, und mit dem Rücken zur Tür fragte er: »Kann ich Ihnen helfen?« Er entfernte einen widerspenstigen Trieb, umklammerte mit der Hand den Stengel und drehte sich um. »Du? Kaum zu glauben.«

»Ich.« Ich betrachtete seine dichten, grau gewordenen Augenbrauen, eine sah wild aus, mit abstehenden Haarbüscheln. Ich führte einen Finger zu der wilden Augenbraue, glättete sie und spürte darunter seine warme Haut. Er lächelte, er ist daran gewöhnt, daß man ihm den Kragen ordnet, die schlampig hängenden Ärmel richtig umschlägt, ihm den aufgegangenen Hemdsknopf zuknöpft. Er warf den abgerissenen Trieb in den Papierkorb und gab mir die von der Erde rauhe Hand. »Guten Tag, was für eine Überraschung.«

Seine Augen gleichen samtweichen, bräunlichen Dünen mit gelben Sprenkeln, die sie heller machen. Die Sonne füllte das Fenster und ließ seine kupfernen Haare aufglühen und seine tausend Sommersprossen hervortreten. Die Gummibaumblätter am Fenster waren dick und grob, sie erinnerten mich an andere Bäume, an Ficusbäume, und ich wandte den Blick ab.

»Kaffee? Tee?« Er drückte auf den Knopf des Wasserkessels, als an die Tür geklopft wurde. Eine bebrillte Studentin trat ein, das Kinn voller Akne. Ihre Beine waren dick, ihre Unterhose schnitt in ihr Fleisch und zeichnete sich unter der Lycrahose ab.

»Wie kann es sein, daß es nur ein Exemplar des Buchs gibt, von dem Sie gesagt haben, daß wir es lesen sollen, und dieses eine Exemplar ist noch dazu dauernd ausgeliehen.«

Asa'el hörte sich ihre Klagen an und wandte die Augen nicht von ihrem Gesicht, um ihre Weiblichkeit zu betrachten.

»Wie soll ich mich über Herodot prüfen lassen, wenn es tausend Jahre braucht, bis ich das Buch bekomme?«

»Nehmen Sie meines und geben Sie es mir in zwei Tagen zurück.« Er drehte sich um, zog das Buch aus dem Regal und hielt es ihr hin, sie wurde rot und die Pickel in ihrem Gesicht liefen lila an.

»Sie hat ja recht«, sagte er, nachdem sie gegangen war. »Ich hoffe, sie hat eine gute Freundin, die ihr vorschlägt, die Hose, die sie trägt, gegen eine etwas weitere zu tauschen.« Er nahm an, daß ihr Schicksal in der Arena dieses Campus' voll explodierender Jugend ziemlich armselig war. Es war nicht schwer zu erraten, daß ihr Leben keine automatischen Türen hatte, daß sie jede Tür mit ihren dicken Ellenbogen aufstoßen und sich mit ihrem ganzen

Gewicht, mit ihrer Brust und ihren Hüften dagegenstemmen mußte, damit man sie ihr nicht wieder vor der Nase zuschlug. Er lutschte schweigend das Bonbon, vielleicht dachte er noch an die Studentin mit der Hose, die so eng war, daß man den Spalt zwischen ihren Pobacken sah. Wenn sie sich abends in ihrem Zimmer im Studentenheim auszieht, sieht sie ihre dicken, weißen Gliedmaßen, die Abdrücke, die das Gummiband in ihrem Fleisch hinterlassen hat, die Pickel an ihrem Kinn, und beschließt, daß sie auch an diesem Abend ihre Beine nicht rasiert, denn dieser Tag ist so vorbeigegangen, und zwischen heute und morgen liegt eine ganze Nacht, in der sowieso nichts geschieht.

Nachdem wir das Schicksal der Studentin besprochen hatten, kamen wir auf unser eigenes zurück, und er fragte: »Und wie geht es dir, Schwägerin?« Und ich antwortete: »So lala.«

Sarale geht nicht fremd. »Ich bin sechsundvierzig Jahre auf der Welt, und Asa'el ist der einzige Mann, mit dem ich geschlafen habe«, hatte sie einmal zu mir gesagt. »Es wäre eine Lüge zu sagen, daß mich dieses Beinahe nicht reizt, dieses um Haaresbreite, das gestohlene Wasser. Aber du kannst mir glauben, auch wenn der Durst mich austrocknet und mir den Hals zerreißt, ich würde nie, wirklich nie von dem gestohlenen Wasser trinken.«

Jetzt aß er allein zu Abend. Seine Frau mit der scharfen Zunge trieb sich am Ufer eines gestohlenen Wassers herum, und er erfuhr von mir, daß es bergab ging und daß Vater auf etwas warten sollte, von seiner Einsamkeit, der man entgegenwirken müsse, und er blätterte in seinem Kalender, um festzustellen, wann er Vater besuchen konnte. Und nachdem er den Termin eingetragen hatte, fragte er zögernd und vorsichtig: »Und wie läuft es bei dir, Schwägerin, immer noch alles so lala?«

Schira fragte, ob ich Großvaters Eventmanagerin sei. Sie pickte einen Streifen Salat aus der Schüssel und zog ihn in den Mund wie eine Makkaroni. »Wenn Opa nicht so ein Theater wegen meiner Hosen machen und akzeptieren würde, wie ich herumlaufe, würde ich ihn auch besuchen. Schließlich ist er süß, der Opa, aber er nimmt sich alles zu Herzen.«

»Was ist schlimm daran, wenn du mal für eine Stunde einen Rock anziehst?«

»Ich soll mich verkleiden? Nur im Theater. Wer mich haben will, soll mich nehmen, wie ich bin. Opa zittert vor Angst, wegen der Rechnung, die ihm im Himmel für das Aussehen seiner Enkeltochter vorgelegt werden wird. Sagt ihm doch, daß niemand für seine Enkel verantwortlich ist, man bezahlt keine Steuern für die dritte Generation. Was Gott meinetwegen zukommt, wird er von euch einfordern, nicht von Opa, und soweit ich verstanden habe, ist er ein anständiger Typ, der nicht doppelt kassiert.«

»Komm zum Essen, die Omelettes werden kalt«, unterbrach ich sie, bevor sie ihre ganze Verbitterung über Gott auskippen konnte. Wer wird ihr helfen, mit der Rechnung klarzukommen, die ihr am Ende der Tage präsentiert wird? Inzwischen stürzte sie sich auf das Omelette, ohne Ehrfurcht vor der Rechnung, und auch die Steuern, die Gott von uns für unsere Kinder einfordern würde, störten ihren Appetit nicht.

»Giora würde sterben für so ein Omelette«, sagte sie genießerisch und mit fettig glänzenden Lippen.

»Wenn du schon von Giora sprichst, er stattet gerade eurer Tante einen Besuch ab.«

»Der vielseitigen Malerin mit dem Vorbau? Was hat er bei ihr zu suchen? Wenn es ihm an Problemen mangelt, dann könnte ich ihm ein paar abgeben.«

Schira ist dünn und blaß, mit kantigen Kiefern, dunklen Ringen unter den Augen, langen Lidern und dichten, dunklen Wimpern. Ein Mädchen, für das, um es zu malen, Modigliani ein Jahr seines kurzen Lebens gegeben hätte. Es war nicht zu verstehen, daß sie mit so schweren Schuhen durchs Leben ging, als gehöre zum Überleben ein grobes, lautes, genageltes Kontra. Und das schwarze Hemd? Und die schwarzen Hosen? Das schwarze Band, mit dem sie die Haare zusammenhielt? Und der schwarze Samtarmreif, und der Ring? Schwarz, das aggressive Aus der Farbigkeit, die markante Grenze aller Farben.

»Was schaust du mich so an? Fehlen mir wieder Vitamine? Wenn sie mir fehlen würden, würden mir die Haare ausgehen, mir würden die Fingernägel abbrechen, ich hätte Bläschen auf der Zunge.«

Das Heulen eines Krankenwagens erklang auf der Straße. Der Unglücksbote war unterwegs und verbreitete Schrecken, nur die Paternosterbäume blühten, als gäbe es keinen Krieg auf der Welt, mit Krankenwagen oder ohne. Die ganze Nacht über fallen ihre Blüten tauschwer zu Boden und bilden eine feuchte Blütendecke auf dem Bürgersteig. Juval tauchte Brot in die Salatsoße und erzählte von einem Schriftsteller, der über eine Stunde lang im Laden gewühlt und schließlich sein eigenes Buch gekauft hatte, und bis er den Scheck unterschrieb, hatte ihn kein Mensch erkannt. Und dieser arme Mensch, der keine Käufer für sein Buch fand und den niemand erkannte, schnappte seine Schande, klemmte sich das Buch unter den Arm und ging. »Und über dem allen, mein Sohn, laß dich warnen; denn des vielen Büchermachens ist kein Ende ...« Juval beugte sich zu Schira, aber sie war traurig und schwieg, das Schicksal des Schriftstellers bedrückte sie, oder das Schicksal anderer.

»Was hat Giora bei ihr zu suchen?« sagte sie plötzlich. »Kapiert er nicht, daß sie ihn ausnutzt? Sie probiert ihre beschissenen Kunststückchen an ihm aus, um herauszufinden, ob sie auf dem Fleischmarkt noch etwas wert ist. Aber was kümmert's mich, jeder soll die Scheiße selbst essen, die er sich kocht.« Sie ritzte mit dem Messer waagrechte und senkrechte Rillen in das Salatblatt. Eine Haarsträhne löste sich aus dem Band, fiel über ihre Wange, bürstete mit der Spitze den Teller, und sie, damit beschäftigt, die Quadrate weiter zu zerkleinern, schob sie nicht zurück. Juval beobachtete ihre Hände, die das Messer umklammerten. Er hätte nicht wenig dafür gegeben zu wissen, was in ihr kochte und was sie dazu brachte, das Messer auf diese Art gegen den Salat zu richten. Sie war schließlich gerade mal sechzehn, und schon zog sich quer über ihre Stirn eine dünne Sorgenlinie, ein Glück, daß auf ihrer Haut nicht Pickel blühten wie bei jener Herodot-Studentin, eine Mühsal des Erwachsenwerdens blieb ihr erspart, allerdings konnte auch niemand vorhersehen, ob die Klarheit ihres Gesichts nicht andersartige Probleme mit sich bringen würde.

Sie räumte den Tisch ab. »Laß nur, Papa, ich spüle das Geschirr«, sie schob die Ärmel hoch, und unter ihren dünnen Händen entstanden durchsichtige Schaumbläschen auf den Tellern. Sie summte die Hymne der Friedensbewegung, »Sagt nicht, der Tag wird kommen, bringt mir den Tag . . .«, und trommelte dazu mit ihrem nackten Fuß. Juval und ich räumten die Sachen ab, er die Butter, ich das Brot, er das Besteck, ich das Salz, nur die Marmelade blieb noch stehen, und wir streckten beide die Hände nach ihr aus, er war schneller als ich, er lächelte, wischte den Verschluß ab und ging zum Kühlschrank, um die Sachen einzuräumen.

Ach, Juval, ich wünschte, du würdest noch einmal die Hand auf mich legen, da, an den Halsgrübchen, an der Stelle, wo der Knochen austritt, der an der Schulter endet, an der Stelle, unter der sich die Brust wölbt.

Sagt nicht, der Tag wird kommen, bringt mir den Tag. Warte nicht, daß die Hand kommt, nimm sie dir. Aber du sagst nicht zu ihm, komm, lege deine Hand auf mich, wie es früher einmal war, bevor es aufgehört hat, so zu sein. Und wer hat die Kraft, jetzt Muli anzurufen und zu sagen, »es geht bergab«, und »etwas, worauf er warten kann«. Schira hat gesagt, ich wäre nicht auf dem laufenden, und jeder müsse die Scheiße essen, die er gekocht hat. »Laß die Sonne aufgehen, um den Morgen zu erhellen«, summte sie, und ihre nackten Füße trommelten, die Teller standen in einer Reihe auf dem Trockengestell, sie bewegte ihr schmales Becken, krümmte ihren knochigen Rücken und Juval summte mit ihr. Auch sie wird schon hart, wenn man sie berührt, stellt Dornen auf. Einmal, als sie noch ihre Hand in meine legte, klein, durchsichtig, Vogelfingerchen, hatten wir einen Igel im Gras gefunden. »Schau mal!« Sie hob ihre hellen Augen zu meiner Sonnenbrille, kauerte sich auf die Erde und rief: »Abraham, geh nicht dorthin, dort frißt dich der Wolf, happ!« Ein kleiner Mund, Milchzähne wie Perlen. Giora hatte sein Rad umgedreht und war zu uns gekommen, um das zusammengerollte Geschöpf zu betrachten. Seine Fahrradklingel bimmelte, und der Igel zog sich zusammen, stellte seine Stacheln auf, drückte seine Nase in den Sand und wurde zu einem versteinerten Korallenriff, und Giora verlor seine Begeisterung. »Eine Schildkröte ist mehr wert als der«, sagte er, drehte sein Fahrrad wieder zur Straße. »Abraham, geh nicht dorthin«, redete Schira auf das versteinerte Ding ein und streckte einen Bleistiftfinger aus, um ihn zu berühren. »Oh, das sticht«, rief sie und saugte sich einen Blutstropfen vom Finger. Wir gingen zum Lebensmittelgeschäft und wieder zurück, und Abraham war doch dorthin gelaufen, wir sahen ihn nicht mehr, nur eine kleine Vertiefung, von Gras bedeckt. »Macht nichts, er kommt zurück«, sagte sie und richtete ihre durchsichtigen Augen auf die Sonnenbrille, die meine Augen schützte, und ich dachte, ohne es zu sagen, ich wünschte, du würdest so bleiben, mein Mädchen, so arglos dem Licht gegenüber und ohne Angst vor dem, was dir so offen und eindeutig begegnet. Aber du bist gewachsen. Wenn ich dich jetzt anfassen würde, würden deine Schulterblätter zucken. Du hast dir inzwischen auch schon Sonnenbrillen angeschafft, mit viereckigen dunklen Gläsern. Man hat dir gesagt, daß es zwei zum Preis von einer gibt, also hast du zwei genommen. »Findest du nicht, daß das ein tolles Schnäppchen ist?« Und ich sagte »Ja«, und es tat mir leid, daß dir die Nacktheit der Welt schon in den Augen weh tat und du einen Schutz zwischen dich und sie schieben mußtest.

»Papa ist nicht zu Hause«, sagte Talja, »und Mama auch nicht.« Sie wußte nicht, wann die beiden zurückkommen würden.

»Was machst du allein zu Hause, Talja?«

»Ich bin nicht allein, ich bin mit Schoko. Hörst du nicht, wie sie bellt? Sie ist gestern geimpft worden, deshalb ist sie gereizt.« Ihr Kinn und ihre Art zu sprechen hat Talja von Muli geerbt, die helle Haut von Smadar. Andere Gene ihrer Mutter sind nicht bis zu ihr durchgedrungen, Smadars Gebärmutter hat sie nach sechseinhalb Monaten ausgestoßen und sie auf die Schwelle der Welt gelegt, klein, kurzsichtig, noch unvollendet. Eine Brille mit dicken Brillengläsern und dünnen Metallbügeln auf den kleinen Ohren trennen ihre blauen Augen von der Welt. Wenn ihre Brille kaputtgeht, kneift sie die Augen zusammen, man muß sie führen und vor jedem Stein warnen, heb das Bein, hier ist eine Stufe, etwas nach rechts, damit du nicht gegen den Pfeiler läufst. Smadar surft in virtuellen Homepages, sie glaubt, es gäbe jemanden auf der Welt, der es in der Hand hat, die blauen Augen von den dicken Gläsern zu befreien.

Sie wurde geboren, als Muli und Smadar beide einunddreißig waren. Er war schon Arzt und sie Rechtsanwältin, sie besaßen bereits eine Wohnung im Stadtteil German Colony und zwei Autos. Weitere Kinder bekamen sie nicht.

»Willst du, daß ich ihnen etwas ausrichte? Ich schreibe jeden auf, der anruft. Einen Moment, warte, ich höre Papas Auto.« Sie legte den Hörer hin und rannte hinaus, um sicherzugehen, durch den Hörer drang Schokos Knurren, das plötzlich zu einem heftigen Bellen wurde.

»Hi, Töchterchen«, sagte Muli, und ich hörte den Kuß, den er ihr gab, und den, den er bekam.

»Papa, Schoko hat heute auf den Teppich gemacht. Ich habe alles wieder in Ordnung gebracht. Das liegt daran, daß sie krank ist, nicht wahr?«

Wieder war von der Straße das Heulen eines Krankenwagens oder der Polizei zu hören, die Agenten des Unglücks verkündeten, daß etwas schiefgegangen war, jemand war erstickt, überfahren worden oder hatte die Sicherung eines Sprengstoffgürtels an seinem Körper gezogen, Schoko bellte, weil es Kriege in der Welt gab, und Muli beruhigte die Hündin, genug, es reicht, Schoko, bis sie aufhörte zu bellen und ein dumpfes Winseln von sich gab, und ein Aufstoßen, das sie mit dem Heulen verschluckt hatte.

»Mit Vater geht es bergab«, sagte ich zu ihm, als handle es sich um das Syndrom einer schweren Krankheit. Man sagt ein Wort, und schon zieht es Lahme mit Krücken und allen möglichen Gebrechen hinter sich her. Muli hörte es und schwieg, vermutlich kraulte er Schokos Kopf mit seinen Fingern, auf denen dünne Haare wachsen und deren Haut trocken ist, verätzt vom Desinfektionsmittel und vom Talkum der sterilen Handschuhe.

Von dem Tag an, als er das Wort »Hund« sagen konnte, hatte er unsere Eltern angefleht, einen Vierbeiner in die Familie aufzunehmen, sogar einen Mischling, einen Straßenköter. Sie sagten, noch ein Maul zu stopfen? Wo sollen wir hin mit ihm? Sechs Kinder in einer Wohnung mit zwei Schlafzimmern und einem Wohnzimmer, zweiundsiebzig Quadratmeter und ein Hund? Und außerdem habe ein Hund etwas Unjüdisches an sich, sagten sie, es stehe geschrieben: »Aber gegen ganz Israel soll nicht ein Hund mucken.« Als hätte eine Katze oder ein Papagei etwas Jüdisches an sich. Er bettelte, doch sie lehnten es ab, bis er eines Tages mit einem schwarzen Bündel auf dem Arm von der Schule nach Hause kam, einem sehr jungen Hund, feucht und zitternd. Mutter sagte, er müsse dieses Ding an den Ort zurückbringen, von dem er es geholt habe. Die Augen des armseligen Bündels schlossen und öffneten sich, ein blauer, feuchter Blick, und Muli drückte den kleinen Hund an sich und sagte, dann setze ich eine Kippa auf und ziehe ihm Schaufäden an und passe auf, daß er draußen nichts ißt. Mutter drehte sich zum Spülbecken und lachte schallend in die Töpfe hinein und sagte, es sei ohnehin schon schwer, mit dem ganzen Durcheinander fertig zu werden, das sechs Kinder machten, auch ohne ein »wildes Tier«, das nicht versteht, was man zu ihm sagt, und außerdem habe ich dir schon gesagt, Juden ziehen keine Hunde auf.

Na und? Sind Finkelsteins und Semels etwa keine Juden? Er schluckte seine Tränen runter und spielte den letzten Trumpf aus, den er in petto hatte, erlaubt mir diesen Hund und ihr braucht mir bis zu meiner Bar Mizwa nichts mehr zum Geburtstag zu kaufen. Du bist erst sieben, Schmu'el, verstehst du überhaupt, was das heißt, sechsmal Geburtstag? Und das alles für einen Hund? Sie arbeitete weiter, und er sah, daß sie schwieg, und so meinte er, sie habe keine weiteren Einwände. Freudentränen liefen aus seinen Augen auf die Ohren des kleinen Hundes, die winzigen Felldreiecke zitterten von den warmen Tropfen und stellten sich auf, als sie den Namen »Simche« hörten. Was ist das schon, sechs Geschenke, gar nichts, flüsterte er dem schwarzen Bündel auf seinem Schoß zu, nur drei und noch mal drei, nichts. Die Mutter sah, daß Simche die Ohren anlegte bei dem Preis, der für ihn bezahlt wurde, und beschloß, ihn loszuwerden, solange er noch klein war, bevor die Beziehung zwischen Muli und ihm zu eng werden würde.

Muli wußte, daß Simches Schicksal entschieden wäre, wenn er seine Blase im Haus entleeren würde, deshalb packte er ihn bis zum Hals in eine Plastiktüte, damit er sein Geschäft hineinmachte, und wenn sie in den Hof gingen, befreite er ihn, so daß seine Beine, die von den Exkrementen beschmutzt waren, trocknen konnten, und um seine Pfoten an die Erde zu gewöhnen und seine Nase ans Schnüffeln. Simche regte sich wegen der Tüte nur zwei Tage lang auf, dann gewöhnte er sich daran. Und da er ein Hundebaby war, konnte er nicht in den Gesichtern der Menschen lesen und war gegenüber den Blicken der Mutter, die die Augen verdrehte und ihn nur von der Seite anschaute, gleichgültig. Er hüpfte auf dem Boden herum und die Plastiktüte raschelte und brachte ihre Hausschuhe zu einem ärgerlichen Klappern. Die Tüten bekamen Risse und wurden jeden Morgen und jeden Abend gewechselt, und Simche steckte mal in der Tüte des einen Supermarkts, dann wieder in der eines anderen, aber er konnte den Text auf den Tüten nicht lesen, ebensowenig verstand er, was Mutter über ihn sagte, ach, ich habe keine Nerven mehr für ihn, und merk dir, es ist mir ernst. Hätte er es verstanden, wäre er nicht in die Küche getappt, um ihre Fellhausschuhe zu beschnüffeln. Sie trat in die Luft, er bellte sie an, um sie zurechtzuweisen, und sie fuchtelte mit einer Schöpfkelle und sagte, du bist der einzige Fremdling hier und willst regieren? Und die Schöpfkelle sauste wie ein Ausrufezeichen durch die Luft, zum Zeichen, daß sie genug hatte von unserem seltsamen Mitbewohner.

Für ihre Intrige gegen Simche verbündete sie sich mit Kobi, dem Gärtner. Niemand wußte besser als sie, wie tief sechs Kinder in einem Zimmer schlafen. Chani, Naomi und Sarale in den oberen Betten, Muli, ich und Tehila in den unteren, und Simche in einer Kiste Cider Hagalil unter Mulis Bett. Zwölf Ohren, die an schniefende Nasen, plötzliches Weinen, alptraumartiges Wachwerden gewöhnt waren, an Wörter, die von allein den Weg über die Lippen finden und in der Dunkelheit verschwinden, an knarrende Türleisten, an das Schmatzen von Daumenlutschern, an den Regen in der Rinne und das Heulen des Windes im Fenster. Das Rascheln der Plastiktüte änderte nichts an den sechsfachen

Geräuschen und an dem Flüstern der Welt draußen, das durch das Fenster ins Zimmer drang.

Aber sein Schrei »Wo ist Simche?«, der an jenem Morgen in unsere Ohren drang, die an alles gewöhnt waren, unterbrach unsere Träume, wir warfen die Decken von uns. Die Kiste Cider Hagalil stand leer zwischen den Betten, und Muli rannte barfuß und wild durch das Haus, suchte unter den Betten und unter dem Küchenschrank, zerrte an Stühlen und stellte die Welt auf den Kopf. Blaß, mit offenem Pyjama, sodaß man sah, wie sich seine schmalen Rippen unter hastigen Atemzügen dehnten und zusammenzogen.

»Simche hat uns verlassen«, sagte Mutter zu ihm und packte ihn an der Schulter. Wir drängten uns im Wohnzimmer zusammen, fünf Augenpaare beobachteten seine dicken Tränen und die Hand mit den Hüttenkäsekörnchen, die seine Schulter gepackt hatte.

Simche hat uns verlassen. Als hätte unser seltsamer Mitbewohner aus nur ihm bekannten Gründen seine Sachen gepackt und beschlossen, in ein anderes Hotel zu ziehen.

»Wo ist er?« wollte Muli wissen und machte eine Drehung, um sich von der Hand zu befreien, die unter dem Verdacht stand, am Verschwinden Simches beteiligt gewesen zu sein, und die Hüttenkäsekörnchen lösten sich von Mutters Hand und blieben an Mulis Schulter hängen.

»Kobi kümmert sich um ihn, er wird ihn in ein Tierheim bringen.«

Mit nackten Füßen und wilden Haaren machte Muli einen Satz auf die Tür zu, um Kobi mit seinem Gefangenen noch zu erwischen, aber sie stand zwischen ihm und der Tür und sagte, er brauche nicht zu gehen, Simche spiele jetzt schon mit seinen Artgenossen, und unter uns, hätte Simche nicht wirklich ein normales Leben verdient? Wer möchte schon sein Leben in einer Plastiktüte verbringen? Außerdem sei es bei uns sowieso viel zu eng, und ich habe dir ja gesagt, Juden ziehen keine Hunde auf, und Gott hat gegeben und Kobi hat genommen, und ihr, wenn ihr euch nicht auf der Stelle anzieht, kommt ihr zu spät in die Schule, und bei aller Liebe, kein Hund ist es wert, daß sechs Kinder seinetwegen zu spät zum Gebet kommen. Mit einem Satz, der die Haare um seinen Kopf abstehen ließ wie Mikadostäbchen, stürzte sich Muli auf die Kiste, trat nach ihr, zertrampelte sie, die Bretter knarrten und zersplitterten, und er stand auf Simches zerstörtem Zuhause und schrie: »Ich verbrenne das jetzt, hört ihr?«

Wie die Frau des Potiphar sah unsere Mutter aus, seinen leeren Ärmel in der Hand, als sie ihn auf dem Weg zu den Streichhölzern packte. Er wand sich, um sich aus ihrem Griff zu befreien, und brüllte: »Streichhölzer, Streichhölzer...« Mit zusammengepreßten Lippen schlang sie ihre Arme um seine nackte Brust, und er weinte: »Streichhölzer, Streichhölzer...« Ihr Schweigen und ihre harten Lippen verhießen, daß das Kapitel Simche zu all jenen seltsamen Ereignissen zählen würde, die mit schmerzhaft aufgenötigten Trostpreisen endeten.

Bei seiner Rückkehr von der Schule erwartete Muli ein neuer Tretroller. Mit knirschenden Zähnen zerriß er die Plastikfolie, mit der die Räder eingewickelt waren, und trat grob darauf herum. Der Tretroller, weil er aus Unheil hervorgegangen war, bekam alles ab. Bis es dunkel wurde, raste er auf den zwei Rädern vom Schuppen zum Luftschutzraum, zum Heizungsraum, riß die Zweige des Geißblatts ab, und als ihm klarwurde, daß die Rettung nicht auf einem Tretroller kommen würde, hatte er kein Interesse mehr an ihm und stieß ihn unter sein Bett.

Wir hätten es von Anfang an unterbinden müssen, sagte Vater, in der Erziehung gibt es keine halben Sachen. Und Mutter sagte, daß Hunde Probleme brächten, wenn sie da seien, und noch größere Probleme, wenn sie nicht da seien, Hund bleibe Hund.

»Braves Mädchen, braves Mädchen«, sagte Muli zu Schoko. Ein Mädchen, eine Hündin, die schon zwei Drittel ihres Lebens hinter sich hatte und zehn geworden war. Von dem Tag an, an dem Talja ihre kurzsichtigen Augen öffnete, hatte sie den Atem eines anderen Geschöpfs neben ihrer Wiege gespürt. Und Schoko? Sie bekam ihren Namen wegen der Farbe des Breis, den man damals für Talja kochte. Aus demselben Grund hätte man sie Materna oder Bamba nennen können, im Unterschied zu Simche, dessen Name allein ihm zur Freude gereichte. So wie Schmu'el im Lauf der Jahre zu Muli geworden war und den Hinweis auf Gott aus seinem Namen verbannt hatte, gab er auch seiner Hündin einen Namen, der frei war von irgendwelchen Verpflichtungen gegenüber Gott und den Menschen.

Nun, da er hörte, daß es mit Vater bergab ging, sagte er, das bleibe keinem Menschen erspart. »Und was Besuche bei ihm betrifft, weißt du ja, daß wir nicht gut allein sein können, er und ich, es fällt ihm nicht leicht und mir auch nicht.«

Er hatte recht. Wenn Muli zu Vater kam, zog er die Kette der Enttäuschungen, die er ihm bereitet hatte, hinter sich her und quetschte sie in Vaters kleines Zimmer, und wenn sie auf die großzügige Veranda hinaustraten, konnten all die alten Leute von ihren Sesseln aus die tiefe Enttäuschung Steins sehen, der zwar einen Doktor zum Sohn hatte, bei dem der Doktor aber nicht dazu führte, daß er eine Kippa auf den Kopf setzte, wenn er ihn besuchte.

Aber er würde zu ihm gehen, natürlich würde er das tun, sagte Muli, erstens verstehe Vater schon, daß es Fehler gab, die nicht wiedergutgemacht werden konnten, und zweitens seien die Enttäuschungen auch nicht mehr das, was sie mal waren, die Einsamkeit habe ihnen den Saft entzogen.

»Und wie geht es dir, Maria? Wir haben schon lange nichts mehr voneinander gehört.«

»Mir? Gut, unberufen.«

Maria. Die Mutter der Heiligen. Die Süße des gestohlenen Wassers, das wir in den Nächten von »Rück mal dein Kissen weg«, »Nein, rück du deines« tranken. Die Unreinheit der Worte, die wir heimlich tauschten, vorsichtig, damit sie nicht in den Spalt zwischen den beiden Kissen fiel und damit sie nicht zu den Ohren der Eltern rollte und ein Sturm die zweiundsiebzig Quadratmeter erschütterte.

Maria, ein Stern an einem fremden, wunderbaren Himmel, weit entfernt von unserem Block und dem Parkplatz. Nur in stürmischen Winternächten, wenn die Kutschen der Engel donnernd durch den Himmel rollten und Blitze entzündeten, hatte er Angst vor dem Himmel, fürchtete, die Himmelskörper zu provozieren, und nannte mich seine Schwester, und die süße Maria blieb draußen, zitternd in der ewigen Kälte.

»Das kannst du deiner Oma erzählen, *touch wood,* du hast nur den Mund aufgemacht, da habe ich schon gewußt, daß es bei dir dunkle Wolken gibt.«

»Wolken kommen und ziehen auch wieder weiter, Muli.«

Er fragte, wie es Giora gehe, und ich sagte, ganz gut, alles in Ordnung, das Leben eines Studenten, du weißt ja. Wer liebt Gio? Laß nur, das wischen wir nachher weg, haben sie es jetzt schon weggewischt? Wonach denn? Er ist zu schön für diese Welt. Tehila, sie soll die Knöpfe ihres Kimonos zumachen, auch oben, und wenn er nicht zugeht, gibt es immer noch Sicherheitsnadeln. Sie war noch ein Kleinkind, als Muli und ich unsere Hände ineinander verflochten, ihre dicklichen Beine hingen durch die Stäbe des Gitterbetts, ein Windelpaket zwischen den Beinen, betrachtete sie ihre vier Schwestern und den Bruder, mich, Naomi, Sale, Moja, Muel. Als Simche zu uns kam, streckte sie eine Hand durch die Gitter und bot ihm ihren Schnuller an, und Simche, geschmeichelt von der Babysolidarität, stellte sich auf die Hinterbeine und beschnüffelte den abgewetzten Gumminuckel. Als er verschwand, bot sie Muli ihren Schnuller an, um ihn zu trösten.

Muli weiß, daß es dunkle Wolken gibt, aber er schiebt den Fuß nicht durch die Tür. Wenn man ihm nicht aufmacht, tritt er nicht ein. Und diesmal machte ich ihm nicht auf, wir unterhielten uns darüber, wie es den anderen ging. Wie geht es Juval? Gut. Und Smadar? Alles in Ordnung, du kennst sie ja, so begabt sie ist, so ehrgeizig ist sie auch. Und Giora und Schira? Das hast du schon gefragt, gut. Und Talja? Gut, sie lebt in Frieden mit der Welt und die Welt dankt es ihr mit Frieden. Und du? Alles in Ordnung.

Alles in Ordnung. Eine wunderbare Aussage. Ich bin in Ordnung. Was soll das heißen? Daß ich gut organisiert bin? Daß ich mich richtig sortiert habe? Geordnet lebe? Daß mein Leben besonnen ist, geradlinig, daß es Ordnung und System und Methode und Normalität aufweist, und zwar alles zum jeweils richtigen

Zeitpunkt? Und wenn mir Saxophonklänge durch den Kopf gehen, die fremde Lippen hervorgebracht haben, bin ich dann weniger in Ordnung?

Ein paar Buchstaben, die eine unbegreifbare Leere bilden, eine entstandene Unordnung zudecken, ein verirrtes Herz, eine herzzerreißende Sehnsucht?

Aber Muli ist kein Idiot. Auch er sagt »alles in Ordnung«, und sein großer Zeh krümmt sich in seinem Schuh, und er hat einen bitteren Geschmack im Mund. Auch er weiß, daß einmal, vor diesem »alles in Ordnung«, vier Hände an den zerwühlten Decken zogen, he, das ist meine, stimmt nicht, die da ist deine, Kissen flogen durch das Zimmer, der Bauch tat weh vor Lachen, und ein nach Omelette riechender Mund flüsterte Geheimnisse. Du bist neben mir, Muli, und ich neben dir, soll der Himmel uns doch angst machen und mit Donner und Blitz drohen, notfalls sprechen wir ein paar Gebete zum Engel Gabriel, dann werden wir morgen mit heilen Gliedern aufwachen und wissen, daß er uns gerettet hat.

Eine Tür ging auf, Schoko bellte, Muli sagte: »Hi, ich telefoniere gerade mit Maria«, und Talja sagte, »Mama, sie hat heute auf den Boden gemacht.«

»Sag bloß nicht, auf den Teppich.«

Das Unheil, das Schoko angerichtet hatte, unterbrach das »Alles in Ordnung«, das Muli und ich abwechselnd sagten. Das Leben und seine Beschwerden sind stärker als Unterhaltungen über das Leben, und in Mulis Haus gibt es einen handgeknüpften Teppich aus Afghanistan und italienische Fliesen, und nur Gott weiß, wie es passieren konnte, daß Schoko das alles vergaß und ihrer Notdurft freien Lauf ließ.

Nur Gott weiß.

Es waren einmal sechs Kinder in einem Zimmer, und Gott war das siebte Kind. Ein großes, kluges Kind, das sie vor allem Bösen bewahrte. Von Tag zu Tag wuchsen die Kinder, und Gott wurde kleiner und kleiner, bis er schließlich verschwand. Sie gingen hinaus und suchten ihn, sie verteilten sich und verloren einander, und bis heute suchen sie Gott und jeder seinen Bruder.

Schira sprach am Telefon, sie flüsterte ein bißchen, schwieg viel, lachte, schimpfte, ihr Radio mit Kassettenrecorder sang »Yellow Submarine«. Schon seit vielen Jahren treibt das gelbe U-Boot durch die Meerestiefen, pflügt durch die Zeit und bricht die stürmischen Wellen, die gegen die Herzen der Sechzehnjährigen schlagen.

Juval saß auf dem Sofa und sah die Nachrichten, ich saß im Sessel und überlegte, worüber wir reden würden, wenn die Nachrichten vorbei wären. Aufreizende Hinterteile warben für Coca-Cola, ein Nabel und ein Stück Bauch für Tampons mit einer Plastikhülle zum Einführen, ein krähender Hahn machte Reklame für Hühnersuppe, und mitten hinein in das Kikeriki fragte ich: »Nun, was sagst du zu den familiären Beziehungen, die sich zwischen Giora und seiner Tante entwickeln?«

»Ich mache mir keine Sorgen, ich verlasse mich auf sie. Du mußt zugeben, daß sie etwas Anziehendes an sich hat.« Er breitete die Arme auf den Sofakissen aus.

»Erkläre es mir.« Ich richtete mich auf und spürte ein Zwicken im Zwerchfell oder in der Speiseröhre oder irgendwo anders unweit des Herzens.

»Sie ist zu sehr Frau. Alles, was Frauen eigen ist, besitzt sie im Übermaß. Wie soll ich es sagen? Sie ist eine Art weibliches Konzentrat.«

»Konzentrat? Das heißt, wenn man sie verdünnen würde, könnte man aus ihr zehn blassere Abbilder herstellen? Kleinere Brüste, ein flacherer Hintern, ein flacherer Bauch?«

Er wunderte sich, seit wann ich so ein Mundwerk habe, und legte mir seine Hand auf die Stelle, auf die er sie vorher gelegt hatte, dorthin, wo der Hals beginnt, in das Grübchen. Er wich vor dem hart werdenden Rücken nicht zurück, er sagte, Tehila sei ein Irrtum Gottes, ein anziehender Irrtum zwar, aber keiner, mit dem man etwas zu tun haben wolle.

»Auch nicht für eine Nacht?«

Seine Hand strich über meinen Hals und massierte mich unter dem Kinn, dort, wo der Puls zu fühlen war. Er hatte Tehila zum ersten Mal gesehen, als sie fünfzehn Jahre alt war, und hatte Mitleid mit Vater empfunden. Er wußte, daß solche Ausrutscher Gottes normalerweise keine gottesfürchtigen jungen Männer heiraten, daß sie keinen weiten Baumwollkittel tragen und daß sie nie einen eigenen Stuhl in der Synagoge haben werden. Wer liebt Gio? Und Juval verstand ihn. Aus welchem Grund spürte ich dann ein Zwicken im Zwerchfell oder an der Speiseröhre oder irgendwo anders nahe beim Herzen, als würde mir kein Saxophon die Seele aufwühlen, als würden Pierre und Natascha nicht auf der Ben-Jehuda-Straße weinen, ein Weinen, das mich überall erreicht, egal wo ich bin, am Spülbecken, auf dem Balkon, auf der Toilette, als sehnte sich mein Herz nicht nach den Fingern, die auf den Tasten liegen, und nach dem Fenster im Viertel gegenüber von Dschabal Mukabar oder Zur Bahar oder wie auch immer dieses Dorf heißt.

Gut, daß jemand Vater für das bemitleidete, was er von seiner spätgeborenen Tochter zu erwarten hatte. Ich, statt Mitleid zu empfinden, lächelte immer über die Kleine, die schon sehr früh viel mehr von allem hatte als unsere Mutter. »Was lachst du?« regte sich Chani auf. »Du bist die Schönste in diesem Haus, du hast leicht lachen. Als wüßtest du nicht, daß alle sagen, Moria ist die Schönste im Hause der Steins.« Sie schlug vor, wir sollten der Kleinen Brot und Butter rationieren, sie verglich ihre knochigen Konturen mit denen Tehilas, erriet, daß die derzeitige Kluft zwischen ihnen nichts war gegen das, was sie später trennen würde, und achtete stets darauf, daß ihre keuschen, bescheidenen Unterhosen nicht neben denen von Tehila an die Leine gehängt wurden. Sarale hingegen zog etwas Gutes für sich aus der Situation und sagte, es sei ein Glück, daß es noch eine Dicke in der Familie gebe, so würden alle verstehen, daß es sich um etwas Ererbtes handele, und man würde aufhören, jeden Brotkrümel zu zählen, den sie in den Mund stecke. Naomi, die schon wußte, daß sie die Beine eines schnellen Rehs besaß, beobachtete die immer dicker werdenden Fesseln der Jüngsten, ihre immer breiter werdenden Hüften, und beruhigte sich, sie wußte, daß ihre Einzigartigkeit nicht gefährdet war.

Juvals Hände lagen auf dem Sofa, die Haare auf seinen Unterarmen waren trocken, sein Schuh wippte wild, er hatte die Beine übereinandergeschlagen, Unterschenkel auf Oberschenkel.

»Willst du Kaffee?«

Er wollte, oder er wollte nur wollen. Wir sprachen nicht mehr über Tehila, auch nicht über Giora, der anrufen wollte und es nicht getan hatte. Im Fernsehen kam ein Film über Maria Callas, über die Stiefel, die sie besaß, über ihre Diäten, über Onassis, der sie über alles geliebt hatte und dann Jackie Kennedy noch mehr liebte. Über ihre Eifersucht und ihre Kurzsichtigkeit und ihre Brillen, die jetzt öffentlich versteigert wurden, zusammen mit ihren Korsetts und ihren Strumpfhaltern. Der Glanz des ewigen Ruhms bemißt sich am Preis eines Büstenhalterverschlusses, eines Schnürsenkels, eines benutzten Taschentuchs. Und ich habe in meinem Büro eine fleißige Angestellte, die Maja heißt und sich danach sehnt, so etwas zu werden wie Maria Callas. Sie kommt morgens ins Büro, in den Kleidern eines Stars, sie hofft, daß sie auf dem Weg zum Autobus oder zurück die Blicke eines Mannes auf sich zieht, der einen Bühnenvorhang in der Hand hält, hinter dem der Ruhm wartet. Nur daß solche Menschen, die mit Ruhm zu tun haben, nicht mit dem Autobus fahren und nicht in mittelmäßigen Maklerbüros arbeiten. Aber Maja hat es nicht eilig, sie weiß, daß ihre vollkommenen Formen nicht umsonst erschaffen wurden und daß eines schönen Tages ihre Unterhosen und ihre Kämme versteigert werden, und zwar auf der Preisliste der Ewigkeit. Und wirklich, wer will leugnen, daß es im Wesen der Welt liegt, sich von der Schönheit einer Frau aus der Gleichgültigkeit reißen zu lassen, sogar in einer Welt, die Schönheit so verachtet wie die unserer Mutter. Schönheit hin, Schönheit her, hatte sie gesagt und hastig in den Magazinen des Zahnarztes geblättert, die Schönheiten betrachtet und ihnen zugenickt. »Die Ärmsten, Gott hat ihnen eine solche Verpackung aufgeladen, sie werden viel Mitleid vom Himmel brauchen, wenn ihre Verpackung faltig wird und Flecken bekommt. Diese ganze Schönheit ist schließlich nichts anderes als die Hülle für die Seele, und Gott möge sich derer erbarmen, die so ein Theater um die Hülle machen.« Der Zahnarzt machte die Tür auf und sagte: »Frau Stein und Tochter, bitte kommen Sie herein.« Sie legte die Schönheit hin, Schönheit her auf den Stuhl, und als wir herauskamen, um zu warten, daß die Spritze zu wirken begann, nahm sie die Zeitschrift wieder, die sie hingelegt hatte, und bis meine Zunge und meine Lippen sich versteinerten, blätterte sie eine Seite nach der anderen um. »Frau Stein, Sie haben eine schöne Tochter«, sagte der Zahnarzt. Ihr Gesicht verfinsterte sich und sie antwortete ihm: »Aber das ist nicht das Wichtigste, Herr Doktor.« Der Zahnarzt zwinkerte mir zu, als wüßten er und ich etwas, was ihr verborgen blieb.

»Was ist das Wichtigste?« fragte ich mit geschwollener Wange und gelähmtem Nasenflügel, als wir hinausgingen.

»Fromm zu sein und ein Mensch zu sein«, sagte sie in einem Ton, der mich nicht ermunterte, das Gespräch fortzuführen, und sofort regte sie sich auf: »Glaubst du eigentlich, daß es sie nie an den Zehen juckt? Daß sie nicht in der Nase bohren?«

»Wer?«

»Die aus den Zeitschriften. Glaubst du etwa, sie gehen nie aufs Klo?«

»Natürlich tun sie das«, sagte ich und gab ihr die Hand. Der Schatten ihrer armseligen Hülle ging vor uns auf dem Gehweg, müde und erschöpft.

Maria Callas löste sich in Nichts auf, Juval las Zeitung und ich ging auf den Schlafzimmerbalkon, der nach Osten hinausgeht, zur judäischen Wüste, und sich um das Haus zieht, vorbei an Schiras Fenster bis hin zur Vorderseite, von wo aus man die Paternosterbäume sehen kann. Im Wadi bellten Hunde, dumpfe Stimmen drangen von den Zelten der Beduinen herüber, irgendwo in einer anderen Wohnung klapperte Geschirr im Spülbecken, aus Schiras Fenster drang ihr Lachen auf den Balkon, kurz und scharf, erschrak vor sich selbst, verschwand wieder in ihrem Zimmer und verstummte. Ich machte kein Licht auf dem Balkon an, die Geranien sahen schwarz aus im Dunkeln. Die Geranien, deren Durst ich seit Tagen vergessen hatte, trugen es mir nicht nach und erteilten mir keine Lektion, sie hatten rote Blüten hervorgebracht.

Die Schlafzimmertür knarrte in den Angeln, eine Hand legte

sich auf meine Schulter, und diesmal zog sie sich nicht zurück, die andere Hand folgte ihr sogar.

»Kommst du schlafen?«

Der Mond, eine ferne, helle Scheibe, strahlte hochmütig, lükkenhaft und verzerrt. Vielleicht ist er anmutiger und großzügiger für den, der ihn aus einem Zimmer im vierten Stock eines Hauses in Armon Hanaziv betrachtet.

»Ich komme.«

Die gewölbte Hand glitt über meinen Rücken, lud mich zum Eintreten ein, geduldig und vorsichtig.

»Maria« hatte mich Muli heute abend genannt, ein Brosamen, den wir auf den Weg streuten, wenn wir von unserem kleinen Haus zum Wald gingen, um Gott zu suchen.

Zweites Kapitel

Als der Holzfäller kam, im Auftrag der Stadtverwaltung, hatte ich ihn nicht im Verdacht, vom Himmel geschickt worden zu sein.

Ich erzählte Juval, wie das Harz aus dem verletzten Ast geflossen war, wie die Tropfen in der Luft erstarrt waren.

Ich hatte eine Melone und die Gerbera, die ich gekauft hatte, auf den Tisch gestellt. Ein Tropfen war herabgeflossen, hatte den zweiten nach sich gezogen, und schon blitzte eine neue Harzquelle auf und vereinte sich mit der, die vorher geflossen war. Elastische, durchsichtige Tropfsteine, die aneinanderklebten, zwischen dem Stumpf und dem Boden, und nichts ging verloren, als ob sie mitten im Herabtropfen erstarrt wären und sich gegen die Anziehungskraft der Erde gewehrt hätten.

»Übertreibst du nicht ein bißchen?« Juval drehte sich zum Fenster und schaute hinaus auf den Baum, dem ein Arm abgeschnitten worden war, und sagte, er werde nie verstehen, daß jemand, den das Harz eines Baumes anrühre, sich in ein Maklerbüro verkriechen könne, zwischen vier Wände, und Besitz von einer Hand in die andere vermittle.

Er hatte recht. Der Baum, dessen Tränen an ihm kleben blieben, rührte mich. Wenn wir mit unseren erstarrten Tränen herumlaufen würden, besäße das Leid eine bestimmte Länge, die man in Zentimetern messen könnte.

»Ein Baum, der einen Arm verloren hat«, sagte er und wandte sich von dem verkrüppelten Baum ab und drehte die Melone in den Händen. »Sie riecht gut, diese Melone. Wollen wir sie essen?«

Wer hätte damals gedacht, daß dieser Tag aus der Reihe der anderen Tage herausfallen und die Ordnung zerstören würde?

Die Jerusalemer Kiefer ist alt, sie war Jahre, bevor wir das Haus kauften, gepflanzt worden. Als der Maurer das Fundament des Gebäudes goß, ließ er ein großzügiges Stück Erde für die Wurzeln frei. Jetzt fließen drei Quellen Harz aus ihr und werden immer länger. »Es ist zu ihrem Besten, was ich tue«, hatte der Holzfäller gesagt, der von der Stadtverwaltung geschickt worden war. Die elektrische Säge schnitt in das Holz, öffnete Löcher für das ausströmende Harz, und wenn es einen Schrei gegeben haben sollte, dann war er unhörbar. »Man sagt, der Winter wird hart.« Er lächelte und entblößte seine untere Zahnreihe. Bevor der Sturm und der Schnee sie umwerfen könnten, entferne er einen der beiden kräftigen Äste, die sich vom Stamm abspalteten. Jetzt winkte der Stamm einarmig, und aus dem Stumpf flossen gelbe Tropfen, bernsteinfarben, durchsichtig.

An dem Tag, an dem der Ast abgesägt wurde, hatte ich eine Melone und Gerbera gekauft. Melonen sind Früchte des Sommers, bevor der Winter kommt, von dem man sagt, daß er hart werden würde, und Gerbera, sagt man, seien gut gegen Schwermut. Ich ging die Ben-Jehuda-Straße hinunter, die Melone und die Gerbera in den Händen, hörte ein Saxophon, das »Erde, meine Erde« blies, und blieb stehen. Hochgekrempelte Ärmel, dünne Flanellhaare, ein nackter Unterarm, violette Lippen um das Mundstück gemeißelt, als würde die Schöpfung des Blasens direkt in den Lippen anfangen, als wären sie als erstes geformt worden, und um die Lippen herum das Gesicht, die Augen, Stirn, Hals, lange Gliedmaßen.

Ich weiß nicht, was mich dazu brachte, stehenzubleiben, alle zehn Meter steht so ein Straßenmusikant, und ausgerechnet bei diesem blieb ich stehen.

Vielleicht war das Licht schuld daran, das die Sonne auf den Schuhladen warf, oder der Schatten, der die Schwelle des Basars verdunkelte, oder der geschwollene Fuß, den der Bettler ausgestreckt hatte, oder der Holzfäller, der am Morgen gekommen war, ich weiß es nicht. Du gehst eine Straße entlang und eine Anhäufung von Belanglosigkeiten nimmt dir den Atem und du bleibst einen Moment stehen, um Luft zu schöpfen.

Der Instrumentenkasten stand offen, die Silber- und Kupfermünzen auf dem abgewetzten dunkelroten Samt glitzerten. Ich legte die Melone und die Gerbera zwischen meinen Füßen auf dem Gehsteig ab, wühlte in meiner Handtasche nach einer Münze und überlegte, wie ich mich bücken sollte, ohne ihn zu kränken, ohne daß er meinen sich vorbeugenden Körper und die Hand mit dem Geld bemerken würde. Aber zwei graue Augen nahmen jede Bewegung wahr, die ich zu verbergen versuchte, sie strahlten so etwas wie Überheblichkeit aus, auch die Lippen, die sich um das Mundstück preßten, und der mit einem Tuch geschmückte, gesenkte Hals.

»Madame, so schöne Hände. Ihre Hände sind etwas Besonderes.« Seine Zischlaute klangen wie das Rascheln von Seide.

An meinen Händen ist nichts Besonderes, sagte ich laut zu mir, als ich schon im Auto saß und meine Hände das Lenkrad umfaßten. Es sind einfach Hände, ganz normale Hände für eine Frau meines Alters. Was starrst du auf deine Hände, achte auf die Ampel, du Dummkopf, siehst du nicht, daß der Transit hinter dir gleich in dich reinfährt? Die Melone verströmte den Geruch von Reife, die Gerbera lagen auf dem Sitz rechts neben mir, durstig und verwelkend, und meine ganz normalen Hände hielten das Lenkrad und führten mich durch die Straße mit den zwölf Paternosterbäumen.

Ich teilte die Melone in gelbe, sichelförmige Stücke und erzählte Juval von dem Holzfäller und von dem Harz und erwähnte mit keinem Wort das Saxophon und den Mund, der es geblasen hatte. Ich erzählte auch von dem »dicken« Kunden, den ich heute gehabt hatte. Einer, der mir ein Prestigeobjekt überantwortet hatte, ein Haus mit vier Wohnungen, das ich für ihn verkaufen sollte, und der mir das Exklusivrecht eingeräumt hatte, und ich hatte getan, als wären solche Häuser etwas ganz Alltägliches, und als er die Hand ausstreckte, um Zigaretten aus der Tasche zu nehmen, deutete ich auf das Schild »Hier wird nicht geraucht«. Seine Hand ließ die Schachtel los und sank auf seinen Schoß. Beeindruckt von meiner Entschiedenheit drückte er mir kräftig die Hand. »Ich verlasse mich auf Sie, Frau Ilam.«

Juval hörte zu, wie ich von dem Kunden erzählte, stellte aber eine Frage wegen meiner Hände. Warum ich sie die ganze Zeit so genau betrachte, ob mir die Finger weh täten oder was. Ich leckte Melonensaft von meiner nassen Hand und nagte die Frucht bis zur Schale ab. Eine billige Frucht, groß, ein üblicher Nachtisch für eine Familie mit sechs Kindern. »Sprecht den Segen für Erdfrüchte«, hatte Chani befohlen, wenn wir unsere kleinen Zähne hineinschlugen. »Wieso Erdfrüchte, Baumfrüchte«, rief Naomi. »Baumfrüchte? Das ist zum Lachen. Was ist eine Melone anderes als ein gelber Kürbis, der auf der Erde liegt wie ein Rettich.« Bis Chani uns die Hierarchie der Gewächse der Erde und der Bäume erklärt hatte, tropfte der Melonensaft auf unsere Finger, und wir mußten ihn ablecken. Als endlich die autoritäre Entscheidung vom Spülbecken herüberkam, brüllten wir einstimmig »Schöpfer der Erdfrucht«, unser Geschrei hatte sich noch nicht aus der Küche zum Himmel erhoben, da häuften sich auf dem Tisch bereits die abgenagten Schalen, und sechs klebrige Kinne verließen den Tisch. Valeri hatte noch nichts von Segenssprüchen über Erdfrüchte gehört, auch nicht über Baumfrüchte. In dem Land, aus dem er kommt, wurde Gott schon vor Jahren erschossen. Wenn es dort etwas zu essen gibt, steckt man es in den Mund und fängt an zu kauen, und das, was Gott ersetzt, verflucht man für das, was es nicht gibt.

»Bis ich hierherkam, wußte ich nicht, was für eine Konjunktur Gott hier hat«, hatte er gesagt.

Um sechs Uhr abends wird er das Mundstück des Saxophons abtrocknen, er wird das Instrument einpacken, es auf den Rücken nehmen und sein Fahrrad besteigen.

Um halb sieben werde ich zu ihm gehen.

Um halb sieben sammeln Mütter ihre Kinder ein, die im Hof spielen, die Häuser oben auf dem Hügel werfen Schatten auf die Stufen von Valeris Block, zwischen den Blocks verblaßt der Himmel und versinkt und nimmt das Blitzen von den Brillen der alten Männer, die auf dem Geländer sitzen. Wenn ein Fremder in der

Straße auftaucht, hören sie auf zu dösen, und ihre Köpfe heben sich. Ein Auto hält, ein Fuß ist zu sehen, ein Stück Rock, der Zipfel eines Schals, eine Frau. Wohin wird sie ihre Schritte lenken? Eine Vertreterin der Behörde? Die Überbringerin einer Nachricht? Ist sie wegen etwas Verbotenem gekommen? Bis du vom Asphalt des Parkplatzes zum Pflaster des Gehsteigs kommst, hat man dir schon eine Geschichte angedichtet. Man versucht herauszubekommen, wer dich erwartet und dir von seinem Fenster aus entgegenschaut, du wirst von einem Treppenhaus verschluckt, und sie gehen im Kopf die Namen auf den Briefkästen durch und fragen sich, wer gleich das Klopfen an der Tür hören und den Riegel aufmachen wird, wenn sich deine Schritte nähern.

Im Dezember und im Januar wird alles einfacher sein. Schon um vier Uhr nachmittags wird niemand mehr auf der Straße sein, der Wind wird das Zuklappen der Autotür schlucken, das Rascheln der Pappeln, das Trippeln deiner Absätze dämpfen, der Lärm des Lebens, das sich zwischen den Wänden abspielt, deine Schritte im Treppenhaus übertönen. Die Umdrehung der Erdkugel wird mir im Winter mein heimliches Leben erleichtern.

Nur Asa'el habe ich davon erzählt, allerdings nicht wirklich. Ich habe ihn an der Universität besucht wie ein Dieb, der sein Bündel auf den Tisch legt und gesteht, das ist es, was ich gestohlen habe. Er fragte: »Wie geht es dir, Schwägerin?«

»So lala«, antwortete ich und stotterte etwas über eine unstillbare Sehnsucht, die plötzlich gestillt worden sei.

Asa'el erschrak nicht, er hielt mir keine Moralpredigt. Er steckte sich ein Bonbon in den Mund und sagte: »Sehnsucht? Ich weiß nicht genau, was das ist.«

»Wie der Hirsch lechzt nach frischem Wasser, so schreit meine Seele zu dir«, hatte Muli für Gott in der Synagoge gesungen, als er noch gern sang. »Meine Seele begehrt den Schatten deiner Hand, will den Zauber deines Geheimnisses erkunden.« Damals liebten wir Gott und sangen aus voller Kraft mit Muli mit. »Denn nach dir sehnt sich meine Seele«, wir strengten unsere Stimmbänder an, versprachen Gott, ihm unsere Herzen zu weihen, in seinem Namen zu töten und getötet zu werden.

Um halb sieben wird sein Rad schon am Geländer des Treppenhauses angeschlossen sein, seine Hand wird auf dem Türgriff auf mich warten, und wenn ich den vierten Stock erreicht habe, wird sich die Tür einen Spaltbreit öffnen, die nackte Glühbirne wird einen Streifen Licht auf den Treppenabsatz werfen.

Wie werde ich Asa'el erklären, was Sehnsucht ist? Was werde ich sagen, daß sie zwickt wie Begehren, nur zärtlicher und dumpfer? Sie entsteht aus Wünschen, die nicht endgültig geklärt sind, eine unerfüllte Anziehung, Herzklopfen, das nicht gereift ist, ein Stechen tief im Bauch? Werde ich ihm den Moment beschreiben, als etwas in meinem Bauch platzte? Es gibt sogar eine genaue Zeitangabe für diesen Moment. Ein Saxophon spielte auf der Straße, als ich mit den Gerbera und der Melone stehenblieb und dachte, Zufall, aber als die Tür meines Büros aufging und ich einen abgewetzten Flanellärmel sah, nannte ich es die Hand des Schicksals. Es war mittags halb eins. Er füllte den Türrahmen aus, warf einen Schatten auf meine Papiere, ich versteckte meine Hände in den Taschen meines dünnen Jacketts und fragte: »Kann ich Ihnen helfen?« Als wäre ich eine Verkäuferin in einem Kaufhaus oder eine Angestellte der Stadtverwaltung und als würde mein Puls im Handgelenk nicht wie verrückt klopfen.

Er wartete nicht, daß ich ihm einen Platz anbot, er setzte sich. Einen Moment lang sah er Maja an, wie man ganz offen eine Postkarte mit einer Schweizer Landschaft bewundert, dann richtete er den Blick auf mich und sagte: »Ich brauche eine kleine Wohnung. Zwei oder drei, nein, drei Zimmer, nicht mehr als dreihundert Dollar im Monat.« Seine Augen hatten die Farbe von Tehilas neuem Kimono. Ein grün-graues Meer. In dieses Meer gehüllt war sie eines Tages zu Vater gekommen, die Bewohner, die auf der Veranda des Altersheims saßen, schnalzten mit den Zungen und stellten fest, was für ein Glück Avraham Stein doch habe, daß ihn eine solche Königin besuchte.

Ich nahm die Hände aus den Jackentaschen und fing an zu tippen, und bis die Angaben auf dem Bildschirm erschienen, fragte ich: »Welches Viertel?«

»Das ist nicht wichtig.«

»Mit Neueinwanderern?«

»Neue oder alte, das spielt keine Rolle.«

Er sprach ein fremdes, dramatisches R, wie ein Radiosprecher, der eine Unglücksnachricht verkündet.

»In Armon Hanaziv, drei Zimmer, vierter Stock, ohne Lift, es gibt einen Kühlschrank, einen Herd mit Backofen, ein Sofa im Wohnzimmer, vierhundert Dollar.«

»Dreihundert. Vierhundert ist schwer. Und außerdem habe ich Ihnen schon gesagt, und ich sage es noch einmal, Ihre Hände sind sehr schön.«

Meine Finger erschraken und tippten gleichzeitig weiter, hämmerten wie wild auf die Tastatur ein, die Angaben verschwanden vom Bildschirm, und der Bildschirmschoner tauchte auf, drei Schmetterlinge mit weißen Flügeln. Er lächelte, öffnete das Band, mit dem er sich den Saxophonkasten über den Rücken gehängt hatte, und legte sich das Instrument auf die Knie.

»Gibt es etwas für dreihundert?«

Die Schmetterlinge flatterten ins Nichts, die Zahlen kehrten auf den Bildschirm zurück, mein Herz fand seinen Rhythmus wieder. Das hatte er nur gesagt, um mir zu schmeicheln. An meinen Händen war nichts Besonderes, jede zweite Frau hatte solche Hände, saubere Fingernägel, poliert, nicht lackiert, die Lebenslinien nicht besonders lang, am Daumen eine kleine Narbe von einer Brandverletzung, auf dem Ringfinger einen sorgfältig ausgesuchten Ehering.

»Wir werden mit dem Hausbesitzer sprechen, vielleicht geht er ein bißchen runter.«

»Wann können wir ihn sehen?«

»Jetzt, wenn Sie wollen.«

Maja richtete sich auf, und ich machte ihr mit der Hand ein Zeichen, daß ich mich selbst um diesen Kunden kümmern würde. Sie biß sich auf den Fingernagel, was ist anders an diesem Tag, eine Dreizimmerwohnung für dreihundert Dollar, was läßt sich daran schon verdienen? Ein paar Cents. Und von diesem Kunden ist, wie es aussieht, nicht viel zu holen, ein Neueinwanderer, abgewetztes Flanell, billige Jeans, Schuhe aus einem der Ramschläden im Süden von Tel Aviv.

Ich nahm den Schlüssel, der am Schlüsselbrett hinter mir hing, und er saß da, entspannt und gelassen, und sah nicht aus, als habe er die Absicht, mich zu begleiten.

»Entschuldigung, kann ich noch mal ...?«

»Was?«

»Die Schmetterlinge sehen.«

Die drei Kohlweißlinge kamen aus den Ecken des Bildschirms und flatterten umeinander herum. Er beugte sich vor und beobachtete sie, er verströmte einen säuerlichen Geruch nach Schweiß und Nikotin. Mit ausgebreiteten Flügeln flogen die Schmetterlinge aufeinander zu, trennten sich mit lustigem Flattern und kehrten zum Bildschirmrand zurück. »Weißdinger« hatte Muli sie immer genannt, wenn sie an Regentagen über den Zwiebelbeeten unseres Landwirtschaftslehrers und über unseren Rasen flatterten. Immer wieder verfolgte er sie, mit einem Küchensieb aus Plastik bewaffnet, und wollte sie fangen. Und sie, leichter als die Luft, flogen wie Federn aus einem zerrissenen Kissen. Auch Simche sprang an seinen wenigen Tagen in unserem Garten hinter ihnen her und riß sein noch zahnloses Maul gegen sie auf, und sie wurden von seinem warmen Atem eingehüllt und taumelnd nach oben getrieben, und breiteten sich wieder aus. Nur ein einziger kleiner, flinker Schmetterling wagte es, sein Glück zu riskieren, er setzte sich für einen Moment auf einen Stengel und landete in Mulis Sieb, über das er dann eine Plastiktüte mit Luftlöchern stülpte.

Sein Leben ist so kurz, sagte Sarale, wenn du ihn zehn Minuten gefangenhältst, ist es, als würde er zehn Jahre im Gefängnis sitzen. Muli erschrak über das Urteil seines Gefangenen, der nichts getan hatte, und zog die Tüte wieder ab. Erschrocken und verwirrt blieb der Schmetterling auf dem Siebrand sitzen, das nach Vanille, Zimt und Aufläufen roch, bis er sich löste und in die Freiheit flatterte.

»Tu das Sieb in heißes Seifenwasser«, wurde Muli geschimpft, »weißt du nicht, daß Schmetterlinge treife sind? Weißt du nicht, daß von allen Insekten nur die Gottesanbeterin koscher ist?« Ausgerechnet die Gottesanbeterin, sagte Muli erstaunt, die olympische Sportlerin unter den Insekten, Meisterin im Weitsprung auf der Wiese, die über alle Kleinen hinwegspringt und sie fängt wie nichts, wer hätte das gedacht, ausgerechnet sie. Der Gedanke an eine Gottesanbeterin, die in der Pfanne in heißem Öl brutzelt und ihre dünnen Beinchen faltet, um zu fliehen ... Muli hatte das Gefühl, sich gleich übergeben zu müssen, er verzog den Mund und lief auf den Hof und betrachtete die kleinen Geschöpfe, die noch nicht mal eine Stunde Leben zu erwarten hatten.

Ich hielt das Schlüsselbund umklammert, damit die Schlüssel nicht klimperten und zur Eile antrieben, ein Mann mit Schuhgröße achtundvierzig begeisterte sich für Schmetterlinge, die keine waren, und schämte sich noch nicht einmal. Aber die Schublade, die Maja aufzog, knarrte und riß ihn aus seiner Versunkenheit. »Entschuldigung, ich lasse Sie warten.« Er band sich den Instrumentenkasten wieder quer auf den Rücken, stand auf und trat zur Seite, um mich vorgehen zu lassen, und hielt die Tür am Griff, damit sie langsam ins Schloß fiel und nicht zuknallte.

Er füllte mein Auto aus. Ich zeigte ihm den Griff, mit dem er den Sitz nach hinten schieben konnte, um seine Beine zu befreien, die sich gegen das Handschuhfach drückten. Er hielt den geschlossenen Saxophonkasten zwischen den Knien fest. Der Abstand zwischen uns sättigte sich mit seinen Atemzügen und seinem Schweigen, im Radio sangen sie »Nach den Feiertagen wird alles anders, da kehrt der Alltag wieder ein«. Er trommelte den Takt mit dem Daumen auf den Instrumentenkoffer und fragte, wie die Sängerin heiße.

»Ofra Haza.«

»Eine schöne Stimme«, sagte er.

»Sie ist vor einem Jahr gestorben, vielleicht sind es auch schon zwei«, sagte ich, und das waren die einzigen Worte, die wir wechselten.

Es war Mitte September, die südliche Sonne brach sich in der Windschutzscheibe, er schützte mit der Hand seine Augen und bemühte sich, die Straßenschilder zu lesen. In einer Straße, die zwei Blocks lang war und von Pappeln gesäumt wurde, hielt ich das Auto an. Ein langes Steingeländer begrenzte die Höfe, unterbrochen von den Eingängen zu den Treppenhäusern. Wir stiegen aus, sein Spiegelbild krümmte sich in den Autoscheiben, ebenso wie meines. Abgetragenes Flanell und eine blaue, maßgeschneiderte Sommerjacke aus dünnem Stoff. »Da, hier rechts.« Ich ging voraus und sein langer Schatten erreichte meinen und verschluckte ihn, er betrat nach mir das Treppenhaus und zusammen stiegen wir zum vierten Stock hinauf.

»Hier«, sagte ich und steckte den Schlüssel ins Schlüsselloch. Eine Holztür, die seit Jahren nicht mehr gestrichen worden war, verblaßte Aufkleber mit den Namen von Mietern, viele Schichten übereinander, auch Reklame für die Reparatur von Rolläden, Waschmaschinen und Elektrogeräten, auch ein Foto von Schimon Peres und Bibi Netanjahu, dem jemand mit Bleistift die Lippen dicker gemacht und einen Ring ins Ohr gehängt hatte.

»Man muß Sharon und Arafat aufhängen, jetzt ist ihre Zeit«, sagte er. »Vielleicht auch Anatoly Sharansky.« Er lachte scharf und kurz auf.

Sonne fiel in die Wohnung, und Staub tanzte unter der Decke. Die vielen Leben, die hier gelebt worden waren, hatten nichts hinterlassen außer einem bordeauxfarbenen Sofa im Wohnzimmer. Andere Möbelstücke waren zu anderen Orten gebracht worden und hatten beim Wegziehen schwarze Striemen auf dem Boden verursacht.

»Was für ein Dorf ist das?« Er lehnte am Fenster zum Süden und betrachtete die Aussicht, die sich ihm bot.

»Vielleicht Zur Bahar, ich kann das klären, wenn es wichtig ist.«

»Es ist nicht wichtig.«

In der engen Küche stand ein Herd, die Platten waren mit verbranntem Öl und Speiseresten verklebt. Ein löchriger Vorhang zitterte am Fenster, die Erde in einem vergessenen Blumentopf auf der Fensterbank war getrocknet, der Kaktus verwelkt. Er erkundete die Wohnung, die Zimmer, und statt daß er die Unversehrtheit der Türen kontrollierte, der Rolläden und der Heizung, prüfte er vielmehr den Blick aus den Fenstern. Die Dusche roch nach kaltem Schimmel, Marilyn Monroe, verblaßt, lächelte von der Wand, und er lächelte zurück, er kratzte den Rost vom Spiegelrahmen und befreite eine versteinerte Seife, an der ein Haar klebte, vom Schmutz, er hob den Arm zur Decke und drückte einen Fingerabdruck in die Feuchtigkeit.

Ein warmer Wind wehte durch die Fenster herein und brachte den Geruch von reifen Blüten und gärendem Abfall mit sich. Stimmen aus dem Haus und von der Straße drangen ein, ein kleines Kind weinte, der Ruf eines Muezzins klang über den Wadi, Teppichhändler und Altwarenhändler priesen wechselseitig ihre Waren an, ein orientalisches Lied kündete von der Sehnsucht nach der geliebten Frau, die weggegangen und nicht wiedergekommen war.

Seine Schultern füllten das Fenster aus, die Hände auf die Fensterbank gestützt, schaute er in südliche Richtung. Seine Nakkenhaare waren dicht, sein Haar wurde vom Wind bewegt, an den Schläfen war es grau.

»Vierhundert ist der letzte Preis?« Er drehte sich um, lehnte sich mit dem Hintern an den Fensterrahmen, klatschte in die Hände, seine Augen waren wie ein leerer Himmel.

»Mal sehen, wir müssen mit dem Hausbesitzer sprechen«, versprach ich, und er bückte sich und hob sein Instrument auf, hängte es sich über die Schulter, zog den Rolladen herunter und wandte sich den anderen Rolläden zu. In der Wohnung breitete sich kühle Dämmerung aus. Er ging hinaus und wartete auf der Treppe, bis ich abgeschlossen hatte, und dann bedeutete er mir mit einer Handbewegung, daß ich vor ihm die Treppe hinuntergehen solle. Vier Stockwerke, fünfzigmal das Klicken der Absätze meiner Sandalen, und drei Stufen entfernt das dumpfe Auftreten geduldiger Gummisohlen.

»Am Nachmittag werde ich eine Antwort wegen des Preises haben. Rufen Sie mich an.«

»Wann ist das, am Nachmittag?«

»Um fünf, halb sechs.«

Die Sonne schien ihm in die Augen, ließ seine Pupillen kleiner werden, zeigte Falten um die Augen. Er drehte sich um und ging seiner Wege.

»Nun, was ist daraus geworden?« Maja richtete sich auf ihrem Stuhl auf.

»Nichts«, sagte ich böse und trank eine Flasche Wasser leer. Mein Jackett war feucht, meine Achselhöhlen waren feucht, mein Nacken tropfte. Ich zog die Sandalen aus, um meine Füße zu kühlen, und Maja stellte die Klimaanlage kälter.

»Diese Wohnung ist höchstens zweihundertfünfzig wert«, fuhr ich den Hausbesitzer an. »Verwahrlost, nicht gestrichen, von den Fensterrahmen blättert die Farbe ab, im Badezimmer gibt es Schimmel, vierter Stock ohne Aufzug, und sie liegt am Ende der Welt, ist laut, als läge sie in einem Flüchtlingslager, wer sie sieht, läuft auf und davon. Wenn Sie nicht auf dreihundert heruntergehen, können Sie einen Mieter für Ihre Wohnung vergessen. Wenn Sie heruntergehen, habe ich jemanden.«

Majas schwere Mascarawimpern zitterten, sie erinnerte sich nicht, daß ich mit einem Wohnungsbesitzer je derart grob verhandelt hatte.

Wie zählt man die Zeit, addiert man die Sekunden, die vergehen? Mißt man ihre Länge nach der Geduld, die man braucht, um sie abzuwarten? Nach der Linie der Sonne, die auf der Wand langsam weniger wird und den Nachmittag verkürzt, ihn in den Abend hineinzieht und ihn fast zerreißt?

Er rief nicht an, weder um fünf noch um halb sechs.

Maja war schon gegangen, die Sonnenlinie hatte den unteren Rand des Fensterrahmens erreicht, wurde schwächer und blasser.

Als er um Viertel nach sechs anrief, machte ich ihm Vorhaltungen wie einem Schüler, der etwas angestellt hat. »Wir haben halb sechs ausgemacht, jetzt ist es fast eine Stunde später.«

»Tut mir leid, ich hatte Arbeit«, sagte er mit einer Stimme, der kein Bedauern anzuhören war. Ein Straßenmusikant, von welcher Arbeit sprach er? Von Zuhörern, die sich in der Gasse zwischen der Apotheke und dem Schuhgeschäft zusammengedrängt hatten? Musikfreunden, die zur Ben-Jehuda-Straße geeilt waren und ihn in Massen bedrängt hatten?

»Dreihundertzwanzig ist der äußerste Preis, wollen Sie die Wohnung nehmen?«

»Ich muß darüber nachdenken.« Ein rollendes, kaltes R, wie ein glatter Flußkiesel, und in seiner Stimme war nichts Unterwürfiges, sie war kühl und gleichgültig wie der Wind, der den Vorhang gegen die Wand wehte.

»Morgen gebe ich Ihnen Bescheid«, sagte er.

Die Straßenlaternen gingen an, in den Atempausen zwischen den Luftzügen fiel der Vorhang weich herunter, ein leichter Hauch bewegte seine Falten. Mein Jackett war zerknittert und meine Achseln rochen säuerlich, mein Gürtel war feucht. Ich machte den Computer aus, drehte das Schild »Geöffnet« um, damit das Büro geschlossen war, und setzte mich wieder hin. Wohin geht ein Saxophonspieler abends, nachdem er das Geld in die Tasche gesteckt und sein Instrument eingepackt hat? Wie sieht die Frau aus, der er von der Wohnung erzählt, die er heute gesehen hat? Und wie heißt sie, Luschinka? Katja? Angelika? Am besten würde Luschinka zu ihr passen, der Name klingt süß wie ein Kuß und weich wie ein Flüstern und zitternd und lebendig wie Begierde. Diese Luschinka oder wie sie auch immer heißt, trägt ein einfaches Baumwollkleid, ihre Glieder sind schwer und füllen das Kleid ganz aus, sie spielt Geige oder zupft auf einer Mandoline an irgendeiner Straßenecke oder an der Unterführung am Busbahnhof. Sie haben keine Wohnung, sie haben keine Möbel, sie haben keine Rente und keine Krankenversicherung, aber sie haben ihre Nächte.

»Dreihundertzwanzig Dollar?« wird Luschinka erstaunt sagen. »Vierter Stock ohne Aufzug? Wie steigen wir mit schweren Beinen, die den ganzen Tag gestanden haben, vier Stockwerke hoch?« Sie wird ihre dichten Haare lösen, die Saiten ihrer Geige spannen, sie wird ihn besorgt anschauen und fragen: »Und was machen wir, wenn sie drei Monatsmieten im Voraus wollen?«

Paß auf, Maria, eine Falle.

So hat Muli mich immer gewarnt und so warne ich mich jetzt, so hatte er mich gewarnt, wenn ein Hindernis auftauchte, gegen das ich vielleicht rennen würde, oder vor etwas, das bestimmt schlecht ausgehen würde. Er hielt mich am Ellenbogen, damit ich nicht stolperte, und wenn ich trotzdem hinfiel, half er mir aufzustehen und sagte nie, siehst du, ich habe es dir doch gesagt.

Wenn du angefangen hast zu fallen, wirst du vollends zu Fall kommen, zu wem und warum wurden diese Worte gesagt, falls sie überhaupt gesagt wurden, und was habe ich damit zu tun? Augen, die Tehilas Kimono gleichen, werden mir keine Falle stellen, sie werden mich nicht den Kopf verlieren lassen. »Die Königin von Saba ist gekommen, um Stein zu besuchen«, flüstern die Alten, wenn sie in dieser grünlichgrauen Seide auftaucht, und einmal hat einer von ihnen gesagt: »Schaut mal, Steins Kleopatra kommt.«

Aber Maria wird diesmal aufpassen. Morgen werde ich das grobe, graue Jackett anziehen, das mich strenger und älter aussehen läßt, ich werde die Mauer zwischen mir und ihm und der Wohnung erhöhen, auch um den Preis der Wahrheit, bis dieser Musiker von der Bildfläche verschwindet und mein Büro nie wieder betritt. Dieser Luschinka sei Dank, die ihre Bedenken wegen einer Vorauszahlung geäußert hat, ihre geschwollenen Füße auf irgendeinen Schemel gelegt und sich ihrer Beine erbarmt hat, die von den vielen Stunden auf der Straße geschwollen waren und weh taten, und die sich gefragt hat, wie sie mit diesen schmerzenden Beinen vier Stockwerke ohne Aufzug hinaufsteigen soll.

Ich werde zu ihr gehen, in die Unterführung oder zur Straßenecke oder wohin auch immer, und zu ihr sagen, von welchen drei Monaten redest du, er verlangt ein Jahr im Voraus!

»Ein Jahr im Voraus?« Luschinkas Gesicht wird sich verfinstern. Sie wird den Kopf über die Saiten senken, sie wird eine Locke um den Finger drehen und sagen: »Das ist unmöglich.« Sie wird traurig den Blick von der Straße heben und »Wir haben euch Frieden gebracht« für die Passanten spielen.

Ich löschte das Licht und verließ das Büro. In meinem Auto war nicht einmal ein Hauch seines Geruchs zurückgeblieben, dem Sitzpolster, das unter ihm eingesunken war, war nichts mehr anzusehen, ich war erleichtert. »Die Wahrheit ist, daß es keine Wahrheit gibt«, hatte Muli gesagt, als er siebzehn war, während seiner bitteren Diskussion mit Gott. Ein Jahr später, mit achtzehn, war schon hohles Schweigen eingekehrt, er hörte nichts mehr von Gott und Gott nichts von ihm.

Es gibt eine Wahrheit, Muli, dieses Etwas, das dein Bauch vor dir weiß, ist die Wahrheit.

Der Morgen kam, und er rief nicht an. Jakob hat mit Gott und mit den Menschen gekämpft und hat gewonnen. Gibt es nicht für jeden einen individuellen Engel, mit dem er kämpfen muß? Wenn er anruft und kommt, werde ich alles, aber auch wirklich alles, tun, um ihn nicht mehr zu sehen, auch wenn ich mir den Knöchel verstauchen und hinken muß. Die Stunden vergingen, der Schatten des Ficusbaums wurde kürzer, kein Engel ließ etwas von sich hören und kam vorbei, und von all den Zeichen meines wissenden Bauchs blieb nur ein kaltes, leeres Hungergefühl. Ich bat Maja, ein Sandwich kaufen zu gehen, ein grauer Spatz landete am Fenster, schlug mit dem Schnabel an die Scheibe, hüpfte auf dem Fensterbrett herum. Ich nahm mir vor, ihm etwas von meinem Baguette hinzustreuen, falls er hierblieb, bis Maja zurückgekommen war, als Zeichen der Hochachtung vor einem Leben, das sich mit Brot und Wasser begnügte. Kunden kamen und gingen, die Türklinke in der Hand sagten sie: »Ich werde darüber nachdenken«, und: »Ich sage Ihnen bald Bescheid«. Und mir war klar, daß sie, bis der Vertrag nicht unterschrieben war, so real waren wie meine drei Bildschirmschonerschmetterlinge. Aber was kümmerte es mich, wenn der eine nicht unterschrieb, würde eben der andere unterschreiben, der Spätsommer war eine gute Zeit für Makler. Das Jahr geht zu Ende, ein anderes wird beginnen, und auf der schmalen Nahtstelle dazwischen versuchen die Menschen, ihr Los zu verbessern, sie ziehen um und hoffen, daß das Glück das Sprichwort kennt, wer seinen Ort ändert, ändert sein Glück.

Mir war heiß und ich fühlte mich eingeengt. Das Kostüm, das ich angezogen hatte, machte mich zu einer schweren, unförmigen Matrone. Dunkle Flecken breiteten sich von meinen Achseln bis zum Bauch und zum Rücken aus. Deine Kleider, Maria, werden nicht das für dich tun, was du nicht selbst tust. Textilien aus dem Kaufhaus mit viereckigen Schulterkissen beeindrucken niemanden. Fahr nach Hause, ziehe normale Sachen an, packe diese förmliche Kleidung in Plastik und hebe sie dir für Staatsbegräbnisse auf.

Das Haus war sauber, kühl und zu still. Die Gerbera ließen die Köpfe hängen, die welkenden Blätter zeigten gelbe Flecken, das abgestandene Wasser war grün. Vom Fenster aus sah ich, wie eine Frau auf einer der gegenüberliegenden Terrassen Babywäsche auf eine Leine hängte, sie hielt eine Wäscheklammer im Mund, glättete ein winziges Unterhemd, bewegte die Schultern zu einer Melodie, die aus einem Transistorradio auf der Brüstung drang. Ein warmer Wind ließ die kleinen Hemden und ihre Haare flattern. Sarale ist sicher, daß es einen Zustand gibt, der Glück heißt. Wenn Sarale recht hat, und es gibt ihn wirklich, dann ist er das, was jetzt dort drüben an den Leinen hängt. Ich duschte schnell und zog das weiße Kleid mit den roten Tulpen an, das man mir in einer halben Minute zum halben Preis verkauft hatte. Sie stellten einen Rundständer mit Kleidern vor das Geschäft und sagten, nehmen Sie zwei, meine Dame, was gibt es da überhaupt zu überlegen? Und ich kaufte eines.

Ich zog die Sandalen mit den mittelhohen Absätzen an und dachte, die welken Gerbera müssen bis zum Abend warten. Andererseits kennt das Tagesende seine eigenen Verpflichtungen, man muß nicht unbedingt noch etwas hinzufügen. Ich warf die Blumen samt dem stinkenden Wasser in den Mülleimer, grünliche, verfaulte Brackschlieren klebten am Rand, der letzte Rest jener Abende war entsorgt. Ich knotete die Plastiktüte zu und warf alles draußen in die Mülltonne und fuhr zurück zum Büro.

Die Frau, die ihre Schultern zur Musik bewegt hatte, besaß feste, braungebrannte Arme. Winzige Hemdchen, strahlend weiß, neu, weiche Baumwolle, die den Geruch nach Baby verströmte, nach Puder, Kamillencreme. Ungefähr zwei Monate muß ihr Baby alt sein, wenn das die Hemdchen sind, die sie ihm anzieht. Ein Dutzend solcher Hemdchen habe ich damals für Giora gekauft, auch damals war September, auch er war damals zwei Monate alt. Auf allen Balkons über uns und unter uns hingen damals

Babysachen, es war ein Viertel, in dem junge Paare lebten, auf allen Balkons hielt man Wäscheklammern zwischen den Zähnen und hörte Musik. Damals dachten wir nicht, daß dies Glück sei, wir hielten es für das Leben.

Maja hatte mit einem Konturenstift die Lippen neu nachgezogen, bald würde sie das Büro verlassen, sie bereitete schon das Netz vor, mit dem sie das Glück jagen wollte. Sie kämmte sich, sie sprühte sich Parfüm in den Nacken und auf die Arme und ging den unendlichen Möglichkeiten entgegen, die sie auf der Straße in der Abenddämmerung erwarteten. Sie wird aufrecht gehen, mit aufgeworfenen Lippen, und die Dinge geschehen lassen, und wenn sie nicht heute geschehen, dann spricht nichts dagegen, daß sie morgen real werden. Heute morgen ist ein Vulkan ausgebrochen, es sind kaum ein paar Stunden vergangen, da hat sich der Vulkan beruhigt, und nun überzieht ihn eine dünne Kruste. Ich blieb allein mit Majas Parfüm zurück, das langsam verflog, und mit den Informationen des Computers, der mir Gutes verkündete. Schon lange habe ich nicht mehr mit Naomi gesprochen, vielleicht gibt es auch in ihrer Apotheke gerade einen Moment der Entspannung. Wenn ich sie anrufe, unterhalten wir uns über Vater, über das Wetter und die Arbeit, ich werde nicht ins Fettnäpfchen treten und sie fragen, was es Neues gibt, es braucht keiner zu denken, es wäre kein Leben, wenn es nichts Neues gibt, auch ohne etwas Neues ist das Leben eine ziemlich komplizierte Angelegenheit.

»Moria Immobilien und Vermittlung« steht auf dem Schild mit dem kleinen Haus, das mir ein Graphiker gemacht hat, »höflicher und zuverlässiger Service«.

»Ist es das, was du tust, Immobilien von einer Hand in die andere zu vermitteln?« hatte Tehila kichernd gefragt, als ich das Büro eröffnete. »Wozu hast du denn studiert? Wenn ich etwas bis zu Ende gelernt und ein Diplom gemacht hätte, was hätte ich dann nicht alles getan. Aber mal ehrlich, Moria, hätte ich mich auf meinen hübschen Hintern setzen und lernen können? *No chance.* Aber weißt du was? Ich beklage mich nicht, er hat mir nicht gerade wenig Vergnügen bereitet, mein Hintern.«

Als sie mich einige Zeit danach in meinem Büro besuchte, sagte sie »Wow« und legte die Hand auf die Brust. »Jetzt verstehe ich, es steckt viel Geld und Kraft in diesem Geschäft, das ist es wohl, was man die Beherrschung des Schicksals nennt, nicht wahr?«

Ich lachte, und sie inspizierte staunend das Büro und nahm nicht wahr, daß auch das Schicksal lachte.

Aber obwohl ich lachte, wußte ich doch, daß etwas Wahres in ihren Worten lag. Das Schicksal ist ein wildes Pferd, und eine Frau, die keine Hände hat, um seine Zügel zu halten, und keine Kraft in den Schenkeln, um sie in seine Flanken zu drücken, und nicht die Schärfe der Sehnsucht, die die Nüstern des Pferdes erzittern läßt, soll sich einen starken Pfosten suchen und das Pferd anbinden. Wer weiß, wohin mich mein Pferd gebracht hätte, wenn ich dieses Büro nicht eröffnet hätte, wenn ich mir keinen starken Pfosten gesucht hätte, um es anzubinden, wenn ich mir kein Geschäft aufgebaut hätte, mit Wänden, mit Quadratmetern und an den Dollar gebundenen Preisen, mit Kunden, die Immobilien loswerden wollen, und mit anderen, die den Kauf von Immobilien ersehnen. Juval hatte gesagt: »Das paßt nicht zu dir, Moria, folge deinem Herzen.« Mein Geschäft läuft nicht schlecht und manchmal blüht es sogar, aber er sorgt sich um die Defizite meiner Seele. »Prüfe genau, ob das das ist, was du mit deinem Leben anfangen willst, damit du nicht das Wichtigste verpaßt, wir werden nicht verhungern, wenn wir das Büro schließen.«

Das genau ist die Frage, Juval, was ist das Wichtigste, und wie kann ich wissen, ob ich es verpasse oder nicht?

Weil ich an ihn dachte, rief ich ihn im Geschäft an, seine Stimme war warm und fest wie ein Haus, in das man heimkehrt, seit über zwanzig Jahren begleitet mich diese Stimme, früher, als sie noch fremd und neu war, spannte sie das Trommelfell und ließ die Membranen des Ohres erzittern. Ich erzählte ihm von der Frau, die Babywäsche aufgehängt hatte, und von dem Lied, das sie summte, und wie klein die Hemdchen waren, die mich an ein Glücksgefühl erinnerten.

»Beneidest du sie?«

Ich antwortete ihm nicht, denn ich wußte nicht, ob sie es war, die ich beneidete, oder das Baby, das seinen Weg gerade begann.

Schau ihn dir an, er hat sein ganzes Leben noch vor sich und weint, hatte ich zu ihm gesagt, als wir Giora spazierenfuhren, ich an einer Seite des Kinderwagens, Juval an der anderen, unsere Hände verschränkten sich auf dem Metallgriff und ließen einander nicht los. Ich verstehe ihn, so winzig ist dieser Mensch und wie abhängig von uns, man mischt sich ein, wenn er Kaka und Pipi macht, und belädt ihn mit Tonnen von Hoffnungen. Ich pfiff für ihn »Wagen mit Pferd«, und er hörte auf zu weinen, wer weiß, vielleicht mochte er dieses Lied gar nicht, und ich nervte ihn damit.

»Was hältst du von Brötchen mit Satar zum Abendessen, soll ich welche mitbringen?« fragte Juval.

»Natürlich, tu das.« Endlich eine Frage, die sich leicht beantworten ließ.

Die schwere Wanduhr im Büro schlug sechs Mal. Juval wird frische Brötchen mitbringen, wir werden auf der Terrasse zu Abend essen und die Berge und den Wadi betrachten, jetzt, in der Monatsmitte, ist Vollmond. Und das Pferd ist am Pfosten festgebunden.

Naomis Apotheke ist fünf Straßen von hier entfernt, warum sollen wir sie nicht einladen, mit uns zu essen? Sie wird sich im ersten Moment weigern und im nächsten annehmen. Ich werde gleich das Schild »Geöffnet« umdrehen, das Büro schließen und zu ihrer Apotheke gehen und eintreten.

Wenn Naomi kommt, werden wir nicht auf der Terrasse essen. Vollmond bedrückt sie. Einsamen Menschen tut bei Vollmond das Herz weh. Vom Wadi wird das Gebell der Hunde herüberdringen, der süße Duft der Paternosterbäume und das heimliche Flüstern der Liebenden, die sich hinter ihnen verstecken, wird ihr das Herz schwermachen.

Ich füllte ein Formular zur Vermögenserklärung aus, das mir das Finanzamt geschickt hatte, und die drei Bildschirmschoner flatterten herum, schlugen ihre Flügel zusammen und klappten sie wieder auf. Die letzten Sonnenstrahlen drangen durch das

Fenster, der Vorhang nahm die dunkelrosa Farbe des Himmels an. Die Steuerbehörde will wissen, ob ich im letzten Jahr Immobilienbesitz erworben habe, was ich gekauft und was ich verkauft habe. Ich wühlte in der Schublade nach den Autopapieren, da ging die Tür auf und das Pferd, das an den Pfosten gebunden war, stampfte mit den Hufen.

Er schloß langsam die Tür. »Ich schulde Ihnen noch eine Antwort.«

Großgewachsen stand er auf der anderen Seite des Tischs, die Arme hingen an seinem Körper herunter, das Band, mit dem er das Saxophon umgebunden hatte, spannte sich schräg über die Brust.

»Ich nehme die Wohnung. Aber wenn es möglich ist, entschuldigen Sie, dann möchte ich sie doch noch einmal sehen.«

Wer denkt schon an Luschinka und ihre geschwollenen Beine, wer denkt an eine Vorauszahlung für ein Jahr, wer denkt an »Vorsicht, Maria, eine Falle«, wer denkt an den Engel? Was will er in der Wohnung sehen, was er noch nicht gesehen hat? Auf den zweiten Blick wird ihre Armseligkeit eher auffallen, das Grau der Abenddämmerung wird ihre Schäbigkeit betonen, die abblätternde Farbe, den schadhaften Verputz an der Decke, den abgetretenen Fußboden, die aufgeworfenen Lippen von Marilyn Monroe im Badezimmer, den Rost am Spiegelrahmen.

Ich tippte auf die Tastatur, um die Kohlweißlinge wegzuschikken, und er trat vor den leeren Bildschirm, als hoffe er, einer der Kohlweißlinge würde zurückkehren und wieder herumflattern, und als das nicht geschah, ging er ins Vorzimmer und wartete unter dem Schild, das höflichen und zuverlässigen Service versprach, pfiff eine fremde Melodie, je vier Finger von jeder Hand in die Potaschen seiner Jeans geschoben, während die beiden Daumen draußen den Takt zur Melodie klopften.

Der Wind hatte zugenommen, drang unter sein Hemd und brachte dünne Flanellfransen zum Vorschein, fing sich in meinem Chiffonkleid und blähte es auf, als wäre es aus Luftfäden gewebt, bis die Autotür zuschlug und er draußen bleiben mußte.

Wieder drückten sich seine Beine gegen das Handschuhfach,

wieder hatte er das Saxophon zwischen seine Knie geklemmt, wieder wechselten wir auf der Fahrt kein Wort. Als wir in der Straße ankamen, schob er den Kopf aus dem Fenster und betrachtete prüfend den vierten Stock. Achtzig Wohnungen hatte der Bauherr in diesen Block gepreßt, achtzig Küchenfenster, achtzig Familien brieten Omelettes für das Abendessen.

Die Straße war leer, die Pappeln bewegten sich im Wind, aus den Wohnungen drang ein Gewirr aus lebendigen Geräuschen, das blasse Abendlicht wurde grauer und fahler im oberen Teil der Fassade. Wir stiegen aus, seine Gummisohlen folgten mir mit schweren, verhaltenen Schritten zum Eingang. Eine Tür ging auf, ein Junge kam herausgerannt, ein Stück Brot in der Hand und einen Streifen Margarine auf der Wange, also wirklich, also wirklich, schrie jemand hinter einer anderen Tür, und im dritten Stock spielte eine Flöte die Nationalhymne und stockte bei »in unserem Land« und suchte nach dem richtigen Ton.

Die Glühbirne in der Küche war die einzige Lichtquelle, sie warf nur ein schwaches Licht bis in den Flur. Die anderen elektrischen Fassungen schaukelten leer an ihren Kabeln. Er zog den breiten Rolladen im Wohnzimmer hoch und erstarrte vor dem Blick, der sich ihm vom Fenster aus bot. Der Mond war voll, rot und rund stand er im Osten, stützte sich schwer und reif auf die Bergkämme. Im offenen Fenster hoben sich die Umrisse des Musikers gegen den Himmel ab, er stand vorgebeugt, zum Wadi, die Hände auf das Fensterbrett gestützt, der Wind blies ihm durchs Haar. Er schaute den Mond an, die Sterne, den Wadi, aber vielleicht schaute er gar nicht hinaus, vielleicht störte ihn nur der abblätternde Anstrich, vielleicht fühlte er die stille Leere hinter sich, die Frechheit des Windes in seinem Gesicht, lauschte dem wütenden Bellen eines Hundes und dem nervösen Hupen eines Autos.

»Ich nehme sie.« Entschieden und sicher, als stünde er auf einer Bühne und spräche die Pointe aus, den Satz, der das Schicksal der handelnden Personen bestimmen würde.

»Sie waren noch nicht in den beiden anderen Zimmern, bevor Sie sich entscheiden, sollten Sie . . .«

»Nicht nötig.«

Und was ist mit Luschinka, verläßt sie sich so sehr auf ihn? Wie wird sie ihre Geige oder ihre schmerzenden Beine bis in den vierten Stock schleppen? Und was ist, wenn sie der Lärm des Lebens stört, der aus den anderen neunundsiebzig Fenstern des Blocks dringt? Und was ist, wenn ihr vom Geruch verbrannten Öls schlecht wird, der aus den Türritzen kriecht und das Treppenhaus erfüllt?

Plötzlich und entschlossen wandte er den Kopf zu dem dunklen Zimmer, er betrachtete mich, wie er vorher die Nacht betrachtet hatte. Blasser Mondschein fiel auf mein weißes Kleid mit den roten Tulpen, die nackten Beine, den Hals.

Wo ist Muli, um mich an der Schulter zu packen, Dummkopf, eine Falle, willst du hineinfallen und dir etwas brechen? Bist du blind oder was?

Ein gedämpftes Aufflackern wurde von der Wand zum Fenster zurückgeworfen und funkelte in den Augen, ein Flanellärmel näherte sich mir, eine Hand wurde ausgestreckt und ergriff meine Hand.

»Ich heiße Valeri.«

Seidige Zischlaute.

»Und ich Mor.« Ich zog meine Hand zurück, und seine blieb leer in der Luft hängen.

»Mor, ein schöner Name«, sagte er, das Licht eines Autos zitterte über die Decke und ließ Zähne aufleuchten.

»Mor«, wiederholte er laut, drehte sich zum Fenster und ließ den Rolladen herunter, und ich löste mich aus meiner armseligen Haltung und ging hinaus, um die anderen Rolläden herunterzulassen, und machte das Licht in der Küche aus.

Er wartete auf dem Treppenabsatz darauf, daß ich die Tür abschloß. Drei Schatten wurden auf die Wand geworfen, als wir hinuntergingen, ein Gänsemarsch von Geistern, er, das Saxophon und ich. Acht Treppen, und bei der siebten ging das Licht aus und die Welt taumelte. Ein Fuß tastete in der Dunkelheit nach sicherem Halt, eine Hand suchte etwas zum Greifen, Flanell strich über meine Wange, eine Schulter berührte die Brust. Er tastete die Wand entlang auf der Suche nach dem Schalter, das Licht ging an, und die Welt taumelte immer noch. Auch die gequälte Flöte fand keine Ruhe, noch immer traf sie den Ton nicht, wenn sie zu »unserem Land« kam, »dem Land Zion« ...

Ein trockener Wind wehte durch die Pappeln, einen Moment lang erschienen die Blätter vom Mondlicht versilbert, im nächsten drehte sich der Wind und löschte ihren Glanz.

»Wir müssen einen Vertrag aufsetzen und unterschreiben«, sagte ich mit einer besiegten Stimme und dem Zorn des Mädchens, das hinter der Kiefer entdeckt worden war und wütend mit Muli über seine Niederlage stritt, das ist keine Kunst, daß du gewonnen hast, du hast nicht bis zehn gezählt, du hast heimlich geguckt ...

Wenn du angefangen hast zu fallen, wirst du vollends zu Fall kommen. Hier ist die Falle, Maria, dein Fuß berührt schon den Rand, hast du keine Augen oder was?

»Wozu war dieser ganze Aufwand gut?« fahre ich ihn an. »Die Aussicht aus dem Fenster haben Sie gestern gesehen, warum mußten wir heute unbedingt noch mal herfahren?«

»Für mich ist wichtig, was man nachts vom Fenster aus sieht. Wenn ich von der Arbeit komme, ist es dunkel. Was ich von diesem Fenster habe, habe ich nachts.«

Man kann das Rad noch rückwärts drehen, Maria, erwähne jetzt die Anzahlung, und du wirst ihn nicht wiedersehen. Wie soll er sie aufbringen? Zehntausende von Münzen wird er sammeln müssen, Tag und Nacht wird er Lieder vom schönen, vergessenen Land Israel spielen müssen, und das Land wird seine Hand wegschlagen und ihm nichts geben.

Und du, vergißt du schon, an was du dich erinnern sollst, Maria, läßt du dich von dem Engel verführen, der über dir kreist? Das Flügelschlagen, das von Vergessen kündet, ist dir nicht fremd, du hast es schon einmal gehört und nichts hat es dir gebracht.

Am Tag, als die Großmutter der Finkelsteins begraben wurde, sagte ich zu Muli, daß mir das schwarze Auto nicht aus dem Kopf gehe, das die Großmutter geholt hatte. »Bete ›Erlöse mich von allem Übel‹ und du wirst dieses Auto vergessen«, versprach er mir.

Dreißigmal betete ich das »Erlösemich«, bis ich einschlief, und auch das »Erlösemich« schlief ein. Die kleine Großmutter lag in meinem Kopf, eingehüllt in einen Gebetsschal oder in etwas anderes Weißes, gerade und flach wie ein Brett, genau wie man sie auf der Bahre in den schwarzen Transit geschoben hatte. Die Finkelsteins saßen auf den langen Bänken auf beiden Seiten der Bahre und betrachteten die eingehüllte Großmutter, nur Jaftschuk schaute aus dem Fenster des schwarzen Transits und winkte mir mit ihrem kleinen Finger zu, und als sie von der Bank aufsprang, hüpften ihre dünnen Zöpfe mit ihr. Das »Erlösemich« rettete mich nicht vor meinen Erinnerungen, viele Nächte lang fuhr der Transit durch meine Träume und riß mich hin und her, und ich zerrte an Mulis Arm, damit er auf den enttäuschenden Engel einwirke. Muli setzte sich auf mein Bett und sagte, das »Erlösemich« könne in der Angelegenheit des Transit nicht funktionieren, es verstehe nämlich nichts von Autos, es stamme aus der Zeit der Esel und der Kamele. »Aber weißt du was, man kann immer zum Engel Gabriel beten.« Als wäre der Engel Gabriel aus der Zeit der Mitsubishis.

Ich müßte Muli erzählen, daß der alte »Erlösemich« noch Kraft in den Lenden hat, mit einer Verspätung von dreißig Jahren läßt er mich vergessen, an was ich mich erinnern sollte.

Zum Fenster gebeugt betrachtete er prüfend die Häuser, an denen wir vorbeifuhren, er wollte sehen, wie hoch sie waren, vielleicht verglich er sie mit den überfüllten Blocks seines Heimatlandes.

Und trotzdem, wie viele Kunden kennst du, die sich für eine Wohnung aufgrund dessen entscheiden, was man nachts vom Fenster aus sieht? Nachts wird er an seinem Fenster stehen, mit nacktem Oberkörper, der Wind wird Schauer über seine Brusthaare jagen, und er wird singen »Ach, Wanjati, Wanja, warum hast du mich verlassen, Wanja, warum hast du mich verlassen, Wanja, für immer…« Luschinka wird die zweite Stimme summen und das melancholische Duett wird Nachbarn zu ihren Fenstern locken. Die Hunde werden ihre Zungen verschlucken, der Wind wird aufhören zu heulen, und alle Tanjas und Angelikas werden in dünnen Unterröcken an ihren Fenstern stehen, sie werden ihre weißen Arme auf das Fensterbrett legen und sich mit der Melodie wiegen.

»Gibt es niemanden, mit dem Sie sich beraten müssen?« fragte ich. »Entscheiden Sie allein?«

»Allein.«

Allein. Ein Stein versank im tiefen Wasser, ein Senkblei zerschnitt die Luft und traf die Tiefe. Der Vertrag ist noch nicht unterschrieben, und man kann das Rad noch rückwärts drehen.

Und warum kommt diese Luschinka nicht, oder wer auch immer, um sich an der Entscheidung zu beteiligen? Und die Kinder? Ein Mann, der mehr als fünf Jahrzehnte auf dieser Erde herumläuft, hat bestimmt ein oder zwei Kinder. Und er sitzt ruhig und hochmütig da, eine gleichgültige Silhouette, so gelassen zurückgelehnt, als habe er die ganze Welt in der Tasche.

»Sie haben sich nicht nach einer Vorauszahlung erkundigt.«

»Nicht wichtig.«

»Was soll das heißen, nicht wichtig, und wenn der Hausbesitzer die Miete für ein halbes Jahr im Voraus verlangt?«

»Dann zahle ich ein halbes Jahr im Voraus.«

Ach so, Maria, an wen hast du dein Mitleid verschwendet? Mit welcher Feinfühligkeit hast du dich gebückt, um ihm eine Münze zu geben, du hast gedacht, auf diesem Geld läge kein Segen, und er? Ein halbes Jahr im Voraus ist eine Kleinigkeit für ihn. Du konntest dir nicht vorstellen, daß Volkslieder heute noch jemanden ernähren können. Du hast »Erde, meine Erde« gehört, und es hat dir den Atem verschlagen, du hast die Melone und die Gerbera zwischen deine Füße gelegt, du hast in deiner Tasche gewühlt und ihm die größte Münze gegeben, die du hattest, und hast geglaubt, das reiche nicht und noch zwei weitere dazugelegt. Andererseits, wenn er etwas besitzt, warum sollte er Ärmel mit aufgegangenen Nähten tragen, abgewetzt und zu kurz, warum Schuhe aus dem Süden von Tel Aviv? Vielleicht ist das halbe Jahr im Voraus alles, was er sich erspart hat, und er ist bereit, für ein Dach über dem Kopf darauf zu verzichten. Und außerdem ist es nicht dein Problem, ob er das Geld hat oder nicht, laß ihn den

Vertrag unterschreiben, kassiere von ihm die Vermittlungsgebühr, und damit ist diese Angelegenheit für dich ein für allemal erledigt. Und wenn ein Rohr platzt? Oder der Abfluß verstopft? Oder der Wasserboiler verrostet? Oder wenn die Kloschüssel zerbricht? Der Rolladen kaputtgeht? Das geht dich nichts an, es gibt einen Hausbesitzer, soll der sich doch den Kopf zerbrechen.

»Ich hatte noch nie einen Kunden, der sich für eine Wohnung aufgrund dessen entschieden hat, was man sieht, wenn man nachts aus dem Fenster schaut«, sagte ich. Ich knipste das Licht im Büro an, er kam hinter mir her.

»Wirklich? Noch nie? Wahrscheinlich haben Sie Kunden, die nicht wissen, was das heißt, Wände ohne Fenster.«

Kühl und bitter betrachtete er den dunklen Bildschirm, wartete auf die Schmetterlinge. Ich setzte mich, und unter dem Tisch lugten seine großen, schwarzen Schnürschuhe hervor.

»Hier ist der Vertrag. Lesen Sie ihn durch und unterschreiben Sie.«

Er beugte sich zum Tisch, sein Hemd klaffte auf und gab den Blick auf schüttere, graue Brusthaare frei, und da war ein warmer Geruch. Er zog den Kugelschreiber aus seiner Hosentasche und unterschrieb mit seltsamen großen Buchstaben, dabei drückte er mit einem flachen Daumen mit viereckigem Nagel auf den Stift.

Und du, Maria, was ist bloß in dich gefahren, daß du heute dieses dünne Kleid angezogen hast? Viel zu dünn, es paßt nicht zu einem Abend wie diesem. Ein verrückter Ostwind bauscht den Vorhang, dein Kopf ist schwer vom Wein, stütze ihn mit beiden Händen und verberge deine Beine. Zu durchsichtig ist dein Kleid, und der Vollmond steht tief über dem Ficusbaum, und gegen das Licht sieht man deine Schenkel deutlicher als je zuvor. Man hat dich dazu verführt, zwei zum halben Preis zu kaufen, und du hast eine halbe Verführung gekauft. Man hat dir nicht erklärt, wie man es wäscht, und man hat dich nicht vor Mondnächten gewarnt.

»Und was ist jetzt?« fragte er mit ausdruckslosem Gesicht, steckte den Stift wieder in die Tasche und schob den Daumen unter den Riemen seines Saxophons.

»Nichts.« Ich sammelte meine Gedanken. »Morgen unterschreiben Sie den Vertrag mit dem Vermieter, und dann müssen Sie mich bezahlen.«

Er zog seinen Daumen unter dem Riemen heraus und wandte sich zur Tür, ich verließ das Büro ebenfalls und schloß es ab. Er wartete auf dem Gehsteig, das Saxophon wuchs aus seinem Rücken, seine Hände steckten in den hinteren Hosentaschen, die Daumen klopften auf die Jeans. Er hob das Gesicht zu dem dikken Wipfel des Ficusbaums und lauschte dem Nachtvogel, der hoch in den Zweigen mit den Flügeln schlug.

»Soll ich Sie mitnehmen?«

»Nein.« Er deutete mit dem Kopf zu einem Strommast, an dem ein Fahrrad angeschlossen war. Die Straßenlaterne beleuchtete seine Nase und seinen schweren Unterkiefer, einen Unterkiefer, den er vermutlich durch Muskelanspannung und Zähneknirschen bekommen hatte. Er wandte sich zu seinem Fahrrad und ich mich zu meinem Auto. Vom Autofenster aus sah ich, wie er sich zu seinem Fahrradschloß bückte und es abnahm, dann zerrte er noch einmal den Riemen des Saxophons auf seinem Rücken fest und hob ein Bein über die Fahrradstange, die Räder senkten sich unter seinem Gewicht, seine Brust beugte sich nach vorn zum Lenker, seine Hosenbeine beulten sich über dem Knie, seine Füße stellten sich auf die Pedale, die Ärmel flatterten im Wind, und schwaches Licht fiel aus seiner Lampe und wurde von der Dunkelheit der Ficusbäume verschluckt.

Ich saß immer noch da, ohne die Scheinwerfer angemacht zu haben. Die Tulpen auf meinem Kleid verblaßten, ich spürte eine leichte Kälte auf den Armen. Ein hauchdünnes Kleid, viel zu dünn. Wohin bringt das Fahrrad seinen Besitzer? Welche Tür wird sich vor ihm öffnen? Wer wird ihn erwarten? Wer wird ihn zu Tisch bitten? Wohin geht ein Schrei in einem Raum ohne Fenster? Nirgendwohin, er schlägt gegen die Decke, von dort zu Boden und bleibt für immer stehen, die Stimmen des Mannes sammeln sich und bedrängen ihn, sie können nirgendwohin, seine Schreie sammeln sich, kämpfen mit seinen Seufzern und zertreten sein Lachen.

Es ist jetzt Abendessenszeit. Ein weiteres Abendessen, ein weiterer Salat mit gehacktem Schnittlauch, ein weiteres Ei, weiterer Schafskäse, weiterer geräucherter Schnittkäse. Die Esser werden einander das Salz und das Öl weiterreichen, zusammen mit dem Bericht dessen, was sie am Tag erlebt haben. Sie haben ein Fenster zur judäischen Wüste, und ein Fenster, von dem aus man Babyhemdchen an der Wäscheleine hängen sieht, und ein Fenster, auf dessen Brett die Früchte des Paternosterbaums fallen. Und wenn du sagst, ich bekomme keine Luft, werden sie die Augen von den Tellern heben und sagen: »Aber es ist doch alles offen. Im Gegenteil, siehst du nicht, wie der Wind die Bilder wackeln läßt? Gleich wird er die Sonnenblumen von van Gogh runterwerfen.« Arm in Arm hatten wir damals, vor langer Zeit, das Geschäft betreten, um diese Reproduktion zu kaufen, der Verkäufer sagte, ein Holzrahmen, schauen Sie, und wir ließen uns nicht los, wir lachten, wir lachten so sehr, die Sonne hatte mit uns den Laden betreten und die Sonnenblumen strahlten. Packen Sie das Bild nicht ein, dann können wir es unterwegs betrachten, wir trugen es jeder mit der freien Hand und lachten.

Ein Mann mietet ein Fenster, fährt mit seinem Fahrrad irgendwohin, die Lampe wirft einen blassen Schein auf seinen Weg voraus, wenn er aufhört, in die Pedale zu treten, wird das Licht ausgehen.

Ich ließ das Auto an und fuhr zum Altersheim, um Vater zu besuchen. Es war Mitte September, Chani und Naomi hatten noch nicht verkündet, daß es bergab ging, es gab noch Banane und Biskuit zwischen den Mahlzeiten, und wer die Worte zählte, merkte noch nicht, daß es weniger geworden waren.

Zum Altersheim gehören fünf rechteckige Stockwerke, einhundertfünfundzwanzig Fenster, zweihundert Ellenbogen, die sich auf Fensterbänke lehnen, Hände, die Kinne stützen, schwache Augen, die das Leben betrachten, das in der Siedlung gegenüber brodelt, die Antennen und die Wasserboiler auf den Dächern, die den Horizont einnehmen und die Grenze zum Himmel markieren. Ich hatte keinen Schal, um meine Schultern zu verhüllen und mein hauchdünnes Kleid zu bedecken, ich hielt es mit den Händen fest, damit es nicht hochgeweht wurde, und betrat das Haus.

Beim Rascheln meines Kleides und dem Klappern meiner Absätze öffneten sich träge Augenlider, Doppelkinne wackelten, und bebrillte Augen folgten mir. Eine alte Frau mit Doppelkinn teilte ihrer Freundin mit, daß Stein Besuch bekam.

Vater saß in seinem Sessel, er las in einer Anthologie über die Gerechten, auf dem Tisch rechts neben ihm stand kalt gewordener Tee, auf dem eine dünne Haut schwamm und in dem eine dicke Zitronenscheibe lag. Ich küßte ihn und wischte den kalten Schweiß ab, der von seiner Stirn auf meinen Lippen zurückblieb, und entschuldigte mich, daß ich nichts dabeihatte, um meine Schultern zu bedecken.

»Nicht nötig«, sagte er. »Dein Kleid bringt Licht ins Zimmer.«

Abraham Stein, ein alter Heerführer, beweint schon keine verlorenen Kämpfe mehr, er betet darum, daß der große General der Welt, der ihm die letzte Abrechnung machen wird, ihm Rabatt gewährt für seine Niederlagen und daß er ihm seine Bemühungen anrechnet und daß ihm fünfmal das Herz gebrochen wurde. Sechs Kinder hat er gehabt, und nur Chani betet jeden Morgen »Mein Gott, die Seele, die Du in mich gegeben hast, sie ist rein«.

Er fragte nach Juval, nach Giora, nach Schira. Insgeheim hoffte er, seine Enkel würden das finden, was ihre Eltern verloren hatten. Tausendmal hatte meine Mutter gesagt, du wirst schon sehen, Avram, auf jede Reaktion gibt es eine andere Reaktion, man muß nicht Albert Einstein sein, um zu verstehen, daß die Welt so funktioniert.

Sein graues Nylonhemd war am Nacken vom Schweiß und Tragen abgewetzt. Der Kragen stand ab, seine harten Sehnen sprangen hervor, wenn er sprach.

»Willst du etwas trinken?«

Er stand auf. Früher war ich kleiner als er, doch im Alter haben sich unsere Größen angeglichen, als wäre es die Aufgabe des Alters, die Menschen vorzubereiten, sie näher zur Erde zu bringen und an den Staub zu gewöhnen. Er füllte den elektrischen Wasserkessel, und zwei Menschen schauten ihm von den Fotos über seinem Bett zu. Auf dem einen Foto betrachtete ihn der Rabbiner

Kook mit Ruhe und Barmherzigkeit, vom anderen Foto unsere Mutter, an ihren Mundwinkeln zwei lange Schatten. Ihr Mund lächelte, aber ihr Blick war scharf und ein bißchen zornig, gleich wird sie die Lippen bewegen und ihre Stimme wird durch das Glas brechen, Avram, mach den Wasserkessel nicht so voll, das Wasser wird herauslaufen, und es wird einen Kurzschluß geben.

Zu Ehren dieses Fotos hatte sie ihre Feiertagsperücke aufgesetzt, dickes, grobes, streng gekämmtes Haar bedeckte ihre Ohren. »Oj, schon wieder dieser Stahlhelm«, hatte Tehila gemurrt, und damit auch die Meinung der anderen fünf Kinder laut ausgesprochen. Von der Jüngsten bis zur Ältesten zogen wir die Alltagsperücke unserer Mutter vor, die sie jünger und fröhlicher aussehen ließ, verständnisvoller gegenüber unseren Streichen, wenn der Wind es schaffte, einen Scheitel aufzuwehen, die Haare zu verwirren, und die Sonne goldne Streifen in die Strähnen malte. Wenn sie den Kopf mit einer plötzlichen Bewegung senkte, fielen die Haare auf ihre Schultern, bekamen eine Welle und glitten über ihre Ohren. »Mach das doch noch einmal, bitte, nur noch ein einziges Mal«, bettelte Naomi. »Hört auf, mich verrückt zu machen, gut?« schimpfte sie dann, sie warf den Kopf zurück und wurde rot.

Vater streckte sich nach dem Regal mit den Tassen, schob einen knochigen Finger in einen Henkel. Wann hat sie bei ihm angefangen, diese Verkrümmung des Skeletts? Wie viele Jahre haben die Schultern gebraucht, um sich so zusammenzuziehen, die Brust, um einzufallen, das Zwerchfell, um sich so dem Rücken zuzuwölben?

»Soll ich dir mit einem Wort sagen, was das Alter ist?« hatte Sarale gesagt. »Trockenheit.«

Wie kann man das mit einem Wort sagen, Sarale? Aber wenn du es unbedingt wissen willst, sage ich, es besteht aus Zusammenziehen. Das Fleisch zieht sich zusammen, die Seele zieht sich zusammen und auch der Geist. Ja, sogar der Geist, der nichts mit dem Erschlaffen des Fleischs zu tun hat, das sich zusammenzieht, ist dem gleichen Urteil unterworfen und zieht sich zusammen und wagt nicht mehr, unabhängig zu bleiben.

Vater beschäftigte sich mit dem Tee, und das befreite ihn von der Verpflichtung, ein Gespräch von Angesicht zu Angesicht zu führen. Seit seine Kinder ihrer Wege gegangen waren und sich ein anderes Leben gewählt hatten, war unser Vater zu einem Mann geworden, der keine Fragen stellte. Das, was er sah, reichte ihm. Es war eine Dummheit von mir gewesen, in einem solchen Kleid herzukommen, das zu meinem anderen Leben gehörte. Und ausgerechnet über dieses dünne Kleid, das ihn bestimmt ärgerte, sagte er, es bringe Licht ins Zimmer.

Er stellte eine Tasse vor mich hin, und die Tasse kippelte, der Tee schwappte über, und eine gelbliche Pfütze sammelte sich in der Untertasse. Er zerschnitt auch eine Zitrone und legte sie hin, und einen Teller mit Keksen, die er im Lebensmittelgeschäft des Altersheims gekauft hatte und die ihre Knusprigkeit schon verloren hatten, weil es so feucht war. Er prüfte, ob er nichts vergessen hatte, und sagte laut, Zucker ist da, Zitrone ist da. Er setzte sich in einen Sessel, ließ sich aber nicht hineinsinken. Er rührte den Tee und fragte, wie es mit der Arbeit gehe.

»Ich hatte heute einen seltsamen Kunden«, sagte ich, »einer, der eine Wohnung aufgrund dessen aussucht, was man durch das Fenster sieht.«

»Bestimmt ein Maler, nicht wahr?«

»Nein, er spielt Saxophon.«

»Jung?«

»Nein. Zwischen vierzig und fünfzig, vielleicht ein bißchen über fünfzig.«

»Alte Leute stehen am Fenster, sie lieben es hinauszuschauen, aber junge? Die haben keine Zeit.« Er beugte sich über die Tasse, er verläßt sich nicht mehr darauf, daß die Hand sie sicher zum Mund führt. Er zog ein Taschentuch aus der Tasche, ordentlich zusammengefaltet, und wischte sich über das Gesicht. Seine Lippen waren leer und ausgetrocknet, der Tee brachte sie zum Glänzen und füllte sie mit Blut.

»Was für ein Vergnügen hat ein alter Mensch schon, Moria? Er steht am Fenster und entdeckt Wunder in einem kleinen Stück Straße. Kinder kommen aus der Schule zurück, Tauben picken

Brot auf, Sonne, ein Baum. Das sind die Dinge, über die die Alten sagen: »Herr, wie sind deine Werke so groß und viel!« Aber man muß sie nicht bedauern, das ist die Ordnung, die der Herr der Welt geschaffen hat. In seiner Gnade erschuf er das Alter, damit der Abschied von der Welt leichtfällt. Er stellt unsere Sinne einen nach dem anderen ab, Ohren, Augen, Triebe, und wenn der Mensch die Welt verläßt, hat die Welt ihn schon verlassen.«

Ich schwieg und legte meine Hand auf seine, die auf der Sessellehne ruhte.

»Du mußt mich nicht trösten«, sagte er und umfaßte die Lehne fester, nicht gewöhnt an Berührung. »Ich danke Gott, daß er es mir vergönnt, zu leben und die Ordnung von Anfang bis Ende zu erkennen. Deiner Mutter war das nicht vergönnt.«

Obwohl er auf Trost verzichtete, zog ich meine Hand nicht von der trockenen Hand, von der Kruste einer Wunde, von dem schwachen Puls, der zwischen dem Finger und dem Handgelenk klopfte.

Wie geht es dem Blutdruck? Nicht schlechter als vorher. Und der Zucker? Dasselbe. Und der Kardiologe, wann will er dich sehen? Am zehnten Oktober. Und was ist mit dem Daumennagel? So, so, es gibt Salben, es gibt Verbände, langsam, langsam.

Tausend Worte über die Hinfälligkeit des Fleischs und ein großes Schweigen über die Schmerzen der Seele. Und du, was treibst du? Ich berührte seine Handwurzel, als könnte mir der Puls sagen, wie es mit der Angst stand und was mit der Einsamkeit war, ob die Sehnsucht verging, oder verging sie nicht? Und ob es noch etwas gab, worauf man warten sollte.

Ein Mann tritt in die Pedale seines Fahrrads, pfeift die Melodie eines anderen Landes, versucht seine Seele zu öffnen, und ein anderer Mann kauert in seinem Sessel, gefesselt an seine Glieder, die zusammenschrumpfen, und der Geist schlägt schon gegen die Fensterläden seiner Seele, schlägt sie abwechselnd auf und zu.

Flanellfledermäuse fliegen vom Nacken des Mannes auf, der durch die Dunkelheit fährt, trockene Blätter rascheln unter seinen Rädern. Die Sehnsucht ist ein kleiner Vogel, eingesperrt im Käfig der Rippen. Vater sagt, daß Gott die Sinne abstellt, einen nach dem anderen, Augen, Ohren, Triebe. Wann stellt Gott die Sehnsucht nach Freiheit ab, wann öffnet er ihr den Käfig und befreit den Menschen davon? Die Welt kann sich auf den Kopf stellen, ich werde ihn nicht nach der Befreiung von der Sehnsucht fragen, denn bei den Steins spricht man nicht über das, was unter der Haut vor sich geht. Nur bei den Finkelsteins wurden die Verzerrungen des Herzens und seine Schwächen offen ausgestellt, wie Geschirr auf dem Trockengestell. Die Mutter von Dudi Finkelstein überlegte nicht zweimal, bevor sie sagte, nimm deine Hand da weg, Dudi. Er stand am Fenster, die brennenden Augen auf Tehila gerichtet, und jammerte, ich kann nicht, Mama, die Hand geht allein dorthin, wenn dieses Mädchen vorbeigeht. Du hast recht, sagte seine Mutter zustimmend, es ist schwer, aber der ist ein Held, der seine Triebe beherrscht. Sie brachte ihm bei, seinen Körper so zu erschöpfen, daß ihm keine Kraft für die Sehnsucht blieb. Er machte Kniebeugen und Liegestützen und stemmte Gewichte und beteiligte seine Mutter am Wachstum seiner Muskeln und an seiner Lust, die nicht nachließ, und sagte, Mama, es kommt vermutlich nicht aus dem Bauch, man muß an etwas anderes denken.

Im Haus der Steins waren der böse und der gute Trieb die Herrscher über die Sehnsucht. Zwei Schmarotzer rangen in unserem Inneren, und wir mußten den bezwingen, der scharfe Schneidezähne und schwarze Nägel hatte, den, der uns verleitete und auf falsche Wege brachte, den Hetzer und Verführer. Den »kleinen Teufel« nannte ihn Tehila und pflegte ihn heimlich.

»Sagt, glaubt ihr, daß Papa und Mama das machen?« hatte sie gefragt, als sie gerade mal zehn war.

»Was?« fragte Naomi erschrocken.

»Na ja, das, was man macht ... Ich kann mir nicht vorstellen, daß Papa und Mama ... Wir sind bestimmt adoptierte Kinder.«

Nachts lauschte sie mit gespitzten Ohren auf die Stille im Haus, morgens betrachtete sie prüfend seine Hosenknöpfe, überzeugt, daß sie sechsmal zum Wohlfahrtsbüro gegangen und jedesmal mit einem Kind zurückgekommen waren, oder daß der kleine Teufel sie sechsmal überwältigt hatte.

Sie stieß Naomi den Ellenbogen in die Seite. »Siehst du nicht, daß sie sich nie berühren?«

»Schau nicht auf ihre Hände, schau in ihre Augen, da siehst du, daß sie sich die ganze Zeit berühren.«

»Das ist lächerlich. Als könnten sie über die Augen schwanger werden.«

Jetzt schaute ihn Mutter von der Wand herunter an, ihr Mund sah fast mitleidig aus, Avram, nimm dir noch ein Biskuit, Vollkornmehl, ohne Zucker, das kann dir doch nichts schaden.«

Wenn ich ihn das nächste Mal besuche, werde ich ihm ein neues Hemd mitbringen, dachte ich, auch eine Geranie oder eine Hyazinthe für das Fensterbrett. Damals, in dem Haus mit den sechs Kindern und alles in allem zweiundsiebzig Quadratmetern wuchs noch nicht mal ein bescheidener Kaktus. Seine botanische Neugier und Begierde verwirklichte er auf dem Weg zum Müll, dort blieb er bei der jungen Palme stehen, begeisterte sich für ihre Stärke und ihren kräftigen Wuchs angesichts der anderen Bäume im Hof, die noch vor Vollendung ihres ersten Lebensjahres zu trockenen, leeren Gerippen geworden waren, wurde er traurig.

»Interessant, was du über diesen Mann erzählt hast, der eine Wohnung wegen des Fensters genommen hat«, sagte er plötzlich, als hätte er die ganze Zeit darüber nachgegrübelt. »Wirklich interessant.« Er warf einen Blick zum Fenster, das zu der lärmenden Straße und der dahinter liegenden Siedlung mit den engen Häusern hinausging.

Ich kann ihm doch nicht erzählen, daß ich wegen dieses Mannes, der ein Fenster gemietet hat, hierhergekommen bin, weil ich einfach nur wegwollte.

»Es ist spät, Moria, du mußt los, nicht wahr?« Er schob den Ärmel hoch und hielt seine Uhr unter die Lampe. »Oh, halb neun, zu Hause warten sie auf dich.«

Er ging mit mir über den Flur, begleitete mich bis zum Ausgang. Das Gehen fiel ihm nicht schwer, und trotzdem stützte er sich auf das Geländer, seine Hand rutschte quietschend über das Holz. Die Bewohner des Stockwerks befanden sich schon in ihren Zimmern, die Sofas in der Eingangshalle waren leer. »Guten

Abend, Herr Stein«, sagte der Wachmann und ließ seinen Blick über mein weißes Kleid und das, was unter den Knien zu sehen war, wandern, dann wandte er sich wieder dem Fußballspiel in dem kleinen Fernseher zu, den man ihm in seine Zelle gestellt hatte.

»Wann bist du zum Kardiologen bestellt, am zehnten Oktober? Ich werde mit dir hingehen.«

»Ach ja, dann, wenn Gott es will.« Er blickte durch die breite Glastür, Autos fuhren vorbei, die beiden Flammenbäume vor dem Altersheim bewegten sich im Wind, der Schein der Laternen vor dem Haus machte den Himmel unsichtbar.

»Hier ist die Endstation aller Sehnsüchte«, hatte Muli einmal zu mir gesagt, als wir unter diesen Flammenbäumen standen. »Siehst du dieses Altersheim? Das war es dann. Hier steigt man aus dem Autobus der Sehnsucht und des Verlangens.« Ich hatte mit ihm gestritten. Solange der Mensch lebe, lebe auch die Sehnsucht in ihm. »Sag, weißt du nicht, wieviel Eifersucht und Lust es an solchen Orten gibt?«

»Eifersucht und Lust? An solchen Orten schlägt man Gebisse ins Leben, Maria, um es mit Gewalt festzuhalten, als würde der Tod, solange du nicht nachgibst, dich achten und noch abwarten, man versucht, den Tod kleinzukriegen, Maria. Nicht wegen der Hormone, sondern aus Angst beißt man ins Leben und läßt es nicht los, egal wie schlecht es schon ist, es soll nur nicht vorbeigehen.«

Ich verabschiedete mich von Vater, er drehte sich um und ging an der Wand des langen Korridors entlang, einen Hausschuh vor den anderen setzend, die Hand am Geländer.

Vor Jahren, wenn er über die Zukunft seiner kleinen Töchter nachgedacht hatte, sah er keine dünnen Chiffonkleider vor sich, konnte sich nicht vorstellen, daß sie mit entblößten Armen und Beinen neben ihm hergehen würden. Mutter wird seinen Kummer von der Wand aus bemerken und sagen, was sie sagte, als Muli sich die Kippa vom Kopf nahm: »Was willst du denn, Avram, Adam und Eva, die Kinder Gottes, haben sie nicht gesündigt? Sie haben gesündigt. Das Volk Israels, das Volk des Heiligen, hat es nicht gesündigt? Es hat gesündigt. Wenn es dem König der Könige passiert, wer bist du, Avram Stein, daß du annimmst, es könne dir nicht passieren?« Sie stand an der Spüle, an die Marmorplatte gelehnt, mit dem Rücken zum Wasserhahn, das Gesicht zu ihm. »Wir haben getan, was wir konnten. Und Er dort oben weiß genau, daß wir getan haben, was wir konnten.« Und sie deutete mit dem nassen Finger hinauf zu Ihm, der dort oben wohnte, hoch über unserem Block.

»Das frage ich mich ja, ob wir getan haben, was wir konnten.«

»Du hast ihnen dein ganzes Leben gegeben und fragst das?« Sie schimpfte ihn zornig und mitleidig, nahm den Wasserkessel, füllte ihn mit Wasser. »Wir trinken Tee«, sagte sie böse, wartete, bis das Wasser kochte, und goß zwei Tassen Tee auf. Sie biß sich auf die Lippe, weil sie wußte, wie tief sein Leid war und wie hilflos sie war und daß der Tee nicht tröstete.

»Sie sehen wunderbar aus, Frau Ilam, die Zeit kann Ihnen nichts anhaben«, sagte der kahlköpfige Mann, der mittags mein Büro betrat und mir die Hand hinstreckte. Mit rötlichen Koteletten und sorgfältig gekleidet setzte er sich mir gegenüber auf den Stuhl und schlug die Beine übereinander.

»Nun, und wo ist unser Freund, ist er noch nicht gekommen? Haben Sie ihm alle Defekte in der Küche und im Bad gezeigt? Daß er mir ja nicht dauernd mit einer anderen Geschichte ankommt, bei dreihundertzwanzig Dollar hätte ich eine Vorauszahlung von einem Jahr verlangen können, aber Sie kennen mich ja, Frau Ilam, Geld geht, Geld kommt, Hauptsache, man ist gesund. Und erlauben Sie mir die Bemerkung, dieses Grün steht Ihnen sehr gut. Und wo ist die Schönheit, die bei Ihnen arbeitet? Sie arbeitet doch noch hier?« Er zog ein Tuch aus der Tasche, wischte sich den Schweiß von der Stirn, schaute auf seine Uhr, dann auf die Wanduhr. »Haben Sie seine Telefonnummer? Vielleicht hat er es sich anders überlegt? Es gibt genug Leute, bei denen ein Wort kein Wort ist, so wie er sich an Sie gewandt hat, kann er sich an zehn andere Maklerbüros gewandt haben.«

»Machen Sie sich keine Sorgen, Herr Gross, er wird kommen«,

antwortete ich ruhig, sicher, daß er kommen würde. »Möchten Sie inzwischen etwas trinken?«

Er wollte Kaffee, stark, mit zwei Löffelchen Zucker. Bis ich ihn vorbereitet hatte, vertiefte er sich in das Protokoll. Er zog seine Lesebrille aus der Tasche und befeuchtete zum Umblättern den Finger.

»Was für ein Mensch ist er, hat er Familie? Eine Arbeit?«

»Ich habe ihn nicht ausgefragt, er sieht anständig aus.«

»Ich verlasse mich auf Ihr gutes Auge, nicht daß Sie mich falsch verstehen, aber trotzdem, da gibt man jemandem eine Wohnung, und Gott weiß, in welche Schwierigkeiten er einen bringen kann. Vor einem Jahr, nein, Moment mal, vor zwei Jahren, hatte ich *trouble* mit einem Kerl, der sagte, er wäre Geschäftsmann, und dann brachte er Huren ins Haus, entschuldigen Sie den Ausdruck, er hat aus der Wohnung ein Bordell gemacht und wollte nicht ausziehen. Am Schluß ist die Polizei gekommen, um ihn zu holen, und die Mädchen sind aus der Wohnung geflohen, nur einen Slip am Leib, die Schuhe in der Hand, drei oder vier waren dort, wie Mäuse, denen man den Käfig geöffnet hat. Eine war dabei, ich sage Ihnen, gut, das spielt keine Rolle, aber fünf Wohnungen bringen das Geld nicht ein, das diese Frau für ihre Silikonbrüste bezahlt hat. Entschuldigen Sie, wenn ich so spreche, aber nach so einer Geschichte wird man ein Pedant, das ist nur natürlich, nicht wahr? Die mit den großen ... fluchte, was heißt da fluchte, sie kreischte in einer Sprache, die ich nicht verstand, wenn sie nicht ihre Schuhe in der einen Hand und das Kleid in der anderen gehabt hätte, hätte sie die Polizisten mit ihren Nägeln zerkratzt. Ich sage Ihnen, dieser ganze Mist, der jetzt ins Land kommt, och ... wir sind zum Abfalleimer der Welt geworden, ekelhaft. Und die Polizisten? Sie vergessen, wozu sie gerufen worden sind, und starren sie an. Ich muß gestehen, das, was sie vor sich hertrug, war nicht von dieser Welt, aber trotzdem, Polizisten, nicht wahr? Und sie war betrunken oder auf Drogen, sie schwankte auf der Treppe und ist an der Haustür regelrecht auf mich gestürzt. Und wenn ich sage, Silikon, weiß ich, wovon ich spreche, sie ist auf mich gefallen wie Gußbeton, gut, das spielt keine Rolle. Ich habe ihr einen ordentlichen Klaps auf den Hintern gegeben, und dieses freche Ding flüstert mir doch ins Ohr, meine Telefonnummer ist null, fünf, vier... und vor lauter Schreck höre ich dauernd nur null, fünf, vier, null, fünf, vier, als hätte sie mich verhext. Der Kaffee ist ausgezeichnet, Frau Ilam. Übrigens, dieses Grün steht Ihnen wirklich, habe ich das schon gesagt? Und arbeitet dieses junge Ding noch bei Ihnen?«

Mit einer viertelstündigen Verspätung wurde die Tür geöffnet, ein Streifen zerknittertes Flanell auf seinem Unterarm, sein Gesicht zur Tür gerichtet, er hielt die Tür fest, bis sie ins Schloß gefallen war, legte die Finger auf die Brust, die Verspätung tut mir leid. Er erklärte nicht, was ihn abgehalten hatte, diese fünf Worte der Entschuldigung waren alles. Der Riemen des Saxophons zog seinen Kragen zur Seite und entblößte seine dünnen Brusthaare.

Gross schob sich die Brille tiefer, und über das Gestell hinweg betrachtete er den Fremden prüfend, von den Schnürsenkeln bis zu den verbrannten Haarspitzen, zuletzt blieb sein Blick am Instrument hängen, das er über der Schulter trug, er betrachtete die Fäden, die vom Saum der Jeans hingen, die aufgerissenen Manschetten. Er wandte den Blick von ihm zu mir, sein Mund verzog sich vor Sorge und Zweifel. »Sind Sie sicher, daß dieser Typ da zu mir paßt?« fragte er wortlos.

Ich bot dem Saxophonspieler Platz an, und er nahm sich das Instrument vom Rücken und setzte sich, stellte das Saxophon zwischen die Knie und beugte sich über die Blätter des Protokolls, das ich ihm hinlegte.

»Danke, ich komme zurecht.« Er lehnte die Hilfe ab, die ich ihm anbot. »Ich kann es selbst lesen.«

»Entschuldigen Sie. Ich heiße Gerschon Gross, ich bin der Wohnungsbesitzer.« Gross lächelte, ein kurzes, nervöses Lächeln. »Sind Sie bei einem städtischen Orchester angestellt oder so?« Schweißtropfen glänzten auf seiner Stirn, seine Brillengläser beschlugen, er nahm die Brille ab.

»Nein, ich bin selbständig.«

»Wo spielen Sie?«

»Wo es ein Publikum gibt.«

»Was wollen Sie mit der Wohnung anfangen?«

»Darin wohnen.«

»Nicht irgendein Geschäft, kein Club? Kein Atelier? Kein Aufnahmestudio? Ich muß wissen, wem ich die Wohnung gebe, verstehen Sie, ich habe schon genug Durcheinander mit den Bewohnern, Lärm, Polizei und das alles.«

»Ich verstehe.« Er schaute ihn an, bis Gross den Blick senkte und die Bügel seiner Brille öffnete und schloß, die Kälte der fremden Augen verwirrte ihn. Unruhig verlagerte er das Gewicht von einer Pobacke auf die andere und fragte, wie viele Personen in der Wohnung wohnen würden.

»Eine.«

Die Sandale, die mir locker an der Zehe baumelte, fiel laut zu Boden. Was ist mit Luschinka? Wohin geht sie abends mit ihrer Geige? Sie erwartet ihn in ihrer gemeinsamen Wochenendwohnung. Sechs Tage in der Woche drückt er auf der Straße die Klappen seines Saxophons, und dann kommt er zu ihr. Die Wohnung, die er von Gross mietet, ist nichts als ein Ort, an dem er seine erschöpften Glieder hinlegen kann, die sich den ganzen Tag auf der Straße bewegt haben, mit den Liedern des schönen und vergessenen Landes.

Er unterschrieb das Protokoll mit seltsamen, energischen Buchstaben. Gross nahm sich Zeit, er hob den Stift zum Blatt und zog ihn wieder zurück, betrachtete den Mann und das Instrument, das er zwischen den Knien hielt, dann schob er den Stift wieder näher zum Blatt. »Sie müssen mich verstehen, eine Wohnung ist nicht einfach eine Waschmaschine, wissen Sie vielleicht jemanden, der Sie empfehlen kann?«

»Ich kann es.«

»Aber Sie ... Sie kennen nicht ...« Sein Erstaunen blieb in der Luft hängen, er lehnte sich zurück. Seine kühlen Augen schauten ihn ein bißchen spöttisch an, der Schatten eines Lächelns verzog die vollen Lippen und verschwand in den Mundwinkeln.

»Wieso Sie ...« Er bewegte die Brille in der Hand, aber in diesem Moment wurde die Tür energisch aufgerissen, der Zipfel eines hellblauen Kleides wehte herein, er wandte sich zur Tür, und sein Blick fiel auf Maja. Sie warf mit einer Kopfbewegung ihre Haare zurück, hängte ihre Handtasche an den Stuhl und setzte sich schwer atmend hin. Der Saxophonspieler reagierte nicht besonders aufmerksam, er warf ihr einen gleichgültigen Blick zu, dann auch Gross, der sie mit den Augen verschlang.

»Nun ja, von mir aus«, entschied Gross plötzlich, er unterschrieb und unterstrich seine Unterschrift mit einer schwungvollen Linie. Majas Ankunft machte das Leben heiterer und verringerte seine Mühsal. Jetzt, da er von Grübeleien und Mißtrauen befreit war, konnte er sie anschauen und sagen: »Dieses Hellblau steht Ihnen großartig, aber ein Mädchen wie Sie? Die Kleider müssen sich freuen, wenn Sie sie anziehen.«

Maja fuhr sich mit den Fingern durchs Haar und schenkte ihm ein Lächeln, das sie sich angewöhnt und im Lauf der Zeit vervollkommnet hatte, dieses freundliche Verziehen des Mundes, das sie allen gönnte, die ihr im Büro Komplimente machten, im Autobus, am Zeitungskiosk, an der Schlange vor dem Geldautomaten. »Schade, daß ich nicht weitere fünf Wohnungen zu vermieten habe, um einen Grund zu haben, hierherzukommen«, sagte er und lachte, seine Augen auf das obere Drittel ihres Körpers gerichtet. Sie stand auf, um Kaffee zu machen, warf die letzte Süßstofftablette aus der gelben Plastikdose hinein und verkündete, daß sie schnell noch etwas einkaufen würde. Gross drehte den Kopf und betrachtete ihre Rückseite, ihre Oberschenkel, ihre Waden. Als die Tür hinter ihr zugefallen war, verließ ihn die Geduld. »Also morgen um zehn beim Rechtsanwalt, dann unterschreiben wir den Vertrag und Sie bezahlen.« Er stand plötzlich auf, legte eine kleine Karte mit dem Namen und der Adresse des Rechtsanwalts auf den Tisch und streckte mir eine weiche, feuchte Hand hin. »Vielen Dank für den Service, Frau Ilam, Sie kennen mich, Vermittlungsgebühr sofort nach dem Vertrag.« Er stand neben mir, das Gesicht zur Tür gewandt, und schaute hinaus, und als Maja immer noch nicht zurückkam, verabschiedete er sich hastig und verschwand. Aus dem großen Fenster war er zu sehen, wie er auf dem Bürgersteig stehenblieb, in den Papieren fingerte, die er in seiner Hosentasche hatte, als suchte er etwas, dabei warf er hastige Blicke zum Supermarkt hinüber, bis er schließlich hinüberging.

»Wieviel muß ich bezahlen?« Valeris Hand bewegte sich zu seiner hinteren Tasche, zu seinem Geldbeutel.

»Einen Moment, Ihr Vermieter hat einen Kaffee bekommen, Ihnen gebührt auch einer, nicht wahr?«

»Wenn schon, dann Tee.« Er legte das Saxophon auf den Boden, lockerte seine Beine und stellte sie weit auseinander hin, die schwarzen Knie der Jeans glänzten.

Wenn er lächelte, bewegte sich seine volle Unterlippe nach unten, nicht symmetrisch, eine leichte Krümmung zog sie nach rechts und verlieh ihr etwas Spöttisches.

»Ich habe Ihnen zweimal gesagt, daß Ihre Hände etwas Besonderes sind, jetzt sage ich es zum drittenmal.«

»An meinen Händen ist nichts Besonderes«, fuhr ich ihn an.

»Man kann an den Händen erkennen, wie ein Mensch ist«, sagte er, senkte die Brust und lehnte sich an den Tisch. Sein Gesicht kam näher, ich sah die Äderchen in seinen Augen, die Haare in seinen Nasenlöchern, winzige Poren in seinen Nasenflügeln, weiße Stoppeln, seine wirren Augenbrauen, getrocknete gelbliche Kruste von einer Entzündung auf seinem linken Augenlid. Er nahm meine Hand und betrachtete sie, sie war kalt und zog sich in seiner Handfläche zusammen, die warme, fremde Haut ließ sie nicht auftauen. Die Finger waren dünn und blaß, und zwischen dem Ehering und dem Fleisch öffnete sich ein Zwischenraum, wäre da nicht der Knöchel, er würde herunterrutschen. An dem Tag, an dem ich mit Juval losgezogen war, um den Ring zu kaufen, war ein ganz verrückter Chamsin. Die Hitze erweiterte die Blutgefäße und ließ die Finger anschwellen. Der Verkäufer schlug vor, ich solle meine Hand in kaltes Wasser legen, bevor ich den Ring anprobierte, und ich lachte, das sei nicht nötig, meine Finger würden sowieso im Lauf der Zeit dicker werden, und ich probierte den Ring mit geschwollenem Finger. Dann kam der Herbst, und ich wurde nicht dicker, und der Ring saß locker. Ich sagte, ich würde gehen, um ihn enger machen zu lassen, und verschob es, dreiundzwanzig Jahre hatte ich es nun schon verschoben und mich inzwischen daran gewöhnt, daß der Ring im Winter locker saß und im Sommer einigermaßen fest.

So plötzlich, wie sich meine Hand in seiner befand, so plötzlich war sie auch wieder frei. Seine Brust entfernte sich vom Tisch, er lehnte sich zurück, seine Hände lagen auf der Lehne und schaukelten, bis er sie plötzlich wegnahm und vor sich hielt. »Ich muß gehen«, sagte er und bückte sich zu seinem Saxophon.

»Einen Moment, der Tee.« Ich sprang zur Kochnische, nahm eine Tasse und goß Wasser ein, Zucker fiel daneben, auf die Marmorplatte, der Faden, an dem der Beutel hing, zerriß, der Tee schwappte über. Er wischte die Untertasse aus, rieb die Hand an der anderen, um die Haut mit Haut zu trocknen, trank die Tasse zur Hälfte aus und stand auf.

»Wieviel muß ich bezahlen?«

»Man bezahlt, nachdem der Vertrag unterschrieben ist.«

»Danke, daß Sie eine Wohnung für mich gefunden haben.« Er schob seinen leeren Stuhl unter den Tisch.

»Daß ich ein Fenster für Sie gefunden habe, meinen Sie.«

Er lachte und entblößte dabei eine Zahnlücke im Oberkiefer, er legte seine Hand auf die Klinke, und Maja legte von außen ihre Hand auf die Klinke. Ihre Wangen glühten, sie hielt eine Tüte mit Lebensmitteln und stampfte herein. Er machte einen Schritt zurück und ließ sie vorbei, wandte den Blick von mir und ging hinaus, ohne die Tür zuzudrücken.

»Ich wünsche diesem Gross, er soll seinen Hut fressen«, sagte Maja und biß in ein Brötchen. »Dieser Russe ist mir nicht geheuer.« Sie verzieh Valeri seine Gleichgültigkeit ihr gegenüber nicht. »Und dieser Gross? Er ist genauso verrückt wie alle anderen. Von mir aus kann er seinen Hut fressen, und dieser Russe soll ihn reinlegen. Er hat mich im Supermarkt erwischt, hat versucht, mich anzugrabschen, und gesagt, ich habe viel Geld, es lohnt sich für dich. Weißt du, was das Problem ist, Moria? Wenn man schon einem Mann mit Geld begegnet, ist er alt oder dick oder geil, oder er hat schlechten Mundgeruch. Was vergeudest du deine Zeit in diesem Büro, hat er gesagt, komm, arbeite bei mir, große Geschäfte, viel Geld, du wirst die Welt sehen, und der Verrückte hat seine Hand auf meinen Rücken gelegt, angeblich väterlich, als würde ich nicht merken, daß die Hand langsam nach unten kriecht und an meinem Hintern bremst.« Sie leckte sich etwas Mayonnaise von den Fingern, dann erneuerte sie ihren Lippenstift und das Make-up. »Irgendwas in meinem Herzen sagt mir, daß dieser Russe ihn reinlegen wird, er wird ihn bescheißen von vorne bis hinten. Und dieser Mistkerl, stell dir vor, gibt mir einen feuchten Kuß auf die Wange und sagt, ich werde mich freuen, von dir zu hören. Pfui Teufel, was für eine faule Spucke, ich habe mir die Backe gescheuert, wie man den Gasherd vor Pessach scheuert.«

Gesegnet sei der Gott des Glases, der den Spiegel schuf. Wenn es etwas gibt, was Maja Lebensfreude und Lebenslust wiedergibt, dann ist es das perfekte Abbild, das sie in ihrem Spiegel sieht.

Als Gross am nächsten Tag kam, um seinen Anteil der Vermittlungsprovision zu zahlen, war sie nicht im Büro. Bedrückt und mit eingefallenen Wangen schrieb er den Scheck aus, fächerte sich mit der Tageszeitung Luft in sein erhitztes Gesicht, schielte hastig zur Tür, zu Majas Schreibtisch, zur Toilette, zu dem rosafarbenen Jackett, das über dem Stuhl hing. Wenn ich nicht im Raum gewesen wäre, hätte er sein Gesicht in das Jackett gesteckt und den Duft erschnüffelt, den sie im Futter hinterlassen hatte.

»Arbeitet diese Süße heute nicht?« platzte er endlich heraus, als würde er ersticken und müsse loswerden, was in seinem Hals steckte. »Ach so, sie wird noch kommen, sagen Sie, nun, dann richten Sie ihr doch Grüße von mir aus, wenn es Ihnen keine Umstände macht.« Als er zwei Stunden später anrief, hielt sie die Sprechmuschel zu und bedeutete mir, ebenfalls mitzuhören. »Ich habe dich gesucht, Süße, hast du über das, was ich gesagt habe, ein bißchen nachgedacht? Vergiß nicht, Gross ist wie sein Name, groß im Geschäft und groß in anderen Dingen, ha-ha-ha. Ich verstehe, daß es dir schwerfällt, mir jetzt eine Antwort zu geben, also Küßchen, mein Schatz, es war mir mehr als angenehm, dich kennengelernt zu haben.«

»Ganz meinerseits«, antwortete sie und zwinkerte mir zu, sie streckte dem Hörer die Zunge raus und legte auf. »Ersticken soll er! Ich werde keine Träne vergießen, wenn dieser Russe es ihm zeigt, der soll ihm zeigen, wo der Fisch pinkelt. Apropos Fisch, hör zu, es gibt ein Angebot im Supermarkt, man kauft zwei Kabeljau und bekommt eine Nilbrasse umsonst.«

Vier Tage sind vergangen, seit der Holzfäller den dicken Ast abgesägt hat. Der Stumpf tropft immer noch, honigfarbenes Harz erstarrt am Schnitt und hängt herunter.

Es kam die Säge, schlug sich ins Holz und sägte den Tag in zwei Teile, in das, was bis dahin war, und in das, was ab da sein wird. Um Viertel nach sechs kam Valeri und bezahlte mir meine Provision.

Man könnte sagen, ich habe auf ihn gewartet.

Ich war allein im Büro. Die Abenddämmerung war fast vorbei, der Tag war gegangen, der Abend noch nicht da, eine Zwischenzeit, eine undefinierte Zeit. Gott nimmt das Blau vom Himmel, macht ihn leer und farblos, bevor er ihn verdunkelt. Die Hand, die das Rad der Welt dreht, schenkt uns eine Atempause zwischen Licht und Licht. Eine verwaiste Zeit, ohne die Sonne des Tages und ohne den Mond der Nacht, und genauso, wie zehn Sachen in dieser Zeit entstehen können, können tausend andere zugrunde gehen. Eine Zeit im Nicht-mehr und Noch-nicht, man kann nicht wissen, wer sich jetzt kriechend in den Spalt zwischen Tag und Nacht schlängelt.

Er trug kariertes Flanell und sah erschöpft aus. Gebeugt, mit eingefallenen Wangen, bei denen die Knochen herausstanden, als wäre er in einem Tag dünner und älter geworden, das Augenlid war noch gelblich von der Entzündung, die Stoppeln von gestern waren an diesem Tag gewachsen. Und trotzdem gab ich ihm keinen Rabatt.

»Zwei Prozent plus Mehrwertsteuer«, sagte ich.

Er betrachtete das Flattern der weißen Bildschirmschoner, zog seinen Geldbeutel aus der Gesäßtasche, zählte die Geldscheine und hielt sie mir hin, und sie waren weich und warm von den Stunden, die sie in seiner Hosentasche verbracht hatten, an seiner Hose, seiner Unterhose, seinem Fleisch.

»Wann werden Sie dort einziehen?«

»Heute.«

Allein. Nur die aufgeworfenen Lippen von Marilyn Monroe werden ihn von dem zerrissenen Poster im Badezimmer anlächeln.

»Vielen Dank für die Hilfe.« Er schob den Geldbeutel in seine Tasche zurück. »Wenn es Ihnen recht ist, möchte ich ein Trinkgeld geben.«

Bevor ich protestieren konnte, bückte er sich zum Koffer, packte das Saxophon aus, trat zwei Schritte zurück, blies in das Instrument, wischte das Mundstück ab, setzte es an die Lippen und erfüllte das Büro mit weichen Klängen. Seine Ärmel rutschten zu den Ellenbogen, seine Unterarme waren nackt, die Sehnen gespannt. Marilyn Monroe wird von Dämpfen bedeckt sein, wenn er duscht, ihr Blond wird grau werden, ihre Augen verschwommen, der Spalt zwischen ihren Lippen wird sich vertiefen. Es ist so leicht zu weinen bei diesen weichen, zitternden Rhythmen. »Mein Zimmer ist klein und arm«, singt das Saxophon in den abendlichen Kummer, besingt die Trauer der Kinderlosen. Bist du nicht ein bißchen sentimental, fragt Juval, wenn ich etwas über den gefällten Ast sage, über die jungen Zapfen, die an dem abgesägten Ast wachsen, über die Nadeln, die nur noch die Luft und den Wind stechen können. Stimmt, ich bin ein bißchen sentimental.

Ich klatschte nicht, meine Arme waren kraftlos, bis wieder Blut in meine Hände schoß und sie füllte, und sie anfingen zu klatschen, daß der Vorhang zitterte.

Er verbeugte sich, und in seinem Hemdausschnitt war wieder sein Brusthaar zu sehen, flach gedrückt und feucht. »Ihre Hände sind etwas Besonderes, Mo.« Er bückte sich und packte das Saxophon ein.

»Mo.« Ich korrigierte ihn nicht. Was gab es zu korrigieren, nun, da alles bezahlt und vorbei war.

Wir wandten uns beide zur Tür. Ich machte den Computer nicht aus, ich ging hinaus, und draußen war es schon dunkel.

»Die Schmetterlinge«, sagte er, »werden sie bis morgen fliegen?«

Er deutete auf den Strommast, dort hatte er sein Fahrrad angeschlossen, die Straßenlaterne beleuchtete es.

»Auf Wiedersehen.« Ich streckte ihm die Hand hin, er hielt sie ins Licht, näherte sich ihr mit dem Gesicht, und sein Atem traf sie zwischen Handrücken und Fingernägeln. Einen Moment lang legte er seine Hand auf meine, dann drehte er sich um und ging zum Strommast. Ich stieg ins Auto und schnallte mich an. Ein Stein versank im tiefen Wasser. Er schloß sein Fahrrad auf und fuhr los, dann drehte er um und kam zu meinem Auto, einen Fuß auf dem Bürgersteig, den zweiten auf dem Pedal beugte er sich zu meinem Fenster.

»Ich gebe ein Solokonzert für Saxophon in der Ben-Jehuda, offen für Publikum. Am Montag um fünf, Lieder nach Wunsch.« Er lächelte, bog die Schultern nach vorn, packte den Lenker und wurde von der Dunkelheit unter den Ficusbäumen verschluckt.

»Berühre den Vogel nicht, Maria. Sie verheißt dir nichts Gutes, diese eingebildete Sehnsucht.«

Zu spät. Ich werde ihn berühren.

Ich fuhr los, ich trat auf das Gaspedal und verschwand.

Sieben Menschen standen am Montag um fünf um ihn herum. »Der Frieden schafft in seinen Höhen«, bat eine Frau. Sie wandte sich an die Umstehenden. »Finden Sie nicht auch, daß das am besten zu unserer Lage paßt? Von dem Tag an, an dem ich in dieses Land gekommen bin, ist es nie friedlich gewesen. Es gibt keine Nachrichten, ohne daß irgendwo etwas explodiert ist.« Sie klopfte mit ihrem Absatz im Takt der Melodie, sie schloß die Augen und bewegte das Kinn. Er hatte sich ein rotes Tuch um den Hals gebunden, die Stoppeln von gestern rasiert, das fluoreszierende Licht der Apotheke ließ seine Kinnlade blaß erscheinen. Er lächelte sie an, und sie begann, auch mit dem zweiten Absatz den Takt zu schlagen, dirigierte ihn mit der Hand, riß die Augen auf beim »der Frieden schafft, der Frieden schafft« und ihr »Bravo« ließ Spuckebläschen auf ihre Zähne treten. Ein Junge und seine Mutter wollten »Nächstes Jahr werden wir auf dem Balkon sitzen« hören, und eine Frau schimpfte: »Ja, klar, natürlich werden wir auf dem Balkon sitzen, diese Mistkerle werden uns sitzenlassen?« Der Junge erschrak, legte eine Münze hin, bevor das Lied zu Ende war, und starrte beschämt auf den Bürgersteig.

»Und was möchten Sie?« Er wandte sich zu mir, wischte sich die Lippen an seinem Ärmel ab, lächelte mit geschlossenem Mund.

»Das Lied vom Trinkgeld.«

»Öfters im Sommer« spielten seine Finger, spielten seine Lippen, spielte sein Hals, spielte die Straße, spielte der Himmel.

Diese unschuldige Melodie. Wer war unschuldig, was war unschuldig?

Es gibt keine Fallen mehr, Maria, das ist schon das Leben.

Das Solokonzert war zu Ende, er begleitete mich zum Parkplatz und sagte: »Lassen Sie mich noch einen Moment Ihre kleine Hand sehen, Mo, Sie sind eine schöne Frau.« Und ich gab ihm auch die anderen fünf Finger, ich hätte ihm noch mehr gegeben, wenn er es gewünscht hätte.

»Wie ist die Wohnung?«

»Sie meinen doch, wie ist das Fenster. Alles ist prima, ich lade Sie zur Einweihung ein.«

»Wann?«

»Wann immer Sie kommen, wird die Einweihung stattfinden.«

Weniger als eine Viertelstunde später fand die Einweihung der Wohnung statt.

Drittes Kapitel

Ich schlief nicht mit ihm.

Und die Wohnungseinweihung?

Sie fand statt.

Chani oder andere Sittenwächter würden sagen, Wohnungseinweihung? Die Zerstörung eines Hauses.

Nein, Chani, bis jetzt noch nicht.

Ich trank Wodka mit ihm, das ja. Nicht mehr als einen Schluck, der einer Portion Hustensirup entsprach. Er trank vielleicht ein halbes Glas. Er mischte seinen Wodka mit Grapefruitsaft, vielleicht warf er auch eine Zitronenscheibe hinein. Kaum zu glauben, aber außer seinem Atem, der leicht nach Alkohol roch, bemerkte ich keine Veränderung an ihm, überhaupt keine.

Wir standen am Fenster, mit dem Rücken zum Zimmer und dem Gesicht zur Nacht, zum Wadi, zum Himmel. Ja, da war seine Hand, seine linke Hand, die auf meiner linken Schulter lag. Seine rechte Hand deutete zum Himmel, erklärte etwas über den Nordstern. Ich gebe zu, daß ich nichts verstand. Ich beobachtete den Rand seines Ärmels, der über dem Wadi flatterte wie ein Vogel, der die Flügel ausbreitet, und seine Hand, die aus dem Ärmel ragte und mit dem Finger auf den einen oder anderen Stern deutete, und ich hielt den Atem an in Erwartung des nächsten Moments, statt das zu genießen, was mir dieser bot.

Nein, Chani, du brauchst mir nicht zu sagen, daß eine verheiratete Frau, die die Wohnung eines alleinstehenden Mannes betritt, nachdem die Sonne bereits untergegangen ist, das nicht tut, um mit ihm Kreuzworträtsel zu lösen.

Und trotzdem, Chani, es geschieht, wenn auch selten, daß eine Frau die Wohnung eines Mannes betritt und die Bettwäsche nicht zerknittert.

Aber was hast du damit zu schaffen? Du hast doch selbst an einer Last zu schleppen, die du wie einen Sack auf der Schulter trägst, und diese Last versperrt dir den Blick auf das, was hinter deiner Schulter liegt. Wieso habe ich dich damit beauftragt, die Moral zu verwalten, ausgerechnet dich, die du alle Kraft, die in deinem mageren Körper steckt, für deine eigene Welt brauchst und nie etwas übrig hast, denn man kann sagen, was man will, du bist immer im Soll, im Soll an Schlaf, im Soll an Freude, an Geld, an Träumen. Wie gesagt, ich habe nicht mit ihm geschlafen. Und wenn seine Hand über meinen Rücken flatterte, so kann man das kaum eine Umarmung nennen, es war eine Hand, die ein Mensch auf den Rücken eines anderen legte, um seine Aufmerksamkeit auf einen der tausenden glitzernden Sterne am Himmel zu richten.

Sag, was fehlt dir im Leben?

Sag, wenn es keine Probleme gibt, warum suchst du dir mit Gewalt welche?

Das würde Naomi sagen, nicht im Namen Gottes, sondern der Vernunft. Gleich werde ich sie von der Apotheke abholen, wir werden Vater besuchen, und dann wird sie mit uns zu Abend essen. Naomi ist überzeugt, daß eine Frau, die mit Juval verheiratet ist, ihr Schicksal preisen muß. Wenn ich, Gott behüte, vor der Zeit sterben würde oder wenn ich ermordet würde, würde Naomi Frau Ilam Nummer zwei werden. Nicht daß wir je über diese Möglichkeiten gesprochen hätten, aber ihre Einsamkeit und ihre Bedürftigkeit würden dazu führen. In diesem Fall würde sich Naomi nur wundern, daß Gott, statt zwei Juvals zu schaffen, dessen Zeit auf zwei Frauen verteilt.

Und was die Chance betrifft, ermordet zu werden, was weiß ich schon über ihn? Ein Mann auf der Straße nennt mich »Mo«, haucht mir Worte über meine Hände ins Ohr, und ich gehe in seine Wohnung. Und was, wenn er ein entflohener Gefangener ist? Einer, der in seinem Heimatland Leichen versteckt hat und hier Asyl sucht? Vielleicht hat er dort eine Luschinka ins Unglück gestürzt, hat sie verletzt und geschlagen im Stich gelassen und ist dann hier eingewandert?

Ein erbärmlicher, jämmerlicher Leichtsinn, Maria, zu jemandem in die Wohnung zu gehen, nur wegen des Tuchs, das er um den Hals gebunden hat, wegen seines melancholischen Saxophons, wegen der Traurigkeit von »Öfters im Sommer«, wegen eines zweifelhaften Kompliments.

Der weiße Apothekerkittel läßt Naomis Gesicht noch blasser erscheinen, als es ohnehin ist. Eine Frau, deren Leben ihr nicht viel Gelegenheit bietet, in der Sonne herumzulaufen, sie verbringt ihre Tage in der Apotheke, deren Steinwände dick und kühl sind, und in ihrer kleinen Wohnung in Kiriat Menachem, dort hat sie sich eine Zweieinhalb-Zimmer-Wohnung mit Küchenbalkon zugelegt. Im zweiten Stock, das Wohnzimmerfenster zum Westen, mit Blick auf En Karem, von diesem Fenster aus sieht sie an manchen Abenden, wieviel Blut und Gold am Himmel des vergangenen Tages hängt, und wie die verrinnende Zeit in die Erde fließt und vergeht.

Sie machte mir mit den Augen ein Zeichen, daß sie gleich mit dem Kunden fertig sei, der Aspirin und ein Mittel gegen Sodbrennen verlangte, sie öffnete Schubladen, nahm Tabletten zum Lutschen heraus, zum Schlucken, Säfte und Essenzen gegen Magensäure. Ihre Haare waren mit einer Spange hochgesteckt, kleine Kristallperlen glitzerten an ihren Ohrläppchen. Der Mann las die Etiketten auf den Mitteln, fragte, wie es bei Verstopfung wirke, auf das Herz, ob es eine Suchtgefahr gebe und ob Nebenwirkungen zu erwarten seien. Dieses Mittel nicht auf leeren Magen, diesen Sirup vor dem Schlafengehen, sagte sie, und ihre Stimme trieb ihn nicht zur Eile, die drei mittleren Finger ihrer linken Hand trommelten einen schnellen Rhythmus auf die Theke, und als sie sich über die Tastatur beugte, entspannte sich ihr Hals und zeigte ein paar dünne, welke Falten. Der Mann nahm das Wechselgeld und die Medikamente, die er gekauft hatte, und sie ging hinter die Kulissen der Apotheke, in den kleinen Raum, in dem die Apothekerinnen verschwinden, um schnell einen Cracker zu essen, die Strümpfe geradezuziehen, über etwas, was noch nicht geschehen ist, nachzudenken und zu seufzen. Nach ein paar Minuten kam sie von dort zurück, einen blauen Schal um den Hals geschlungen und die schwarzen Haare mit den silbrigen Fäden darin offen. Die beiden anderen Apothekerinnen wünschten uns einen schönen Abend, und ihre Augen folgten uns, bis wir die Tür hinter uns geschlossen hatten und auf der Straße standen.

Was man auch anzieht, wie man sich auch frisiert, welches Parfüm man auch benutzt, man fühlt sich plump und grau neben Naomi und den geschmeidigen Bewegungen ihrer Beine, die ihrem Gang etwas Edles und Prachtvolles verleihen. Sie trägt flache schwarze Schuhe aus dünnem Leder, mit kleinen Knöpfen auf den Riemchen um die Fesseln.

Sie ist zwei Jahre älter als ich und sieben Zentimeter größer, ihre Schultern sind breiter als meine, ihre Brüste schwerer, ihre Hände länger und hübscher als meine.

»Siehst du, in dieser Gasse zwischen der Apotheke und dem Schuhgeschäft steht jeden Tag ein Russe und macht Musik.«

Sie betrachtete das Schaufenster der Apotheke mit den Augen einer Apothekerin und das Schaufenster des Schuhgeschäfts mit den Augen einer Frau, deren hübsche Beine Schuhen schmeicheln, und schließlich wanderte ihr Blick zu der schwarzen, schmutzigen Gasse.

»Ja, viele von ihnen verdienen damit ihren Lebensunterhalt.« Sie schaute dem Einwickelpapier eines Eises nach, das vom Wind durch die Luft geweht wurde und an einer Wand kleben blieb. »Sie können einem leid tun, dieser dreckige Boden ist ihr Konzertsaal. Ich hoffe nur, daß man ihm auch etwas gibt.«

Das Eispapier fiel von der Wand und wehte zur gegenüberliegenden Mauer, aufgeweichte Brötchenreste verschmierten die Steine, auf die morgen Valeris Turnschuhe treten würden.

Wir betraten ein Blumengeschäft und kauften ein Kumquatbäumchen mit kleinen, orangefarbenen Früchten, aber manche waren auch noch grün und hart. Viel Wasser und viel Licht, sagte die Verkäuferin. Naomi hielt das in durchsichtiges Zellophan verpackte Bäumchen auf den Knien, ich fuhr.

»Ich denke daran, mir ein Auto zu kaufen«, sagte sie.

Ein Auto? Wenn dem so war, war sie offensichtlich enttäuscht von der Spontaneität des Schicksals. Jahrelang hatte sie geglaubt, daß das Glück Heiratsvermittler und Blind Dates verabscheut, sie ging davon aus, daß sich das Glück in Geschäften und Autobussen herumtreibt, aus- und einsteigt, zufällig und überraschend. Daß es möglicherweise in den Bus Nummer zwanzig steigt und sich an sie wendet, entschuldigen Sie, darf ich mich neben Sie setzen? Diese Frage wäre dann das Fadenende eines Knäuels, von dem sich ein ganzes Leben abwickeln läßt. Oder es würde hinter ihr in der Schlange vor dem Bankschalter stehen, sie mit der Fingerspitze an der Schulter berühren und sagen, entschuldigen Sie, ich muß mal schnell raus, um einen Kontoauszug zu holen, können Sie mir meinen Platz freihalten? Sie würde ihm den Platz freihalten, und er würde es ihr danken, dann würde er sie an der Tür einholen, sie zum Autobus begleiten und sich auf dem Kontoauszug ihre Telefonnummer notieren. Warum sollte sich nicht das Wunder aus dem Lied »Wenn ich dich zum ersten Mal im Eisenbahnwagen getroffen hätte« verwirklichen, mit Kleeblatt und Karussell und allem? Zu viele Jahre und zuviel Kredit hatte sie in das Glück investiert, und das hatte es nicht für richtig erachtet, mit der Linie zwanzig zu fahren oder die Apotheke zu betreten, um Aspirintabletten oder eine Zahnbürste zu kaufen und die Apothekerin hinter der Theke zu entdecken und zu ihr zu sagen, schau, da bin ich nur hereingekommen, um eine Zahnbürste zu kaufen, ich hätte mir nicht vorstellen können, daß ... Wenn sich das Glück bis heute nicht um sie bemüht hatte, war es sinnlos, ihm den Weg zu ebnen und zu diesem Zweck mit dem Autobus zu fahren, und wenn es sich das doch noch anders überlegt, wird ein Auto es nicht davon abhalten, es könnte sie auf tausend andere Arten überraschen.

»Frag Juval um Rat, er hat Automagazine im Laden, er versteht was davon.«

»Ja, das habe ich mir gedacht.«

Naomi wird ein Auto haben und Zeit sparen. Welche Zeit? Zwei Zeiten hat sie, eine, die zu schnell vergeht, und eine andere, die auf der Stelle steht, es hängt davon ab, was man zählt, die Blätter, die man vom Kalender reißt, oder ihre Ergebnisse.

Sie sieht noch immer gut aus, obwohl sich ihr Hals nach vorn neigt und schon angefangen hat, eine kleine Erhebung zwischen Rücken und Schulterblättern zu bilden, aber ihr Bauch ist der Bauch einer Frau, die nie geboren hat.

Konzentriere dich auf die Straße, Maria, du bist zu nah an dem Fiat vor dir, es ist nicht der richtige Zeitpunkt, die Frau zu prüfen, die rechts neben dir sitzt, und in ihr das Mädchen zu suchen, das im Bett über dir schlief, als ihr zu sechst im Zimmer wart. Einen halben Meter unter ihr hörtest du, wie sie sich umdrehte, entzifffertest du ihre Alpträume, ihre Sehnsüchte, ihre Bauchschmerzen nach dem Ächzen der Federn und nach dem wilden Rhythmus, den ihre Zehen auf den Bettrand trommelten. Du rolltest dich in deinem Bett zusammen, und jeden Morgen hingen ihre vollendeten Beine über dir runter, sie hingen von der Decke deines Betts, weiß, mit einer Gänsehaut vor Kälte, sie glitten zu Boden, das Nachthemd rutschte hoch, ein nackter, weißer Oberschenkel glitt über den Bettrand, bevor das Nachthemd ihn wieder bedeckte.

Bis sie Haare unter den Achseln bekam, duschten wir gemeinsam, wir seiften uns gegenseitig den Rücken ein, erzählten uns Dinge, die sich leichter aussprechen ließen, wenn einem der Schaum von Shampoo über das Gesicht lief.

»Du bist die Schönste bei uns im Haus«, sagte sie, »schöner als Chani, schöner als Sarale und schöner als ich.«

Ich erschrak und spuckte Seifenschaum aus, der mir in den Mund gekommen war. »Wieso denn? Schau dir doch nur deine Beine an, wer hat bei uns so schöne Beine? Und deine Haare. Vielleicht hatte nur Rachel, unsere Erzmutter, solche Haare.«

Ich hielt mich damals nicht für die Schönste im Haus der Steins, ebensowenig wie heute. Sarale hatte wunderschöne Augen, und Naomi war einfach vollkommen. Aber sie beharrte darauf, sie bewarf mich mit Schaumflocken, schaute zu, wie ich sie ausspuckte, prüfte meinen Mund und betrachtete meine unreife

Nacktheit. »Das ist keine Frage von Beinen oder Haaren, Moria, Schönheit ist das Ganze.«

Ich verstand nichts, nur daß mein Ganzes vollkommen sei, und ich versuchte zu verstehen, wieso Sarales Ganzes dagegen abfiel.

Als ihr Haare und Brüste wuchsen, hörten wir auf, gemeinsam zu duschen. Sie zählte nun zu den drei Großen, die durch ihr Alter das Recht erwarben, als letzte zu duschen, sie wurden auch nicht mehr von Fäusten belästigt, die an die Tür schlugen, los, komm endlich raus, und verbrauche ja nicht das ganze Wasser. Die Dusche, das enge, gläserne Viereck, war der einzige Ort und die einzige Zeit, wo wir ganz allein waren. Dort beobachteten wir die Veränderungen unseres Körpers, wir stellten uns auf den Klodeckel und streckten uns zum Spiegel, entdeckten, was an uns Neues wuchs, erschraken und hofften.

Als sie dazu überging, allein zu duschen, hörte sie auch auf, mir Dinge zu sagen, die man in der Dusche sagt, aber bis ich das Haus verließ, dehnte und streckte sie ihre Glieder und drehte sich im Bett über mir um.

Als Muli dreizehn war, wurde er von uns getrennt. »Du bist schon ein Mann«, sagten sie zu ihm und bauten ihm auf dem Balkon ein kleines Zimmer, dessen Wände aus Milchglas waren. Sie stellten ein Bett, einen Tisch und eine Lampe hinein und sagten, nachts wäre das Bett ein Bett, am Tag ein Stuhl. In den ersten Nächten stieg Naomi herunter in sein leeres Bett und schlief neben mir, aber sie fand keine Ruhe und kletterte zurück in das Bett über mir, sie zog die Wand mit den Erhebungen und den Vertiefungen vor, die sich im Verputz befanden, die Stille und die Kühle der Zimmerdecke über ihr, und bereitete sich, ohne es zu wissen, auf ein Leben vor, in dem sie vier Wände erwarteten.

Die beiden Flammenbäume vor dem Eingang des Altersheims verloren schon ihr Laub, nur einzelne Schoten hingen an den leeren Ästen. »Es ist so armselig«, sagte sie, das Kumquatbäumchen fest an ihre Brust gedrückt, die Augen auf die roten Fliesen des Platzes gerichtet, sie würdigte die Fassade des Altersheims vor ihr keines Blickes, ihr reichte das eine Zimmer, zu dem wir unsere Schritte lenkten.

Vater war überrascht über die doppelte Aufmerksamkeit, er löste sich aus seiner Einsamkeit, verwirrt von den Händen, die ihm eine nach der anderen auf die Schulter klopften, und von den beiden Mündern, die ihn auf die Stirn küßten. Naomi begnügte sich nicht damit und schüttelte ihm die Hand.

»Du siehst prima aus, Vater.«

Er wußte, daß er nicht prima aussah, aber er korrigierte sie nicht.

Sie öffnete das Fenster, stellte den Blumentopf auf das Fensterbrett und trat einen Schritt zurück. »Nun, was sagst du?«

»Schön, sehr schön. Aber der Wind wird ihn runterwerfen, oder? Vielleicht auf den Tisch?«

»Auf den Tisch? Da verliert er die Hälfte seiner Wirkung, außerdem brauchst du den Tisch für deine Medikamente und den Tee und alles, nicht wahr?«

»Ja, ja.« Er betrachtete das Kumquatbäumchen, das ihm Freude machen sollte. »Wollt ihr Tee?«

»Ich mache ihn«, sagte Naomi. Sie nahm ihren Schal ab und machte sich daran, in dem Schrank über dem Spülbecken herumzuwühlen.

»Es gibt Kekse im Fach auf der rechten Seite.«

»Setz dich, setz dich, ich sehe schon. Übrigens, du solltest sie in einer Plastiktüte aufbewahren, damit sie frisch bleiben.«

»Ja, ja.«

Nun, da Mutter etwas zu beaufsichtigen hatte, durchdrang ihr Blick das Glas. Avram, setz dich gerade hin, wenn du so dasitzt, kann die Luft nicht richtig in deine Lungen, und sie kommt auch nicht gut heraus. Wenn die Mädchen nach Hause gehen, nimm diesen Baum herunter und mach das Fenster zu, soll er doch die Hälfte seiner Wirkung verlieren, was heißt das schon, Wirkung, Blödsinn, das hat dir gerade noch gefehlt, daß du einen Zug bekommst.

Aber einstweilen stand das Bäumchen noch in voller Pracht auf dem Fensterbrett und verdeckte einen Teil des Himmels, und seine dichten, wachsartigen Blätter glänzten im Dämmerlicht.

Valeris alte Mutter war zwei Jahre vor meiner geboren worden, und aus irgendeinem Grund nimmt ihr Gott das Leben nicht und läßt sie die Ordnung der Welt vom Anfang bis zum Ende durchleben. Sie lebt allein in einer kleinen Wohnung, in der Stadt, in der er geboren wurde, jenseits der Berge, Meere, Flüsse und Seen. Im fünften Stock ohne Aufzug. Eine halbe Stunde braucht sie, um hinaufzukommen, Stufe um Stufe, in jedem Stockwerk ruht sie sich aus, atmet die dumpfe Luft des Treppenhauses, die nach Zwiebeln und Kartoffelschalen riecht, und steigt dann zum nächsten Stockwerk hinauf. Über siebzig Jahre geht sie nun schon diese Treppen hinauf und hinunter. Es gibt eine Stelle zwischen den Stockwerken, an dem ihr die Luft wegbleibt und ihre Hand sich am Geländer festhält, so viele Jahre schließt sich ihre Hand hier schon, daß sie eine Vertiefung hinterlassen hat und daß die Farbe an dem Geländer abgeblättert ist. Was hat Valeri in seinem Heimatland außerdem zurückgelassen? Ich habe ihn nicht gefragt. Wenn er es nicht von selbst erzählt, werde ich es nie wissen, und was ich nicht weiß, wird mir hinterher nicht weh tun, so wie er von irgendwoher gekommen ist, wird er auch wieder irgendwohin verschwinden. Und was habe ich mit seiner Mutter zu tun? Der Vergleich zwischen einem Alter und einem anderen? Er lehrt einen nichts. Sie hat zwei Söhne, der eine lebt zwei Straßen weiter und macht ihr das Leben schwer, der andere spielt Saxophon in unerreichbarer Ferne. Avram Stein hat sechs Kinder, vier in Jerusalem, eines in Be'er Schewa, eines in Tel Aviv, und alle besuchen sie ihn der Reihe nach. Alle fragen nach seinem Herzen, nach seinem Zukker, nach dem Kardiologen und nach dem großen Zeh, und keiner bringt es fertig, nach Schmerzen zu fragen, die nicht körperlicher Art sind. Wenn sie es könnten, hätten sie ihm nicht noch mehr Dinge für sein Zimmer gebracht, eine Pflanze, einen Kissenbezug, eine Leinentagesdecke, eine Tasse mit der Aufschrift »der beste Opa der Welt«, einen versilberten Rahmen für die Fotos von Rabbiner Kook und Mutter.

Naomi deckte den Tisch, feierlich, mit einer Decke und rechts neben jeder Tasse einem Löffelchen, die Kekse zu einem geometrischen Stern geordnet, einer Blume aus Zitronenschnitzen.

»Vater, wieviel Zucker soll ich dir rein tun?«

»Zwei.« Vater legte die Hand, die er schon nach dem Süßstoff ausgestreckt hatte, wieder in den Schoß.

Er rührte und fragte sie, wie es ihr bei der Arbeit gehe und ob sie in der Wohnung eine Heizung für den Winter habe, und dann suchte er nach weiteren Fragen, die er stellen könnte, und inzwischen wandte er sich an mich und erkundigte sich nach Juval, nach Giora und Schira.

Ihm tat das Herz weh wegen Naomi, die ohne Familie war. Die Finkelsteins hatten gesagt, die Tatsache, daß Naomi nicht geheiratet habe, sei der Stein gewesen, der Mutters Herz gebrochen habe. Denn diese Frau, die keine Beschwerden hatte, die sich nie beklagte, die keine Medikamente schluckte und keinen Arzt kannte, war plötzlich von einem Moment auf den anderen gegangen, aus und weg. Steine zerbrechen, wie man sagt, und Gras biegt sich nur. An Naomis Geburtstag, zweiundvierzig Jahre, nachdem sie sie geboren hatte, hörte ihr Herz auf zu schlagen. Sie saß auf dem Sofa im Wohnzimmer, zog sich einen Schuh aus, bückte sich nach dem zweiten und erstarrte. Vater fand sie gebückt, den rechten Fuß nackt, weiß und kalt, ihr Daumen steckte noch in der Schnürsenkelschlaufe ihres linken Schuhs. Und das Glück, dasselbe Glück, das wir vergeblich in Autobussen erwarteten, fügte nun statt einem Paar Geburtstag und Todestag für immer zusammen. Und der Erfolg? An Naomis Geburtstag versammeln sich alle Steins um das Grab der Mutter und keiner sagt »herzlichen Glückwunsch« zu Naomi oder »mögest du hundertzwanzig werden«. Wer möchte auf dem Friedhof vom Glück sprechen, und wer würde angesichts der Vorhersage von hundertzwanzig Jahren Kinderlosigkeit nicht zurückschrecken?

Nun schaute Mutter von der Wand herunter auf Avram und zwei ihrer Töchter, besonders auf die ältere der beiden. Wo sind die Idioten, die es nicht vermocht haben zu erkennen, wie viele tausend Tugenden sie besaß? Nicht weniger als sie in ihrem Herzen für Naomi fühlte, fühlte sie auch für Avram, der zweimal mit »ein Mensch allein« geschlagen war, einmal, was ihn selbst betraf, und einmal wegen Naomi. Wenn er jetzt einen Keks essen würde, würden ihre Augen hinter dem Glas strahlen, und auch das Gesicht von Rabbiner Kook würde leuchten.

Naomi biß in einen Keks und erzählte von einem neuen blutdrucksenkenden Medikament, das an Mäusen erprobt worden sei, ohne daß man bei ihnen irgendwelche Nebenwirkungen entdeckt habe.

Vater fragte, ob auch Mäuse unter hohem Blutdruck litten.

»Wenn sie nicht daran leiden, sorgen die Wissenschaftler schon dafür, daß sie hohen Blutdruck bekommen. Eine kleine Spritze und der Blutdruck . . .« Ein leises Klopfen an der Tür unterbrach sie.

»Was war das, der Wind? Also hör zu, Vater . . .« Wieder klopfte es, die Türklinke bewegte sich und die Tür ging zögernd auf, langsam schob sich ein Gesicht herein, Talja stand auf der Schwelle, und das Licht brach sich in ihren dicken Brillengläsern. Gelbe Bänder hatten sich von ihren Zöpfen gelöst und hingen über ihre Wangen. Sie drückte einen zerknitterten Autobusfahrschein in den Brustbeutel, der ihr um den Hals hing.

»Guten Tag, Opa.« Verlegen wegen des unerwarteten Publikums trat sie ein. Talja, sagte Vater, stand auf und ging zu ihr, er legte ihr seine faltigen Hände auf die Wangen, dann nahm er ihren Kopf und streichelte die blonden Haare mit runzligen Fingern.

»Was soll das, Talja, allein mit dem Bus zu fahren?« Schweiß glänzte auf seiner Stirn.

»Aber Opa, ich fahre doch die ganze Zeit allein mit dem Bus.«

Sie setzte sich auf Vaters Sofa, ihre Beine hingen in der Luft, weit vom Boden entfernt. Vater blieb stehen, kratzte sich die Stirn und ging hinüber in sein Schlafzimmer. Dort öffnete er den Kleiderschrank und wühlte in den oberen Fächern. Das Rascheln von Papier, Zellophan und Plastik begleitete seine Tätigkeit, schließlich brachte er eine flache Plastikschachtel, darin zwölf Tiegel, bis zum Rand mit Farbe gefüllt, und ein Pinsel.

»Oh, danke, Opa.« Sie hob die Schachtel an ihre Brille, bewegte die Gläser die Farbreihe entlang. »Wirklich, vielen Dank, Opa.« Sie nahm den Pinsel aus der Schachtel, hob ihn an ihren Hals. »Was für weiche Haare er hat, mit dem kann ich superdünne Striche malen.«

Einen so begeisterten Dank bekommt Vater von Chanis Kindern, seinem üblichen Publikum, nie zu hören. Diese drängen ihn nur, Opa, was hast du dort noch? Nein, nicht so einen, ach, noch mal Karten mit der Geschichte der Feiertage Israels? Solche hast du mir schon mal geschenkt, weißt du das nicht mehr?

»Hast du gesehen, Opa, es gibt sogar ein Türkis, damit kann ich einen ganz besonderen Himmel malen.«

»Auch das Meer kannst du damit malen.« Er setzte sich in seinen Sessel, seine Augen auf die kleinen Füße gerichtet, die über dem Boden baumelten.

»Ich habe dir auch etwas mitgebracht, ich habe sie für dich getrocknet«, sagte sie und öffnete ihren Brustbeutel, zog eine kleine Schmuckschachtel aus durchsichtigem Plastik heraus.

Eine flache Zyklame, rotlippig, mit aufgekrempelter Krone, blaßviolett, lag auf einem schwarzen Samtbett und erinnerte an einen erschöpften Schmetterling. Vater nahm das Kästchen mit beiden Händen, hob die getrocknete Blume zu seiner Nase, ein rissiges »Danke« kam aus seinem Mund, hielt sich auf seinen Lippen, wartete auf andere Worte, die folgen sollten, aber nicht kamen.

Die Schachtel ging von Hand zu Hand, Talja legte die Beine übereinander, stützte eine Wange in die Hand und hörte sich ernst die gezwungenen Worte der Erwachsenen an, toll, wunderbar, mein Kompliment, Talja.

Vater stellte die Schachtel neben seine Teetasse und legte seine Hand darauf. »Wo hast du sie gepflückt?«

»In unserem Garten. Vater hat vier Knollen gepflanzt, drei sind gewachsen, eine ist gestorben oder sie träumt noch.«

Naomi umarmte sie und stellte ihr mit einer unterdrückten, säuerlichen Mütterlichkeit Saft und Kekse hin.

»Was für einen schönen neuen Baum du hast, Opa, herzlichen Glückwunsch.« Sie kauerte sich auf das Sofa, näherte das Gesicht dem Bäumchen und sagte: »Dieser Baum ist mir ähnlich.«

Naomi lachte. »Was sagst du da, ähnlich, er ist doch nicht blond.«

»Aber er ist ein Zwerg. So klein wie ich.«

»Aber du wirst noch wachsen, Talja, du bist noch ein Kind.« Ich hielt mich zurück, nicht die Hand auszustrecken und sie zu trösten, das würde sie erst recht unglücklich machen.

»Ich werde wachsen, das stimmt, aber nicht wie die anderen Kinder in meiner Klasse, ich werde immer klein bleiben. Mama hat mir mein Problem schon erklärt, ich war zu kurze Zeit in ihrem Bauch, deshalb werden mir auch ein paar Zentimeter fehlen.«

Vater betrachtete sie und schwieg, sein Finger strich über die Schachtel mit der Zyklame. Naomi konnte sich nicht beherrschen, sie legte die Hand auf den kleinen Oberschenkel und massierte ihn.

»Mein Papa sagt, daß die Größe eines Menschen durch das bestimmt wird, was er tut, nicht durch die Länge seines Körpers.«

Sie versuchte mit aller Macht daran zu glauben, daß das die Art war, wie die Welt die Größe ihrer Geschöpfe maß. Und daß die Leute stehenblieben und staunten, du bist schon zehn? Wirklich? Das war nur vorübergehend.

Der Wind wurde stärker, er ließ die Zweige des Bäumchens erzittern. Naomi gab auf, verzichtete auf die halbe Wirkung. »Gut, es geht nicht anders.« Sie stellte den Topf auf den Tisch und schloß das Fenster.

»Wenn Schoko hier wäre, hätte sie die kleinen Orangen gegessen«, sagte Talja und lachte. »Sie braucht eine Orange nur zu sehen, schon stürzt sie sich drauf und bellt, und es hilft gar nichts, man muß sie ihr schälen.«

Wir entspannten uns auf unseren Stühlen und lächelten. Wie einfach ist es, über Schoko zu sprechen. Einfach eine Hündin. Nicht unverheiratet, nicht verwitwet, nicht zu klein. Und ich? Gegen meinen Willen bin ich mit Schoko in einem Boot, beide haben wir ein geordnetes Leben, alles ist geregelt. Vater tun Naomi und Talja leid, ich tue niemandem leid. Und warum sollte man mich wirklich bedauern, wenn ich einen Mann wie Juval und zwei gut gelungene Kinder habe und es uns an nichts fehlt. Wie könnte ich ihnen erzählen, wie das Leben aus dem Nichts heraus Ecken und Kanten bekommt und nicht mehr glatt läuft?

Was nennst du »Leben«, Maria? Das Leben verläuft in festen Bahnen, es ist, wie es ist, du bist es, die aus ihm desertiert. Was, um Gottes willen, hast du nötig? Noch einen, mit dem du tust, was man so tut, und dann feststellst, daß es letzten Endes mit allen immer dasselbe ist? Du suchst etwas, das dein Leben in Bewegung bringt und dich davor bewahrt, als graue Maklerin zu den Akten gelegt zu werden? Die Heldin eines Dramas, das du dir selbst ausgedacht hast. Stütze die sanften Ellenbogen auf das Fensterbrett, stoße einen tiefen Seufzer aus, und wenn es soweit ist, wird man auch für dich Eisenbahnschienen finden, solche, wie sie Tolstoi einst für Anna Karenina bereitstellte.

Talja erzählte von ihrer Hündin, dieser einzigen lebendigen Seele, mit der sie ihre Kindheit teilte, und Naomi beugte sich zu der Botschafterin des wunderbaren kindlichen Alltags und verschlang jedes Wort. Sie ist vierundvierzig, und ihr Zyklus ist noch pünktlich wie die Uhr. »Ich kann noch, Moria, meine Hormone funktionieren wie vor zwanzig Jahren.« Ein gehorsamer Uterus gehorcht der Herrschaft der Biologie, seit ihrem zwölften Geburtstag, zweiunddreißig Jahre, jeden einzelnen Monat bereitet er sich auf seine Bestimmung vor, und alle achtundzwanzig Tage stößt er die Überreste aus und beginnt aufs neue.

Und du, Maria, bringe das hastige Aufschlagen deiner Absätze zum Schweigen, überlasse dich diesem Moment und nimm ihn an, wie er ist, Talja erzählt von Schoko, das ist es, was jetzt und hier geschieht, hör zu, was dieser weiche Mund redet, über dem Kinn, dessen Form sie von Muli geerbt hat.

»Opa, erlaubt man euch hier Hunde?«

»Hunde? Ich glaube nicht ... ich weiß nicht.«

»Wenn man sie erlaubt, könnte ich dir eines von Schokos Jungen bringen.«

In Mutters Augen zeigte sich Widerstand, auch in den Augen des Rabbiners Kook. Hunde? Das hätte dir gerade noch gefehlt, Avram. Um fünf Uhr morgens schon mit so einer Töle herumzulaufen, sie durch diesen langen Korridor zu zerren, hinaus in die Kälte zu gehen und zu warten, bis diese Prinzessin das ausgeschieden hat, was sie im Bauch hat. Der Apfel ist nicht weit vom

Stamm gefallen, wie man so sagt. Ihr Vater hat uns ganz schön die Hölle heiß gemacht mit diesem Vieh, diesem Simche, und jetzt macht sie es. Mutters Augen wurden weicher, denn man kann sagen, was man will, dieses Mädchen hat ein Herz, kaum zu fassen, daß dieser promovierte Gynäkologe so einen Engel aufzieht ...

»Ich bin nicht sicher, ob Hunde gern an einem Ort leben, wo nur alte Leute wohnen.« Vater öffnete die Schachtel mit der Zyklame, schloß sie, öffnete sie wieder.

»Warum? Es gibt auch alte Hunde. Weißt du, wie alt Schoko schon ist? Wenn sie ein Mensch wäre, wäre sie schon siebzig. Sie hat nicht mehr lange zu leben.«

Vater lachte, sie ist in guter Gesellschaft, dann lachte er noch mehr, bis man die rosafarbene Gaumenplatte seines Gebisses sah, und Talja verzog den Mund zu etwas, das sowohl Lachen als auch Weinen sein konnte.

»Im Ernst, Opa, sie hat nur noch zwei, drei Jahre, mein Papa sagt, daß ich daran denken soll.«

Vater lachte noch lauter, dann hörte er mit einem Schlag auf. »Du hast überhaupt keinen Keks genommen, Talja.« Er schob ihr den Teller hin. Sie nahm einen und biß hinein, Brösel fielen auf ihren Brustbeutel. Wir standen auf, um zu gehen, und er begleitete uns zum Ausgang, Taljas Hand in seiner, mit der anderen hielt sie den Farbkasten fest, in dem es eine Farbe gab, mit der sie einen türkisen Himmel malen konnte. Türkis wie Tehilas königlicher Kimono und wie Valeris Augen, wenn der Wodka sie gewaschen hat, ohne die roten Äderchen der Trinker.

»Verstehst du jetzt, Mo, warum ich diese Wohnung wollte? Schau, was für ein phantastisches Fenster, man kann den Himmel bis Moskau sehen, und es ist groß genug, damit jemand neben dir stehen und mit hinausschauen kann.«

Er hatte recht. Es konnten zwei nebeneinander am Fenster stehen, ohne daß sie sich gegenseitig zur Seite drängen mußten, wenn ein Körper den anderen berührte, dann war es das, was er wollte.

Naomi küßte ihn auf die Stirn. »Laß es dir gutgehen, Vater.« Und ich fragte, ob er noch genug Verbandsmaterial für seinen Daumen habe, Talja sagte, beim nächsten Mal würde sie ihm eine getrocknete Anemone bringen. Sie stellte sich auf die Zehenspitzen und küßte seine runzlige Wange. Wir gingen, und er blieb vor dem Haus stehen, dünn und gebückt, und die nackten Zweige des Flammenbaums umrahmten seine Gestalt.

»Schön, ich kann noch einmal mit meiner Karte fahren, das bleibt mir dann für morgen.« Talja setzte sich auf den Rücksitz und fragte, ob Juval schon den neuen »Harry Potter« bekommen habe. Sie erzählte von den Abenteuern des bebrillten Zauberers, und Naomi drehte sich zu ihr um und hörte zu, und sie blieb so sitzen, bis wir zur German Colony kamen und vor Mulis und Smadars Haus anhielten.

»Vielleicht kommt ihr mit rein?«

Wie sollen wir dir erklären, Mädchen, daß die spontanen Besuche aufgehört haben, man schaut nicht einfach nach Lust und Laune beim anderen rein. Früher sind wir einfach so vorbeigekommen, auf die Schnelle, immer willkommen. Und heute? Wie könnten wir kommen ohne eine Einladung? Ohne es mit dem Gastgeber abgesprochen zu haben? Ohne Schokolade oder Wein in der Tasche?

»Schade.« Sie nahm ihre Farbschachtel und stieg aus dem Auto, blieb im Hauseingang stehen, winkte uns noch einmal zu und drehte sich um. Sie sprang über den gepflasterten Weg, und Schokos Bellen drang ihr vom Haus entgegen.

»Was für ein Mädchen«, sagte Naomi, ohne etwas hinzuzufügen. Ernst betrachtete sie, was vor ihr lag, mit eingefallenen Wangen und einem faltigen Mund, der zu sagen schien, wieder ein Tag vorbei und nichts ist passiert.

»Es ist schlimm, als Jungfrau zu sterben«, wagte sie im Schutz der Dunkelheit zu sagen. Mindestens einen Liter Blut ließen diese Worte in ihre Wangen steigen.

»Ich bin vierundvierzig, Moria, und habe noch nie mit jemandem geschlafen.«

»Du hast doch so viele Männer getroffen, war da keiner dabei, mit dem du es tun wolltest?«

»Ich war dumm. Ich habe es von einer Hochzeit und allem abhängig gemacht.«

Der Mond, auf den wir zufuhren, war schon nicht mehr voll, wie eine blasse Melonenscheibe hing er am Himmel. In Valeris Fenster war der Mond eine Silbermünze gewesen, aus der ein Stück herausgeschnitten war. Valeri hatte mir alles mögliche über Kassiopeia erzählt, aber die Worte flogen ins Nichts, wie die Schmetterlinge auf meinem Bildschirm, fünf Finger auf meiner Schulter und weitere fünf ausgebreitet vor dem Himmel, dort, links, siehst du es? Ein Zipfel seines Ärmels flatterte über dem Wadi. Kassiopeia. Kassiopeia, kaiserlicher Stern, edel und strahlend.

»Bist du verheiratet?« fragte er, die Hand zum Horizont gestreckt.

Nicht, wie alt ich bin, nicht, wo ich wohne, nicht, ob ich Kinder habe oder nicht. Er hörte die Antwort und sagte, aha, seine Finger wurden schwer auf meiner Schulter, erschlafften. Er stellte keine weiteren Fragen, und auch ich tat es nicht. Ich wurde von ihm angezogen, mein Gott, und wie ich von ihm angezogen wurde. Was hat Gott damit zu tun, dumme Kuh, du mußt Gott überall mit hineinziehen. Und trotzdem, nur Gott weiß, daß ich in diesem Moment mit ihm hätte schlafen können, sogar auf der kantigen Fensterschiene, sosehr zog er mich an. Was kümmerten mich die Sterne, was kümmerte mich die Ehe, die ganze Welt konzentrierte sich auf die fünf Finger auf meiner Schulter, sammelte Atem für den großen Knall.

»Gib mir noch ein bißchen Wodka.«

»Das ist keine gute Idee, du bist nicht daran gewöhnt, es ist gefährlich, wenn du nachher Auto fährst.« Er goß zwei Millimeter ein und reichte sie mir. Ich legte meine Hand auf seine Hüfte, und eine Schlaufe seiner abgewetzten Jeans diente mir als Haken, um mich daran festzuhalten.

»Früher habe ich geglaubt, es wäre eine Frage des Glücks, heute denke ich, daß bei mir etwas nicht stimmt«, sagte sie, den Blick auf die dunklen Paternosterbäume gerichtet, als suchte sie nach einem Zeichen von Erregung zwischen dem Laub.

»Warum soll etwas bei dir nicht stimmen, nur weil du keinen Mann gefunden hast? Noch ist nichts verloren.«

»Vierundvierzig, Moria, kapierst du das? Ein Kind rückt in immer weitere Ferne.«

»Weißt du, was ich an deiner Stelle tun würde? Ich würde jemanden bitten, mir ein Kind zu machen, oder wenigstens mit jemandem schlafen, nur um zu wissen, wie das ist.«

»Ja, aber ...« Sie seufzte und betrachtete eine Katze, die sich auf der Mauer zusammenrollte, und dann Juvals Volkswagen, der dicht am Rand unseres Parkplatzes geparkt war, um mir Platz zu lassen.

»Schön, daß du gekommen bist.« Er lächelte und legte seine Hand auf ihre Schulter. Der Duft erwärmter Burekas erfüllte das Haus, der Tisch war gedeckt, in der Mitte stand eine reich gefüllte Salatschüssel, daneben lag geschnittenes Landbrot. Sein Lächeln war echt, nicht sparsam, nicht kontrolliert, der Salat war fein geschnitten, die Dicke der Brotscheiben genau richtig. Ach, Juval, wenn du nur nicht so vollkommen wärst, wenn ich bei dir irgendeinen Makel finden würde ...

»Hi, Naomi.« Schira kam barfuß aus ihrem Zimmer. »Wie geht's?« Sie lächelte kurz, ihr Blick streifte Naomi, blieb einen Moment an ihr haften und wanderte dann zum Tisch. »Ich bin jetzt eigentlich gar nicht hungrig, ihr kommt doch ohne mich zurecht, nicht wahr?« Sie steckte sich eine schwarze Olive in den Mund, und die Olive beulte ihre Wange aus.

Ich gab das Gesprächsthema vor. »Naomi denkt daran, ein Auto zu kaufen.« Juval fragte, was für eines, und sie unterhielten sich über Größen und Marken, Herstellungsjahre und Motorstärken. Ich stand auf und ging in die Küche, um Wasser zu kochen und den Kuchen aufzuschneiden, die Stimmen vom Eßtisch folgten mir, das Klappern von Besteck auf Porzellan, leichtes Lachen, Husten, Räuspern. Was, wirklich? Nein, danke. Ja, ich habe es probiert, also was sagst du, die Japaner sind zuverlässiger?

Kaffeekörnchen fielen neben die Tasse, ein brauner Fleck breitete sich auf der Marmorplatte aus. Wenn ich könnte, würde ich durch die Küchentür hinaus in die Nacht gehen, ich würde sie allein in der Eßecke zurücklassen, unter dem geflochtenen Lampenschirm mit seinem weichen Licht. Meinen geliebten Mann und meine Schwester, Fleisch von meinem Fleisch. Und was hindert dich daran, wegzugehen, Maria? Es wird zehn Minuten dauern, bis sie merken, daß du nicht mehr da bist, sie werden denken, du wärest zur Toilette gegangen, und werden sich Kaffee eingießen. Weitere zehn Minuten werden vergehen, dann wird Juval aufstehen und nachschauen, ob du vielleicht ohnmächtig geworden bist, Moria, wird er rufen und in den verschiedenen Zimmern nachschauen, er wird in den Garten gehen und dich unter der Kiefer finden, deren Harz am Tag des Holzfällers floß.

Luft, Juval, würde ich sagen müssen, Luft, plötzlich habe ich so einen Erstickungsanfall bekommen ...

Juval wird es verstehen, und wenn nicht, wird er mich bitten, es ihm zu erklären, und er wird vorschlagen, zur Sicherheit ein paar Untersuchungen vornehmen zu lassen.

Aber nie würdest du Porzellan zerbrechen, nur weil es dein Herz plötzlich zur Dunkelheit zieht. Du hast schon genug zerbrochenes Porzellan in deinem Leben. Erinnerst du dich, wann du das letzte Mal das »Schema Israels« gesprochen hast? Wann hast du das Brot gesegnet? Wann war ein Schabbat wirklich ein Schabbat? Und trotzdem, du konntest auf Gott und die Engel verzichten und hast es überlebt, was hindert dich diesmal? Ich ging zum Tisch zurück, mit drei Tassen Kaffee und dem Rest des Kuchens, den ich für Schabbat gebacken hatte. Naomi war ein Schuh heruntergefallen, ihr nackter Fuß zeichnete Schleifen unter dem Tisch. Unter ihrem schmalen Knöchel zeigte sich eine runde Ferse, ihre Zehen waren gerade, schlank und vollendet.

Und ich – gut, daß ein Fleck auf der Marmorplatte zurückgeblieben ist, den ich abwischen muß, und gut, daß ich Snacks habe, mit denen ich mich beschäftigen kann, und gut, daß der Kaffee vorzüglich ist und der Kuchen noch frisch. Snacks zum Servieren, außer Wodka und Zitrone hatte Valeri nur einen halben Biskuit anzubieten, um die Wohnungseinweihung zu feiern. »Ich hatte noch keine Zeit, etwas einzukaufen«, sagte er lächelnd. »Hast du Hunger?« Auf dem nackten Küchentisch lag Schwarzbrot und geschnittene Wurst, in grobes Papier gewickelt. Der löchrige Vorhang und der vertrocknete Blumentopf vor dem Fenster waren entfernt worden, auch das angetrocknete Fett auf dem Gasherd. An der Wand, an einem Nagel, hing ein Kalender, der dreiundzwanzigste Dezember war rot umrandet. »Der Geburtstag meiner Mutter«, sagte er. »Sie wird achtundsiebzig.« Achtundsiebzig Jahre mit dem Geruch nach Zwiebeln und Kartoffelschalen in der Nase, achtundsiebzig Jahre Treppenstufen und Kurzatmigkeit.

Naomis Wangen glühten, sie nahm ein Stück Englischen Kuchen, sie wartete nicht darauf, daß er ihr angeboten wurde, und ersparte sich auch die üblichen Bemerkungen von Gästen: Hast du den gebacken? Wirklich? Ausgezeichnet! Und so weiter, und so weiter. Sie war elf, als sie ihre ersten Weißbrotzöpfe buk. Eng geflochten lagen sie wie zwei schlafende Tauben auf dem Tablett. Muli brach ein Schwänzchen von einer ab, verzog das Gesicht, spuckte aus und sagte, versalzen. Sie stürzte sich auf ihn. Wer hat dir das erlaubt, du Esel! Sag danke, daß ich sie gemacht habe, du Dummkopf, kostet es dich was, wenn du einmal ein gutes Wort sagst? Ja, es kostet mich was, Muli reckte sich vor ihr, salzig wie das Meer, das sind sie. Später tat es ihm leid, er wußte nicht, wie er sie versöhnen sollte, und sagte, aber sie sehen aus wie gekauft, wie richtige Weißbrotzöpfe. Sie fuhr ihn feindselig an: Halt endlich den Mund, ja?

Jetzt warf sie den Kopf zurück, ihre Haare breiteten sich auf dem Rücken aus, ihr Gesicht spannte sich, die Falten um ihren Mund waren wie weggebügelt, auch die Falten an ihrem Hals, das Licht glänzte in ihren Augen und ließ sie noch schöner erscheinen. Halte deinen Kopf weiter nach oben, Naomi, damit auch Juval sieht, daß die Falten des Mir-wird-es-schon-nicht-mehr-passieren unter bestimmten Bedingungen verschwinden. Auch die Strenge ihres Kleids und seine Steifheit waren weicher geworden, der Kragen hatte sich gelockert, stand vom Körper ab und ließ ein Stück des weißen Oberarms und den Träger eines schwarzen Büstenhalters sehen. Schira kam aus ihrem Zimmer, mit wirren Haaren und barfuß, und schaute Naomi mit ihren schwarzen Augen an. Der Schatten eines Lächelns flog über deren Augen, wo war ihre Melancholie geblieben? Kaum zu glauben, die Tante mit dem

Trauergesicht zeigte, daß es auch fröhliche Tage auf der Welt gab. Entzückt von ihrer Entdeckung, sagte Schira »Echt?«, nahm eine schwarze Olive und setzte sich, ein Bein unter sich gefaltet.

»Naomi, hast du in deiner Apotheke ein Gift, das die Mathematik tötet?«

Naomi lachte. »Tötet? Es gibt ein konkurrierendes Gift, Schlaftabletten.« Ihr Kopf war jetzt nicht mehr zurückgelegt, ihr Hals nicht mehr gestrafft, der Kragen wieder an seinem Platz und die Falten des Schon-wieder-ein-Tag-vorbei zurückgekehrt.

Sie schaute auf ihre Uhr, dann schlüpfte sie in ihren Schuh.

Schira spuckte den Olivenkern aus. Sie schwieg, schuld daran, daß die freundliche Stimmung vorbei war, sammelte sie ein paar Krümel des English Cake. Dann schob sie den Kuchen zu Naomi. »Hast du davon probiert?« Sie wußte, daß ihre Frage die Stimmung nicht einfach wiederherstellen würde. Sie stand auf und ging zum Spülbecken und murmelte vor sich hin: Bravo, Schira, du Quälgeist, warum hattest du es so eilig, ihnen alles zu verderben? Warum mußtest du sie plötzlich stören?

»Och, also wirklich«, sagte sie verzweifelt, als sie zum Tisch zurückkam, und niemand wußte, wem das Stöhnen galt, der Mathematik, dem Leben ganz allgemein, dem familiären Abendessen? Schwermütigen jungfräulichen Tanten?

»Pharmazie bedeutet, daß man viel Chemie pauken muß, nicht wahr?« Sie stützte das Kinn auf und schaute Naomi an.

»Ja, auch Statistik. Wenn du wissen willst, ob man in diesem Beruf mit Zahlen zu tun hat, ja, dauernd.«

Sie senkte die Augen. »Nicht meinetwegen.« Sie zerdrückte einen Krümel.

»Ich muß los.« Naomi band sich den blauen Schal um den Hals, ein Zipfel hing über ihre Brust, der andere über ihre Schulter. Schira zerdrückte noch einen Krümel und warf einen Blick auf ihre Tante, eine schwarze Strähne verdeckte ihr rechtes Auge. Sie hat Haare wie Naomi, glatt, schwarz, glänzend, lebendig. Auch ihre Augen sind Naomis Augen, die Farbe der Erde nach einem Regen. Und die Hände? Weiß und knochig wie Naomis Hände, als sie so alt war sie sie. »Haut und Knochen und sonst nichts«, hatte

Sarale gesagt und mit Daumen und Zeigefinger einen Ring auf der Handfläche geformt. »Diese Naomi hungert, sie ißt Luft, sie will Mannequin werden.« – »Geht dich das was an?« platzte Naomi heraus und spreizte ihre Finger. »Klar geht es mich was an, du bist meine Schwester, oder etwa nicht? Deine Hände sind ganz durchsichtig, du brauchst nur mal hinzufallen, und sie brechen auseinander.« Sarale breitete ihre vollen Finger über ihren goldenen Flaum, verglich sie mit Naomis und ließ sich nicht anmerken, ob das aus Neid oder Mitleid geschah.

Juval bot sich an, Naomi nach Hause zu fahren, und sie lehnte es nicht ab. Er pflückte ein paar Rosmarinstengel für sie ab, als sie durch den Garten gingen, und der Mond beleuchtete ihren Schal, ihre glatte Stirn und die hellen Vierecke auf seinem Hemd. Auf dem gepflasterten Weg trat er fest auf, um die Erdbrocken von seinen Schuhen zu bekommen, dann gingen sie hinüber zum Volkswagen, und im Dunkeln sahen sie aus wie Geschwister. Ein Mann und eine Frau in der Blüte ihrer Jahre, er einen halben Kopf größer als sie, wenn er den Arm im rechten Winkel anheben würde, würde er genau über ihre Schultern passen und könnte ihren Nacken umfangen, und wenn sie die Hand im Winkel von fünfundvierzig Grad heben würde, würde es reichen, sie auf seine Hüfte zu legen. Fünfzehn Meter bis zu unserem überdachten Parkplatz, dreißig Schritte, vier Schuhe schlagen auf den gepflasterten Weg, tack, tack, schwer und dumpf, und als Antwort zwei hohe, spitze Tack-tacks.

»Was schaust du denn?«

»Nur so.«

»Was heißt da nur so, deine Stirn zerreißt das Fliegengitter.«

»Ich habe Naomi und deinem Vater nachgeschaut.«

Was habe ich zu verbergen, dieses Mädchen ist gescheit und sie hat recht.

»Bist du eifersüchtig oder was?« Sie räumte mit viel Lärm die Teller zusammen.

Ich gab ihr keine Antwort. Wenn sie nicht neben mir gestanden hätte, hätte ich gerne gesungen, verliebt, verlobt, verheiratet, Juval und Naomi. Wäre Naomi statt meiner vor dreiundzwanzig Jahren in seinen Buchladen gekommen, wäre ihr das Glück vielleicht gefolgt und hätte für sie, für Juval und für mich eine ganz andere Geschichte erfunden, vielleicht wäre ich heute mit jemand anderem verheiratet, vielleicht wäre ich ledig.

Juval ist fünf Jahre älter als ich und drei Jahre älter als Naomi. Drei Jahre ist der ideale Altersunterschied, sagen die Experten und alle Umfragen.

Nur einmal angenommen, ich hätte seinen Laden nicht betreten und wäre noch eine zweiundvierzigjährige Junggesellin, dann wäre ich aber keinesfalls Jungfrau. Nur eine Nonne oder eine Kranke wird ihr Hymen zweiundvierzig Jahre bewahren. Nächte wie diese, was für ein Jungfernhäutchen könnte ihnen widerstehen? Würde mir jener Mann jetzt sagen, komm, Mo, gib mir deine kleine Hand ... kleine Flügel wuchsen an meinen Rippen, schlugen gegen das Gitter, um hinauszukommen, die Bauchhaut spannte sich, eine Blase stieg in meiner Kehle auf, bis zum Zerplatzen. Was ist mit mir geschehen? Ein blauer Schal verführt dich. Ein blauer Stoff leuchtet im Mondlicht auf, und schon drehst du durch. Ein Mann und eine Frau gehen zu einem Auto und du erfindest ihnen eine Geschichte, Licht blitzt über einen Hals und eine Schulter und verwirrt dich, als wäre der Mann nicht dein Mann und die Frau nicht deine Schwester. Ich war fast sechzehn und Muli fünfzehn, er war schon größer als ich, sein Gesicht war schon schmaler und schärfer geworden. Auf der Straße wunderten sich die Leute darüber, wie gut wir zueinander paßten, über unsere Jugend, über die heitere Stimmung, die zwischen uns herrschte, und dichteten uns Lust und Verlangen an. Wir betraten einen Kräuterladen und kauften Zimtstangen für die Hawdala. Der Verkäufer stand über Säcke mit Körnern gebeugt, schaute mich mit gierigen Augen an und sagte zu Muli, du hast einen guten Geschmack, Freundchen.

Ich weiß, sagte Muli, dehnte die Brust, streckte einen Arm aus und legte ihn um mich. Der Verkäufer grinste vergnügt und zwinkerte, viel Spaß, Junge, Super, Erste Sahne dein Geschmack, du bist jung, sie ist jung, laßt euch von niemandem reinreden.

Arm in Arm verließen wir den Laden, wir schauten uns an, wie sich Verliebte in den wenigen Filmen anschauten, die wir gesehen hatten. Drei Geschäfte von dem Kräuterladen entfernt nahm Muli den Arm von mir und fing an zu lachen, komm heim, Super, Erste Sahne. Eine Frau stand dort und kicherte ihrer Freundin ins Ohr, Super? Was soll denn das für ein Name sein? Super? Supra?

Juval bringt sie zu ihrer Wohnung, sie unterhalten sich über Autos und über Medikamente, die an Mäusen getestet werden, und der Rosmarin duftet. Der Mond steht jetzt hoch am Himmel über unserem Haus, das Licht fällt senkrecht auf den French Hill. Sie fahren in westliche Richtung, entfernen sich vom Licht des Monds. Naomis Gesicht ist sehr blaß in der Dunkelheit, auch ihre Hände sind blaß.

Jakob schlief mit Rachel, Jakob schlief auch mit Lea, und die Erde drehte sich weiter, er schlief auch mit Bilha und mit Silpa, und die Erdachse bebte nicht. Bis unser Rabbiner Gerschom kam und den Trieb und die Potenz Jakobs auf eine einzige Frau beschränkte. Eine zweite Frau hing von der Scheidung von der ersten Frau ab oder von deren Tod.

Und die Frau? Vom Zeitpunkt ihrer Schöpfung an war ihre Lust begrenzt. Du sollst deinen Mann begehren, so war ihr Urteil. Konntest du die Dinge nicht durcheinanderbringen, unser großer Lehrer Gerschom? Uns erlauben, was du ihnen verboten hast, und damit das Gleichgewicht der Begierden in der Welt herstellen?

»Laß das Geschirr für mich, Schira«, sagte ich.

Sie zuckte mit den Schultern. »Mich macht es mehr an, ein bißchen Eigelb abzukratzen, als zur Mathematik zurückzukehren.«

Gut, daß ich es war, die damals, vor dreiundzwanzig Jahren, den Buchladen betrat, und gut, daß ich nichts von dem Philosophen Leibowitz wußte und danach fragte, und gut, daß er kam und es mir erklärte. Juval, mein Liebster, deine Liebe ist mir wundersamer gewesen, Gott allein weiß die Lösung, warum der, der mit allem gesegnet ist, für sich selbst einen Mangel erfindet, Sehnsucht erdichtet, den Hals zum Fenster reckt, hungrig, ohne zu wissen, worauf. Auch du bist so, Muli. Wir haben nie darüber gesprochen, aber ich weiß es. Eine kleine Flamme brennt im Käfig deiner Rippen.

Das Geschirr klapperte unter ihren eifrigen Händen, wir hörten weder, wie die Haustür aufgemacht wurde, nur daß der Wind sie zuknallte, noch Gioras *Hi, everybody*. Wir sprangen beide zum Eingang. Schira wollte ihm um den Hals fallen, überlegte es sich dann aber anders. Einen Schritt hinter ihm stand ein fremdes Mädchen mit kastanienfarbenen, kurzgeschnittenen Haaren, in schlampigen Khakihosen und hohen Schuhen.

»Darf ich vorstellen, Ma'ajan.«

»Freut mich.«

Schira musterte das Mädchen, das Mädchen lächelte höflich und folgte Giora in die Küche.

»Kaffee?«

»Klar.«

Sie fragte nach der Toilette und ging zu dem kleinen Flur zwischen dem Wohnzimmer und den Schlafzimmern.

Bevor sie zurückkam, packte Schira ihren Bruder am Ärmel. »Seid ihr ein Paar? Gehst du mit ihr?«

Er lachte. »Was glaubst du denn?«

»Keine Ahnung. Ich habe gehört, daß du eine innige Beziehung zu unserer Tante hast, der mit dem üppigen Vorbau.«

Gioras Lachen wurde lauter. Zu schön für diese Welt, haben die Schwestern von der Säuglingsfürsorge über ihn gesagt. Er hat blonde, seidenweiche Haare, die im Nacken mit einem Bürogummi zusammengehalten werden. Den Goldstaub auf den Wimpern hat ihm sein Vater vererbt. Schiras Wimpern sind dicht und dunkel, ein dominantes Gen der Steins.

»Los, hab dich doch nicht so, ist sie deine Freundin oder nicht?«

»Das ist noch nicht klar, wir testen es noch aus. Mama, gibt es ein Stück Kuchen oder sonst was Eßbares?«

Schira schielte zur Toilette und flüsterte: »Sag, was hast du mit dieser Dicken? Mama, entschuldige, sie ist deine Schwester, aber sie ist dick, daran ist nichts zu ändern. Sie nutzt dich aus, Idiot. Ihr Leben besteht darin, herauszufinden, ob es einen Mann auf der Welt gibt, der ihr nicht nachgeifert. Du bist der Maßstab für das Geifern von Minderjährigen, das ist es, was du für sie bist.«

»Mama, hat deine Tochter etwas getrunken?« Dann wurde er

ernst. »Du bist gewachsen, Kleine.« Er zog seinen Ärmel aus ihrer Hand und fragte, wie es ihr mit der Mathematik gehe.

Ma'ajan kam zurück, den obersten Knopf ihrer Hose zuknöpfend. Sie setzte sich neben Giora, die Hände zwischen die Knie gedrückt, als wäre ihr kalt. Wenn sie nicht da wäre, hätte ich ihn auf die Wange geküßt, auf seine hellen Stoppeln, die er sich nicht rasiert hatte. Nun, da sie da war, berührte ich nur seine Schultern, und auch diese Berührung war zurückhaltend und überlegt.

Er fragte, wie geht's, wie laufen die Geschäfte, wo ist Papa, er schnitt eine dicke Scheibe von dem dunklen Brot, beschmierte sie ordentlich mit Butter und schlug seine gesunden Zähne hinein. Ma'ajan schnitt sich ein Stück von der Scheibe ab, und ihre Finger wurden fettig von der Butter.

Sie ist nicht besonders schön, auch nicht häßlich, schweigsam, mit dunkelgrünen Augen. Er legt seine Hand auf ihren Oberschenkel und streichelt ihr Knie, läßt seine Hand bis zu ihrem Schritt wandern und zurück. Er hat schon mit ihr geschlafen. Das sieht man. Die Hand ist sicher, sie kennt ihren Weg. Seine andere Hand hält die Brotscheibe, er kaut und erzählt von einem, der mit ihnen studiere und der mit dem Motorrad eine Kurve mit hundertsechzig Stundenkilometern genommen habe und in einen Graben geflogen sei. Hüften und Kiefer seien nur noch Brei, sein Gesicht sei jetzt schief wie das eines Seeräubers, der einen Faustschlag abgekriegt habe. Er liege im Hadassa-Krankenhaus, und sie seien vorbeigekommen, um uns und auch ihn zu besuchen. Schira hört nicht richtig zu, sie sammelt Informationen über Ma'ajans kurze, breite Finger, über ihr gezwungenes Lächeln, das weggewischt ist, wenn sie kaut, über die Art, wie sie sich an Giora schmiegt.

»Studierst du auch Jura?«

»Ja.«

»Von wo kommst du?«

»Aus Carmiel.«

Man hörte es an der Aussprache. Vor Carmiel liegt Rußland.

»Wie viele Jahre bist du schon im Land?«

»He, Schwesterchen, hast du ein Detektivbüro eröffnet?« Giora griff nach einer Strähne von Schiras schwarzen Haaren.

»Ja, hab ich.« Sie schob seine Hand weg und rückte von ihm ab und beugte sich zu dem Mädchen.

»Wie nannte man dich, bevor du zu Ma'ajan geworden bist?«

»Mascha.«

Der Volkswagen fuhr im Rückwärtsgang auf unseren Parkplatz, seine Hupe erklang und unterbrach Schira.

»Hi, Sohn«, rief Juval fröhlich, er hielt Ma'ajan die Hand hin, legte die andere auf Gioras Schulter und küßte ihn auf die Schläfe. Juvals Küsse sind warm und trocken, sie hinterlassen keinen feuchten Abdruck. Sie wischte sich die Hände an den Hosentaschen ab, reichte ihm eine schlaffe Hand und betrachtete ihn forschend. Ein Prototyp von Giora. In einem Vierteljahrhundert wird Giora so aussehen wie er. Überhaupt nicht schlecht. Im Gegenteil, es gibt Züge an Giora, die noch nicht vollendet sind, seine körperliche Kraft ist noch nicht voll entwickelt, an seinen nicht rasierten Stoppeln ist noch ein bißchen Kinderflaum zu sehen. Und Juval? Ein Mann in seiner Blüte. Seine Haare werden zwar dünner und grauer, aber sein Unterkiefer hat sich noch nicht zurückgezogen, seine Wangen sind noch nicht eingefallen, die Haut unter dem Kinn nicht erschlafft, die Nase noch nicht länger geworden. Er verströmt den Duft von Rosmarin. Ich berührte seinen Arm, er zog mich an sich, und Ma'ajan senkte den Blick zu ihren hohen Schuhen und bewegte sie, daß die Schnürsenkel hüpften. Auch sie trägt grobe Schuhe. Was haben sie bloß, diese jungen Mädchen, daß sie ihre Weiblichkeit so verunstalten, daß sie die Zierlichkeit mit demonstrativer Häßlichkeit überziehen? Du willst mich? Bitte, such, schäle eine Schicht nach der anderen, bis du mich findest. Hinter der Ungeschliffenheit, hinter den schweren Schuhen, hinter der dicken Sohle, den säuerlichen Strümpfen steckt mein süßer Knöchel. Eine rosige, weiche Wölbung, auf der sich eine bläuliche, lustvolle Vene schlängelt. Mache dich bereit, Liebster, löse die Schnürsenkel, ziehe die zerknitterte Zunge, ziehe den Schuh aus, den feuchten Strumpf, schließe die Nasenlöcher und genieße.

Unsere Weisen sagen das viel kürzer: Was schwierig ist, ist leichter.

Giora erzählte Juval von dem, der die Kurve mit hundertsechzig Stundenkilometern genommen hatte, der sich Narben besorgt hatte und zum Mann geworden war.

»Was meint ihr, soll ich mir auch eine Narbe zulegen?« fragte Juval und zog eine Fratze.

»Du, Papa? Was du auch haben wirst, eine Naht an der Stirn, ein Loch in der Wange, einen Ring in der Augenbraue, du wirst immer barmherzig sein. Hast du schon mal jemandem einen Kinnhaken verpaßt? Hast du jemanden getreten oder sonst was?«

»Die Augen eines Gelehrten«, hatte meine Mutter gesagt, als ich ihn zum ersten Mal nach Hause brachte.

»Ein Gelehrter? Ein wahrer Gottloser«, erwiderte Tehila kichernd.

»Seine Augen, verstehst du das nicht? Keiner hat gesagt, daß er ein Gelehrter ist, nur seine Augen, sieht man ihm etwa nicht an, daß er kein Rowdy ist?« Mutter bemühte sich hartnäckig, eine Rechtfertigung für die Schabbatot zu finden, an denen die Gesetze nicht eingehalten wurden, und für seinen nicht bedeckten Kopf.

»Das hättest du gerne gehabt. Ganz normale Augen. Daß du es nur weißt, auch die Gelehrten schauen manchmal etwas an, was sie besser nicht sähen.«

Mutter hörte die bissige Bemerkung und schwieg, dann sagte sie, die Augen seien die Fenster der Seele, und es sei schon so, daß dieses Stück Stoff oder Wolle oder was für ein Lappen es auch sei, den man sich auf den Kopf setze, einen Menschen aus jemandem mache. »Und glaub ja nicht, daß man gute Augen umsonst auf der Straße verteilt.«

Und das Gold seiner Wimpern hat er Giora vererbt. Er massiert meine Hüfte und unterhält sich mit Giora über Motorräder, spürt die fremden Augen nicht, die ihn beobachten, er hebt die Hand, senkt sie wieder, reibt einen Fingernagel am Verschluß meines Büstenhalters, zieht an ihm und läßt ihn hörbar zurückschnappen. Was schaut sie so, sie ist aus Carmiel und zudem aus Rußland, vielleicht achten russische Eltern in Anwesenheit ihrer Kinder auf einen keuschen Eindruck und ziehen erst hinter geschlossenen

Türen an Verschlüssen, berühren Hüften und seufzen in dicke Federkissen.

Auch das offene Lachen, das den Kopf zurückfallen und die Adern am Hals anschwellen läßt, hat er Giora vererbt. Nur einen Mund habe ich gesehen, dessen Lachen gewaltiger ist, er reißt den Mund auf, daß man eine Zahnlücke sieht, und er riecht nach Alkohol und Wurst.

»Ich war heute bei Opa.«

Die lachenden Münder schlossen sich. Giora schnitt sich noch eine Scheibe Brot ab. Er zupfte Ma'ajan am Ärmel. »Willst du auch?«

Sie erkundigten sich nicht nach ihrem Großvater. Nur Juval fragte nach ihm. Giora schmierte Butter, die Hand, die das Messer hielt, zitterte nervös und wütend, und sagte, ohne daß er es aussprach: Warum hast du Opa jetzt ins Spiel gebracht? Wir waren gerade bei Zylindern, Pferdestärken, Auspuff. Ein Motorrad kann dich hinbringen, wohin du willst, der Lenker zerschneidet die Luft, der Wind reißt an den Ohren, der Auspuff schreit Freiheit. Und Opa? Wohin kann das Leben Opa noch bringen? Im besten Fall zu den Korridoren der Krankenkassenambulanz, in einem weniger guten Fall dorthin, nun ... wo es ein schwarzes Tor gibt und einen schwarzen Davidstern und eine eiserne Kasse, die verspricht, daß Gerechtigkeit vor dem Tod rettet. Der Tritt, den er damals, am Tag von Mutters Beerdigung, dem Friedhofstor versetzte, ließ die Gerechtigkeitskasse wackeln und die Köpfe der Totengräber herumfahren. »Wenn es hier zehn Schekel gibt, bin ich ein Einmachglas, wie dumm die Leute doch sind, sie halten Gott wohl für naiv, sie geben ihm einen Schekel, und er wird sie von der Liste des Todesengels streichen.« Die Träger wandten sich wieder um, schauten auf den Weg und schwiegen, sie waren sich der Herrschaft des Todes sicher, wußten, daß er jedes Wort aushält. Seine Kippa aus Satin fiel von seinen glatten Haaren und hielt erst, als man sie mit einer Nadel feststeckte. Als Mutter in das Grab hinabgelassen wurde, drehte er sich zum Tor um und bohrte seinen Schuh in die Erde. Eine Träne lief ihm aus dem Auge, der Wind ergriff sie und schmierte sie über die Wange und übertönte nicht den einzigen Satz, den er sagte: »Sie hat sechs Menschen auf die Welt gebracht und geht von ihnen ganz allein, wie ein Hund.«

»Was willst du, daß ihre sechs Kinder mit ihr sterben?« fuhr Schira ihn an, und er fauchte zurück: »Du verstehst gar nichts.« Er stieß ihr den Ellenbogen in die Seite, und eine zweite Träne lief ihm über die Wange, und diesmal ergriff der Wind sie nicht. »Was mich verrückt macht, ist, daß ein Mensch und ein Hund, wenn sie sterben, genau gleich sind.«

»Aber an den Menschen erinnert man sich.«

»Und spielt das eine Rolle für ihn? Er liegt in seinem Loch und denkt, wie schön für mich, sie denken da oben an mich, wirklich, wie schön für mich, an mich denkt man und an den Hund nicht, und dann lacht er mit geschlossenem Mund, damit ihm keine Erde zwischen die Zähne fällt.«

»Du Dummkopf, deine Großmutter...«

»Hörst du, Papa, wenn ich genug Geld habe, kaufe ich mir auch eins.«

»Und wo willst du das Geld herhaben?«

»Ich lese die Zähler der Elektrizitätsgesellschaft ab. Ich gehe durch die Treppenhäuser, mache die Stromschränke auf, notiere Zahlen und bekomme ein bißchen Geld.«

Ma'ajan lächelte in sich hinein. Sie wußte etwas über die Zähler, über die Elektrizitätsgesellschaft oder über das bißchen Geld, das er bekam. Sie rückte etwas näher zu ihm, und das erinnerte ihn an etwas. »Ich erzähle euch eine Geschichte, hört zu. Ich mache in einem bestimmten Treppenhaus einen Stromschrank auf, und eine Frau schaut aus ihrer Tür und sagt, oh, kannst du mir einen Gefallen tun? Ich muß den Abfall rausbringen und mein Baby schläft, bleib einen Moment hier, das Gitter von seinem Bett ist kaputt, wenn er aufwacht, fällt er raus. Ich bleibe stehen, sie nimmt ihren Abfalleimer und geht die Treppe hinunter. Das Baby schläft, ich warte, und sie kommt nicht zurück. Fünf, sechs Minuten vergehen. Ich gehe zum Fenster und sehe sie unten auf dem Mäuerchen sitzen und mit zwei anderen Frauen quatschen und lachen, ein Bein über dem anderen. He, schreie ich ihr vom Fenster aus zu, und alle drei Frauen schauen zu mir herauf. Was ist los, Süßer?, antwortet sie gleichgültig. Ihr Baby, ich muß gehen. Mein Baby? Es ist auch deins, antwortet sie und bläst eine Kaugummiblase. Ich gehe jetzt, das Baby ist Ihre Verantwortung. Sie wendet sich an die beiden anderen. Schaut ihn euch an, sagt sie, so sind die Männer, sie wollen nur eins, dann kommt ein Kind und sie hauen ab, zum nächsten Fick. Die drei Gesichter schauen von unten zu mir herauf, ich nehme die Papiere der Elektrizitätsgesellschaft, werfe noch einen Blick auf das Baby, es schläft, ein Fäustchen in den Mund geschoben, einen Finger in ein Nasenloch. Ich gehe hinunter, gehe an den drei Frauen vorbei und sage zu ihr, Ihr Baby ist allein, und ihre Freundin zwickt sie, He, Schwester, wo hast du so einen frischen Kerl gefunden, wirklich, hat er dir das Kind gemacht? Als ich am Ende der Straße ankomme, sitzt sie noch immer dort und denkt sich nichts.«

Schira lachte amüsiert. »Sie wollte dich umgarnen, was?«

»Und was ruft mir diese Verrückte nach? Du wirst mich noch anflehen, Süßer! *Fuck you*. Was habe ich dir alles gegeben? Mehr bekommt man nicht umsonst. Willst du es umsonst, dann such dir eine andere.«

Ma'ajan lachte, und das Lachen machte sie schöner. Als sie aufhörte, war sie wieder weder schön noch häßlich.

Sie standen auf, um zu gehen, sie schoben die Arme unter ihre Rucksäcke. Giora legte seine Hand auf Schiras Schulter und sie lächelte ergeben, wäre diese Ma'ajan nicht dabei, hätte sie sich nicht mit der ärmlichen Zärtlichkeit zufrieden gegeben, die er demonstrierte. Sie betrachtete Ma'ajans Schuhe, ein Schnürsenkel war aufgegangen und hing auf den Boden, aber sie sagte ihr nicht, daß sie ihn zubinden solle. Juval begleitete sie hinaus, sie gingen zu dritt über den gepflasterten Weg, und die Gartenlaterne beleuchtete sie. Der offene Schnürsenkel, die schwerfälligen Schritte, die knirschenden Sohlen zogen sie von einem nachlässigen Schritt zum nächsten nachlässigen Schritt. Die Paternosterbäume warfen ihre Schatten auf sie, am Tor blieb Juval stehen und schaute ihnen nach.

Er hat schon mit ihr geschlafen. Vielleicht wird er auch heute abend, wenn sie in Tel Aviv ankommen, mit ihr schlafen. Sie ist von nirgendwo gekommen, ist nirgendwohin gegangen. Gut, daß Giora bei einer Frau seines Alters lernt, wie ein Mann mit einer Frau umgeht, daß Unfertiges auf Unfertiges trifft und langsam reift. Ihr Hintern ist ein bißchen dick, ihr Gesicht rund, ihre Fingernägel sind angeknabbert, aber sie ist etwas über zwanzig, auf gar keinen Fall achtunddreißig, sie trägt keinen Kimono, ihre Brüste schaukeln nicht schwer unter Seidenstoff, sie demonstrieren nicht ihre blasse Fülle, und sie haben keinen dunklen Spalt zwischen sich, und die Zeit ist noch nicht über sie hergefallen, um sie schrumpfen zu lassen oder zu zerknittern.

»Am Ende wirst du noch das Fliegengitter kaputtmachen. Warum hast du sie nicht hinausbegleitet, wenn du alles so genau sehen willst?« Sie kam zum Fenster und stellte sich neben mich. »Was sagst du, sind sie ein Paar?«

Hätte ich nicht damit gerechnet, zurückgewiesen zu werden, hätte ich sie umarmt.

»Ich weiß nicht. Ich glaube, sie sind mehr als nur Freunde.«

»Glaub ich auch.« Jetzt war sie sehr nah, ihre Hüfte in der schwarzen Jeans berührte meine. Langsam und vorsichtig legte ich die Hand auf ihre schmalen Schultern, so leicht, daß sie nichts wog. Sie bewegte sich nicht, sie entzog sich mir nicht, schmiegte sich aber auch nicht an. Ich verstärkte den Druck meiner Hand, ihr Schulterknochen drückte in meine Hand, und sie stand einfach da und bewegte sich nicht. Ich wagte es, den Arm um sie zu legen, und sie zog die Nase hoch und verschluckte Tränen und Schnupfen.

»Einfach eine Laune. Mach keine Affäre daraus. Es ist keine Depression, es ist gar nichts.«

»Ich mache keine Affäre daraus, Schira, ich habe jetzt auch Lust zu weinen.«

»Nun, wer hält dich davon ab?«

»Stell dir nur vor, daß Papa hereinkommt und uns beide heulend vorfindet.«

»Na und? Tu doch einmal im Leben das, wozu du Lust hast. Du

willst heulen? Dann los, tu's. Und was ist schon dabei, wenn Papa es sieht, steht etwa in der Bibel, daß man nicht weinen darf? Zeig mir, daß du es kannst, weine einfach.«

Sie wischte sich die Nase mit dem Handrücken ab, und dicke Tränen liefen über ihre Wangen.

Ich konnte mich nicht beherrschen. »Glaub ja nicht, daß ich nicht tue, wozu ich Lust habe.« Wenn man an einem Fenster steht, ist man frei vom Blick des anderen. Man schaut hinaus, man richtet die Worte an das Fliegengitter und sie schweben hinaus oder kommen herein, zerstört und abgehackt. Es gibt niemanden auf der Welt, der mir über das, was mit Fenstern zusammenhängt, etwas Neues sagen kann. Tag für Tag hatten wir am Fenster unseres Siedlungshauses gestanden. Das Leben war damals klar wie ein Nachmittag, und das Gute und das Schlechte waren so deutlich voneinander getrennt wie Erde und Himmel. So rein wie ein Wassertropfen war die Welt, die die Fragen nach Gut und Böse schon gelöst hatte, und die einzigen Probleme bestanden darin, ob die Hündin der Semels schwanger war oder nicht, ob es am Abend regnen würde, ob die Schokolade für alle reichte. Welchen Weg der Mensch gehen sollte, war vorgeschrieben wie auf einem Rezept der Krankenkasse, das detailliert zeigte, was der Weg verlangte, wo seine Grenzen waren, was die Gehenden erwartete und mit welchen Schwierigkeiten sie rechnen mußten, wenn sie den Weg verließen. Unsere Wimpern wurden grau vom Staub des Gitters, wir betrachteten die grünen Laubheuschrecken, die Pupillen der Katzen in der Sonne, ein verlassenes Taubenei auf dem Fensterbrett, und wir verließen uns darauf, daß die Welt halten würde, was sie versprach. Wer hätte sich damals vorzustellen vermocht, daß die wilden Stürme der Zukunft das Rezept der Krankenkasse packen und wegtragen und den Nachmittag verdüstern würden.

»Darf man fragen, warum du plötzlich Lust hast zu weinen?« Ihr Gesicht war schon trocken, ihrer Stimme war noch etwas Weinerliches anzuhören.

»Einfach so.«

»Ich habe nicht allzu viele Mütter gesehen, die einfach so weinten, aber es ist dein gutes Recht.«

Im Fenster von Valeri gibt es keine Vergangenheit und keine Zukunft, ein Auge trifft kein anderes, es gibt nur die Hand auf der Schulter, zwischen ihr und der Haut ein dünner Stoff und die Büstenhalterträger. Fünf Finger, und ihre Melodie dringt mit ihrer Wärme durch den Stoff, ein Finger hebt sich, einer senkt sich, sie lassen Tasten auf der Schulter wachsen. Alles, was es gibt, ist jetzt und hier. Nichts war vorher und nichts wird nachher sein, und deshalb stellt man keine Fragen, wie alt? Verheiratet? Kinder? Er ist gerade vom Himmel geboren, so groß wie er ist, so wird er auch zu ihm zurückkehren, ohne Spuren, sein Geruch nach Schweiß und Wodka wird verwehen und im Wasserkreislauf der Natur aufgehen. Der Große Wagen steht dort am Himmel, dort, siehst du? Ja, ich sehe einen beladenen Wagen, er schleppt meine Nächte mit Muli, unsere nackten Füße und unsere Sehnen streckten sich zum Fenster, die Sterne waren die Ränder der Engelsgewänder, am Himmel gab es weder eine Kassiopeia noch eine Milchstraße, nur den Ewigen, gelobt sei Er, und die himmlischen Heerscharen unter seiner Obhut und der Engel, der uns vor allem Bösen errettet.

Wegen Schiras Tränen, die sie laufen ließ, oder wegen der Tränen, die ich zurückhielt, konnte ich nur schwer einschlafen. Ich dachte an Vater, der allein unter den offenen Augen von Rabbiner Kook und unserer Mutter liegt, er tastet nach einem Glas Wasser und seine Hand stößt gegen den Blumentopf mit dem Orangenbäumchen, das seine halbe Wirkung verloren hat. Und was ist, wenn die tastende Hand das Glas umstößt und sich das Wasser über die getrocknete Zyklame ergießt und sie naß wird und zerfällt. Ich hätte ihm sagen sollen, daß er die Schachtel für die Nacht schließen soll. Wenn er aufwacht und sieht, daß die Zyklame ertrunken ist, wird er vor Kummer noch weiter zusammenschrumpfen. Ich schlief ein, und das Wasser gelangte zum Blumentopf, drang in den Boden zu den Wurzeln des Bäumchens, dessen Früchtchen wuchsen, und ein Wind fuhr hinein und machte aus ihnen Glockenklöppel. Ich wachte auf und eine Falte meiner Bettdecke hatte eine Furche quer über meine Wange gedrückt, als hätte ich eine Kurve mit einhundertsechzig Stundenkilometern genommen und wäre gestürzt.

Am Nachmittag kam Chani in mein Büro. Grau wie der Himmel und trocken wie die Erde. Sie trug ein dunkles Kopftuch und eine karierte, bis zum Hals zugeknöpfte Bluse, einen weiten, schwarzen Rock, dessen Stoffülle ihre Magerkeit noch betonte.

»Hat dich etwas Besonderes zu mir geführt? Ich hoffe, es ist etwas Gutes«, sagte ich schnell und nahm ihr die Plastiktüten ab, die sie in beiden Händen trug.

»Ja, Gott sei Dank, etwas Gutes. Hadassa verlobt sich.«

Ich küßte sie und kehrte nicht zu meinem Platz zurück. Ich zog mir einen der Besucherstühle herbei, setzte mich neben sie und küßte sie wieder. Maja sagte »herzlichen Glückwunsch« und betrachtete sie mit geschminkten Augen und von Mascara harten Wimpern.

Hadassa ist ihre Älteste, sie ist an Purim geboren und wird sich bald verloben. Als Chani mit ihr schwanger war, sagten alle, sie sei ein Schnürsenkel mit einem Knoten darin, flach und lang mit einem Bauch, der wie ein Tennisball vorstand. Mit einer Verspätung von zwei Wochen und dem Gewicht von zwei Milchtüten kam Hadassa auf die Welt, trocken und verrunzelt, als sei sie im Bauch ihrer Mutter vergessen worden und geflohen, als es kein Wasser mehr gab. Als sie ein halbes Jahr alt war, bekam ich Giora, und in Chanis Bauch wuchs schon ein neues Kind.

Mit achtzehn fing Hadassa an, Heiratskandidaten zu treffen, es waren Jeschiwa-Studenten mit Akne und gerade einsetzendem Bartwuchs. Diese Treffen brachten keinen Erfolg, immer hatte einer von beiden zu hohe Erwartungen. Inzwischen hatte sie die Ausbildung an einem Lehrerseminar abgeschlossen, sie hatte einen Beruf und brachte schon Geld nach Hause, alle lobten ihre Fähigkeiten, ihr einziger Nachteil war ihr hohes Alter, einundzwanzig. Und nun hatte sie auch den überwunden.

»Er ist Student an einer Jeschiwa«, sagte Chani. »Er ist sehr begabt. Und er hat einen guten Charakter.«

»Ist sie glücklich?«

Das wußte Chani nicht. Die Frage des Glücks war kein Thema, mit dem sie sich oft beschäftigte.

Sie saß auf dem Stuhlrand und hielt ihre Beine in einem geraden Winkel, als müsse sie jeden Moment aufspringen, um ihre Arbeit zu erledigen, eine laufende Nase zu putzen, Suppe für den aufzuwärmen, der gerade zur Tür hereinkommt, den zu verarzten, der hingefallen ist und sich weh getan hat, Streitende zu trennen, Tee für den müden Mann zu kochen, das Gas unter dem Topf mit Kartoffeln niedriger zu stellen, den Boiler auszumachen.

»Wenn sie beschlossen hat, daß er der Richtige ist, wird sie wohl zufrieden mit ihm sein.« Sie umfaßte ihre Knie mit den Händen, deren Haut rauh und rissig war und blaß unter dem goldenen Ring wirkte, den El'asar ihr vor vierundzwanzig Jahren angesteckt hatte.

»Zufrieden oder glücklich?«

»Was spielt das schon für eine Rolle? Der Mensch muß eine Familie gründen.«

Wirklich, was spielte das für eine Rolle? Deine Sehnsucht? Dein Verlangen? Der erstickende Kummer? Der erstickte Schrei? Das alles sind überflüssige Ausdünstungen der Seele, ein Joch am Hals des Lebens. Des Lebens, das, wie man weiß, darin besteht, eine Familie zu gründen. Punkt.

Maja bereitete Tee in Gläsern und rührte den Zucker mit einem Einweglöffelchen um, und Chani legte ihre Finger um das Glas, wärmte sich die starren Finger. »Chani nur auf einer Pobacke« hatte Tehila über sie gespottet, Tehila, die mit ihrem ganzen Gewicht in unserem einzigen Sessel versunken war, während Chani auf der Armlehne saß, in der Position eines geistigen Führers, als hätte sie damals schon geahnt, daß es für sie keine Sessel geben würde, daß sie für immer dazu bestimmt sein würde zu laufen, und daß die Zahl derer, für deren Bedürfnisse sie sorgen müßte, stetig wachsen würde.

»Die Verlobung wird am Neumondstag des Monats Kislew stattfinden, so Gott will.«

»Ich wünsche ihr viel Glück.«

Sie antwortete mit Amen und nahm ein Schlückchen Tee, und ihre dünnen Lippen wurden feucht.

»Vielleicht werden Hadassa und Menachem, so heißt der junge Mann, zu dir kommen, weil sie eine Wohnung mieten wollen, vielleicht sogar kaufen, eine Anderthalb- oder Zweizimmerwohnung. Sie werden bevorzugt, weil beide aus kinderreichen Familien kommen, Gott sei Dank. Seine Familie ist wie unsre, sie haben genug, aber nichts im Überfluß.« Sie warf einen schnellen Blick zu Maja mit den weißen, nackten Schultern und dankte ihr für den Tee. Dann sagte sie, es sei schade, daß Mutter das nicht mehr erleben durfte, immerhin sei Hadassa ihre erste Enkelin. Aber alles liege in Gottes Hand. Sie habe es Vater schon erzählt, er habe auf Mutters Foto gedeutet und gesagt, hoffentlich erfährt sie davon.

Sie stellte das Glas auf den Tisch, ihre Finger hinterließen magere Abdrücke auf dem Glas. »Erinnerst du dich, am Tag, als Giora geboren wurde, hat Hadassa ihren ersten Zahn bekommen.« Ein gemeinsames Säuglingsalter, das der Biologie geschuldet war, nicht der richtige Weg, hatte die beiden Babys auf Mutters Knien zusammengebracht. Hadassa nahm den Schnuller, der um Gioras Hals hing, er brüllte, wegen des Schnullerhalters, der seine Haut einschnitt, Mutter trennte die beiden und besänftigte sie. Als sie älter wurden, gesellte sich die Erziehung zur Biologie und man trennte sie voneinander.

»Ich muß gehen.« Sie beugte sich vor, um ihre Plastiktüten aufzusammeln, aus denen runde Früchte quollen.

Ich nahm meine Schlüssel und stand auf. »Ich bring dich schnell heim.«

»Du bist mitten in der Arbeit«, sagte sie. »Es gibt, Gott sei Dank, einen Autobus, und ich habe eine Monatskarte, ich kann sooft fahren, wie ich will, laß nur. Das ist nicht so schlimm, dann warte ich halt eine Viertelstunde, das schadet mir doch nichts.« Doch am Schluß gab sie nach, nur was die Tüten betraf, beharrte sie darauf, sie allein zu tragen. Sie saß im Auto wie jemand, der durch Verzicht eine neue Dimension des Lebens gewinnt, zusammengekauert, nicht angelehnt, sie nutzte nicht den ganzen Platz, den ihr der Autositz bot. Mit aneinandergedrückten Knien, die rechte Hand auf der linken Faust, starrte sie angestrengt auf die Straße. »Vorsicht, von rechts kommt einer, paß auf, diese alte Frau will vielleicht die Straße überqueren, langsam, jemand will überholen.« Noch nie hatte sie ein Lenkrad angerührt, weder sie noch ihr Mann El'asar. »Es gibt keinen Ort, zu dem wir nicht hingekommen sind, wenn wir es wollten, und wenn es überhaupt nicht klappt, nehmen wir ein Taxi, und das ist billiger, als ein Auto zu haben.« Außerdem, was für ein Fahrzeug reicht für eine zwölfköpfige Familie? Die Tüten standen neben ihren Füßen, der Fahrtwind, der durch das Fenster drang, blähte sie auf, Kartoffeln, Grapefruit, Zwiebeln.

»Hoffentlich bald auch Giora«, sagte sie.

»Was?«

»Was, was? Auch wer nicht gottesfürchtig ist, möchte eine Familie gründen, oder?«

Vermutlich hatte er in der letzten Nacht mit dieser Ma'ajan geschlafen, und nicht zum ersten Mal, seine Hand kannte den Weg, die letzte Nacht war verzaubert, und der Mond stand hoch. Vielleicht sogar schon im Auto, bevor sie in Tel Aviv ankamen.

»Nein, komm nicht mit rein, das dauert zu lange.« Sie packte ihre Tüten. »Laß mich hier raus, es sind nur noch ein paar Meter.«

»Richte El'asar Grüße und Glückwünsche aus, und auch Hadassa, und auch eh ... Menachem.«

»Wir mögen nur Freude erleben«, sagte sie und stieg aus. Sie stand mit ihren Tüten auf dem Bürgersteig, betrachtete mein Auto, ihr Kinn ahmte das Rollen der Räder nach, sie schaute mir nach, paßte auf, daß mir nichts Böses geschieht, die Zipfel ihres Kopftuchs flatterten, ihr Blick war auf die Ampel gerichtet. Chani, meine liebe Schwester, du wirst die paar Meter zu deinem Haus zurücklegen, du wirst das Treppenhaus betreten, mit deinen Zwiebeln und Grapefruits die Treppen zum dritten Stock hinaufsteigen, deine Kinder werden dir entgegenspringen, sie werden ihre verschnupften Nasen in die Tüten stecken, darin herumwühlen, auf etwas hoffen, das einzigartiger und wunderbarer ist als Kartoffeln. Und du wirst dich nicht mit der Frage beschäftigen, ob dein Los besser sein könnte oder nicht, denn die Antwort ist ohne jede Bedeutung.

Woran denkt meine Schwester, wenn sie abends im Bett liegt? Vermutlich denkt sie gar nicht. Der Schlaf entreißt sie jedem Gedanken, läßt sie ihre müden Glieder ausstrecken, das Blut, das sich im Lauf des Tages in ihren Beinen gestaut hat, steigt von den geschwollenen Knöcheln nach oben, zum Herzen, und von dort in die kleinsten Blutgefäße und beruhigt sie. Auch eine plötzliche Bewegung El'asars, ein Knie, das sich biegt, ein Arm, der ausgestreckt wird, ein Körper, der sich auf die andere Seite dreht, wird sie nicht wecken, denn ihre Betten stehen einzeln, getrennt durch einen Zwischenraum und durch Gewöhnung. Der Morgen wird ihr die Augenlider öffnen, er wird ihr nicht erlauben, sich länger zu räkeln und ihren Gedanken nachzuhängen, sie wird in ihre Hausschuhe springen und Gott danken, daß er ihr in seiner Güte ihre Seele zurückgegeben hat. Elf Betten werden knarren, eines nach dem anderen, elf Menschen werden sich in der Schlange vor der Toilette die Augen reiben, elf Menschen werden in der Küche Tee trinken, Milch, Kaffee oder Kakao, und die belegten Brote, die sie vorbereitet hat, mitnehmen in ihren Tag.

Und ich, was habe ich von ihr? Sie ist mit offenen Augen in ihr Leben gegangen. Über El'asar könnte man sagen, daß es das war, nichts anderes. Sie war vierundzwanzig, als die Ehe arrangiert wurde, schon alt unter den Mädchen, die einen Bräutigam unter den Studenten der Jeschiwa suchten, und ihre Mitgift war sowieso nicht groß genug, um für ihren mageren Rücken zu entschädigen, für die flache Brust und das Gesicht, das keine besondere Anmut zeigte. Als ihr El'asar vorgestellt wurde, sagte sie auf der Stelle ja. Sie wollte eine Familie gründen. »Dummkopf, geh doch zur Universität, trage Jeans, laß deine Haare wachsen, so dünne Mädchen wie du können toll aussehen in der richtigen Kleidung ...«, sagte Tehila. »Und daß du es nur weißt, es gibt Büstenhalter, die sind gefüttert. Ich an deiner Stelle ...« Etwas in Mutters Augen brachte sie zum Schweigen.

Und jetzt war Hadassa an der Reihe.

Sie ist ein Baum des Lebens allen, die sie ergreifen, und glücklich sind, die sie festhalten.

Glücklich? Chani beschäftigt sich nicht mit dieser Frage. Glücklich ist, wer das Glück nicht erhofft und sich nicht beklagt, wenn es sich verzögert oder nicht kommt.

Ich war wieder am Büro und fand keinen freien Platz zum Parken, nur einen ganz engen drei Straßen weiter. Ich quetschte meinen Mazda hinein und stieg aus. Ich trat auf abgefallenes Laub, das sich auf dem Bürgersteig gesammelt hatte, der Herbst war schon deutlich zu merken. Die Baumstämme waren schwarz vom Smog, vom Staub und vom Alter. Jetzt steht er in der Gasse zwischen der Apotheke und dem Schuhgeschäft und spielt, der Wind treibt Eispapier gegen seine Schuhe oder alte Toto- und Lottoscheine. In einem der Häuser erklingt aus dem Radio das Lied von Anita und Juan, die es verpaßt haben, im Frühling zu blühen und jetzt zu den Engeln gehören, und Maria tritt auf trockenes Laub und träumt von fünf fremden Fingern. Du hast alles, Maria, und dein Leben ist hohl. Hat man dir nicht beigebracht, wie man sich in dieser Welt benimmt, man hat dir ein Leben angeboten, das die einzige, entschiedene Wahrheit enthält, oder gar nichts. Leer. Wer hat etwas angeboten, was wurde angeboten, beschuldige niemanden, Maria, du bist schon ein großes Mädchen.

Ich ging langsam, lauschte auf das Rascheln der Blätter unter meinen Füßen und beneidete Chani. Mittags um halb eins, am 10. Oktober, beneidete ich Chani. Nicht um ihr Leben und nicht um ihren Mann, dessen Unterhosen sie wusch, trocknete, faltete und zu den Dutzenden anderer Unterhosen legte. Ich beneidete sie darum, daß sie nichts von jenem Teil des Lebens verlangte, der ihr vorenthalten war. Sie hat eine Liste ihrer Aufgaben, die sich über ihre vierundzwanzig Stunden erstreckt, ihre Werktage, ihre Schabbatot und ihre Feiertage. Sondern der Mensch erzeugt sich selbst das Unheil, wie Funken hoch emporfliegen.

Aber die Seele, Chani, was ist mit der Seele? Hast du keine Träume, keine Sehnsüchte?

»Wir sind keine Roboter«, hatte sie einmal zu mir gesagt, und ihre Wangen waren rot geworden. Sie drehte an einem losen Knopf ihrer Bluse. »Wir tun, was getan werden muß, und diese ganze Angelegenheit mit der Seele, wir arbeiten daran und bemühen uns, daß sie nicht stört und sich in die gute Richtung entwickelt.« Der Knopf ging ab, sie bat mich um eine Sicherheitsnadel und steckte ihren Blusenzipfel zu.

»Mein Gott, die Seele, die Du mir gegeben hast, sie ist rein, Du hast sie erschaffen, Du hast sie geformt«, sagte sie. »Ich bekam sie als Pfand vom Heiligen, gelobt sei Er, und ich muß sie ihm heil zurückgeben.«

Auch ich habe ein Pfand bekommen, und wie beschädigt und wertlos wird es sein, wenn es zum Himmel zurückkehrt. Der Engel Gabriel wird es in die Schatzkammer der Seelen bringen, die einen Defekt haben, Seelen der Kategorie B oder C.

Die Schaufenster warfen mein Spiegelbild zurück. Da kann man nichts sagen, dieses graugrüne Kleid schmeichelt mir. Zweiundvierzig, noch hat sich kein überflüssiges Fleisch am Bauch und an den Hüften angesammelt, die Brust ist noch fest, die Armmuskeln noch nicht erschlafft, und in den glänzenden Haaren zeigen sich nur vereinzelte silbrige Spuren. Sechs Jahre liegen zwischen mir und Chani, und acht Geburten. Ich habe nur zwei Menschen zur Welt gebracht, nur zweimal haben sich meine Beckenbänder gedehnt und nur zweimal ist mein Bauch dick geworden, seit sechzehn Jahren trage ich Hosen in Größe vierzig, Unterhosen in Medium, Büstenhalter 85 B.

»Die Zeit geht einfach an dir vorbei«, sagt Juval. »Sie dreht eine Runde, sagt, wäre es nicht schade, und geht weiter.«

Blödsinn, Juval, die Zeit vergißt niemanden.

»Wie kommt es, daß ihr beide aus derselben Familie stammt«, wunderte sich Maja. »Kaum zu glauben. Ich? Wenn ich an ihrer Stelle wäre, wäre ich neidisch, wenn ich eine Schwester hätte, die so gut aussieht und ein Büro und ein Auto hat.«

»Sie beneidet mich nicht. Ich kann es nur schwer erklären, Maja, es ist kompliziert.«

Als sie jung war, beneidete sie Tehila um ihre Weiblichkeit, die so früh reifte und ihre Kleider sprengte, im Vergleich zu ihr, die sich nicht entwickelte und die immer dürr blieb. Später hatte sie Mitleid mit Tehila, deren Fleisch sie in die Eitelkeit entließ, ins Böse, und sie dankte Gott dafür, daß er in ihren Körper nicht so viel investiert hatte, und sie nichts hatte, was ihr den Geist verwirren und sie vom rechten Weg weglocken konnte.

Maja zog los, um Sandwiches zu kaufen, und kehrte mit zwei

großen, duftenden Maiskolben zurück. Ich schlug genüßlich die Zähne in die gelben, frischen, stärkehaltigen, süßen Körner, sie wurden herausgerissen und gaben einen milchigen Saft von sich. Endlich kam eine Aufmunterung an diesem Tag, die Stärke brachte die Last zum Schmelzen.

»Wunderbar, dieser Mais, ich könnte noch zwei essen.«

Maja stand sofort auf. »Soll ich dir welche bringen?« Ich gab ihr ein Zeichen, sich wieder zu setzen, und kratzte Körner heraus, die mir zwischen den Zähnen hängengeblieben waren. Das ist es, was ein einfacher Mais erreichen kann. Maiskörner schmelzen im Mund und füllen den Magen, und die Welt sieht auf einmal ganz anders aus. Alles ist Biochemie, sagt Muli. Hormone, Enzyme und das alles. Nichts Neues. So alt wie die Welt ist das Klischee, daß der Soldat nach seinem Magen geht. Nur der Soldat? Nur die Armee? Die ganze Weltgeschichte. Moses bot den Kindern Israels einen Gott, und sie wollten Zwiebeln und Knoblauch. Ihre Mägen wurden leer, und Gottes Aktien sanken.

Am Himmel sammelte sich eine Herde grauer Wolken. Ich sagte zu Maja, sie solle das Licht nicht anmachen, ich liebe das gedämpfte Licht des Herbstes. Sie verstand es nicht, aber sie gehorchte. Was würde es bringen, wenn ich ihr erklären würde, daß Gedämpftheit das Gegenteil von Klarheit ist, von Helligkeit, Eindeutigkeit. Daß das Leben Fragen und Zweifeln nur in der Gedämpftheit Raum gibt, vom grellen Licht werden sie erschlagen.

Nachmittags um fünf kam ein junges Paar herein. Sie waren mit Maja verabredet, um sich eine Wohnung in Nachla'ot anzuschauen. Der junge Mann schaute Maja an und das Mädchen ihren Freund, der Maja anschaute. Sie schlang ihren kleinen Finger um seinen kleinen Finger, und der junge Mann, der bis dahin Maja angeschaut hatte, senkte den Blick zu ihrem Ausschnitt. Die drei verließen das Büro, Maja als erste, hinter ihr das Mädchen, und der junge Mann hielt ihnen beiden die Tür auf und ging als letzter. Maja würde ihnen die Wohnung zeigen und danach für heute Schluß machen. Bis sie hinaufgegangen sind in die Wohnung, bis sie alles gesehen haben und wieder gehen können, wird es sechs sein. Sie wird ihrer Wege gehen, der junge Mann wird über sie und über die Wohnung nachdenken, und das Mädchen über den jungen Mann, der über Maja nachdenkt.

Sie waren kaum gegangen, da ging die Tür auf, eine großgewachsene junge Frau trat herein, und mit ihr ein schwerer Geruch nach Zigaretten. Ihre Lippen waren voll und schwarz angemalt, ihre Haare blond, sie trug ein enges T-Shirt, und ihr enger Rock bedeckte das obere Drittel ihrer Schenkel, die beiden anderen Drittel waren nackt.

»Ich möchte eine Zweizimmerwohnung mieten«, sagte sie. Ihre Fingernägel waren lang, rot und an den Spitzen gewölbt.

»Zum Wohnen?«

»Natürlich zum Wohnen. Wenn nicht zum Wohnen, für was dann?« Ihre Stimme war tief und rauh vom Rauchen. »Am liebsten hätte ich einen getrennten Eingang, nicht vom Treppenhaus aus, wenn es geht, vielleicht einen Hintereingang, erster Stock.«

Ihre Plastiknägel klopften nervös auf die Tischplatte. Hier ist eine, die möchte, daß ihre Gäste schnell ihre Wohnung betreten und verlassen, sie sollen im Treppenhaus von keinem Nachbarn aufgehalten werden, der den Müll hinunterbringt oder die Post holt.

Ich ging auf dem Bildschirm die Liste der Wohnungen durch, die mir zur Verfügung standen. »So etwas habe ich leider nicht.«

»Wie ist das möglich? Haben Sie richtig geschaut? Ich habe gleich gemerkt, daß sie mir nichts vermieten wollen. Ist es denn so eine große Sache, eine Wohnung im ersten Stock zu finden?«

»Ich habe keine.«

»Kann ich wenigstens ein Glas Wasser haben?«

Sie trank das Wasser, das ich ihr eingoß, betrachtete prüfend die Bürowände, dann mich, mein graugrünes Kleid, meine Schuhe.

»Ein beschissenes Land ist das. Greift dem Menschen in die Unterhose. Wollen Sie im Ernst sagen, sie haben keine Zweizimmerwohnung im ersten Stock?« Sie drückte einen Fingernagel in den Plastikbecher und kratzte einen langen Riß hinein.

»Ich bleibe noch zwei Minuten sitzen, dann gehe ich. Meine Füße sind kaputt.«

Sie blieb zweimal zehn Minuten sitzen und vergaß, daß sie versprochen hatte, zu gehen. Ich trug Details in meine Buchführung ein, machte Ordnung, und sie gähnte mir ins Gesicht und entblößte ihre vom Nikotin gelben Zähne.

»Jetzt sitze ich hier schon so lange, und in der ganzen Zeit ist kein Kunde gekommen. Was für eine Art Büro ist das? Sie spielen die Harte. Jetzt mal ehrlich, haben Sie eine Wohnung im ersten Stock oder nicht? Kann ich noch ein Glas Wasser haben?«

Sie sank tiefer in den Stuhl, streckte ihre nackten Beine von sich und ihre Absätze kratzten über meine Tischbeine. »Ich ruhe mich noch ein paar Minuten aus, dann verschwinde ich. Haben Sie einen Mann, Kinder?«

»Ja, aber ich habe auch Arbeit, entschuldigen Sie.«

»Arbeit? Was für eine Arbeit? Kein einziger Kunde ist reingekommen, kein einziger. Bestimmt sagen Sie zu Ihrem Mann, ich habe Arbeit, und sitzen hier den ganzen Tag auf ihrem Hintern, und eine andere Frau putzt Ihnen daheim die Wohnung. Ich? Ich würde sterben, wenn mein Hintern den ganzen Tag auf einem Stuhl sitzen müßte. Haben Sie eine Zigarette? Warum schütteln Sie den Kopf? Geben Sie eine Antwort. Ist es so schwer, nein zu sagen? So ein kleines Wort, und sie schüttelt den Kopf, als wäre ich ein Hund. Warum rutschen Sie mit Ihrem Stuhl zurück? Haben Sie Angst vor mir? Ich habe eine große Klappe, aber mein Herz ist pure Margarine. Wenn Sie jetzt sagen würden, putz das Büro, dann putze ich es, aber meine Füße sind kaputt. Ich hätte Ihnen auch die Gläser in der Spüle abgewaschen. So ist es, nur zwei Minuten, damit meine Füße sich ein bißchen ausruhen können, dann hau ich ab. Ich bin auch selbständig, genau wie Sie, ich mache den Laden zu, wann ich will, keine Sorge, meine Kunden verlassen Ricki nicht. Wenn heute zu ist, kommen sie morgen. Mein Gerede macht Sie nervös, stimmt's? Gut, dann halte ich eben den Mund.« Sie lehnte sich zurück, ihr Rock rutschte hoch und legte den oberen Teil ihrer Schenkel frei, ihre Absätze zerkratzten meinen Tisch, sie sah aus, als würde sie im nächsten Moment einschlafen und zu Boden sinken. Doch da ging die Tür knarrend auf, und sie wandte den Kopf.

Er drückte die Tür vorsichtig zu, mit dem Rücken zum Raum, das Saxophon warf einen Schatten auf die Wand.

»Wow, endlich ein Kunde. Und er war mal schön, bei Gott, was für ein Kunde.« Sie zog die Beine an sich und lächelte ihm zu, sie zog ihr T-Shirt glatt und vergrößerte den Ausschnitt, sie fuhr sich mit den Fingern durch die Haare. »Behandeln Sie ihn gut. Wenn ich so einen Kunden hätte, würde er eine kinomäßige Behandlung bekommen.«

»Er ist kein Kunde, er ist mein Mann.«

Sie klappte den Mund zu, nahm ihre Tasche, stand auf, sagte »vielen Dank für das Wasser« und zog sich den Rock glatt. »Sie haben eine Frau mit viel Geduld«, sagte sie zu ihm, überlegte, ob ihr noch etwas zu sagen einfiel, und ging zur Tür. Ihr Gang war müde, sie schwankte, versuchte sich aufrecht zu halten, kam zur Tür und lehnte sich an sie. Sie schaute mich an, dann Valeri, lächelte traurig und ging. Draußen blieb sie verloren auf dem Bürgersteig stehen, zögerte, wandte sich nach rechts, kam aber gleich zurück und ging nach links, bis sie in der Dunkelheit unter den Ficusbäumen verschwand.

Er lächelte. »Wie geht es dir?« Der Tisch stand zwischen ihm und mir.

»Gut . . . und du . . . willst du Wasser? Kaffee?«

»Tee, bitte, und ich möchte auch die Schmetterlinge sehen.«

Ich drehte den Bildschirm zu ihm und er legte seine Hände auf den Tisch und beugte sich zu den Schmetterlingen.

Ich wusch schweigend zwei Tassen. Ich sagte nicht, setz dich, ich fragte ihn nicht, wie es ihm geht, sondern nur, wieviel Zucker er will. Ohne, sagte er, nahm das Saxophon ab, stellte es auf den Boden und setzte sich auf den Stuhl, auf dem vorhin Chani gesessen hatte und danach Ricki und der vielleicht noch warm war von ihrem Körper. Draußen war es schon dunkel, der Wind drang durch das Gitter, traf mein brennendes Gesicht und kühlte es nicht ab.

Ich saß ihm gegenüber, schob meinen Stuhl nicht näher zu ihm, wie ich es bei Chani getan hatte, oder wie ich es getan hätte, wenn Asa'el oder Muli gekommen wären.

Muli. Es ist noch nicht zu spät, würde er jetzt zu mir sagen. Noch nichts ist passiert. Das Pferd trabt? Du hast die Zügel in der Hand, Maria. Scharf ziehen, dann wird das Pferd steigen, du wirst einen Moment schwanken, erschrecken und dich wieder fassen.

»Gib mir einen Moment deine kleine Hand, Mo.«

Ich gab sie ihm.

»Man kann einen Menschen an seinen Händen erkennen.«

»Blödsinn, das ist unmöglich. Schau, deine Hand berührt meine, zehn Zentimeter vor meinen Augen, und ich weiß nicht, wer du bist, ich habe nicht die geringste Ahnung, gar nichts. Sag so etwas nicht.«

Er wurde ernst. Meine Hand lag auf seiner, die Finger gespreizt, als schämten sie sich voreinander, und seine Finger schoben sich in die Zwischenräume und drückten sie noch weiter auseinander.

Ich zog meine Hand zurück. »Trink.« Er zog eine Schokoladenwaffel aus seiner Hemdtasche, wickelte sie aus dem Silberpapier, brach sie und reichte mir eine Hälfte, die andere zerbrach zwischen seinen Zähnen, und Brösel fielen auf seine Lippen. Noch hast du die Zügel in der Hand, los, Maria, einmal fest daran ziehen, und das war's. Was heißt da ziehen, wer soll ziehen, lieber Gott, wie begnadet war der Engel, der seine Lippen modelliert hat.

»Singst du oder spielst du nur.«

»Welches Lied willst du?«

»Ho, Wania, meine Wania, warum hast du mich verlassen. Kennst du es?«

Er räusperte sich, sein Kehlkopf bewegte sich nach oben, sank wieder, betonte seine Stoppeln, die er nicht rasiert hatte. Seine Stimme ist tief, sein Mund weit geöffnet, und alle Wanias, die uns für immer verlassen haben und rote Kommissarinnen geworden sind, kommen aus seinem Mund, und das Neonlicht erweckt sie. Was soll man ziehen, wer soll ziehen, eine Hand streckt sich nach der anderen, und seine Stimme ist zu mächtig für mein Büro, sie dringt durch das Fenster hinaus, und die Reihe Wanias und ihre barmherzigen Schwestern hüpfen vom Fensterbrett auf die Straße.

Ich trennte unsere verschränkten Finger, »Psst ... psst ... einen

Moment.« Ich schloß das Fenster und schob zusammengeknülltes Papier ins Schlüsselloch. Er sang auf russisch, ein Lied, das ich nicht kannte, bewegte die Schultern und den Fuß. Auch dieses Lied war traurig. Er hat mich durchschaut, er weiß schon, daß ich leicht zu haben bin, zwei, drei anrührende russische Melodien, noch etwas *made in Israel* und ich bin gefallen.

»Wovon erzählt dieses Lied?«

»Von einer Frau, deren Mann weggegangen ist, um Zigaretten zu kaufen, und nicht zurückkommt.«

»Warum? Ist er mit einer anderen Frau weggegangen?«

»Nein, die Polizei hat ihn mitgenommen.«

»Warum?«

»Die Polizei muß nicht sagen, warum, sie nimmt einen mit, das ist alles.«

»Was hat die Frau dann getan?«

»Sie ging hinunter zum Zigarettengeschäft, und der Verkäufer sagte, sie haben deinen Mann geholt. Hier, das ist seine letzte Zigarette. Er hatte sie noch nicht fertig geraucht, da haben sie ihn mitgenommen. Die Frau riecht den letzten Rauch, den er durch die Nase ausgestoßen hat, drückt die Zigarette aus und nimmt sie mit, und ihr ganzes Leben lang bewahrt sie diese Zigarette auf, weil sie der letzte Gegenstand ist, den er berührt hat.«

»Ein trauriges Lied«, sagte ich.

»Ein trauriges Lied?« sagte er. »Das ganze Leben ist traurig.« Er lehnte entspannt im Stuhl, noch immer Waffelkrümel auf den Lippen, die Augen grau bewölkt. Er kennt vermutlich Menschen, die von der Polizei abgeholt wurden, als sie gerade eine Zigarette rauchten, vielleicht ist es auch ihm passiert. Je weniger du weißt, Maria, um so leichter wird es dir fallen, die Sache zu beenden. Vielleicht ist er ein russischer Spion, vielleicht hat er gegen das Regime gekämpft, vielleicht hat man ihm die Auswanderung nach Israel nahegelegt, oder er ist einfach nur ein armer Dieb oder ein Mörder, der ein paar Jahre seines Lebens hinter Gittern verbracht hat. Er hat doch schon eine Bemerkung über Wände ohne Fenster gemacht. Und daß er jetzt die Wangen einzieht und noch Waffelkrümel auf den Lippen hat und die Schmetterlinge anschaut, was heißt das schon? Daß er gleich zwei große Hände um deinen Hals legt und ihn erst wieder losläßt, wenn du aufgehört hast zu zappeln und blau geworden bist?

»Sag, hat die Frau in diesem Lied einen Namen?«

»Nein. Man kann sie nennen, wie man will.«

»Los, nennen wir sie Luschinka.«

Nennen wir sie so, du und ich. Als hätten wir schon etwas Gemeinsames, als hätten wir schon gemeinsame Witze, und Kränkungen, die wir teilen, und Schweigen und Verlegenheiten und Träume und Lieder.

»Luschinka? Gut, Luschinka.« Er hob das Saxophon auf und fragte: »Gehst du auch schon?«

Ich suchte ebenfalls meine Sachen zusammen, ließ die Tassen auf dem Tisch stehen, die Schmetterlinge weiterfliegen, er war schon an der Tür, das Saxophon auf dem Rücken. Ich machte das Licht aus und ging auch zur Tür, die Schmetterlingsflügel flimmerten in der Dunkelheit in einem feierlichen Weiß, und seine Hand legte sich auf meine Schulter. Ich stand bewegungslos da, um nicht zu drängen, um den Zauber der Schmetterlinge nicht zu zerstören, ich berührte keine Naht seiner Jeans, ich schob keinen Finger in eine Gürtelschlaufe, bis mich die Stoppeln berührten und ich den Geschmack der Waffelkrümel von seiner Zunge spürte. Er löste sich und sagte: »Gehen wir«, er öffnete die Tür, und ein Windhauch traf meine nassen Lippen und trocknete sie. Er begleitete mich zum Auto und wollte nicht mitfahren, sein Fahrrad war am Strommast festgekettet und wartete auf ihn.

»Aber wir können noch einmal eine Hauseinweihung machen.« Er lachte und drehte sich zu seinem Fahrrad.

Ich saß schon im Auto und rief ihm nach: »Wann?«

»Wann du es sagst.«

Ich ließ das Auto an, er stand auf dem Bürgersteig und lächelte, die Hände in die hinteren Jeanstaschen geschoben. Seine Schultern bildeten einen Bogen, aus seinem Rücken wuchs das Saxophon, er beeilte sich nicht, sein Rad loszumachen. Bis ich um die Straßenbiegung fuhr, war seine Gestalt in meinem Rückspiegel zu sehen, groß, weich, angelehnt an die Nacht.

Eine Frau hebt eine Zigarettenkippe auf, an der die Spucke ihres Geliebten hängt. Das Papier löst sich, der Tabak krümelt, und sie bewahrt den letzten freien Atemzug, den er durch sie gezogen hat. Als er den Rauch ausstieß, hatte er schon Handschellen an den Händen.

Atmende Stille stand im Paternosterbaum. Kein Wind wehte die hohlen Früchte des vergangenen Jahres herab. Die Blätter hatten ihre Flügel zusammengelegt, sie schliefen wie die Vögel in den Wipfeln, all die winzigen Kriechtiere in den Spalten des Paternosterbaums schwiegen, warteten gespannt auf den Regen, der bald fallen würde. Herbst, eine Ruhepause zwischen einem Himmelsabschnitt und dem nächsten. Die alten Früchte hingen schon hier, als es das letzte Mal regnete, und sie werden auch beim nächsten Regen da sein und die Ordnung bezeugen, die Gott seiner Welt gegeben hat, von ihrem Anfang bis zu ihrem Ende, wie Vater, wie Schoko, wie Valeris Mutter.

Ich blieb unter dem Paternosterbaum stehen, der Volkswagen stand schon auf seinem Platz, seine Motorhaube war noch warm, vermutlich war er noch nicht lange da, vielleicht hatte er schon die Zwiebeln für den Salat geschnitten.

Noch hast du nichts Böses getan, Maria, nichts, wonach die Welt nicht mehr sein würde, wie sie vorher war. Es ist so wenig, was du zu verbergen hast, wenn überhaupt etwas. Waffelbrösel im Mund? Putz dir die Zähne.

Mit kleinen, langsamen Schritten legte ich die wenigen Meter vom Parkplatz zu dem gepflasterten Weg zurück. Am Beet mit den Stiefmütterchen blieb ich stehen, ihre samtigen Blüten waren dunkel und feucht vom Tau. Wieso habe ich Juval nichts von Taljas gepreßter Zyklame erzählt? Es wird unser erstes Gesprächsthema sein, sobald ich das Haus betrete. Das erste Thema? Nein, das ist nicht gut, Maria, laß die Worte kommen, wie sie kommen wollen.

Er umarmte mich, als ich ins Haus kam, er küßte mich auch auf die Stirn, wie gestern und wie vorgestern, er hatte das Hemd schon aus der Hose gezogen, die Haare auf seinem Unterarm waren schon naß.

»Ich weiß nicht, warum ich es dir noch nicht erzählt habe. Talja hat Vater eine getrocknete Zyklame gebracht.«

Eine Zyklame, kein anomales Thema mit jemandem, mit dem man gewöhnt ist, auch viel unbedeutendere Dinge zu besprechen als eine Zyklame.

Wir standen im schwachen Licht der Diele. »Eigentlich hat sie ihm nur die Schönheit der Zyklame gebracht, ihre Skizze«, sagte ich. Ich hatte die Tasche noch in der Hand, er hörte mir zu, ohne zu lächeln.

»Eine getrocknete Blume ist keine Skizze der Schönheit, sie ist eine Spur der Schönheit«, korrigierte er mich, er mißachtet keines meiner Worte. Er nahm mir die Tasche ab, ich hob seine Hand und strich mit meinem Hals über seinen feuchten Unterarm. »Du hast recht, eine Spur der Schönheit, alles andere ist nur Gerede. Laß deine Hand da, ich bin verrückt nach deinen feuchten Haaren.«

»Hat er sich gefreut?« fragte er.

»Wer?« Ich bewegte mich abrupt, und seine Hand rutschte von meinem Hals.

»Dein Vater.«

»Mein Vater? Oh, ich muß ihn anrufen, daß er die Schachtel zumacht, damit kein Wasser über die Zyklame rinnt. Er wäre verloren, wenn ihr etwas passiert. Wie hast du gesagt, eine Spur der Schönheit? Ich übernehme diese Definition außerordentlich gern.«

»Unter dem Felsen wächst, welch ein Wunder, eine Zyklame«, sang er und nahm mit Daumen und Zeigefinger ein Blatt von meiner Schulter, das da hängengeblieben war, und ich sah, daß seine Wange weich war und er ein Doppelkinn bekam. Wann war das passiert?

»Eine wunderbare Zyklame, versteckt unterm Felsen, mein Leben lang«, sang er und hängte meine Tasche an den Haken.

Viertes Kapitel

Jahrelang habe ich Naomis nackten Körper nicht gesehen.

Na und? Fast die ganze Welt habe ich nicht nackt gesehen. Wie viele nackte Körper sieht ein Mensch in seinem Leben, wenn er nicht gerade Schneider oder Arzt ist? Auch Sarale und Tehila habe ich nicht nackt gesehen. Auch Schira, die mich einmal an dem zarten Haarwuchs unter ihren Achseln teilhaben ließ, verbirgt vor mir seit Monaten die Enttäuschung, die ihr ihre Brüste bereiten, die mit sechzehn Jahren aufgehört haben zu wachsen, so daß sie nun die Brüste eines Mädchens hat, kleine, harte, unreife Früchte.

Und aus welchem Grund wundere ich mich über nackte Körper, die ich nie gesehen habe, als hätte ich je eine nackte Seele gesehen, als ob das Gewebe, das unseren Körper bedeckt, nicht dünner wäre als der unsichtbare Stoff, der unsere Seele umschließt. Die Straßenkatze, die gerade über die beleuchtete Fläche zwischen dem Paternosterbaum und der Straße läuft, deren Hintern so offen ist wie ihre Pläne, schießt grüne Pfeile auf den jungen Spatz, sie richtet sich auf ihren Hinterbeinen auf, ihr rosiger Bauch mit den welken Zitzen ist für alle sichtbar, welkes, schlaffes Fleisch, sie ist nackt und ohne Scham. Wieviel Zeit unseres Lebens verbergen wir nichts? Ein Jahr, zwei Jahre? Dann fängt man an, sich anzuziehen, zuzudecken, zu verstecken, nur wenn wir sterben, werden wir wieder sichtbar, fremde Hände werden sich mit unseren Genitalien beschäftigen, und wir werden unsere Scham los sein.

Wenn wir sterben. »Es ist schrecklich, als Jungfrau zu sterben«, hat Naomi gesagt, und seither bedrängt mich ihr Körper. »Ein Kind rückt für mich in immer weitere Ferne«, hat sie bekannt, und das Kind, das für sie in immer weitere Ferne rückt, verfolgt mich, klebt an mir, bedrängt mich und beschert mir Träume mit Naomi und Juval.

Wer weiß, vielleicht wäre dieser ganze Valeri nicht geboren worden, wäre da nicht Naomis Kinderlosigkeit, vielleicht schuf mir Gott eine Sünde, die mich zwingen würde zu gehen und Naomi Platz zu machen. Nicht Gott, Maria, deine Sünden sind deine eigenen Erfindungen. Du hast keinen Gott nötig, wenn Er will, schießt sogar ein Besenstiel. Trotzdem, nur ein mutwilliger Streich des Himmels kann mir diesen Traum über Juval und meine Schwester eingeflüstert haben, deren Bauch flach ist und seit vierundvierzig Jahren nur ihre Eingeweide enthält. Auch wenn ihr Bauch eingefallen und etwas schlaff ist, wird er sich ihr von hinten nähern, wie er es mag, er wird seine Hände auf ihre Hüften legen, die Schultern vorschieben und ihre Brüste aneinanderdrücken, atemlos, er wird nicht auf die Falte achten, die ihre Haut auf der Hüfte bildet. Und Naomi? Die Stimmen, die sie vierundvierzig Jahre lang in ihrem Inneren erstickt hat, werden sich verbinden und in dem Stöhnen der Geretteten aus ihrer Kehle dringen. Wenn solche Träume nicht vom Himmel kommen, dann kommen sie aus der Unterwelt.

Die Katze sprang auf den Spatz, aber seine Schnelligkeit oder sein Glück retteten ihn aus ihren Fängen, nun hing ihr Schwanz über ihrem Hintern, und sie leckte ihr schäbiges Fell und schüttelte ihre leeren Zitzen.

In der Nacht war der erste Regen gefallen, schwach, andauernd, bescheiden. Er schlug nicht gegen die Rolläden, er floß nicht durch die Regenrinnen, er brachte keinen Donner, keinen Blitz, er füllte nicht die Bewässerungsgruben. Er kam wie ein grauer, eifriger Gesandter des Himmels, um die Bewohner der Erde daran zu erinnern, daß so die Ordnung der Welt war, egal wie wild der menschliche Geist tobte, es herrschte das Gesetz der Welt, Jahr um Jahr wartete der erste Regen auf den richtigen Zeitpunkt, er schaute auf seine Uhr und kam, drückte mit seinen Tropfen der Erde seinen Stempel auf, hinterließ seine runden Zeichen und verschwand wieder.

Wenn er sich in meinem Traum ihr nähert, legt er seine Lippen auf sie, er berührt nicht gleich ihre Lippen, erst ihren Nacken, er bedrängt sie nicht sofort. Er hat ganz normale Lippen, nichts läßt sich über sie sagen, sie sind nicht zu voll, nicht zu schmal, nicht gewölbt, nicht besonders schön geformt, sie drücken den Wörtern, die sie sprechen, keinen besonderen Stempel auf, sie bringen sie heil und ganz heraus. Unauffällige Fältchen des Fleisches am oberen und unteren Rand des Mundes, das ist alles. Wenn diese Lippen sie berühren, schwellen sie an wegen des Flaums ihres Nackens, sie öffnen sich an ihrem Hals und befeuchten ihr Rückgrat, und ich möchte ihn von ihr wegreißen, damit seine Lippen auch über meine Wirbel fahren, vom Hals bis zum Steißbein und weiter südlich und ins Innere. Aber er ist schon vor einer Stunde in seinen Buchladen gegangen, was hat er mit den beiden Schwestern zu schaffen, die ihn im Schlaf lieben, die eine ein brachliegendes Feld, die andere ein fremdes Feld.

Warum fremdes Feld? Ich habe nicht mit Valeri geschlafen, auch mit keinem anderen Mann, mein Begehren gilt meinem Mann. Aber das Begehren ist ein Despot, es zwingt mich, das dünne Tulpenkleid anzuziehen, ein Gewebe, so fein, als wäre es aus Luft gesponnen. Es verleitet mich auch, meine Augen zu schminken und meine Ohrläppchen mit Parfüm zu betupfen und das flache Tal zwischen meinen Brüsten.

Gott bewahre mich davor. Vierundvierzig Jahre in dieser Wüste, wie schafft sie das? Naomi, Fleisch von meinem Fleisch, wer wird diese Deformation noch reparieren, wer wird deine Knöchel noch umfassen, wer wird deinen großen Zeh küssen und dir sagen, daß deine Beine etwas Besonderes sind? Tag um Tag und Nacht um Nacht wird er deine Beine preisen, bis ein Kind in dir wächst und deine vollendeten Beine spreizt, um herauszukommen.

Eine Regenträne hängt an der Geranie, sie rinnt nicht herunter und sie verdunstet nicht, die Straße ist leer und die Uhr schlägt neunmal. Es ist spät, Maria, geh in dein Büro, der erste Regen wird dir Kunden bringen, Menschen mit undichten Wänden werden ein wasserfestes Dach über dem Kopf suchen. Oktober. In den Autos, an den Haltestellen, auf den Zebrastreifen, überall tragen die Leute herbstliche Kleidung, und nur ich habe mein Juli-August-Kleid an, und statt daß es mich anziehend macht, läßt es mich sonderbar erscheinen. Gut, daß ich ein großes Seidentuch im Büro habe, das mich vor der Kälte und vor den Blicken der Kundinnen schützt. Ich versuchte mich zu erinnern, was Juval angezogen hatte, ob er sich umgezogen hatte und wegen des Regens lange Ärmel trug, oder das karierte kurzärmlige Hemd von gestern, und fragte mich, warum ich das nicht wußte, schließlich hatten wir zusammen unseren Morgenkaffee getrunken, ich saß ihm gegenüber, wir unterhielten uns über die Beteerung des Dachs, dann zeigte er mir in der Zeitung das Foto einer Palästinenserin, die den Soldaten, die sie an einer Sperre aufgehalten hatten, den Stinkefinger zeigte, beide schnitten wir uns ein Stück von dem Kuchen ab, der zwischen uns stand, gemeinsam hielten wir über dem Kuchen die Zeitung mit der Frau und dem gestreckten Finger und dem schwarzen Kleid mit dem viereckigen, rotbestickten Brustteil. Seltsam, das Hemd, das Juval vor einer Stunde trug, habe ich vergessen, und an das Kleid der Frau aus der Zeitung erinnere ich mich, und nicht weniger gut erinnere ich mich an ein Dutzend Kinderarme in Flanellhemden, die vor einer Million Jahren beim ersten Regen Winterunterhemden anprobiert hatten. Wer vorher die Nummer acht getragen hatte, bekam jetzt zehn, wer zehn getragen hatte, bekam zwölf, Mutters Notizbuch war aufgeschlagen, und sie notierte, wessen Ärmel am Handgelenk aufhörten und bei wem der Saum den Nabel nicht erreichte und wieviel alles ungefähr kosten würde. Ein Jahr nach dem anderen, wenn der erste Regen des Winters an die Fenster schlug, bezeugten die Unterhemden, wieviel wir seit dem letzten Regen des vergangenen Winters gewachsen waren, wieviel dicker wir geworden waren, und wie es sein konnte, daß Tehila dem Alter nach Größe acht passen müßte, sie aber Größe vierzehn brauchte.

Die Sonne löschte die Spuren des ersten Regens aus, die Bürgersteige waren sauber und trocken, und trotzdem lag eine Gasse in dieser Stadt wie immer im Schatten, sie war immer feucht, nie stieg Dunst von ihr auf, ihr Pflaster war abgetreten und hart, es gab keine Löcher, in die der Regen versickern konnte, und keine Sonne, die ihn verdunsten ließ. Heute wird er eine Plastikplane unter seinen Instrumentenkoffer legen, oder er wird seinen Konzertsaal auf den beleuchteten Teil des Bürgersteigs gegenüber verlegen. Ich werde heute nicht zu ihm gehen, wir werden keine Wohnungseinweihung feiern, ich bin leer, ohne Sehnsucht und ohne Bedürfnisse. Wenn er in meinem Büro vorbeikommt, werde ich ihm eine Tasse Tee anbieten und mich mit ihm über die Regenfälle in seinem Heimatland unterhalten, ich werde ihm die Schmetterlinge zeigen, und ich werde ihm nicht erlauben, meine Hände zu berühren. Der Himmel ist durchsichtig und sauber, und ich werde heute Gott nicht die Schuld geben, auch nicht Naomis Kinderlosigkeit. Ich werde auch nicht ihren vertrockneten Uterus als Ausrede für mein Straucheln bemühen. Der erste Regen ist in der Nacht gefallen, die Luft ist klar und frisch gewaschen, dieser Morgen hätte so einfach sein können, normal und so alltäglich wie die Frau, die dort drüben mit einem Plastikkorb geht, und wie der Junge, der über die Bordsteinkante balanciert, ein Fuß folgt dem anderen, mit abgezählten Schritten, und wie der Arbeiter, der Coca-Cola-Kisten ablädt, und wie das Baby im Kinderwagen, mit der über die Augen gerutschten Mütze, von der man nicht weiß, ob man sie ihm wegen des Regens der vergangenen Nacht aufgesetzt hat oder wegen der Sonne des Tages. Ich habe Muli einmal am Unterhemd gepackt, ich habe ihn zu den Geißblattsträuchern gezogen und ihn angefleht, du mußt mir helfen, Muli, du mußt. Er schabte mit seinen Absätzen auf dem Boden, hörte mir zu, drehte die Augen zum Himmel, denn das tat er immer, wenn er nachdachte, und dann sagte er, die Welt ist voller Fallgruben, Maria, paß auf, es gibt Gruben, die sind wie die Grube Josefs, du fällst hinein, du stirbst, bist nicht mehr da, ein wildes Tier frißt dich.

»Ist dir nicht kalt?« Maja hob den Blick vom Bildschirm. Sie trug für die unstete Übergangszeit einen grauen Hosenanzug, der bewies, daß sich die Welt zwischen den Zeiten befand.

»Soll ich dir die Wahrheit sagen? Mir ist kalt. Ich weiß nicht, wie ich darauf kam, die Tulpen anzuziehen, wie an einem Tag mit heißem Wüstenwind.« Andererseits ist es übertrieben, diesen ersten Regen zu dramatisieren, er scheint doch nicht viel mehr zu sein als der Irrtum einer nachlässigen Wolke, die vorbeikam wie ein Schauspieler, der zu früh seine ersten Sätze sagt. »Den Wievielten haben wir heute? Den Vierzehnten?« Wie konnte ich Vaters Termin beim Kardiologen vergessen? Am Zehnten hatte er einen Termin. Wer hat ihn begleitet? Wie kam er allein mit der Bürokratie des Krankenhauses zurecht, wie fand er allein den Weg in dem Labyrinth der Korridore? Allein wartete er vor der Tür, allein ging er hinein und entblößte seine Brust vor dem Stethoskop, in ergebenem Schweigen hörte er dem Kardiologen zu, er fragte nicht, Herr Doktor, was bedeutet dieses Wort, das Sie gerade gesagt haben, und warum diese Tabletten und keine anderen, er nahm Rücksicht auf die Zeit des Arztes und bemühte sich, sein Hemd zuzuknöpfen, die Knöpfe entglitten ihm, und in der Eile fand er nicht das Knopfloch, das er übersprungen hatte, er nahm seine Unterlagen, ging hinaus, faltete sie im Flur zusammen und steckte sie in seine kleine Tasche, dann ging er allein zum Aufzug und zögerte, ob er auf »Erdgeschoß« oder auf »Ausgang« drücken sollte, verließ das Krankenhaus mit einem schief zugeknöpften Hemd, ging zur Bushaltestelle oder winkte einem Taxi und fuhr allein zu seinem Zimmer im Altersheim zurück. Dort breitete er die Papiere der kardiologischen Abteilung aus, die er vorhin zusammengefaltet hatte, studierte sie und überlegte, ob sich sein Zustand verbessert oder verschlechtert hatte.

Warum hat er mich nicht daran erinnert? Wem nützen diese Höflichkeit, diese Rücksichtnahme, diese Weigerung, Ungelegenheiten zu machen, und all die anderen Verhaltensweisen, die doch nur Schuldgefühle und schlechtes Gewissen bringen? Was ist einfacher als anzurufen und zu sagen, Moria, morgen ist der Termin beim Kardiologen, erinnerst du dich? Natürlich erinnerst du dich. Hoffentlich werden meine Kinder gesund genug sein, um zu sagen, Mama, ich hatte diese Woche soviel zu tun, ich habe dich glatt vergessen, und hoffentlich werde ich klug genug sein, ihr Verhalten gutzuheißen.

Der Tag nahm seinen Lauf, und bisher war noch keine Minute sorgenfrei gewesen. Ich war im Büro, Maja bediente einen Kunden, der Himmel war klar und die Luft sauber, und trotzdem lag ein dünner, erstickender Schatten über allem, was ich tat, begleitete mich wie ein eifriger Bodyguard. Zwei neue Kunden traten ein, der eine wollte eine Wohnung kaufen, der andere eine mieten, ich bediente sie wortkarg, und als sie weg waren, legte ich mir den großen Seidenschal um die Schultern und ging zu Vater.

Ich klopfte nicht an seine Tür, eine dumpfe Angst trieb mich, sie zu öffnen. Er saß auf dem Bett, Tehilas breiter Rücken und die Kaskade ihrer Locken waren über seine nackten Füße gebeugt, sein einer Fuß steckte in einer Schüssel mit Seifenwasser, der zweite hing über dem Fußboden, seine Augen hatten den Blick eines Kindes, das auf frischer Tat ertappt worden ist. Tehilas Finger verbanden seinen großen Zeh, und ihre großen Reifen klirrten an ihren Armen. »Moment, Vater, nicht bewegen.« Sie wickelte die Binde um seinen Zeh. »Einen Moment, noch einmal wickeln, dann sind wir fertig.« Sie wandte mir ihr gerötetes Gesicht zu. »*Hi*, Moria, *what a surprise*.« Dann konzentrierte sie sich wieder auf den geschwollenen Zeh, klebte das Ende der Binde fest und schnitt die herunterhängenden Fäden ab. »Was ist los, Schwester?« fragte sie und sammelte die Reste in eine Plastiktüte. »So, Papa, jetzt den zweiten Fuß.« Sie senkte ihre Hand in die Schüssel, betastete seinen eingeweichten Fuß und schnitt ihm die Nägel und warf die abgeschnittenen Stücke in die Tüte. Das Seifenwasser zwischen ihren Armreifen trocknete.

»Setz dich doch«, sagte Vater zu mir, seine nackten Füße baumelten in der Luft, auf dem Fußrücken zeigte sich ein Netz aus hervortretenden Adern. Wer hätte das geglaubt, meine kleine, wilde Schwester läßt sich auf ihre dicken Knie nieder und trocknet Vaters zuckerkranke Füße.

»Das Wichtigste an der Geschichte ist, Vater, die Füße trocken zu halten. Du mußt sie nach dem Duschen abtrocknen, damit sie so trocken sind wie Toastscheiben, das ist ganz wichtig.« Sie erhob sich zu ihrer vollen Größe und füllte das Zimmer ganz aus, ihr rotes Kleid warf einen violetten Schimmer auf die Wand, sie hielt die Tüte mit den abgeschnittenen Nägeln unseres Vaters in der Hand und lachte mir zu. »Meinen Glückwunsch zu deinem sexy Kleid, Moria.« Sie warf die Tüte in den Papierkorb, kippte das Wasser aus der Schüssel und spülte sie, wusch sich die Hände im Waschbecken und wischte sie sich an ihrem Kleid trocken.

»Tee? Kaffee? Ihr braucht es nur zu sagen.« Sie füllte den elektrischen Kochtopf mit Wasser.

Vater zog langsam seine Strümpfe an, vorsichtig schob er den Strumpf über den verbundenen Zeh, und während der ganzen Zeit schwieg er, gut, daß der Mensch zwei Füße hat, die sein Schweigen verdoppeln. Ihr Kleid hatte sie sich wahrscheinlich bis oben hin zugeknöpft, bevor sie das Gebäude betrat, aber ihre vollen Brüste ließen den Stoff erzittern, und das sorgfältige Zuknöpfen reizte einen unwillkürlich, nach einem Spalt zu suchen, durch den man einen Blick auf die beiden Vulkane werfen konnte. Sie beschäftigte sich mit dem Tee und warf ihre Locken zurück, aber sie fielen immer wieder nach vorn, wie unartige Kinder, und bedeckten ihre Augen. Jetzt war es Zeit, nach dem Kardiologen zu fragen, eine kurze, direkte Frage, nicht beladen mit Schuldgefühlen und Entschuldigungen.

»Was hat der Arzt gesagt, Vater? Ich hatte eine verrückte Woche, ich habe es ganz vergessen.«

»Daß es keine Veränderung gibt.« Er zog den Strumpf über den Verband, dann sein blasses Bein hoch, sah, daß die Streifen schief waren, rollte ihn zum verbundenen Knöchel zurück und begann erneut, ihn hochzuziehen.

»Der Kardiologe war zufrieden mit ihm«, sagte Tehila und rührte in den Tassen. »Er hat zu Vater gesagt, Herr Stein, Ihr Herz ist wie die Sicherheitslage, nicht besonders toll, aber bei Ihnen zumindest stabil, es gibt keine Verschlechterung, was ich nicht unbedingt von der Sicherheitslage des Landes sagen kann.«

»Woher weißt du, was er zu ihm gesagt hat?«

»Ich habe es mit eigenen Ohren gehört, ich war mit ihm dort.«

Vaters spätgeborene Tochter, die ihn mit ihrem Temperament und ihrer Triebhaftigkeit so traurig machte, ausgerechnet sie, begleitete ihn zum Kardiologen, sie beugte sich zum Schalter der Krankenhausbürokratie, rügte eine faule Sprechstundenhilfe, sagte zum Arzt, einen Moment, Herr Doktor, können Sie bitte erklären, was das bedeutet, was Sie mit einer vergrößerten linken Kammer meinen, und was genau soll diese Tablette bewirken? Er knöpfte sich inzwischen das Hemd zu, und sie gingen gemeinsam hinaus, sie hielt ein Taxi für sie beide an, sie fuhr mit ihm hierher, sie sagte, setz dich, Vater, sie sah, wie erschöpft er war, kochte für ihn Tee und für sich Kaffee, und du, Maria, die du dich jahrelang seiner erbarmt hast, noch bevor er Witwer und alt wurde, hattest diesen Auftrag übernommen und es versprochen, und dein Wort war nichts wert, es wog weniger als eine Vogelfeder. Sie stellte ein Tablett mit Teetassen auf den Tisch. Drei Frauen hätte Gott aus der Fülle des Materials schaffen können, das er ihr zugestanden hatte, und er wußte, daß es keine Vergeudung war und was er tat.

Ausgerechnet sie. Weder ich noch Muli, die beiden Mitleidigen und Empfindsamen der Familie Stein. Es war einmal ein kleiner Muli, der sah Körbe voller Obst und Gemüse im Kofferraum des Subaru, da rannte er los, holte leere Plastiktüten und füllte sie mit Orangen und Zwiebeln, um für Vater die Last zu verringern. Und wenn er morgens Spuren von Schmutz an den Schuhen sah, die zur staatlichen Sozialversicherung gehen sollten, dann putzte er sie heimlich im Badezimmer. Er fühlte sich für zufällig ausgestoßene Seufzer verantwortlich, er legte seine kleinen Finger auf Vaters Stirn, um sie zu glätten, er ebnete die Falte zwischen den Augenbrauen, versuchte, die Linien wegzuwischen, die das harte Leben in die Haut gegraben hatte, versuchte, das Leben rückwirkend zu beeinflussen. Und ausgerechnet sie, über die man gesagt hatte, wart nur ab, wart nur ab, es wird schlimm mit dir enden, stellte sich einen Wecker, zog ihr rotes Glockenrockkleid an, stieg in einen Autobus und kam her, um ihn zum Kardiologen zu begleiten, um zu hören, in welchem Zustand sich das Herz befand, das sich jahrelang ihretwegen zusammengekrampft hatte.

Vater trank seinen Tee mit sichtlichem Genuß, er nahm auch einen Keks, gekräftigt von ihrer berstenden Vitalität.

»Na, wie geht's, Schwester?« Sie legte eine mit Armreifen geschmückte Hand auf meine Schulter. »Dein Student erobert die Großstadt, was? Einen bildhübschen Enkel hast du, Vater, Giora ist ein toller Junge.«

Ich hob mit einer gezielten Bewegung die Schulter, um ihre Hand abzuschütteln. »Er hat eine Freundin.«

Sie erschrak nicht, sie lächelte in sich hinein, und ihre Reifen klirrten neben meinen Ohren.

»Diese kleine Russin? Das war meine Idee. Ich habe zu ihm gesagt, Gio, nimm, was dir das Leben im Moment bietet, das soll aber nicht heißen, daß dir die Zukunft nicht noch mehr bieten wird.«

Mir wurde heiß, ich öffnete den Knoten meines Schals, Tehila tunkte einen Keks in den Tee und schob die Zunge heraus, um die Tropfen aufzufangen, die auf dem Weg zu ihrem Mund vom Keks tropften. Wer weiß, vielleicht gehört ja auch sie zu dem, was das Leben Giora im Moment bietet, und warum setzt sie ihm überhaupt Ideen in den Kopf? Als würde ihr Leben sie dazu berechtigen, Ratschläge zu geben. Sie erzählte Vater, daß sie Aquarelle malte und bald mit Öl anfangen wolle. Vater spannte seinen mageren Kehlkopf und sagte: »Stell dir vor, einer von Morias Kunden hat eine Wohnung nur wegen eines Fensters gemietet. So einer muß ein Maler sein.«

Ich berührte sein Knie. »Er ist Musiker, Vater.«

»Wirklich? Was kümmert sich ein Musiker um die Aussicht? Ein offenes Fenster bedeutet Krach, und ein Musiker braucht Stille, nicht wahr?«

Wann hat er zuletzt so viele Worte gesagt, die nichts mit Ärzten oder mit dem Bibelabschnitt der Woche zu tun hatten?

»Maler oder Musiker, das ist dasselbe«, sagte Tehila und tunkte ihren dritten Keks ein. »Wem die Aussicht wichtiger ist als die Wohnung, der hat die Seele eines Künstlers. Ich bin verrückt nach solchen Leuten. Ist er berühmt? Übrigens, Gioras kleine Russin ist auch ein bißchen so was wie eine Musikerin. Wo, glaubst du, habe ich sie gefunden? Sie stand mit zwei anderen auf der Straße und hat gesungen. Ich sagte zu Giora: ›Schau mal, die Kleine, was für eine Stimme sie hat‹, und er sagte: ›Verdammt, kaum zu glauben, sie studiert ein Semester über mir‹, und so hat es begonnen mit den beiden.«

Vater nahm ein Schlückchen, betrachtete den Tee in seiner Tasse, ob er auch nicht zu Ende ging, als ob die Menge des Tees den Zauber des Moments ausdehnen könnte, als ob, wenn die Tasse leer wäre, die Geister der Einsamkeit aus den Ritzen und Ecken kriechen und verkünden könnten, da sind wir, wir sind noch da.

»Was malst du, Blumen oder Menschen?« fragte er.

»Beides. Abstrakt. Ich male die Stimmung, die die Dinge in mir auslösen.«

»Stimmungen malen? Ich habe nie gedacht, daß man so etwas könnte.« Er betrachtete sie durch seine dicken Brillengläser.

Auch ich trank langsamer, gefangen von dem Gedanken, daß Vater, solange noch Tee in der Tasse war, nicht aufhören würde zu fragen und zu antworten, zu staunen und sich zu wundern. Es ging mir schon nicht mehr um meinen großartigen Jungen und seine Beziehung zu seiner Tante, auch nicht um die kleine Russin, die eine prima Stimme hatte und sich mit Straßengesang ihren Lebensunterhalt verdiente, auch nicht um den Künstler, dem ich zu einem Fenster verholfen hatte. Ich wünschte mir, Tehila würde für immer hierbleiben, wir würden zu dritt hier sitzen, in den Händen Teetassen, aus denen lebendiger Dampf aufsteigt und jede Not vertreibt. Auch Mutter und Rabbiner Kook verströmten Gelassenheit, als würden irgendwo dort, in den Fotos, auch für sie Tassen mit Tee bereitstehen. »Es wird schlimm mit dir enden«, hatte Mutter einmal zu ihr gesagt, und sie fragte, was das bedeute, betrachtete Mutters müde Hände, Vaters gebrauchten Subaru, und wunderte sich, ob »gut enden« bedeutete, als Angestellter bei der staatlichen Sozialversicherung zu arbeiten, in einer engen Wohnung sechs Kinder aufzuziehen und vom Markt Tüten mit Melonen und Äpfeln heimzuschleppen. Ihr Kleid zieht einen roten Kreis um sie, sie schiebt ihre Locken hinter die Ohren und sie fallen zurück.

Es könne sein, sagte sie, daß sie eines Tages mit ihrer Leinwand und ihren Farben herkomme, um das Orangenbäumchen zu malen. »Dann kannst du sehen, Vater, wie man Stimmungen malt. Was auf der Leinwand erscheint, ist das, was das Bäumchen in meiner Seele bewirkt, verstehst du?«

Das verstand er nicht, wohl aber, daß sie eines Tages bei ihm im Zimmer malen wollte, und er zeigte ihr die Zyklame, die ihm Talja gebracht hatte. Die getrocknete Blume lag blaß und armselig in der großen Hand. »Siehst du, Vater? Diese zarte Durchsichtigkeit kann nur ein wirklicher Künstler malen. Ich habe noch einen langen Weg vor mir.« Sie legte die Blume zurück. »Gesundheit und Gottes Segen für dieses Mädchen, haben sie es geschafft, etwas für ihre Augen zu tun? Die beiden sind nur mit ihrem eigenen Nabel beschäftigt, und die Kleine und ihre Hündin ziehen sich gegenseitig auf.«

Vater beugte seine Nase über die Tasse, und der Hausschuh rutschte von seinem verbundenen Fuß.

»Na gut, ich habe nichts gesagt.« Tehila tunkte einen Keks ein, er zerbrach in der Tasse, zerfiel und trübte den Tee.

»Aber er ist Arzt«, sagte Vater. Schon immer hat Mulis Beruf seine Schwächen und alles Unglück in der Welt aufgewogen.

»Na und? Arzt. *So what?*« Sie betrachtete die Kekskrümel, die in ihrer Tasse versanken, und wartete darauf, daß der Tee wieder klar wurde. Sie raffte ihr Kleid und zeigte einen vollen, weißen Schenkel, fächerte mit dem Stoff, um die Hitze zwischen ihren Beinen zu kühlen.

»Er liebt seine Kleine sehr«, sagte Vater, und der Tee in seinem Glas blieb auf demselben Pegel.

»Warum sollte er das nicht, Vater? Dieses Mädchen trägt seine Gene. Aber das ist auch alles. Schluß damit, ich werde kein Wort mehr über sie sagen. Es möge ihnen gutgehen, dem Arzt und seiner Anwältin, ihnen, ihrer Tochter und ihrem Hund.«

Hier ist eine, die nicht vor dem Alter erschrickt und es nicht meidet. Sie geht nicht auf Zehenspitzen und zieht einen alten Menschen nicht aus dem Leben, noch bevor es ihn verlassen hat. Wenn sie etwas zu sagen hat, spricht sie es aus, sie errichtet keine rosigen Wände um ihn und sondert ihn nicht von der Welt ab, denn es gibt sowieso keine Wahrheit, die er nicht ertragen könnte, wenn er dazu fähig ist, seinen traurigen Alltag auszuhalten, die Zuckerkrankheit, das angegriffene Herz und die Einsamkeit. Soll das Leben sprudeln, wie es kommt, aus salzigen und aus süßen Quellen, aus trüben und aus klaren. Unser Erzvater Jakob war nicht jünger als er, als man ihm die schlechte Nachricht von Josefs Tod brachte, und er blieb am Leben.

Sie zwinkerte mir zu. »Wie sind die Mädchen hier, Papa? Ist was los?«

»Was für Mädchen? Ach so . . .« Er starrte in seinen Tee und sah sein beschämtes Abbild in der braunen Flüssigkeit. »Wie die Jungen. Wer keinen hohen Blutdruck hat, hat Zucker, wer kein schwaches Herz hat, hat ein Magengeschwür. Außerdem, in meinem Alter . . .«

Sie legte die Hand auf seine Schulter, glättete seinen Kragen. »Papa, in Sachen Jungen und Mädchen gibt es kein Alter.« Sie legte die zweite Hand auf seine andere Schulter, zog ihn in ihre fülligen Arme und sagte: »Ihr könnt euch gegenseitig wirklich noch etwas Gutes tun.«

Vater zog seine in ihren Armen gefangenen Schultern zusammen, machte sich klein, und ein verlegenes Lächeln überzog seinen Mund.

»Soll ich dir hier eine suchen?«

Er schüttelte den Kopf, brachte sein Doppelkinn zum Zittern. »Laß doch, wir werden unser Alter nicht beschämen, wir werden das Leben beenden.«

Als wir hinausgingen, lachte sie. »Da habe ich ihn ein bißchen unter Druck gesetzt, was? Macht nichts, man muß ihn auf den Gedanken bringen, vielleicht bekommt er am Schluß Lust darauf. Bestimmt gibt es da ein paar Omas, bei denen es sich lohnt.«

Bevor sie nach Tel Aviv zurückkehrte, begleitete sie mich in mein Büro. Ihr Eintritt ließ ein rotes Licht auf Majas Tisch fallen, Maja reckte sich. Sie musterte Tehila von den Locken bis zu den schwarzlackierten Fußnägeln.

»Meine Schwester«, stellte ich vor.

»Toll!« platzte Maja heraus und riß die Augen so weit auf, daß man das Weiße sah. Der Knopf, der im Altersheim sittsam geschlossen war, platzte auf und gab den Spalt frei, dessentwegen sie einmal angemault worden war: Was, gibt es etwa keine Sicherheitsnadeln auf der Welt? Also wirklich, hatte sie geantwortet, ich würde meinem schlimmsten Feind nicht wünschen, daß er an solch einer Stelle von einer Sicherheitsnadel gestochen wird. Majas Lider senkten sich wieder über das Weiße ihrer Augen, sie teilte mit, wer angerufen hatte, wer gekommen war und wer wiederkommen würde, und ganz beiläufig sagte sie auch, daß dieser Russe, der die Wohnung von Gross gemietet hat, hiergewesen sei, aber selbst wenn ich sie totschlüge, könne sie mir nicht sagen, was er hier gesucht habe. Sie habe ihn gefragt, ob es ein Problem gebe, bei dem sie ihm helfen könne, und er habe gesagt, wenn jemand hereinkomme, ob das gleich bedeute, daß er ein Problem habe. Und wenn ich mir einbildete, sie hätte ihm geantwortet, dann würde ich mich irren, was denn, habe sie denn nichts Besseres zu tun, als ihm zu antworten? Von Anfang an habe sie diesen Typ nicht gemocht.

Tehila lachte. »Wer ist das, der Musiker mit dem Fenster?«

»Woher wissen Sie das?«

»Siehst du diesen Bauch hier? Habe ich ihn einfach so wachsen lassen? Er ist voller Intuition.«

Sie schlug sich vergnügt auf den Bauch. »Gut, noch Pipi machen und dann ab nach Hause.« Sie wandte sich dem kleinen Flur zu, betrat die Toilette, kam wieder heraus und warf ihre Locken zurück. »Ich gehe jetzt. Soll ich Gio was ausrichten?«

Ich begleitete sie zur Bushaltestelle, um ihr zu sagen, laß Giora in Ruhe, er ist ein Kind, und die Wörter drängten sich auf meiner Zunge zusammen, wichen vor ihrem Wortschwall zurück und lösten sich auf. Sie sagte, mein Kleid sei sexy und sie würde sich nicht wundern, wenn sich die Männer noch immer in mich verliebten, und es sei kaum vorstellbar, daß ich zwei Kinder geboren hätte, die schon so groß seien, einerseits könne man vor Neid zerplatzen, wenn man meine Ehe betrachte, aber andererseits sei es deprimierend, zu denken, daß diese ganze Geschichte von anmachen und verlieben für mich schon *passé* sei, nicht wahr? Aber das Leben habe sie gelehrt, daß es immer Überraschungen gebe und nichts *passé* sei, bis das Leben selbst *passé* sei.

Bis der Autobus kam, hüpften Worte aus ihrem Mund wie geräuschvolle, lachende Mädchen, die einander hinterherliefen, flüsterten und kreischten. Und als der Autobus auftauchte, stellte sie einen schweren Fuß auf die Stufe, und der schwarze Lack auf ihren Fußnägeln glitzerte in der Sonne. Der Busfahrer wartete, bis sie mich geküßt hatte, sie bedeutete ihm mit einer Handbewegung, daß es noch einen Moment dauere, und sagte: »Weißt du, was ich von diesem ganzen Jerusalem heute malen werde? Ein weißes Kleid mit roten Tulpen.« Dann stieg sie ein, und ein Zipfel ihres Kleides blieb in der sich schließenden Tür hängen, der Fahrer mußte sie noch einmal öffnen. Sie raffte den Stoff zusammen, schenkte ihm ein verführerisches Lächeln, hob ihre beringten Finger, um mir zum Abschied zuzuwinken, und der Autobus fuhr los.

Fünf Kinder haben unsere Eltern auf die Welt gebracht, und sie geizten mit der Lebensfreude, die sie vererbten, sie sammelten sie und gaben sie ihrem sechsten Kind. Kein Wunder, daß die Glieder dieser Tochter wuchsen. Ein schmaler, knochiger Körper, ein flacher Bauch und dünne Schenkel hätten diese Lebensfreude nicht fassen können. Nun, da sie weggefahren war, war die Straße öde und still, das Büro, in das ich zurückkehren mußte, langweilig und grau, und der Alltag, den ich am Morgen gepriesen hatte, traurig und leer. Es ist gut für Giora, daß er diese Manieren von ihr lernt, sie kann ihn von der angeborenen Last der Steins befreien, da stellt sich die Frage nach Anstand nicht. Weiß jemand, was auf dieser Welt richtig ist oder nicht? Was anständig und was sündig ist? Hier ist sie, die Tochter meines Vaters, die, deren Leben alle Ufer sprengt, die in ihrem roten Kleid in den Autobus gestiegen ist, extra gekommen, um ihm die Fußnägel zu schneiden, seinen schmerzenden großen Zeh zu verbinden, die entzündeten Zwischenräume zu trocknen, die Seifenreste wegzuwischen.

Und du, Maria, wohin gehst du, du hast Arbeit zu erledigen, in der Nacht hat es geregnet, die Leute wollen ein trockenes Dach über dem Kopf, und du läufst einfach weiter, ohne zu fragen, wohin, und deine Füße tragen dich zur King-George-Straße, du trägst dein superdünnes Kleid, deine Arme sind nackt und der Wind weht den dünnen Chiffonstoff gegen deine Beine.

Menschen kamen mir entgegen, andere überholten mich, einige hasteten eilig zu ihrem Ziel, andere hatten gar keins, sie blieben stehen und betrachteten die Schaufenster von »Die Unterwelt« mit Unterhosen, Büstenhaltern, mit Spitzenbatist und prallen Plastikbrüsten, dann wanderten ihre Blicke zu dem Geschäft mit Taschenmessern mit scharfen Klingen, und von dort zu dem Schuhgeschäft mit den orthopädischen Korkabsätzen, und hinter ihrem Spiegelbild im Schaufenster sahen sie Büstenhalter, Messerklingen, orthopädische Sohlen. Ich betrachtete nicht wie sie die Fenster, ich blieb nicht stehen, ich atmete tief die vom Regen gewaschene Luft ein, den Duft nach frischen Bagels, und schon stand ich vor Naomis Apotheke. Die schwere Glastür trennte das pharmakologische Leben der Apothekerinnen von der Welt, und diesmal stieß ich sie nicht auf, denn wie sollte ich Naomi mein zielloses Herumwandern erklären, das Sommerkleid zum Herbstbeginn, und wie könnte ich ihren Bauch anschauen und all das, was Juval in der Nacht berührt hatte, in diesem Traum, mit dem mich der Himmel bedacht hatte.

Wohin gehst du, Maria, im Büro warten Kunden auf dich, ein Dummkopf bist du, überläßt dich selbst den Launen deiner Füße, als wüßtest du nicht, daß sie dich zu dem Ort führen, der am wenigsten gut für dich ist.

Keine Plastiktüte polsterte den Saxophonkoffer. Ein harter, abgewetzter Koffer, ein armseliger Regen erschreckt ihn nicht. Es gibt keinen Ort, wo er nicht schon abgestellt gewesen wäre, Bürgersteig, Asphalt, Bahnhöfe, Eisenbahnschienen, Autobushaltestellen, auf dem Rücken, zwischen den Beinen. Es gibt keinen Platz, wo er nicht aufgemacht worden wäre, um die kleinen Münzen aufzufangen, die man nachlässig in ihn warf oder dankbar hineinlegte.

Er spielte »Hoch über den Bergen von Gilboa, über den Wolken, ist der Weg lang …« Als er aufhörte, löste ich mich von der Wand, an die ich mich gelehnt hatte, und sagte: »Und jetzt das Lied von Luschinka und der letzten Zigarette.« Er lachte, weder überrascht noch verlegen, als ob ich schon immer in dieser Gasse an der Wand gelehnt hätte. Drei Köpfe drehten sich nach uns um, sechs Augen richteten sich auf mich, mit diesem Nichts von einem Kleid, das ich trug, ohne Tasche oder Handtasche oder Plastiktüte in der Hand, oder irgendeinem dieser Dinge, die man trägt, wenn man die Straße entlanggeht. Die dunklen Augen, die breite, blasse Stirn, die Lippen um das Instrument gelegt, die letzte Zigarette brennt schon, und die Frau verwahrt schon den letzten Speichel ihres Geliebten. Die Gasse lag im Schatten und war kühl, eine Gänsehaut überlief mich und ließ meine Brustwarzen hart werden, bis sie gegen die Chiffontulpen drückten und sie füllten. Ich verschränkte nicht die Arme vor der Brust, um sie zu verstecken, und ich hinderte den Wind nicht, den Saum aufzuwehen, ihn anzuheben und meine Beine zu entblößen. Mit rotem Gesicht und ein Weinen unterdrückend stand ich ihm gegenüber. Er spielte, und seine Augen hingen an mir und an den prallen Tulpen, Luschinka klagte aus der Kehle des Saxophons, das Lärmen der Handschellen schlug gegen das Instrument, und der Rauch der letzten Zigarette stieg aus seinen grauen Augen auf.

»Du weinst.« Er legte beide Hände auf meine nackten Schultern. Das Saxophon, das an den Tragegurten über seiner Brust hing, bewegte sich. »Du weinst«, sagte er noch einmal und holte ein zerknittertes Taschentuch aus seiner Tasche. Sein Gesicht wurde ernst, er nahm das Saxophon ab, raffte die wenigen Münzen aus dem Koffer, bückte sich und packte das Instrument ein, die Schlösser des Koffers schnappten zu, er richtete sich auf und sagte, »komm«, und ich fragte nicht wohin, ich folgte ihm. Neben ihm her ging ich zu einem Taxi, und er stieg ein, setzte sich neben mich auf die Rückbank, schweigend, den Arm um meine Schulter gelegt, das Blut strömte stark durch meine Adern, seine Wärme drang durch den dünnen Chiffon. Was weiter geschah, war wie der Flug eines abgeschossenen Pfeils, nicht zu vermeiden. Blödsinn, Maria, kein Pfeil, nichts Unvermeidliches. Du hättest den Fahrer zum Anhalten auffordern können, du hättest aussteigen können, du hättest fragen können, wohin fahren wir, du hättest sagen können, ich bin eine verheiratete Frau. Aber du hast der Hand, die auf deiner Schulter lag, erlaubt, ihre Wärme an deinem Hals zu verströmen, du hast deine Hände nicht geballt und hast deine Finger nicht daran gehindert, seine Jeans zu streicheln.

Und was geschah danach?

Wir betraten seine Wohnung, er steckte den Schlüssel ins Schloß, er drehte ihn langsam um, er stellte seinen Instrumentenkoffer ab, und dort, neben der Tür, küßte er mich. Wann sank mein Kleid mit all den Tulpen auf meine Füße? Ich erinnere mich nicht. Wann öffnete sich der Verschluß meines Büstenhalters, wann nannte er mich Mo, wann schlossen sich harte Schenkel fest um mein Becken, was geschah neben der Tür, was geschah auf dem verblichenen Sofa im Wohnzimmer, was auf dem einzigen Bett im Zimmer? Wieviel Wodka trank ich und wieviel Wodka leckte ich von seinen Lippen, wann verbarg ich Gesicht und Stimmen in der Dämmerung seiner Achsel, im Geruch seiner feuchten, verschwitzten Haare? Als ich deine Hände gesehen habe, Mo ... Er atmete schwer und ließ den Satz in der Luft hängen, mit den Staubkörnern, die in ihr herumirrten. Seine Brust hob und senkte sich mit den dünnen, feuchten Haaren, eine steile, knochige Wand, ein weißes, eingesunkenes Zwerchfell. Nackt und schwer stand ich auf und ging zum Wohnzimmer, dort lag mein Kleid, ausgebreitet zu einem vollkommenen Tulpenkreis, ich zog mich schnell an, zweimal leistete der Reißverschluß Widerstand, bis er sich fügte. Er stand auf, setzte sich auf das Sofa, die Fußsohlen auf dem Boden, die Ellenbogen auf die Schenkel gestützt, die Wangen in die offenen Hände gelegt, mit nacktem Rücken, auf dem sich die Falten des zerknüllten Stoffs abgedrückt hatten, auf dem er gelegen hatte. Ein billiges, hartes Bett von der Jewish Agency, mit verrosteten Metallfüßen. Auch seine Unterhosen sind billig und zu groß, sie ähneln den Unterhosen, die auf der Wäscheleine des Altersheims hängen. Ich legte die Hand auf seine feuchte Schulter, kaltes, erbarmungsloses Licht fiel auf die Ärmlichkeit des Zimmers, drang in die Ritzen im Kalk, den Gross' Arbeiter hastig überpinselt hatten, zeigte die Elektrizitätsadern an der Zimmerdecke. Aber was kümmern die Lust die Unterhosen alter Männer, eine harte Matratze, ein aufgewölbtes Fensterbrett, abblätternde Farbe am Fenster, vor dem kein Vorhang flattert.

Ich streichelte seine feuchten Nackenhaare. »Hast du lange mit keiner Frau mehr geschlafen?«

»Ich habe lange nicht mit dir geschlafen.« Er zog mich auf seine knochigen Knie.

Blasse Sommersprossen sind über seine weißen Schultern verstreut, eine Ader verzweigt sich auf seinem Arm, eine alte Impfnarbe, eine welke, faltige Hautprägung. Kinderlos. Wie leicht zu ertragen. Frei von sozialem Ansehen, von Leuten, die sich an seine Niederlagen erinnern, frei von Menschen, die es gut mit ihm meinen, zu alt, um Hoffnungen zu säen und auf die Erfüllung zu warten. Plötzlich steht ein Mensch morgens auf, packt sein Saxophon ein, verläßt sein Gestern und kommt hierher. Ein Schweißtropfen glänzte an seiner Schläfe, lief über die Wange, sickerte zwischen seinen Bartstoppeln hindurch auf den Hals, sammelte sich in seiner Schlüsselbeingrube. Dort berührte ihn mein Finger, zerrieb ihn in der Vertiefung zwischen den Knochen.

Versunken in einer Sonnenpfütze lag seine Unterhose auf dem Boden, ein Überschuß aus der Massenproduktion seines Heimatlandes. Und ich, ich trage ein weißes Chiffonkleid und Slips von der Art, wie man sie, einzeln aufgehängt, in Boutiquen findet. Zärtlich zog er am Saum des Kleides, um meine Hüften zu bedecken, schob mich auf den Platz neben sich, stand auf und zog sich an, mit dem Rücken zu mir. Sein Fleisch ist weiß, ein Mann, der in einem Land mit geiziger Sonne geboren wurde. Eine lange Narbe zieht sich über seinen linken Oberschenkel, ein alter Schnitt, grob zusammengenäht. Mit wem hat er gekämpft? Wer hat sein Fleisch zerrissen und wer es genäht? Ich betrachtete seinen Schatten, der sich hin- und herbewegte, seine Arme, die in die Ärmel fuhren und sich seitlich ausstreckten wie die Arme des Gekreuzigten. Der Schatten seiner Beine war dünner als die Beine selbst. Siehst du, Maria, du warst jung und glaubtest, daß du nie etwas mit Männern mit weißen Körpern und glatten Beinen zu tun haben würdest. In den wenigen Filmen, die ihr gesehen habt, du und Muli, waren alle Männer braungebrannt. Wenn Muli Bermudahosen trug, hatte er Haare auf den Beinen, Haare, die aus seiner nußbraunen Haut wuchsen.

Angezogen und mit wirren Haaren stand er im Licht und betrachtete mich, ich legte den Kopf zurück, damit er mich auf den Hals küsse, aber er küßte mich nicht, mit zusammengepreßten Lippen rieb er sein Kinn an mir, seine Bartstoppeln kratzten und trieben mir einen Schauer über den Rücken.

»Du mußt gehen, nicht wahr?«

Ich schwieg. Was spielte es jetzt für eine Rolle, was ich mußte oder nicht mußte. Ginge es darum, was ich mußte, hätte ich überhaupt nicht hier sein dürfen. Und warum sollte man über ein Leben reden, in dem man dies oder jenes zu tun und anderes zu vermeiden hatte?

»Ja, ich muß«, sagte ich, denn er zog sowieso schon am Gurt des Rolladens, während er in der anderen Hand den Saxophonkoffer hielt. Schweigend gingen wir die Treppe hinunter, ein Stockwerk tiefer quietschte eine Tür, und er nahm die Hand von mir. Eine Frau stand auf dem untersten Treppenabsatz, einen Mülleimer in der Hand, aus dem Bananenschalen heraushingen. »Herr Tiomkin, im November steigen die Umlagen, das ist wegen der Heizung.« Sie stellte den Mülleimer vor sich auf den Boden, betrachtete mich und sagte: »Daran kann man nichts ändern, jedes Jahr werden die Nebenkosten erhöht, zehn Schekel mehr für jeden Mieter.«

Herr Tiomkin. Plötzlich hat er einen Namen. Bisher war er frei von Herkunft und Geschichte und Vergangenheit. Ohne die Bananenschalen, die aus dem Mülleimer quollen, wäre sie nicht herausgekommen, um ihn auszuleeren, und hätte den Zauber seiner Anonymität nicht zerstört. Aber wieso erinnerte ich mich eigentlich nicht daran, schließlich hatte er bei mir im Büro die Papiere unterschrieben, und ich vergaß, was zu wissen mich nicht interessierte, als wäre das, was ich mit einem Namenlosen zu tun hatte, ebenfalls namenlos. Auch im Taxi, das uns zum Stadtzentrum zurückbrachte, saßen wir beide auf der Rückbank, der Schenkel im weißen Kleid berührte den Schenkel in den Jeans und berührte ihn auch nicht. Ich fragte, wieviel Uhr es sei, und er sagte: »Viertel nach eins, Mo.«

Mo. Das ist es, was vom Namen des Heiligen Berges, den mir Avram und Rachel Stein bei meiner Geburt gegeben hatten, übriggeblieben ist. Und so süß klang mir das Mo in den Ohren, daß ich mich, als wir das Taxi verließen, nicht beherrschen konnte und ihn noch einmal nach der Uhrzeit fragte.

Maja schaute auf ihre Uhr und fragte: »Kaffee?« Dann berichtete sie, wer dagewesen war, wer einen Vertrag unterschrieben hatte, wer wieder gegangen war, und ihre Worte umschwirrten mich wie eine Wolke summender Mücken.

»Kurz gesagt, der erste Regen brachte uns ein paar Besorgte«, unterbrach ich sie, um die Mücken zu vertreiben. Der Spiegel zeigte mir verwischte Schminke am linken Auge, einen verwischten Lidstrich rechts und einen fehlenden Ohrring. Vielleicht wird ihn eine seiner Luschinkas in seinem Bett finden, zwischen den Laken oder hängengeblieben in seinen Locken.

Tehila war schon in Tel Aviv angekommen, im Altersheim hatten sie das Mittagessen schon hinter sich und gingen in ihre Zimmer, zum Mittagsschlaf zwischen zwei und vier, bei Schira hatte bereits die Glocke zur siebten Stunde geläutet, Juval klappte schon die Sonnenmarkise zusammen, die er morgens aufgeklappt hatte, als die Sonne schräg stand und in sein Schaufenster schien, im Westen sammelten sich Wolken und dämpften das klare Blau. Die Welt dreht sich weiter. In der Nacht wird vermutlich der zweite Regen kommen, und morgen werden die Temperaturen fallen. Keiner dort oben erschrickt und hält den Kosmos an, Lust und Sehnsucht sind Teil des Weltenlaufs, und wer sie schuf, wollte auch, daß sie in der Welt existieren. Scham und Schuld schuf der Mensch. Ein Erdbeben erschütterte mich vor einer Viertelstunde, und schon schlägt mein Herz wieder zweiundsiebzigmal in der Minute. Und warum sollte es auch nicht zweiundsiebzigmal in der Minute schlagen, schließlich haben die Wände des Hauses nicht geschwankt, und die Erde hat sich nicht von ihrer Achse gelöst, und sogar wenn mich ein weiteres Erdbeben treffen sollte, wird das Haus über uns nicht zusammenbrechen, es ist robust genug. Und was von all dem erzählt man dem Menschen, mit dem man seit über zwanzig Jahren den Alltag lebt, jede Sekunde, Abend und Morgen, jeden Tag, immer? Wir teilen alles miteinander, Kopfschmerzen, Husten oder Jucken am kleinen Finger, jedes Lob, das wir bekommen, jede Trauer, die sich über uns senkt, jedes Brötchen, das wir kaufen, unsere Bauchschmerzen und Verstopfungen, jede neue Falte und jede alte Sommersprosse, jede Depression, die uns ergreift, und jede plötzliche Fröhlichkeit. Muli würde sagen: »Ach, Moria, warum warst du bloß nicht vorsichtiger.« Du irrst dich sehr, Muli. Du hast mich vor Fallgruben gewarnt, und wie du mich gewarnt hast, ich bin ihnen ausgewichen, habe einen Umweg gemacht und bin nicht hineingefallen. Aber was soll ich machen, es gibt Erdrisse, die sich plötzlich unter deinen Füßen auftun, so daß dich der Abgrund verschlingt. Die Wissenschaftler nennen diese plötzlichen Erdrisse »Erdfälle«, bei Ein Gedi gibt es solche, bestimmt hast du schon davon gehört. Und was tut ein Mensch, wenn sich plötzlich unter seinen Füßen ein Erdfall auftut? Ich konnte nicht ausweichen, Muli. Ich ging die King-George-Straße entlang, und das Schicksal ging einen Meter hinter mir und stieß mich in seinen Schlund. Alles sei Biochemie, hast du einmal zu mir gesagt, Hormone, Enzyme, DNA und so weiter. Nun denn, die biologische Einheit, die man Maria nennt, generiert menschliche Sehnsüchte, wie jemand Schuppen auf der Kopfhaut produziert. Du bist Arzt, Muli, gibt es ein Medikament gegen menschliche Sehnsucht? Du warst neun, ich noch nicht mal zehn, als wir zum Markt geschickt wurden, um Petersilie zu kaufen. Es gab dort Äpfel, die dich verrückt machten, du streicheltest sie, rochst an ihnen, streicheltest sie wieder. »Vielleicht hast du doch Geld«, drängeltest du, aber nachdem wir die Petersilie bezahlt hatten, blieb mir nichts übrig. Wir gingen bis zum Ende der Marktstände, und du bestandest darauf, zu den Äpfeln zurückzukehren. Der Händler stellte die Waage ein und wog Jonathans für eine Frau ab, und da strecktest du schnell die Hand nach den Äpfeln aus und nahmst einen großen, roten Apfel, du hieltst ihn tief, tiefer als die Standhöhe, und wir rannten bis zu den Tomatenständen, dort bliebst du stehen und hast in den Apfel gebissen. Leute gingen an uns vorbei, stießen gegen uns, schoben uns weiter, und du standest da und aßt genüßlich den Apfel, und mir ließt du nur den abgenagten Butzen über. »Das ist Diebstahl«, sagte ich und lutschte den Butzen aus, der von deiner Spucke getränkt war. »Nein, ist es nicht.« Du tratst fest mit dem Fuß auf, und trübes Wasser spritzte aus der Pfütze, neben der wir standen. »Er hat zweitausend Äpfel, er wird es gar nicht merken.« Ich beharrte: »Es ist Diebstahl, auch wenn er es nicht merkt.« Du rissest mir den Butzen aus der Hand, warfst ihn in die Pfütze und sagtest: »Du verstehst gar nichts, das war überhaupt nicht ich, das waren meine Hand, die ihn genommen, und mein Mund, der ihn gegessen hat, das war nicht ich.« Ich versuchte dich zu verstehen, aber jemand schimpfte uns: »Kinder, was nervt ihr mich hier wie ein Dorn im Arsch?« und wir machten uns aus dem Staub. Als wir das nächste Mal Petersilie kaufen sollten, zogst du mich zu den Äpfeln und warfst eine Münze zwischen sie. »Das ist für den Fall, daß Gott es für Diebstahl hält und es Vater als Sünde anrechnet, weil ich noch keine Bar Mizwa hatte. Aber ich sage dir, es war kein Diebstahl. Sogar wenn ein Polizist daneben gestanden hätte, hätte meine Hand einen genommen, sie hätte sich ganz von allein hinbewegt.« Ich forderte dich auf, mir deine Hand zu zeigen, und untersuchte die Handfläche und den Rücken, fand aber keinen Makel an ihr, außer blaue Tintenflecken und ein schwarzes Mal auf dem Nagel, das du dir geholt hattest, als du zwischen die Tür des Subaru geraten warst. Neun Jahre auf der Welt und weiß schon etwas über Gliedmaßen, die eigenen Gesetzen gehorchen.

Also sag mir, Muli, wodurch unterscheidet sich die Hand, die sich ganz von allein ausgestreckt hat, von den Beinen, die sich ganz von allein geöffnet haben?

Maja stellte mir Kaffee hin und sagte: »Deine Schwester? Die, die hier war? Sie sieht aus wie eine Operndiva. Solche sieht man nur im Kino. Versteh mich richtig, du bist schöner als sie, aber sie, wie soll ich sagen, als sie hereinkam, ist mir die Spucke weggeblieben. Einer solchen Frau genügt nicht ein einziger Mann, sie müßte drei auf einmal heiraten.« Maja sprach, und die Fliegen summten wieder. Sollen sie summen. Meine Gedanken sind sowieso noch immer in jener Wohnung, bei seiner weißen Haut, bei der Sonne, die auf seine glatten Schenkel schien, auf die Narbe mit der groben Naht an seiner Hüfte. Am liebsten würde ich meinen Mund auf jeden Stich legen und das lebendige Fleisch küssen. Er nennt mich Mo, was für eine Frau bist du, Mo. Was für eine Frau bin ich? Eine normale Frau, es gibt schönere als mich, es gibt klügere als mich, wenn ich müde bin, bekomme ich Tränensäcke unter den Augen, am linken Bein habe ich Krampfadern, meine beiden Schwangerschaften haben Streifen an meinem Bauch hinterlassen. »Deine Augen, das ist Feuer und Eis in einem, Mo.« Meine Augen? Iris und Hornhaut und zurückgehaltene Tränen. Moria Stein, die Tochter von Avram Stein, vergnügt sich mitten am Tag mit einem Straßenmusikanten in einem fremden Bett, und was hat sie am meisten beeindruckt? Nicht die graue Tiefe seiner Augen, nicht die fleischigen Lippen, die ihren Körper entlangwanderten und jede Stelle küßten, sie atmeten, sie verschlangen, nicht diese neue, fremde Nacktheit, wie viele nackte Männer hat sie denn in ihrem Leben gesehen? Und was von all dem hat sie beeindruckt? Die Unterhosen. Billig, alt, aus abgewetztem Stoff, ausgeblichen, mit herunterhängenden Fäden, aufgegangenen Nähten. Ist es das, was Avram und Rachel Stein dich gelehrt haben – hat dir das Freude gemacht? Bück dich und betrachte den Kummer, der sich darunter verbirgt. Als du fünf oder sechs warst, hast du im Vergnügungspark auf einem Karussell gesessen, und das geschwollene Bein mit aufgelöstem Verband einer Bettlerin drehte sich bei jeder Umdrehung mit dir. Unter hundert Kindern, die in der Schlange vor dem Eisverkäufer standen, hast du das mit dem geschlossenen, zugeschwollenen Auge entdeckt, und du wußtest, daß sein Auge dein Vanille- und Erdbeereis anstarren würde, wenn du es schleckst. Du und Muli, Kinder, deren Nerven blank lagen, ihr legtet eine Münze in eine zum Betteln ausgestreckte Hand, und der Anblick der gekrümmten Finger blieb euch in der Seele haften. Zwanzigmal krümmtet ihr eure kleinen

Finger, um den gekrümmten kleinen Finger nachzuahmen. Ein schicksalhaftes, ernstes, feierliches Ereignis hast du vor einer Viertelstunde erlebt, schicksalhaft für alle, die zu dir gehören, und was hast du von dort mitgenommen? Den armseligen Fetzen, den er auf den Hüften trug. Vielleicht verbirgt sich ein herzergreifendes Mitleid hinter dem Zwang, der deine Beine dazu treiben würde, immer wieder dorthin zu gehen? Wie oft seid ihr, du und Muli, an jener alten Bettlerin vorbeigegangen, einen Tag nach dem anderen, und habt die krummen Finger betrachtet, habt die Steifheit des Fingers und den Winkel der Krümmung studiert und ihn wieder und wieder nachgeahmt? Kinder, denen man winzige Sensoren implantiert hat, damit sie den Schmerz der Welt spüren und versprechen, daß sie ihn, was auch kommen würde, nie vergessen würden.

Ich trank den Kaffee bis zum letzten Tropfen, bis mir Satz zwischen den Zähnen hängenblieb. Mein Kopf, meine Arme und meine Beine wurden schwer wie von Alkohol. Vielleicht döste ich ein, vielleicht auch nicht, die Erschöpfung schickte weiße Schwäne in die Teiche des Gehirns, weiche Wellen kräuselten sich um sie, Wasser tropfte von ihren langen Hälsen, sie breiteten die Flügel aus, aber das Geräusch, das ich hörte, kam von der sich öffnenden Tür. Ein Mann und eine Frau traten ein und sahen die Besitzerin des Büros ausgestreckt auf ihrem Stuhl, mit nackten, verschränkten Armen. Zum Glück trug Maja ein Übergangskostüm, und zum Glück saß sie aufrecht da, mit aufgestelltem Kragen. Die beiden nahmen ihr gegenüber Platz und erkundigten sich nach einer Studiowohnung für eine Frau, die ein wenig male und ein wenig schreibe. Ich tastete nach meinen Schuhen unter dem Tisch, stand auf und ging zur Toilette. Ich setzte mich breit auf die Kloschüssel, als wäre sie ein Fernsehsessel, die polierte Tür warf mir mein Bild zurück, hochmütig und müde, der Luftzug aus der kleinen Luke kühlte meine entblößten Glieder, sie waren noch immer erregt, geschwollen und feucht.

Daran ist nichts zu ändern, Avram Stein, die Sinnesorgane deiner Tochter sind erregt, die Zeit hat ihre Empfindsamkeit nicht abgestumpft, was man von ihrem Gewissen und ihren Schuldgefühlen nicht behaupten kann, die sind im Lauf der Jahre geschrumpft und verwelkt.

Ehebrecherin, Buhlerin, Hure, Dirne, Prostituierte, Flittchen und all die anderen Ausdrücke, mit denen die Sprache diese Frauen verflucht, und ich bin weder das eine noch das andere. Ich bin die Frau von Juval Ilam, Punkt. Und obwohl ich mit einem Fremden geschlafen habe, bin ich seine Frau. Das Fleisch bekam Vergnügen von anderem Fleisch. Nicht mehr und nicht weniger. Die Hand, zu der meine Finger in der Nacht kriechen werden, wird Juvals Hand sein, der Mann, ohne den ich keine Minute länger mehr leben will, wenn er aufhört zu atmen, wird Juval sein; der Mann, dessen Spucke, dessen letzten Zigarettenstummel, dessen letzten abgenagten Maiskolben ich aufbewahren wollen würde, ist Juval.

In der Nacht schlief ich mit ihm. Nicht um es auszugleichen, aber es ist geschehen, Lust muß man nicht einladen, sie lädt sich von selbst ein. Danach, bevor wir einschliefen, sagte ich zu ihm: »Was auch passiert, Juval, ich werde keinen anderen Mann haben als dich.«

»Und wenn ich sterbe?« Seine Finger drückten meine Hand auf der Zudecke.

»Dann sterbe ich eine Minute später auch. Überhaupt, ich möchte vor dir sterben, bei den Steins gehen die Frauen zuerst, so war es mit meinen beiden Großmüttern, so war es mit meiner Mutter. Das liegt in den Genen der Steinfrauen, Witwer zu hinterlassen.«

Juval fragte, ob die Reihenfolge, in der die Steinfrauen sterben, wirklich das sei, was uns vor dem Einschlafen noch fehle.

Schira kam nach Hause, ging auf Zehenspitzen an unserem Zimmer vorbei zur Toilette und schloß bedachtsam die Tür, und wir taten, als würden wir schlafen, und täuschten unsere geliebte Tochter. Juval lag auf der Seite, beugte sich vor und zog mich in den Bogen seines Körpers. Schira betätigte die Toilettenspülung, und beim Lärm des sich leerenden Wasserbehälters sagte ich zu Juval, er sei der Tradition der Steinfrauen nichts schuldig, ich würde mich im Himmel viel wohler fühlen, wenn ich wüßte, daß er nachts im Bett nicht allein wäre. »Was ist mit dir?« Er legte mir den Finger auf den Mund, und ich biß hinein. »Sag, was ist auf einmal mit dir los?« fragte er.

Der Wasserbehälter der Toilette füllte sich wieder, blubberte und wurde still. Schira untersuchte den Kühlschrank, ging in ihr Zimmer, etwas knackte hörbar zwischen ihren Zähnen, als sie an unserer Tür vorbeiging, die wir nur angelehnt hatten. In den Bäumen rauschte der Wind, der zweite Regen, stärker und heftiger als der gestrige, schlug gegen das Fenster, warf letztjährige Früchte vom Paternosterbaum, durch die Ritzen des Rolladens leuchteten Blitze, ich schmiegte mich in die Muschel des warmen Körpers neben mir, er schlief schon, ich spürte seine langen, ruhigen Atemzüge auf meiner Haut. Der Regen ist ein Zeichen für die Ordnung der Welt. Dreiundzwanzig Jahre, mehr als achttausend Nächte mit Juval im selben Bett, und an einem bewölkten Tag keimt in meinem Bauch ein Geheimnis. Vorläufig noch nicht bedrückend, nicht bedrängend, es verdrängt weder die Nieren noch die Galle. »Massiere mir den Bauch«, sagte ich in seinen Schlaf, und er umfaßte meinen Bauch mit seinen Händen, massierte ihn weich, bewegte sich zum Zwerchfell und weiter nach unten, er murmelte im Schlaf, und seine Hände erschlafften. Am Morgen lag ich auf dem Bauch und er auf dem Rücken. Ich schob seine Hand zwischen meinen Bauch und das Laken, er sollte den Nabel berühren und eindrücken, wie man auf den Knopf einer Schachtel drückt, damit der Deckel aufspringt und den Inhalt zeigt.

Zusammen verließen wir das Haus, neben dem Stiefmütterchenbeet küßte er mich, nach Rasierwasser duftend, und wandte sich dem Volkswagen zu. Tropfen leuchteten auf den samtigen, violetten Blüten, er ging zu seinem Auto, und ich blieb stehen und schaute ihm nach. Wie verletzlich jemand ist, der unschuldig seinen Weg geht, während sich Augen in seinen Rücken bohren. Ein Tropfen fiel vom Paternosterbaum auf seine Stirn, auf die Stelle, an der seine Haare schon dünn wurden. Er hob die Hand, um ihn wegzuwischen, einen Moment lang breiteten sich seine Finger gegen den Horizont aus, dann senkten sie sich, um die Stirn zu trocknen, fuhren über die Haare und drückten sie an den Kopf.

Genau in diesem Moment, plötzlich und scharf, erwachte mein Gewissen. Ich drehte mich zu der gefällten Kiefer, auf den Nadeln der verbliebenen Zweige hingen glitzernde Regentropfen. Armer Gewissenswurm, wenn ich dich nicht füttere, wirst du sterben. Von einem einmaligen Ausrutscher, du Wurm, wirst du nicht wachsen und blühen und dich mehren.

Hinter der Autoscheibe winkte er mir zu und rollte aus dem Parkplatz, und seine Reifen zerquetschten heruntergefallenes Laub und vom Regen aufgequollene Paternosterfrüchte. Dichter Nebel bedeckte die Hügel und Täler der judäischen Wüste, es ist ganz klar, jedes Wassertröpfchen kennt sein Ziel, jeder Keimling findet die Ritze, durch die er aus der Erde dringen kann, jeder Storch am Himmel weiß, wohin er fliegen muß, nur eine einzige Frau hat alles vergessen, was man ihr beigebracht hat.

Du kannst über morgen sprechen, Maria, über Würmer, Störche und Ausrutscher, deine Wörter nützen nichts und mindern nichts, denn hier fährst du mit deinem Auto und deine Augen betrachten die Männer auf der Straße, sie sehnen sich nach dem Bogen hoher Schultern und einem Saxophonkoffer auf einem Rücken. Mit deinem ganzen Herzen, deiner ganzen Seele und deiner ganzen Kraft. Mein Herz hat sich entschieden, daß es ein einmaliger Ausrutscher war, und mein Verlangen begehrt Lippen, die von Engeln geformt wurden.

In vierzehn Tagen wird die Verlobung von Hadassa und Menachem stattfinden. Alle Kinder Avram Steins werden zu der Feier kommen, die im Speisesaal der Jeschiwa ausgerichtet wird. Avram Stein und seine sechs Kinder, die zu Menschen herangewachsen sind und die der Wind in alle Richtungen verstreut hat. An diesem Morgen trug Maja ein Kostüm, das noch passender für den Übergang war als das, das sie gestern getragen hatte. Das Gewebe war dicht und dunkel wie die Erde, der Schnitt klar wie der Winter. Ihr gegenüber saßen ein Mann und eine Frau. Er hatte einen Bart, lange Schaufäden hingen über seine Beine, sie trug ein Kopftuch. Sie erkundigten sich nach einer Wohnung in einem religiösen Viertel, sie würden in ein paar Tagen die Siedlung verlassen.

Maja lächelte sie verständnisvoll an. »Wegen der Sicherheitslage?«

Der Mann wühlte in seinem Bart und schüttelte den Kopf, wieso wegen der Sicherheitslage? »Wir haben einen kranken Sohn«, sagte die Frau. »Wir müssen innerhalb von Minuten ein Krankenhaus erreichen können.« Maja wurde ernst. Da siehst du's, Maria, auch sie hatten Sehnsüchte und menschliches Verlangen, die sie zu irgendeinem Hügel in den besetzten Gebieten trieben, bis der kranke Junge kam und ihre Sehnsüchte brach. Jetzt ist das Leben des Jungen all ihr menschliches Verlangen, und seinetwegen packen sie ihre Habseligkeiten und verzichten auf die Erlösung und die Ewigkeit und das ganze Land. »Die Sicherheitslage macht uns keine Angst.« Die Frau verschränkte ihre Finger auf den Knien. »Das Problem ist, daß die Armee Straßen für ganze Stunden absperrt.« Maja hörte zu, sie hatte schon gelernt, daß man Kunden Zeit geben muß sich zu äußern, und während sie sprechen, kann man sich ein Bild von ihnen machen und überlegen, was wir ihnen anzubieten haben. Die Frau beugte sich vor. »Verstehen Sie? Manchmal dauert es zwei, drei Stunden, bis sie die Sperre aufheben, und inzwischen kann ein Kind hopsgehen. Wer keine Mukoviszidose hat, kann das nicht …«, fügte sie entschuldigend hinzu, als wäre Maja die Behörde, die über das Verlassen des Landes der Urväter befand.

Und wirklich, was kann man schon von einer Sperre erwarten, ein tauber Eisenschlagbaum, er hört nicht die Schreie der Hungernden, wie soll er da das Röcheln eines Kindes vernehmen? Und was tut Fatma auf der anderen Seite, wenn sie kein Krankenhaus in unmittelbarer Nähe hat, aber ein Kind mit Mukoviszidose? Wartet, was zuerst passiert, entweder wird die Straßensperre aufgehoben oder das Kind geht hops. Wenn du Gerechtigkeit und Gleichheit suchst, Maria, dann tue es konsequent und frage, wie und an wen die Mukoviszidosefälle auf der Welt verteilt sind, warum ausgerechnet die beiden, die hier sitzen, ein Kind mit Mukoviszidose bekommen haben, während du, deren Haus sich drei Minuten von einem Krankenhaus entfernt befindet, zwei gesunde Kinder hast.

»Wir haben vier Zimmer in Sanhadria, einem religiösen Viertel, drei Minuten vom Hadassa-Krankenhaus entfernt«, sagte Maja.

Die Frau fragte, was für Religiöse dort lebten, gestrickte Kipot oder schwarze, und Maja sagte, dort gebe es Kipot in allen Farben und Mustern und es sei ein leichtes hinzufahren, damit sie sich selbst einen Eindruck machen könnten. Sie waren nicht begeistert, schauten sich in die Augen und standen, ohne ein Wort gewechselt zu haben, gleichzeitig auf. »Gut, wir werden sehen, wie es dort ist«, sagte die Frau, und Maja nahm die Wohnungsschlüssel und beherrschte sich, bis sie ins Büro zurückkam. Erst da fragte sie, was für eine Krankheit das sei.

»Mukoviszidose? Das habe ich noch nie gehört.« Sie verzog den Mund. »Die Ärmsten, da wollten sie im Land der Urväter leben ... na ja, und diese, wie heißt sie noch, zwingt sie, in irgendeinem beschissenen Loch neben einem Krankenhaus zu wohnen. Sie hatten sechs Kinder, und alles war klar, da kam das siebte und versaute ihnen das Leben. Ich? Ein Kind, höchstens zwei. Ich werde nicht mit dem Schicksal spielen.« Ihre gepflegte Hand wischte unsichtbaren Staub von ihrem Kostüm. Sie schüttelte ihre Haare zurück und sagte, auch bei dem einen, Maximum zwei, werde sie alle Untersuchungen der Welt machen lassen, Fruchtwasserkontrolle, alles. Und was dieses Paar betreffe, ihre Intuition sage ihr, daß sie diese Wohnung nehmen würden, sowohl fromme Nachbarn als auch drei Minuten vom Krankenhaus entfernt, und Fenster in verschiedene Richtungen, um genügend Luft und Durchzug zu haben.

Siehst du, sogar was die Luft angeht, die offensichtlich gerecht verteilt ist, verfügbar und kostenlos für alle, gibt es einen, für den jeder Luftzug gesundheitlich ein Kampf auf Leben und Tod bedeutet. So ist die Welt, Maria. Gott hat sich nicht verpflichtet, sozial zu sein, wenn er es wäre, hätte er dir nicht einen so vollkommenen Mann wie Juval und noch dazu und unerwartet einen Saxophonisten zugesprochen und deiner Schwester keinen einzigen Mann. Und überhaupt, warum alles Gott überlassen? In Sachen Gerechtigkeit und Gleichheit hat er den Menschen einen Teil übriggelassen, den er selbst zu vollenden hat. Naomi wird einen Mann kennenlernen, bevor ihre Quellen austrocknen, sie wird auch noch ein Kind haben. Als sie die ersten grauen Haare bekam, gab Gott ein Zeichen, daß wir uns beeilen sollten.

Ich rief in ihrer Apotheke an und schlug ihr ein gemeinsames Mittagessen vor, aber ausgerechnet heute war eine der beiden anderen Apothekerinnen krank, und Naomi konnte nicht weg, sie konnte auch nicht länger mit mir sprechen, denn ein ungeduldiger Kunde drängte sie. »Dein Wort ist meines Fußes Leuchte und ein Licht auf meinem Wege«, hatte Muli einmal gesungen. Er stand am Fenster und spannte seinen milchweißen Hals. »Hört, ist das nicht Joselito?« fragte Mutter erstaunt. Mit der ganzen Kraft seiner dünnen Stimmbänder sang er: »Ich schwöre und will's halten: Die Ordnungen deiner Gerechtigkeit will ich bewahren«, und Mutters nasse Hände blieben über dem Spülbecken hängen, ruhten von ihrer Arbeit aus, damit sie mit dem Klirren der Teller die klaren Töne nicht störte. Sarale sagte zu ihm: »Dummkopf, was singst du, ich schwöre und will's halten. Vielleicht wirst du groß werden und es nicht halten, was dann? Dann ist es ein Meineid.«

»Natürlich wird er es halten, setz ihm keine dummen Gedanken in den Kopf«, sagte Mutter und wandte sich wieder dem Becken zu. Muli hörte weder auf die eine noch auf die andere, er sang aus voller Kraft. Seine Stimme drang aus dem Fenster und wehte über die dunklen Zypressen bis zum Rasen, wehte bis zum Parkplatz, schwebte zwischen den Subarus und den Peugeots hindurch, und alle Semels und Finkelsteins prophezeiten aus ihren Fenstern, Steins einziger Sohn würde der neue Naftali Herstik werden, und vielleicht sogar der neue Pavarotti. Eine große Zukunft stehe ihm bevor. Mutter sah sie voraus und spülte wieder geräuschvoll die Teller, um seinen Gesang zu übertönen, damit ja kein böses Auge aus einem der Fenster auf ihn falle. Aber als seine Stimmbänder stärker wurden und seine Gliedmaßen länger, wurden ihre Erwartungen eine nach der anderen enttäuscht, sie wußte bald, daß kein Herstik und kein Pavarotti aus diesem Haus kommen würden, das höchste, das sie zu wünschen wagte, war, daß er fromm blieb. Und Sarale? Sie erinnerte ihn nicht an seinen

Schwur, denn auch ihr Gott wurde schwächer, und sie hatte schon einen Teil ihres Glaubens verloren, sie setzte ihre Hoffnungen nun auf ihre Diät, und es schien, daß sie, solange diese Diät funktionierte und Sarale ihren Kummer unter Kontrolle hielt, Gott nicht belästigen würde und nicht zulassen würde, daß er sie belästigte.

Hadassas Verlobung wurde am Neumondtag des Monats Kislew gefeiert. Bis dahin war ich noch zweimal mit Valeri zusammen. Das zweite Mal war nachmittags am Neumondtag des Monats Kislew. Sechs Stunden später traf ich Vater, meinen Bruder, meine verheirateten Schwestern mit ihren Männern und Naomi. Auch die Familie des zukünftigen Schwiegersohns war dort, und der Koch der Jeschiwa und zwei Kellner, die für das Ereignis angestellt worden waren, dünne junge Männer mit noch unreifem Bartwuchs. Hadassa, derentwegen sich alle versammelt hatten, war aufgeregt und begeistert. Blaß, in einem blauen Kleid, das man ihr anläßlich ihrer Verlobung hatte nähen lassen, gab sie den Frauen die Hand und nickte den Männern zu. Auch mir gab sie die Hand. Sie legte ihre unschuldige, weiche, vertrauensvolle Hand in meine, von der ich gerade erst die Berührung eines fremden Mannes abgewaschen hatte, und antwortete mir statt mit »Danke« mit »Viel Glück«, als wäre ich die Braut. Sie wandte sich an einen jungen Mann, der hinter ihr stand, knochig und klein gewachsen. »Darf ich vorstellen, das ist Menachem.« Er nickte, ein dünner Bart umrahmte sein schüchternes Lächeln. »Meine Tante, sie ist die vierte in der Reihe der Geschwister meiner Mutter«, sagte sie zu ihm, als ob die Information, daß drei vor mir auf die Welt gekommen waren und zwei danach, ihm etwas Bedeutungsvolles und Wesentliches über mich mitteilte. Mit gesenkten Augen stand er vor mir, an den Stellen seines Gesichts, an denen ihm keine Haare wuchsen, hatte er honigfarbene Sommersprossen, auch auf den Augenlidern. Ein dünner Gürtel hielt die Hosen auf den mageren Hüften und schlug Falten in sein weißes Hemd. Hadassa, größer und aufrechter als er, deutete mit einer Kinnbewegung zur Tür und fragte: »Wer sind diese?« – »Verwandte von mir, aus Natanja«, sagte er und schaute wieder auf seine Schuhe. Vielleicht kann man aus meiner Stellung in der Reihe der Steins trotzdem etwas ableiten, wäre ich als erste geboren, wäre mein Leben eine genaue Kopie des Lebens meiner Mutter geworden, so wie Chanis Leben eine Kopie des Lebens meiner Mutter ist, und das Leben Hadassas, ihrer Erstgeborenen, eine Kopie des ihren sein wird. Auch der Bräutigam, den sich Hadassa gewählt hat, könnte ihrem Vater El'asar nicht ähnlicher sein. Die Wölbung ihrer jungen Schultern zeichneten sich unter dem blauen Kleid ab, man sollte den Fotografen rufen, damit er ihre runden Schultern von vorn und hinten fotografiert, bevor die Last des Lebens sie dünn werden läßt, verkümmert und hängend. Jahr um Jahr wird sie ihm ein Kind gebären, und er wird ihr zum Dank sein schüchternes Lächeln schenken. Ich umarmte sie, ihre Haut verströmte einen leichten Parfümduft, ihr Gesicht war milchweiß und glatt, und das Leben tunkte bereits die Feder ein, um Zeichen auf ihm zu hinterlassen.

Chani, in einem schwarzen Faltenkleid mit weißen Punkten, hatte ihr ausgedörrtes Gesicht nicht angemalt, der schwarze Hut, den sie trug, beschattete ihre Stirn und schluckte die vielen Falten. Wie ein Kapitän, der über ein vom Sturm aufgewühltes Meer schaut, beobachtete sie den Saal und die Neuankommenden, warf besorgte Blicke vom Eingang hinüber zur Küchentür, ihr Lächeln war kurz und besorgt, herzlichen Glückwunsch, danke, wo ist Jankele? Wer paßt auf Racheli auf? Sie spähte nach ihren Kleinen, die auf Zehenspitzen an den gedeckten Tischen standen, an einem Brötchen und einer sauren Gurke knabberten und Karottenscheibchen und Zwiebelringe aus dem Salat zupften.

Sie spähte nach ihren Kleinen und ich nach Juvals Kopf, er stand in seinem gelben Hemd am anderen Ende des Saals und drückte El'asar die Hand und entlockte ihm mehr als drei Sätze. Juval versteht etwas von der talmudischen Literatur und dem Midrasch, er kennt auch den Wochenabschnitt der Bibel und weiß, welche Lehre wir aus ihm für unser eigenes Leben ziehen können. Inzwischen drückte El'asar schon andere Hände, und ich hatte das gelbe Hemd in der Menge aus den Augen verloren. Nie hätte ich so auf jeden seiner Schritte geachtet, wäre ich an diesem Tag nicht vom rechten Weg abgekommen.

»Du bist eine schöne Frau, und ich will mit dir schlafen«, hatte er mittags gesagt, nachdem er sein Fahrrad an die Hauswand gelehnt und das Büro betreten hatte. Ich war allein, er betrachtete die Schmetterlinge und sagte, was er sagte. Sein Gesicht war angespannt, seine rauchfarbenen Augen hingen an den virtuellen Schmetterlingen. Er fragte nicht, wie es mir gehe, sagte nicht, woher er kam und wohin er wolle und warum er mitten am Tag aufgetaucht war.

»Jetzt?« fragte ich.

»Ja.«

Jeden Augenblick konnte sich Majas gepflegte Hand auf den Türgriff legen.

»Dann komm.«

Ich stand auf und massierte meine linke Brust, um mein heftig klopfendes Herz zu beruhigen. Er ging hinaus, schloß sein Rad an einen Pfosten, und ein paar Minuten später hielt mein Mazda schon vor dem Block mit den achtzig offenen Fenstern.

Eine wilde Feuersbrunst könnte man das nennen, was uns dort widerfuhr. Ein Feuer der Art, das blitzschnell entflammt und blitzschnell erlischt. Mach dir keine Sorgen, Juval, ein unbedeutender Sturm, der plötzlich tobt, nicht mehr. Wie gut ist es doch, daß wir wie glimmende Kohlen sind. Eine stetig und ruhig brennende Glut wird uns unser Leben lang wärmen, ein glühendes Holzscheit, das nicht erlöschen wird, bevor wir selbst erlöschen. Denk nicht an Feuer und Asche, Maria, du hast mit einem fremden Mann geschlafen, Punkt. Worte ändern nicht das Geringste daran.

Worte? Ich wünschte, es hätte Worte gegeben. Wie zwei Fische im Aquarium fuhren Juval und ich zu dieser Verlobungsfeier, und als er plötzlich sagte, es gebe da eine Sache, über die er mit mir sprechen wolle, zog sich mein Herz in der Brust zusammen.

»Was für eine Sache?« fragte ich und achtete darauf, daß mein Rücken entspannt blieb, und er sagte, »nicht jetzt«, und lenkte das Auto zum Parkplatz vor der Jeschiwa und hielt an.

Ein rundliches Katzenjunges jaulte neben dem Hinterrad, Juval hob es hoch, und eine Katze mit geschwollenen Zitzen sprang aus den Büschen. »Da ist deine Mama«, sagte er und stellte es da wieder ab, wo er es gefunden hatte, und die Katze packte es mit den Zähnen am Nackenfell und verschwand mit ihm im Gebüsch. Streunende Katzen – wie einfach ist ihre Welt, ihre Beine tragen sie mit Sprüngen zu den Aufgaben des Lebens, wortlos, ohne Asche und Dornen. »Komm, was bleibst du da stehen, wir sind spät dran.« Er zog mich weiter, und wir beschleunigten unsere Schritte.

Aber wir kamen nicht zu spät. An der Eingangstür standen Muli und Smadar, und einen Schritt vor ihnen Vater, Talja an der Hand, die ihren Fuß an einer Stufe rieb, und ihre blonden, seidigen Haare fielen ihr ins Gesicht. »Muli!« schrie ich, als hätte ich ihn hinter der Zypresse entdeckt und müsse losrennen und an den Stamm schlagen, eins, zwei, drei, Muli. Mein geliebter Bruder, vor sechs Stunden habe ich mit einem fremden Mann auf einem harten Bett in einer leeren Wohnung geschlafen. Deine ganzen »Paß auf, Maria« sind nichts wert. Los, laufen wir weg, zum Vergnügungspark, er ist jetzt leer, wir können uns auf die kalte Schaukel setzen und ich erzähle dir alles. Wir werden unsere Beine anziehen und strecken und die Schaukel in Bewegung setzen. Ich werde zu dir sagen, daß wir wie Katzen sind, unsere Aufgabe ist es zu leben. Punkt. Für El'asar bedeutet zu leben die Mission, Gott mit ins Bett zu nehmen, ihn neben der Toilette abzustellen, damit er auf ihn wartet, während er hineingeht und pinkelt und den Segen »der geschaffen hat« sagt, nachdem er seine Hände gewaschen hat. Für Chani bedeutet zu leben, alle zehn Monate einem neuen Geschöpf das Leben zu schenken, Leibesfrüchte zu gebären, die an ihren Brüsten trinken und sie welk werden lassen. Und es gibt jemanden, für den zu leben bedeutet, mit einer Sehnsucht herumzulaufen, die ihn von innen zerreißt, für die er Hände in Handschellen oder den Hals unters Messer legen würde. Ich werde ihn an seinem gebügelten Ärmel ziehen, sag, Muli, weißt du, daß Naomi noch Jungfrau ist? Es ist nur eine Frage der Zeit, wann die Mauern ihres Herzens zusammenbrechen. Er wird aufhören zu schaukeln, seine Beine werden in der Luft hängen, er wird die Augen zum Himmel heben, wie er es immer tut, wenn er nachdenkt. Ich werde sie retten, Muli, ich werde ihr den Mann geben, den sie sich wünscht, und wenn ich sterbe oder verschwinde, wird er ihr sowieso gehören. Was denkst du, Muli, wie lange kann ein Mensch morgens aufstehen, um Glyzerin für den Darm und Ohrentropfen zu verkaufen? Du bist der einzige auf der Welt, Muli, der mir zuhört und mir nicht sagt, ich sei verrückt geworden. Deine Beine werden sich wieder beugen und strecken, die Schaukel wird auf- und abschwingen, auf und ab ... ein Perpetuum mobile.

Aber wie soll ich mit Muli zu der verrosteten Schaukel gehen, wenn er so gerade und genaue Bügelfalten auf den edlen Hosen hat, die er trägt, und wenn Smadars Hand in seiner Armbeuge liegt?

Das »Muli«, das ich schrie, traf die Bäume und seine Ohren, er drehte sich um, lächelte mich mit dem Lächeln an, das er im Lauf der Jahre gelernt hatte, nicht mehr so breit ausfallen zu lassen. »Hi, Schwester«, sagte er, blieb stehen und wartete an der Tür zum Speisesaal der Jeschiwa auf mich. Das Licht, das aus dem Raum drang, ließ Smadars blonden Knoten aufleuchten. Ihre blauen Augen musterten mein Kleid, sie zog ihre rechte Hand nicht aus Mulis Arm, sie hielt mir die linke hin. Auch Juvals Hand drückte sie und sah dabei aus wie eine aufrechte Kaiserin, die bereitsteht und auf ihre Untertanen wartet, denen sie Audienz gewährt. Muli hielt mein Handgelenk, schob meine Armreifen nach oben und wieder zurück. »Wie geht es dir, Maria?« Er klimperte mit meinen drei Silberreifen und schob sie zum Ellenbogen. Ich sagte kein Wort, hätte ich den Mund aufgemacht, wäre ich in Weinen ausgebrochen, ich schaute ihm in die Augen, und er erwiderte meinen Blick. Früher einmal waren unsere Pupillen offene Fenster zu unseren Seelen gewesen, jetzt waren sie mit einem dicken, undurchsichtigen Vorhang verhängt.

»Komm weiter, wir versperren den Eingang«, sagte Smadar und zog mit der linken Hand an seiner, löste sie von meinen Armreifen, und sie fielen auf meine Hand zurück, alle drei Silberreifen.

Er zog eine Kippa aus schwarzem Satin aus der Tasche und setzte sie auf den Kopf, und sie legte ihre Hand auf die Kippa, um die Falte zu glätten. Nun, gehen wir rein? Sie schob ihn weiter und sagte, je früher sie den Saal beträten, um so eher könnten sie wieder gehen. So ging Muli hinein, mit seiner Frau, der Gott alles, was er ihr gab, mit Maß und Geschmack gab. Gott hat eine Gefängniswärterin mit klassischer Schönheit bedacht, um seine Sehnsüchte zu verwalten. Sollen sie doch hineingehen, aber haben wir es denn so eilig? Die Luft hier draußen ist kühl und rein, ohne Worte, nur das Klirren von Schmuck und ein Schrei, eins, zwei, drei, Muli, ich hab dich gesehen. Kunststück, du hast heimlich geguckt, ganz bestimmt. Wieso denn ich? Habe ich vielleicht Infrarotlicht in den Augen, daß ich gucken kann, auch wenn sie zu sind? Lügnerin.

Tuck, tuck, tuck schlagen Juvals Finger auf meinen Rücken. »Komm, das ist unangenehm, wir kommen zu spät.«

Neumondtag des Kislew. Der Himmel über der Jeschiwa ist schwarz, oder ist es der Scheinwerfer am Eingang, der blendet und die schwach leuchtenden Sterne am Himmel auslöscht? Auch wir betraten eingehängt den Saal und lösten uns voneinander, als wir zu Vater gingen. Er und Talja hielten sich noch an den Händen, stützten sich gegenseitig, sie hob ihre dicken Brillengläser und beglückwünschte herzlich und fröhlich das junge Paar. Vaters Hemd zeigte noch die Falten, die durch das Zusammenlegen in der Wäscherei des Altersheims entstanden waren, es war so weiß wie das Hemd des Bräutigams, zu groß und in die Hosen gestopft. Die Reihe von Chanis Nachkommenschaft versammelte sich um ihn, herzlichen Glückwunsch, Opa, auch die Eltern des Bräutigams beglückwünschten ihn, und aus der Mitte des Saals kam Menachem langsam und mit gesenktem Kopf auf ihn zu, und aus einer anderen Ecke grüßte ihn das weiße Lächeln Hadassas. Danke, danke, sagte er, schob die Hand in die Tasche, zog sie wieder heraus und wußte nicht, wo er sie hintun und was er mit ihr machen sollte, so wie er es auch an den Gedenktagen nie wußte, wenn er am Vorbeterpult vorbeiging und schnell und mit gesenkter Stimme betete und die anderen ihn lobten, wenn er fertig war.

»Du bist noch ein Baum unter den Bäumen des Waldes«, hatte Mutter zu ihm gesagt, »du weißt nicht, wie man hoch und wichtig tut.« Und er antwortete ihr: »Es ist besser so.« Er glaubte, daß die hohen und stolzen Bäume die ersten wären, die fielen, wenn der Holzfäller kam. Auch in seinen guten Zeiten in der Rentenversicherung wollte er nie jemand Wichtiges sein, er richtete den Blick nicht auf höhere Aufgaben und war einer unter vielen Angestellten, die mit ihrer Unterschrift Unterstützung bei Geburten und Beerdigungen bewilligten. Als seine Zeit für die Pensionierung gekommen war, wollte er nicht, daß man ihm eine Abschiedsfeier gab. An seinem letzten Tag kam die Abteilungsleiterin zu ihm und resümierte seine Arbeitsjahre vor ihm und den anderen drei Angestellten im Raum mit den Worten, er habe den Spruch »Fleißig arbeiten und keinen Unfrieden stiften« vollkommen erfüllt. Sie überreichte ihm eine Schachtel, in der eine Wanduhr mit einer Gravierung im Rahmen lag, für Avraham Stein in Anerkennung von seinen Arbeitskollegen. Aber nach der Pensionierung bemißt sich Zeit anders. Nie haben wir eine Batterie in die Uhr getan, nie wurde sie aus der Schachtel geholt, und am Schluß wurde sie bei der Wohnungsauflösung irgendeiner Einrichtung gespendet, zusammen mit den alten Möbeln und den anderen Gegenständen, die Vater nicht mit ins Altersheim nehmen wollte.

Gut, daß Juval das gelbe Hemd angezogen hat, so kann man ihn nicht aus den Augen verlieren, egal, wo er ist. Wegen der Verlobung kam er heute früher von der Arbeit nach Hause. Gleich als er hereinkam und seine Taschen leerte, sah ich, daß sein in der letzten Zeit weicher gewordenes Doppelkinn noch schlaffer geworden war, und die beiden Furchen, die sich in seine Wangen gegraben hatten, länger geworden waren. Er ging ins Badezimmer und sang unter der Dusche »Tanze, sagte sie zu mir, tanze«, und er legte eine Wildheit in das Lied, die zu etwas anderem gehörte. »Die Zypressen wußten nicht, ob sie lachen oder weinen sollten.« Die Worte schlugen gegen den Wasserstrahl.

Jemand legte von hinten die Hände auf meine Schultern. »Wie geht's, blühen die Immobiliengeschäfte dergestalt, daß keine Zeit zum Telefonieren bleibt?« Die Hände gehörten Asa'el und die

Stimme Sarale. »Wie schön deine Frau geworden ist«, sagte ich, ohne auf die Immobiliengeschäfte einzugehen. Er lächelte, und seine dichten Sommersprossen wanderten beim Lächeln von den Wangen zu den Ohren. »Auch deine Schwester ist schöner geworden.« Sarale, in einem Kostüm von der Farbe einer Rose kurz vor dem Verblühen, war schlank wie immer, mit Schmuck behängt und geschminkt, sie lachte aus vollem Hals, obwohl das Lachen neue Falten in ihre Wangen grub und die alten unter ihren Augen vertiefte. Sie sah aus wie eine Frau, vor der auf dem Weg zum Glück alle Hürden umgefallen sind, und sogar die vielen Falten in Asa'els Gesicht und an seinem dünn gewordenen Hals hatten aufgehört, ihr Sorgen zu bereiten. Sie ging zu Chani und Hadassa, und er richtete prüfend seine sandfarbenen Augen mit den dichten kreidehellen Wimpern auf mich. »Nun?«

»Was nun? Laß das, nicht jetzt.«

Seine Wimpern sind so blaß, daß sie aussehen, als wäre seinem Schöpfer die Farbe auf dem Pinsel ausgegangen. Ich nahm zwei seiner Finger und sagte »Asa'el«, dann schwieg ich, denn in der Tür tauchte Naomi auf und schaute nach rechts und links. Groß und blaß sah sie aus, mit schwarzen Haaren und in einem schwarzen Kleid, und der Riemen ihrer Tasche, die über ihrer Schulter hing, war ebenfalls schwarz. Sie atmete tief und trat ein, sie küßte Chani, und Chani hielt sie mit beiden Händen fest und redete wie entschuldigend auf sie ein. Ihre Hadassa eröffnete die Reihe der Hochzeiten der dritten Generation, während in der zweiten Generation noch eine war, an der die gesellschaftlichen Gepflogenheiten vorübergegangen waren. »Meine Schwester«, stellte sie sie der eleganten Mutter des Bräutigams vor. Menachems Mutter, in ein grünes Kleid gestopft, schüttelte mit demonstrativem Mitleid Naomis Hand. Ihr war anzusehen, daß sie über die Verwandten der Braut genau Bescheid wußte.

Der Speisesaal der Jeschiwa füllte sich und wurde laut, das gelbe Hemd wurde von den schwarzen Jacketts und weißen Hemden verschluckt und tauchte wieder auf. Gleich wird man die Gäste zu den gedeckten Tischen bitten, Juval wird mit Muli, Asa'el und seinen anderen Geschlechtsgenossen zusammensitzen, und ich mit Naomi und Sarale, mit der Braut und ihrer Mutter, mit der Mutter des Bräutigams und seinen Tanten. Der Rabbiner der Jeschiwa trat ein und ein Flüstern ging durch den Saal. Hadassa legte eine knochige Hand auf die Brust, denn nun knarrten schon die Räder ihres Lebenswagens, noch einen Moment und sie werden sich in Bewegung setzen, sie werden sich vorwärtsdrehen bis ans Ende ihrer Tage. Menachem stand unterwürfig und mit gesenktem Kopf vor dem Rabbiner, er wühlte nervös mit den Fingern in seinem Bart und hörte ihm zu, Hadassa trat in Hörweite, die schlaffe Hand auf ihre linke Brust gelegt. Die Bräutigamsmutter mit Schultern, so breit wie eine Tür, und in ihr froschgrünes Kleid gequetscht, stellte sich vor mich und versperrte mir den Blick. Als sie sich fortbewegte, sah ich etwas Gelbes und Schwarzes am anderen Ende des Saals, sie standen nebeneinander an der Küchentür. Er sprach, und sie hob das Gesicht zu ihm, und ihr Finger fuhr am Schulterriemen ihrer schwarzen Tasche auf und ab. Dann sprach sie, und ihre Finger lösten sich vom Riemen, wühlten durch ihre Haare, rollten eine Strähne und streichelten sie. Sie lachte ein anerkennendes Lachen, und Juval lachte ein Lachen, das zu seinem gelben Hemd paßte. Er warf den Kopf zurück, und sie hielt sich den Hals, bis der Lautsprecher das Publikum aufforderte, sich zum Essen zu setzen. Ich machte ihr ein Zeichen, daß es einen freien Platz zwischen mir und Sarale gebe, und sie kam, und das Lachen, das sie neben der Küche gelacht hatte, verschwand von ihrem Gesicht.

Vor sechs Stunden hat ein Mann mit mir geschlafen, jetzt stützt er sich mit der Hand auf das Fenster und pfeift seine Melodien über den Wadi, oder er trinkt Wodka, oder er hat irgendeine Luschinka auf jenem schmalen Bett, oder er ist allein, liegt mit dem Rücken auf der harten Matratze und schaut von dort aus zum Himmel. Heute betastete ich die Narbe auf seiner Hüfte und küßte die Nahtstellen, und er sagte: »Ich bin ein Atheist, es gibt nur eine Sache, für die ich vielleicht trotzdem sage, es gibt einen Gott, die Frau ...« Er wollte weitersprechen, aber irgend etwas zwang ihn aufzuhören, verzweifelt breitete er die Arme auf dem Bett aus, dann legte er sie um mich.

Der Rabbiner sprach über die reine Familie, die Menachem und Hadassa gründen würden. Ich nahm die kleine Hand Taljas, die links neben mir saß, und massierte sie. Die Finger ihrer anderen Hand zerdrückten ein Brötchen und prüften, wie weich es war. Ihr Blick war auf den Rabbiner gerichtet, sie hörte zu und versuchte zu verstehen, sie zerquetschte das Brötchen und kniff die Augen zusammen, wiederholte murmelnd die Worte des Rabbiners, die sie nicht verstanden hatte. Damals, als Muli und ich uns gegenseitig Pusteblumen aus den Haaren gezupft hatten, als wir Mikado und Dame spielten und Gott aus allen unseren Kräften liebten, war das Leben ein fließender Strom, der zu seinem Ende hin, dem Meer, immer breiter wurde und in großen, wunderbaren Tagen endete. Wer hätte damals gedacht, daß der Weg so eng würde und daß Muli an der Kreuzung ein kleingewachsenes, kurzsichtiges Mädchen mit einem Herzen so weit wie der Ozean erwarten würde. Sie schmiegte ihr Gesicht an mein Ohr. »Was ist das, eine reine Familie?« Die Bräutigamsmutter flüsterte »Psst, psst ...« und legte einen dicken Finger auf ihren auseinandergezogenen Mund. Talja löste ihre Finger vom Brötchen und von mir und senkte den Kopf.

Was weiß denn ich, was eine reine Familie ist. Eine saubere Familie? Eine würdige? Eine, die sich nicht mit anderen mischt, schlackenfrei und makellos wie reines Metall? Eine, die treu ist, offenherzig, unschuldig, aufrichtig und abgegrenzt? Und was ist das Gegenteil von rein? Unrein? Und eine unreine Familie, wie lange bleibt die unrein? Bis zum Ende aller Generationen? Ist es unmöglich, sich wieder zu reinigen? Und woher weiß der Rabbiner, daß Gott sich reine Familien wünscht? Vielleicht langweilen die ihn? Vielleicht weiß Gott, daß in einer reinen Familie immer jemand mit verheulten Augen herumläuft, zitternd vor Sehnsucht, erstickt an der Reinheit, und er wird von göttlichem Zorn gegen jene erfüllt, denen er Sehnsucht und Lebenslust gab und die seine Schöpfung zerstören. Woher weiß dieser Rabbiner überhaupt, was Gott will oder nicht? Hundertsiebzig Zentimeter Mensch aus Fleisch und Blut, denen ein Bart gewachsen ist und die die Mischna gelernt haben, die Sammlung rabbinischer Entscheidungen, verkünden der Welt, was Gott will. Der Mensch weiß nicht, was er selbst will, was seine Katze will, und da will dieser Erdbrocken, dem man Geist eingehaucht hat, wissen, was Gott will? Ich lachte, und die Bräutigamsmutter zog ihre unsymmetrischen Augenbrauen hoch, stieß ein wütendes »Nun« hervor und warf mir einen bösen Blick zu. Fliegen saßen auf den Neonlampen und hörten zu, die beiden mageren Kellner lehnten zu beiden Seiten am Türstock vor der Küche, einer kratzte sich heftig am Ohr, der zweite klopfte mit seinem Absatz auf den Boden. Muli machte es sich auf dem Plastikstuhl bequem, stach mit der Gabel in seine Fingerspitzen, die Worte des Rabbiners sanken in sein hohles Herz und weckten seine Verachtung. Juval lächelte mir zu, er hob den kleinen Finger, als wolle er mir zeigen, du und ich, und die ganze Welt kann uns gestohlen bleiben, und Naomi, die das sah, senkte den Kopf über die schwarzen Oliven und schob sich eine runzlige Olive in den Mund.

Der Rabbiner hob die Hände. »Wenn ihr es verdient, ist der Geist Gottes unter euch, wenn nicht, wird euch das Feuer verzehren.«

Menachem, zwischen seinem Vater und El'asar stehend, neigte dem Rabbiner seinen erschrockenen Bart zu. Wer weiß schon, wie er seine Lenden gürten und den Berg erobern wird, und wer denkt schon daran, daß wegen dieser ganzen Angst der göttliche Geist zwischen ihnen stehen wird, denn auch wenn ihnen nichts auferlegt wird, wird es die Trennwand aus Scham und Schrecken geben, und wenn zwischen das Langsam und das Fast und das Bald der göttliche Geist tritt, wird sich das Zittern in Beben verwandeln und die Knie schwach werden lassen. Hadassa hörte »Feuer verzehren« und rang die Hände und legte sie übereinander. Als der Rabbiner seine Rede beendet hatte, lösten sich die Fliegen vom Neonlicht, die Kellner machten sich an die Arbeit, die Dämme vor den Mündern öffneten sich, und die angestauten Worte füllten den Saal mit einem sehnsüchtigen Rauschen. Die Bräutigamsmutter hatte ein rotes Gesicht, die goldene Sichel auf ihrem Kleid und die Rose in der Plastikvase waren im Begriff zu welken. Die Leute schnitten Frikadellen, stocherten mit ihren

Gabeln in Zucchinis und redeten und redeten und redeten. Ich werde noch einmal mit ihm Liebe machen und ihn bitten, mir unter sich den Atem zu nehmen. Ich weiß, daß die Rose mit den welken Blättern und dem geknickten Stengel das Symbol meines Todes ist. Mit einem dünnen Finger hatte ich auf seinen Zähnen gespielt ... wir werden noch einmal Liebe machen. Naomis Haare kitzelten meine Ohren. »Was ist mit dir? Fühlst du dich nicht wohl? Oh, da ist ja unsere kleine Schwester.« Sie deutete mit dem Finger auf die Tür, in der es türkisfarben aufblitzte, bevor sie hereinkam. Tehila, in einem meerblauen Kleid, durchquerte den Raum, der die Frauen von den Männern trennte, Hände hörten auf, Gräten aus den Fischen zu lösen, Augen hoben sich und begleiteten das Trippeln ihrer Füße und die Wellen, die ihre Hüften in dem Stoff schlugen, der um sie herumwallte, und kehrten zu den Händen zurück, die den Fisch zerlegt hatten. Vaters Blick blieb an Tehilas seidenem Weg hängen, er schaute ihr nach, seine Hände lagen auf dem Tisch, sein schlaffer Hals drehte sich zu ihr. Sie beugte sich über den Tisch zu Chani, sie küßten sich über den Fischen, den Zucchini und den geneigten Rosen, sie küßte auch Hadassa, dann ging sie um den Tisch herum, einen Plastikstuhl schwenkend, den sie neben Smadar stellte. Ein lebhaftes Gespräch entstand zwischen den beiden, und während des Gesprächs grüßte sie Vater mit der Hand, er tat es ihr zögernd nach und lächelte schmal und vertrocknet. Talja wandte den Blick nicht von der Tante, an der alles üppig war, das Türkis und die Perlen, die Locken und die Worte, so üppig, daß nichts an diesem Tisch mehr so war wie vor ihrer Ankunft. »He, Giora wäre fast mit mir gekommen«, rief sie mir zu, »aber große Cousins sind nicht eingeladen worden. Nun gut«, sie hob zehn mit Gold und Silber geschmückte Finger, »acht Dollar für ein Essen, und sie hat nach Hadassa noch neun weitere zu verheiraten.« Muli aß nichts, er drückte nur ein Brötchen und zupfte olivengroße Stücke heraus, entweder achtete er auf seine Figur oder er hatte keine Lust auf das Essen, das mit groben Aluminiumkellen aus den großen Edelstahltöpfen der Jeschiwa geschöpft wurde. Langsam und gelangweilt kaute er an dem Brötchen herum und betrachtete Tehila.

Kein Wunder, daß alle Augen auf das glänzende Türkis gerichtet waren, das alle anderen Farben verblassen ließ, einschließlich des Froschgrüns der Bräutigamsmutter mit der Sichel. Und wer könnte es einem Mann verübeln, in dessen Leben Frauen etwas Normales und Alltägliches sind, daß seine Augen von dem, was aus diesem Rahmen fällt, angezogen werden? Auch ein Schreiner wird, wenn sich ihm die Möglichkeit bietet, einen seltenen Baum betrachten und ihn beklopfen, um seine Qualität zu prüfen. Damals, als sie laufen lernte, war sie mit ihren dicken Beinchen hinter den anderen Entenküken hergetrippelt, den Zwillingen der Steins. Er war vier, ich fast fünf, und Hand in Hand traten wir der Welt mit doppelter Kraft gegenüber, erlaubten niemandem, uns zu nahe zu kommen, auch dieser Kleinen nicht, die ihr Knopfnäschen verzog, um uns zu amüsieren und zu bestechen, wir überlisteten sie und verschwanden in unserem Versteck. Sarale, neidisch auf unseren Zusammenhalt, schimpfte: »Schämt euch, was tut ihr mit ihr? Ist denn etwas dabei, wenn ihr sie mitnehmt?«

»Ja, da ist was dabei«, verkündete Muli und zog mich hinter sich her. Aber die Kleine wuchs schnell, und schon bald brauchte sie uns nicht mehr, und was sie nicht rechtmäßig erreichte, schaffte sie durch Schlauheit und List. Wir wuchsen nicht so schnell und bestaunten das Mädchen, das nach uns geboren war und warme Unterhemden trug, die zwei Nummern größer waren als unsere, und uns herausfordernd ansah. »Lacht nur, lacht, ich weiß etwas, was euch im Traum nicht einfällt.«

Naomi legte die Gabel aus der Hand, betrachtete Tehila und das unbändige Leben, das aus jeder ihrer Locken jubelnd und laut verkündete, wie eng und armselig doch das Leben der Apothekerin war. Sechzig Zentimeter beträgt der Abstand von der Theke zu den Medikamentenschubladen, und in diesen sechzig Zentimetern huschen den ganzen Tag lang ihre vollendeten Beine hin und her, versteckt vor den Augen der Welt, und reiben sich an den Beinen der anderen Apothekerinnen, während die spätgeborene Tochter Avram Steins ihren großen Mund aufreißt, die Welt verschlingt und sich ihre ganze geschmackliche Vielfalt auf der

Zunge zergehen läßt. Naomi schaute zu, wie sie lachte und die türkisfarbenen Falten zitterten, dann wanderte ihr Blick zu ihrem eigenen Kleid, schwarz und asketisch, unauffällig, genau wie ihr Leben. Sie gabelte einen Zucchiniwürfel auf, hob ihn in ihren Mund und verschluckte ihn, ohne zu kauen.

»Ich denke daran, mich einige Zeit von der Apotheke beurlauben zu lassen«, sagte sie und stach mit der Gabel nach einem Zucchinistreifen, der ihr entglitt, bis sie ihn endlich erwischte. »Zwei, drei Monate, vielleicht auch länger.«

»Und was wirst du in dieser Zeit tun?«

Sie strich die Haare in den Nacken und sagte, das sei ihr egal, Hauptsache, sie brauche keine Säfte mehr zu mischen und müsse nicht mehr über Ekzeme und Verstopfung und Sodbrennen sprechen. Wenn Juval das Geschäft vergrößern würde, könne er doch vielleicht jemanden brauchen, der die neue Abteilung leite ...

»Wieso soll er das Geschäft vergrößern?«

»Das hat er mir gesagt.« Sie ließ endgültig die Gabel sinken. »Weißt du nichts davon?«

Luft holen, Maria, hole tief Luft, fülle deine Lungen, deine Brust, deine Kehle, und atme langsam, langsam wieder aus. Er hat es dir also nicht erzählt. Na und, hast du ihm erzählt, wo du gewesen bist und was du vor sechs Stunden getan hast? Sei doch froh. Die Welt ist im Gleichgewicht. Wenn etwas passiert ist, das die Weltkugel nach rechts geschoben hat, dann ist sechs Stunden später etwas passiert, was sie wieder nach links geschoben hat. Deine Schwester weiß es vor dir, na und? Endlich hält ihr der Himmel einen Finger hin, jemand dort oben erinnert sich an sie.

Ich bog die Rose, bis der Stengel brach und mir einen Dorn in den Daumenballen bohrte. Naomi zog ein Papiertaschentuch hervor und wischte mir das Blut ab, und im Männerflügel tauchte das gelbe Hemd auf, Juval hob fragend die Hand, und ich bedeutete ihm, »nichts Ernstes«, und Muli beobachtete unser mit den Händen geführtes Gespräch. Die abgeknickte Rosenblüte war auf den Stengel gefallen, und ich verabscheute sie. Auch den prüfenden Blick Asa'els, der auf mich und meinen verletzten Daumen gerichtet war. Talja starrte den Blutstropfen an. »Mein Papa ist

Arzt, er kann dir helfen. Sag, Moria, werden sie böse auf mich, wenn ich jetzt zu Opa gehe?«

»Warum sollten sie böse sein?«

»Weil dort nur Jungen sind.«

Derjenige, der Angst gehabt hatte vor der Triebhaftigkeit der Männer und deshalb die Geschlechter getrennt hatte, hatte dabei kein kleingewachsenes, kurzsichtiges Mädchen mit einem Herzen so groß wie der Ozean im Sinn. Wenn dieses Mädchen irgendeinen Trieb weckte, dann höchstens Zorn auf jenen, der sie mit so wenig Großherzigkeit erschaffen hatte.

»Sie werden sie umbringen«, sagte Smadar, richtete sich auf und beobachtete Talja auf ihrem Weg zu Vater. Aber niemand brachte sie um, denn gerade in diesem Augenblick wurden die Schüsseln mit den gebackenen Hühnern und Reis aufgetragen. Auch Mulis Augen folgten den kleinen Schuhen, aber er hatte keine Angst um sie, er wußte, daß der Fleischtopf jeden Trieb einschläfern würde.

»Ein Bravo für die tapfere Feministin.« Tehila streckte zwei Finger und berührte mit einem roten Nagel die Schüssel mit Huhn auf dem Tablett, das ein Kellner hielt, und sagte: »Dieses sonnengebräunte Hühnerbein da, das möchte ich.«

Geschliffenes Licht wurde von der goldenen Sichel reflektiert, der Kopf der Rose war geknickt, und ich werde noch einmal mit ihm Liebe machen. Eine rote Wurst, Brot und Wodka stehen jetzt auf seinem Küchentisch. Ein Wald aus schwarzen Jacketts bewegte sich hin und her, ein gelbes Hemd, und mitten in diesem Wald spiegelten sich zwei dicke Brillengläser im Neonlicht, weiches, blondes Haar bewegte sich mit einem kleinen Kopf, der mit Vater sprach.

Und Hadassa und Menachem, wer dachte an sie und an das reine Haus, das sie gründen würden? Er war eingezwängt zwischen seinem Vater und El'asar, sie zwischen Chani und der Bräutigamsmutter, und beide rührten das Huhn nicht an, das vor ihnen stand. Beide wurden rot und senkten die Köpfe, als der Teller zerbrochen wurde, der ihnen Glück bringen sollte, das Zerschlagen des Tellers besiegelte die Verlobung, man konnte nicht mehr zurücktreten. Die Scherben wurden unter die jungen Mädchen und die noch unverheirateten Frauen verteilt. Talja rieb das Scherbenstück, das man ihr gegeben hatte und das scharf und weiß war wie ein Kieselstein, überzeugt, daß es dazu da war, auf Omas Grab gelegt zu werden, und steckte es in ihre Tasche. Naomi bekam die größte Scherbe, ein dreieckiges Stück Porzellan, spitz und mit stumpfen Rändern. Sie faßte den Glücksbringer nicht an, der vor sie hingelegt wurde, und als wir aufstanden, um zu gehen, ließ sie ihn zwischen den Oliven und Karotten liegen. »Wer will schon einen Bräutigam, der von zerbrochenem Porzellan abhängt«, erklärte sie und wandte sich zur Tür.

Muli stand auf, streckte sich, breitete die Arme aus, und als er sie wieder sinken ließ, trafen seine Augen die meinen, und ein Lächeln leuchtete in ihnen auf wie hinter der Zypresse, dem Geißblatt und dem Betondeckel. Eine Sehne oder eine Ader oder was es auch immer war, zuckte unter meinen Rippen, ein geschwollener Kieferzapfen steckte in meiner Kehle. Talja gab Vater die Hand, und gemeinsam gingen sie zum Ausgang. Sie erzählte ihm etwas, und er beugte sich zu ihr, bemüht, sie bei dem Lärm zu verstehen, den die Gäste beim Stühlerücken und den Segenssprüchen »nur bei freudigen Anlässen« und »es möge zum Glück sein« und »Gott sei gedankt« machten. Als sie sich endlich durch den Saal gedrängt hatten und hinausgegangen waren, warteten Avram Stein und seine Enkeltochter auf dem Platz, und ich schloß mich ihnen an, auch Naomi und Sarale kamen, und allmählich war Vater von seinen sechs Kindern umringt, von vorn, von den Seiten und von hinten. Tehila, um eineinhalb Köpfe größer als er, legte ihre volle Hand auf seine Schulter, dann kamen auch die Schwiegerkinder und versammelten sich um ihn, lachten, sagten Worte des Abschieds, bedankten sich höflich bei Chani für den schönen Abend, fragten Vater, wie es seinem Zeh gehe, seinem Herzen, betrachteten den Himmel und fragten sich, ob es auch in dieser Nacht regnen würde, sie schauten auf ihre Uhren und klapperten mit den Schlüsseln, und im nächsten Moment würde jeder in seinem Auto verschwinden und zu seinem eigenen Leben segeln. Muli stand neben mir, unsere Hände waren einander ganz nahe, berührten sich, ohne sich wirklich zu berühren, aber seine Augen waren auf das Türkis gerichtet, auch sein Lächeln galt ihm, dem Türkis, und die Sehne oder die Ader in mir spannte sich wieder. Wenn ich ihn doch jetzt am Ellenbogen nehmen, zu unserem alten Versteck ziehen und ihm mein geheimstes Geheimnis verraten könnte. Konntest du das nicht verhindern, Maria?, wird er fragen, und sofort wird er ernst werden und verstehen, daß es Dinge gibt, die sich nicht verhindern lassen, daß sie dich plötzlich überfallen, und wenn du dich gegen sie wehrst, mußt du sterben. Was hätte ich tun sollen, Muli, das Wesentliche an mir, mein Seelenvogel, klopfte verlangend an die Käfigtür, und am Schluß habe ich sie ihm geöffnet. Und weißt du was, Muli, er klopft auch an Naomis Gitterstäbe, und du wirst sehen, am Schluß wird sie ihm öffnen. Du bist Gynäkologe, Muli, ich brauche dir nicht zu erzählen, daß vierundvierzig die *deadline* ist.

Der Himmel war schwarz, einzelne, ferne Wolken waren zu sehen, die Luft war kalt, Muli stand neben mir, und die dünnen Haare auf seinem Handrücken kitzelten mich zwischen den Armreifen. »Erinnerst du dich, wie wir Winterunterhemden anprobiert haben, die nach Mottenpulver rochen?«

Er machte eine Bewegung mit dem Kinn zu Tehila. »Sie war immer zwei Nummern vor uns. Vor uns. Vor dir und mir, dem Team im Haus der Steins.

Ein Wortschwall ergießt sich über Vater, und er kann sich nicht wehren, kleiner als seine sechs Kinder, die sich um ihn scharen. So haben wir uns um ihn geschart, als wir noch kleiner waren als er, und warteten, daß er seine Tasche aufmachte und die Waffeln verteilte, die er an dem Kiosk gekauft hatte, der die Angestellten der Sozialversicherung mit belegten Broten versorgte.

»Nun, Vater, was sagst du, die ganze Mischpoche!« Tehila schlug ihm auf die Schulter, und Vater, die weiche Schnur, die dieses Paket zusammenhält, lächelte ein zerbrochenes Lächeln, und seine Hand ließ Taljas nicht los. »Mischpoche, Mischpoche, aber wißt ihr, wie spät es ist?« rief Tehila, und wir gingen in einer Reihe hinunter zu den Parkplätzen. Asa'el holte mich ein. »Nächste Woche bin ich in Jerusalem«, sagte er und drückte mir die Hand, seine war wie aus Holz geschnitten, trocken und warm. Tehila raffte ihr

Kleid zusammen. »Asa'el, gehen wir? Du wolltest mich am Busbahnhof absetzen, erinnerst du dich?« Sie drängte ihn, und er senkte die mehligen Wimpern zu Boden und folgte ihr. Talja fragte etwas über Sterne, und Muli beugte sich zu ihr. »Dieser da, der da im Norden blitzt, siehst du ihn?« Er hob die Hand zum Himmel, und sie hob ihre schwere Brille zum Norden und stellte sich auf die Zehenspitzen. Vor einigen Tagen war es eine andere Hand gewesen, die auf den blitzenden Stern im Norden deutete, durch das Fenster, von dem aus man Moskau sieht, und ein Ärmel flatterte über dem Wadi. Und vor einer Million Jahren hatten vier Augen aus dem Fenster der Steins auf diesen Glanz gestarrt, die Sterne betrachtet, mit denen die Gewänder der Engel bestickt waren. Muli hatte den Hals gereckt. »Glaubst du, daß dieser Glänzende da uns sieht?« Und ich antwortete: »Engel können alles. Wenn er uns sehen will, sieht er uns.« Muli dehnte die Schultern und sagte: »Ich bin sicher, daß er uns sieht«, und schob den Rükken nach hinten und dehnte seine Brust zum Himmel, und alle Befehlshaber und Schützen der himmlischen Heerscharen betrachteten uns und wunderten sich über unsere neuen Schlafanzüge.

Naomi fuhr mit uns im Volkswagen, sie saß auf dem Rücksitz. Wir unterhielten uns über Chani und Hadassa, über den Bräutigam und seine Mutter, und vor allem fürchteten wir die Stille und sorgten dafür, daß uns die Worte nicht ausgingen. Juval fragte, ob der Stich in meinem Daumen tief sei und ob es gelungen sei, den Dorn herauszuziehen. Naomi sagte, wie schade es doch sei, daß eine so schöne Blume derart weh tun könne, und ich sagte, die Blume sei überhaupt nicht schön gewesen, ich habe sie vom ersten Augenblick an nicht leiden können. Eine Rose, zu rot, zu aufgeblüht, zu weich, zu billig, wie eine alte Hure. Naomi schwieg, sie brachte das Wort Hure nie über die Lippen. Sie ist dafür, die Sterilität der Apotheke auf das Leben zu übertragen. Das Gespräch über die trügerische Schönheit erstarb, als wir die enge Straße erreichten, in der Naomi wohnte. Wir schauten ihr nach, bis sie im Treppenhaus verschwunden war, ein schwarzer, langer Schatten mit hochgezogenen Schultern, eine schmale, zarte

Hand, die auf den Lichtknopf drückte. Als sie im dritten Stock ankam, sahen wir den oberen Teil ihres Körpers nicht mehr, nur noch ihre Hüften, und Juval trat auf den Gashebel und sagte, sie tue ihm leid. Die Hebronstraße war dunkel, der Himmel sternenlos und hoch über uns, die Straßenlaternen waren gelöscht. Die Türme der Minarette hefteten grüne Augen an den Himmel. »Du kannst ihr helfen«, sagte ich, »sie könnte die neue Abteilung des Geschäfts leiten, sie nimmt sich frei von der Apotheke.«

»Woher weißt du von der neuen Abteilung?«

»Sie hat es mir erzählt«, sagte ich, ohne Vorwurf in meiner Stimme aufklingen zu lassen, und er war mir dankbar dafür, er drehte das Lenkrad nach rechts und fragte nicht, warum ich am Gouverneurspalast vorbeifahren wollte. Die Mauern der Promenade warfen ein blasses Licht zurück, die jungen Olivenbäume bogen sich im Wind, ließen dünne Schatten über den leeren Bürgersteig tanzen. Wir fuhren die Ringstraße um das Viertel entlang, vorbei an langen, stillen Blocks, achtzig Familien in jedem Block, dunkle Fenster, einzelne Lichtquadrate wie an die Wand geklebte Briefmarken. »Fahr langsamer«, bat ich, und er fuhr langsamer. Das südliche Fenster war ein schwarzer Mund, zum Himmel geöffnet. Vielleicht waren dort zwei Arme auf das Fensterbrett gestützt, vielleicht auch keiner, und das Fenster war leer, und Blicke drangen aus der Tiefe des Fensters hinaus, vielleicht drang ein Pfeifen heraus, sank hinunter in den Wadi und gesellte sich zum Heulen der Hyänen. »Du bist eine schöne Frau, ich will mit dir schlafen«, hatte er am Mittag zu dir gesagt, die Augen auf die trügerischen Schmetterlinge gerichtet, und du sagtest zu ihm, komm. Die Sonne beleuchtete jedes Härchen, jede Anschwellung der Haut, jede Falte, jedes Äderchen, das rot wurde. Er ist nicht männlicher als Juval, auch nicht schöner, und er hat nichts, was Juval nicht auch hätte, es ist sinnlos zu fragen, warum. »Hör auf zu trinken, du mußt nachher noch fahren«, sagte er und zog die Wodkaflasche von dir weg, und du lecktest Alkohol von seinen Lippen. Wer weiß, wie viele Luschinkas diese Lippen kennen, und was spielt das für eine Rolle, er ist in dein Leben gedrungen wie ein Virus, und so wird er auch verschwinden.

Du bist dumm, Maria, als wüßtest du nicht, daß er deine Schwester nicht anrühren wird, auch wenn er den ganzen Tag ihre vollendeten Beine vor Augen hat, auch wenn der Zitronenduft des Shampoos, mit dem sie ihre Haare wäscht, ihm in die Nase steigt, auch wenn er sich mit ihr in der Dunkelheit des Lagerraums aufhält, und wenn sie in dem engen Gang zwischen den Bibeln und den Enzyklopädien zusammentreffen, wird er sich an die Kartons drücken und sich nicht an ihr reiben, und sie wird lieber platzen, als zu ihm zu sagen, komm.

»Warum schweigst du?«

»Und warum schweigst du?«

»Weil ich müde bin.«

Und weil ich heute alle Kinder Avram Steins getroffen habe und ich einen bitteren Geschmack davon im Mund behalten habe, und wegen Naomi, und wegen Vater, und wegen Muli … ihretwegen schweige ich, und das ist nicht der einzige Grund.

Sein Profil ist traurig und müde, das Doppelkinn schlaff, der kleine Finger, der sich vor einer Stunde zum Zeichen »du und ich, und die ganze Welt kann uns gestohlen bleiben« gehoben hat, krümmt sich um das Lenkrad. Meine Hand ist starr, sie bewegt sich nicht zu seinem Oberschenkel, um ihm zu sagen, komm, pfeifen wir auf unsere beschissene Laune, und als wäre die düstere Stimmung, die sich auf uns gesenkt hat, noch nicht genug, wacht plötzlich der Wurm des schlechten Gewissens, den niemand gerufen hat, auf und krümmt sich. Es gibt keinen Grund dafür, eine tröstende Hand auf sein Bein zu legen, es ist sein gutes Recht, traurig zu sein und zu schweigen. Ohne daß wir es eingeladen hätten, setzt sich das Schweigen zwischen uns. Es ist der dritte Fahrgast, in dessen Gegenwart nicht gesprochen wird, es läßt seine schweren Atemzüge hören, und wir wissen, daß es mit uns zusammen aussteigen und den Weg entlanggehen wird, der zum Haus führt, es wird mit uns das Haus betreten, es wird zwischen uns im Bett liegen, und wir werden in der Dunkelheit sehen, wie sich seine Brust hebt und senkt. Die Straßenlaternen beleuchteten die grauen Rinden und die Kerben an den

Stämmen der Paternosterbäume und ihre faulenden Früchte, eine Katze sprang vom Parkplatz und beobachtete uns vom Garten aus. Schweigend öffneten wir die Tür, schweigend gingen wir ins Zimmer, schweigend zogen wir uns aus, und schweigend lagen wir wach im Bett, auch die Stille schwieg, kein Regen fiel und schlug gegen die Fensterscheiben, kein Regen fiel in den Garten, weder strömend noch tropfend. Der Neumond des Monats Kislew, Hadassas Verlobungstag, und an diesem Tag schloß sich uns das Schweigen an, ein neuer Mitbewohner, vorsichtig und noch fremd, er hatte noch nicht seine Koffer ausgepackt. Steh morgen früh auf, Maria, wirf ihn raus und sage Juval, komm, wir lassen uns das Leben nicht versauen, du und ich, dann kann uns die Welt egal sein, der Mann, der aus seinem Südfenster pfeift, wird sowieso bald verblassen, wie ein Foto, das man in der Sonne liegenläßt.

Am Morgen verschwand er von allein. Eine Hand tastete unter der Decke nach der anderen, Finger flochten sich in andere, verstärkten den Griff, tasteten über Knorpel, kannten jede Linie und jede Vertiefung, vom Handgelenk bis zum Nagel. »Was das Geschäft angeht, ich habe daran gedacht, den Basar nebenan zu kaufen, sie lösen den Laden auf.« Er drückte meine Hand. »Ich könnte mit den Kinderbüchern und den Ratgebern umziehen.« Er wird alle Schneewittchens und Harry Potters hinüberbringen und Leseecken für die Kleinen einrichten, mit Teppichen und Kissen auf dem Boden, dort können sie sich ungestört alles anschauen und sich unterhalten. Naomi wird kleine Hände sehen, die in Büchern blättern, seidenweiche Locken, glatte Apfelbäckchen, Tag um Tag werden die Kinder an ihr vorbeiziehen, sie werden die Blicke zu ihren Müttern heben, fragen, bitten, erzählen, lachen, in der Nase bohren, auf den kleinen Teppichen einschlafen, und alle Lider, die sich flatternd schließen, jeder Daumen, an dem gelutscht wird, wird sie bedrängen, bis sie auf die Straße läuft, dem ersten Mann um den Hals fällt und ihn anfleht, ihr ein Kind zu machen. Aber der erste Mann wird Juval sein, sie wird ihn auf dem Weg zur Tür treffen, und er kennt bereits ihre vollendeten Fesseln und den Zitronenduft ihres Shampoos, er hat neben der Küchentür der Jeschiwa mit ihr gelacht und er hat ihr von der neuen Abteilung erzählt, und sie tut ihm leid, und wenn ich sterbe, wird er sowieso ihr gehören, und ich gebe meinen Segen dazu.

Fünftes Kapitel

Sie achteten nicht auf mich, ich hätte weggehen können, ohne daß sie es bemerkt hätten.

Gemeinsam hielten sie ein Stück Papier an beiden Enden und auch meine Ungeduld, die sich zwischen sie drängte. Er erklärte ihr etwas, sie hörte zu, Haare, die sich aus ihrem Zopf gelöst hatten, flatterten über das Papier. Die Breite des Papiers bestimmte den Abstand zwischen ihnen. Sie deutete mit dem Finger auf das Geschriebene, stellte eine Frage, und er antwortete ihr geduldig, und sie bewunderte ihn.

Sie achteten nicht auf mich.

Ich stand in der Bogentür zwischen dem Laden und dem Basar, in dem sich nun die Kinderbuchabteilung befand. Eine Pinocchiopuppe hing vom runden Türrahmen herunter und lachte ihr Kinderlachen, zahnlos und vertrauensvoll. Seine Hand fuhr hoch und senkte sich, energisch seine Worte begleitend, zeichnete sie Linien in die Luft. Er doziert gerne, ein einziges offenes Ohr ist ihm wie tausend Ohren. Und womit soll man den offenen Mund, die geneigte Silhouette mit den flatternden Haaren vergleichen? Seine eine Hand hielt das Papier, die andere hing locker am Körper, achtete auf Abstand von dem grauen Kleid.

Das junge Mädchen, eine Hilfskraft zum Einpacken, war die einzige, die mich sah. Gleich werde ich gehen, und ich werde das graue Schulterkissen, den Glanz der offenen Lippen, das zarte Daumengelenk, das ein Blatt Papier hält, mit mir tragen.

Zweimal hatte ich gehüstelt, und sie hatten mich nicht bemerkt, das zweite Hüsteln war lauter als das erste. Sie unterhielten sich über Zahlen, über Computerprogramme, über Kataloge, sie fragte und er antwortete.

Seit zwei Wochen arbeitete sie bei ihm. Morgens gab es wenig Kundschaft, das war die Zeit zum Lehren und Lernen, und schon hüstelte ich zum dritten Mal, was aber ebensowenig nützte wie die beiden vorigen Male.

Ich verließ den Laden, drückte mich an die Schaufensterscheibe und betrachtete von da aus die lächelnde Puppe, die im Luftzug schwankte, und die beiden, die das Papier nicht mehr festhielten, der Abstand zwischen ihnen war gleich geblieben, war weder größer noch kleiner geworden.

»Ihre Frau war hier«, sagte ihm später die junge Hilfskraft.

»Du warst im Geschäft?« fragte er, als er abends nach Hause kam.

»Ja. Ihr wart beschäftigt, es wäre dumm gewesen, euch zu stören.«

Euch. Sie und ihn.

»Stören? Du?« Er legte die Hand auf meine Schulter, ich schüttelte sie ab und machte mich daran, Zwiebeln für den Salat zu schneiden. Er schob sich neben mich. »Laß doch, ich werde die Zwiebeln schneiden, sonst kommen dir die Tränen.« Als ob Tränen Zwiebelausdünstungen brauchten, um sich zu zeigen. Draußen wehte ein pfeifender Wind, dämpfte das Bellen im Wadi und verstärkte das Rauschen der Paternosterbäume. Ende November. Seit zwei Wochen arbeitet sie bei ihm. Er beugte sich über die Zwiebel, in Gedanken versunken. Hoffentlich sagt er etwas, oder er pfeift, singt oder summt. Heute morgen hat er sich sorgfältig rasiert. Er stand am Fenster, hielt den Spiegel, spannte seinen Kehlkopf in der frischen Luft, verteilte weißen Schaum und rasierte einen Streifen nach dem anderen. Er blies die Backe auf, glättete eine Falte, verzog den Mund nach rechts und nach links, spannte die schlaffe Haut. Was hast du, Maria, er hat sich jeden Tag rasiert, seit du ihn geheiratet hast. Aber damals hat er nicht seinen Adamsapfel gespannt, weil er von allein gespannt war, und weil seine Wange damals straff und nicht schlaff war. Der erste

Mann, der sich vor deinen Augen mit einer Klinge rasiert hat. Vater und Muli rasierten sich mit einem elektrischen Apparat, sie führten keine Klinge zu ihren Bärten. Als Gott für Muli an Bedeutung verlor, fingen seine Wangen an, den Duft nach Rasierwasser zu verströmen. Falls er sich mit einer Klinge rasierte, tat er es in der öffentlichen Toilette des Rathauses, und zu Hause stand er nur vor dem Spiegel, von dem ein Stück abgebrochen war, und fuhr sich mit der Hand über die glatten Wangen. Mutter sah es, roch es und richtete ihre Enttäuschung gegen das stumpfe Glas. »Wer braucht diesen zerbrochenen Spiegel, wir kommen auch ohne ihn aus.« Und der Spiegel warf ihr das Bild eines Menschen zurück, der die Hoffnung verloren hatte. Muli hingegen verstellte sich nicht und tat nicht, als ob. In dem kleinen Raum, den man ihm auf der Veranda eingerichtet hatte, bewahrte er seinen eigenen Spiegel auf, der auf einem Plastikfuß auf dem Tisch stand, zwischen Bett und Schrank, und der ihr ein Stachel im Auge war. Das war die Zeit, in der Sarales Hüften schmaler wurden und ihre Röcke kürzer, und Tehila biß sich bereits auf die Lippen, um sie voller werden zu lassen, und schmierte sich durchsichtigen Gloss darauf, damit sie aussahen wie von der Zunge befeuchtet. Bei Chani zeigten sich keine besorgniserregenden Zeichen, damals nicht und später auch nicht, und von Naomi und mir sagte man, alles hinge davon ab, welche Bräutigame wir fänden. Naomi fand keinen Bräutigam, und ich fand einen, der sich mit einer Klinge rasierte.

»Hi, *everybody*.« Schira kam von draußen herein, rot vor Kälte. »Störe ich euch, weil ihr auf einmal schweigt?«

»Wir haben auch vorher geschwiegen«, sagte Juval und streute Salz auf den Salat.

»Ach? Habt ihr euch gegenseitig schon alles gesagt, was es zu sagen gibt?« Sie fischte sich ein Blatt aus dem Salat und sagte, jemand habe ihr eine Rolle beim Film angeboten.

Juval richtete sich auf. »Wer ist dieser Jemand?«

»Ein Student von der Filmhochschule, er hat gesagt, meine Silhouette paßt genau zur Rolle.« Sie drehte sich um sich selbst und verbeugte sich. »Miss Schira Ilam macht quasi ihre ersten Schritte auf der Leinwand«, sie kicherte, zog sich ein weiteres Salatblatt heraus und steckte es in den Mund. Silhouette, ein feierliches, fremdes Wort für diesen Abend. Ein Wort, das an Salons mit schweren Vorhängen denken läßt, an gestickte Krägen und Seidenstoffe.

Würde es ihr nicht an Charme und zwanzig Zentimetern fehlen, könnte auch die Silhouette der Packhilfe in Juvals Geschäft zu dieser Rolle passen. Sie erzählte ihm, daß ich im Laden war. Sie war hinausgegangen, um einen leeren Karton in die Mülltonne zu werfen, und da sah sie mich. Sie schob den Karton in die Tonne, eine Haarsträhne fiel ihr über das Auge, mit dem sie zu mir schielte. Es war kalt, der Wind peitschte gegen den Saum der Jalousie. Ich weiß nicht, wie lange ich da stand, und während der ganzen Zeit gab es diesen papierbreiten Abstand zwischen ihm und Naomi. Sie hörte zu, er sprach. Seine Hand hob und senkte sich begeistert, zog an den Manschetten, entblößte die Unterarme, seine Augen suchten in ihrem Gesicht Zustimmung oder Zweifel. Er ermüdet seine Gesprächspartner nicht, seine Begeisterung wirkt ansteckend. Wäre er Lehrer geworden, wäre ihm ein bewunderndes Publikum sicher gewesen. Aber er war der einzige Erbe seiner Eltern, die beide innerhalb eines Jahres gestorben waren und ihm das Geschäft hinterlassen hatten. Als ich ihn kennenlernte, war er schon elternlos, mit einigem Besitz, zu dem das Geschäft gehörte, eine Wohnung und eine gewisse Traurigkeit. Er war erst dreiundzwanzig, aber in jeder Hinsicht schon ein Mann, in geordneten Verhältnissen, verantwortungsvoll, anständig. Sarale sagte, man brauche Glück im Leben, um einen solchen Mann zu erwischen, der einerseits Besitz habe, andererseits aber keine Mutter.

»Es ist doch nicht wegen des Geschäfts und der Wohnung, es ist seinetwegen.«

»Von mir aus seinetwegen, aber du mußt doch zugeben, daß kein Mensch Hypotheken und Schwiegermütter gebrauchen kann.«

Ich wartete nicht, bis sich der Abstand zwischen ihm und Naomi verringerte oder vergrößerte, ich ging. Ich betrat ein Café in der Fußgängerzone und bestellte mir einen Milchkaffee.

»Croissant?« fragte die Kellnerin.

»Bitte?«

»Ich habe gefragt, ob Sie ein Croissant möchten.« Sie drückte das leere Tablett an ihre Brust, ging davon und brachte mir dann ein warmes, knuspriges Croissant. Ich ließ es halb aufgegessen liegen, bezahlte und sagte zu meinem Kummer, komm, und er, zornig und schwerfällig, folgte mir auf die kalte Straße. Ich ging langsam, die Hände, erfrorene Muscheln, in die Manteltaschen gesteckt. Um diese Zeit steht er schon in der Gasse und spielt. Diesmal werde ich nur von weitem an ihm vorbeigehen, ich werde einen flüchtigen Ton auffangen und nicht stehenbleiben, damit er nicht meine Hände nimmt und sagt, was für schöne Hände du hast, Mo. An meinen Händen ist nichts Besonderes, es sind gewöhnliche Hände, sie schwellen bei Hitze an und ziehen sich bei Kälte zusammen, am Daumen habe ich eine Narbe, von einer Verbrennung mit heißem Fett.

Ein städtischer Arbeiter bearbeitete mit einem Preßlufthammer den Bürgersteig, als würde er den Boden einer Zahnwurzelbehandlung unterziehen. Die Gäste, die auf dem Platz vor dem Café saßen, schlugen die Krägen hoch, um sich zu schützen, Wind riß den Dampf weg, der aus ihren Tassen hochstieg, schlug gegen eine Morgenzeitung, peitschte die Hand, die die Zeitung zusammenklappte, und versuchte, sie zu einem kleinen Würfel zu falten. Der Hammer schlug gegen den Stein, der Lärm war ohrenbetäubend und erstickte die Stimmen. Die Wangen des Arbeiters zitterten über seinem Hammer und röteten sich. Und plötzlich stellte der Mann den Motor ab, zog einen Handschuh aus und wischte sich über die Stirn. In diesem Moment kehrten die Stimmen zurück und mit ihnen die ferne Melodie. »Hoch über den Bergen von Gilboa«, und leise Klänge begleiteten ihn, die einen hoch und dünn, die anderen tief und gedämpft. Der Arbeiter setzte sich neben seinen aufgerichteten Hammer, wühlte in einer Plastiktüte, wickelte Papier auf und schlug die Zähne voller Appetit in ein dickes Baguette. Der Wind fuhr in das Einwickelpapier, blähte es auf und wehte es nach Osten, zum Zionsplatz. Ich ging langsam, und die Klänge des Saxophons schwebten weich zu mir herüber, und mit jedem Schritt wurden die Klänge klarer, die ihn begleiteten, die einen hoch und dünn, die anderen von einem Saiteninstrument, bedeckt, dumpf.

Die Tücher, die sie sich um den Hals geknüpft hatten, waren alle drei rot wie Wein. Der Hals, den ich kannte, war dunkel und stopplig, die beiden anderen Hälse waren weiß, einer schwanengleich und lang, der andere mittel, gebogen, weder dick noch dünn. Der Schwanenhals gehörte einer Flötistin zu seiner rechten, die andere zupfte an einer Gitarre zu seiner linken. Die volle Breite der Fußgängerzone lag zwischen ihnen und mir. Plötzlich floß die Kraft aus meinen Beinen, ich lehnte mich an das Schmuckgeschäft und warf meinen Schatten auf die Saphire und die Aquamarine. »Nicht anlehnen, bitte«, schimpfte der Verkäufer. »Sie verdecken die Sicht, es gibt doch genug Wände für Leute, die keine Kraft mehr haben.« Ich trat zur Seite, und die winterliche Sonne warf wieder ihre Strahlen auf die Edelsteine. Dieselbe Sonne fiel auch auf die große, volle Gitarrenspielerin mit den kurzen, orangefarbenen Haaren, sie hatte das Gesicht mit den unklaren Linien über ihr Instrument gebeugt, die andere stand im Schatten, die Sonne würde sie nicht treffen, bis sie hoch am Himmel stand, und wenn sie dann auf sie fiel, würde sie nur einen Moment bleiben und dann ihre Strahlen westwärts richten. Ihre Haare waren hell und lang, sie war dünn, zu dünn, aber vielleicht war es auch der Schatten, der täuschte. Alle drei trugen Jeans und spielten »Tage, so weiß wie die Strahlen der Sonne im Sommer«, die Flöte weinte, die Gitarre trommelte den Takt, das Saxophon rührte das Herz. Der Schmuckverkäufer trat aus seinem Laden. »Ich habe Sie um was gebeten, oder nicht? Also bitte.« Ich entfernte mich, und er blieb in der Tür stehen und paßte auf, daß seine Steine das Licht einfangen und zurückwerfen konnten.

Maja sagte, ich sähe krank aus, und das sei ja auch kein Wunder bei diesem schrecklichen Wetter, es vergehe kein Tag, ohne daß sie Vitamin-C-Tabletten nehme, und vorläufig ... unberufen. Ich setzte mich hin und wartete auf einen Kunden, der eine Luxuswohnung zu verkaufen hatte, außerdem zwei Geschäfte und ein Grundstück, »wie Sie sehen, Frau Ilam, ich bin kein kleiner Fisch«. Am Morgen hatte sich ein graues Schulterkissen an Juvals Ärmel gerieben, aber was wiegt ein Schulterkissen gegen die beiden, die rechts und links neben dem anderen Mann standen, eine mit orangenen und die zweite mit glatten, langen, blonden Haaren.

»Rate doch mal.« Majas Augen wurden durch strahlendes Blau betont.

»Was soll ich raten?«

»Ich gehe mit jemandem aus.«

»Halleluja«, sagte ich. »Lobet Gott in seinem Heiligtum, lobet ihn in der Feste seiner Macht.«

»Danke, noch nie im Leben bin ich so beglückwünscht worden«, sagte sie und erzählte, sie habe ihn bei einem *blind date* kennengelernt, er sei der Leiter einer ganzen Etage bei Maschbir. Die ganze Schuhabteilung, die Kleider, die Unterwäsche und die Pyjamas, alles unterstehe ihm. Das heiße, er sei nicht wirklich der Leiter, sondern verantwortlich für die Überwachung, das sei eine sichere Stufe auf der Karriereleiter. Ich fragte, ob er blond und schlank sei, und sie sagte: »Nein, warum sollte er blond und schlank sein? Er ist dunkel und so ein gesunder, du weißt schon, so ein richtiger Mann.« Aber es liege nicht an seinem Aussehen, da sei ein Funke geflogen, als sich ihre Augen trafen, vom ersten Augenblick an sei klar gewesen, das war ein Volltreffer, das Beste, was ihr passieren konnte. »Er heißt Jaki, das ist eigentlich eine Abkürzung von Ja'akow, unter uns, wer ist heute schon bereit, sich Ja'akow nennen zu lassen? Aber er ist in dem Jahr geboren, als sein Großvater starb, deshalb hatten seine Eltern keine Wahl, aber schon bald machten sie Jaki daraus, und er hat den Namen schon in seinem Ausweis ändern lassen, jetzt heißt er nur noch Jaki. Willst du etwas trinken, Moria?«

Ich wollte nicht. Ich wollte, daß endlich dieser Kunde kam, mit dem ich mich verabredet hatte, und daß ich mit ihm fertig würde, dann wollte ich nach Hause gehen und die Rolläden herunterlassen, mich unter meiner Zudecke verkriechen und schlafen. Fünf

Minuten nach der verabredeten Zeit berührte eine gebügelte Manschette den Türgriff, eine Krawatte schwamm wie ein Fisch auf seinem Bauch, und ein Ledergürtel verschluckte die Spitze des Fischs. »Guten Tag, Frau Ilam, wie geht es Ihnen?« Maja bemerkte sofort den Glanz der Manschettenknöpfe und der goldenen Krawattennadel, sie erhob sich, um Kaffee zu kochen, und ordnete auf einem Teller die Schokoladenkekse, die wir für vielversprechende Kunden bereithielten.

Er sagte, ich würde ihm, wie solle er sagen, zu zart aussehen für das Immobiliengeschäft, aber er habe beschlossen, auf ein kleines Maklerbüro zu setzen, die kleinen, so glaube er, seien motivierter, bei den großen sei man einer von vielen. Es stimme, er biete mir kein Exklusivangebot an, aber *it's up to you*, Frau Ilam. Ausgerechnet Ihre Zartheit, wie soll man das sagen, diese Blässe, verleiht Ihnen Glaubwürdigkeit, Sie gehören, denke ich, nicht zu diesen schlauen Füchsen, Sie gehören zu den Fleißigen, zu den Sorgfältigen, seine Erfahrung sage ihm, daß man bei den großen Haien nur ein Nichts bekomme, eingewickelt in heiße Luft, aber bei den Kleinen sei vielleicht die Verpackung ein bißchen ärmlich, aber der Inhalt wiegt schwerer, *anyhow*, er verhehle nicht, daß er sich noch an andere Makler gewandt habe, und wie gesagt, *it's up to you*. Ein Prozent Provision von jeder Seite? *Fair enough*, wie man so sagt, obwohl nichts gegen ein halbes Prozent einzuwenden wäre, ha-ha-ha. Es sei wünschenswert, daß ich mir die Immobilien gleich heute anschaue, denn wer zuerst komme, mahle zuerst, so sei es bei solchen Geschäften, schön, daß Sie eine der ersten sind, aber *it's up to you*, ob Sie heute oder morgen kommen, obwohl, wie Sie wissen, das Morgen ist zwei Vögel auf dem Baum ... Mir gefällt Ihre Stille, Frau Ilam, denn wie man so sagt, stille Wasser sind tief... Ich bin nicht neu in diesem Geschäft, ich rieche aus einem Kilometer Entfernung die Gier nach Erfolg.

Füchse, Vögel, Haie, Raubtiergebisse, ein Makler muß Zoologe sein, um zu überleben, und was soll dieses Gerede von der Gier nach Erfolg? Wenn etwas aus einem Kilometer Entfernung zu riechen ist, dann sind es seine Achselhöhlen, die nach einem schweren Deodorant riechen. Wer ist schon gierig auf etwas, wenn gleichzeitig eine Pinocchiopuppe mit verführerischem Lächeln über der Kinderbuchabteilung baumelt? Wer ist gierig auf etwas, wenn ein billiger Sportschuh in einer Gasse den Takt auf den Boden klopft, neben sich zwei Frauen, wie im Kindergebet, links von mir steht Michael, rechts Gabriel? Eine ganze Straßenbreite lag zwischen ihnen und mir, die *Champs-Élysées* von Jerusalem. Wer interessiert sich für eine Wohnung, für zwei Geschäfte, für ein Prozent Provision von jeder Seite, ich wäre froh, wenn ich der städtische Straßenarbeiter wäre und einen Preßlufthammer hätte. Ich hätte den Boden der Welt aufgebohrt, Luft hineingepreßt, den Hammer erzittern lassen, ich hätte die Erde gespalten, so daß sich ihr Mund öffnet, ich hätte ihre Schneidezähne gespitzt, hätte die Mahlzähne herausgerissen, ich hätte gebohrt, um den Schrei durch Lärm zu übertönen, hätte die Erde bis zum Grund aufgerissen und dann den Motor zum Schweigen gebracht, schließlich hätte ich mich mitten auf die Straße gesetzt und Sandwich mit Margarine und Zwiebel gegessen.

Maja winkte mit der Hand. »Wow, was für ein Geschäft, nur ein Verrückter würde sich so ein Geschäft entgehen lassen.« Sie war ausgehungert, und außerdem, wenn wir den Vogel in der Hand behielten, würde ich ihr einen ordentlichen Bonus spendieren, der ihre Augen versöhnlicher machen würde, die Augen, die ihr den Funken mit Jaki beschert hatten, dem Schichtleiter der Etage mit den Büstenhaltern, der Karriereleiter zum oberen Management.

Aber einstweilen nisteten die Vögelchen des Herrn *Up-to-you* noch oben in den Bäumen, und bevor wir uns ihnen widmen würden, kreisten noch schwarze, heisere Raben über ihnen und verdunkelten den Himmel.

»Stimmt, nur ein Verrückter würde darauf verzichten«, sagte ich, stand auf und machte mich auf den Weg zu Vater.

Wenn es dir schlechtgeht, Maria, gehst du zu Vater. Um Traurigkeit an Traurigkeit zu reiben. Um die Schwermut zu verdoppeln. Ich saß im Auto und fuhr nirgendwohin, ich legte das Kinn und die »Deine Hände sind wirklich etwas Besonderes, Mo« auf das harte Lenkrad. Trockene Blätter wehten gegen die Frontscheibe, alt, zerknittert und gewichtslos hielten sie sich einen Moment auf ihrem Weg ins Nichts auf. So viele Jahre hast du schon hinter dir, Maria, und hast nichts gelernt. Beim kleinsten Kummer rennst du zu Vater, um den Kopf auf seine mageren Knie zu legen, als könnten seine knorpeligen Hände mit den gebrechlichen Fingern eine Wand zwischen dir und dem Leid der Welt errichten. Was war, ist vorbei, Maria. Schmeichle dich ein, soviel du willst, Maria, du kannst die Wärme nicht mehr bekommen, die diese Hände dir in der Nacht von Mulis Krämpfen spendeten, als man ihn, eingewickelt in ein feuchtes Tuch und auf einer orangefarbenen Trage liegend, mit dem Krankenwagen wegbrachte. Die Lippen des Notarztes waren schmale Nadeln, die seinen Mund zugenäht hatten, damit er die schlimme Nachricht nicht aussprechen konnte. Wenn die Fäden gezogen sind, wird er den Mund aufmachen und sagen, daß Muli im Sterben liegt oder schon gestoben ist. Vater und Mutter waren mit dem Krankenwagen mitgefahren. Chani sprach Gebete, Sarale malte Zypressen, Naomi spülte das Geschirr vom Abendessen, Tehila schlief, und ich ging hinunter in den Garten und setzte mich auf den dunklen Rasen. Weich und kraftlos war die Dunkelheit, nicht bedrohlich und nicht beängstigend, während Muli im Sterben lag oder schon gestorben war. Auch die harten, starren Spitzen der Palmen waren nicht beängstigend, auch nicht der Rasen, der so schwarz war wie Schuhcreme. »Ich bin Moria«, sagte ich zu Gott, »ich bin wie Choni Hameagel«, und ich schwor, mich nicht von der Stelle zu bewegen, bis er Muli zurückbringen würde, von mir aus könne der Rasen seine Stengel durch meine Haut wachsen lassen und Gras durch meine Knochen. Dummkopf, komm rauf. Reicht uns der Kummer mit Muli nicht? Soll noch jemand hier sterben? Naomi warf aus dem Fenster ein Küchenhandtuch nach mir, nun hör schon auf mit diesem Theater. Chani kam mit den Psalmen zum Fenster und bedeutete mir, daß sie nicht mitten im Psalm etwas Profanes sagen könne, sie drohte mir mit dem Finger und fuhr mit der Hand über die Kehle, als wolle sie mich schlachten, als Zeichen, was mich erwartete, wenn sie zurückkämen und mich auf dem Rasen fänden. Muli war damals sechs und ich fast sieben. Ich sagte zu Gott, daß eine

Welt ohne Muli nichts wert sei, und von mir aus könne er mir auch Krämpfe schicken und mein Fieber könne bis ganz oben am Thermometer ansteigen, und auch bei mir könnten sie sagen, »ihr Zustand ist akut«. Nun, komm schon rauf, Dummkopf, zieh deinen Schlafanzug an, zu dritt standen sie am Fenster. Sarale sagte, ein Marder könnte mir ein Stück aus dem Bein beißen. Soll er doch aus beiden Beinen etwas beißen, schrie ich, und sie gaben nicht auf, fuhren fort, Psalmen zu beten, Geschirr zu spülen und Kiefern zu malen. Das Gras war naß, der Mond stand hoch am Himmel und wanderte westwärts, und plötzlich war auf der Straße das Schlurfen von Füßen zu hören, und Vaters Gestalt erschien im Eingang zum Garten, dunkel und gebückt, ohne Mutter, ohne Muli. Vielleicht hatten sie ihn schon begraben. Ich rannte in der Dunkelheit zu ihm, er wich zurück und blieb stehen, bückte sich, hob mich hoch, und seine Hände, mit denen er in der Rentenversicherung Formulare ausfüllte, hielten mich mit starkem, weichem Griff. Ich wischte meine Tränen und meine Rotze an seinem Jackett ab und fragte, ob Muli von diesem Akut schon gestorben sei. »Gott behüte, Dummerchen, Schmu'el wird gesund, dem Ewigen sei Dank.« Zum ersten und einzigen Mal hatte er mich »Dummerchen« genannt, und das »Dummerchen« klang, als flösse warmer, schwerer Honig aus seinem Mund. Alle vier standen in der Tür und schauten uns an, als wir die Wohnung betraten, Chanis Finger, der das Zeichen des Abschlachtens über ihrer Kehle gemacht hatte, steckte jetzt als Lesezeichen in den Psalmen, Tehila stand in der Unterhose da und rieb sich die Augen, Naomi ging hinunter zum Garten, um das Küchenhandtuch heraufzuholen. Nach einer Woche kam Muli erschöpft und blaß nach Hause, Mutter nahm den Unterricht wieder auf, und das Leben kehrte zu dem zurück, was es vor dem Akut gewesen war, auch die Hände, die das eine Mal stark und weich waren, füllten wieder in der Rentenversicherung Formulare aus, und das Wort »Dummerchen« fuhr fort, heimlich seinen Honig auszugießen.

Und wohin floß dieser ganze Honig? Wann ging es mit der Kraft und der Stärke dieser Hände zu Ende? Ausgedörrte Haut, verkalkte Adern, braune Altersflecken. Von mir aus kann Sarales

Marder kommen und mir ein Stück aus dem Bein beißen, die Welt kommt mir jetzt nicht lohnender vor als damals, als die Palme ihr Messer zog und die Marder ihre Zähne fletschten.

Ein knochiger Finger klopfte ans Autofenster, eine weißhaarige Bettlerin bewegte die Lippen, ohne daß etwas zu hören war. Sie schob geschwollene Finger durch das Fenster, das ich geöffnet hatte. Ich legte ihr eine Zehn-Schekel-Münze auf ihre trockene Handfläche, und sie sagte, Gott möge mich segnen, ich gab ihr ein weiteres Geldstück, und sie schloß die teigigen Lider und sagte, ich möge ein langes Leben haben, und Gott möge mir dieses und jenes schenken. Sie führte ihre Hand zum Mund und legte sie dann auf mich, als wäre ich eine Mesusa, und ich gab ihr noch zwei Scheine, einmal zwanzig Schekel und einmal fünfzig, und der Gott, der mir dieses und jenes schenken sollte, wurde wieder hervorgeholt und verdoppelt. »Schluß mit Gott«, rief ich und legte alle Münzen, die ich im Geldbeutel hatte, auf die runzlige Hand. Sie küßte ihre Finger, warf Kußhände zum Himmel, dann ging sie zu dem Strommast, an den Valeri sein Fahrrad angebunden hatte, setzte sich darunter und fing an, das Geld zu zählen, dann verstaute sie es in kleine Plastiktüten, den Zwanziger und den Fünfziger schob sie zwischen ihre welken Brüste und wieder öffnete sie die Säckchen, zählte den Inhalt, beschäftigte sich mit ihm, und der Wind zerzauste ihre dünnen, weißen Haare, und auf ihrem Schädel zeigten sich kahle Stellen. Morgen oder in tausend Jahren wird sie hier vorbeikommen und erzählen, daß an dieser Stelle der Himmel zu einer armen Bettlerin herabgestiegen sei, daß einmal ein Auto neben diesem Laternenpfahl gestanden habe, eine Verrückte habe darin gesessen, die nirgendwohin fuhr und Gott nicht liebte.

Die Tür zu Vaters Zimmer stand offen, ein Eimer stand neben dem Pfosten. Vater las nicht, er studierte nicht die Bibel, er trank keinen Tee und stand auch nicht am Fenster. Er saß in seinem Sessel, die Putzfrau schob einen nassen Putzlumpen unter den Sessel, und er hob seine Füße in die Luft und genierte sich. »Setzen Sie sich doch, Stein«, sagte sie, »ich kann auch so putzen.« Sie bückte sich, um den Lumpen auszuwringen, ihr breites Hinterteil ragte zwischen Vaters Bett und seinem Sessel. Sie sang etwas in einer fremden Sprache, richtete sich auf und legte den Lumpen um den Schrubber. »Sie können die Füße runterlassen, Stein, dort bin ich schon fertig.« Er sagte zu ihr: »Es gibt Kekse dort oben im Schrank.« Sie lachte und schlug sich mit den nassen Händen auf den Bauch und die Hüften. »Das da braucht Kekse, Stein? Das braucht eine Diät, jeden Tag werde ich dicker. Als ich nach Israel gekommen bin, war ich so«, sie deutete mit dem Daumen auf den Schrubberstiel, »aber jetzt nehme ich die ganze Zeit zu, das da war so«, sie schlug sich auf ihren Hintern und formte mit ihren Händen eine zusammengedrückte Kugel, »und jetzt ist es so«, sie breitete die Hände aus und vergrößerte die Kugel. »Was soll ich machen, Stein.« Vater senkte den Blick, nie hatte ihn eine Frau in eine Diskussion über die Dicke ihres Hintern und ihrer Hüften verwickelt. »Sie sind auch so schön«, sagte er widerwillig. Sie kniff ihn in die Wange, als wäre er ein Baby. »Bleiben Sie gesund, Stein. Ihr Männer liebt ja viel Fleisch.« Vater senkte den Kopf auf die Brust und machte sich klein, und ich ging zur Wand des Korridors, damit er mich nicht sah und sich noch gedemütigter fühlte als ohnehin schon. Sie summte eine fröhliche Melodie, ließ den Lumpen in den Eimer fallen, betrachtete prüfend ihre Arbeit. »Alles Gute, Stein, und jetzt nicht aufstehen, der Boden ist naß, man kann sich den Hals brechen.« In der einen Hand den Eimer haltend, in der zweiten den Schrubber, verließ sie das Zimmer und ließ die Tür offen, dann drehte sie sich zur nächsten Tür und klopfte energisch. »Hier ist Louisa, vom Putzdienst«, schrie sie auf das heisere »Wer ist da?«, das durch die Tür drang.

Vater sah mich nicht. Ich stand zwischen der Wand und der offenen Tür und sah, wie er Louisas »Jetzt nicht aufstehen« gehorchte. Warum erlaubte er ihr, ihn in die Wange zu kneifen, warum hielt er seine Füße so gehorsam in die Luft, warum machte er ihr mit erstickter Stimme Komplimente, warum bot er jedem, der über seine Schwelle trat, von seinen armseligen Keksen an? Sei ein Mann, Stein. Was ist schon dabei, daß du siebenundsiebzig Jahre alt bist, es gibt noch Außenminister in diesem Alter, und Ministerpräsidenten, die von einer weiteren Legislaturperiode träumen, oder von zweien. Wer hat dich gebeten, deinen Kopf wie eine Binse hängenzulassen, als verdanktest du dieser Louise die Tatsache, daß du atmest? Und warum hast du von deinen vielen Tugenden ausgerechnet das an uns vererbt, ein weiches Rückgrat, eine ewige Verbeugung vor der Welt. Und ich, die ich schon zweiundvierzig bin, versuche, meines zu strecken und aufzurichten. Und Muli? Er hat die Kippa abgenommen und ist Arzt geworden, und er hat sich dieses begrenzte Lächeln zugelegt, diese halbe Verzerrung, wie die Menschen lächeln, deren Rückgrat fest ist. Und Tehila? Sie entblößt ihre Brüste, um ihr Rückgrat zu strekken, und Sarale schluckt Calcium, um ihre Fingernägel und ihre Knorpel zu kräftigen, und verkündet der ganzen Welt, daß sie keine ist, auf der man herumtrampelt. Ich betrachtete ihn durch den Türspalt, er saß noch immer so da wie vorhin, als sie ihren stinkenden Putzlumpen unter seinen Sessel geschoben hatte. Ich verschwand von dort, von dem Platz an der Wand, meine Schritte wurden immer schneller, bis ich rannte. Susi aus der Küche kam mir entgegen und fragte, ob Vater etwas passiert wäre. »Warum sollte ihm etwas passieren?« fuhr ich sie an. »Darf ein Mensch nicht mal rennen, ohne daß ein Unglück passiert ist?« – »Nein, trotzdem, früher hat er zwischen den Mahlzeiten Bananen gegessen, heute gar nichts. Glauben Sie nicht, daß das etwas bedeutet?« Das schrie sie mir schon nach, denn ich rannte einfach weiter.

Das Ende der Welt, Stein ißt keine Bananen! Die automatische Tür ging auf, ich lief hinaus, der Wind strich über meine glühenden Wangen, wehte durch die Wipfel der Palmen und breitete sie aus und schlug gegen das Schild, das verkündete: »Altersheim«. Ich riß den Mund weit auf, damit er in mich fuhr, mich reinigte, leer machte, abkühlte. Das Ende der Welt, Stein ißt keine Bananen mehr, schrie ich. Du bist verrückt geworden, Maria, schau nur, wie die Welt vor dir zurückweicht, wie die Palmzweige auf einmal schlaff geworden sind und herunterhängen, wie der Wind plötzlich aufgehört hat und verschwunden ist. Ich ging zu meinem Auto. Ein Genie, wer diese Blechbüchse erfunden hat, mit der man sich von einem Ort zum anderen bewegen kann und die man parken kann und die einem auch ein bißchen Schutz bietet.

Ich setzte mich ins Auto und fuhr nirgends hin. Wenn ein Fremder käme, würde ich so tun, als suchte ich etwas im Handschuhfach, den Führerschein, die Parkscheibe, etwas von den Papieren, die den Menschen mit der Umwelt verbinden. Ich schloß die Augen, bereit, für immer in diesem gepolsterten Sitz zu versinken, zwischen lauter fremden Autos, vor einem Betonpfeiler, hinter mir ein leerer, asphaltierter Platz. Ich werde schlafen, und inzwischen wird sich Staub auf das Dach senken, die Schoten der Flammenbäume werden herabfallen und Haufen bilden, die Früchte der Paternosterbäume werden auf ihm faulen und Flecken hinterlassen, Staub wird die Scheiben grau überziehen, Kiefernnadeln werden sich zwischen den Scheibenwischern sammeln, die Felgen werden grau werden, und ich werde drinnen verborgen sein, der erstarrte Saft der Früchte wird die Scheiben überziehen und mich verstecken. Aber die Bäume waren nackt und leer, die Luft klar und sauber und der Himmel blau und weit. Ein Klopfen an der Scheibe ließ mich aufspringen, den harten Finger kannte ich. Männlich, geschwollen, die Haut angefressen von Desinfektionsmitteln, der Nagel bis zum Fleisch heruntergeschnitten, der Finger eines Gynäkologen.

»Wenn du dich verstecken willst, dann nimm vorher das Schild ›Immobilien-Moria‹ vom Auto.« Einen Moment beugte er sich herein, doch dann richtete er sich sofort wieder auf und fragte: »Kommst du zu ihm oder gehst du gerade wieder?«

»Weder noch. Ich war an seiner Tür und bin weggelaufen.«

Er schob mich nach rechts. »Rutsch mal.« Ich hob meine Füße über die Gangschaltung, schob mich auf den Beifahrersitz, er stieg ein und ließ das Auto an. Muli muß man nichts erklären, er versteht sofort.

Der Mann, der meinen Mazda fuhr und ihn einige Straßen weiter parkte, die Tür zu einem Café öffnete und mir bedeutete, vor ihm hineinzugehen, der für uns einen Tisch für zwei Personen auswählte, ist der, der sich in Mutters Gebärmutter einnistete, genau nachdem ich sie verlassen hatte. Er ist es, der mir nachts, wenn der Regen gegen das Fenster schlug, versprach, daß, wenn Gott die Welt wieder mit einer Sintflut wie bei Noah strafen würde und wenn es wieder eine Arche geben würde, in die die Geschöpfe paarweise hineingingen, wir beide gemeinsam hineingehen würden.

Ich erzählte ihm von Louisa und den Keksen, von dem dicken Hintern und dem Kneifen in die Wange, von dem nassen Putzlappen und den in die Luft gehaltenen Füßen. Mein Mund sagte »Louisa«, und mein Kopf war voll mit Valeris zwei Luschinkas, und weil ich den Lärm der beiden Luschinkas hinter meinen Schläfen nicht mehr aushielt, beugte ich mich über Pfeffer und Salz zu ihm und fragte: »Sag, wie kommst du mit so etwas Beschissenem wie Eifersucht zurecht?«

»Ich komme nicht damit zurecht.« Seine Stimme war trocken und flach, als würde er sagen, es ist jetzt Viertel vor zwölf. »Was ist los, Maria, möchtest du es erzählen?«

Ich schwieg.

Wie werden wir die Arche Noah zusammen betreten können, wenn wir schweigen, wenn Muli eher Smadars Ehemann als Marias Bruder ist, auch mehr Gynäkologe als Bruder. Er drehte den Salzstreuer und ich den Pfefferstreuer, sein Blick war auf die Körner auf dem Boden des Streuers gerichtet, als er sagte, daß Eifersucht wie Kopfweh sei. Man könne damit leben, und wenn man einen besonders schweren Anfall habe, nehme man etwas zur Beruhigung. Er schlug mit dem Salzstreuer gegen den Pfefferstreuer, Glas schlug gegen Glas. »Prost, Maria, willst du es erzählen?«

»Laß mich.«

Wo ist der Junge, dem es einmal schwerfiel, das, was sein Herz bedrückte, für sich zu behalten, und der erzählte und erzählte. Sei endlich still, schimpften die drei in den oberen Betten, wir möchten schlafen, verstanden? Und er schwieg nicht, er mußte mir noch etwas sagen, mich noch etwas fragen, mich mit noch etwas zum Lachen bringen. Kissen und Drohungen trafen ihn von oben, und er schwieg nicht. Die Schläferinnen oben gaben nach, sie schliefen ein, und er sprach und erzählte und lachte und fürchtete sich und bedauerte und hoffte, und eine lange Flut von Wörtern floß von seinem Mund zu meinem Kopfkissen.

Auf dem Parkplatz des Altersheims machte er den Motor aus,

schaute vor sich hin und schwieg, er legte seine Hand auf meine und berührte den Knopf, der das Weinen einschaltet. »Ruf doch mal an.« Er hielt meine Finger in der Hand, drückte sie, lockerte den Druck, den Blick auf den Betonpfeiler gerichtet. »Ich gehe zu ihm.« Er ließ meine Hand los und stieg aus, er stand neben der Autotür, ohne daß ich seinen Kopf sah, nur seine Brust und seine Hemdtasche mit den teuren Kugelschreibern und den harten Deckel seines elektronischen Notizblocks, in dem alle seine Termine eingetragen sind, Verabredungen, Patientenbesuche, Kongresse im In- und Ausland, freudige Ereignisse. Termine, die sein Rückgrat stärken und ihm Wichtigkeit verleihen. Wenn er an der Veranda des Altersheims vorbeigeht, werden die Alten die Brillen tiefer schieben, ihre Doppelkinne werden zittern, und sie werden sich zuflüstern, was für ein Glück Stein doch hat, daß sein Sohn Arzt ist. Die ältere und die jüngere Angestellte werden sich in ihren Stühlen aufrichten und sich die Haare glattstreichen, guten Tag, Doktor Stein, und der Putzmann wird den Staubsauger ausmachen und warten, bis der Doktor vorbeigegangen ist.

Ich versuchte, ihn zurückzuhalten. »Wie geht es Talja?«

»Talja? Sie freut sich an dem, was sie hat.« Er erklärte die Bedeutung dieses Lobs nicht, auch nicht ihre Schwierigkeiten, doch ein Schatten glitt über seine Augen. »Sie besucht ihn jede Woche«, sagte er mit einer Kinnbewegung zum Altersheim hinüber. »Manchmal sogar zweimal.« Talja, ein Mädchen, deren Wirbelsäule so kurz ist, so gesund und gerade. Er stand noch immer neben dem Auto, schweigend, wie er einmal neben mir gestanden hatte, als ich Geschirr spülte. Was ist los, warum stehst du hier herum, fragte ich damals und wischte Wasser von der Platte. Er tauchte einen Finger in das Wasser, nichts ist. Nun, und? Ich berührte ihn mit meiner nassen Hand. Ich möchte dir etwas sagen, sagte er, und ich kriege es nicht raus, es ist, als hätte ich einen Polizisten in der Kehle. Ich hob ihm mit einem seifigen Daumen das Kinn. Los, mach schon den Mund auf, da ist nichts, dein Hals ist sauberer als dieses Spülbecken.

»Ich muß los, Maria.« Traurig und zögernd kam dieses »Maria« aus seinem Mund, und zögernd schob er auch seine Hand durch das Fenster und beeilte sich nicht, sie zurückzuziehen. Einsam, aufrecht, groß und schmal schritt er zum Eingang des Altersheims. Wenn es wieder eine Sintflut gibt, wird er die Arche mit seiner Smadar betreten, und ich werde sie mit Juval und Naomi besteigen, wir werden zu dritt sein. So traurig und erbärmlich kam das »Maria« aus seinem Mund. Traurig? Traurig und zögernd heißt doch nichts anderes als mitleidig.

Und du hast geschwiegen wie ein Fisch. Er wollte, daß du es ihm erzählst, er hat dir sein Ohr angeboten, er hat Bretter über den Abgrund gelegt, den die Zeit aufgetan hat, und du hast geschwiegen, du hättest ihn wenigstens fragen können, was man bei einem schweren Anfall zur Beruhigung nimmt.

Ich schloß die Tür des Mazda und fuhr mit einem solchen Satz los, daß ich fast einen in der Parallelreihe geparkten Fiat gerammt hätte. Der Gärtner, der das Laub zusammenrechte, winkte mir zu. »He, hallo! Nach rechts einschlagen, noch, noch, das Lenkrad bis zum Anschlag drehen.« Er stützte sich auf den Rechen, und sein Lächeln zog eine Falte von seinem Mund bis zur Mütze. Jetzt wird er das Laub mit leichter Hand zusammenrechen, endlich hat er etwas, was diesen Tag aus der Routine reißt, wenn er heute abend ins Bett geht, wird er sich an den Vorfall erinnern und lächeln. Ich fuhr zum Parkhaus am Unabhängigkeitspark und dort alle Windungen hinunter zum siebten Untergeschoß. Die Handbremse knarrte, ich rannte wie gejagt los, und meine Absätze schlugen auf die Stufen, die mich hinauf zur Straße brachten.

Der Sonnenstreifen hatte die Gasse bereits verlassen. Wenig Licht und viel Schatten fielen gleichmäßig auf alle drei. Ich ging näher, so nahe, daß ich mit der Hand das Saxophon berühren konnte. Er lächelte, das Lächeln verzerrte die Lippen, die sich um das Mundstück schlossen. Die Silhouette der Flötenspielerin hätte auch zu der Rolle gepaßt, die man Schira angeboten hatte, sie hatte die Hüften eines Knaben, die Brüste eines Mädchens, unreife Hügelchen zeigten sich unter dem dünnen Pullover, ihre Haare glichen blonden Mikadostäbchen, ihr Hals dem Fuß eines Kelchs. Sie war wie ihre Flöte, beide schmal und lang. Die Gitarrenspielerin war reif und voll. Ihre kurzen, roten Haare bewegten sich bei ihrem lebhaften Spiel, ihr Gesicht war groß, viereckig und konzentriert, ihr Hintern weich, sie stand mit leicht gespreizten Beinen da, ihr rechter Fuß klopfte den Takt, genau wie Valeris. Der Saxophonkoffer war offen, eine gemeinsame Kasse für alle drei, sie teilen sich den Verdienst, ihr Leben und ihre Interessen gehen über dieses gemeinsame Spielen in der Gasse hinaus. Vermutlich schlafen sie bei ihm. Er hat ein Bett, und im Wohnzimmer steht ein bordeauxrotes Sofa. Die Flötenspielerin ist sehr jung, fast noch ein Kind, Falten bilden sich um ihren Mund, wenn sie in die Flöte bläst. Die Gitarristin ist doppelt so alt wie Valeri, aber ihre Haut ist noch glatt und gesund, und aus ihren Augen strahlt wilde Lebenslust. Bestimmt schläft er mit der Rothaarigen, da gibt es keinen Zweifel. Die Flötenspielerin schläft auf dem bordeauxroten Sofa im Wohnzimmer. Die Schuhe hörten auf, den Rhythmus anzugeben, die Melodie verstummte, ein altes Paar applaudierte, und ich wühlte vergeblich in meinem Geldbeutel, ich hatte alles der alten Bettlerin Gottes gegeben. Er flüsterte ihnen etwas auf russisch zu, klopfte mit seinem Absatz eins, zwei, drei, und das Klagelied der Frau, die die letzte Spucke ihres Mannes aufbewahrt, erklang in der Gasse. Die dünnen Flötentöne lösten sich wie Rauch auf, die Gitarre gab den Takt, aus dem Saxophon brodelte süße, allzu herzergreifende Trauer. Für dich, Mo, ich weiß, wie dieser weiche Kitsch deine Seele rührt, hier, deine kleine Hand klopft schon wie der Bauch eines Vögelchens, es ist nur ein Saxophon, Mo, ein raffinierter Seiltänzer der Trauer, und du fällst auf ihn rein und erlaubst ihm, zu dir durchzudringen und dir den Magen umzudrehen.

Über eine Stunde stand der Mazda vor seinem Block. Wartete darauf, wer von beiden mit ihm ankommen und wie sie sich an ihn lehnen würde, ob sie bei ihm eingehängt sein würde. Elektrische Augen wurden in dem langen Block angezündet. Das Licht im Treppenhaus ging abwechselnd an und aus. Der einsame Straßenmusikant, warum sollte er keine Frau finden, die seine Nächte wärmt? Was schuldet er dir, Maria? Eure Geschichte ist auffliegender Staub. Die Rothaarige wird mit ihm kommen, sie wird auf dem Gepäckträger des Fahrrads sitzen, wird ihren Bauch gegen seine Arme drücken, wird ihre Brüste an seinem Rücken reiben und ihm tief und warm ins Ohr lachen. Sie werden die Münzen zählen, die sie heute verdient haben, sie werden Wodka trinken, und wenn er das Licht ausmacht, werde ich hinaufgehen und laut und offiziell an ihre Tür schlagen. Er wird die Tür aufmachen, mit nackten Füßen, in offenen Jeans, und ich werde ihn mit fremden Augen anschauen und sagen, daß Gross, der Hausbesitzer, mich bevollmächtigt hätte, die Wohnung zu kontrollieren. Und jetzt laß mich bitte eintreten und kontrollieren, was zu kontrollieren ist. Und er wird den Reißverschluß seiner Jeans schließen und sagen, das geht jetzt nicht, Mo, sag Gross, daß die Wohnung verschlossen war. Warum geht es nicht, ich werde die Tür mit dem Fuß weiter aufstoßen, und er wird sagen, weil ... Was wird er sagen? Seine Brust ist nackt, ihre Haare sind rot, ihre Beine gespreizt, die Straßenlaterne bewegt sich im Wind, Geräusche dringen durch die Wände, meine Achselhöhlen sind naß. Du bist dumm, Maria, während du hier in deiner gefälligen Blechbüchse sitzt, dreht sich die Welt weiter. Regisseure suchen Silhouetten, Bettlerinnen ziehen feuchte Geldscheine zwischen ihren Brüsten hervor, im Laden beugt sich Naomi zu Kindern hinunter, riecht ihre Haare, eine Welle hebt ihr Zwerchfell, breitet sich in ihrer Brust aus und drückt. Juval verkündet, daß die Märchen der Brüder Grimm im Angebot seien, fünfzig Prozent Rabatt auf das zweite Buch. Seltsam, daß er in all diesen Jahren nicht dick geworden ist, er hat nur einen kleinen Bauchansatz bekommen, der von seinem in die Hosen gesteckten Hemd verborgen wird. Vor zehn Stunden hat er sich rasiert, hat seinen Adamsapfel gespannt und seine Wangen ins Licht gehalten. Die kleine Packhilfe geht um sieben nach Hause, sie werden die Ladentür abschließen und Bücher einräumen, sie werden die Registrierkasse kontrollieren, er wird das Klicken ihrer flachen Schuhe hören, ihr Hüsteln, ihr Schweigen. Ein runder Lichtkreis näherte sich dem Parkplatz, ein Fahrradlenker leuchtete in der Dunkelheit auf, von den Pedalen flackerte rotes Licht, sein Rücken war nach vorn gebogen, ein Instrumentenkoffer wuchs auf ihm. Er hob das Bein über die Stange und schob das Fahrrad rechts von sich ins Treppenhaus, bückte sich und schloß es an einen Geländerstab, dann dauerte es einen Moment, bis das rechteckige gelbe Licht im vierten Stock aufleuchtete. Jetzt wird er zum Südfenster gehen und einen langen, hügeligen Schatten an die Wadiwand werfen. Beim Klappen der Autotür machte eine Katze einen Satz. Der Fahrradlenker bewahrte noch die Wärme der Hände, die ihn gehalten hatten, der Sattel die Wärme seines Hinterns. Im dritten Stock blieb ich stehen und atmete tief durch, das Licht ging aus, der Schalter zeigte mir ein rotes, konspirierendes Auge, ich drückte darauf, es blieben mir noch sechzehn Stufen. Vielleicht ist er gerade auf der Toilette, er wird das Klopfen hören und einen Moment rufen, aber er machte sofort auf. Er schaute mich mit müden Augen an, mit dunklen Ringen unter den Augen. »Komm rein, Mo«, sagte er verwirrt, müde, lustlos. Ich betrat die Wohnung, er schloß die Tür nicht ab. Eine dünne, graue Anglerschnur, an Haken befestigt, war zwischen den Rahmen des Südfensters gespannt und zerteilte den Himmel. Das winzige Unterhemd einer Frau zitterte an der Leine, ein rosafarbenes Trikot, passend zur schmalen Silhouette der Flötenspielerin.

»Also mit ihr schläfst du, seltsam, ich hätte auf die Gitarristin getippt.« Ich blies leicht gegen das Hemd, auch der Wind traf es und ließ es Wellen schlagen. Wie hast du das gesagt, Maria, als wäre es nichts, als hättest du gesagt, da wohnst du also, ach so, man sieht den Mond von deinem Fenster, ach so, heute ist also Dienstag, seltsam, ich habe gedacht, wir hätten Mittwoch.

»Das geht dich nichts an, Mo, ich habe ein eigenes Leben, und du hast ein eigenes Leben.« Er schob die Finger in seine grauen Haare, zerwühlte sie und ging barfuß vom Sofa zum Fenster und zurück.

»Zieh Schuhe an, so wirst du dich erkälten.«

»Willst du was trinken? Ich setze Wasser auf.« Er ging zur Küche, machte Licht an, füllte den Wasserkessel mit dem Rücken zu mir, gebückt und träge.

»Ich schlafe mit keiner von beiden.« Seine Stimme kam kalt zu mir, trocken, als spräche er mit dem Wasserkessel, als hätte er gesagt, nein, heute ist auch nicht Dienstag, heute ist Montag.

Ich sank auf das bordeauxrote Sofa, das kleine Trikotunterhemd im Blick, es schnitt ein Viereck aus dem Himmel, wie es da real und zitternd hing, wie die Welt, die auch ohne mich weiterlief. Was spielt es für eine Rolle, was er tut, wenn du nicht bei ihm bist, was spielt es für eine Rolle, was er tut? Das Leben ist das, was du jetzt berührst, es gibt noch viele Leben um dich herum, die nichts mit dir zu tun haben, Millionen von Motten taumeln in diesem Moment um Millionen von Glühbirnen, Bettlerinnen schieben Münzen in ihre Strohsäcke, Kinder lesen Märchen der Brüder Grimm zum halben Preis. Genau in diesem Moment schlafen Männer mit ihren Geliebten, mit ihren Frauen oder mit Huren, und was spielt es für eine Rolle, wenn einer von ihnen der Mann ist, mit dem du seit dreiundzwanzig Jahren geschlafen hast und weiterhin schlafen wirst. Genau in diesem Moment beugen sich Menschen über ein Mikroskop und züchten Sporen von Milzbrand, Kinder mit Mukoviszidose husten, und Hände klopfen auf ihre Rücken, um es ihnen zu erleichtern. Genau in diesem Moment wird irgendwo auf der Welt geschossen, Menschen fallen um, Menschen warten darauf, daß Straßensperren geöffnet werden, kinderlose Frauen sehnen sich nach einem Kind, Greise betrachten die Silhouette des Todes. Jemand gießt Wasser ein, bereitet einen einfachen Tee, er hat keine Schachtel, die dreißig verschiedene Geschmacksrichtungen beinhaltet, nur einfachen Wissotzky, einen weißlichen Beutel an einem Faden. Er rückte einen Stuhl vor mich, stellte zwei Tassen Tee darauf und setzte sich ebenfalls auf das Sofa. Er streckte seine nackten Füße von sich, legte sie übereinander, sein großer Zeh tippte einen langsamen Rhythmus auf den Boden, der Nagel war dick und grau, auf seinen Knöcheln waren die Abdrücke der Strümpfe eingepreßt. Ich zog einen Stiefel aus, rollte den Strumpf herunter und legte meinen nackten Fuß auf seinen kalten, und er zog seinen unteren Fuß hervor, legte ihn auf meinen und rieb meinen Fuß zwischen seinen Füßen.

»Kein Mensch hat das Monopol auf einen anderen«, sagte er. »Du bist jetzt mit mir zusammen, du wirst weggehen, du wirst mit einem anderen zusammensein, so ist die Welt, Mo.«

Ich versenkte meine Zehen in seinem Fleisch, und er verstärkte seine Umklammerung nicht.

»Wenn du das nächste Mal hierherkommst, sag mir bitte vorher Bescheid, ich mag keine Überraschungen.«

Ich war nicht gekränkt, ich zog meinen Fuß nicht aus seinen. Die Trägheit des »So oder so ist der Lauf der Welt und Millionen von Motten« beherrschte mich, hätte er mir den Stiefel hingehalten und gesagt, zieh ihn an und geh, wäre ich leer und stumpf gegangen. Ich konnte keine Spur von Zorn in mir finden, auch keine Eifersucht, nur Müdigkeit. »Ich werde ein bißchen schlafen und dann gehen.« Ich ließ den Kopf an die Sofalehne sinken, schloß die Augen und sah Mulis Nudelsieb voller weißer Schmetterlinge vor mir. Ich hörte seinen Atem neben mir auf dem Sofa, dann auch seine Schritte, die im Schlafzimmer verklangen und wieder zum Wohnzimmer zurückkehrten. Er breitete eine Decke über mir aus, steckte sie fest und stopfte sie zwischen meine Schultern und das Sofa, wie Vater, als wir fünf und sechs waren, uns zugedeckt hatte, sorgfältig darauf achtend, daß die Decke unsere Körper ganz umgab, stopfte er sie unter unsere Schulterblätter. Als wir größer wurden, steckte er die Decken nicht mehr unter unseren Körpern fest, er breitete sie nur aus und achtete darauf, daß die Falten auf beiden Seiten symmetrisch fielen und weder Arme noch Beine herausschauten.

Ich stand auf, um zu gehen, und er drängte mich nicht zu bleiben. Er zog seine Schuhe an. »Ich gehe mit dir hinunter.« Er ging in die Küche und holte die übervolle Mülltüte, band sie zusammen, öffnete die Tür und wartete, bis ich als erste hinausgegangen war. Er legte die Hand weich auf mich, und wir gingen zu dritt hinunter, er, die Mülltüte und ich, und die Tüte rieb an der gekalkten Wand und raschelte. Erschrockene Katzen sprangen von der Mülltonne und kamen gleich darauf zurück. Er begleitete mich zum Auto, legte seine Hände auf das nasse Dach, wischte den Dunst vom Blech.

»Kannst du morgen?«

»Was?«

»Kommen.«

»Morgen. Weißt du, wie viele Dinge bis morgen passieren können?«

Ich ließ den Mazda an und setzte ihn langsam in Bewegung. Er stand neben der Mülltonne, die Hände in den Taschen seiner Jeans, wild, müde, gealtert über die Jahre, von denen ich nicht wußte, wie viele es waren. Hoffentlich kommt eine der Luschinkas oder Angelikas, mit denen er musiziert, und wärmt seine Nacht. »Ihre Hände sind etwas Besonderes«, sagte er einmal zu dir, und du hast zugelassen, daß diese Worte dir in den Bauch fuhren, und dann gabst du ihm den Bauch und alles, was darüber und darunter liegt. Nein, ich empfinde nicht das geringste Bedauern, auch keine Reue oder Schuldgefühle. Avram Stein glaubt, daß alle Taten gesammelt und am Ende gegeneinander abgewogen werden. Die Luft war feucht, die Frontscheibe beschlug, ich fuhr langsam und war sicher, daß die Taten nicht gesammelt werden, sie existieren für sich allein und verschwinden, das Leben ist eine Aufhäufung von Momenten, in denen etwas passiert. Zählt jemand die Kreise der Motten um den Scheinwerfer? Wenn ihn die Kräfte verlassen, wird er zu Boden sinken und sterben. Hoffentlich kommt die Rothaarige zu ihm. Was weiß ich schon über ihn? Nicht mehr als vier Dinge, wo er geboren wurde, wie alt seine Mutter ist, wieviel er für die Wohnung bezahlt und daß er einer ist, der weiß, was ein fensterloser Raum bedeutet. Man könnte noch seinen nackten Körper hinzufügen, und die Tatsache, daß er gerne virtuelle Kohlweißlinge betrachtet. Die Scheibe wurde nicht klar, ich wischte sie mit dem Handrücken ab, beugte mich nach vorne, aber es blieb vernebelt. So sieht Talja die Welt, verwischt, mit verschwommenen Umrissen. Sie hat ein Flanelltuch in ihrer Tasche und reinigt immer wieder die Brille, weil sie hofft, sie sei schuld an dem verschwommenen Bild.

Ein Prospekt für Kindermöbel lag auf dem Küchentisch, Glanzpapier, Fotos von gekämmten und gut angezogenen Kindern, die auf gestylten Holzschemeln sitzen und sich für Bücher interessieren. Juval wird die Kinderabteilung neu möblieren, damit die Kinder kommen und in Büchern blättern, und wenn sie sie nicht kaufen, gewöhnen sie sich zumindest ans Blättern, und später, wenn sie älter werden, kaufen sie auch, und auch wenn sie woanders kaufen, werden sie wenigstens Bücher kennen und die Welt würde ihretwegen ein kleines bißchen besser werden.

Ein Kibbuz im westlichen Galiläa betonte die ergonomische Technik, die in der Möbelherstellung stecke, Lehnen, die der Größe der Kleinen angepaßt seien, versprachen bequemes Sitzen und richtige Entspannung. Er betrachtete die orthopädische Zeichnung auf dem Umschlag, das kindliche Skelett, runde Wirbel, schmale Schultern, dünne Schlüsselbeine.

»Was hältst du davon, wenn wir am Schabbat mal schnell hinfahren?« Er hielt mir den Prospekt hin.

»Aber Naomi fährt am Schabbat nicht.« Ich hielt den geschlossenen Prospekt in der Hand und schlug vor, sie solle mit ihm fahren. »Sie arbeitet doch mit diesen Kleinen und weiß, was gut für sie ist.«

Im Fernsehen erklang die Kennmelodie für die Nachrichten, und bevor der Sprecher, dem man die schicksalhaften Neuigkeiten schon an den Augenbrauen ansah, den Mund aufmachte, sagte ich: »Nehmt doch irgendeinen Nachmittag frei und fahrt zusammen, oder kannst du dich nicht auf die kleine Packhilfe und diesen jungen Mann verlassen?«

»Was für ein junger Mann, Schaj?« Er richtete den Blick auf den gepflegten Sprecher, der von einem Attentat auf einer Straße im Jordantal berichtete. Männer in glänzenden Westen erschienen auf dem Bildschirm, hoben eine Trage hoch, schoben sie in einen Krankenwagen, und einen Moment lang diente der erschossene Mann anderen Zwecken, ohne daß er um Erlaubnis gefragt worden war. Dem, der wegen Naomi verlegen war, gab er einen Grund zu schweigen, den Männern in den Schutzwesten verschaffte er eine Beschäftigung, dem Nachrichtensprecher ein Drama, den Bewohnern des Jordantals einen Grund mehr für ihre Forderungen und mehr Angst um ihr Leben, seiner Frau und seinen Kindern einen Morgen, der anders sein würde als alles, was sie bisher kennengelernt hatten.

»Dieser Schaj ist ganz in Ordnung«, sagte er, als die Meteorologin mitgeteilt hatte, daß die strenge Kälte auch morgen anhalten würde. Die Temperaturen würden weiter fallen, sagte sie und rang wie entschuldigend die Hände, und die Temperaturen gehorchten ihr sofort und fingen an zu fallen. Juval ging von einem Doppelfenster zum nächsten und versicherte sich, daß sie geschlossen waren, er sah, wie ich mich in einer Ecke des Sofas zusammenrollte, machte auch den kleinen elektrischen Ofen an, und zwei Röhren flammten auf. Der Prospekt lag auf dem Tisch, wir berührten ihn nicht mehr, als wäre er eine Spule und wir könnten uns in der herunterhängenden Schnur verheddern, wenn wir sie anfaßten.

»Er geht aufs Gymnasium, dieser Schaj?« Ich hielt einen Fuß über die weißglühenden Röhren.

»Nein, er ist achtzehn, man hat ihm die Einberufung um ein Jahr aufgeschoben. Er ist ganz in Ordnung, er hat kapiert, wie das Geschäft läuft.«

»Und Naomi? Hat sie es auch kapiert?«

»Ja, vergiß nicht, sie kommt aus dem Verkauf«, sagte er, und sein Lob sofort abschwächend, fügte er hinzu, wer Aspirin verkauft habe, könne auch Harry Potter verkaufen, das eine sei wie das andere eine Ware, und die ganze Kunst bestehe darin, im Gesicht des Kunden zu lesen, Zögern zu erkennen, seinen Geschmack zu erahnen. Naomi habe ja noch nie etwas mit Kindern zu tun gehabt, und in den ersten Tagen sei ihre Unterhaltung mit ihnen noch etwas gezwungen gewesen, aber sie habe sich gebessert. Einmal hätten zwei über sie gekichert, sie sei gekränkt gewesen, habe es aber geschafft, etwas aus diesem Gekränktsein zu lernen.

»Dann lohnt es sich doch wirklich, wenn sie mit dir zu dieser Möbelschreinerei fährt.«

Er schwieg, rückte die zwei Gladiolen zurecht und glättete die Serviette unter der Vase. »Willst du Kaffee?« fragte er.

Die Gladiolen ließen ihre Köpfe hängen, sie warfen einen krummen Schatten auf die Serviette.

An einem anderen Ort, zu einer anderen Zeit, hatte Vater gefragt: »Tee?«, und ihn für beide in die guten Tassen gefüllt. Mutter sagte: »Oh, ausgezeichnet«, hob den Kopf vom Heft und nahm die

Brille ab. Alle Ereignisse ihrer Tage konzentrierten sich in diesem Tee. An den seltenen Tagen, an denen sie gekränkt war, hob sie nicht den Kopf vom Heft und sagte nicht »ausgezeichnet«, dann hörte man nur das Rascheln der Seiten, die umgeblättert wurden, und das Zerbrechen der Cracker zwischen den Zähnen.

»Deine Hände sind geschwollen«, sagte er, stellte eine Tasse mit dampfendem Kaffee auf den niedrigen Tisch und setzte sich neben mich. »Als hättest du sie gekocht.« Er betrachtete meine Hände, die dick und rot geworden waren, der Finger sprengte fast den Ehering, und ich hielt die Hände hoch, um die Schwellung abklingen zu lassen. Er zog seine Hausschuhe aus und legte einen bestrumpften Fuß auf mein Bein, an die Stelle, an der vor kurzem ein anderes Bein gelegen hatte, nackt, mit eingedrückten Strumpfspuren, und sagte, wenn es ihr gefalle, würde er sie vielleicht bitten, bis zum Sommer zu bleiben, und dann könnten wir, er und ich, zwei Wochen nach Italien fahren oder wohin wir wollten, und müßten nicht das Geschäft schließen. Vielleicht in die Toskana, man sage, dort sei es toll, alle sprächen über die Toskana.

Alle. Alle sprechen über die Toskana, alle tragen Castro, alle lesen ›Harry Potter‹, alle sagen »geil«. Seit wann interessieren ihn alle? Wenn sie T-Shirts trugen, trug er Hemden mit gebügeltem Kragen, wenn sie Bier tranken, trank er Coca-Cola, wenn sie ›Zen und die Kunst, ein Motorrad zu warten‹ lasen, las er Jeschajahu Leibowitz. Und plötzlich sprachen alle über die Toskana.

»Vielleicht fährst du auch mit zu dieser Schreinerei.« Er nahm seinen Fuß von meinem. »Sie ist in Galiläa, wir waren seit Jahren schon nicht mehr in Rosch Hanikra.«

»Ich habe viel zu tun im Büro«, sagte ich und strich über seine Fußsohle. »Und Maja hat einen neuen Freund, sie geht pünktlich um fünf weg. Fahrt ihr beiden. Aber die Toskana im Sommer, das hört sich ausgezeichnet an, aber bis zum Sommer ...«

»Was ist bis zum Sommer?«

»Eine Million Dinge können passieren«, sagte ich, und seine Hand fuhr über meinen Oberschenkel, blieb am Knie hängen und massierte es.

An dem Tag, an dem beide zu der Schreinerei fuhren, ging ich zu Valeri. Aus seinem Radio drang Jazz, ein Saxophon spielte einen traurigen Blues, eine melancholische Klarinette weinte. Auf dem Tisch lag umgedreht ein Buch in russischer Sprache, auf dem Umschlag sang Edith Piaf. Die zwischen den Fensterrahmen gespannte Angelschnur war leer und schlaff. Vermutlich war sie hiergewesen, vermutlich hatte sie ihr Unterhemd geholt. Und wenn sie da war, was spielt das für eine Rolle? Unter den Millionen von Dingen, die gerade auf der Welt geschehen, ohne mich, gibt es eines, das mich etwas angeht. Meine Schwester und mein Mann sind unterwegs zur Schreinerei, drei Stunden hin und drei Stunden zurück, vielleicht sind sie bereits angekommen, vielleicht noch nicht. Zieh doch eine Hose an, habe ich ihr morgens geraten, dann hast du es bequemer. Ich habe keine, sagte sie, zu meiner Garderobe gehören nur Kleider und Röcke. Ich bot ihr eine von mir an, und sie lachte. »Glaubst du, daß meine Oberschenkel in deine Röhrenhosen passen?«

Ich stellte das Radio lauter. »Ich mag eigentlich keinen Jazz, aber diese Musik ist schön.«

»Du magst ihn nicht?« Kränkung und Scham standen in seinen Augen. Dort, in dem Land, aus dem er gekommen war, war er Mitglied einer Band, die Jazz spielte, er trat in einem Lokal auf, in dem die Musik der Schwarzen gespielt wurde. Hier würde keiner einen Schekel für Jazz geben. Hier gehen nur israelische Lieder. »Wir hatten eine Trompete, Kontrabaß, Trommeln, alles. Fünf Musiker, und alle spielten nur zum Vergnügen, nicht für ihren Lebensunterhalt, morgens ging jeder zu einer anderen Arbeit.«

Nimm dich zusammen, Maria, frag nicht, welcher anderen Arbeit er nachging, je weniger du weißt, desto leichter wird es dir später fallen. Du bist mit einer Tasche zu ihm gekommen, du mußt hinterher nicht einen Sack schleppen. Wann wird dieses Hinterher sein? Wenn er in eine andere Stadt geht? Wenn eine dieser Luschinkas dich die Treppe hinunterstößt? Wenn braune Altersflecken auf den Händen auftauchen, von denen er gesagt hat, sie seien etwas Besonderes? Es stimmt, seine Nase atmet gerade in deinen Haaren, schnuppert das Shampoo, mit dem du sie gewaschen hast, aber das ist nur vorläufig. »Ich mag es, daß du nichts fragst«, sagte er, wühlte sich in meine Haare. Ich krümmte mich zusammen und kroch in seine Arme. Orangenduft steht auf meiner Shampooflasche. Labore mischen Stoffe, ahmen natürliche Düfte nach, Naomi wäscht ihre Haare mit Limonenduft, in der ganzen Welt gibt es kein Shampoo mehr, das den Haaren ihren eigenen Duft läßt. Er rieb seine Nase in die Vertiefung meiner Schulter, sein Atem war feucht und warm, Mo, stammelte er, Mo. Im Radio spielten sie schon nicht mehr den dunklen, samtigen Blues, nur Ragtime, eine abgerissene Musik in wilden Rhythmen auf einem nervösen Klavier. Ich schmiegte mich in seine Umarmung, und plötzlich drang das Klingeln meines Handys aus meiner Tasche. Juval. Sie waren gerade im Kibbuz angekommen, auf der Straße Jaffa-Akko hatte es einen Stau gegeben. Ich solle mir keine Sorgen machen. Ist es das, was du dir anhörst, Jazz? Das glaube ich nicht. Nun ja, dann haben ja auch die Bücher von Asimov noch eine Chance. Er gab das Telefon an Naomi weiter. »Was soll ich dir sagen, Moria, schon wegen des Sonnenuntergangs am Meer hat sich die Fahrt gelohnt.« Die Musik wurde wilder, die Noten rissen sich vom Klavier, tanzten durch das Zimmer und schlugen gegen die Schläfen. »Gib mir schnell noch mal Juval. Warum eßt ihr nicht unterwegs in irgendeinem Restaurant?« schlug ich ihm vor, und die Musik dämpfte sein »Mal sehen« oder das »Vielleicht«, ich hörte nur noch ein schwaches, intimes *bye*, das *bye* mit dem Beiklang »Du und ich, und die ganze Welt kann uns gestohlen bleiben«.

»Meine Schwester«, sagte ich, obwohl er nicht fragte, wer angerufen hatte. »Sie ist vierundvierzig und hat noch nie mit einem Mann geschlafen.«

»Wie ist das möglich? Sie ist dir nicht ähnlich, das ist mal sicher.« Er lachte und zeigte dabei eine Zahnlücke, das verdunkelte sein Lachen und ließ ihn bösartig aussehen. Wir gingen hinüber in das kleine Zimmer, er machte das Licht aus, im Fenster hing ein eingeschrumpfter Wintermond, warf schwache weiße Flecken auf den Fußboden. Unsere nackten Körper glänzten in dieser unvollkommenen Dämmerung, sie warfen Schatten auf die nackte

Wand. Eine Welle brandete auf und erschütterte uns, und außer ihr gab es nichts mehr, sie löschte alle Tage, die wir gelebt hatten und die wir noch leben würden, das schmale Bett war die ganze Welt, und unsere Glieder ihre einzigen Geschöpfe. Seine Achselhöhlen waren naß, sein Bauch feucht, seine schmalen Schenkel kalt, sein Hals verschwitzt. Der Mond wurde kleiner, entfernte sich. Er streckte die Hand nach dem Fenster aus und öffnete es. Kälte drang herein und wurde gebremst, der Wind schlug gegen das Fenster. Sein einer Arm unter meinem Nacken, der andere angewinkelt, Mo ... Mo ... weiche Flocken sinken um uns nieder. Dort betasten sie jetzt Stuhllehnen, klopfen auf Holz, heben einen Stuhl hoch, prüfen sein Gewicht. Naomi probiert den niedrigen Stuhl aus, ihre Oberschenkel drücken sich gegen die Konturen des Sitzes, ihre Knie sind aufgerichtet, die Lehne reicht ihr nur bis zur Hüfte. Er steht über sie gebeugt und sieht auf dem Scheitel die weißen Fäden, die ihre Haare durchziehen. Sie legt den Kopf zurück und lacht, und er steht groß und hoch über ihr und sieht die Schlagader an ihrem Hals, ihre Zähne, zwei graue Füllungen, die ihr vor zwanzig Jahren gemacht wurden, die dunklen Höhlen ihrer Nasenlöcher. Er geniert sich, ihr die Hand hinzuhalten, um ihr beim Aufstehen zu helfen, und sie zieht ihre Bauchmuskeln zusammen, hält sich an irgend etwas fest und steht auf, jetzt werden sie bereits etwas haben, ein »Erinnerst du dich ...« oder »Weißt du noch ...«, sie werden eigene Worte haben, Dinge, auf die sie zwinkernd deuten.

»Du bist nicht hier«, sagte er, stützte sich auf die Ellenbogen, als müsse er aufstehen, dann ließ er sich wieder auf das Bett sinken. »Das macht nichts, du kannst sein, wo immer du willst.« Eine Wolke zog vor den Mond, Dunkelheit bedeckte sein Gesicht und seine weiße Schulter. Was spielt das für eine Rolle, dieser Moment ist sowieso von dem vorherigen getrennt, nur der grobe Faden der Zeit heftet sie aneinander. Aus was besteht dieses Leben, wenn nicht aus isolierten Momenten, die die Zeit miteinander verbindet. Es gab einen gesegneten Moment der Lust, der den Faden der Zeit zum Erzittern brachte, und das schmale Bett war die ganze Welt, und nun gibt es eine harte Matratze und einen fremden

Arm, feucht und kühl. Und es gibt meinen Finger, der die feuchte Senke zwischen seinen Rippen berührt, die Linie mitten auf seiner Brust hochfährt, über seinen Adamsapfel bis zwischen seine Lippen, die Zähne dazu bringt, sich zu öffnen, sich über dem Finger zu schließen und zu beißen. Ein kleines, wollüstiges »Au« entflieht mir, und mein nasser Finger gräbt sich in seinen Mund. Er stand auf, seine Nacktheit verblaßte im schwachen Licht des Mondes, der langsam wieder zu sehen war. Er ging zum Fenster, und sein langer Rücken füllte das leere Rechteck aus, vorgebeugt, beängstigend, verführerisch. Gib Ruhe, dumme Begierde, begnüge dich mit der halben Lust, die du in Händen hältst, mit dem Fast, das sich drei Fliesen von dir entfernt bewegt. Hier, fühl doch, wie sich jetzt Naomis Eingeweide umdrehen. Der Volkswagen hat sich schon vom Kibbuztor entfernt, der Mond beleuchtet die Straße in Galiläa. Zwischen seinem Schenkel und ihrem befindet sich die Gangschaltung und die Strenge der Moral und der Gewohnheit. Südlich von Haifa, an der Stelle, wo das Meer die Straße küßt, wird er das Auto anhalten, für einen Moment, nicht länger, denn wie oft hat ein Jerusalemer schon die Möglichkeit, das Meer zu sehen? Sie werden die Lichtstreifen sehen, die der Mond auf das Wasser wirft, sie werden das Rauschen der Wellen hören, das Sprudeln des Schaums, sie werden den Scheinwerfer eines verirrten Schiffes verfolgen. Ihre dünnen Absätze werden in den Sand sinken, sie wird ausrutschen und schwanken, und er wird ihren Arm nehmen, um sie zu stützen.

Ich stand auf, ging zum Fenster, zu Valeri, ich kam von hinten zu ihm, und er fühlte meine kühlen Brüste an seinem Rücken, streckte die Hände zurück, zog mich an sich, und wir liebten uns abermals. Hast du gedacht, Maria, daß die Lust eine gehorsame und gezähmte Hündin ist, Platz, befiehlt man ihr, und sie zieht den Schwanz ein und legt sich auf den Bauch. Es reicht, einen Winterschuh von einem vollendeten Knöchel zu ziehen, den Sand abzuschütteln, den Fuß in die Luft zu strecken und zu schwanken, und schon kommt eine Hand zu Hilfe, berührt unabsichtlich irgendeine Stelle, und die Hündin springt auf, und keine Kraft der Welt kann sie zurückhalten.

»Gott, mach, daß es geschieht«, hatte Muli gebetet, als er von einem Fußball aus echtem Leder träumte. »Laß Gott mit deinem Blödsinn in Ruhe«, sagte Mutter. »Überlaß das Vater und mir. Wenn wir Geld haben, werden wir dir einen kaufen.« Aber Muli ließ Gott nicht in Ruhe, er wußte, daß er keinen Fußball bekommen würde, ohne die Hilfe des Himmels. Wenn Gott Naomi retten will, hat er in seiner Machtfülle eine Million freier Juvals, warum sollte er diesen einen aufrechten, anständigen Mann in Versuchung führen?

Valeris Arm lag unter meinem Kopf, meine Gedanken tropften auf seine Haut. Sarale hat gesagt, es gebe eine bestimmte Stelle am Kopf, und wenn man den Finger darauflege, berühre man seine Gedanken. Das passiere ihr, wenn sie an jemand Bestimmtes denke, nein, sie wolle es nicht sagen, sie rieb ihren Kopf, spürte unter ihren Fingerkuppen eine klopfende Ader und sagte: »Hier, ich fühle es, aber ich bin doch nicht verrückt und sage euch, was . . .«

»Like a bird on a wire«, sang Leonhard Cohen aus Schiras Recorder, als ich zurückkam. »He, Mama«, sagte sie, ihre Tür ging auf und wieder zu, sie stimmte in die heisere Stimme ein und sang mit ihr im ehrfürchtigen Ton eines Gebets. Das Küchenfenster war offen, der scharfe Geruch von Kiefernholz drang herein. Ich war zu faul, mir eine Scheibe Brot abzuschneiden, ich nahm einen groben Brocken, tauchte ihn in Tahini, und mit vollem Mund antwortete ich »Hallo« in den Telefonhörer. Er sagte, sie seien jetzt neben der Tankstelle in Hadera und in anderthalb Stunden wären sie da. Ja, sie hätten ein paar Minuten in einem Café in Haifa gesessen, unten, in der Unterstadt, du weißt schon, in einem von diesen alten Cafés. Er erzählte nicht, was sie gegessen hatten. Ein Croissant, das am Morgen gebacken und für sie aufgewärmt worden war? Ein Käsesandwich? Toast? Sie ißt mit geschlossenem Mund, wenn ihr Krümel auf das Kinn fallen oder an ihrem Mund hängenbleiben, wischt sie sie sofort weg. Wann hat sie überhaupt einmal einem Mann gegenübergesessen und ihm zugehört, während sie aß? Und wenn er etwas Komisches sagte, wie lachte sie mit einem Sandwich zwischen den Zähnen mit geschlossenem Mund? Er hat nicht erzählt, ob das Restaurant salzig roch, nach Meer oder nach Maschinenöl vom Hafen, er hat mir auch nicht das Licht beschrieben, war es ein Neonlicht, weiß und kalt? Der warme, weiche Schein eines Lampenschirms? Der Kellner und die anderen Gäste hielten sie für Mann und Frau. Zwei Menschen, die anständig genug sind, ihre Intimität in der Öffentlichkeit nicht zu demonstrieren. Ich ging unter die Dusche, ließ das Wasser über mich peitschen und sang »Like a bird on a wire«. Dunst erfüllte das Badezimmer, der Spiegel überzog sich mit Feuchtigkeit, der Vogel löste sich vom Draht, schlug gegen das Fenster, fand seinen Weg nicht. Wieder und wieder sagte ich »Like a bird on a wire«, als wäre dieses Lied ein Symbol für etwas, ohne daß ich wußte, wofür. Ich bezahle den Kaffee, sagte sie zu ihm, und er sagte, laß doch, bist du verrückt geworden? Und bezahlte für beide. Sie bewegte sich unbehaglich, strich sich die Haare zurück und ihr Kleid glatt oder öffnete den Gurt ihrer Tasche und schloß ihn wieder. Sie wollte wenigstens das Trinkgeld übernehmen und überlegte, wie sie das sagen sollte, da klimperten die Münzen schon auf das Tellerchen. Ausgerechnet sie, deren Träume sich auf einen Ehemann, auf Kinder und eine korrekte Lebensführung beschränkten, traf niemanden, dessen Wünsche ebenso einfach waren wie ihre. Als sie einst wissen wollte, was das Leben ist, stellte sie das zerbrochene Plastikgeschirr hin und setzte die Puppen zum Essen, hob lehrerinnenhaft den Finger, legte sie schlafen, deckte sie mit löchrigen Taschentüchern zu. Sie achtete sorgfältig auf ihr Essen, ihre Kleidung, ihren Schlaf und verschwendete keinen Gedanken an ihre Sehnsüchte und ihre Träume. Als Sarale wissen wollte, wie das Leben ist, ging sie zum Fenster und betrachtete die Welt auf der anderen Seite des Parkplatzes, überzeugt, daß das Leben etwas Großartiges war, weit entfernt vom Haus der Steins, und daß sie eines Tages schlank und elegant einen Salon betreten würde. »Ich beneide die Vögel«, sagte sie und beobachtete sie vom Fenster aus, »sie können beides, zu Fuß gehen und fliegen.«

»Aber sie sind beschissen doof«, sagte Muli, »sie haben kein bißchen Verstand.«

Mutter war der Verstand der Vögel egal, sie sagte aber, er solle auf seine Wortwahl achten und nicht »beschissen« sagen.

Juval rasierte sich wie jeden Morgen, wie er sich schon seit jeher rasiert hatte, vor dem Spiegel, den angespannten Adamsapfel ins Licht haltend, mit einer Schaumschicht auf dem Gesicht, durch die er mit dem Rasiermesser lange Bahnen zog.

»Vater geht es nicht besonders«, sagte ich, als er das Rasiermesser abspülte.

»Was heißt das?«

»Er schweigt hartnäckig, es ist nicht klar, ob sein Kopf nicht mehr richtig funktioniert oder ob es ihm einfach lieber ist zu schweigen. Muli hat gesagt, ich soll versuchen, ihn ein bißchen aufzuheitern, bei ihm wäre er immer ganz still.«

Muli hat recht. Mit ihm ist Vater immer still, wie sollen sie sprechen, wenn sie einander gegenübersitzen wie an zwei Ufern eines Flusses. Sie trinken Tee, klopfen rhythmisch mit den Fußspitzen, und zwei Wege öffnen sich zwischen ihnen, der Königsweg, der vor Muli liegt, und der Weg, den er gewählt hat, mit fremdem Ziel, hinter dem der Abgrund lauert. Sie sitzen einander gegenüber und schauen sich an, der eine sieht im Himmel einen Ort der Ehrfurcht und der andere die Leere hinter der Atmosphäre. Vater fragt ihn nicht, warum er nur eine einzige Tochter hat, er sagt auch nicht, daß ein Mann und eine Frau wenigstens zwei Kinder haben sollten, damit die Welt fortbesteht. Er fühlt sich verpflichtet, für die Verbesserung der großen Welt zu sorgen, und hat Achtung vor der kleinen Welt, die kompliziert und verwirrend ist, die gefangen ist zwischen Rippen und Zwerchfell.

Juval rieb sich die Wangen mit einem Handtuch. »Dann solltest du zu ihm gehen.«

Natürlich werde ich das tun. Vielleicht noch heute, und wenn er wegen Louisas Putzlappen die Beine in die Luft hält, werde ich tief einatmen, warten, bis der Boden trocken ist, und eintreten.

Am Nachmittag kroch die Zeit langsam und trostlos dahin wie die grünliche Fliege auf dem Fensterbrett. Das Läuten des Telefons riß mich aus unnützen, süßen Gedanken. Naomi erzählte mir, die Sonne sei ein vollendeter, roter Ball über dem Meer gewesen, ein Sonnenuntergang, wie man ihn nur einmal im Leben sehe. Jetzt wisse sie genau, daß sie viel zu viele Tage mit Aspirin verbracht habe, sie sehe nicht vor sich, daß sie je in jenes Loch zurückkehre. »Jenes Loch«, ihr Lebensunterhalt, war zu »jenem Loch« geworden. Noch heute werde sie mit der verantwortlichen Apothekerin sprechen und darum bitten, daß man ihren Urlaub verlängert. Das war's, endgültig, sie werde nicht zu diesem Schlauch zwischen der Theke und den Schubladen zurückkehren, sie habe genug davon, alten Leuten zu erklären, wo man den Schlauch vom Klistier hineinschieben muß. Sie hatte kaum aufgelegt, da rief sie noch einmal an. »Vergiß, was ich über die Alten und das Klistier gesagt habe, das habe ich nicht verächtlich gemeint, wirklich nicht.«

Eine Zitronentorte, das war es, was ich nach dem Gespräch mit Naomi wollte, lieber als alles in der Welt, ein Stück Zitronentorte. Eine Schicht gefrosteter Zucker, gelblicher Pudding, ein Boden aus schwerem Teig, ein dreieckiges Tortenstück, das auf der Zunge zergeht. Maja tippte Daten ab, ihr Jackett war von einem stumpfen Rosa, eine ähnliche Farbe wie das Unterhemd, das an der Schnur zwischen dem Fensterrahmen gehangen hatte. Es ist zu bezweifeln, daß Maja je die Vögel beneidet hat. Sie hat eine Schminkschachtel mit vielen Farben und eine topmodische Garderobe, und diese beiden Dinge lassen sowieso Flügel wachsen. Um fünf wird der Verantwortliche für die Unterwäscheabteilung kommen und sie abholen, aber es ist erst Mittag, und bis fünf wird er versuchen, noch irgendwelche Korsetts und Büstenhalter zu verkaufen.

»Ich habe Hunger«, sagte ich, und die Tür ging auf, ein Streifen Sonne fiel auf den mageren Hals, auf die Hand, die den Griff hielt, auf ihre Sommersprossen und ihren gelben Flaum. Asa'el.

»Ich träumte von einer Eselin und bekam ein Königreich.« Ich sprang von meinem Stuhl und fiel ihm um den Hals, vor Majas

Augen. Zitronentorte, was war die schon wert im Vergleich zu Asa'el. Seine ausgestreckte, trockene, warme Hand. Eine Holzbank in der Sonne. Wir verließen das Büro, standen auf der Straße und waren zwei Kinder, die man allein gelassen hatte und die nicht wußten, was sie mit ihrer Freiheit anfangen sollten. Zu Vater? In ein Café? Ein Spaziergang in der winterlichen Sonne?

Wir wählten ein Café, das Zitronentorte auf der Speisekarte hatte und dessen Garten in der Sonne lag. Wie wunderbar, daß du gekommen bist, mein lieber Schwager. Mit dir kann ich schweigen oder mitten im Satz anfangen zu reden, ich kann mich am Kopf kratzen und gähnen und dich auch am Ellenbogen nehmen, ohne mich verdächtig zu machen. Ich bezweifle, daß ich mit ihm schlafen könnte, vermutlich nicht. Seine trockene Haut anfassen, die mageren Falten an seinem Hals, die blassen Haare an seinen verborgenen Stellen berühren, die Kühle seiner weißen Zehen spüren. Vielleicht hat er schon weiche Männerbrüste, vielleicht wachsen auf seiner Brust graue, stachelige Haare.

Der Tisch stand auf Kies, im Schatten eines dicken, alten Eukalyptusbaums, von dem gelbliche Staubgefäße auf die blaue Tischdecke fielen. Asa'el blies sie weg, zog seinen Pullover aus und hängte ihn über die Schultern, und die beiden leeren Ärmel baumelten über seine Brust wie zwei dünne Arme. Er rührte in der Schaumschicht des Cappuccino, hörte mir zu, und der Flaum in seinen Ohren leuchtete orangefarben in der Sonne.

»Warum? Du fragst warum? Was weiß ich, vielleicht weil er nichts Jüdisches an sich hat. Seine Wangen sind mongolisch, die Nase plattgedrückt, mit breiten Nasenlöchern, und die Lippen? Ich habe ja schon alles gesagt, was man über sie sagen kann. Er ist grob und groß, er raucht, er trinkt Wodka wie ein Goj und riecht nach zweiunddreißigprozentigem Alkohol, er lacht, daß man seine Zahnlücken sieht. Und er spielt Saxophon, nicht Harfe oder Geige, Saxophon. Und ich? Ich bringe die Last, die ich auf meine Schultern geladen habe, zur Tür der Familie Stein. Sogar unsere Plastikpuppen waren nach jüdischem Modell hergestellt, keine einzige war blond. Ja, und noch etwas, ich habe weder mit seiner Vergangenheit noch mit seiner Zukunft etwas zu tun.«

Die Schaumkrone auf seinem Cappuccino war beschädigt, meine zitterte und fiel zusammen. Ich zerbrach den erstarrten Eischaum auf meiner Torte. Vergangenheit, Zukunft, was spielten sie für eine Rolle, sie waren doch nur zufällige Bruchstücke des Lebens. Ich nahm einen Happen von dem gezuckerten Schaum, die Kellnerin fragte, ob alles recht sei. Asa'el nahm ein Löffelchen voll gelber Zitronencreme und sagte, meine eine Hand würde sich etwas vom Leben nehmen und die andere würde sie dafür schlagen. »Wenn es dir nur gelänge, dich von den Ketten der Steins loszureißen, dann würdest du das, was du tust, wenigstens genießen.«

Ich griff nach seinem roten, warmen Handgelenk. »Reden wir doch darüber, was ich tue.«

Er beugte sich vor, und seine leeren Ärmel klappten auf dem Tisch zusammen wie Arme, die sich auf Ellenbogen stützen. Seine Pupillen waren klein in dem grellen Licht, seine Augen waren bernsteinfarben, konzentriert.

»Was mache ich bloß, Asa'el? Ich tue alles, damit Naomi ein Kind bekommt. Was heißt alles? Alles, das ist Juval.«

Er legte das Löffelchen auf den Teller, richtete sich auf, seine leeren Ärmel strichen über den Tisch. Meine Gabel zerschnitt den Eischaum, mein Schuh drückte sich in den Kies. Du bist ein armseliges Huhn, Maria, du rennst im Stall herum und gackerst und gibst alles preis.

Er hob seine weißen Wimpern. »Und wofür das Ganze?«

Ich griff ihn an. »Damit sie ein Kind bekommt. Weil diese Frau schon vierundvierzig Jahre lebt und noch keinen Mann gehabt hat. Was ist daran unmoralisch? Ich habe einen Mann, zwei Kinder und einen Liebhaber, ich bin bereit, mit ihr zu teilen.« Eine Eukalyptusfrucht löste sich und fiel auf den Tisch. Braun, hart, die geschlossenen Speicher bis zum Platzen mit Samen gefüllt. »Schau dir die Bäume an, die Katzen, die Ameisen, sie verstreuen ihre Samen und vermehren sich, sie haben noch nie etwas von Moral gehört, von Eifersucht, von Schuld.« Er aß seine Torte, zerdrückte mit dem Löffelchen die gelben Puddingreste, sammelte die Krümel von der Tischdecke und schwieg. Wie häßlich und wie herzergreifend er in diesem Licht aussah. Ich legte meine Hand auf seine, und der Eukalyptusbaum warf seinen Schatten auf unsere beiden Hände.

»Fehlt es denn an Möglichkeiten, ein Kind zu bekommen? In ihrem Alter wird ihr jedes Krankenhaus helfen.«

Zwei Tische weiter saß eine Frau mit ihrem Sohn. »Ich will nicht, ich will nicht«, zischte der Junge und unterdrückte seine Tränen, wich vor seiner Mutter zurück, die sich zu ihm beugte. »Statt daß du dich bedankst ... statt daß du danke sagst.« Da siehst du es, Moria, an jenem Tisch beginnt in diesem Moment das Nichtverstehen, das diesen Jungen für den Rest seines Lebens begleiten wird, jedesmal, wenn er Käsekuchen ißt, wird er sich daran erinnern, daß sie von ihm etwas verlangte und er sie enttäuschte.

»Sie wird nie im Leben in ein Krankenhaus gehen und eine künstliche Befruchtung verlangen. Du kennst sie. Ihre einzige Chance ist, daß sie sich verliebt und den Kopf verliert.«

Der Schuh des Jungen bohrte sich quietschend in den Kies. »Schluß mit dem Lärm.« Die Mutter stellte ihren Fuß auf seinen und drückte ihn auf den Boden.

Er widerspricht mir nicht, er stimmt mir nicht zu, er schweigt, er denkt, daß ich verrückt geworden bin. Er haßt Beichten.

Der Junge aß seinen Kuchen, schniefte, schluckte, dann brach es aus ihm heraus: »Aber du hast gesagt, daß ...« – »Mach den Mund leer, bevor du sprichst.« – »Aber du hast gesagt, daß ...« – »Statt daß du dich bedankst ...« Eine große Träne rollte über seine Wange und tropfte auf den Kuchen, er betrachtete sie erstaunt.

Wir fuhren zum Altersheim, Asa'el pfiff beim Steuern »Hohe Eiche, wie bist du stark«, entweder erschrocken vor mir oder wie ich überzeugt, daß alles im Leben zufällig ist. Im Flur zu Vaters Zimmer nahm er das Bonbon aus dem Mund, das er gerade zu lutschen begonnen hatte, und legte es in einen Aschenbecher. »Warte einen Moment.« Ich hielt ihn zurück und ordnete seinen Kragen, der unter dem Pullover verrutscht war. Und vor Vaters Tür fragte ich: »Du weißt, was ein Kind für ihr Leben bedeuten würde?« Er antwortete: »Ich kann es mir vorstellen«, in einem Ton, als würde er sagen, morgen wird es regnen. Beherrscht, gemessen, zornig. Soll er doch sagen, ich sei eine Hure oder bösartig, soll er doch sagen, ich sei eine gelangweilte Maklerin, die etwas suche, das ihr Leben aufregender mache, Hauptsache, er sagt etwas.

Vier Brillengläser hoben sich uns entgegen, als wir die Tür öffneten, Vaters waren beschlagen, ungeputzt, als wäre alles egal und als lohne es die Mühe nicht, irgend etwas genauer zu betrachten. Taljas Gläser waren dick, das Licht sammelte sich in ihnen, wurde zurückgeworfen und verbarg ihre Augen. Sie stand auf, vorsichtig, damit das Haus, das sie aus viereckigen Keksen gebaut hatte, nicht zusammenbrach, und kam glücklich auf uns zu. »Wow, wie schön, daß ihr gekommen seid.« In der Vase reckten fröhliche Zyklamen, die sie Vater mitgebracht hatte, ihre Hälse, und zugleich senkten sie die Köpfe zu einer Verneigung, wie es ihnen ihre Natur vorschrieb. Vater hob die Hand zur Begrüßung und legte sie wieder auf seinen Oberschenkel. Sein Hals war welk, die Adern wie schlaffe Schnüre.

Wie fühlst du dich? Gut. Wie geht es dir? Gut. Was gibt es Neues? Nichts.

Die Nachmittagssonne beleuchtete seinen Kopf, den geschrumpften Schädel, die eingefallenen Wangen. Vielleicht nagt eine Krankheit an seinem Körper und verzehrt sein Fleisch. Ich bückte mich und legte den Arm um seine Schulter, ich berührte seine dürre Schulter und roch den Geruch nach Mottenpulver, der aus seinem Hemd aufstieg, nach Seife aus der Wäscherei und nach getrocknetem Schweiß. Asa'el zog sich einen Stuhl heran und erzählte den beschlagenen Brillengläsern von Sarale und von ihren drei Kindern. Avischaj beendet die Technische Hochschule, er hat noch zwei Prüfungen vor sich, er hat schon Stellenangebote bekommen, Ja'el hat einen Freund aus einem Dorf im Negev, sie wollen heiraten und Artischocken züchten, und Na'ama, das weißt du ja, reist durch Indien. Papa zeigte nicht, ob er wußte, daß sich seine Enkelin in der Weltgeschichte herumtrieb, und fragte nicht, wann sie zurückkommen würde.

»Indien?« Talja schützte mit den Händen ihr Haus aus Keksen. »Wo ist das, Indien?«

Asa'el zeichnete die Weltkarte in die Luft und deutete auf die Kontinente. »Das ist Amerika und das ist Asien, und das riesige Land da im Osten, das ist Indien.« Sie fragte, ob es Löwen in Indien gebe und einen König und eine Königin, ob es dort Fachleute gebe und Fabriken für Brillen. Vaters Adamsapfel zuckte und sein Daumen hob sich für einen Moment und senkte sich wieder.

»Soll ich euch Tee kochen?« Talja stellte ihre kleinen Füße auf den Boden und stand auf.

»Zwei Zucker, Asa'el?« Ihre zwei ausgestreckten Finger berührten das Kekshaus und brachten es zum Umstürzen. »O weh«, sagte sie traurig und ging zum Spülbecken, stellte sich auf die Zehenspitzen, um an die Tassen zu gelangen. Vater folgte ihr mit den Augen, sein Hals drehte sich zu ihr, seine Hände zitterten. »Und die Jahre werden sich nahen, da du wirst sagen: Sie gefallen mir nicht.« Vater erfüllte jeden Buchstaben und jede Note jener Rolle: »... wenn die Hüter des Hauses zittern und die Starken sich krümmen und müßig stehen die Müllerinnen, weil es so wenige geworden sind, und wenn finster werden, die durch die Fenster sehen ...«

»Naomi hat sich von der Apotheke beurlauben lassen«, sagte ich, »sie arbeitet jetzt bei Juval im Laden.«

»Ach, Naomi«, sein Kopf bewegte sich nach oben und unten, er nickte zum Schicksal der Kinderlosen.

»Sie ist glücklich, Vater. Vielleicht werden ihr ja noch ein paar gute Dinge geschehen.«

Asa'els blasse Wimpern schlugen erschrocken nach oben, er rutschte auf seinem Stuhl hin und her.

»Was für gute Dinge?« fragte Talja.

»Vielleicht fährt sie einmal nach Indien.« Asa'el wühlte in seiner Tasche, holte ein Bonbon heraus und hielt es Talja hin. Sie kam vom Spülstein, mit den Schritten einer Marionette, vorsichtig und bedächtig, und stellte Vater eine Tasse Tee hin. Dreimal ging sie diesen Weg von der Spüle zum Tisch, brachte die Tassen, die auf Untertassen standen, beim dritten Mal ein Glas Himbeersaft, den sie sich selbst gemischt hatte. Sie nahm das Bonbon, hielt es gegen das Licht, kniff die Augen zusammen und betrachtete den bernsteinfarbenen Würfel. »Ich bin verrückt nach diesen Bonbons, sie schmecken nach Honig.«

Die Sonne fing an, ihre Strahlen einzusammeln, ein roter Himmel füllte das Fenster aus. Naomi hat gestern einen runden Feuerball über dem Meer gesehen und nachträglich alle Tage beklagt, die sie in der Apotheke vergeudet hat, alle Sonnenuntergänge vor ihrem Fenster zum Tal Ein Karem, all die kurzen, abgerissenen Abende, die frühe Dunkelheit. Asa'el trank, und man hörte, wie er schmatzte und wie der Tee durch seine Kehle lief. Das Bonbon schlug gegen Taljas Zähne und wälzte sich in ihrer Spucke, mal beulte es ihr die rechte Wange aus, dann die linke. Jemand schlurfte durch den Flur, ein Telefon klingelte in einer anderen Wohnung, ein doppeltes, scharfes Klingeln. Vaters Hände lagen da, wo sie gelegen hatten, er hatte die Tasse noch nicht berührt. Talja nahm das durchsichtige Bonbon aus dem Mund, trank einen Schluck Himbeersaft, steckte das Bonbon zurück und leckte sich die Finger ab. Man könnte das Mädchen dazu benutzen, die drückende Stille zu unterbrechen. Nach der Schule fragen, nach Harry Potter, nach Schoko, ob sie schon gegen Tollwut geimpft wurde, ob sie auf den afghanischen Teppich pinkelt, ob sie ...

»Warum schweigst du, Vater?« Die Worte kamen laut und bohrend aus meinem Mund.

Asa'els Augen und Taljas Brille wandten sich zu mir. Vater gab keine Antwort, seine Hände tasteten gespreizt über seine Knie.

»Du hast mich diese Woche noch nicht gesehen und fragst gar nicht nach Juval, nach Schira, nach Giora.«

Vaters Hals versank zwischen seinen Schultern. Asa'els Hals reckte sich, Taljas Blick wanderte zwischen mir und Vater hin und her.

»Wir machen uns Sorgen um dich, Avram, ob es etwas gibt, das dich stört, vielleicht können wir ...«, versuchte es Asa'el.

»Nichts stört mich.« Er drückte seine Finger so fest gegen die Knie, daß die Knöchel weiß wurden.

»Nun laß mal das ›Nichts‹, Vater. Bist du wütend wegen irgend etwas? Tut dir etwas weh?«

Das Glitzern von Taljas Brille wanderte von mir zu ihm und wieder zu mir, haftete an Asa'el und bat ihn um Hilfe. Ihr kleiner Mund stand offen, das Bonbon steckte in ihrer rechten Wange, ihr Finger tippte auf den Knopf ihres Brustbeutels.

Wie dumm du bist, Maria. Hast du wirklich geglaubt, du erschütterst ihn, er erschrickt und schüttet sein Herz aus, und wenn er mit seinem verbohrten Schweigen fortfährt und nicht erschrickt, sagst du aha, irgendwas mit seinem Kopf ist nicht in Ordnung. Und was hat es gebracht? Seine Finger wühlen auf seinen Knien und das »Nichts« hört sich nach nichts an.

»Trink, Opa.« Talja beobachtete mitleidig die Hände, die sich vom Knie lösten. »Ist der Tee süß genug, Opa, oder willst du noch ein bißchen Süßstoff?«

»Süß genug.«

»Opa, möchtest du einen Keks? Wenn diese Zyklamen welken, bringe ich dir noch welche, gut, Opa? Wir haben den ganzen Garten voll. Willst du, daß ich dir noch eine Zyklame presse, Opa?«

»Gut, noch eine Zyklame.« Seine Hände umschlossen die Tasse, hoben sie langsam zum Mund.

Das Licht im Fenster erlosch, die Ränder der Häuser, die Sonnenboiler und die Antennen wurden schärfer und schwärzer. Ich machte das Fenster auf, ein kühler Wind drang herein. »Hier ist es zum Ersticken, man kriegt keine Luft, merkt ihr das nicht?« Vater zog die Schultern zusammen, seine dünnen, weißen Nackenhaare richteten sich auf, ein Faden, der von seinem Kragen hing, zitterte und kitzelte ihn am Hals. Er friert und bittet mich nicht, das Fenster zu schließen. Wenn er mich darum bittet, werde ich es tun, aber er schweigt und hält die Tasse umklammert.

»Soll ich zumachen, Vater?« Ich sprach laut, als wäre er schwerhörig.

»Ja, mach zu.«

Die gelben Dünen und ihre schütteren Wimpern hielten mich fest, verlangten eine Erklärung. Ich schaute sie direkt an. Wenn du glaubst, daß ich übertrieben habe, dann sag laut, du hast übertrieben, Moria, los, sag's schon, Asa'el, du mit all deinen Zähnen. Die Hälse der Steins sind geschwollen, ihr ganzes Leben lang schlukken sie alles runter, bis der Moment kommt und das Verschluckte mit aller Macht herausbricht.

Der Knopf an Taljas Brustbeutel klickte, die roten Schuhe schlenkerten vor und zurück, das Bonbon zerschellte an ihren Zähnen. Ich schloß das Fenster, legte eine Hand auf ihre Schulter und massierte sie unterwürfig. Ein schmaler Nacken, Wirbel wie die Früchte des Paternosterbaums, rund und klein. Ich hatte schon lange kein Mädchen mehr umarmt. Ich legte die Hand auf ihren warmen Hals. Ich kann noch ein Kind bekommen, ich kann mir noch einen kleinen Menschen mit einem schmalen Nacken machen, ihn umarmen, ich kann ihm sinnlose Liebkosungen zuflüstern. So beugt sich Naomi über die Köpfe ihrer kleinen Kunden, sehnt sich danach, sie zu berühren, aber sie legt ihnen höchstens eine Hand auf die Schulter, fühlt den weichen Knochen, ein Rücken bewegt sich. Siehst du das grüne Buch dort? Sie lenkt neugierige Blicke zu dem Buch und folgt den kleinen Füßen, die hinlaufen. Gestern hat sie einen Sonnenuntergang am Meer gesehen, und ihre kinderlosen Jahre schwammen auf der Wasseroberfläche und schlugen Wellen. Sie atmete die salzige Luft ein und sah am feierlichen Himmel Zeichen für Tage, die noch auf sie warteten, sie wird ein Kind haben und einen Mann, der sie mindestens einmal liebt.

»Naomi wird noch gute Dinge erleben«, sagte ich.

»Ach, Naomi«, kam das Echo des Schicksals von Vaters Stuhl. Mutter und Rabbiner Kook sahen ernst aus, vielleicht waren sie überzeugt, daß das Gute, das Naomi erwartete, nichts Gutes war, vielleicht waren sie zornig auf Avram Stein, der auf seine Ehre verzichtete und sich der Frechheit seiner mittleren Tochter beugte.

»Willst du uns hinausbegleiten, Vater?« Ich nahm meine Hand von Taljas Schulter und legte sie auf seine. Die Knochen ausgezehrt, ins Gelenk gebettet, wie eingefroren.

Sie schob ihr Gesicht zu seinem. »Ja, Opa, ja, Opa. Bring uns raus, bitte . . .«

»Gut«, sagte er kurz und trocken und schob seine Füße in die Hausschuhe, stützte sich auf die Sessellehne, stand auf und gab ihr seine Hand.

Stein hat aufgehört, Bananen zu essen, wird Susi sagen, die Köchin, falls sie gerade den Flur entlanggehen und uns treffen wird. Asa'el mit seinen Wimpern und den Albinohaaren auf dem Kopf, Vater mit seinem gebückten Rücken, neben sich Talja mit ihrem gemessenen Gang, ich mit meinen Stiefeln, die auf den Boden schlagen. Stein ißt keine Bananen. *So what.*

Talja winkte ihm zum Abschied mit ihren kurzen Armen zu. »Ich trockne dir eine Zyklame, Opa, vielleicht auch eine Lilie.«

Er blieb einen Moment verlegen an der Glastür stehen und tastete nach dem Geländer, dann drehte er sich um und verschwand im Flur. Sie drückte von draußen die Nase an die Tür, schaute ihm nach, die Hände auf dem Glas gespreizt. Der Wachmann stand auf. »Mädchen, nicht die Scheiben anfassen.« Sie nahm die Hände weg und hinterließ fettige Flecken auf dem strahlenden Glas.

Sie weigerte sich, mit Asa'el und mir zu fahren. »Ich liebe den Autobus«, sagte sie. »Gleich hier ist die Haltestelle.« Sie stand da und lutschte an der Schnur ihres Brustbeutels. Asa'el streichelte ihr über den Kopf, sie wich zurück und ging mit gesenktem Kopf zur Haltestelle, breitbeinig, die Schuhe nach außen gerichtet, sie hatte jetzt schon den Gang der Sehbehinderten.

Am Himmel war noch ein grauer Schimmer zu sehen, es war halb fünf, und der Abend verdrängte bereits den Tag. Jetzt wird er mich beschimpfen, er wird fragen, was mit mir los gewesen sei, daß ich ... Aber er nahm mich am Ellenbogen und stützte mich auf dem Weg zum Auto, wie man eine Kranke stützt. Hoffentlich hört er auf zu verstehen und findet etwas Grobes und Abstoßendes, das er mir an den Kopf werfen kann. Ich schmiegte mich an die Hand, die mich mitleidig am Ellenbogen hielt, ich ging neben ihm her und sagte kein Wort.

»Ich denke, er ist krank.« Weißer Dunst kam aus seinem Mund, wickelte die Worte ein. »Man muß ihn untersuchen lassen, vielleicht kann Muli ...«

Ein altes Ehepaar kam uns entgegen. »Du hast es gesagt, natürlich hast du es gesagt.« Die Frau blieb stehen, stützte drohend die Hände in die Hüften. »Wir werden sehen, ob du dabei bleiben wirst, daß du es nicht gesagt hast.« Der Mann tastete mit dem Schuh über den Bordstein. »Das bildest du dir alles nur ein«, sagte er. Zankend gingen sie weiter, sie hatte sich bei ihm eingehängt und führte ihn. Da ist die Straße, da sind ihre Geräusche, da ist, was aus dem Leben wird, wenn man nicht rechtzeitig damit aufhört. Da ist die Straße, auf der man gedankenlos geht, man trägt Früchte und Blüten nach Hause, und hinter dem Mäuerchen am Straßenrand lauert einem der Zufall auf. Da ist die Straße, auf der um diese Uhrzeit das Streiten und Lachen aufhört, eine Gitarre und eine Flöte liegen in ihren Kästen, und das Saxophon, das den ganzen Tag die schon vergessene Schönheit des Landes Israel wieder hat aufleben lassen, hängt bereits auf einem über den Fahrradlenker gebeugten Rücken. Bald, in einer Stunde oder weniger, gehe ich vielleicht zu ihm und rolle mich an seinem mächtigen Körper zusammen, vielleicht aber auch nicht.

So hält er Sarales Ellenbogen, wenn sie auf der Straße gehen, sie sieht seine Silhouette im Schaufenster und erschrickt. Er hatte nie eine andere Frau als sie. Er wird weder von Studentinnen noch von jungen Kolleginnen verführt, die das Büro mit ihm teilen. Seine Arme werden mit dem Älterwerden immer schuppiger werden. Sarale wird ihm die langärmligen Hemden aufbügeln und die Knöpfe enger annähen, damit die Manschetten nicht nach oben rutschen und seine Handgelenke freigeben.

»Entweder ist er krank oder alles ermüdet ihn«, sagte er. »Es wäre gut, wenn Muli ...«

»Was sagst du zu Talja, hast du gesehen, wie sie bei dem Theater, das ich veranstaltet habe, unter Druck geraten ist?«

Er räusperte sich. »Sie ist stark, sie wird es verkraften.«

»Sie wird es verkraften«, äffte ich ihn nach und drehte scharf meinen Ellenbogen, befreite mich von seinem Griff. Ich blieb vor ihm stehen, die Hand herausfordernd in die Hüfte gestemmt.

»Ich habe genug von diesem beherrschten und gemessenen Ton. Ich schlafe mit einem russischen Musiker, den ich auf der Straße kennengelernt habe, ich rolle Komplikationen vor die Schlafzimmertür meines Ehemannes, ich schreie meinen armen Vater an, und du, in deinem sicheren, zugeknöpften Pullover antwortest mir mit den akademischen Worten eines Pädagogen. Alles ermüdet ihn, sie wird es verkraften. Verliere doch einmal die Fassung, Asa'el. Los, sag mir doch, was du von all dem hältst, was du heute gesehen und gehört hast.« Ein Rabe flog über die Straße zu einem Baumwipfel, in dem er wohl die Nacht verbringen wollte, Asa'el schaute ihm nach.

»Du hast dich nicht mit sechzehn Jahren von den Ketten gelöst, die dich mit den Steins verbinden, du tust es heute«, sagte er. Der Rabe kam wieder, als habe er etwas vergessen, flog niedrig irgendwohin, kehrte zum Wipfel zurück, und sein scharfes Krächzen folgte uns. Die Dämmerung dämpfte Asa'els Züge und glättete seine Falten, in diesem Zwielicht wirkte er anziehend, fast erotisch.

»Es gibt nicht viele Menschen wie Juval. Wenn ich das sagen darf, versuche, ihm nicht weh zu tun.«

Natürlich werde ich das versuchen. Nichts anderes habe ich erwartet. Immer sorgen sich alle um die ausgezeichneten Menschen, nie um kleine Huren.

Auch die Falten an seinem Hals verschwanden in der Dämmerung, seine Augen glänzten, umrandet vom Kranz der hellen Wimpern.

Er nahm meine Hand in seine. »Ich verstehe etwas von Geschichte, aber darüber, was im Leben richtig oder nicht richtig ist, weiß ich nichts ... Nur nicht weh tun ...« Er ließ den Rest seines Satzes in der Luft hängen, sagte nicht, wen er meinte.

Meine Hand fühlte sich wohl in seiner, seine Haut war warm und trocken, und die Luft war kalt. Ein Junge ging auf dem Bürgersteig, ließ einen Ball aufspringen und zählte laut, zwei, drei, vier. Seine Hand schlug daneben, der Ball rollte gegen Asa'els Fuß, er stoppte ihn und kickte ihn gezielt zu dem Jungen zurück. Der Junge stieß ihn wieder zu Asa'el und lachte, seine Zähne leuchteten weiß in der Dämmerung. Asa'el machte eine Bewegung, als wolle er zur Seite zielen, und schoß ihn gerade, der Junge machte einen Satz, erwischte den Ball und hüpfte weiter und zählte, eins, zwei, drei, vier ...

Ein kleines Lächeln überflog Asa'els Gesicht. Das Glück hatte ihm einen Ball vor den Fuß gelegt und ihn damit vor seiner verrückten Schwägerin gerettet. Ich lehnte mich an das Fenster seines Autos, er ließ es an und betrachtete, geschützt in seinem Wagen, mit ruhigem Blick die Straße, versunken in einen Gedanken, der aus seinen Tiefen aufgestiegen war, seine gelben Augen in die Ferne gerichtet, und plötzlich lachte er. »Hast du diesen tapferen Alten gesehen? Das bildest du dir alles nur ein, hat er zu ihr gesagt.«

»Das ist nicht zum Lachen, das ist zum Verzweifeln«, sagte ich, und er berührte meinen Arm mit der einen Hand, mit der anderen löste er die Handbremse.

»Zum Verzweifeln? Das kommt darauf an ...« Er hob seine Albinoaugen und schaute mich ernst und nachdenklich an, und ich wußte nicht, ob er unsere Beziehung besiegelte oder löste.

Er fuhr los. Maja war schon mit dem Gebieter der Unterwäscheetage weggegangen und hatte mir auf dem Pinnbrett aufgespießte Zettel mit Nachrichten hinterlassen. Ich wünschte, Valeri würde kommen, sich erschöpft mir gegenüber auf den Stuhl setzen, die Schmetterlinge betrachten und Tee trinken. Nur das. Er sollte nur da sitzen, den Saxophonkoffer zwischen den Knien, und die Schmetterlinge betrachten. Wir würden uns nicht küssen, wir würden nicht miteinander schlafen, wir würden nur gemeinsam atmen und schweigen und Tee trinken, dann würde jeder zu sich nach Hause gehen. Das Telefon läutete.

»Was hältst du davon, wenn wir drei heute abend essen gehen?«

»Wir drei? Mit Schira?«

»Nein, mit Naomi.«

Wir drei. Ich habe einmal in einem Ausstellungskatolog ein Bild gesehen, ein Mann und zwei Frauen, die zusammen auf einer Parkbank saßen. Eine hielt er im Arm, die zweite, mit der Schulter an seinen Rücken gelehnt, drehte das Gesicht von ihnen weg und schaute in die Ferne.

Wir drei.

Um halb acht nahm ich den Spiegel heraus und kämmte mich. Ich hatte abgenommen, daran gab es keinen Zweifel. Meine Wangen waren eingefallen, das Kinn spitz, der Ehering rutschte locker auf meinem Finger hin und her, würde er nicht vom Knöchel gebremst, könnte er unbemerkt herunterfallen. Ich wartete in der Buchhandlung in der Vorhalle des Theaters auf sie, den Blick auf die Tür gerichtet, um ihre Ankunft nicht zu verpassen. Die Verkäuferin fragte, ob sie mir helfen könne. »Für welchen Bereich suchen Sie etwas? Freizeit? Belletristik?«

»Für den Bereich Sehnsucht, Vergnügen, Verzauberung, Lust . . .«

»Gut, gut, ich habe verstanden. Etwas Psychologisches, New Age, wir haben da . . .«

Naomi trat vor ihm ein, sie hielt dem Wachmann ihre Tasche zum Kontrollieren hin. Ihr alter schwarzer Mantel stand offen, das grau-rosa Kleid kannte ich nicht. Die Farben welkender Rosen waren in Mode, auch ihr Gürtel und ihr Tuch waren in edlen, gedeckten Rosatönen. Ich griff nach einem Buch mit einer dunklen Schwertlilie auf dem Einband, wie die Schwertlilien auf dem Kleid, das Mutter ewig getragen hatte, und hob den Blick nicht, bis sie mich bei meinem Namen riefen, dann strahlte ich ihnen entgegen.

»Schau dir diese Schwertlilie an, erinnert sie dich an jemanden?«

»Natürlich.« Sie beugte sich über das Album. »An Mutters Kleid.« Ihre Lippen glänzten, ihr roter Lippenstift war neu, auch das Haarspray war neu, es ließ ihre Haare feucht aussehen, als sei sie gerade aus dem Bad gekommen.

Auf den Stufen, die zum Restaurant hinaufführten, nahm ich ihre Hand, eine kleine, weiche Hand. Meine Schwester, mein eigen Fleisch und Blut, du wirst noch ein Kind bekommen, und ich nehme es dir nicht übel. Vierundvierzig Jahre wurdest du nicht geliebt, jetzt ist es näher als je zuvor.

»Findest du, daß ich mit diesem Rot ein bißchen übertrieben habe?«

»Ich habe dir schon gesagt, du siehst wunderbar aus. Komm, fragen wir ihn, was sagst du, Juval?«

»Was ich immer sage, die Steinfrauen sind eine schöner als die andere.«

Sie wurde rot, öffnete ihre Handtasche, als suche sie etwas, und ihr Kopf verströmte den zarten Geruch ihres Zitronenshampoos.

Der Kellner kam uns entgegen. »Wie viele sind Sie? Drei?«

»Drei.« Ich hob drei Finger, und er zeigte uns einen Tisch am Fenster, das nach Süden ging.

Wir setzten uns an drei Seiten des Tischs, die vierte stand am Fenster. Juval saß zwischen uns, den Blick auf die tanzenden Lichter der German Colony gerichtet. »Was möchtest du essen?« Er berührte unter dem Tisch mein Knie, ich zuckte zurück, drückte meine Knie zusammen. Gleich tat es mir leid, und ich wollte es ungeschehen machen, aber er hatte seine Hand schon zurückgezogen, und in seinen Augen tauchten schmale, düstere Zypressen auf.

»Eine dampfende Lauchsuppe, darauf habe ich Lust.«

»Ich auch«, sagte er.

Naomi wollte eine dünne Gemüsesuppe, ohne Sahne. »In der Suppe mit Sahne sind achttausend Kalorien.« Sie klopfte sich auf den Bauch.

»Ist das alles?« Der Schatten des Kellners fiel auf den Tisch.

»Und Rotwein, einen trockenen Cabernet«, sagte ich, und die Augen mit den dunklen Zypressen richteten sich erstaunt auf mich.

Wenn die Suppe serviert wird, werden wir mit Essen beschäftigt sein, wir werden in der Suppe rühren, wir werden Croutons herausfischen, wir werden unsere Meinung über ihre Schärfe kundtun, über ihre Konsistenz, über Paprika und über Knoblauch. Aber bis dahin, großer Gott, müssen wir etwas finden, bei dem sich kein Auge verdüstert und keine Zypressenwipfel erzittern. Die Apotheke. Ein anständiges, steriles Thema. Halleluja. Ja, sie sind bereit, ihr den Urlaub zu verlängern, sie hatte am Nachmittag mit ihnen gesprochen, sie sagten, sie würden sowieso bis zum Sommer schließen, Renovierung, Installation, Strom und so weiter. Juval weiß es schon, sie hat es ihm nachmittags erzählt, aber er hört ihr zu, es kann ihm nicht entgangen sein, daß sie sich schön gemacht hat. Die Kronleuchter hängen niedrig, ihr weiches Licht schmeichelt ihr, ihre Haare sehen aus, als hätte sie gerade unter der Dusche gestanden, sich schnell abgetrocknet und wäre hergekommen. Das gedeckte Rosa steht ihr gut. Sie spricht und faltet Akkordeonfalten in die Serviette, vier Augen sind auf sie gerichtet, und sie ist verlegen und kürzt ihren Bericht ab. »Gut, wir werden sehen, bis zum Sommer kann viel passieren, Gott ist groß.«

»Gott ist riesig.« Ich schüttelte das Salzfaß. »Bis zum Sommer? Er wird Welten erbauen und sie einreißen.«

»Was?«

»Sagt man das nicht über ihn, daß er Welten erbaut und sie einreißt?«

Der Wein kam, auch drei Teller mit dampfender Suppe. Die Lauchsuppe war sämig und kochend heiß, auf der Gemüsesuppe schwammen goldene Ölaugen. Wir hoben die Gläser, Naomi nahm einen hastigen Schluck Wein und löste den Knoten ihres Schals. »Fragt nicht, was mir heute passiert ist.« Sie bestrich eine Brötchenhälfte mit Butter. »Ein Junge hat in ›Pu der Bär‹ geblättert, und seine Mutter beugte sich über ihn und packte ihn am Kragen, lies, warum schaust du dir die Bilder an, was soll das schon bringen, ein Bild von einem Bär, der dasteht, und sechs Wörter stehen darunter, und dann wundert man sich, daß die Kinder dumm bleiben. Nun lies schon, wie oft habe ich dir schon gesagt, daß die Bilder dir den Kopf verstopfen, ein Bär mit Honig, ein Bär mit einer Karotte, ein schlafender Bär, ein stehender Bär, sie hängen mir zum Hals heraus, diese Bären. Und dafür wollen sie siebzig Schekel. Von mir aus können sie siebenhundert Bären malen, sie sehen keinen Cent ...« Wir lachten, Naomi wurde rot, nahm einen Löffel heiße Suppe und verbrannte sich die Zunge, sie hustete und bekam Tränen in die Augen, und als sie sich beruhigt hatte, sagte sie: »Siebenhundert Bären ...« und hob die Hand, um den Schal abzunehmen, sie hatte vergessen, daß sie ihn bereits abgenommen hatte, sie ließ die Hand neben den Teller sinken, genau wie Mutters Hände, noch feucht vom Geschirrspülen, auf beiden Seiten ihres Tellers gelegen hatten. Vater schob ihr Brot zu, Salz, Oliven, und nahm selbst keinen Bissen, bevor sie nicht ihre Gabel gehoben hatte.

So verletzlich ist Naomis Hand, sie hat schon kleine Flecken auf dem Handrücken, und der Seidenglanz ihrer Haut wird bereits stumpf.

Der arme Avram Stein, der nie vor Mutter einen Bissen in den Mund steckte, ist jetzt alt. Seine Augen sind geschlossen, er sieht seine sechs Kinder um sich herum auf dem Teppich, sechzigtausend Hoffnungen, und eine ist Gott. Was ist mit mir passiert, daß ich heute so über ihn hergefallen bin?

»Warum ißt du nicht, schmeckt es dir nicht?«

»Es schmeckt mir, es schmeckt mir.« Ich nahm einen Löffel Suppe und brachte ihn nicht runter. Taljas Brillengläser waren verängstigte Häschen, sie flitzten zwischen ihm und mir hin und her, und der Knopf ihres Brustbeutels klopfte wie ein erschrockenes Herz. Ich trank noch einen Schluck Wein, auch Juval trank und erklärte, was man vom Fenster aus sah, erzählte etwas über die Geschichte der German Colony, ihre Architektur und ihre engen Straßen, trank wieder und sagte auf deutsch, »danke schön« und »bitte schön« und »Guten Morgen, Frau Stein«, und Naomi lachte. Das Rosa ihres Kleids verblaßte zu dem Rosa des kleinen Unterhemds, das auf der Leine zwischen dem Fensterrahmen gehangen hatte, Größe vierunddreißig, schmal wie der Brustkorb der Flötenspielerin. Und wo hängt die Gitarristin ihre Unterhemden auf? Und wo streckt sie nachts ihre schweren Glieder aus? Morgen gehe ich vielleicht zu ihm, genau wie es morgen vielleicht regnet und vielleicht auch nicht.

Der Kellner stellte Orangenschaum vor uns hin, ich schob meinen zu Juval hinüber. Ich bin auch satt, sagte Naomi, hob mit dem Löffel die oberste Cremeschicht ab und aß sie. Nun, da sie die heiße Suppe im Magen hatte, weiteten sich die Blutgefäße ihres Gesichts, die Blässe verschwand, auch das neue Rot war verwischt, und sie war nicht mehr schöner als an den vielen Tagen davor.

Danach begleiteten sie mich zu meinem Auto, dann gingen sie zu Juvals Volkswagen. Als ich den Mazda wendete, wurden sie von meinem Scheinwerfer eingefangen, ein Mann und eine Frau in dunklen Mänteln, der Größe nach zueinander passend, sie hatte die Hände in den Manteltaschen, der rosafarbene Schal hing über ihren Rücken, und er bewegte die Hand auf und ab, schnitt Linien in die kalte Luft, erklärte ihr etwas, vielleicht über die German Colony, vielleicht über Pu den Bär. Wenn der Bürgersteig schadhaft ist, wird er ihren Arm nehmen und sie so lange stützen, bis sie den Volkswagen erreichen, und dort, in der Dunkelheit des Parkplatzes, wird der Mond einen Moment lang flackern und ihre Stirn beleuchten, er wird innehalten und ihr die Autotür aufmachen und überlegen, daß er den Weg zu ihrer Wohnung sehr langsam fahren wird.

»Das bildest du dir alles ein«, hatte der Alte zu der Alten gesagt. Blödsinn. Er wird sie nicht am Arm nehmen, und er wird nicht innehalten, gefangen in seiner Einsamkeit wird er neben ihr hergehen, er wird sie mit der Höflichkeit eines Schwagers behandeln und sich fragen, was mit Moria los war, warum ihre Wangen plötzlich eingefallen waren, warum sie sich binnen einer Sekunde so aufregte, daß ihre Stirn in Falten lag, warum ihre Knie zurückwichen, warum sie plötzlich Cabernet bestellte. Der Mund plaudert über die German Colony, und das Herz wühlt, sucht nach etwas, was er gesagt oder getan haben könnte, womit das Leben auf einmal so durcheinandergeraten war. Und Naomi beobachtet ihn, und ihr Herz hört nur auf sich. Du Dummkopf, spottet ihr Herz, die beiden hätten es viel mehr genießen können, wenn sie allein gegessen hätten, ohne dich, sie hätten sich an den Händen gehalten, geküßt, es kann ihnen doch egal sein, sie gehören zusammen, fest und selbstverständlich. Sie haben nur so getan, als hätte sie die Geschichte mit dem »Nun, lies schon« amüsiert, in Wirklichkeit dachten sie, wie anstrengend doch die Bagatellen sind, mit denen sich ein Mensch beschäftigt, in dessen Leben nichts Wesentliches passierte, sie haben sich unter dem Tisch mit den Beinen Zeichen gegeben, und du hast ihnen auch noch zweimal von den siebenhundert Bären erzählt …

Die Straßen waren leer, es war eine kalte Novembernacht, ich fuhr nicht besonders schnell, ich würde auf jeden Fall vor ihm zu Hause sein. Ich erreichte den siebten Paternosterbaum und sah, daß in der Küche und im Wohnzimmer das Licht brannte, auch in den Zimmern von Schira und Giora. Die Tür war nicht abgeschlossen, im ganzen Haus herrschte fröhlicher Lärm. Schira und Tehila saßen mit gespreizten Oberschenkeln und gekreuzten Füßen im Schneidersitz auf dem Wohnzimmerteppich. Tehilas Kleid war hochgerutscht, ihre dicken Oberschenkel lagen bloß, sie beugte sich zu Schira und strich ihr schwarzen Lack auf die Fingernägel. Giora hockte neben ihnen, eine Tasse heißen Kakao in der Hand. Leicht und graziös streckten sie sich auf dem Teppich aus. Vier Jahre waren zwischen Tehila und mir, mehr nicht, und sie stand noch in voller Blüte, während meine Jugend schon am Schwinden war. Giora stand auf und gab mir einen Kuß auf die Schläfe, oberhalb der Wange, mit den kühlen, vollen Lippen eines jungen Mannes, die die meisten Worte, die sie aussprechen würden, noch vor sich hatten. Seine noch vollen Haare waren vorläufig lang, seine Figur jugendlich schlank. Er trank Kakao und erzählte, daß Tehila zwei Karten zu einer Soloshow im Khan-Theater bekommen habe, weil sie im Theater Assistentin der Garderobiere geworden sei, ein Freund habe ihnen ein Auto geliehen, und sie seien hingefahren, aber jetzt müßten sie gleich los, sie hätten versprochen, das Auto noch vor Mitternacht zurückzubringen.

Schira schwenkte die Hände durch die Luft, damit ihre schwarzen Fingernägel trockneten. »Uff, ich habe keine Geduld«, seufzte sie.

Tehila zwickte sie in die Wange. »Gott gibt demjenigen Nüsse, der keine Zähne hat. Du, Süße, kannst Primaballerina werden, wenn du das willst, eine Cindy Crawford, alles. Du hast die Figur von einem Supermodel. Du mußt nur lernen, deinen Hintern zu schwenken.«

Schiras Wangen wurden flammend rot. »Ach, hör schon auf damit.«

»Warum soll ich aufhören, Süße, das Leben ist kurz, und du hast eine prima Eintrittskarte, also los, spring rein. Glaub mir, Mädchen, ich laufe schon ungefähr achtunddreißig Jahre in der Weltgeschichte herum, ich habe einiges vom Leben gelernt.«

Giora schüttelte seine Haare. »Das ist zum Lachen. Du läufst achtunddreißig Jahre auf der Welt herum, zwischen dem Carmelmarkt und dem Bezalelmarkt hin und her.«

»Werde nicht frech, Gio. Ein Mensch kann bis Los Angeles fahren und ein Idiot bleiben, und ein anderer geht hundert Meter die Allenbystraße entlang und weiß alles, was man über das Leben wissen muß.«

»Wo wir schon über das Leben sprechen, wo ist Papa? Bringt er sie nach Hause?« Er kicherte. »Ich sehe, daß ihr unsere Tante schleichend annektiert, zuerst bringt ihr sie in den Laden, dann in ein Restaurant, das nennt man Mitleid und Erbarmen.«

Er lachte, und sein Fuß stieß gegen den Nagellack und stieß ihn um, das zähe, schwarze Zeug floß auf den Teppich. Tehila machte einen Satz zu dem Fläschchen, Schira brachte Aceton, alle drei machten sich daran, den Fleck zu entfernen, und das Zimmer füllte sich mit Acetongeruch. Ein pakistanischer Teppich, von einem Künstler handgeknüpft, rot-schwarz, mit dicken Fransen. Ich zog meine Stiefel aus und stand in Strümpfen und blickte auf den breiten Rücken Tehilas, der sich beim Reiben bewegte, auf den mageren Rücken Schiras und den katzenhaften, langen Rükken Gioras. Einmal, weit weg von hier, hatte es einen anderen Teppich gegeben, billig, in einem Entwicklungsland gewebt, einer von jenen, die an Haken vor den Türen der Läden hingen, wie Kühe in der Metzgerei. Auf ihm saßen die sechs kleinen Steins mit angezogenen Knien und spielten. Wer seine Beine ausstrekken wollte, mußte sie unter den Tisch schieben. Auf jenem schäbigen Stoffgewebe wurde Mikado gespielt, wurden Türme aus Plastikbausteinen gebaut, wurde Karten gespielt, wurden Puppen aus- und angezogen. Und jeden Donnerstag brüllte der Staubsauger und saugte Kekskrümel ein, Sandkörner, Kiefernadeln, Schokoladenstückchen, Haare, abgeschnittene Nägel, Sesamkörner, Taubenfedern und Mottenflügel.

»Wir gehen.« Sie zogen ihre Mäntel an. Tehilas Daumen und der Zeigefinger erhoben sich. »Denk dran, Mädchen, wuppsch, und das Leben ist vorbei.« Sie umarmte mich. »Du hast abgenommen, Schwesterchen, nicht wahr? Ich wünschte, ich könnte das von mir sagen.« Giora gab mir einen Kuß auf die Stelle, die er vorher geküßt hatte, berührte mich mit der Hand, zog sie schnell zurück und legte sie dann wieder auf mich, bemüht, den Fehler wiedergutzumachen.

Auf dem Weg, der zur Straße führte, lachten sie, bis sie kurz stehenblieb und sich den Bauch hielt. Ich habe ihn mit keinem Wort nach der russischen Studentin aus Carmiel gefragt, was geht sie mich an, es interessiert mich auch nicht, ob seine Tante ihre Reize mit ihm teilt. Im Gegenteil, soll sie ihn mit ihrer enormen Lebenslust anstecken, es kann den Steins nichts schaden, wenn einer von ihnen weniger bescheiden wird.

Ich machte das Fenster auf, um den Acetongeruch zu vertreiben. Gedämpftes Hundegebell drang von den östlichen Hängen herüber, ein Helikopter kreiste am Himmel über dem Wadi und ratterte. Schira sagte, diese Hubschrauber würden nichts Gutes bedeuten, entweder würden sie auf jemanden schießen oder einen Todkranken oder Sterbenden zum Krankenhaus bringen. Ich schloß das Fenster, der Helikopter entfernte sich und brachte das Unheil zu anderen Orten. Mir war kalt, ich ging zum pakistanischen Teppich, um meine Fußsohlen zu wärmen. Und trotzdem, es gibt Wohnungen, in denen kein Teppich auf dem Boden liegt, es gibt noch nicht einmal eine Matte von einem halben Meter, um die Schwelle zu bedecken.

Juval war noch nicht zurückgekommen, wenn man bedachte, wie lange er schon weg war, mußte er jeden Augenblick auftauchen, obwohl natürlich immer etwas passieren konnte, ein Unfall oder eine Straßensperre von der Polizei. Vielleicht sitzen sie im Auto und planen, wohin sie morgen die Bestseller placieren könnten, welche Bücher sie aus den Regalen nehmen und den Verlagen zurückschicken wollten, welche sie billiger verkaufen würden. Er muß über zehn Kilometer fahren, und angenommen, er fährt mit einer Geschwindigkeit von fünfzig, plus zweimal zwei Minuten für das Warten vor jeder Ampel, dann ...

Aber da kam er.

Der Acetongeruch erinnerte ihn an ein Krankenhaus, er massierte ungeduldig mit dem Finger die Falte zwischen seinen Augen, zog seinen Mantel aus und warf ihn auf das Sofa. »Was ist hier los, ihr vergiftet die ganze Luft.« Wütend riß er ein Fenster auf, und wieder war das Bellen und das Gebrumm der Helikopter mit den Raketen und den Sterbenden zu hören. Seine Finger glitten über sein Hemd, nach oben, nach unten, er verzog das Gesicht, als ersticke er, und vermied es, mich anzuschauen, und als er es tat, bewegten sich die traurigen Zypressen.

Ach, Juval, ich wünschte, der Helikopter würde mich zu dem Fußboden bringen, der nicht mit einem Teppich bedeckt ist, der vom Mond beschienen wird, auf dem große Füße feuchte Spuren hinterlassen, und wenn eine Münze darauf fällt, springt sie in die Höhe, klirrt und rollt, bis sie zum Stillstand kommt.

Ach, Juval. Und trotzdem tastet unter der Decke eine Hand nach der anderen. Aus Metallfasern ist das Seil geflochten, das uns verbindet, es kann den Stürmen standhalten, die uns erschüttern. Ich zählte siebenhundert Bären und konnte nicht einschlafen. Was war mit mir los, daß ich so über Vater hergefallen war? Ohne die schmutzigen Brillengläser mit dem armseligen, dunklen Plastikgestell wäre es nicht passiert, das lupenartige Glas hatte mich entzündet. Dabei waren es doch nur Gläser, die zu putzen er sich nicht die Mühe gemacht hatte, und wie riß ich den Mund auf, und Talja, ein Mädchen mit einem Herzen so tief und so weit wie der Ozean, saß vor den Trümmern ihres Kekshauses und übertönte das Klopfen ihres Herzens mit dem Klicken ihres Brustbeutelknopfs.

Sobald sein Atem schwerer und tiefer wurde, lockerte sich seine Hand und glitt von mir. Beim achthundertsten Bären hörte ich auf zu zählen.

Auch der Winter bricht die Gesetze seiner Natur, wenn er genug davon hat, Winter zu sein. Ein früher, trockener Wind fuhr durch die Geranien und ließ rote Blätter abfallen, dichter Dunst stieg im Osten auf, das Auge der Sonne trübte sich, trockene Kälte ließ die Lippen aufspringen. Drei Tage kämpfte der Winter am Himmel, sammelte dichten Dunst, rief die Ostwinde, verhöhnte die Meteorologen. Drei Tage lang zerdrückte der winterliche Wüstenwind die Stiefmütterchen, zerbrach die Stengel der wilden Schwertlilien und schlug gegen die Blüten der Obstbäume. Drei Tage hintereinander war ich bei Valeri. Einmal hing ein kleines, grünliches Unterhemd an der zwischen den Fensterrahmen gespannten Angelschnur, einmal ein großes, altes Hemd, das im Brustbereich abgewetzt und verblaßt war. Wind blähte es auf, daß es aussah, als wäre es schwanger, und ließ es wieder zusammenfallen.

»Deine Schwester«, sagte Juval am Morgen, als die Welt wieder in Ordnung schien und im Westen schwere Wolken aufzogen, »sie möchte ein Kind.«

»Das glaube ich nicht. Hat sie das zu dir gesagt?«

»Nein, man sieht es ihr an.« Er drückte seinen Daumen gegen das Fensterbrett, formte eine Mulde in den Staub, den der wilde Winter dort angehäuft hatte. »All diese Kinder im Laden machen sie verrückt«, sagte er und bückte sich, um seine Schnürsenkel zuzubinden. »Sprich mit ihr.« Er warf einen Blick auf seine Uhr, rieb seine kühle Wange an meiner und sagte, er habe gehört, es gebe heute alle möglichen Methoden für alleinstehende Frauen, künstliche Befruchtung, Reagenzgläser und so weiter.

Methoden. Was tut ein Kind, das mit Hilfe von Methoden auf die Welt kommt? Ballt es die Hände bei der Geburt? Verschluckt es sein Schreien? Bleckt es sein leeres Zahnfleisch und beißt in die Luft?

»Schon acht, ich muß los.« Er zog seinen Cordmantel an und verließ das Haus, ordentlich rasiert, den Mantelkragen hochgeschlagen, um seinen Nacken zu schützen.

Wir werden ja sehen, hatte die alte Frau gesagt. Das bildest du dir alles nur ein, hatte ihr Mann geantwortet.

Sechstes Kapitel

»Komm, Mo, gib mir für einen Moment deine kleine Hand«, hatte er einmal, vor langer Zeit, zu mir gesagt.

Warum klein, dachte ich, sie ist mittelgroß, eine ganz normale Hand für eine Frau meines Alters. Ich gab ihm meine Hand, und aus dem Moment wurden Stunden, Tage, Wochen. Wenn ich so lange Hände hätte wie Muli, wäre mein Leben so weitergegangen, dann würde ich nun nicht so dasitzen.

Wenn jemand jetzt durch den Flur gehen würde, würde er sagen, meine Dame, lassen Sie bitte den Hund draußen.

Welchen Hund, würde ich sagen, der schwarze Klotz, der da neben mir liegt, ist Kummer, was soll ich tun, wenn er so treu ist wie ein Hund und mir überallhin folgt.

Und Muli – von all den Namen, mit denen er gerufen wurde und die er sich selbst gab, wählte er »Dr. Muli Stein« für das Kupferschild auf seiner Tür. Wenn er die Tür aufmacht, wird er mich sehen. Und bis er sie aufmacht, nützt es mir auch nichts, daß ich die Finger in die Ohren stecke, jeder Ort hat seine eigenen Geräusche, ein Wasserhahn wird aufgedreht, ein Mann sagt etwas, dann eine Frau, Edelstahlgeschirr klappert. Jeder Ort hat auch seine eigenen Tätigkeiten, eine Frau öffnet einen Reißverschluß, bindet einen Schnürsenkel, spannt einen Strumpf, atmet tief ein, mit geschlossenem Mund.

Jeder Ort hat seine eigenen Geräusche? So hatte ich es einmal geglaubt, bis das Weinen eines Saxophons in der Ben-Jehuda-Straße erklang und mich unvorbereitet packte. Zwischen der

Apotheke und dem Schuhgeschäft, ich trug in der einen Hand einen Gerberastrauß, in der anderen eine Plastiktüte mit einer Melone und Trauben, später taten mir die Hände weh, und ich stellte die Sachen auf dem Bürgersteig ab. Er stand dort, im Neonlicht, das aus dem Schuhgeschäft auf ihn fiel, über das Saxophon gebeugt, und spielte Melodien einer fremden Heimat, um seinen mit zwei Tage alten Stoppeln bedeckten Hals hatte er sich ein schlaffes Tuch gebunden. »Erde, meine Erde« weinte sein Saxophon, voller Sehnsucht nach einem anderen Land, nicht nach meinem. Ich stand lange dort, und als er »Weiße Tage wie im Sommer die Strahlen der Sonne« begann, suchte ich in meiner Handtasche nach einer Münze und überlegte, daß ich sie nicht hinwerfen würde, ich würde sie auch nicht fallen lassen, ich würde mich bücken und sie sanft hinlegen, damit er sie nicht klirren hörte, wenn sie bei den anderen landete. Ich bückte mich wie zu einer tiefen Verbeugung, bis ich das Innere des Saxophonkoffers berührte, und legte das Geldstück langsam hinein, vorsichtig, damit es nicht aufschlug und nicht rollte, damit es sich sanft von mir trennte, mit einem weichen Gleiten, und plötzlich zerrissen die weißen Tage, und er sagte: Ihre Hände sind etwas ganz Besonderes. Ich zog meine Hand zurück, nahm die Tüte und die Blumen, um wegzugehen, aber ich ging nicht. Was soll an meinen Händen Besonderes sein, dachte ich, abgenagte Fingernägel, ein Ehering, den mir Juval an den Finger gesteckt hatte, und sonst? Sonst nichts. Ich konnte diese gelassene Einsamkeit nicht mehr ertragen und ging, hörte, wie hinter mir Fenster weit aufgerissen wurden, und wußte, daß er mir nachschaute.

Drei Frauen saßen jetzt mit mir vor Mulis Tür und warteten darauf, an die Reihe zu kommen. Die neben mir hat sehr lange Beine in durchsichtigen Seidenstrümpfen, wenn sie dran ist, werden sich ihre Beine entblößen, und Muli wird sie sehen. Seit über zwanzig Jahren sieht Doktor Schmu'el Stein weibliche Beine, wohlgeformt, rasiert oder mit Flaum, mit Krampfadern, geschwollen, mit schmalen Knöcheln, alles.

Einst waren wir klein, beide, und sahen die Frauen nur bis zur

Höhe der Beine, auch Mutter. Jeden Morgen ging sie vor uns her durch die Straßen zwischen den Peugeots und Subarus über den großen Hof, und der Wind ließ ihr Kleid aufwehen. Vor ihr schritt Vater, und zwischen ihnen war ein Abstand von »Hast du auch daran gedacht, die Tür abzuschließen?« und hinter ihnen, im Abstand eines menschlichen Schattens, folgten sechs Pausenbeutel, einer nach dem anderen.

Was ist mit euch? Träumt ihr, oder was? Sie befreite sich von ihren Schulterkissen, erwartete nicht, daß wir ihr antworteten. Im Monat Tischri blies der Wind unter ihre Röcke, und im Cheschwan hielt sie den Stoff schon fest. Wir waren damals noch so klein, daß wir ihr nur bis zu den Fleischhügeln reichten, die sich über den Gummi ihrer beigefarbenen Strümpfe wölbten. Einmal, als sie ihren Rock nicht schnell genug festhielt, sahen wir einen blauen Fleck an ihrem Oberschenkel, so groß wie ein halber Schekel, und Muli fragte, woher sie das blaue Ding habe, als habe er sich nicht selbst oft genug Blutergüsse und Beulen geholt, wenn er sich an den Kanten der engstehenden Möbel stieß. Sowohl er als auch ich als auch die anderen vier, wer von uns hatte sich noch nicht an dem niedrigen Tisch im Wohnzimmer gestoßen, am Regal mit den Kerzenleuchtern, an der Anrichte? Mager und geschmeidig wie ein Wurm zog er sich zusammen, bewegte sich zwischen den Stühlen, den Sofas und den Schränken, hielt die Arme vor sich. Sarale, deren Becken und Oberschenkel zu früh breit wurden, rammte die Möbel, sogar wenn sie die Arme an sich drückte und den Bauch einzog, und Naomi lief zwischen ihnen herum, die Hände über den Kopf gehoben.

Gleich wird die Tür aufgehen, und er wird mich sehen, und ich, was werde ich sagen? Schau, Muli, all das ist nur wegen eines Mannes passiert, der einen Moment lang meine Hände sehen wollte? Du weißt doch, daß ich immer Sehnsucht hatte, eine dumpfe Sehnsucht, die immer unbefriedigt geblieben war, ich hatte schon gelernt, mit ihr zu leben wie mit Kurzatmigkeit, die Sehnsucht erlosch nicht, und ich war nicht niedergeschlagen, und plötzlich ein Saxophon und »Komm, Mo, gib mir mal deine kleine Hand«. Wer hat mich je »Mo« genannt? Wer hat je so konzentriert meine Hand betrachtet, daß ich die Luft spürte, die seine Nasenlöcher über meine Fingernägel bliesen?

Auch Muli kannte Sehnsüchte. Der Finger, den er jetzt in Scheiden einführt und mit dem er Gebärmütter abtastet, um festzustellen, ob sie klein oder vergrößert sind, fest oder erschlafft, bohrte jahrelang in seiner Nase, als habe er schon immer das Bedürfnis nach der warmen, feuchten Dunkelheit fleischiger Öffnungen gehabt.

Was glaubst du, was du dort findest, hatte Chani geschimpft und den Finger aus der kleinen Nase gezogen. Und er verteidigte seinen Besitz, »Mutter, sag ihr doch«, und Mutter sagte nichts zu ihr, sie ließ ihn weiter mit dem Finger nach dem erstarrten Popel in seiner Nase suchen. Chani war damals noch hart und schmal wie ein Rohr, ihre Knöchel waren dünner als die Bambusstöcke auf dem Rasen, flach wie ein Junge war sie, und sie hatte schon ihre Periode.

Die Periode einer Frau, ein anständiger Ausdruck, Zeugnis eines guten Benehmens, bis die Periode plötzlich ausbleibt und sich in einen Alptraum verwandelt. Wie oft bist du zur Toilette gelaufen, um zu kontrollieren? Hundertmal? Zweihundert? Bis du kapiert hast, daß es nicht zu ändern ist, und du hast zu deinem Kummer gesagt, komm, und hast ihn hierhergebracht. Hätte ich mich nicht geschämt, hätte ich die Frau, die sich gerade ein saures Bonbon in den Mund steckte, gebeten, mir auch eines zu geben, ich hätte auch gern etwas über das Wetter oder irgend etwas anderes gesagt, egal was, nur um nicht hier zu sitzen und zu schweigen. Wenn ich schweige, empfinde ich Mitleid mit mir und Juval, und in den Pausen zwischen den Mitleidsausbrüchen denke ich an Muli, wie er mit all diesen Frauen umgeht, die in seiner Praxis auf dem Untersuchungsstuhl die Beine breit machen, wie er seinen Charme verteidigt, wie der Mann mit dem Arzt kämpft, wenn er das Rascheln ihrer Kleider hört, wenn sie sich hinter dem Wandschirm ausziehen, ihr »Doktor, ich bin soweit«, und wenn der Duft ihrer Geschlechtsteile in seine Nase steigt.

Ich bin als nächste dran, drei andere warten noch, die Frau auf dem Stuhl neben mir verströmt einen feinen Duft nach Pfefferminz und Honig, ihre Hände sind mit Altersflecken übersät, aber ihre Beine sind lang und ihre Brüste fest.

Ich habe nicht angerufen, um einen Termin zu vereinbaren, aber er ist daran gewöhnt, sich seine Unsicherheit nicht anmerken zu lassen, ich habe einmal gesehen, wie er seine Augenbrauen kontrollierte, damit sie sich nicht beim Anblick eines behinderten Kindes zusammenzogen, bei dessen Geburt er geholfen hatte. Eine Frau war uns auf der Straße mit einem Kinderwagen entgegengekommen und stehen geblieben, sie zog die Decke von dem gelähmten Baby und sagte: »Doktor, schauen Sie, was für ein Unglück das ist.«

»Das war unmöglich zu verhindern«, entgegnete er, legte die Hand auf ihren Arm und verzog keine Miene.

Sie schaute ihn mit ihren schwarzen, verzweifelten, zornigen Augen an. »Das war nicht zu verhindern? Unmöglich?«

»Nein, leider nicht«, sagte er, ohne die Hand von ihrem Arm zu nehmen, und seine Augenbrauen zuckten nicht, ebensowenig ein anderer Muskel seines Gesichts.

Mal sehen, ob ich noch einen Nagel oder zwei abnagen kann, bis ich an der Reihe bin. Der Daumennagel ist bereits bis zur Fingerkuppe abgeknabbert, auch die Nägel der beiden kleinen Finger. Chani würde sagen, hör auf, deine Nägel zu kauen, wenn du Hunger hast, nimm dir doch einen Keks.

Chani? Chani würde kein Wort zu mir sagen, höchstens würde sie den eigenen Kummer zurückstellen, damit sie noch Platz hätte für meinen. Chani mischt sich mittlerweile nicht mehr ein, wenn es um die Nasenlöcher oder die Fingernägel anderer geht, und auch die Instanz »Mutter, sag ihr doch« hatte längst aufgehört zu existieren.

Jeder von den Steins rief »Mutter, sag ihr doch«, noch bevor er richtig Mutter sagen konnte. Und diese Rufe trafen dennoch immer auf gleichgültige Ohren. Sechs Kinder, ein Dutzend Nasenlöcher, sechzig Finger. Sechshundert »Mutter, sag ihr doch« pro Tag.

Morgen für Morgen ging sie vor uns her. Der Griff ihrer Schultasche drückte eine Rille in ihr Fleisch, Vater ging vor ihr, knöpfte sein Jackett zu, um nicht mit den Schößen an das feuchte Blech zu stoßen. Er zog ein Tuch aus dem Handschuhfach, wischte die Scheibe ab. Nun, steigt schon ein, steigt ein, drängte er uns, und der Subaru schluckte uns, ein Kind nach dem anderen, wir setzten uns auf die Rückbank, wo unsere kleinen Hinterteile schon Abdrücke hinterlassen hatten. Als wir sechs geworden waren, hatten sie einen gebrauchten Subaru Kombi gekauft, denn sechs Kinder paßten nicht in einen durchschnittlichen Personenwagen. Als würden sie in einen Kombi passen. Chani und Naomi saßen in der Mitte, Sarale und ich auf den Seiten, Muli auf Chanis mageren Oberschenkeln. Er wurde von ihren spitzen Knien in die Luft geschleudert und fiel wieder darauf zurück, sein Hinterteil stieß auf ihre kantigen Knie. »Was für ein Spaß, was für ein Spaß«, rief sie lachend, und er schwebte über ihr, als hätte er kein Gewicht, und als er plötzlich im Spiegel auftauchte, fiel die Kippa von seinem Kopf zu Boden. Eine bucharische Kippa der Art, wie alle Semels und alle Finkelsteins sie trugen, tiefe Wollschüsseln, die geeignet waren, die kleinen Köpfe zu bedecken, und auch das Radfahren aushielten, das Ballspielen und Raufen.

Mutter besaß nur ein Kleid, oder sie hatte zwanzig, die alle gleich aussahen. Wenn ich an der Reihe bin, werde ich ihn fragen, ob die Blumen auf ihrem ewigen Kleid blau waren. Er wird verächtlich lächeln, was spielt das für eine Rolle, ein Kleid, Blumen, Farbe, Nichtigkeiten, findest du nicht?

Du bist Arzt, Muli, du hast ein großartiges Mikroskop, wer weiß besser als du, daß es keine Zelle, keinen Zahn, keinen Fingernagel gibt, der nicht auch Spuren der Erinnerung trägt. Es ist mir egal, was die Blumen auf Mutters Kleid für dich bedeuten, wenn ich an der Reihe bin, werde ich dich danach fragen.

»Ist dir das wirklich wichtig?« Er wird den Blick zu Boden richten, oder hinüber zum Fenster oder sonstwohin, und versuchen, sich nicht irritieren zu lassen.

Das geht mir nicht aus dem Kopf, werde ich sagen. Als hätte ich keine größeren Sorgen! Als hätten meine Sorgen noch keine Zeit gehabt, ihre eigenen Erinnerungen zu sammeln. Er wird den Daumen an seine Nasenwurzel drücken, er wird versuchen, aus seinem Gedächtnis ein Kleid zu ziehen, zerknittert unter der Last der Tage, und wird an die Kleider denken, die er seither gesehen hat, als hätte er in seinem Kopf einen Bügel, von dem er dieses Kleid ziehen könnte, das sich im Monat Tischri morgens über ihren Schenkeln aufgebauscht hatte. Laß nur, Muli, dieses Detail ist so nebensächlich wie die Wurzel einer einzelnen Augenwimper, die für sich allein keine Bedeutung hat, bis sie sich plötzlich entzündet, sekretiert, rot wird und auf ihre Existenz aufmerksam macht.

Die Frau neben mir zog an ihrem Ärmel, schaute auf die Uhr. »Du lieber Gott, wie lange das dauert.« Sie atmete tief ein und stieß die Luft demonstrativ wieder aus. Die beiden anderen blätterten in Illustrierten für die reifere Frau, sie lasen Versprechungen zum Erhalt der Jugend, von Hormonen, die der Zeit ein Schnippchen schlagen, sie aufhalten, das Rad zurückdrehen würden. Als würde sich die Zeit um einen Hormonersatz scheren, den Muli und seine Kollegen erfinden, als würde sie nicht mit großem Appetit die Zukunft verschlingen, und kein Hormon der Welt könnte sie davon abhalten. Ich, die ich jetzt zwei Meter von Muli entfernt sitze, mit einem Kummer, der hinter mir herläuft wie ein Hund – tausend Jahre liegen zwischen mir und dem Mädchen, das sich mit ihm auf den Rücksitz des gebrauchten Subaru Kombi quetschte, zu einer Zeit, da weder er noch ich wußten, daß es im Körper etwas gibt, das man Gebärmutter nennt, und nun sind es zwei Wochen, daß ich nur daran denke, als hätte das Gehirn seine Schale im Kopf verlassen und hätte sich in der Gebärmutter angesiedelt. Damals, als uns das Wort Bauch genügte, glatt und flach, wie er war, wurden wir morgens mit dem Kombi gefahren, den sie gekauft hatten, als wir sechs Kinder geworden waren. Als erste stiegen Naomi und Sarale aus, Hand in Hand, mit über der Brust schaukelnden Brotbeuteln, mit von der Sonne roten Gesichtern und gleichzeitig »Auf Wiedersehen« schreiend. Nach ihnen stieg Chani aus, in der blauen Schuluniform, verabschiedete sich mit einer halben Bewegung von den anderen im Subaru und ging mit festen Schultern und eingezogener Brust davon, sie versuchte, ihre Flachheit zu verbergen, das, was noch nicht wuchs, obwohl seine Zeit gekommen war. Auf dem nun leer gewordenen Rücksitz streckte sich Muli aus und sang aus voller Kehle »Erlöse dein Volk«, und die Adern an seinem weißen Hals schwollen an. »Hörst du, wie er singt?« Mutter wiegte das Baby, das sie auf dem Schoß hielt. »Das ist nicht Schmu'el, das ist Joselito, hör zu.«

Ihn und mich ließen sie zuletzt aussteigen. Wir waren beide im Kindergarten, fast Zwillinge, nur zehn Monate trennten uns. Er ging rückwärts, mit dem Rücken zum Kindergarten, bis er an das Tor stieß. Vater winkte uns zu, mit der knochigen Hand eines Angestellten der Staatlichen Rentenversicherung, und Mutter winkte mit ihrer weißen Hand. Chani hatte gesagt, diese weiße Farbe stamme von den Kreiden, mit denen sie für ihre Schülerinnen immer etwas an die Tafel schreibe, das würde ihr für ewig an den Händen hängenbleiben, wie ein Granatapfelsaftfleck.

Schau doch, wie du gehst, Schmu'el, wieso gehst du rückwärts, hast du Augen im Rücken? Paß auf, Schmu'el ... das Tor!

Sie nannten ihn »Schmu'el« und untersagten uns, eine Koseform zu verwenden, sie nannten ihn nicht »Schmiel«, nicht »Schmulik«, nur »Schmu'el«, wie den spätgeborenen und einzigen Sohn von Hanna und Elkana. Es kam ihnen nicht in den Sinn, daß dieses strikte Verbot sich nachträglich rächen würde und daß er mit einundvierzig nur »Muli« sein würde, eine Koseform, die er sich selbst abgeleitet hatte, ein Name, der auch zu einer Katze oder einem Papiertaschentuch passen würde.

Damals war er Schmu'el und ich war Moria. Aber im Lauf der Zeit bedrückte mich die Last des Berges, ich verzichtete auf seine Heiligkeit und wurde zu »Mor«, dem Duftstoff, der im Tempel benutzt wurde, duftend, leicht, flüchtig. Im Ausweis und im Ehevertrag blieb ich Moria. Auch Juval nennt mich »Moria«, und für einen einzigen Menschen auf der Welt bin ich »Mo«. »Komm, Mo, gib mir einen Moment deine kleine Hand.« Es ist, als würde mich dieser Name, Mo, von mir selbst trennen, als habe das, was Mo tut, nichts mit Moria zu tun, und als wäre Moria dafür nicht verantwortlich zu machen. Sollen sie mich doch nennen, wie sie wollen, die Frau, die jetzt auf Dr. Muli Stein wartet, ist Moria, auch wenn man sie »Mathilda« oder »Kleopatra« oder »Mo« nennt.

Muli, als seine Beine länger wurden und er die Stimme Joselitos verlor, die Glätte der Wangen, die Beherrschung seiner Seele, nannte er mich heimlich Maria, wie der Held aus der Westside Story, der nachts »Maria, Maria« für sie sang, oder wie die Maria, die vom Himmel geschwängert wurde.

Muli erlaubte sich das, was sich Zwillinge erlaubten.

Ich kam im Monat Tewet auf die Welt, er am Ende des Tischri, zehn Monate nach mir, und der Regen, der am Tag seiner Geburt fiel, gehörte vielleicht noch zu dem Regen, der zehn Monate vorher gefallen war, um den natürlichen Zyklus zu erfüllen. Wir entstanden nicht gleichzeitig in derselben Schwangerschaft, wir wurden nicht gleichzeitig in denselben Uterus gesät, aber die Leute nannten uns die Zwillinge der Steins.

Muli, wie bist du so schmal und lang geworden? Als hätte die Sehnsucht, die den Hals aus dem Fenster reckte und die Augen aus den Höhlen treten ließ, die Glieder nach sich gezogen.

Wenn er jetzt seine Tür öffnet und das Zwillingsmädchen der Steins sieht, das an den Fingernägeln kaut, wird er das Gesicht mit dem Ausdruck verziehen, der sagen soll, »nimm die Hand vom Mund, was ist los mit dir, gibt es keine Scheren mehr?« Und du wirst ihm nie im Leben erzählen, daß du ohne den Mann, der deine Fingernägel liebt, nie in diesen Flur gekommen wärst.

Die Frau mit dem Geruch nach Honig und Pfefferminz kratzte sich leicht am Kopf, nicht wild, die beiden anderen unterhielten sich über die Menopause und die dazugehörigen Beschwerden. Eine Schwester kam durch den Flur, blies eine Kaugummiblase, eine Fliege summte zwischen den Fenstern. Was werde ich sagen, wenn ich vor ihm stehe, werde ich ihn sofort darum bitten und ihm nichts erklären? Oder erst erklären und dann bitten? Und was gibt es hier überhaupt zu erklären? Ich empfand eine menschliche Sehnsucht, Muli, mir ist ein Wunder geschehen, und für Wunder muß man bezahlen. Mehr braucht Muli nicht, er wird es verstehen. Konzentriere dich, Maria, drücke deine abgenagten Daumen auf die Augen, bis du die Gemeinsamkeit wieder empfindest, die du einmal diesem Zwilling gegenüber empfunden hast, bevor er Arzt wurde und du eine, die einem anderen ihre Hände gibt. Die

Schwester kam zurück, schob einen mit Akten bepackten Wagen, mit gebeugtem Rücken, dessen Gewicht auf ihre Hände drückte, und die Hände drückten den Wagen. Sie kaute energisch, preßte alles aus dem Kaugummi heraus und machte ihn schnell geschmacklos. Ein weißlicher Ballon zerplatzte vor ihren Lippen, verschwand wieder, um dem nächsten Platz zu machen, sie schaute uns mit erfahrenen Augen an, nichts Neues, schon immer standen hier diese Stühle, schon immer saßen Frauen darauf, schon immer drückten sie einen Moment, bevor die Tür aufging, ihre Beine zusammen.

Ich bin als nächste dran, ich, die Patientin Moria Ilam.

Ilam, ein Name, den ich dem Horoskop verdanke. Ich war Moria Stein, bis die Sterne sich einmischten. »Kann ich Ihnen helfen?« hatte eine männliche Stimme in der Buchhandlung gefragt. Ich war erst neunzehn. Philosophen, alt und weise, blickten mich aus den Regalen an. »Danke, ich komme zurecht«, sagte ich, obwohl ich nicht wußte, wo links und rechts war, aber die Stimme war angenehm, eine Mischung aus Wissen und Schüchternheit, und ich hoffte, er würde seine Frage wiederholen. Hohe, schwarze Stiefel folgten mir, hoben und senkten sich. »Wenn Sie etwas brauchen, ich bin hier.« Seine Beine warfen einen Schatten auf ein Foto von Jeschajahu Leibowitz, legten eine müde Traurigkeit auf die Augenlider des Professors. Ich nahm das Buch neben mir, und das Foto auf dem Einband schaute mich ernst an, ich drehte den Band um, um vor den strengen Augen zu fliehen.

»Sind Sie eine Anhängerin von ihm?« fragte die gemischte Stimme. Ich verneinte und gab nicht zu, daß mir seine Theorien nicht mehr und nicht weniger sagten als die seiner Regalnachbarn.

»Und Sie?« fragte ich und blätterte ziellos.

»Ich und Leibowitz? Wir kommen nicht schlecht miteinander aus.«

Ich drehte mich um, weil ich sehen wollte, wie ein Mund aussah, der einfach und gelassen »ich und Leibowitz« aussprach, und meine Schulter stieß gegen seine. Das Buch fiel zu Boden, wir bückten uns beide, um es aufzuheben, und unsere Haare waren keinen Faden breit voneinander entfernt. Ich zog meinen Kragen über dem Ausschnitt zusammen, er bekam Leibowitz zuerst zu fassen, blies den Staub ab und drehte den Band um, um zu sehen, ob dem Einband nichts passiert war.

Es dauerte eine Woche, vielleicht auch etwas länger, da ging ich wieder zu den papierenen Philosophen, und er kam hinter dem Verkaufstisch hervor und sagte: »Wir haben etwas Neues über Leibowitz, und außerdem heiße ich Juval Ilam.«

»Und ich Moria«, sagte ich und behielt Stein für mich. Matt und kraftlos klang das »Stein« gegen die aufrechte Fröhlichkeit des »Ilam«. Eine geschwächte Abendsonne schickte ihr letztes Licht in den Laden, ein niedriger Strahl drängte sich zwischen Zeitungen und Enzyklopädien, zerschellte an seiner Wange und bestimmte das Schicksal. Egal, was seither geschehen und nicht geschehen ist, bis heute ist der Eindruck jenes Augenblicks nicht verblaßt. »Ich heiße Juval Ilam«, ein Klang wie von einem Saiteninstrument, vergoldete Bartstoppeln, die Wimpern eines großen Auges, offen, gutartig.

Und Vater und Mutter? Anfangs reagierten sie irritiert auf seinen unbedeckten Kopf und spulten immer wieder mein Leben rückwärts, um den Fehler zu finden, den sie bei meiner Erziehung begangen hatten. Nach einem Dutzend Jahren der Mumifizierung in der Schuluniform, nachdem sie alle Wege außer dem einzig richtigen vorgezeichnet hatten und überzeugt waren, mich richtig zu leiten, hatte ich mich plötzlich für eine andere Richtung entschieden.

Sie sahen ihn immer wieder kommen, sahen, wie er vor dem Rasen stehen blieb und auf mich wartete, und sagten, solange sein Kopf unbedeckt sei, wollten sie seinen Namen gar nicht wissen, denn da, wo keine Kippa sei, gebe es nichts, was die Unverschämtheit vom Himmel trenne. Später, als er es wagte, in die Wohnung zu kommen, gaben sie nach.

»Er trägt keine Kippa, aber er ist frommer als viele Fromme, die ich kenne«, sagte Vater.

»Du meinst, er ist ein besserer Mensch«, sagte Mutter.

Muli schwieg und Schatten verfinsterten seine Augen.

Zehn Monate liegen zwischen uns, Muli, das ist nichts, der Uterus unserer Mutter war noch warm von mir, als du dich dort eingenistet hast. Die Zwillinge der Steins. Du hättest mir auf dem Fuß folgen können, du hättest mich überholen und noch vor mir herauskommen können. Ach, Muli, Gebärmutter, Gebärmutter und noch einmal Gebärmutter, da lebe ich jetzt. Voller Kummer.

Er wäre amüsiert, würde er diesen Gebärmuttersatz hören. Was für ein Pathos, Maria.

Pathos. Von mir aus soll es pathetisch sein, diese komplizierte Situation, in der ich bis zum Hals stecke, kann ein bißchen Pathos vertragen, all die schweren Eimer, die ich in der letzten Woche von der Küche zum Badezimmer geschleppt habe, haben dem Fötus in meinem Bauch nichts geschadet, wie sollen ihm dann Wörter etwas anhaben können?

Im Raum herrschte schon Aufbruchstimmung, eine Gürtelschnalle wurde geschlossen, ein Stuhlbein knarrte. Die Frau in den Seidenstrümpfen stellte ihre Beine gerade hin, reckte den Hals. »Endlich tut sich was, man kann hier ja verrückt werden.« Der Wagen, der von der Schwester mit den gesenkten Schultern geschoben wurde, tauchte am Ende des Flurs wieder auf, auch die Fliege summte von Fenster zu Fenster.

Er kannte das Kleid nicht, das ich trug. Meine Garderobe ist ihm schon seit Jahren fremd. Es war lang, gerade geschnitten, ohne Abnäher an den Hüften, aus violettem Leinen, nicht gerade schmeichelnd, dieses Kleid, das sich mir am Morgen angeboten hatte. Wer interessiert sich schon für Abnäher, für schmeichelnden Stoff, wenn der Kopf nur mit einer Sache beschäftigt ist, auf die er reagieren muß. Hi, Muli? Guten Tag, Dr. Stein? Wie geht es dir, Schmulik? Oder wäre es vielleicht besser zu schweigen und einfach das zu sagen, was mir als erstes einfällt. Wie dumm ich bin, ich plane Belanglosigkeiten, die nichts ändern, und versage beim Planen anderer, wichtigerer Dinge. Dabei wußte ich alle Details, Datum, sichere Tage und alles andere. Und plötzlich wird das »Hi, Schmulik« oder »Guten Tag, Muli« zum Atlas, der die Welt trägt. Und der Mund ist zu bedauern, der diese Worte aus solcher

Entfernung aussprechen muß, einmal war zwischen Mund und Ohr der Abstand eines Geheimnisses, Worte berührten den seidigen Flaum des Ohrläppchens und spürten, wie kühl sie waren.

Der Türgriff knarrte, und meine Sonnenbrille fiel zu Boden. Ein Sprung ging über das Glas, eine grüne Scherbe blitzte im Licht auf, das aus der aufgehenden Tür fiel. Ich bückte mich, um die Brille aufzuheben, hörte, wer aufgerufen wurde, und richtete mich auf. Seine Augenbrauen zogen sich erstaunt zusammen und entspannten sich. »Bitte«, sagte er, begleitet von einer einladenden Handbewegung, bei der sein Ärmel hochrutschte und seine magere Hand freigab.

»Bitte, komm rein, Mari . . .«

Mari? Das war es, was er herausbekam, nachdem ihm Maria in den Mund gesprungen war und er keine Zeit gehabt hatte, ihm auszuweichen. Er machte die Tür zu. »Du?« Er streckte die Hand aus, um sie auf meine Schulter zu legen, überlegte es sich anders und zog sie auf halber Strecke zurück, aber er ging nicht zu seinem Stuhl auf der anderen Seite des Schreibtischs, er blieb zwischen der Tür und mir stehen und fragte, warum ich so rot sei.

»Warum ich rot bin? Ich habe mich gebückt, um meine Brille aufzuheben, da ist mir das Blut ins Gesicht gestiegen, schau, das Glas ist zerbrochen.«

Ich betrachtete seine Haare, die dünner geworden waren und sich am Scheitel zurückzogen, und dachte, daß das Leben am Anfang so breit ist wie eine Autobahn und dann immer schmaler wird. Früher teilten wir Freude, Kummer und Angst, ohne darüber Buch zu führen, wir öffneten uns gegenseitig die kleinen Geldbeutel unserer Seelen und wühlten darin herum, und jetzt halten wir uns mit meinem Rotwerden auf, mit Mari, und hätten wir das nicht, würden wir uns an dem zerbrochenen Brillenglas festhalten und sagen, daß Scherben Glück bringen oder daß sie ein Symbol der Zerstörung sind oder die Nerven des Engels Gabriel.

Ich fragte, wie es ihm gehe, die Haut zwischen seinen Fingern war trocken und eingerissen, angegriffen von Desinfektionsmitteln. Ohne diese rissige Haut hätte ich die Frage vielleicht nicht gestellt.

»Die Antwort ist kompliziert«, sagte er, als wüßte ich nicht, daß sein Leben sich nicht gerade in ruhigen Gewässern abspielte.

»Und dir?« fragte er.

»Auch bei mir geht es so lala«, antwortete ich, und er drängte mich nicht, er wartete geduldig darauf zu erfahren, ob ich zum Arzt oder zum Bruder gekommen war.

»Erinnerst du dich, ob Mutter ein Kleid mit blauen Blumen hatte?«

Er lachte, und Fächer von Fältchen breiteten sich auf seinen Schläfen aus. »Sag bloß nicht, daß du wegen Mutters Kleid einen Krankenschein von der Kasse geholt und jetzt eine Stunde gewartet hast, aber wenn du schon fragst, ich erinnere mich an Schwertlilien oder so etwas.«

Bei »oder so etwas« trommelte er schon auf den Tisch, er hatte noch drei Patientinnen, die draußen auf ihn warteten, und eine Zwillingsschwester vor sich. Und doch, trotz all der Kleider, die seither vor seinen Augen ausgezogen worden waren, erinnerte er sich an Schwertlilien.

»Ich bin schwanger, Muli, und ich muß diese Schwangerschaft loswerden«, brach es aus mir heraus, wie mir morgens das Frühstück in hohem Bogen in die Kloschüssel gebrochen war.

Die Fältchen an seinen Schläfen glätteten sich, er drehte den Stift in den Händen und betrachtete ihn, als hätte er noch nie einen Stift gesehen.

»Dafür brauchst du mich nicht«, sagte er. »Jede Kommission eines jeden Krankenhauses wird zustimmen, du bist zweiundvierzig.«

Sein Hals versank zwischen seinen Schlüsselbeinen, und bevor er ganz in seinem Arztkittel verschwand und nur der Doktor übrigblieb, sagte ich: »Ich möchte diese Schwangerschaft loswerden, Muli, ohne Formulare, ohne Bürokratie, ohne Prozeduren, ohne Spuren.«

»Warum?«

Langsam, langsam tauchte der Hals wieder aus dem Kittel auf, so langsam, wie ein Schildkrötenkopf aus seinem Panzer kommt.

Wäre er nicht so distanziert, hätte er gesagt: Was für ein gestelztes Zeug du gerade von dir gegeben hast, Prozeduren, Bürokratien, zu große Worte für das bißchen Leben, das sich in deinem Uterus festgesetzt hat.

Er warf einen Blick auf seine Uhr und sagte, wir müßten miteinander reden, und ein Gespräch brauche seine Zeit, nicht den Druck von drei Frauen, die draußen auf ihn warteten.

»Geh runter, trink was in der Cafeteria, Moria, und komm dann zurück.« Moria. Gegrüßet sei deine Wiederkehr, heiliger Berg, der Name des Vaters und der Mutter, des Personalausweises, des Ehevertrags, Juvals. Juval, schon seit Wochen sah ich ihn nur mit dunklen Zypressenaugen, und ich wußte, daß das nicht an seinem dunklen Hemd lag, auch nicht an der schwachen Glühbirne in der Küche, und ich wußte auch, daß es Zypressen gab, deren Zapfen bitter und hart waren wie Stein.

Ich stand auf, und das Leinenkleid, das ich trug, warf einen violetten Schein auf die Wand. Er kratzte mit Hilfe des Daumennagels etwas unsichtbaren Schmutz unter einem anderen Nagel hervor und betrachtete mit fast geschlossenen Augen mein Kleid, dessen grober Stoff den Bauch und das Becken verbarg, das von Tag zu Tag breiter wurde, die letzten Reste von Anmut. Muli sah blaß aus vor dem Hintergrund des beigefarbenen Vorhangs. Wer hatte ihm dieses gedämpfte braun-gelbe Ding genäht? Wäre es mir nicht peinlich gewesen, hätte ich mir mit diesem Vorhang den Schweiß aus den Achseln gewischt. Damals, als ich die Großmutter der Finkelbergs gesehen hatte, in ihr Leichentuch gehüllt, wußte ich, daß ich, würde man mich nach der Farbe des Todes fragen, antworten würde: beige.

Ich wandte mich zur Tür, er stand auf, streckte die Hand nach der Klinke aus. Vor einer Million Jahren, als alles, was ihm gehörte, auch mein war, und meins seins, besuchten wir uns gegenseitig, ohne auf eine Einladung zu warten, wir waren immer willkommen.

Ich machte die Tür auf und ging hinaus, und die Langbeinige stand auf, schob sich eine Strähne hinter das Ohr, strich sich den Rock glatt und wartete darauf, hineingerufen zu werden.

Plastikgummibäume schmückten die Cafeteria des Krankenhauses, die Kassiererin und die Bedienungshilfen trugen weiße

Kittel mit roten Krägen und rochen nach Zimtkuchen, eingelegtem Kohl und frischen Pommes Frites, sie breiteten Frischhaltefolie über Eßwaren, um die Fliegen abzuhalten. Zwei Tische von mir entfernt hielten zwei Hände eine Tasse Schokolade umklammert, ein Mund gab schmatzende und saugende Geräusche von sich. Neben dem Mann stand ein Metallständer, an dem ein Säckchen mit Flüssigkeit hing. Eine Plastikader führte zu seiner Vene, und das Säckchen zog sich zusammen wie eine Brust, deren Milch eingetrocknet ist.

Die Seidenbestrumpfte liegt jetzt vermutlich schon auf dem Stuhl, und Muli steht zwischen ihren Schenkeln, streift sich die sterilen Gummihandschuhe über und richtet die Lampe auf sie. Sie befreit ihre gefangenen Brüste, damit er sie untersucht, in ihrem Alter können sie schon Schwierigkeiten machen, ihr Blick ist zur Decke gerichtet, ob ihr die Berührung angenehm ist oder nicht, ihr Büstenhalter hängt über dem Stuhl, er bemerkt den nun leeren Spitzenstoff, und das berührt ihn mehr als das Fleisch, das ihn sonst ausfüllt.

»Mutter, was ist das?« Ein Finger deutete auf Chanis ersten Büstenhalter, der an der Wäscheleine hing. Bis zu diesem Zeitpunkt hatte er noch keinen Büstenhalter gesehen. »Was ist das?« wiederholte er und wollte, bevor sie antworten konnte, die kleinen Stoffbecher von der Leine nehmen und damit verschwinden.

»Das sind Handschuhe für die Ohren«, sagte sie, und Naomi und Sarale lachten hinter vorgehaltener Hand, und Chani wurde rot, bog ihre Schultern und versteckte ihre mageren Knospen.

Er hüpfte um die Leine herum. »Dann zieh sie mir an«, rief er und versuchte, zu den dünnen Stoffmuscheln hinaufzuspringen. »Ich will sie anprobieren.« Er zog an seinen Ohrläppchen und wurde laut. Mutter sagte, das komme nicht in Frage, Naomi und Sarale lachten, und Chani schützte ihre Brust und schrie: »Ausgeschlossen, du hast es doch gehört, oder?«

Ich, die ich nicht verstand, was daran lachhaft oder ärgerlich war, wollte unbedingt, daß Muli Erfolg hatte.

»Mir ist kalt an den Ohren.« Er stampfte mit den Füßen und sprang hoch zum Seil.

»Was lacht ihr wie zwei Idiotinnen, was ist daran so komisch?«, schimpfte Mutter, und der Lärm öffnete schon die Fenster der Nachbarn, und das »Was werden sie sagen« schloß unseres. Sie nahm die Wäscheklammer ab, griff nach dem kleinen Büstenhalter und zerquetschte ihn in der Faust.

»Los, zeig mir deine Ohren«, sagte sie wütend und zog ihm die beiden Stoffmuscheln über die Ohren, und das Schmuckblümchen auf der Mittelnaht zierte seinen Nacken. Naomi und Sarale lachten, bis ihre Unterkiefer verkrampften und ihnen die Rippen weh taten. »Ihr seid zwei blöde Gören, das ist es, was ihr seid«, schimpfte Chani, und er jubelte vor Glück über die beiden Ohrmuscheln, von denen die Satinträger herabschaukelten wie Schläfenlocken. »Ich gehe damit in den Kindergarten«, verkündete er und bekam zu hören: »Auf gar keinen Fall«, und schrie zurück: »Doch!«

»Hör zu, Schmu'el«, sagte Mutter mit einer ernsten Synagogenstimme, und er, nicht an diesen beherrschten Ton gewöhnt, wenn er etwas angestellt hatte, schwieg und schaute sie mit großen Augen an, die Wimpern feucht verklebt.

»Ich habe nur einfach so gesagt, daß es Handschuhe für die Ohren sind, aber das stimmt nicht.«

»Doch«, jammerte er, und Sarale blies die Wangen auf, um das Lachen zu unterdrücken, aber es platzte aus ihren Nasenlöchern und ihren Augen. »Was lachst du? Hör schon auf, du dummes Kind«, schimpfte Mutter, und Sarale bückte sich vor, als müsse sie sich erbrechen.

Mutter atmete tief ein und sagte: »Ich habe das nur so gesagt, man zieht das nicht über die Ohren.«

Jetzt schwiegen alle, auch ich, und wer es schon wußte, hielt die Luft an, um zu hören, ob sie diese versteckte Wahrheit aussprechen würde.

»Das ist ein Kleidungsstück, das Mädchen über ihrem Herzen tragen«, sagte sie endlich, und drei schmalbrüstige Mädchen stießen erleichterte Seufzer aus. Chani, die vorgebeugt dagestanden hatte, richtete sich nun auf, denn ein Herz hatte schließlich jeder, ein Herz war etwas Anständiges und Wichtiges, und sie achtete sowieso darauf, daß ihr Herz rein war, und gab der Bettlerin neben der Schule immer zwei Münzen.

»Warum nur Mädchen?« sagte er wütend, und seine Hand erschlaffte, ein Stoffkörbchen rutschte herunter, und Chanis Büstenhalter hing an einem Ohr, und das Zierblümchen in der Mitte war weicher und verletzlicher als zuvor.

»So ist es eben«, antwortete Mutter energisch und erzürnt. »Die Jungen haben Schaufäden und die Mädchen haben dieses Kleidungsstück.« Sie hob den Finger mit einer Gebärde, die sagte: Das ist das Äußerste, was ich dir zu sagen bereit bin, versuch ja nicht, mehr aus mir herauszulocken.

»Jungen haben Schaufäden und Mädchen haben Busen«, flüsterte Sarale Naomi zu, und die Hand mit dem Ehering schlug ihr auf den Mund.

Chani saß nun aufrecht und stolz da, sie hatte ein Herz, das war klar, und sie hatte auch das, was im Herzen wuchs, und das alles bedeutete Ehre, ihr Kleinen kichert jetzt, aber wartet nur ab, bis ihr an die Reihe kommt. Wichtig und triumphierend betrachtete sie uns, und ihre feierliche Haltung machte sie flacher denn je, auch die beiden Spitzen, die sich seit einiger Zeit unter ihrem Hemd aufzurichten begonnen hatten, fielen jetzt in sich zusammen.

Der Mann saugte die letzten Tropfen Kakao aus dem Plastikstrohhalm, die schlürfenden Geräusche machten ihm nichts aus, was spielte es schon für eine Rolle, wie man seinen Kakao schlürfte, wenn man aufgrund von Therapien eine Glatze hatte, keine Augenbrauen mehr und eine gelbe Haut.

Die Sonne schickte ihre Strahlen durch das Westfenster, Muli war jetzt vielleicht mit der Untersuchung der Seidenbestrumpften fertig und kümmerte sich nun um eine der beiden Frauen in den Wechseljahren. Ich saß am Fenster, draußen flogen winzige geflügelte Lebewesen herum, gewichtslos, durchsichtig, zwischen Flug und Landung sich paarend, ohne Gewissen, ohne Scham.

Schmale, lange Zypressen bewegen sich. Wer wird ruhen, wer sich bewegen, wer wird gelassen sein, wer leidenschaftlich? Juval weiß es nicht. Die Märchen der Gebrüder Grimm werden jetzt zum halben Preis verkauft, ›Pu der Bär‹ zum vollen. Er und sie treffen sich im vollen Lagerraum, drücken sich an die Kartons mit Enzyklopädien, um eine Berührung ihrer Körper zu vermeiden. Was würde sie nicht alles für das geben, was ich umsonst bekommen habe. Ohne Formulare, ohne Spuren, habe ich Muli gebeten. Warum sollte er mir das gewähren? Nur weil wir beide im Abstand von zehn Monaten aus Frau Steins Gebärmutter gekommen sind? Wegen unserer großartigen gemeinsamen Vergangenheit? Was heißt da großartig, armselig war sie, und sie ist längst vorbei.

»Kann ich mich zu Ihnen setzen?« fragte ein roter, weit über den Lippenrand hinaus geschminkter Mund, der aussah, als würde er schreien. »Dieses ewige Warten macht einen fix und fertig«, sagte sie, drehte ein Stück Hefekuchen um, leckte den klebrigen Zuckerguß ab und verstreute Krümel über dem Tisch.

Sie schaute mich durch dicke Brillengläser an. »Warten Sie hier auch auf etwas?«

»Ja, auf etwas«, sagte ich und rührte sinnlos in meiner Kaffeetasse.

»Natürlich, wenn jemand in ein Café gehen will, wird er doch nicht in dieses Loch hier kommen, das nur so tut, als ob. In der Stadt gibt's genug Cafés, das ›Rimon‹, das ›Atara‹, das ›Moment‹ und so weiter. Wer möchte schon neben all diesen Krankheiten hier sitzen? Dieses Café beweist nur, daß man keine Wahl hat, und die vom Krankenhaus wissen, daß die Leute keine Wahl haben, deshalb haben sie ihnen hier ein Café eingerichtet, um ihnen noch ein bißchen Geld aus der Tasche zu ziehen. Wenn sie ein Herz hätten, würden sie einen Spezialpreis für Kranke machen.« Der dicke Lippenstift färbte den Teig und wurde auch auf das Mittelteil des Kuchens geschmiert. Das Stück, das die Frau in den Mund schob, ließ keinen Platz mehr für Worte, auch nicht für Seufzer.

Kauend und schluckend bedeutete sie mir, mich zu gedulden, sie hatte noch nicht alles gesagt, was sie über diejenigen, die keine Wahl hatten, sagen wollte, und über die anderen, die ohne Herz.

»Hören Sie, ich sag Ihnen was, wie kann das sein, daß ein Stück Kuchen im Krankenhaus ebensoviel kostet wie eines draußen? Die vergessen doch, daß der Tisch, den sie einem hier geben, von allen möglichen Ekzemen und Infektionen angefaßt worden ist, die Leute husten einem hier ins Gesicht, ohne darüber nachzudenken. Ich sage Ihnen, wenn das keine Plastiktasse wäre, hätte ich hier nichts getrunken, auch wenn man mir was dafür bezahlen würde. Und Sie? Sie sehen müde aus, ich hoffe, daß das, was Sie haben, nichts Ernstes ist.« Ihr Handy läutete und sie antwortete. »Hallo? Frag nicht ... Was ist der Mensch schon wert, nichts, heute hier, morgen ist es aus mit ihm, wenn Gott hilft, brauchen wir sie nicht. Nun, war Mosche bei dir? Was? Was hat er zu dir gesagt? Hast du es ihm glatt ins Gesicht gesagt? Und ...«

Der Geruch nach Zimt mischte sich mit dem nach Fett, ich spürte Wellen von Übelkeit, stand auf und die Frau sagte »Moment« in den Hörer und wandte sich zu mir, öffnete den schreiend roten Mund und sagte: »Gute Besserung, und hoffentlich haben Sie nichts Ernstes.«

»Hoffentlich«, sagte ich und sehnte mich danach, sie zu berühren, Geld und Geld gesellt sich gern und Schmerz und Schmerz auch. Ihre kleinen Augen funkelten, flitzten hinter den Brillengläsern hin und her, noch ein verschwommenes »Hoffentlich« kam mir aus dem Mund, dann berührte ich flüchtig ihre Schulter und spürte, wie knochig und hart sie war.

Die Sonne überflutete die Westfenster, Lichtpfützen glänzten auf dem Boden des Flurs, der zu Mulis Praxis führte. Juval ruft vielleicht im Büro an. »Moria Ilam, Immobilien und Vermittlungen«, wird die Stimme des Anrufbeantworters sagen, eine sichere, reife, weibliche, vertrauenerweckende Stimme.

»Vertrauenerweckend, das ist ja lächerlich«, sagte ich laut, und ein Mann kam mir entgegen, drückte sich an die Wand, in sicherer Entfernung von dieser seltsamen Frau, und rührte sich nicht, bis noch jemand im Flur auftauchte. Schade, daß ich Maja nicht gebeten habe, heute morgen im Büro zu bleiben und die Fahrt mit den Kunden auf den Abend zu verschieben, aber diese Teufelin hat ein Geschäft gewittert und sich auf die Beute gestürzt, begeistert und gewalttätig. Wegen ihrer Schönheit hatte ich sie fast abgelehnt, als sie sich bei mir bewarb. Ich hatte Angst, sie würde sich nur um sich selbst kümmern und sich nicht anstrengen. Ich wollte auch nicht den ganzen Tag eine so übertriebene Schönheit vor Augen haben, denn wo es Schönheit gibt, gibt es auch Verfall, und das kränkt. Welkendes Mittelmaß wäre mir lieber gewesen. Aber Maja ist noch in einem Alter, in dem die Schönheit so ewig ist wie das Meer. Sie rennt mit einem Kunden herum, und er ist erschlagen von ihrer Schönheit, er sagt »aha« und »hmm«, und es fällt ihm schwer, sich auf die Nachteile eines Objektes zu konzentrieren. Jetzt hat sie Jaki von der Unterwäscheetage, und er holt sie pünktlich um fünf Uhr ab. »Mach dir keine Sorgen, Moria«, hat sie beruhigend gesagt, »Liebe ist Liebe und Arbeit ist Arbeit.«

Die Stühle vor Mulis Tür waren leer, eine Reinigungsfrau sammelte weggeworfene Taschentücher vom Boden auf. Sie blieb neben mir stehen. »Beim Doktor ist niemand. Wollen Sie zu ihm? Gehen Sie rein, nach vier Uhr bleibt er keine Minute länger hier. Nach vier? Sogar wenn der Todesengel höchstpersönlich kommt, ist hier keiner, der ihn empfängt.«

»Wirklich? Dann ist die Verabredung des Todesengels nichts wert«, sagte ich. »Er braucht eine neue, und die Sekretärin wird zu ihm sagen, Todesengel, du bist zu spät dran, da kann man nichts machen. Und wegen der Sekretärin kann der Todesengel den Arzt nicht sehen, sein Zustand wird immer schlimmer, bis er stirbt. Und wenn er gestorben ist, wird die Krankenkasse, die die Menschheit errettet hat, eine Urkunde erhalten, die der Präsident unterschrieben hat, und dazu ein Auto und Kaugummis, solange sie lebt.«

»Die ist vollkommen bescheuert.« Die Putzfrau versteckte ihren Mund hinter der Kehrschaufel, »Eine Verabredung mit dem Todesengel, wirklich bescheuert.« Ein Stück Papier, das an der Schaufel hängengeblieben war, zitterte, auch ihre gebeugten Schultern zitterten. »Nur Gott kann ihm befehlen. Wenn der Todesengel zum Doktor kommt, ist das ein Zeichen, daß er ihn holt.« Sie schlug dreimal mit der Faust auf den Besenstiel, und als die Tür aufging, ließ sie die Schaufel sinken und zeigte ihre schadhaften Zähne.

Er zog seinen weißen Kittel aus. »Hast du was getrunken?« Ein schmaler Stehkragen war zu sehen, dünne, rosafarbene Streifen, hochgekrempelte Manschetten, braungebrannte Handgelenke. Er holte eine Kanne aus dem kleinen Kühlschrank in seinem Sprechzimmer und goß kaltes Wasser aus, er wühlte in einer Bonbonniere nach Toffees, die ihm eine zufriedene Patientin geschenkt hatte, aber die Schokoladenpapierchen waren schon alle leer.

»Ich habe geglaubt, du wärst wegen Vater gekommen, weil er in der letzten Zeit ... Ich konnte mir nicht vorstellen, daß du deinetwegen gekommen bist.«

»Ich bin bei dir, weil ich keine andere Wahl habe, Muli.« Wieso keine Wahl, du hättest einfach weitergehen können, wer hat dir befohlen, zwischen dem Schuhgeschäft und der Apotheke in der Ben-Jehuda stehenzubleiben, wer hat dich darum gebeten, dein Inneres diesem Saxophon zu öffnen, hat dich das Saxophon erobert? Das sind doch alles Geschichten, du bist kein kleines Mädchen mehr, du hast einige Aufregungen im Leben erlebt, aber du hast dich rechtzeitig gelöst und bist weitergegangen. Und was soll dieser tragische Ton, wenn nicht Muli, dann gibt es keine Lösung? Vermutlich nicht. Ich goß mir noch einmal Wasser nach und machte einen Knopf auf, jetzt blieb mir nur noch ein Knopf zu öffnen, bis meine voller werdenden Brüste zu sehen wären.

Früher biß er sich in die Oberlippe, wenn er zu erraten versuchte, in welcher Hand ich eine Murmel versteckt hatte. »Wenn du es rätst, kriegst du sie.« Meine Finger wurden blau, weil ich sie so fest zusammendrückte.

Jetzt versuchte er die Größe des Steins zu erraten, der mir auf dem Herzen lag. Und ich hatte nichts, was ich ihm zum Tausch anbieten konnte.

»Was hält Juval von der ganzen Angelegenheit?«

»Juval weiß nichts davon«, sagte ich, und er richtete sich auf und lehnte sich zurück. Ein Mann in den besten Jahren, die Linien auf seiner Stirn zeugen von der Erfahrung und dem Wissen, die er im Lauf der Zeit gesammelt hat, er ist noch nicht erschlafft. Juval weiß es nicht, seine dunklen Zypressen sind unruhig, auch

»Komm, Mo, gib mir deine kleine Hand« weiß es nicht. Und ich weiß nicht, wer von beiden. Wenn ich nur über den Abgrund der Zeit springen könnte, meine Schulter an Mulis lehnen, wie früher, beim Abendessen, wenn wir zu zweit auf einem Stern saßen, Stücke von mit Schokolade beschmiertem Brot abrissen, das vom Nebel weich geworden war, wenn wir Schenkel an Schenkel drückten, Lachen mit Lachen mischten, Brotbröckchen auf die Fensterbank legten, um am nächsten Morgen zuzuschauen, wie Vögel sie aufpickten, neben den Tautropfen in der Vertiefung im Stein, hinter dem Fenster lag die Welt, durchsichtig wie die Beine der Vögel und so leicht und voller Sehnsucht wie ihr Flug.

»Hast du dich untersuchen lassen?«

Ich erzählte ihm von dem billigen Test, den ich in der Apotheke gekauft hatte. Wenn Sie schwanger sind, hatte die Apothekerin gesagt, wird Ihr Urin den runden Punkt grün färben. Ich hatte nur etwas Urin aufgeträufelt, da war der Punkt auch schon so grün geworden wie das aufgerissene Auge einer Eidechse. In der Nacht, im Schlaf, hatte mir dieses grüne Auge zugeblinzelt und Zehntausende anderer Augen geboren, trüb wie Ysop.

Er zählte die Punkte auf: das Ausbleiben der Periode, die Übelkeit, der Test. »Du scheinst recht zu haben, du bist schwanger.« Sein Stehkragen lag weich und locker um seinen Hals, seine Hände ruhten ausgebreitet auf dem Tisch. Da gab es nichts zu deuten, die Statistik verlieh ihm Ruhe und Sicherheit, sie basierte nicht auf einem einzelnen Uterus, auf einem einzelnen Herzen.

Wie lange bin ich über die Zeit? Wer weiß denn noch, wann was war, wann ich wen liebte, wann ich einem anderen gehorchte, in all den schweren Büchern in seinem Glasschrank wird er die Antwort nicht finden.

»Ich weiß es nicht«, sagte ich, und seine Hand bewegte sich über dem Tisch, kam näher und bedeckte meine, als wäre sie ein erschöpfter Vogel. Ich weinte ohne Berechnung, ganz still, weich, und wischte mir mit der freien Hand die Tränen ab, wenn er nicht mein Bruder wäre ... Aber Muli ist mein Bruder, und er hat eine Frau, die ihn beim Frühstück anschweigt. Sie teilen sich die Zeitung, hören, wie Kaffee umgerührt wird, wie die Blätter der Zeitung beim Umdrehen rascheln. Sie ist schön, seine Frau, sie ist Rechtsanwältin, sie bindet ihre blonden Haare zusammen, flicht sie im Nacken. Die weiße Bluse und die schwarze Robe verleiht ihr, wenn sie vor Gericht auftritt, ein königliches Aussehen. Und als wäre das nicht genug, heißt sie auch noch Smadar, einer dieser Namen, die ihren Besitzern einen zarten und edlen Nimbus verleihen, Smadar, ein später Ficusbaum, Unreife, Härte, ein Mysterium. Sie begleitet ihn zu familiären Beerdigungen, zu Hochzeiten, zu Bar-Mizwa-Feiern, zu Verlobungen, und ihre blauen Augen lösen sich nicht von Chani, der die Geburten das Mark ausgesaugt haben, die ausgedörrt und welk ist, die Reihe ihrer sabbernden Kinder hinter sich herzieht, das letzte hängt noch an ihrem Rockzipfel. Sie betrachtet Chani, und ihr Hals richtet sich auf wie der eines Schwans, dem zufällig kleine Enten in den Weg schwimmen. »Was für ein Glück, daß du dich davon befreit hast«, hat sie bei Hadassas Verlobung zu mir gesagt, »du und Muli.« Ich habe geantwortet: »Das war kein Glück, das war eine Entscheidung.« Aber sie beharrte darauf, daß unsere Entscheidungen nicht unabhängig vom Glück gesehen werden können. »Wenn du als erste geboren worden wärst, statt Chani, wärst du hängengeblieben, genau wie sie, es war dein Glück, daß du als vierte geboren wurdest.« Ich stimmte nicht zu und ich diskutierte nicht, vor allem, weil ich Chani achte, die ihr Schicksal mit zusammengebissenen Zähnen erträgt, die nie den hilflosen Mann beschämt hat, der sein Leben mit ihrem verband, und die vielen Falten um ihren Mund stammen von den Worten, die sie zurückgehalten und nicht ausgesprochen hat. Chani ist kein Opfer des Schicksals, sie hat sich für ein Leben mit reinem Herzen und ewiger Müdigkeit entschieden, der Folge eines regelmäßig erhöhten Östrogenspiegels, neun Monate, einmal nach dem anderen. Genausogut hätte sie sich ein anderes Leben wählen können. Und bald wird ihre Hadassa ihren eigenen Östrogenkreislauf beginnen, und sie wird die Lippen zusammenpressen und Falten um den Mund bekommen.

Aber was nützen mir oder dem Klümpchen Mensch, das sich in meiner Gebärmutter entwickelt, Gedanken an Chani? Meine Hand liegt offen und voller Selbstmitleid zwischen Mulis Händen. Als wir fünfzehn waren, vielleicht auch schon früher, hörten wir auf, einander zu berühren, unsere Kinne und die runden, weichen Wangen, die uns zu den Zwillingen der Steins gemacht hatten, veränderten sich und zeigten nun, daß Muli ein Mann werden würde und ich eine Frau. Und heute hat er eine Frau mit gepflegten Händen und langen, durchsichtigen Fingernägeln mit dünnen, weißen Halbmonden, und wenn sie spricht, bewegen sich ihre Hände, und ich lausche dem, was ihre Finger sagen, und vergesse, auf ihre Worte zu hören. Gut, daß Talja ihre Art zu sprechen von ihm geerbt hat, nicht von ihr. Und jetzt fragt er, ob ich nicht doch wisse, wie weit ich sei, denn die Zeit respektive die Größe des Fötus sei entscheidend für einen künstlich herbeigeführten Abort. Respektive, entscheidend, künstlich herbeigeführter Abort, alles juristische Worte, Worte von Rechtsanwältinnen mit blonden Haaren, die im Nacken geflochten sind. Sein Hals war eingefallen, mit einem Krater zwischen den Schlüsselbeinen, seine Hände lagen noch auf meinen, und ich wußte nicht, ob er mich festhielt oder festgehalten wurde. Ich beschloß, daß die Träne, die mir aus dem Auge floß, die letzte sein sollte, die anderen konnten bleiben, wo sie waren.

»Ich habe keine Ahnung, Muli, vielleicht ein Monat, vielleicht zwei, kannst du mir das nicht ersparen?«

»Moria, es ist kritisch.«

»Gibt es keine andere Methode, das herauszufinden, nur das Gedächtnis der Frau?«

Er legte einen Finger auf den Nagel meines Ringfingers und sagte, ein Arzt könne den Uterus abtasten, um es zu erfahren, außerdem gebe es auch Ultraschall. Seine Finger waren nicht so schlaff wie Vaters, sondern kräftig und lang, auf seinem Handgelenk wuchsen dünne Haare. Vaters Hände hatten Zahlen in die Formulare der Staatlichen Rentenversicherung geschrieben, seine betasteten das Innere von Frauen und berechneten die Zeit, die seit der Befruchtung vergangen war. Er betrachtete den leeren Tisch vor sich, und seine Schultern hoben sich unter dem weichen Stoff.

»Findest du nicht, daß Juval das Recht hat, an dieser Entscheidung beteiligt zu werden? Juval ist einer der anständigsten Menschen, die ich kenne.« Muli hatte recht, und dieses Rechthaben machte seine Augen glashart. Ich bekam keine Luft mehr, ich machte einen weiteren Knopf auf, zum Teufel mit dem Ausschnitt, soll er doch sehen, was er will, er ist Arzt, und ein Arzt weiß, daß die Brüste größer werden, wenn eine Frau schwanger ist.

»Warum muß man immer das eine mit dem anderen verbinden?«, sagte ich. »Du weißt doch, was geschrieben steht, wenn du den einen im Stich läßt, hilfst du auch dem anderen nicht. Laß Juval, Muli, und hilf mir.« Er mochte das flehende Gehabe nicht, verschränkte die Arme im Nacken und betrachtete mich ruhig und distanziert, hielt es aber auch nicht für richtig, mich darauf hinzuweisen, daß dem einen zu helfen nicht bedeute, auch dem anderen zu helfen.

»Okay, Moria, eine vaginale Untersuchung oder Ultraschall?«

»Wenn du den Esel deines Widersachers unter seiner Last liegen siehst, so laß ihn nicht im Stich, sondern hilf mit ihm zusammen dem Tier auf.« Muli hat nichts gegen Juval, aber ich breche unter meiner Last zusammen, soll es von mir aus vaginal sein, Hauptsache, wir kriegen es hinter uns. Die Ränder meines violetten Leinenkragens standen wie zwei Schildwachen auf beiden Seiten meiner von der Schwangerschaft geäderten Brüsten und verliehen ihnen einen bläulichen Schimmer. An dem Tag, an dem Juval in unserem Haus erschienen war, hatte es zwischen mir und Muli noch ein Band gegeben, durchsichtig, zitternd wie Spinnweben. Bis dahin hatten wir uns die Last der Welt ebenbürtig geteilt, manchmal so, wie man eine Tragbahre trägt, und manchmal wie eine Traube aus einem gelobten Land. Nun spannte er seine lange, schmale Brust, seine Rippenbögen zeichneten sich unter seinem Hemd ab. Dieser Mann ist Dr. Schmu'el Stein, sagte ich mir, und ich werde während der vaginalen Untersuchung den achtjährigen Jungen ersticken, der einen Schritt von dem Geißblattgebüsch stand und aufpaßte, wenn ich pinkelte. Er drehte sich nicht um, wartete, bis ich die Unterhose hochgezogen hatte, dann tauschten wir die Plätze, und er vergrößerte die Pfütze, bevor wir gemeinsam Geißblattzweige über den naß gewordenen Sand zerrten. Nur ein einziges Mal drehte ich mich zu früh um und sah den gelben Bogen, der auf eine Geißblattblüte zielte, in der Sonne aufblitzen, und einen weißen Hintern, auf dem die Schaufäden zitterten. Eine gemeinsame Wohnung, ein gemeinsames Kinderzimmer, ein Bett neben dem anderen, Schlafanzüge, die hastig in der Dunkelheit angezogen wurden. »Dreh dich um«, »dreh du dich um«, Unterhosen wurden unter dem Rock hochgezerrt, eine Hand zog am Ärmel, schloß heimlich eine Gürtelschnalle. Ich kannte die Form seiner Ohrmuschel, die Wölbung der Knorpel, aber das, was uns unterschied und ihm die Wichtigkeit verlieh, hatte ich nie gesehen.

Ich werde bei dieser Untersuchung die Augen schließen und an die Schwertlilien auf Mutters Kleid denken oder an Sarale, die ganz verrückt wird, wenn jemand Bonbons lutscht, oder an Naomi, die sich nach einem Kind sehnt. Eine große Familie bietet viele Ablenkungen, und Naomi hat schon silberne Fäden in ihren schwarzen Haaren und Leidenslinien um den Mund und eine lange Lebenslinie auf der Handfläche, eine Tatsache, die ihr viele, viele Tage verspricht, um über ihre nutzlose Jugend nachzudenken, über ihre Zeit als Frau, die von niemandem begehrt worden ist, und um sich über Gott zu wundern, der ihre Füße so vollendet erschaffen hat. Ärzte nennen sie »klassisch«, Schuhverkäufer »beispielhaft« und Schuhmacher »ein Vergnügen«. Und was bringen ihr diese vollendeten Füße?

Er zog seinen weißen Kittel an, um Bruder und Arzt voneinander abzugrenzen, breitete ein dünnes Papier auf dem Untersuchungsstuhl aus, stellte die Lampe höher, hob die Hand bis zur Höhe des Zwerchfells und breitete sie aus, wie ein Polizist, der den Verkehr leitet, und deutete auf den Stuhl.

Es war sehr still, als wären der Stuhl, der Paravent und Muli, der dahinter atmete, allein im Universum, und nichts war zu hören außer dem Rascheln von Stoff, dem Knistern des dünnen Papiers, dem Geräusch eines herabfallenden Kleides, des Tuchs, das zum Abdecken ausgebreitet wird, und dem Klopfen des Herzens. Ein runder Lichtfleck tanzte über die Decke, ein dünner Lichtstrahl drang hinein, das unangenehme Geräusch der Gummihandschuhe, als die Finger hineinschlüpften, einen Moment lang sammelte sich das Licht auf den Lidern, dann wurden seine Augen dunkel und tief. Muli ist Arzt, er ist Arzt, Arzt, Dr. Schmu'el Stein, Doktor, Doktor, die Lampe warf mein Bild zurück, verzerrt und verkleinert, untersetzt, rund, meine Schuhe schaukelten mit meinen Füßen über mir, und zwischen die Schenkel beugte sich der weiße Kittel, und Muli ist Arzt, Arzt, Arzt, der sich darauf konzentriert, das Alter des mikroskopischen Klümpchens Leben zu bestimmen und meine Chance, es zu vernichten. Und Mutter trug violette Schwertlilien, und Naomi hat klassische Knöchel, und Juval, ach, Juval, seine Augen sind klar und können die Tiefe ergründen, die Dämmerung in den Zypressenkronen, das flammende Schwert, das umgedreht wird, und am Tag, als er auftauchte, nistete sich ein Schatten in Mulis Augen ein. Ein dünner Faden spannte sich zwischen mir und Muli, wurde dicker und fester, bis er zu einem Seil geworden war. Ich liebte Juval, und meine Seele war mit Mulis Seele verbunden, und es war unmöglich, das Seil an beiden Enden festzuhalten.

Wenn ich abends wegging, folgte mir sein Blick in dem viereckigen Spiegel neben der Tür, die Hände fest ineinander verschränkt, als könnten sie sonst ausbrechen. Am Tag, als ich verkündete, daß ich Juval heiraten wolle, verschwand der Schatten aus seinen Augen, sie wurden hell und kalt, plötzlich wußte er, wer auf welcher Seite stand. Er lächelte und sagte »mabruk«, und Mutter sagte: »Was denn, bist du ein Araber? Sag herzlichen Glückwunsch.«

Jetzt beugt er sich über die Stelle, die »Nicht hinschauen« hieß, »Dreh dich um«, »Mach das Licht aus, dumme Gans«, er verströmt den Geruch eines Mannes, der weiß, wie er mit seinem Schweiß umzugehen hat, er bückt sich, er hat Tränensäcke bekommen, wann haben sich diese Zeichen des Alters entwickelt? Du bist zum Lachen, Maria, als wäre das dein einziges Problem, als gäbe es kein Saxophon in der Ben-Jehuda-Straße und keinen Mund, der seine Sehnsucht hineinbläst, und keine traurigen, unruhigen Zypressen und keine Babys, die nicht geboren werden. Als ich mich damals in mein Hochzeitskleid gezwängt hatte, vor dem Spiegel, von dem ein Stück herausgebrochen worden war, zur Erinnerung an die Zerstörung des Tempels, entzückt von der weißen Pracht der kleinen Satinnarzissen auf meiner Hüfte, knarrte die Tür, und hinter dem Brautschleier erschien Mulis Kopf im Spiegel, und für einen Moment täuschte der Spiegel den Anblick eines aufgeregten, schüchternen Paares vor. Seine Hände waren dem Spiegelbild vorausgeeilt, sie umschlangen mich, zerdrückten die Narzissen.

»Du hast Schmetterlinge im Bauch, Maria«, sagte er, und das Kleid drückte meine Lungen zusammen, ich bekam keine Luft. »Nun, Maria, du bist also entschlossen wegzugehen?« Sein eines Auge glänzte im Spiegel, das andere wurde von dem fehlenden Stück verschluckt. Zehn Monate lagen zwischen uns, er hätte mich einholen und überholen können, er hätte mich an den Hüften packen und bitten können, geh nicht, komm, laß uns für immer die Zwillinge der Steins bleiben. Er umarmte mich zum Abschied, und der Spiegel zeigte nur, was vor ihm war, Mulis Hände, weißer Satin und Narzissen. Ich stand unter dem Hochzeitsbaldachin, ich bewegte mich unter den Gästen, ich tanzte, und bei allem, was ich tat, gab es warme, schwere Hände, die sich über meinem Bauch ausbreiteten wie Weinlaub. In der Nacht, als ich mit Juval schlief, sagte ich: »Sei vorsichtig, mein Bauch, ich bin dort empfindlich.« Juval glaubte, es sei deshalb, weil ich den ganzen Tag gefastet hatte, und war vorsichtig. Ich schlief ein, und die Hände, die ich einmal hatte umfassen können, lagen feucht auf meinem Bauch, sie sanken hinein und zogen unsere ganze Jugend heraus, erstarrten in mir und wurden hart wie geschlossene Kieferzapfen. Würden die Zapfen aufgehen, würden das Lachen und das Weinen herausbrechen, die Sticheleien, die Tauschgeschäfte, alle »Muli, ich habe Angst« und alle »Mach die Augen zu und denke an den Engel Gabriel, dann schaffst du es«.

Und was wird mir jetzt das »Muli, ich habe Angst« nützen, Muli ist kein kleiner Junge mehr, er steht nicht mehr mit erhobenen Fäusten vor den Problemen der Welt, ich bin eine Frau mit Krampfadern an den Beinen, und der Engel Gabriel ist schon alt und hat die Flügel zusammengeklappt, und nur die Angst hat nichts von ihrer Kraft verloren.

Der Arm der Lampe wurde nach oben gerichtet, mit dem Licht zur Decke, und Muli zog sich die Handschuhe aus.

»Zehnte Woche«, sagte er und wusch sich, über das Waschbekken gebeugt, die Hände. Seit zehn Wochen klammert sich Leben in mir fest, und Juval weiß es nicht. »Moria Ilam, Immobilien und Vermittlungen« wird der Anrufbeantworter mit vertrauenerweckender Stimme verkünden. Und warum soll man sein Vertrauen wecken, das Vertrauen ist nicht weniger geworden, nur die Freude.

Erschöpft setzte sich Muli an seinen breiten Tisch und legte eine Hand auf die Stuhllehne, seine Finger waren locker und gut durchblutet. »Setz dich«, sagte er, obwohl ich schon saß und die Falten in meinem Leinenkleid glättete. Ein neues Krankenblatt lag weiß und fest zwischen uns.

»Du bist zweiundvierzig, das ist mehr oder weniger deine letzte Chance, bist du sicher, daß du es nicht willst?« Das Licht in seinen Augen war klar und kühl, aufgehellt durch das weiße Krankenblatt, und fiel wie aus Scheinwerfern auf mich.

Ich sagte »ja«, kurz und drängelnd. »Kannst du das für mich tun?«

»Ich werde das Juval nicht antun können.« Etwas zerbrach in seiner Stimme, das Licht verschwand aus seinen Augen, der alte Schatten war wieder da. Muli, der lange Strecken rannte, der kräftige Muskeln an den Beinen entwickelte und den Puls eines Läufers, war plötzlich alt geworden und ähnelte Vater, er hatte die Augen eines Mannes, dem das Leben keine Überraschung mehr zu bieten hatte, denn wenn etwas passierte, würde es schlimmer sein als das Vorhergehende, und falls etwas Gutes passierte, wäre es vermutlich vorübergehend und begrenzt.

»Ich bin nicht edel«, sagte er, »aber Juval hintergehen?«

»Warum hintergehen? Es handelt sich höchstens um verschweigen.« Ich stützte meine Ellenbogen auf den Tisch, und die Kühle des Holzes kühlte mich ab. Von mir aus könnte er bis morgen darauf beharren, daß es auch Betrug wäre, so zu tun, als ob alles in Ordnung sei, während sich in meinem Uterus ein kleiner Mensch eingenistet hat. Er fragte, ob ich etwas trinken wolle, und ich nickte, nur damit das Ganze nicht zu schnell und zu meinen Ungunsten beendet würde. Auch wenn alles nichts nützte, ich würde ihn nicht im Namen unserer Kindheit anflehen, unseres Zwillingsdaseins, ich würde den Wein nicht anrühren, der aus früheren Trauben gemacht worden war. Er rief in der Cafeteria an und bestellte irgend etwas, und das Klümpchen Leben in mir fuhr fort, die Minuten seiner Existenz anzuhäufen, unter dem Tisch verdickte sich seine Haut, während über dem Tisch sein Schicksal entschieden wurde. Könnte ich doch bloß mein Gehirn ausfegen und mit Schwertlilien füllen, bis mir die Schwertlilien aus den Ohren kämen, aus den Nasenlöchern, aus den Haarwurzeln. Ein magerer Junge brachte aus der Cafeteria eine Tasse Kaffee, einen Tee und zwei teigige Zimtschnecken. Der Junge hatte einen schwärzlichen Flaum auf der Oberlippe, die mit Gel eingeschmierten Haare standen ihm wie Stacheln um den Kopf, sein Gang war leicht und geschmeidig, und um seine schmalen Hüften hatte er sich das Tuch eines Kellners gebunden. Wie viele Sorgen haben sie schon, diese jungen Kellner aus Cafeterias, und sogar wenn sie hundert Sorgen hätten, wie leicht sind die auszuhalten, solange die Welt noch eine breite, bequeme Autobahn ist. Sogar das Tuch sah edel aus auf seinem schmalen Becken, als er sich zum Gehen wandte und sich mit dem leeren Tablett das Gesicht fächelte. Muli zog den Vorhang auf, und endlich war im Fenster der aufziehende Abendhimmel zu sehen, graublaue Flecken zwischen den Umrissen der dunklen Kiefer. Für einen Moment sah es aus, als stünde nur diese Kiefer zwischen mir und der Welt, als gäbe es dahinter Luft und einen Ausweg. Um diese Uhrzeit wird das Aufblitzen des Saxophons dunkler, die Passanten reißen von ihm die Sehnsüchte ab, Blatt für Blatt. Ich stürzte mich auf die Zimtschnecke, und er führte die Tasse zum Mund und betrachtete mich über den Porzellanrand hinweg und lächelte ein Lächeln, das sagte: »Komm, lassen wir diese beschissenen Schwierigkeiten, mit denen sie uns das Erwachsenenleben belasten, gehen wir zurück zum Küchentisch, stoßen wir uns unterm Tisch mit den Füßen an, vergleichen wir den Durchmesser der selbstgeschmolzenen Zuckerkaramellen und feilschen wir um die Unterschiede.«

Ich verschlang meine Zimtschnecke mit großen Bissen, er schaute mir zu und brach mir ein Stück von seiner ab.

»Ich habe seit heute morgen nichts gegessen.« Ich wurde rot, und er lachte. »Erzähl mir doch nichts, Maria, du hast vergessen, daß es mich ohne deine Anfälle von Heißhunger gar nicht gegeben hätte.«

Er hatte recht. Als ich als vierte Tochter der Steins auf die Welt gekommen war, war Mutter überzeugt, daß es ihr Schicksal war, nur Töchter zu gebären, und weil dem so war, vertraute sie darauf, daß ihre Hormone fleißig genug sein würden, die nächste Schwangerschaft zu verhindern. Sie stillte mich und stillte, verließ sich darauf, daß die Milch nicht nur meine Gier stopfte, sondern auch ihren Uterus. Hundertmal hatte man mir die Geschichte meiner Stillzeit und ihrer Unzufriedenheit erzählt, die Finkelstein ersparte mir kein Detail und erzählte, wie mein Jammern und Weinen Mutter dazu brachte, ihren Büstenhalter aufzuknöpfen, wie ich diese Fülle an Milch aussaugte und wieder ausspuckte und nicht aufhörte, nach Milch zu verlangen, wie sich die Brüste meiner Mutter in übertriebenem Rhythmus mit Milch füllten und anschwollen und sie fünf Monate lang nicht spürte, daß sich in ihrem Uterus ein neuer Mensch entwickelte. In dem Moment, als ihr Verdacht zur Gewißheit wurde, wollte sie sterben, sie hörte auf zu stillen, bestrafte ihre Brüste dafür, daß sie sie betrogen hatten. Die Milch gerann, wurde sauer und machte ihre Brustwarzen rissig, und sie verschloß sich in ihrem Leid, als hätten sich ihre Brüste selbständig gemacht und gegen sie revoltiert, und sie wurde auch taub gegen mein Schreien. Aber in dem Maß, in dem ich mich an Gummisauger gewöhnte, gewöhnte sie sich an ihre Schwangerschaft und ertrug sie mit zusammengebissenen Zähnen, sie sagte, die Welt sei nicht gerecht, bei aller Ehrfurcht vor Gott sei es doch so, daß die Frauen den Preis für das Vergnügen der Männer bezahlten. Wenn Vater abends von der Staatlichen Rentenversicherung zurückkam, empfing sie ihn mit einem langen Gesicht und säuerlichen Lippen, er nahm die Versorgung von vier kleinen Töchtern auf sich und sagte, wir seien in guter Gesellschaft, auch Zelophad habe fünf Töchter gehabt, und Gott habe ihn gesegnet und gesagt: »Die Töchter Zelophads haben recht geredet.« Sie machte eine abwertende Handbewegung und sagte: »Von mir aus werden es fünf, es ist mir egal, aber warum in diesem Tempo? Es zerreißt mich, verstehst du, das ist es, was es mit mir tut.« Am Tag, als sie Wehen bekam, ging sie lustlos zur Entbindung, es würde noch eine Tochter dazukommen und die Zahl der Windeln und der nächtlichen Störungen mehren. Schwerfällig betrat sie den Kreißsaal und legte sich gleichgültig auf das Entbindungsbett, und als die Hebamme verkündete, »herzlichen Glückwunsch, ein Junge«, wurde ihr Wasser über die Stirn gegossen. Sie lag noch im Kreißsaal, da bat sie, daß man ihr die Hände wusch, dann sagte sie, »für die Sünden, die ich vor dir begangen habe« und auch, »ich habe geirrt, gesündigt, mich vergangen«, und sie bat Gott um Verzeihung dafür, daß sie ihm Unvollkommenheit vorgeworfen hatte, und sagte: »Alles, was der Heilige, gelobt sei Er, getan hat, hat Er zum Guten getan.«

Zwei Jahre später wurde sie wieder schwanger, aber das Wunder wiederholte sich nicht, und obwohl wir fünf Töchter waren, konnten wir schon nicht mehr Zelophads Töchter sein, denn wir hatten einen Bruder.

Muli brach mir noch ein Stück von seinem Kuchen ab, ich aß ihn und leckte mir Honig und Zimt von den Fingern und schämte mich nicht, dabei zu schmatzen. Er lächelte und hinter den Zeichen des Alters und den Fältchen der Weisheit blitzte der kleine Junge auf, der zwei Finger hochhielt und das V-Zeichen machte, nachdem er mich bei Dame geschlagen hatte, und der dann versöhnlich lächelte und sagte: »Geh nicht weg, warte, vielleicht gewinnst du beim nächsten Spiel.« Wer hätte damals gedacht, daß diese triumphierenden Finger später einen Uterus nach dem anderen untersuchen würden und daß sie einmal meine Eingeweide erschrecken würden und ich nicht genug Luft haben würde zu sagen, Muli, ich habe Angst, und sogar das »Zu meiner Rechten Michael und zu meiner Linken Gabriel« kam mir nicht über die

Lippen. Und was hätte es mir auch genützt, es auszusprechen, schließlich hatte der Engel Gabriel seit damals, als er seine Flügel über uns breitete, auch einiges erlebt und war alt geworden, seit Jahren hatte er die Flügel über der Brust zusammengeschlagen und hielt mit gesenktem Kopf und geschlossenen Augen ein Nickerchen. Auch die Engel gehorchen der Zeit.

Das Telefon klingelte, er wies irgend jemanden an, einer bestimmten Patientin Antibiotika intravenös zu geben, und erkundigte sich nach ihrem Fieber und nach ihren Ausscheidungen.

Jahrelang hatten sie davon geträumt, er würde Rabbinatsanwalt oder Richter werden, und als er sagte, alles, nur das nicht, sagten sie, dann vielleicht Architekt oder Ingenieur. In ihren wildesten Träumen hätten sie nicht geglaubt, daß er seine Talente den intimsten Körperteilen der Frau widmen und sein Brot mit dem verdienen würde, was am besten verborgen blieb. Hätten sie Zeit gehabt, sich manchmal ans Fenster zu stellen, hätten sie die Anzeichen erkennen können, sie hätten gesehen, wie er sich von den anderen Kindern, die sich um die jungen Kätzchen drängten, absonderte und sich um die Mutterkatze kümmerte, deren Hinterteil rot und blutig war. Mit scharfem Blick saß die Katze auf dem Baum und beobachtete, was ihren Jungen geschah. »Komm, komm«, lockte er sie, und sie reckte den Schwanz, machte einen Buckel, und die Angst trieb sie ans Ende des Astes. »Laßt sie in Ruhe, laßt sie in Ruhe«, flehte er die anderen Kinder an, und seine dünne, hohe Stimme übertönte ihr jubelndes Geschrei wegen der Kätzchen. Sie teilten die Beute unter sich auf, eine für uns, ein Kätzchen für die Finkelsteins, eins für die Droris, eins für die Cohens, eins für die Asula'is, eins für die Semels, und stritten um das rotgetigerte. »Miezi, komm, Miezi, komm«, lockte Muli, und die Katze wußte gar nicht, daß sie Miezi hieß, eine Straßenkatze, der ihr Mißgeschick den Namen eingebracht hatte. Erschreckt von den Augen des Jungen, die ihr folgten, buckelte sie, kniff die Augen zu, stieß ein scharfes Jammern aus, sprang von dem Ast mitten ins Geschehen und trieb die Kinder auseinander, die vor Angst schreiend in alle Richtungen davonstoben. Er, der einzige, der weinte, blieb stehen. »Ihr Dummköpfe, ihr Dummköpfe«, schluchzte er, »Tierquäler, Gott wird euch strafen, sie hat gerade erst geworfen, ihr Dummköpfe.« Er wußte noch nichts von einer Gebärmutter und Wehen und verstand schon die Schmerzen und Qualen des Gebärens.

Gynäkologe? Ausgerechnet? Sie hatten gehofft, ihr Kummer wäre damit zu Ende, daß sie sich mit seinem unbedeckten Kopf abgefunden hatten, den schwarzen T-Shirts und den hellen Bermudashorts. Als sie Gynäkologe hörten, riefen sie beide wie aus einem Mund: »Was?«

Mutter, die in ihrem Leben mehr als einmal auf die Hilfe von Gynäkologen angewiesen war, sagte, wie könne ein Mann, der Frauen an ihren geheimsten Stellen berühre und sie gleich danach vergesse, seine eigene Frau achten? Sie glaubte nicht, daß ein Mann, vor dem Frauen die Beine spreizten, ein ordentliches Familienleben führen könne. Auch Vater glaubte das, sagte aber, Müttern zu helfen, gesunde Kinder auf die Welt zu bringen, sei ebenfalls ein gottgefälliges Werk, jeder tue, was er könne, und nur Gott zähle und wiege ab. Nach einiger Zeit, als er ihnen Smadar vorstellte, verstand Mutter, daß es Frauen gab, die, auch wenn man mit aller Gewalt versuchen würde, sie zu vergessen, das Gedächtnis quälen und jagen würden.

Die Zimtschnecken waren gegessen, die Tassen leergetrunken, das Leben des Fötus, der eine kurze Verlängerung bekommen hatte, lag wieder auf des Messers Schneide. Es ist wohl sinnlos zu fragen, wie dir das passiert ist. Wer nannte dich Mo, wer? Wer bat dich darum, daß du ihm deine Hände aus der Nähe zeigst? Nun, es gab jemanden, der das wollte, aber ist das ein Grund, die Fassung zu verlieren? Bist du blöd, oder was? Und bei dem allen deine Gemeinsamkeiten mit Juval, ohne Mo und ohne kleine Hände, zwei traurige Gestalten bemühen sich, einander näher zu kommen. Eine Hand wird unter der Decke hervorgezogen, rutscht zu einer Schulter, eine Brust liegt an einem Rücken, ein Körper in einem anderen, und dann? Hände, ausgebreitet auf dem Bettzeug, Augen, die über die Schimmelflecken an der Decke gleiten, er sagte, es ist mal wieder Zeit zu streichen, du dachtest nach, ein weißer Anstrich wird die Flecken wegmachen, fünf Jahre lang haben wir in diesem Haus nichts mehr angerührt, sagte er, und du sagtest, stimmt, seltsam, daß wir den Schimmel bis jetzt nicht bemerkt haben, und jetzt haben wir das Gefühl, daß wir ihn nicht mehr aushalten, es wäre schön, wenn man ein Loch in die Decke schlagen könnte, zum Himmel, und du nahmst seine Hand und hieltest die Tränen zurück, ihr Heulsusen, traut euch ja nicht heraus, und die Tränen gehorchten. Und du dachtest an Rachel und Lea, die abwechselnd bei Jakob im Bett lagen, und an Naomi, die noch ein Kind bekommen würde, aber daß du noch ein Kind bekommst? Noch nicht mal im Traum.

Muli, groß und mager, stand auf, er verbrennt beim Joggen jede überflüssige Kalorie, aber es sind nicht die Kalorien, die ihn jeden Abend laufen lassen, sondern das Herz, als würde dadurch, daß man den Körper müde macht, auch die Sehnsucht einschlafen.

Er stand auf, kam vor den Tisch, wo ich saß, zog sich einen Stuhl heran und setzte sich neben mich, so wie es Psychologen tun, die den Tisch entfernen, weil er die Autorität des einen und die Bedürftigkeit des anderen vergrößert.

»Laß dir noch eine Woche Zeit, um darüber nachzudenken.« Er legte mir die Hand auf die Schulter, an die Stelle, an der ich die Schulterkissen entfernt hatte, weil sie mir die Silhouette einer Ringerin verliehen. Seine Hand war leicht, wegen ihrer Magerkeit, oder weil er es nicht wagte, sie mit vollem Gewicht auf mich zu legen, vielleicht war aber auch der grobe Leinenstoff schuld, daß sich seine Berührung so luftig anfühlte. Er verströmte einen zarten Deodorantduft.

»Ich brauche nicht einmal eine Minute, Muli, mein Entschluß steht fest.«

»Deine beiden sind schon groß, ein Baby könnte dein Leben ändern.« Er meinte es gut mit mir, das sah ich ihm an. Ach, Muli, glaubst du wirklich, daß dreieinhalb Kilo Fleisch und Blut, die alle Barmherzigkeit der Welt benötigen, das Leben ändern können? Und wer möchte überhaupt sein Leben ändern? Unsere Augen waren einander so nahe, daß ich die winzigen grünen Flecken in seiner grauen Iris sah. Ich hatte kein anderes Leben angestrebt, ich hatte mich an meine unerfüllten Sehnsüchte gewöhnt, und dann hörte ich ein Saxophon, das gelassen über eine große Einsamkeit weinte, ich hörte einen süßen, weichen Rhythmus und sah einen Mund, der in das Instrument blies. Gibt es irgendeinen Menschen auf der Welt, dem nie ein Wunder begegnet ist? Und gibt es irgendein Wunder auf der Welt, das nicht ebenso verschwindet, wie es gekommen ist? Plötzlich zog Muli seine Hand von mir weg und stand auf. Ich hoffte nur, er würde jetzt nicht sagen, daß alles, was ich getan hatte, in meinen Augen zu lesen sei.

»Kannst du morgen?« Seine Stimme klang trocken, kühl, verloren.

»Ja, morgen«, antwortete ich wie ein Echo, ich ertrug es nicht, daß Muli so nah und zugleich so fern war, ich berührte sein Knie, tastete über seine Kniescheibe.

»Wenn mir irgend etwas passiert, eine Blutung oder eine tödliche Infektion, oder wenn ich aus der Narkose nicht aufwache, dann denk dir eine Krankheit aus, derentwegen ich zu dir gekommen bin.« Ich schaute zum Fenster, in dem der gleichgültige Himmel verblaßte.

»Alles, nur nicht die Wahrheit?«

»Wahrheit? Gibt es so etwas überhaupt?«

Er war noch keine siebzehn gewesen, da schmolzen seine Wahrheiten zusammen, bis er nur noch die linke Hand für die einzige Wahrheit brauchte, die ihm geblieben war. »Schau«, sagte er damals zu mir, hob seine zur Faust geballte Hand. »Die Wahrheit ist«, sagte er und öffnete bei den folgenden Worten einen Finger nach dem anderen, »es gibt überhaupt keine Wahrheit.« Blaue Tinte auf weißer Haut, ein Ausrufezeichen von der Fingerspitze bis zur Handwurzel.

»Willst du die Wahrheit, Muli? Bitte. Ich weiß nicht, von wem ich schwanger bin.« Ich rüttelte an seinem Knie, bis es an das andere stieß, ich mußte mich an etwas festhalten, und er zeigte das Pokerface eines Menschen, den sein Beruf gelehrt hatte, eine Trennwand zwischen Gesicht und Seele zu schieben.

»Die Wahrheit ist nicht der höchste Wert, Muli«, platzte ich heraus, verlor den Halt und wäre fast auf ihn gefallen.

»Nein, sie ist nicht der höchste Wert«, sagte er wütend, aber seine Wut galt nicht mir, die höchsten Werte sind ihrer Art nach jene, die uns zornig machen. Er suchte seine Sachen zusammen, und ich strich mein Kleid glatt. Nebeneinander gingen wir hinaus, den langen Flur entlang, und wechselten kein Wort.

Mein süßer Fötus, dir bleiben noch zwölf Stunden, um mich zu überzeugen, daß dein Leben das Leid und den Schaden wert ist, den es dem Leben anderer Menschen zufügen würde. Aber du, was ist mit dir? Dein Leben ist schon zehn Wochen alt, du bist eine Anhäufung von Zellen, die noch nicht gelernt haben zu hoffen und zu bedauern.

Verlaß dich nicht auf ein Wunder, mein Fötus, der Engel, dem befohlen wurde, die Hand über das Kind zu halten, damit ihm nichts Böses geschieht, wird sich diesmal nicht einmischen.

In zwölf Stunden werde ich ein hinten offenes Hemd anziehen, eine Bekleidung, die zu der zügellosen Handlung paßt, und wenn ich später auf die Straße trete, werden Babys sich bei meinem Anblick verkrampfen, und Mütter werden sagen: Dieser Frau da ist etwas passiert.

Muli stand im Aufwachraum vor mir, schmal und lang in seinem Arztkittel, und gab mir die Hand, wie wir uns die Hand gegeben hatten, wenn wir Angst hatten oder wenn wir zur Tür gerannt waren, um einen Gast zu begrüßen.

Wenn jetzt eine Sintflut käme, würden wir die Arche gemeinsam betreten, so wie wir es uns vor einer Million Jahren versprochen hatten, als der Regen gegen das Fenster peitschte und das Heer der Engel seine Kriegswagen über den Himmel jagte.

»Bestrafe dich nicht, Maria, das Urteil über diese Schwangerschaft ist im Himmel gefallen, der Fötus hatte keinen Herzschlag mehr, er war tot.«

Zwölf Stunden hattest du, mein Fötus, um für dein Leben zu kämpfen, und du hast dich dafür entschieden, aus Trauer zu sterben.

Und was würde es helfen, wenn ich wüßte, daß du deinem Urteil lebend begegnet bist, wenn der Satz »Er hatte keinen Herzschlag mehr« nur von jemandem erfunden wurde, der mir Gewissensbisse ersparen wollte?

Muli, geliebter Bruder, auch für dich ist die Wahrheit nicht in jedem Fall den Preis ihres Leidens wert.

Abermals verschränkten wir unsere Finger, wie wir es früher in Momenten der Erregung und der Angst getan hatten, und aus dem Kittel des großen Mannes, der sich über mich beugte, trat der Zwilling der Steins, vernünftig und klarsichtig, meine Hand in seiner, wir beide gegen die Welt, und wir teilten sie uns gerecht.

Siebtes Kapitel

In Wahrheit ist es so, daß die Welt nicht gerecht zwischen uns aufgeteilt ist. Jeder trägt seine eigene Last.

Ich stand auf und zog mein violettes Leinenkleid an. Er wollte mich mit seinem Auto nach Hause bringen, er könne mich auch mit meinem Auto fahren, er fragte, ob er mir ein Taxi bestellen solle. Schließlich verstand er, daß ich den Weg von hier ins Nichts allein gehen wollte, und brachte mich zum Hauptausgang des Krankenhauses. Dort, neben dem Wachmann, legte er mir segnend die Hand auf den Kopf. Eine kräftige Hand mit den Fingernägeln eines Chirurgen, die Nagelhaut abgefressen von Desinfektionsmitteln. »Paß auf dich auf, Maria.« Worthülsen. Natürlich werde ich auf mich aufpassen. Wenn Gott nicht aufpaßt, ist die Arbeit des Wachmanns vergeblich. Zwei Ärzte gingen an uns vorbei, sie begrüßten ihn mit einem Kopfnicken, er nickte zurück. »Dr. Stein, die Sitzung ist um halb sechs in Raum vier«, sagte eine Weißgekleidete im Vorbeigehen und musterte die Patientin in dem zerknitterten violetten Leinenkleid, vermutlich fragte sie sich, warum der Doktor die Hand auf ihren Kopf gelegt hatte.

»Halte mich auf dem laufenden.«

Ich schwieg, nahm seine Hand. Sie war kühl und trocken, wurde mir ohne Vorbehalte gereicht. »Paß auf dich auf, Moria«, sagte er noch einmal, drückte mir die Hand und ließ mich los. Noch eine flatternde Berührung seiner Finger auf meinen Haaren, noch ein verhaltenes »Moria«, ohne irgendwelchen Zusammenhang, und er wandte sich zu dem langen, kühlen Flur, der zwischen mir und dem Wachmann begann. Als ich hierherkam, war es Morgen gewesen, jetzt hing Dämmerung zwischen den langen Dächern.

Die Welt zu zweit ertragen? Blödsinn. Ich werde meinen Lebenswagen allein lenken, auch über holprige Pfade. Ich ging den grob gepflasterten Weg hinunter, der zur Bushaltestelle und den Parkplätzen führte. Es ist nicht einfach, mit einem Wagen den Hang hinunterzugehen, wenn der Weg schlecht gepflastert ist.

Ich brauchte keinen zweiten Blick, um den aufgeregten Mann zu erkennen, der mir entgegenkam, seine Schaufäden flatterten, sein Bart flatterte, die Locken des kranken Jungen auf seinen Armen flatterten, das Kopftuch der Mutter flatterte, ihr langer Rock flatterte. Die Lippen des Jungen waren blau, sein Gesicht grau, die Augen weit aufgerissen. Flatternd waren sie dem Taxi entstiegen, das einige Meter vor dem Haupttor hielt. »Da kam das siebte und hat ihnen das Leben versaut«, hatte Maja gesagt. Der Wachmann sah ihre Panik und winkte sie durch. Maja hatte unrecht. Sein Leben versaut sich der Mensch selbst. Die Lungen dieses Jungen sind das, wofür sie morgens aufstehen. Wer kämpft denn nicht auf dieser Welt? Sie haben wenigstens ein bestimmtes Ziel, es ist beschränkt auf die schmale Brust des Jungen, auf dreißig Atemzüge in der Minute.

Langsam ging ich zum Parkplatz, vorsichtig, wegen einer möglichen Blutung und weil ich es nicht eilig hatte. Wohin auch. Mit dem Fötus, den Muli mir herausgenommen hatte, war auch die Sehnsucht verschwunden, jener hinterhältige Vogel, er würde mir nicht mehr mit dem Schnabel ins Zwerchfell picken, und nicht mehr ins Herz.

Das Haus war leer und kalt. Als wäre ich nicht vor zehn Stunden von hier weggegangen. Eine Frau hatte morgens mit dem Fuß nach einer Katze getreten und dann hart und energisch ihren Mazda angelassen, und eine andere Frau kam mit zusammengepreßten Beinen in der Dämmerung zurück, ihre Sohlen knarrten, sie reagierte nicht auf den Vogel, der sie vom Zaun aus betrachtete.

Das Telefon klingelte. Wer brauchte jetzt einen Anruf, aber ihre

Hand bewegte sich von selbst und nahm den Hörer ab, um keine Nachricht zu verpassen.

»Bist du gut angekommen, Moria?«

Verantwortung bis zum Haus des Kunden. Er mußte jetzt in Raum vier sein, das hatte jene Weißgekleidete gesagt, und er fragte nicht, wie es mit den Blutungen ging, denn Muli war mein Bruder, und Blutungen gehörten in die Schublade »Dreh dich um«, »Tu's doch selber«, »Mach das Licht aus, dumme Gans«.

»Ruh dich aus. Streng dich heute nicht an. Paß auf dich auf, Moria.«

Paß auf deine Gesundheit auf. Auf deinen Verstand. Wer ein Kind mit Mukoviszidose hat, der verliert seinen Verstand bestimmt nicht. Morgen werde ich sie anrufen und fragen, wie es dem Jungen geht.

Die Beine waren schwer, die Augen fielen zu, im Radio kamen schlimme Nachrichten, und der Weltschmerz fand einen Spalt und zwängte sich in mich und begleitete mich auf das Sofa im Wohnzimmer. Straßensperren bauen sich vor Kindern mit Mukoviszidose auf. Auch vor Achmeds und Fatmas. Die Panik bläst Schleier und lange Gewänder auf, und der Soldat sagt, los, gehen Sie vorbei, gehen Sie vorbei, und sie gehen an ihm vorbei wie Schafe in einer Herde. Das Wohnzimmer war dunkel, die Heizung ausgestellt. Schira kam herein, und hätte sie nicht vor Glück gestrahlt, wäre ich erschrocken.

Sie knipste das Licht an. »Was ist los mit dir? Du bist ja völlig kaputt.«

Schira ist in diesen Studenten verliebt, der ihre Silhouette so toll fand. Seit sie verliebt ist, benutzt sie einen schwarzen Lidstrich und hat aufgehört, Rouge aufzutragen, weil ihre Wangen von allein rot sind. Sie stellt mir einen Schemel unter die Füße und breitet eine Decke über mich, und ihr zügelloses Glück läßt ihre Mundwinkel erzittern. Sie soll nur ihren Verstand nicht verlieren, er soll ihr ja kein Kind machen, dieser Student, der sich in ihre Silhouette verliebt hat. Sie soll nicht einen von Mulis Kollegen benötigen, damit er ihr dort unten herumwühlt, sie soll nicht mit zusammengepreßten Beinen aus irgendeinem Schlachthaus kommen.

Du bist ja völlig kaputt, hat sie gesagt, aber das bin ich nicht. Ich bin nicht kaputt. Leer, das ist das richtige Wort, voll bin ich weggegangen und leer zurückgekommen, und sie bringt mir eine Tasse Tee und ein Glas Honig, als hätte ich eine Grippe.

»Bist du erkältet? Oder ist es eine Migräne?« Stürmisch ist sie, es geht ihr alles rasch von der Hand. Seit wann zieht sie Decken unter Vasen zurecht, seit wann sammelt sie alte Zeitungen und wirft sie in den Mülleimer, seit wann nimmt sie verwelkte Gerberas aus Blumensträußen? Leer, das ist es, was ich bin. In meiner Gebärmutter war ein kleiner Mensch, und jetzt ist sie leer. Muli hat ihn herausgeholt, er hat die Häute zerrissen, die ihn umhüllten, den Mutterkuchen entfernt, Verbindungen gelöst, Beziehungen abgebrochen, und gutherzig, wie er ist, hat er mir das mit dem fehlenden Herzschlag vorgemacht. So sind die Steins, was auch passiert, in ihnen pocht immer Schuld, Reue, Gewissen. Es gab einen Menschen, der auf die Welt gebracht werden wollte, und ich gab ihm keine Chance. Der Engel Gabriel atmete tief ein und klatschte mit welken Händen. Schira sang etwas auf englisch und hörte nicht auf, geschäftig hin- und herzulaufen. »Ist dir kalt? Soll ich den Boiler anmachen? Ich habe über eine Stunde an der Haltestelle gestanden und auf den Fünfundzwanziger gewartet. Übrigens, ich esse nicht mit euch. Charly holt mich um acht ab. Er hat heute das Exposé für den Film zurückbekommen, mit einer prima Note.« Charly, ein passender Name für jemanden, der Silhouetten sucht. Eigentlich heißt er Jecheskel, aber mit einem Namen wie Jecheskel kommt man in der Welt des Films nicht weit. Sie goß die Veilchen, versorgte die Alpenveilchen und gab dem Gummibaum Wasser. »Noch einen Tee? Hast du Fieber oder was?«

Jecheskel wurde zu Charly. Menschen kleben sich ein neues Etikett auf ihre Verpackung und hoffen auf Erfolg. Wenn er sich selbst im Dunkeln begegnet, wird er diesen Jecheskel vor sich sehen, vor dem er fliehen wollte. Ich bin so leer, als hätte Muli auch die Wörter aus mir herausgenommen, und sogar das »Schira, paß auf« kommt mir nicht über die Lippen. Schira, diese Charlys sind gefährlicher als die Jecheskels. Gott, wie dünn ihre Hände doch sind. Wenn sie kämpfen muß, werden sie zerbrechen wie Zimtstangen. Paß auf, Schira, paß auf, die Worte füllen meinen Mund, und kein Ton kommt über meine Lippen. Sie singt immer noch dieses englische Lied, gleich wird sie die Vorhangfransen kämmen, sie wird die Schubladenknöpfe polieren, die Türangeln ölen und nicht aufhören, bis dieser Charly unten hupt und seinen Kopf aus dem Autofenster schiebt, Süße, kommst du runter?

»Was für ein Auto hat er?«

»Ich habe echt nicht darauf geachtet. Vielleicht einen alten Renault.«

Wie dumm du bist, Maria. Diese Charlys sind schlimmer als blutige Babys, tote Vögel, erstickte Lungen, und du fragst, was er für ein Auto hat, und der Engel Gabriel hört es und kann es nicht glauben, schüttelt den Schlaf ab, seine Zunge schlägt gegen die Zähne, tz, tz, tz, und er kratzt sich den alten Kopf und seufzt. Juvals kleiner Finger war dicker als ihr Arm, als sie drei Tage alt war und wir sie nach Hause brachten. Verzaubert stand er an der Wiege, setzte sich nicht zum Essen an den Tisch, er schmierte sich schnell ein Brot und aß, neben ihr stehend, sammelte die Krümel auf, die auf ihre Decke gefallen waren. Er kaute und schluckte und staunte. »Ein Wunder, wirklich ein Wunder.« Er sah runde Tränen aus ihren Augen rollen und sagte, sie weine wirklich, ein Weinen der Trauer, und daß Babys nie so weinten. Worüber sollte sie jetzt schon trauern, fragte ich. Er wischte mit dem Finger über ihre kleine Wange und sagte, daß der Engel, der gekommen sei, um ihr den Finger auf den Mund zu legen, damit sie alles vergesse, was sie wisse, bei diesem süßen Mund Mitleid bekommen habe, sein Druck sei zu leicht und zu weich gewesen, er habe sie nicht alles vergessen lassen, und das wenige, das sie noch wisse, sei genug, um darüber zu weinen.

»Sag ihm, er soll vorsichtig fahren.«

»Mama! Es ist doch nur von hier bis zum Studentenheim auf dem Mount Skopus.«

Zum Studentenheim. Sie geht mit ihm in sein Zimmer. Nicht in ein Café. Nicht in ein Restaurant. Nicht ins Kino. Studentenheim. Zimmer. Und es gibt kein Zimmer, in dem nicht auch ein

Bett steht. Und er ist einer, der Silhouetten sucht, bestimmt wäre es leichter für mich, wenn sie in das Zimmer irgendeines Jecheskel gehen würde. Aber so, wie ich keine Kraft habe, das Kind zu bedauern, das nie geboren werden würde, fühle ich mich auch zu schwach, um mich um das Kind zu sorgen, das erwachsen geworden ist. Die steifen Füße auf dem Schemel, der Rücken angelehnt, wünsche ich mir, daß der Chef der Welt die Verantwortung für sein Werk übernimmt und sich etwas weniger auf seine Angestellten verläßt. Auch Juval fand das Leben wohl leichter zu ertragen, wenn die Handlungen zunahmen und die Wörter ab. Er fragte, ob er mir etwas bringen solle, er räumte Lebensmittel aus dem Kühlschrank, er spülte das Geschirr, das noch vom Morgen stehengeblieben war, er sortierte und schnitt Gemüse, spitzte die Lippen und pfiff. »In einer kleinen Kneipe, in einem kleinen Hafen, da ist der Wein so rot, so rot.« Mal sah ich seine Augen, mal seinen Rücken. »Willst du was?« Er beugte sich über das Gemüsefach, und seine Stimme kam tief und kalt herauf, als sprächen die Zucchinis selbst, in denen er herumwühlte und die weichen mit den angefaulten Enden schon herausgesucht hatte. Kiefernzapfen faulen nicht, sie werden schwarz wie Teer, wenn sie sich voll Wasser saugen, sie hängen an den Zweigen wie Kohlenkegel, und es reichen ihnen zwei Tage Sonne, um wieder heller und grauer zu werden. »Und der Kapitän sagt, macht nichts, macht nichts.« Der Kapitän sortiert Zucchini und füllt die Stille mit dem Rascheln von Plastiktüten, dem Wegwerfen von Gemüseabfällen in den Mülleimer, dem Aufschlagen von Plastikschüsseln, die von einem Platz zum anderen getragen werden. »Und morgen fährt ein Schiff aufs Meer...« Kein Schiff wird morgen ausfahren, nirgendwohin, und jetzt muß man die Stille mit Worten füllen. Nun, Maria, laß sehen, sag ihm, schau, Juval, jemand hat mich geschwängert, du oder ein anderer Mann, also... Was ich sagen wollte, ich wurde schwanger, ich habe zugelassen, geschwängert zu werden, ich habe ihn zu mir eingeladen, und diese Blutung jetzt, das ist nur das Kleingeld, das große Geld habe ich heute morgen ausgegeben.

In Schiras Zimmer werden Schubladen aufgerissen und zugeschlagen. Die Schranktüren quietschen. Sie ist unschlüssig, welche ihrer schwarzen Kleidungsstücke sie anziehen soll, schwärzt ihre Lider, parfümiert ihre schwarzen Haare.

Barfuß kommt sie heraus, wühlt im Korb mit der noch ungewaschenen Wäsche. »Weißt du, wo mein lila Büstenhalter ist?« Sie zieht den Büstenhalter heraus, »ist doch egal«, sie schnuppert an ihm und wird von ihrem Zimmer verschluckt. »Ein Wunder, wirklich ein Wunder«, hatte Juval gesagt und verzaubert ihre winzigen Gliedmaßen betrachtet, die durch die Luft fuchtelten, ihre Augen glichen Rosinen und ihre Tränen Perlen, ihre Fingerchen, die aufs Laken schlugen, waren dünn wie Streichhölzer, und die Fäustchen sahen aus wie Kirschtomaten.

Da siehst du es, Maria, die Welt kommt ausgezeichnet ohne Worte zurecht. Tatsache ist, daß du nichts gesagt hast, und er hat gespürt, daß etwas geschehen ist. Sonst würde er nicht so hingegeben pfeifen, »die eine küßte, die andre lachte, die dritte ...«, und sein Gesicht wäre nicht so eingefallen und sein Doppelkinn wäre kein dünner Hautsack.

Tut, tut, tut-tut-tut, hupte Charly, und Schira, ein schwarzer, blasser Geist, glitt aus ihrem Zimmer, ein Sturm fegte durch den Flur, wartet nicht auf mich, macht euch keine Sorgen, laßt den Schlüssel nicht in der Tür stecken.

In der Zeit, die uns zur Verfügung stand, bis wir anfingen, uns um sie Sorgen zu machen, gelang es mir, die Füße vom Hocker zu nehmen, aufzustehen und in die Küche zu gehen, zum »Sie saßen zu dritt mit dem Käpt'n, dem Holzbein«. Juval schlug im Takt mit dem Knie ans Schienbein und pfiff.

»Willst du was?«

Ich bat um Tee, nur um etwas zu wollen. Ich erzählte ihm von dem Jungen mit Mukoviszidose und von seinen panischen Eltern, ohne zu erwähnen, wo ich sie getroffen hatte. Und Juval, der so ist, wie er ist, fragte, ob man ihnen mit irgend etwas helfen könne. Die Mühe, die uns diese Worte kosteten, war wohl mit der zu vergleichen, die der Junge aufbringen mußte, um seine Lungen mit Luft zu füllen.

Ich wechselte von den Qualen des fremden Jungen zu den Problemen unserer Tochter. »Schira hat sich in diesen Filmstudenten verliebt.« Schnittkäse und Streifen von schwarzen Oliven rutschten aus seinem Brötchen. Er schob sie zurück, seine Zähne schlugen in das Brötchen, und er fragte, wie alt der Junge sei.

Die Nachrichten im Fernsehen fingen an, noch bevor er das Brötchen aufgegessen hatte. In Rafah irrten Kinder durch die Trümmer ihrer Häuser, ohne zu wissen, daß sie wie jener Schmetterling waren, der auf den Philippinen mit den Flügeln schlug und damit das Gleichgewicht der Welt ins Schwanken brachte. Wir konnten wieder atmen, unsere Rippen dehnten sich, die Hunde vom Wadi waren zu hören, und ein Auge traf das andere im Bildschirm. Die passende Zeit, um zu duschen, jetzt, während die kleinen Füße gegen Steine treten und Hände wühlen und eine zerdrückte Puppe herausziehen, das Herz hat ein Objekt für Gefühle, und die Pause von der Last der Worte ist gerechtfertigt. Endlich gibt es einen Haken, an dem man die Schwere des Daseins aufhängen kann. Nackte Kinderknöchel. Der Journalist richtet die Kamera auf die schäbigen Hosen, die kleinen Beine, und registriert die Länge des Seufzers.

Ich stand unter der Dusche. Die Armee, die Häuser wie ein Erdbeben der Stufe sieben auf der Richterskala sprengt, wird von meiner trockenen Unterhose verdrängt. Am Morgen ist ein Baby aus mir herausgerissen worden, und es ist Abend und meine Quelle ist trocken. Bis in die Tiefe deines Herzens wurdest du getroffen, mein Fötus, du hast deine ganze Habe mobilisiert, all deine Fasern und Häute hast du mitgenommen und deinen Wohnort zerstört hinterlassen, unfruchtbar und leer. Ich weiß nicht, ob du die geschwungenen Lippen des einen bekommen hättest oder die Zypressenaugen des anderen. Auch meine Tränen hast du mitgenommen. Ich möchte weinen, aber das Weinen kommt nicht. Ich werde den ganzen Boiler über mir ausleeren, hundertzwanzig Liter Wasser, und morgen wird ein Schiff aufs Meer fahren, aufs blaue Meer, gleich morgen. Eine ganze Flotte ließ Muli immer auf seiner Suppe schwimmen. Nudeln patrouillierten den Tellerrand entlang, Floße aus abgebrochenen Matzestückchen transportierten mutige Seeleute, Blumenkohlröschen wurden zu Muschelriffen und dunkle Petersilienblätter zu Seeräubern, Mutters Augen wurden zu einem Platzregen und das »Los, iß endlich« zu einem Sturm, der das Meer aufwühlte.

Der Abstand zwischen den Beckenknochen ist gleich geblieben, Slipgröße medium, die früheren Schwangerschaftsstreifen haben sich nicht verlängert, die Brüste, die angefangen haben zu schwellen, werden sich in einem Tag zurückbilden und ihre Größe 85 B behalten. Das Wasser war kälter geworden, der Spiegel verschwand im Dunst. Voll war ich am Morgen weggegangen, leer am Abend zurückgekommen, und dazwischen erlosch das winzige Lebensflämmchen. Die Flämmchen werden nicht gefilmt, sie stochern nicht in Trümmern herum, sie heben nicht die Hände vors Gesicht, um sich zu schützen. Pochendes menschliches Gewebe. Nicht mehr und nicht weniger.

»Der lila Büstenhalter, das ist es, was sie im Kopf hat«, sagte ich um zwei Uhr vierzig in der Nacht, als uns die Sorge dazu brachte, aufrecht im Bett zu sitzen. Juval stand auf, ging zu ihrem Zimmer, als könne er etwas aus den Dingen sehen, die sie auf dem Bett zurückgelassen hatte, kam wieder, ging pinkeln und dann stellte er sich ans Fenster. »Was für ein Typ ist er?«

»Einer, der einmal Jecheskel hieß und jetzt Charly.«

Ihre Mailbox antwortet: »Ich kann gerade nicht antworten, bitte eine Nachricht hinterlassen.« In einem kindlichen Ton, ungeduldig, zornig, und im Hintergrund läuft »Yellow Submarine«. Valeri und seine Luschinkas auf der anderen Seite der dunklen Berge, wer erinnert sich an sie? Dort ist auch das Baby hingeschickt worden, mit seiner Habe, die es gebündelt und mitgenommen hat. Schira ist der Nabel der Welt. Hoffentlich kommt sie nicht mit entsetzten Augen und zusammengepreßten Beinen nach Hause. Um zehn vor vier wurde die Katze aufgeschreckt, die auf der Mauer schlief. Autoreifen zerquetschten die Zapfen der Paternosterbäume, eine Tür ging auf und wurde zugeschlagen. Vier Augen drückten sich an die Lamellen der Jalousie, starrten hinauf zur Straße. Schiras Armeestiefel schritten leichtfüßig den Weg entlang, ihr Mantel hing über ihrer Schulter, der dünne Zimtstengel winkte dem Auto zum Abschied zu, ein Schlüssel wurde in das Schlüsselloch gesteckt und umgedreht, vorsichtig, damit er nicht quietschte.

»Du hast übertrieben«, sagte Juval und kam ins Bett zurück. Ich sagte kein Wort, denn ihre Wangen glühten, ihre Haare waren zerwühlt, und ein wahnsinniges Glück strahlte aus ihren Augen.

»Ich habe euch doch gesagt, ihr sollt euch keine Sorgen machen.«

Schön von dir, Madame. Du hast deine Pflicht getan. Du hast uns angewiesen, auf den Knopf zu drücken und die Sorgen auszuschalten.

Als ich morgens zu ihr ging, um sie aufzuwecken, lag sie mit offenen Augen im Bett, die Hand unter dem Nacken, mit nackten Ellenbogen.

»Sag mal, du und dieser Charly, ihr wißt doch, wie man verhütet?«

»Er paßt auf.« Sie wurde rot und legte ihre Ellenbogen über die glühenden Wangen. So, genau so, wird sie ihre Arme halten, wenn die Flammen erlöschen und von dem ganzen Charly bestenfalls ein Berg Reue und Trauer übrigbleibt. Die Ellenbogen, die alles, was sich zwischen Schläfe und Schläfe befindet, beschützen sollen, sind so zerbrechlich und verletzlich.

Er paßt auf. Sie ist gerade mal sechzehneinviertel. Vierundvierzig Jahre lang bewahrt Naomi ihre Jungfräulichkeit. Meine Schwester ist ein verschlossener Garten. Und sie ist sechzehneinviertel, und so ein Charly bricht das Tor ihres Gartens auf. Ich zog an ihrem Ärmel, um den nackten Ellenbogen zu bedecken. Das lila Büstenhalterchen lag auf dem Boden, zusammen mit den Hosen und dem Pulli, die sie hastig ausgezogen hatte. Fremde Hände hatten sie berührt, hatten den Reißverschluß geöffnet, eine Schulter entblößt, einen Haken gelöst.

»Und sag nicht ›dieser Charly‹, er heißt Charly.«

Bei anderer Gelegenheit hätte »dieser Charly« einen Weltkrieg entfacht. Jetzt konzentrierte sie ihre Kräfte auf den Ansturm des Glücks.

Es gibt solche tröstlichen Phänomene. An diesem Morgen hängte Gott einen großartigen Himmel über seine Welt, Wölkchen aus durchsichtiger Spitze schwammen über das Blau, die Sonne versilberte die Baumrinden, die Kiefer ließ ihre Zapfen platzen. Juval rasierte sich, schaute aus dem Fenster, in den Spiegel, wieder aus dem Fenster, und hatte die Strafpredigt, die er sich in der Nacht für Schira zurechtgelegt hatte, schon wieder weggepackt.

Er warf mir im Spiegel einen Blick zu. »Wie geht es dir? Besser?«

»Sehr viel besser.«

Ich log nicht. Meine Kräfte waren zurückgekommen. Gott hatte die Sonne an den Himmel gehängt, blendete die Bewohner der Erde mit strahlendem Glanz, vertrieb ihre Traurigkeit und heilte ihre Krankheiten. Und du, Maria, du bist weder König David noch Bialik, sondern alles in allem eine Frau, die nervös und niedergeschlagen ins Bett gegangen ist, der Kinder, die nicht geboren werden, und Charlys, die überflüssige Kinder machen könnten, den Schlaf geraubt haben. Und dann kam der Morgen, klare Luft drang in die Nasenlöcher, in die Lungen, und im Haus wehte ein guter Wind, vorsichtig und zögernd. Er küßte mich sogar auf die Haare, bevor er ging. Allerdings nur flüchtig, seine warmen Lippen flatterten über die Haare, berührten den Kopf nicht wirklich, aber immerhin. »Ich wünsche dir einen schönen Tag.« Er war erleichtert gewesen, als er sah, wie energisch ich den Rolladen hochgezogen hatte. Alles dreht sich und geht weiter, die Sonne ist zurückgekommen, und unser Leben. Du und ich, und die Welt kann uns gestohlen bleiben. Er wischte Wasser von der Frontscheibe des Volkswagens, seine glattrasierten Wangen glänzten in der Sonne, seine Lippen bewegten sich, er sang sich selbst etwas vor, und morgen wird ein Schiff aufs Meer fahren, aufs blaue Meer . . . in ein paar Minuten wird er Naomi treffen. Auch sie wird die Sonne weich machen, und das junge Mädchen, die Packhilfe, wird heute nicht ihren Mund aufreißen. Auf der Terrasse gegenüber werden wieder kräftige Arme zu sehen sein und Babywäsche aufhängen, Unterhemdchen für eine halbjährige Brust. Weiße Ärmel tanzen an der Leine und werfen Schatten auf das Gras. Auf dem Geländer steht ein Radiogerät, die Antenne ragt als Silberstreifen in das Blau.

»Vico, mach die Kartoffeln aus«, ruft sie ins Haus, kommt zurück, Wäscheklammern zwischen die Lippen geklemmt. Da hast du's, Maria, ein kleines Stück Leben, das aus Babyunterhöschen und Kartoffeln besteht. »Ein Baby könnte dein Leben ändern«, hat Muli gesagt, und du hast gesagt, du wolltest kein anderes Leben, und jetzt sehnst du dich nach diesen kleinen Hemdchen, den winzigen Höschen, nach dem Stillbüstenhalter mit Knöpfen, nach den Ärmeln, die über dem Gras schaukeln.

Soll ich dir die Wahrheit sagen, Muli? Das Baby hat mein Leben verändert. Ich werde nicht mehr mit Valeri schlafen. Nein, nicht, was du denkst. Das Virus Moral hat mich nicht gepackt, es ist nicht das schlechte Gewissen, ich weiß nicht, wie ersteres aussieht, ich leide nicht am zweiten, auch nicht an den Symptomen von Reue und Bedauern. Mit dem Baby ist auch das Verlangen gestorben. Wenn du mich fragst, wie überstehst du diese hohlen Tage, Maria, dann sage ich dir, es sind Tage. Einfach nur Tage. Tage, an denen man lebt, weil man zum einen keine Wahl hat und das Leben einen zum anderen vorläufig mehr reizt als der Tod.

Wenn Valeri von dem kühlen »Hi«, mit dem ich ihn begrüßte, überrascht war, so ließ er es sich nicht anmerken. Auch diesmal ließ er die Bürotür nicht zufallen, sondern geleitete sie zum Türstock. Dann stand er vor mir, auf der anderen Seite des Tischs, und wartete nicht, daß ich ihn zum Sitzen aufforderte, er setzte sich.

»Ich habe dich lange nicht mehr gesehen.« Seine Augen strahlten wie die Aquamarine von Schiras Ohrringen. Sein Gesicht war grob, breit, die Höhlen seiner Nasenlöcher behaart.

Er beugte sich über den Tisch, und schon spürte ich seinen feuchten, warmen Atem. Er fragte nicht um Erlaubnis, er bat nicht, er nahm einfach meine Hände. »Deine Hände sind . . .«

»Meine Hände sind nichts.« Ich zog sie zurück. Deine Hände, deine Hände, ich hatte genug von diesem Geschwätz. Was sollte schon mit meinen Händen sein? Es gibt Millionen solcher Hände auf der Welt, die gemeinsam mit meinen alt werden, die bei Hitze anschwellen und sich bei Kälte zusammenziehen. »Hör auf mit diesem Getue.«

Oho, sagte er, und auf seinen aufgeworfenen Lippen erschien ein spöttisches, hochmütiges Lächeln. Ich bot ihm keinen Tee an, ich drehte ihm den Bildschirm mit den drei Schmetterlingen zu, ein künstlicher Glanz segelte über das Nichts. Kein Stich ins Fleisch, als er diesmal meine Hände berührte, keine Brustwarze richtete sich auf, kein Zittern lief über die Haut.

»Ich habe es dir schon einmal gesagt«, sagte er, »jeder hat sein eigenes Leben.«

Halleluja. Als ob er mir das sagen müßte. Als hätte ich gestern auf dem schlechten Pflaster nicht gesagt, daß jeder seinen Wagen selber schieben muß.

»Richtig. Jeder sein eigenes Leben. Möchtest du Tee?«

Nein, er wollte keinen. Er mußte bald zur Arbeit gehen. Die Luschinkas erwarteten ihn in der Gasse, die Sonne würde Leute auf die Straße locken und ihnen die Herzen und die Geldbeutel öffnen.

»Kennst du das Lied, ›In einer kleinen Kneipe, in einem kleinen Hafen, da ist der Wein‹?« Ich sang ihm eine Zeile des Lieds vor, er betrachtete die Schmetterlinge und hörte zu. »Sing weiter«, sagte er.

»Ich weiß nicht, wie es weitergeht.« Ich genierte mich und nahm mir vor, demnächst bei einem Plattenmarkt vorbeizugehen und ihm den alten Beni Berman zu kaufen. Er würde sich das Lied anhören und es lernen. Der Spott verschwand von seinen Lippen. Ein bitteres Schweigen zog sie zusammen, als würde er in das Instrument blasen.

Nicht die Tage sind hohl, Maria, du bist es. Da sitzt du auf deinem Chefsessel, in deinem gut eingerichteten Büro, ein Kunde mehr, ein Kunde weniger, das macht dir nichts. Und er? Ein fast vergessenes Lied über einen verlorenen Seemann kann es immer noch schaffen, daß sich ein paar Köpfe senken und daß ein paar Münzen in seinen Saxophonkoffer fallen. Hätte ich meine Hände nicht zwischen meinen Hintern und den Stuhl geschoben, würde ich nicht so fest wie möglich auf ihnen sitzen, würden sie von allein zu seinen gleiten, die auf dem Tisch liegen, schwer, mit ausgebreiteten Fingern. So viel Verzweiflung kann sich in den Zwischenräumen zwischen den Fingern festsetzen. Er zog mich nicht an, aber ich wollte ihn berühren. Wenn eine Hand eine andere tröstet, leistet sie Widerspruch für die Leiden, die der Ewige geschaffen hat. Ich ließ meine Hände nicht frei, bis die Tür aufging und zwei junge Männer hereinkamen und sich nach einer Mietwohnung im Stadtzentrum erkundigten. Valeri hob sein Saxophon hoch, und ich brachte ihn zur Tür.

»Heute?« fragte er.

»Heute ist es unmöglich«, sagte ich, und die Aquamarine erloschen. Durch das Fenster sah ich, wie er zu seinem Fahrrad ging und es aufschloß. Ich drehte mich zu den beiden jungen Männern um und sah, daß sie sich an den Händen hielten.

Maja kam herein. »Ich habe den Mietvertrag für die Wohnung in der Schimonistraße abgeschlossen. Vierhundert Dollar.« Sie schnaufte, und ihr Blick wanderte zu den beiden jungen Männern. Sie fragte, was sie suchten, und hörte sich an, was ich ihnen vorgeschlagen hatte. Sie schüttelte die Haare, schlug den Kragen ihres Seidenjacketts hoch und klimperte mit den Autoschlüsseln. »Ich könnte gleich mal mit Ihnen vorbeifahren.« Sie standen auf und folgten ihr zu ihrem Käfer. Als sie zurückkam, sagte sie: »Was für zwei Süße, unglaublich. Ist das nicht eine Verschwendung, Moria?«

»Was meinst du?«

»Sie sind schwul. Hast du gemerkt, wie gut erzogen sie sind, wie gut sie aussehen? Man sieht es ihnen nicht an. Hätte ich nicht gesehen, wie sie Händchenhalten, hätte ich ihnen schöne Augen gemacht.«

»Und was ist mit Jaki?«

»Jaki? Kurzschluß.« Sie zog das Jackett aus und setzte sich zornig auf den Stuhl. »Hat jemand für mich angerufen?« fragte sie, zog das Jackett wieder an und ging los, um ein Sandwich zu kaufen.

Warum muß immer alles kaputtgehen? Da drehten sich die Räder ihres Wagens fröhlich, und peng, sind sie hin, verbogen. So wird es auch Schiras Wagen ergehen. Dieses verhängnisvolle Peng lauert auf jeden. Spitz und schmerzhaft war das »Heute ist es unmöglich«, das ich ihm an der Tür zugezischt habe, wie schwerfällig ist er zu seinem Fahrrad gegangen.

Und während ich noch über die Grube nachdachte, die jeden Wagen erwartete, rief Muli an und erkundigte sich nach meinem Befinden.

»Wie geht's, Maria?«

»Ich habe getan, was du gesagt hast, ich habe auf mich aufgepaßt.«

»Braves Mädchen.«

Muli, mein geliebter Bruder. Ich habe gestern nicht geweint, nicht in der Nacht und nicht am Morgen, aber du hast nur »Mädchen« gesagt, und ich fing an zu weinen. Ich bedeckte den Tisch mit Papieren, um nicht die leere Stelle sehen zu müssen, auf der Valeris schwere Hände gelegen hatten, die Zwischenräume zwischen seinen ausgebreiteten Fingern. Das Weinen wirkte reinigend und erleichternd und machte Platz frei für den Kummer anderer. Ich rief die Eltern des kleinen Mukoviszidosepatienten an. Es klingelte siebenmal, bis der Hörer aufgenommen wurde. »Ich bin Moria, die Maklerin ...«

»Welche Maklerin? Ach so, ja. Gibt es ein Problem?«

»Ich wollte fragen, wie es Ihrem Sohn geht, ich habe Sie gestern im Krankenhaus gesehen ...«

»Er hat eine Lungenentzündung, er liegt im Krankenhaus. Mit Gottes Hilfe wird es gut werden. Danke, daß Sie ...« Sie hustete und schimpfte mit jemandem. »Einen Moment, ich telefoniere, hast du keine Augen im Kopf?«

Ich wartete, bis sich ihr Husten beruhigt hatte, und fragte, ob man ihr irgendwie helfen könne.

»Nur der Heilige, gelobt sei Er, kann bei dieser Krankheit helfen. Und vielen Dank, daß Sie angerufen haben ... Nun, kannst du nicht einen Moment warten? Gut, vielen Dank.«

Mit geschwollenen Augen, deprimiert, besorgt. Außer dem siebten, der ihr das Leben versaut hat, hat sie noch sechs andere am Hals. Sie hängt Unmengen von Unterhemden auf, brät Unmengen Pommes frites, und das Land Israel, das Land unserer Urväter und der Anfang der Erlösung sind hinter den dunklen Bergen geblieben, wo sich all diejenigen befinden, die wir aus Hilflosigkeit und Schwachsinn aus unserem Herzen vertrieben haben, und derselbe Gott, der Mukoviszidosekranken hilft, wird allen Verlassenen helfen, die sich hinter seinen dunklen Bergen sammeln.

Und was spielt es für eine Rolle, was das Herz geöffnet und weit gemacht hat, die Sonne, das Weinen oder die verlorenen Hände des Mannes, dem ich mich verweigert habe. Zu viel Schönheit hat Gottes Hand an einem einzigen Tag über die Welt gestreut, Vögel hüpfen in den Blättern des Ficusbaums, zwitschern, drehen sich auf den Stengeln, die ihnen kaum Halt bieten. Hoffentlich hat Vater seine trüben Brillengläser geputzt, und hoffentlich hält er seine geschwollenen Knöchel nicht über Louisas Putzlappen in die Luft.

Seit über zwei Wochen hatte ich ihn nicht besucht. Er saß in demselben Sessel, belastete ihn mit weniger Gewicht und nahm weniger Platz ein. Als damals die Großmutter der Finkelsteins abmagerte, sagten die Leute, sie habe aufgehört zu essen, weil sie Mitleid mit den Totengräbern habe und alles tue, damit sie weniger zu tragen hätten.

Er begrüßte mich, er sagte auch, ich solle mich setzen, aber seine Brille war so matt, daß man nicht erkennen konnte, ob er sich über meinen Besuch freute.

»Wer den Heiligen, gelobt sei Er, preisen möchte, Vater, sollte heute hinausgehen. Komm, fahren wir spazieren.«

Er hob die fleckigen Gläser zum Fenster, dann drehte er das Gesicht und schaute wieder auf seine Füße, die ihn hinaustragen würden, wenn er mit der Spazierfahrt einverstanden wäre. Er erhob sich, und ich wußte nicht, ob er es deshalb tat, weil er es sich überlegt und sich entschieden hatte, oder ob er es sich nicht überlegt hatte, weil er keinen eigenen Willen besaß. Er ging zu dem großen Schrank und holte seinen braunen Mantel, den Mutter ihm bei einem Schlußverkauf gekauft hatte, er nahm auch eine Wollmütze und einen Schal, setzte sich in seinen Sessel, zog seine

Hausschuhe aus und die schwarzen Schuhe an, und als er sich zu den Schnürsenkeln bückte, erschien auf seiner Stirn ein Netz aus Adern. Dann wühlte er zwischen den Tüten mit Medikamenten und Pillenschachteln. »Wo ... diese Herztablette, Cordil ... nein, wo ...«

Er suchte in seiner Hemdtasche, mit steifen Fingern, und fand die Schachtel mit den kleinen Pillen. Er schob seine müden Arme in die Ärmel, band sich den Schal um den Hals, setzte die Mütze auf und ging zur Tür, ohne sich umzuschauen. Das Fenster stand offen, das Licht brannte, die Tüten, in denen er nach dem Cordil gesucht hatte, lagen offen auf dem Tisch. Er ging mit mir in die Sonne wie jemand, der vom Teufel besessen war, als hätte ihn ein Lautsprecher zu einer medizinischen Behandlung gerufen, Stein, Avraham, wird in Zimmer acht gebeten. Wir gingen nicht zur Tür von Zimmer acht, wir verließen das Haus. Die Sonne stand über uns, sie drang durch die Fettschicht seiner Gläser, und er beschattete seine Augen. Es war schwer zu verstehen, wie Susi, die sich zwischen kochendem Blumenkohl und brutzelnden Schnitzeln aufhielt, es noch schaffte zu riechen, wer hinausging und wer hereinkam, und wie sie ihre hundert Kilogramm so schnell in Bewegung setzen konnte.

»Wie schön, Herr Stein, gehen Sie ein bißchen spazieren? Soll ich Ihnen für unterwegs eine Banane geben?« Die Schürze über ihrem Bauch war strahlend weiß. »Sie haben eine Diät gemacht, nicht wahr?« Sie hob meinen Arm, um einen besseren Blick auf meine Maße zu bekommen. »Sie haben viel abgenommen. Gut, jeder hat sein Päckchen zu schleppen.« Die Sonne beleuchtete die weißen Wurzeln ihrer mahagonifarbenen Locken, die sie vor zwei Monaten oder mehr gefärbt hatte. »Soll ich Ihnen das Mittagessen aufheben, Herr Stein? Es gibt heute Schnitzel mit Bohnen.«

Geblendet von der Sonne und ihrer weißen Schürze sagte er ja, als hätte sie gefragt, haben Sie eine Nummer, Herr Stein? Eine weiße Schürze, und schon überfällt einen die Angst vor der Autorität. Wir gingen zum Parkplatz, sie schützte die Augen mit der Hand gegen die Sonne und schaute uns neugierig und zufrieden nach. Steins Tochter war gekommen und holte ihn ab, und schon war der Tag außergewöhnlich geworden, eine Abwechslung zu Blumenkohl und dem Flachklopfen von Schnitzeln.

Er saß im Auto wie Chani, wie ein Mensch sitzt, der das Gefühl hat, daß ihm nicht soviel zusteht. Er hatte Schwierigkeiten, den Sicherheitsgurt einzuklicken. Als der Gurt über seiner Brust gespannt war, sah ich, wie sehr sich sein Rücken gekrümmt hatte, wie nah er der Brust gekommen war. »Gib mir mal kurz deine Brille«, sagte ich, und er, gefangen ihm Gurt, nahm die Brille ab und hielt sie mir hin. Ich rieb sie mit Spucke, hauchte sie an, wischte und gab sie ihm erst wieder zurück, als sie klar war. Ich fuhr langsam auf der rechten Fahrbahnseite die Straße hinauf, die nach Kiryat Hayovel führte, und Vater schaute sich um und schwieg, bis das Tal En Karem zu sehen war, erst da richtete er sich auf.

Ich deutete nach links, zu den Häusern von Kiryat Menachem. »Das ist Naomis Viertel.«

»Naomi, Naomi«, sagte er, es klang wie der Seufzer eines Propheten, dem das Herz bricht.

»Sie arbeitet bei Juval im Geschäft«, sagte ich und bog nach links ab, Richtung Moschaw Ora. An diesem Tag waren alle Nebelschwaden und jeder Dunst aufgerissen. Die Dächer von Gusch Ezion waren zu sehen, die Steine der Terrassen und die jungen Anpflanzungen, spitz und schnurgerade. An den Straßenrändern standen Mandelbäume, übersät von Knospen kurz vor dem Aufbrechen.

»In einem Monat werden alle Mandelbäume blühen.«

»In einem Monat«, wiederholte er in zweifelndem Ton, als würde er sagen, du hast ja überhaupt keine Ahnung, was ein Monat für einen alten Menschen bedeutet. »In einem Monat«, sagte er noch einmal, den Blick auf die grauen Hühnerställe von Aminadav gerichtet. Die Hände steif an beiden Seiten des Körpers, betrat er nach mir das Kennedy-Denkmal und las laut die Namen der Länder, die an den Seiten des Gebäudes eingraviert waren, blieb vor dem Ewigen Licht stehen und sagte: »Schade.«

»Was ist schade?«

»Daß sie ihn ermordet haben. Ihn, Sadat, Rabin, Gedaljah, den Sohn Ahikams.« Er stützte sich auf das Geländer der Treppe, die zum Aussichtspunkt führte. Sein Gesicht, klein und geschrumpft unter der Wollmütze, schaute nach Westen, zu den Bergen von Hebron, und murmelte: »Herr, wie sind deine Werke so groß und viel.« Eine Bachstelze trippelte neben einem Reifen des Mazda und näherte sich seinem Schuh. Vaters Blick folgte dem langschwänzigen Vogel, seinen fadendünnen Beinchen, die ziellos herumliefen. Die Bachstelze brach in ein eitles Gezwitscher aus, pickte nach Vaters Schuh, forderte den Mann heraus, der von Mütze, Schal und Mantel fast verschluckt wurde.

»Hast du ein bißchen Brot zum Füttern dabei?«

Gut, daß Juval mir vorgestern ein Brötchen zurechtgemacht hatte. Ich hatte es schweigend eingepackt, ohne zu sagen, daß ich auf Mulis Anweisung nüchtern kommen mußte, denn man entfernt kein Baby bei vollem Magen.

Vater zerbrach das Brötchen und ließ kleine Stücke zu Boden fallen, die Bachstelze trippelte um ihn herum, hackte mit dem Schnabel, pickte Krümel, hatte Spaß am Krachen der Brotrinde und rannte auf ihren durchsichtigen Beinchen in Vaters schmalem Schatten.

»Vielleicht hat er auch Durst. Gibt es hier einen Wasserhahn?«

Das Mineralwasser erfreute den kleinen Vogel, mit aufgerissenem Schnabel hüpfte er zu Vater, streckte sich und holte sich einen Wassertropfen aus der alten Hand. Rot und schwer atmend richtete Vater sich auf, löste den Knoten seines Schals und entblößte seinen roten Hals. »Du hast sie alle weise geordnet«, sagte er, als spräche er zu dem Vogel, und dieser hob den Kopf, seine Augen blitzten in der Sonne, sein Hals pochte und spannte sich zu der Hand mit dem Wasser, aber da flog eine Schar Bachstelzen über uns hinweg, und unsere breitete ihre hellen Flügel aus, ihr graues Hinterteil hob sich, sie flog davon, silbrig glitzernd in der Sonne. Vater hob den Kopf zum Himmel, wischte seine nasse Hand an der Hose ab, tauschte die Mütze gegen seine Kippa und schaute dem Vogel nach, der sich seinen Artgenossen anschloß und im weißen Licht verschwand, zwitschernd, als würde er von dem alten Mann erzählen, der ihm Brot und Wasser gegeben hatte.

»Erinnerst du dich an den Vogelkäfig in der Ben-Hilel-Straße?« fragte ich.

»Ja, es waren zwei, so graue«, sagte er, den Blick zum blauen Himmel gerichtet.

Zwei Grasmücken mit aufgerichteten Schwanzfedern hatten sich lautstark gestritten, und zwischen ihnen und ihrer Freiheit lag das Schaufenster. Sarale, die Nase an die Scheibe gedrückt, sagte, ich beneide sie, sie können beides, laufen und fliegen.

Du beneidest sie, sagte Muli. Wie dumm von dir. Das ist genauso, als wenn man dich in die Toilette einschließen würde.

Du bist es, der dumm ist, sagte sie, löste sich von der Scheibe und zerrieb mit dem Finger eine Träne auf dem Glas.

»Dieses Geschäft damals war schlimm für die Tiere.« Vaters Blick schweifte über die Baumwipfel.

Schaut her, meine geliebten Geschwister. »Sein Kopf ist schwach geworden, seine Seele hat einen Knacks«. Nichts ist schwach, nichts hat einen Knacks. Ihr fragt euch, warum er immer schweigt? Weil ihn die Worte ernüchtert haben. Holt ihn aus seinem dämmrigen Zimmer, bringt ihn in die Sonne, laßt ihn Vögel füttern, und ihr werdet sehen, daß er klarer ist als der Himmel über euch.

Die Autotüren standen offen, er zögerte immer noch, betrachtete den Himmel über den Kiefern.

»Was ist mit dem Mann, der eine Wohnung von dir genommen hat nur wegen des Fensters? Ein Musiker, nicht wahr?« Er drehte den Kopf zu mir.

»Er? Er wohnt weiter in dieser Wohnung.«

Bei allem, was sich in den sechsundsiebzig Jahren seines Lebens in seinem Kopf angesammelt hatte, fand er noch Platz für einen Mann, dem eine Öffnung in der Wand wichtiger war als die Wand selbst.

»Es ist interessant, daß einem Menschen ein Fenster so wichtig ist«, sagte er und beobachtete einen Vogel, der sich auf einem Stacheldraht niedergelassen hatte.

Gestern hat man einen Fötus aus deinem Uterus entfernt, Maria, die Chance ist groß, daß es sich um das Kind jenes Mannes handelte, der bereit ist, dreihundert Dollar für ein Fenster zu bezahlen. Und du, eine graue Maklerin, sagst, er wohnt weiter in dieser Wohnung, als wäre das nichts. Als hätte er gestern nicht seine Hand schwer auf deinen Schreibtisch gelegt, als wäre die Hilflosigkeit nicht zwischen die offenen Finger gekrochen. Trokken, kühl und kratzend war das »Heute ist es unmöglich«, das ich ihm hingeworfen habe, groß und schwerfällig hat er sein Rad aufgeschlossen und ist zu seinen Luschinkas gefahren.

»Ich nehme dich mal mit, damit du hörst, wie er spielt.«

Bevor wir ins Auto stiegen, zog er seinen Mantel aus, drückte ihn an die Brust und ließ nicht zu, daß ich ihn ihm abnahm. »Das ist nicht nötig«, sagte er, stieg ein und setzte sich, die Hände auf den Knien, auf dem Mantel, dem Schal und der Mütze.

Die Späherin des Hauses Israel, Kommandantin der Schnitzelbrigade, kam uns entgegen, als wir das Altersheim erreichten. »Ausgezeichnet, Herr Stein, daß Sie ein bißchen draußen waren, so ist es viel besser, nicht wahr?« Er gab ihr keine Antwort, hängte sich den Mantel und den Schal über den Arm, schob sich die Mütze nachlässig auf den Kopf. »Du brauchst mich nicht zu begleiten, du hast Arbeit«, sagte er, drehte sich zu dem langen Flur um, der zu seinem Zimmer führte, und hob zum Abschied ungeschickt den Arm, über dem der Mantel und der Schal hingen.

Was für ein Glück, daß es Bachstelzen gibt, diese einfachen, banalen Repräsentanten der Natur.

Gleich wird er in seinem Zimmer sein, er wird sich in seinen Sessel setzen und über den Vogel nachdenken, den Gott so gesund und vollendet erschaffen hat, der hoch hinauffliegt, wann er will, und landet, wann er will, der keine Krankenkasse braucht und keine Medikamente, um Gebrechen auszugleichen. Vielleicht wird er auch über jenen Mann nachdenken, der ein Fenster gemietet hat und weiter in dieser Wohnung wohnt. Soll er doch in der Wohnung wohnen, solange er will, Hauptsache, er zieht aus deinem Kopf aus, Maria. Ab jetzt wird er nur noch der Mieter von Gross sein. Und diese Hilflosigkeit soll dich nicht quälen. Er wollte mit dir schlafen, du hast gesagt, heute ist es unmöglich. *C'est tout*. Er wird sich im Schoß dieser Gitarristin trösten. Und der Anfall von Güte, der dich heute gepackt hat, wird auch nicht ewig anhalten, eine Mukoviszidose und ein Vater am Tag sind genug. Morgen wird der Himmel bedeckt sein, Wind wird die Paternosterbäume zerzausen, es wird keine Babywäsche an der Leine hängen, das bittere Gefühl im Mund wird zurückkommen, und zwei trübe Brillengläser werden ausreichen, um dich nervös zu machen.

Und doch, zu den vielen Menschen, die Trost brauchen, gehört auch Naomi. Meine Schwester, Fleisch von meinem Fleisch, Blut von meinem Blut, die sich weiterhin dünn macht und an die Enzyklopädien drückt, damit Juval durch die schmalen Gänge gehen kann. Gäbe es nicht die Moral, die die Menschen einengt und gefangen hält, würde sie abends, wenn die Kasse abgerechnet ist, zu ihm sagen, komm, schlaf mit mir, damit auch ich ein eigenes Kind bekomme. Was ist daran so erschreckend? Immer und überall schlafen Männer mit Huren, mit Dirnen, mit Geliebten, und verstreuen ihren Samen, warum sollte ein Mann nicht mit einer Frau schlafen, die sich nach einem Kind sehnt? »Uns ist die Inzucht verboten«, werden die Vertreter Gottes sagen, und alle anderen: »Bist du auf den Kopf gefallen?«

Du hast jemanden gefunden, der die Kasse abrechnet und mit seiner Schwägerin schläft. Einen Mann, der jeden Ersten im Monat Immobiliensteuer zahlt, der jeden April seine Einkommensteuererklärung abgibt, der Zwiebeln sorgfältig in kleine Würfel schneidet und jeden Freitag seine Fingernägel kürzt.

Ich rief im Laden an und bat die kleine Packhilfe, Naomi zu holen.

Ich erzählte ihr von Vater und der Bachstelze, und sie sagte: »Das ist ja großartig, Moria.« Dann atmete sie tief ein und fügte hinzu: »Ich treffe heute abend jemanden.« Einen Witwer, den sie im Laden kennengelernt hatte, Vater von zwei Töchtern. »Ich habe schon einen Doktor in Dates, da kommt eben auch dieses noch zur Sammlung.« Sie bereitete sich schon auf eine Niederlage vor.

Hoffentlich wird Gott mit seiner Gnade heute nicht sparen, hoffentlich wird es nicht nur die Sonne sein, die er aus ihrer Schatulle geholt hat.

Ich suchte viele Musikshops ab, bis ich Beni Bermans »Morgen bringt mich ein Schiff aufs Meer« fand. »Zehn Schekel, bitte, wer kauft heute noch so altes Zeug, nehmen Sie zwei für fünfzehn Schekel. Wollen Sie es hören?« Der Verkäufer riß die Folie ab, schob das Band in den Recorder, drehte die Lautstärke höher und der Kapitän übertönte mit seinem »Macht nichts, macht nichts« die Straße. Der Verkäufer klopfte mit der Hand auf den Tisch. »Ein Mann mit drei Frauen, die eine streichelt, die andere küßt, toll ...«

»Sie gehen heute wieder aus, Herr Stein? Ausgezeichnet.« Susi trocknete sich die Hände an der Schürze ab, zog sie aus und ließ ihren dicken, festen Bauch sehen. »Eine Banane für unterwegs, Herr Stein?« Er schüttelte den Kopf, ohne sie anzuschauen, hob das Gesicht und schaute durch die schmutzigen Brillengläser hinauf zum Himmel, aber da war nichts mehr von der vorgestrigen Schönheit. Graue Wolkenblöcke verdeckten die Sonne, und wo sie aufrissen, war in den Tiefen dunkles Blau zu sehen. Er hatte den Schal fest um den Hals gewickelt, die Wollmütze bedeckte den Kopf und machte ihn kleiner, ließ ihn aussehen wie den eines faltigen Kindes. Hätte er nicht die Hände gebraucht, um das Gleichgewicht zu halten, hätte er sie wohl tief in die Taschen gesteckt, aber wenn der Körper die alleinige Herrschaft über die Beine verliert, mobilisiert er alles, was ihm zur Verfügung steht, drückt Hals und Schultern nach unten und verstärkt das Gewicht der Hände, um Krücken aus ihnen zu machen.

Dicht an der Wand entlang, mit der Hand über die Schaufenster tastend, ging er mit mir die Ben-Jehuda-Straße hinauf, wich Blumenkübeln und Zeitungsbündeln aus, suchte in seiner Tasche nach den Herztabletten. »Möchtest du dich ausruhen?«

Er blieb neben dem kleinen Laden des Uhrmachers stehen, lehnte sich an das Glas, hinter dem die Zeit in großen und kleinen Kreisen gefangengehalten wurde. Was für eine Zeit? Unsre Tage gehen daher wie Schatten ... Hoffentlich wie der Schatten eines Baumes oder einer Mauer, die sind wenigstens real, anders als der Schatten eines Vogels, der ebenso flüchtig ist wie der Vogel selbst. Und Vater? Fast ist sein Vogel schon fort, der Schatten seines Schwanzes blitzt noch im Sand auf und wird bald verschwunden sein.

Sie spielten nicht, sie ruhten sich aus. Die Gitarristin saß auf einem Plastikschemel und aß einen Apfel. Die Flötenspielerin lehnte an der Wand, und Valeri, die Hand über ihr an die Wand gestützt, stand vor ihr und unterhielt sich mit ihr auf russisch. Sie trug das altrosafarbene Unterhemd und ihr kleiner Mantel stand offen. Sie bemerkten uns nicht, bis Vaters Schatten über den Saxophonkoffer und über die Füße der Flötenspielerin fiel. Augen wie die Risse zwischen den Wolken schauten mich und Vater an, unsere eingehängten Arme. Valeri sagte etwas zu der Gitarristin, sie biß noch einmal in den Apfel, betrachtete den Rest Fruchtfleisch auf dem Gehäuse und warf es widerwillig in den Abfalleimer, sie wischte sich die feuchten Hände an den Hüften ab und griff träge nach der Gitarre. Sie spielten Lieder aus dem Repertoire der Jewish Agency und von Einwanderungszentren. »Siehe, wie fein und lieblich ist's ...«, wieder und wieder spielten sie es, und bei der Zeile »er wird Frieden bringen« hoben sie ihre Instrumente in unsere Richtung und verbeugten sich. Vater suchte in der Manteltasche und holte einen Geldbeutel heraus, dessen Hülle schon abblätterte, zog mit zittrigen Händen den Reißverschluß auf, bückte sich und legte ein Zehnschekelstück in den Koffer. Sie bedankten sich, und schon spielten Flöte und Saxophon die Melodie von »Öfters im Sommer«, und die Gitarre schlug dumpf den Takt dazu. Valeri hatte sich zwei, drei Tage nicht rasiert, die Stoppeln waren spitz und schwarz, sein Hals war nackt, kein Tuch war um ihn gebunden, das »Klein ist mein Zimmer und arm« ließ seine Adern anschwellen und seinen Adamsapfel steigen und fallen. Als sie Lippen und Hände von den Instrumenten nahmen, legte ich den alten Beni Berman in den Koffer. Die Gitarristin fragte, was das sei, ihre Stimme war heiser von Zigaretten, von Wein oder vom Lachen.

»Es ist ein Lied, das ich sehr mag.« Mein Blick traf Valeris. Er spielte »Danke für alles, was du erschaffen hast«, und die beiden anderen stimmten ein. Vater, mit offenem Mund, hatte den Blick zu dem Schuh gesenkt, der den Takt auf den Asphalt klopfte, er schob seine Mütze von den Schläfen, neigte ein rotes, faltiges Ohr zur Musik. Seine eine Hand hielt meine. Der große Sportschuh streckte sich zu dem Plastikschemel und schob ihn in Vaters Richtung. Vater hob die Hand auf die Brust, als Zeichen des Dankes.

Von Minute zu Minute wurde der Himmel geiziger, verstopfte die Tiefen zwischen den Wolkenblöcken, peitschender Westwind kam auf, und Vater zog sich wieder die Mütze über die Ohren. Er bedankte sich zurückhaltend bei den dreien und wandte sich zum Gehen, die Hände an beiden Seiten seines Körpers, wie Ruder, die zum Ablegen bereit waren. Ein Jucken oder ein Krampf schloß plötzlich Valeris Auge, er gab mir ein Zeichen, das ich nicht verstand, ich hob die Hand und winkte ihnen zum Abschied zu, dann dachte ich an »Deine Hände sind etwas Besonderes, Mo« und zog die Hand schnell zurück. Wir gingen die Ben-Jehuda-Straße wieder hinunter, und das Weinen der Frau, die die Spucke ihres Geliebten aufbewahrt, begleitete uns. Es war noch keine Stunde vergangen, seit Vaters Schatten auf die Füße der Flötenspielerin gefallen war, und jetzt warf sein Kopf keinen Schatten auf den Weg. Zehn Schekel hatte er ihnen gegeben, die Münze lag nun im Koffer und schrie, wenn sie von einer Kupfermünze im Wert eines halben Schekels getroffen wurde, als würde man ihr Schmerzen zufügen.

Zusammengekauert saß er auf dem Sitz rechts neben mir und schwieg auf dem ganzen Weg zum Altersheim, er zog die Mütze über Stirn und Wangen, um sich abzuschirmen. Wovor? Ich wußte es nicht. Er hielt die Knie eng aneinandergepreßt, und Bäume und Haltestellen und Schilder flogen hinter der Scheibe vorbei, wie alles vorbeifliegt.

»Das war schön«, sagte er mühsam, als habe er lange überlegt und mit sich gekämpft, die Worte gewählt und schließlich mit dem Gefühl, was soll schon passieren, ich kann es sowieso nicht ändern, seinen Entschluß gefaßt. Das »schön«, das er aussprach, drückte seine Brust mit einer solchen Macht, daß alle Cordils in seiner Tasche nicht helfen würden. Eine traurige Melodie reichte ihm, in sich zu versinken, sich daran zu erinnern, daß alles unbeständig und vergänglich war, vergänglich wie der Schatten eines vorbeifliegenden Vogels. Nur Melodien und Bibelzitate starben nicht. »Akawja ben Mahallal«, hatte der Kantor bei Mutters Beerdigung gesungen, vor ihnen wurde ihre Leiche auf einer Bahre getragen, und die Bibelzitate verteilten sich zwischen den Grabsteinen und blieben wie erstarrter Dunst zwischen ihnen stehen. Wenn ihre Zeit kam, würden der Kantor und alle Teilnehmer an Mutters Beerdigung ebenfalls auf einer Bahre getragen werden, und »Akawja ben Mahallal« würde hinter ihrer Leiche zitiert werden, und auch diejenigen, die ihnen dann folgten, würden sterben und »Akawja ben Mahallal« wird über den Knochen jener schweben, die sie begleiten, bevor sie geboren sind, und auch ihre Nachkommen werden sterben, und nur die schwebende Melodie und die schwebenden Knochen werden bleiben.

Wie kann man seinen Geist retten und erheben, sei es auch nur, damit seine Knie aufhören, sich so fest zusammenzupressen? Wenn ich ihm nur von Naomi erzählen könnte, die gestern abend einen Mann getroffen und hinterher angerufen und gesagt hatte, er habe, »wie soll ich es sagen, einen guten Eindruck gemacht, vielleicht sogar mehr als das, aber du weißt ja, ich habe schon andere getroffen, die einen guten Eindruck gemacht haben, und er hat mir nichts gebracht, dieser Eindruck«. Sie wollten sich wieder treffen. Hatten sich schon verabredet.

»Bei dir?« wagte ich zu fragen.

»Spinnst du? Wenn ich jemanden bei mir in die Wohnung lasse, dann kannst du schon anfangen, dir ein Kleid nähen zu lassen.«

Er macht einen guten Eindruck, sie werden sich wiedersehen. Warum sollte ich Vater das nicht erzählen? Erzählen, und sofort die Hoffnungen einschränken, Hauptsache, daß er weiß, daß sie noch Männer trifft, daß sie noch Angebote hat, daß es noch Unverheiratete gibt, die einen guten Eindruck machen. Wenn seine Knie nur einen Fingerbreit auseinandergehen würden, wenn nur eine Faustbreit Abstand zwischen den Knien und der Gangschaltung entstehen würde. Wenn er aufhören würde zu schweigen.

»Vater, Naomi hat jemanden getroffen.«

Die leere Hautfalte seines Doppelkinns spannte sich in meine Richtung.

»Sie hat jemanden getroffen, der einen guten Eindruck auf sie macht, sie werden sich vermutlich wiedersehen.«

Er stieß das kleine Brummen aus, das ein bescheidener Ausdruck seiner Hoffnungen war, seines Mitleids und seiner Verzweiflung über Naomis Schicksal. Wäre der Himmel verschwenderischer gewesen, hätte ich gesagt, es sei noch zu früh, sich zu freuen, aber der Himmel drückte die regenschweren Wolken tief auf das Autodach. Warum soll er sich nicht ein paar Tage lang erleichtert fühlen, soll er doch sein Schnitzel und Susis Bohnen essen, und zwischen einem Bissen und dem nächsten wird in ihm das angenehme Gefühl von etwas Gutem aufsteigen, das ihn erwartet, und vielleicht wird dieses Gute geschehen, bevor das Gras verwelkt und die Blume gefallen und der Vogel vorbeigeflogen ist.

»Er ist Witwer«, sagte ich, damit sich das Wort »geschieden« nicht in seinem Kopf festsetzen und wie ein Wurm seine Aufregung zernagen konnte.

»Ein Witwer, aha«, wiederholte er, »ein Witwer, aha«, und er nickte wie zur Bestätigung einer Sache, die er über Witwer wußte, und dann peitschten lange, dünne Fäden gegen die Scheibe, als würden die Nähte der Wolken aufgehen, bis ein Wolkenbruch losbrach und Wassermassen senkrecht herabstürzten und auf der Scheibe zerplatzten.

Der Kopf eines Jungen erschien im Autofenster, als ich vor dem Büro anhielt. »Haben Sie zehn Schekel für mich, für den Autobus?«

»Für den Autobus? Der Autobus kostet nur fünf Schekel.«

Seine Turnschuhe hatten sich vollgesogen, seine Haare tropften, das Wasser lief ihm über das Gesicht, seine Jacke war schwarz vor Nässe.

»Ich brauche zwei Busse nach Hause.« Auf seine linke Handfläche war ein Herz mit einem Pfeil gemalt, in dem mit roten Buchstaben »Sigi« stand. Er war gerade mal neun oder zehn. Er wischte die Tropfen von der Scheibe, um zu sehen, ob ich meinen Geldbeutel herausholte, ob Münzen klimpern würden. Der Regen fiel auf ihn, wie er auf den Ficusbaum fiel, auf die Steine der Mauer, schwere Tropfen hingen an seinen dichten Wimpern, und er wischte sie nicht weg. Vor acht oder neun Jahren war er ein Baby gewesen, lag im Laufstall oder saß im Kinderwagen, über ihm zwei Hände, die den Wagen schoben. Wann sind die Gitter des Laufstalls zerbrochen, wann haben sich die Räder verbogen, wann hat er aufgehört, dem Regen zu lauschen?

»Wie heißt du?«

»Schimon.«

Schim'on? Schimschon? Was spielt das für eine Rolle, vielleicht heißt er auch Nechamja oder Etan oder Ofir. Schimon ist vermutlich genauso korrekt wie die beiden Autobusse für den Heimweg. Gerade mal zehn Jahre alt, und schon weiß er, wie man den Fuß vorstreckt und einen Schuh mit einer abgerissenen Sohle vorführt, schon versteht er etwas von Mitleid. Früher hat er die Welt aus der Kniehöhe derjenigen gesehen, die seinen Wagen schoben, und gelernt, daß aufgerissene Sohlen den Mitmenschen ein erstauntes »Ts-ts-ts« entlocken.

Und trotzdem gibt es da eine rote Sigi in einem Tintenherz, und wo es ein Tintenherz gibt, gibt es auch ein Herz aus Fleisch und Blut unter dem T-Shirt. Es regnete, und er wartete neben mir darauf, daß ich endlich das Lenkrad losließ, nach meinem Geldbeutel griff und eine Münze herausnahm. Wasser rann von seinen Ohren, Wasser sammelte sich in der Vertiefung über der Oberlippe, an der Stelle, die ein Engel nach seiner Geburt eingedrückt hatte, Wasser lief über sein Kinn und versickerte in seiner Jacke. Der Regen wischte das »Sigi« nicht von seiner Hand, so wie er nicht die Geduld wegwischte, die auf seinen Lippen erstarrt war. Er wird auf dem bestehen, was er für notwendig hält, meine Hände werden sich letztlich bewegen, irgendwohin, zur Handtasche, zum Türgriff, zu einer Gebärde, die »verschwinde« bedeutet. Er wird so lange warten, wie es nötig ist, schließlich gibt es das nicht, daß Hände am Lenkrad kleben bleiben.

»Soll ich dich heimfahren?«

»Nein, zu Hause ist keiner. Ich habe den Schlüssel verloren. Bis vier kommt keiner.« Er zuckte die Schultern unter der nassen Jacke.

»Bis vier treibst du dich draußen herum?«

»Ich gehe zum Busbahnhof.« Gerade mal zehn. Die Vertiefung an seinen Schlüsselbeinen war milchweiß und glatt, seine Lippen sahen aus wie dunkle Erdbeeren. Der Ficusbaum stand im Regen, weil er keine Wahl hatte, ein neun- oder zehnjähriger Junge stand im Regen, weil törichte Frauen Mitleid mit Kindern im Regen haben. Wo hatten sich jetzt Valeri und die Luschinkas untergestellt? In einem alten Treppenhaus in der Ben-Jehuda, an Briefkästen gelehnt, und die Namen von Rechtsanwälten, Ärzten oder der Gesellschaft zur Bekämpfung der Osteoporose oder der Mukoviszidose verdeckend. Sie waren dort, Vater war im Altersheim, ich vor meinem Büro, die Sonne in ihrer Schatulle, nur dieser kleine Lauser bedrängte mich plötzlich mit seinen zehn Schekel. Er log unverfroren, er ließ sich naßregnen, und ich wußte nicht, warum, aber etwas rührte mich an ihm, ein scharfes Zwicken irgendwo hinter den Rippen. Es war nur Wasser in der kindlichen Vertiefung an seinem Hals, und schon suchten die Finger im Geldbeutel, die Scheibe versank in der Tür, nun sah ich deutlich die seidige Kinderhaut seines Halses. Höchstens neun oder zehn, Finger mit schmutzigen Rändern unter den Nägeln schlossen sich um die Münze und bedeckten Sigi, und das »Danke« wurde ausgestoßen wie ein Seufzer. Ein kleiner Mann trat mit einem aufgerissenen Schuh nach einem Stein, zwischen ihm und den Augen, die dem Stein folgten, zogen sich lange dichte Regenfäden, er hielt die Ellenbogen lässig, seine Hände klimperten in seinen Taschen mit Münzen, er reckte den Hals, öffnete den Mund zum Regen. Er überquerte die Straße bei Rot, ignorierte frech die Verkehrsampel. Vor acht, neun Jahren hatte er im Kinderwagen gesessen und kapiert, daß Weinen allein nichts in der Welt bewegt. Entweder keucht man und wird blau oder man macht sich ganz klein, so unauffällig wie ein Bodenbrett, dann merken die anderen nicht, daß man da ist, und man kann machen, was man will. Wenn man gelernt hat, ganz tief unten zu leben, so tief wie der Fußboden, dann erschließen sich einem in den Rissen und Spalten wunderbare Welten. Jetzt wird er eine Haarspange für Sigi kaufen, rote Plastikschmetterlinge, oder er wird den Hebel eines Spielautomaten im Großen Basar auf der King-George-Straße bedienen, und er wird »Scheiße« auf den Automaten sprühen, der sein Geld verschluckt hat, er wird mit der Faust, in der sich das Herz mit Sigi verbirgt, draufhauen, dann wird er hinausgehen auf die Straße und sich nach Autos mit Frauen umschauen, deren Herz so weich ist wie neunprozentiger Quark. Muli und ich waren ungefähr so alt wie er, als wir unsere kleinen Finger krümmten, damit sie aussahen wie die der Bettlerin. Wir lagen im Bett und imitierten die Verkrümmung und warfen verzerrte Fledermausschatten auf die Wand gegenüber.

»Ein neunjähriger Junge, und du hast nicht versucht, ihn zum Reden zu bringen?« Juval schaute von dem Brot hoch, das er sich gerade schmierte. »So ein Junge? Man muß die Behörden alarmieren, Sozialarbeiter, Bewährungshelfer, vielleicht kann man ihn ja noch retten.«

Juval kümmert sich um die Rettung der Welt und kennt die richtigen Worte, Behörden, Sozialarbeiter, Bewährungshelfer. Wenn irgend etwas kaputtgegangen ist, wird er immer das richtige Mittel finden, einen Schraubenzieher, ein Skalpell, eine Bohrmaschine mit dem passenden Durchmesser, und trotzdem klappt etwas nicht, die Zangenblätter haben sich gelockert, man kann den festgeklemmten Nagel nicht mehr herausziehen, die Kiefernzapfen werden bitter und grau.

»Und er hat einfach im Regen gestanden, naß bis auf die Haut?«

»Es hat ihm nichts ausgemacht. Der Regen war für seine kleine Manipulation sogar nützlich.«

»Hinter jedem neunjährigen Manipulator stehen ein oder zwei Erwachsene, die das zu verantworten haben«, sagte er und nagte eine schwarze Olive ab und spuckte den nackten Kern aus.

»Wie konntest du ihn einfach so laufenlassen, ich verstehe das nicht.«

»Weißt du, wie ihm das »Danke« aus dem Mund gekommen ist? Als hätte er es ausgespuckt. Ich hatte nicht das geringste bißchen Mitleid mit ihm. Willst du die Wahrheit wissen? Er war mir sogar zuwider. Ich habe ihm das Geld gegeben, damit er mir aus den Augen verschwindet.«

Juvals Zähne hieben einen Bogen in ein Radieschen, und wieder füllte er sich den Teller mit Oliven, seine Lippen waren schon schwarz von ihrem Saft. Er schwieg, verstand nicht, wie man einem neunjährigen Jungen gegenüber Abscheu empfinden konnte. Neunjährige Kinder gehen entweder in die Schule und werden von Lehrerinnen mit Hilfe didaktischer Methoden in Mathematik unterrichtet oder sie brauchen unser Mitleid. Juval ist eben Juval.

Aber er ist ein Mensch, hatte Vater über ihn gesagt.

Er sieht prima aus, sagte Tehila. Gut, er ist kein Richard Gere, aber im Vergleich zu den pickligen Abiturienten schneidet er gut ab.

Er ist frommer als fromm, sagte Mutter.

Fromm? Zum Totlachen, sagte Tehila zu Mutter. Und zwei Jahre danach war Mutter tot, und die Pickel waren getrocknet und fielen ab. Und Tehila? Ein Handwerker kam, um lockere Lamellen an ihrem alten Rolladen auszutauschen, und zwei Tage später stand er vor ihrer Tür, in jeder Hand einen Koffer, in dem einen Schrauben und Gurte für Rolläden, im zweiten seine Anziehsachen. Tagsüber ließen sie die Rolläden runter und berührten die Wolken, nachts zogen sie die Rolläden hoch und berührten den Himmel. »Der Finger Gottes, Maria, alles war der Finger Gottes. Hätte Gott seinen Finger nicht zwischen die Lamellen des Rolladens gesteckt und sie verbogen, wäre dieser Claudio nie zu mir gekommen.«

Der Finger Gottes oder nicht, kümmere dich um deine eigenen Angelegenheiten, Maria. Du hast einen Mann vor dir, dessen Finger gerade ein Stück Brot mit Radieschenscheiben belegen. Die purpurfarbenen Ränder der Radieschen reichen nicht über die

Brotkante, beim Abbeißen rutschen sie ab, Finger, ganz normale, durchschnittliche Finger schieben sie wieder an ihren Platz. Die Welt hat ordentlich zu sein, man muß alles retten, was abrutscht. Und du, Maria? Du hast gesehen, daß die Balken der Haustür von der Nässe aufgequollen sind, und gesagt, wir müssen einen Schreiner kommen lassen. In dir ist ein überflüssiger Fötus gewachsen, und du bist zum Arzt gegangen. Hauptsache, alles wird erledigt, wie es sich gehört. Ohne das Schweigen zwischen euch, das immer mehr zunimmt und anschwillt wie die Türbalken, würdest du jetzt seine Hand berühren, würdest die Butter von seinem Ringfinger wischen und jeden Fingernagel einzeln küssen, denn das ist es, was existent ist und was du dir ausgesucht hast und was du auf keinen Fall verlieren willst, und nur weil du das Lied »Und morgen bringt mich ...« für irgendeinen Straßenmusikanten gekauft hast, beweist das nicht, daß irgend etwas durcheinandergeraten ist. Und wenn du gedacht hast, daß Naomi durchdreht und ihn zwischen den Enzyklopädien am Ärmel packt und sagt, schlaf mit mir, dann hast du dich geirrt. Die Ordnung läßt sich nicht so schnell durcheinanderbringen. Ein Witwer mit zwei Töchtern, und er hat einen guten Eindruck gemacht. Er saß ihr im Café gegenüber, aß den Kuchen mit der Gabel, ließ ein Stück auf dem Teller zurück, fragte »Möchten Sie noch etwas?«, und als sie das Trinkgeld bezahlen wollte, sagte er, »auf gar keinen Fall«. Er stützte sein Kinn auf und schaute sie direkt an, wenn sie sprach, und senkte den Blick nur, als er Zucker in seinen Kaffee tat oder sich ein Stück Kuchen abstach.

»Der kleine Manipulator heißt Schimon«, sagte ich, als nur noch eine runzlige Olive auf seinem Teller lag. Als würde von diesem Schimon irgend etwas abhängen, als würden sich die Zypressen nicht zusammenziehen, wenn er Elimelech heißen würde, oder Gil'ad. Schimon. Vielleicht war er auch einmal ein überflüssiger Fötus im Uterus einer Frau, die keinen Bruder hatte, der ihn rechtzeitig entfernte.

»Ich verstehe nicht, wie du ihn einfach so gehen lassen konntest. Möchtest du Kaffee? Nescafé oder aufgebrüht?«

»Egal, Hauptsache etwas Heißes mit Milch.«

»Ich gehe für ein paar Wochen weg«, sagte er und schluckte die letzte Olive. »Hier, Moria, ein Nescafé schwarz.«

»Vom Geschäft oder was?«

»Auch vom Geschäft. Naomi wird es führen.«

»Und außerdem?«

»Auch von zu Hause. Ich brauche Luft.«

»Wann?«

»Nach der Jahresinventur. Im Januar.«

Ich fragte nicht, wohin. Bei einem Erdbeben fragt man nicht, ob die Ziegel des zusammenbrechenden Dachs auf die eine Seite des Hauses fallen oder auf die andere. Jetzt hatten wir Mitte Dezember. In zwei Wochen also. Man kann noch Balken einziehen, Gerüste aufstellen, Pflöcke einschlagen, Gurte spannen, die Löcher mit Zement füllen, Risse zuspachteln. Mit einem Fingerschnippen kann Gott heilen, Atemluft spenden und beatmen.

»Aber er ist ein Mensch«, hat Vater einmal über ihn gesagt, und du, Maria, hast diese einfache Tatsache vergessen. Du gehst und sagst nicht, wohin, du treibst ab, du schickst Schimon in den Regen, du machst Ausflüge ins Freie und achtest nicht darauf, daß zu Hause die Luft knapp wird, schau doch, wie leer die Falte unter seinem Kinn herunterhängt, wie schlaff sein Bauch geworden ist, wie bei einem, der erschöpft ist, ein Kragen ist unter den Pullover gerutscht, vielleicht schon seit heute morgen, und du hast es nicht bemerkt.

Wohin? In die Toskana? Zum Nudistenstrand in Jugoslawien? Vielleicht nach Kreta, wo das Meer dunkler ist als Wein? Er hat dir doch schon einmal gesagt, daß er sich für die Heimat von El Greco und Alexis Sorbas interessiert. Er wird sich ein Zimmer in einem Dorf mieten, in einem weißgekalkten Haus, an dessen Fenstern sich Myrthe hochrankt. Warum hast du das nicht früher gemerkt, schließlich hat er dir mehr als einmal erzählt, daß dort Kazantzakis beerdigt ist, der sich die Inschrift in den Grabstein eingravieren ließ: Ich fürchte nichts, ich hoffe nichts, ich bin frei.

Aber nein. Nur in das obere Galiläa, nach Ramot Naftali oder Yesud Hama'ala. Er wird sich ein Zimmer nehmen, bis mittags in den Apfelplantagen arbeiten und dann auf dem Deich des Naturreservats Hulasee spazierengehen, allein, er wird nichts hoffen, er wird frei sein. Er wird dem Rauschen der Papyrusstauden lauschen, wird auf feuchten Farn treten, er wird sich an das hölzerne Brückengeländer lehnen, die Vögel beobachten, die bei einer Rast auf ihrem Zug Kräfte sammeln, er wird die Flugparaden der grauen Fischreiher betrachten und gelbe Bachstelzen, und er wird frei sein. Er wird im Schatten der Papyrusstauden stehen und die Blasen betasten, die er von der Arbeit mit dem Messer an den Händen bekommen hat, und er wird frei sein. Sein früheres Leben in der Wohnung mit den aufgequollenen Türpfosten wird ihm so modrig vorkommen wie die Geranie, die vom Regen schwarz und faulig wurde, und die Durchgänge zwischen den Enzyklopädien und den heiligen Schriften werden in seiner Erinnerung luftlos und erstickend wirken. Seine Zimmervermieterin wird ihm Apfelkuchen auf den Tisch stellen, eigenhändig gebakken, eigenhändig gekochtes Apfelgelee und eigenhändig gepreßten Apfelsaft. Und wie werden die Hände der Vermieterin aussehen? Ringgeschmückte, zartgliedrige Finger oder dicke, mit kurzgeschnittenen Nägeln, welk und trocken? Und was für ein Gesicht wird sie haben, welche Hüften, was zwischen Gesicht und Hüften? Aber was spielt das schon für eine Rolle, er wird nichts hoffen und er wird frei sein. Aber vorläufig ist noch Dezember, vorläufig rasiert er sich morgens, die linke Wange immer zuerst, um Punkt acht geht er den Pfad vom Haus zum Volkswagen entlang und fährt zum Laden, nimmt die Schlösser und das Gitter vom Schaufenster. Dort, im Zimmer, wird er sich vielleicht gar nicht rasieren, er wird sich einen struppigen Bart wachsen lassen, der im Wind weht, und vielleicht sind seine Barthaare schon grau, ohne daß ich es bemerkt habe.

»Was soll das heißen, du brauchst Luft?« fragte ich.

Die Uhr tickte, die Schranktür knarrte, eine Katze rieb sich am Zaun, ein Auto hupte, der Kühlschrank brummte, das Neonlicht summte.

»Ich weiß es nicht, ich brauche Abstand von allem. Ruhe.«

»Von allem, das heißt von mir?«

»Auch.«

Du und ich, und die Welt kann uns gestohlen bleiben. Und morgen wird mich ein Schiff aufs Meer bringen, aufs blaue Meer, noch morgen. Auch. Ein Laut, eine Silbe sagte er in einem kurzen Ausstoßen von Luft, hielt sich daran fest mit einem tiefen Atemzug. Was wird er mitnehmen? Den schwarzen James-Bond-Aktenkoffer, in dem er seine Papiere fürs Geschäft aufbewahrt? Den karierten Koffer mit den Riemen? Den Militärrucksack? Dieser Mann, dessen Schuhe Tag für Tag genau dreißigmal auftreten, vom Haus zum Volkswagen, nicht neunundzwanzigmal und nicht einunddreißigmal, zeigt dir plötzlich, was dir passieren kann. Am Tag, als Muli Simche verlor, sagte er, als wir schlafen gingen, daß er das Haus verlassen würde und daß ihm alles egal sei. Als er eingeschlafen war, zog ich den Schlüssel aus der Wohnungstür, legte ihn auf den Kühlschrank und bewachte seinen Schlaf, und wenn er einen Ellenbogen oder einen Fuß bewegte, setzte ich mich im Bett auf, bereit, ihm den Weg zu versperren und loszuschreien. »Du bist nicht weggegangen«, sagte ich am nächsten Morgen erschöpft. »Das sagt gar nichts, du wirst noch sehen, daß ich weggehe.« Nacht um Nacht schlief ich im Sitzen, mit einem Pullover über dem Pyjama und Hausschuhen neben dem Bett, mit den Spitzen zur Tür gerichtet.

Nun, da Juval gesagt hatte, daß er gehen würde, zog ich den Schlüssel nicht aus der Haustür und saß nicht im Bett. Wir hatten noch zwei Wochen. Eine Million Dinge konnten in zwei Wochen passieren. Flugzeuge konnten in die Türme von Beit Azrieli in Tel Aviv einschlagen, die Syrer konnten Yesud Hama'ala besetzen, wir konnten den Tempelberg in die Hände bekommen, Gott konnte unser Schicksal wenden und uns einen Lottogewinn schicken oder Krebs oder das Anthraxvirus. Man durfte noch ruhig schlafen. Zwei Wochen, ein Haufen Zeit. Der Heilige, gelobt sei Er, erbaut und zerstört Welten in einer Sekunde. Schira konnte bis dahin noch vierzehnmal mit diesem Charly schlafen, der Witwer, der einen guten Eindruck machte, würde bis dahin noch etliche Male für zwei Stück Käsekuchen bezahlen, Susi würde mit ihrem Fleischklopfer Hunderte von Hühnerbrüsten platt klopfen und Schnitzel braten.

Ich stützte mich in der Nacht noch nicht einmal auf die Ellenbogen. Ich spürte nur eine Art dumpfer Erregung, eine Klippe war im Strom des Lebens aufgetaucht und brachte es aus der Bahn. Strudel waren entstanden, das Wasser brach sich an den Klippen, aber es würde sich auch wieder glätten. In dieser Nacht tastete keine Hand nach der anderen. Allerdings gab es ein »Gute Nacht« und eine schläfrige Erwiderung. Auch er lag auf der Seite, mit dem Gesicht zu mir, bis er sich beim Einschlafen zur Wand drehte. Wie schon gesagt, das verhängnisvolle Peng lauert auf jeden, es kauert auf allen vieren, und eines Tages spannt es den Rücken und setzt zu einem Satz auf dein Leben an. Nein, Maria, kein Peng, keine Klippe, nichts. Du hast dir selbst das Leben versaut. Kommt, ihr Richter in euren düsteren Roben, schaut mich mit euren durchdringenden Augen an und sprecht im Chor: Du hattest alles, was ein Mensch im Leben haben kann, und sogar mehr als das, und du wußtest es nicht zu schätzen. Es stimmt, ich kann den Wert von Immobilien schätzen, aber nicht den des Lebens, das, wie man weiß, sehr mobil ist. Was hätte ich denn tun sollen mit diesem kleinen Vogel im Käfig meiner Rippen, der wild mit den Flügeln schlug, mit brennenden Beinen herumhüpfte, mit seinem spitzen Schnabel gegen meine Rippen hackte und »Sehn-sucht-sehn-sucht-sehn-sucht« schrie ... Ich bewegte mich langsam, sehr langsam, erst das Hinterteil, dann den Rücken. Zentimeter um Zentimeter rückte ich vorwärts, meine Schulter berührte seinen Rücken, der mir zugekehrt war, und mein Becken seinen Hintern, er bewegte sich, zog die Beine an, seine Wärme breitete sich auf der linken Seite meines Körpers aus. Ich drehte mich auf die Seite, so daß meine Brust an seinem Rücken lag, mein Bauch an seinem Po, mein Oberschenkel an seinem. Noch zwei Wochen bis zum Zimmer in Yesod Hama'ala, und jetzt streckte er den Arm nach mir aus, nein, nicht nach mir, er streckte ihn einfach nur so aus, seine Hand legte sich auf meine Hüfte, blieb schwer darauf liegen, schlafend. Als du ihn kennengelernt hast, hatte er eine Wohnung, ein Geschäft und eine gewisse Traurigkeit, goldenen Staub auf den Wimpern, Sonne auf den Wangen. Mutter sagte, er sei ein guter Mensch, Muli sagte *mabruk*, es war völlig klar, daß du mit ihm ein gutes Leben haben würdest, und es ist ja auch gut gewesen. Was heißt da gewesen? Es ist noch nichts zu Ende. Es gibt Klippen, ja, aber bei wem gibt es die nicht? Du hast mit einem Mann geschlafen, bei dessen Unterhosen die Nähte aufgehen, und er wird von seinem Zimmerfenster aus gleitende Fischreiher sehen, aber dann wird das Wasser alles zudekken, und das Leben wird wieder gut werden. Der schwere Arm bewegte sich, der Ellenbogen beugte sich, das Bein streckte sich, seine Wärme drang durch beide Pyjamas. Dreiundzwanzig Jahre mischt sich Wärme mit Wärme, nur die Pyjamas wurden ausgetauscht, gewaschen, in die Kleidersammlung gegeben.

Am Morgen sah er irgendwie erleichtert aus, wie jemand, der sich erbrochen oder durch Aufstoßen seinen geschwollenen Magen befreit hat. Er breitete die Zeitung auf dem Tisch aus, pfiff »Die schwarze Mähne über deiner Stirn«, rasierte sich erst die linke Wange, sagte, »nun, was sagst du dazu«, und zeigte mir die Fotos in der Zeitung, zerstörte Häuser in Rafah, ein Junge in einem roten Pullover zog eine Puppe aus einem Steinhaufen. Die Welt war wie immer, die Rasur, das Pfeifen, die Zeitung, die Creme, zerstörte Häuser, Kinder, die in Trümmern wühlten. Das hieß doch, daß sich außer dem Zimmer in Yesud Hama'ala nicht das Geringste geändert hatte. Bevor er ging, schob er seine ganze Hand unter meine Haare, legte den Daumen auf die eine Seite meines Halses, die vier Finger auf die andere, und dazwischen die nackte Schulter. Ich biß mir auf die Lippen, aber er kannte mich nicht erst seit heute, er sah meine Tränen, noch bevor sie mir in die Augen gestiegen waren.

Vielleicht wird er später aus dem Laden anrufen und sagen, es war alles nicht ernst gemeint, was für ein Zimmer, glaubst du, ich bin auf den Kopf gefallen? Du und ich im Sommer in die Toskana. Aufgestellte Härchen im Nacken, der von der vertrauten Hand bedeckt wurde, zitternde Haut. Er saß schon in seinem Auto, und meine Haut fühlte sich noch immer wie ein feines Reibeisen an, wie am zweiunddreißigsten Tag unseres Kennenlernens. Zweiunddreißig Tage waren wir nachts spazierengegangen, hatten gehört, wie die Blätter der alten Bäume in den Straßen von Rehavia unter unseren Füßen raschelten. Ich war neunzehn Jahre alt. Ich,

Moria, Tochter von Avram und Rachel Stein, ging nachts mit einem vierundzwanzigjährigen jungen Mann spazieren, der seinen Kopf nicht bedeckte, keine Schaufäden zeigte, morgens nicht die Gebetsriemen anlegte, aber seine Worte waren weich und rein, wie die von Vater und Muli. In der zweiunddreißigsten Nacht, als wir die Ankündigung einer Protestkundgebung auf dem Anschlagbrett lasen, spürte ich plötzlich seine Hand auf meiner Schulter, die andere lag in seiner warmen Achselhöhle. Die Erde unter dem heißen Asphalt bebte. Von der Schulter bewegte sich die Hand zum Nacken, ein fremder Daumen streichelte, eine Hand berührte meinen Hals, glitt vorsichtig und langsam tiefer, ein Schauer lief mir über den Rücken, und meine Haut zog sich zusammen wie die Haut einer gerupften Gans, von der man nur hoffte, daß kein Finkelstein vorbeikam und sie sah. Blätter fielen vom Ficusbaum und einzelne Sterne brachen funkelnd durch die Wipfel und warfen ihren Glanz auf die ganze Welt.

Jetzt warfen die Sterne ihren Glanz auf Naomi, leicht verblaßt nach vierundvierzig Jahren, irgendwie stumpf, sie hatten das Strahlen verloren wie ihre Haare, die schon von Silberfäden durchzogen waren. »Wir gehen zusammen aus«, hatte sie mir am Telefon erzählt, »wenigstens vorläufig. Mal sehen, was daraus wird.« Sie gingen aus. Von wo aus? Vielleicht jeder von seiner eigenen Einsamkeit. Und welche verhaltene Freude lag in diesem »Wir«. Ja, sie wisse, daß Juval eine Auszeit vom Geschäft nehmen würde, wie solle sie es auch nicht wissen? Schließlich würde sie im Geschäft bleiben müssen. »Hör mal, Moria, ein Mensch, der sechsundzwanzig Jahre im selben Loch rumläuft. Es gibt keinen, der sich nach sechsundzwanzig Jahren nicht mal eine Pause wünschen würde. Wie lange kann man mit dem einen Verlag sprechen und mit dem Vertreter des anderen, den Staub einatmen, der die Enzyklopädien bedeckt? Wollen wir doch nicht die Proportionen verlieren, er geht doch nicht nach Katmandu, nur ins obere Galiläa, er wird eine Woche lang Äpfel essen, er wird braun werden und mit klarem Kopf zurückkommen. Was hältst du von einem Mittagessen bei Kapulsky?«

»An diesem Tisch habe ich gestern abend mit ihm gesessen, er saß auf dem Stuhl, auf dem du jetzt sitzt, und ich auf meinem.« Sie beugte sich über den Salzstreuer und das Fläschchen mit Öl. »Gestern war in dieser Vase eine Anemone, fast schon am Verblühen, als er sie berührte, fielen zwei Blütenblätter ab. Die Wahrheit? Ich erschrak, ich hielt es für ein schlechtes Omen. Später sagte ich mir, daß es vielleicht im Gegenteil ein gutes Zeichen ist, wie kann man das wissen.« Sie häufte die Muschelnudeln zu einem weichen, sahnigen Hügel. Wie zerbrechlich und verletzlich war dieses vorläufige Glück, wie ließ es die Gabel erzittern, das Lächeln, das die Augenfältchen verwischte, die Erregung erschrak vor sich selbst, ließ ihre Oberlippe, an der ihr der Engel vor vierundvierzig Jahren den Finger aufgedrückt hatte, erzittern.

»Er heißt Rafael.« Der Pastahügel wurde flacher.

Zu meiner Rechten Michael, zu meiner Linken Gabriel, vor mir Uriel, hinter mir Rafael.

Früher hielt ich den, der mich von hinten beschützte, für den wichtigsten, schließlich hatte ich hinten keine Augen. Wenn mich etwas Böses angreifen wollte, wäre es vermutlich von hinten. »Er ist Investmentberater bei der Arbeiterbank«, sagte sie. Nachmittags komme eine Frau, um auf seine Töchter aufzupassen, die eine zehn, die andere acht. Beide blond, sie habe ein Foto gesehen, obwohl er, Rafael, ziemlich dunkel sei.

»Er ist zwei Jahre jünger als ich«, sagte sie. »So alt wie du, Moria, ihr seid derselbe Jahrgang.« Sie spießte zwei Teigmuscheln auf. »Hast du wirklich keinen Appetit? Hier, probier mal.« Die beiden Teigmuscheln zergingen an meinem Gaumen, rutschten in meinen leeren Magen. Ich nahm von der Knoblauchbutter, sie schmolz, als ich sie auf das warme Brötchen strich. Ich ziehe Schwarzbrot mit Margarine und Zwiebeln vor. Wer braucht schon dieses weiche, wattige Zeug, weiß wie die Oberschenkel einer Matrone, zitternde Puddinghäufchen. Sogar Muli, der schon so viele Gerichte probiert hat, die man bei Gynäkologenkongressen in Fünf-Sterne-Hotels serviert, sagt, es gehe doch nichts über Schwarzbrot mit Margarine und Zwiebeln. So sind die Steins. Man muß nur alles von ihnen abkratzen, was sich im Lauf der Jahre aufgeschoben hat, und man trifft darunter den einfachen Menschen. Einen, der im Wohnzimmer Vierzig-Watt-Birnen hängen hat und in der Küche eine Neonröhre, der Eier Größe C kauft, gebrauchte Plastiktüten aufhebt, der Unterhemden von größeren Kindern an kleine weitervererbt.

Sie gabelte die letzten Nudeln vom Teller, wischte mit einem Brötchen den Rest goldfarbener Soße vom Teller und schaute auf ihre Uhr.

Wir traten auf die Straße hinaus und trafen einen Küchenjungen in seiner weißen Schürze, in der einen Hand trug er einen Strauß Anemonen, in der anderen eine Tüte mit weißen Kartoffelstücken.

»Ich bin ein bißchen größer als er«, sagte sie und entfernte einen trockenen Zweig von ihrem Schuh. »Nur wenn ich ganz flache Schuhe anziehe, sind wir gleich groß.«

»Wer sagt, daß Männer größer sein müssen als wir?« Der Zweig löste sich von ihrem Schuh und purzelte auf meinen. »Deine Knochen sind eben etwas mehr in die Länge gewachsen, na und?« Die Enden ihres hochgeschlagenen Mantelkragens standen wie Mauern an ihren Wangen.

»Trotzdem, er ist nicht nur jünger als ich, sondern auch kleiner... Ich weiß nicht, ob mich das stört oder ob es nur daran liegt, was die anderen sagen werden, und überhaupt werde ich gar nicht wissen, was sie sagen, weil sie es ja hinter meinem Rücken tun werden.« Der Wind wehte ihr die Haare ins Gesicht, sie schob sie zurück. »Du mußt nicht nur jemanden finden, der zu dir paßt«, sagte sie, »er muß auch noch zu allen Finkelsteins und Semels passen.« Ein Arbeiter schob eine mit Steinen beladene Karre zwischen uns hindurch, er war kleiner als wir beide.

Nun, ich habe einen Mann geheiratet, der fünf Jahre älter ist als ich, fünfzehn Zentimeter größer und zweiundzwanzig Kilo schwerer, der seit dreiundzwanzig Jahren mit mir schläft und plötzlich Luft braucht. Ich habe auch mit jemandem geschlafen, der zwanzig Zentimeter größer ist als ich und ungefähr dreiunddreißig Kilo mehr wiegt, dessen Schuhe neun Nummern größer sind als meine und der, so läßt sich vermuten, auch eine größere

Milz, ein größeres Herz und größere Nieren hat. Soll das etwa heißen, daß wir eine bessere Chance haben, glücklich zu werden?

Sie drückte die Stirn an eine Schaufensterscheibe und betrachtete Schuhe mit flachen Absätzen. »Die da auf der rechten Seite sind ein bißchen grob, oder? Wie findest du die zum Schnüren, ein bißchen militärisch, nicht wahr? Schau, das einzige, womit sich Gott wirklich großzügig mir gegenüber gezeigt hat, sind meine Beine, da hat er nicht gegeizt.« Sie stand leicht gebeugt da, als versuchte sie sich an eine Haltung zu gewöhnen, die ihre Größe der seinen anglich.

»Wieso das einzige, vielleicht wirst du ja noch feststellen, daß du auch diesen Rafael Gottes Großzügigkeit zu verdanken hast.«

»Hoffentlich.« Diesmal schob sie die Haare nicht zurück, die ihr der Wind ins Gesicht wehte, ihr Blick hing an den schwarzen Schnürschuhen.

Wenn Menschen ausgesprochen haben, was ihnen auf dem Herzen lag, sehen sie aus, als hätten sie eine orthopädische Operation hinter sich gebracht, sie verlieren die vorherige Verkrampfung. Seit jenem »Ich brauche Luftveränderung« sah Juval aus, als hätte man ihm einen Nagel aus der Wirbelsäule gezogen. Er bewegte sich leicht und geschmeidig, ein Zipfel seines Hemds steckte in der Hose, der andere hing zerknittert heraus, die Zwiebelwürfel brachen unter seinen Händen hervor wie zerberstendes Glas, groß, klein, dreieckig, rhombusförmig. Es reichte offenbar, laut zu verkünden, daß er Luft brauchte, und schon strömte sie ihm in Mengen zu. So ist er, so ist Schira. Jeden Abend hupt dieser Charly unter dem Paternosterbaum, schiebt den Kopf aus dem Auto und ruft sein »Süße« zu ihrem Fenster. Der lila Büstenhalter hat zwei Geschwister bekommen, in Schwarz und Türkis, mit Schnüren und Spitzen, aus Batist und mit Plastikklettverschlüssen.

»Bring ihn doch mal mit, damit wir ihn kennenlernen«, sagte Juval.

Sie schob eine Olive in ihrem Mund hin und her und betrachtete ihr Spiegelbild in der versilberten Kappe des Salzstreuers. »Er ist kein Ausstellungsstück«, sagte sie. »Und weil wir schon darüber sprechen, wir fahren am Wochenende nach Eilat, er dreht eine Szene für seinen Film.«

Juval legte seine Gabel hin, hob die Hände und verschränkte sie im Nacken, seine Ellenbogen standen ab wie zum Abflug ausgebreitete Flügel.

»Und was für eine Rolle spielen wir? Fragt man uns da schon nicht mehr?«

»Was gibt es da zu fragen, wir tun dort nichts, was wir nicht auch hier tun.« Bei ihr war Gott großzügig, was die schwarze Farbe betraf, jede Menge Schwarz hat er in sie investiert, in ihre Haare, ihre Augen, ihre Wimpern, zu schwere Wimpern für ihre durchsichtigen Lider. Ihre Nasenflügel sind dünn, die Wangenknochen wie geschliffen, der Nasenrücken schmal. Ein schönes Mädchen. Ein kleiner Kanonier steht in ihrem Hals und richtet sein Geschütz, gleich wird er den Schuß auslösen, uff, was wollt ihr, oder, das ist mein Leben, mischt euch da nicht ein, oder, was ist denn los mit dir, Papa. Aber die Sicherung hakte. Die Lider hoben den Wimpernvorhang und gaben zwei große, dunkle Augen frei.

»Verlaßt ihr euch nicht auf mich?«

»Doch, tun wir.« Er drückte sich die Hände fest gegen den Nacken, öffnete und schloß die Dreiecke zwischen Ober- und Unterarm. »Ich möchte nur nicht, daß ihr in seiner Klapperkiste fahrt, nehmt lieber meinen vw.«

»Papa!« Endlich ging der Schuß los. »Meinst du das ernst? Du bist prima!« Und schon war ihr Stuhl leer, und die Tasten ihres Handys klickten. Ich schwieg, ich sagte nicht: »Und mich fragt in diesem Haus schon keiner mehr?« Statt dessen sagte ich ohne jeden Zusammenhang: »Der kleine Mistkerl hat heute wieder zehn Schekel von mir bekommen.«

Er war hinter Valeris Strommast aufgetaucht, als ich den Mazda abstellte. Zuerst war nur eine kleine, harte Schulter zu sehen, dann schoß der Kopf hervor. Seine schwarzen Haare glänzten in der Sonne, er stand da, die Hände in den Taschen, als habe er mir aufgelauert. Er blinzelte gegen die Sonne und zog die Augen zu schmalen Schlitzen zusammen, und statt zu sagen: »Das kannst du deiner Oma erzählen, daß du kein Geld für den Autobus hast«, sagte ich: »Du brauchst zehn Schekel, was, also fang«, und warf ihm eine Münze zu. Mit der Geschmeidigkeit einer Katze bog er sich vor und fing die Münze, die in der Sonne glitzerte, in der Luft auf. Manchmal entscheiden sich die Dinge einfach so, nur aufgrund von Licht und Schatten. Wegen der Sonne, die rosafarben auf seinen milchweißen Hals schien, so daß er einen Moment lang aussah wie Mulis, als er noch mein Zwillingsbruder war, Joselito, oder wegen des Schattens, der auf seine Schuhe fiel, die Schuhe eines neunjährigen Jungen. Und vielleicht auch, weil kein Fahrrad an den Strommast gekettet war, und der Mast nichts weiter war als eine kalte Metallstange, grau und glänzend.

»Und so was muß man nicht irgendwo melden?« sagte Juval. Sein Fingernagel klopfte gegen den Salzstreuer und erschien in dessen gewölbter Kappe vergrößert.

»Seine Zukunft hat mich nicht interessiert, verstehst du? Ich habe nichts für ihn empfunden, kein Mitleid, keine Wut, keine Verachtung, als wäre es seine Aufgabe, hinter dem Pfosten zu stehen, und meine, ihm zehn Schekel zuzuwerfen.«

»Ich verstehe dich nicht.« Seine Hand lag nun flach auf dem Tisch, die Haare auf seinem Unterarm, die vorher naß gewesen waren, waren getrocknet, bewahrten aber noch die Richtung, in die das Wasser sie gekämmt hatte.

Was gab es da zu verstehen? Ich erzählte ihm, wie dieser Schimon dort in der Sonne gestanden hatte, die Münze in seiner Tasche drehte, dem Klimpern nach zu urteilen, mußte er mindestens eine weitere haben. Er trug einen roten Pullover, so rot wie der des Jungen, der in den Trümmern eines Hauses in Rafah gewühlt hatte. Gott kleidet seine jungen Verurteilten in Rot. Seine Engel sitzen ihm zu Füßen und stricken rote Pullover, um die kleinen Streuner zu kennzeichnen, die von der Welt erwarten, daß sie ihnen etwas umsonst bietet, Puppenbeine, von Teddynasen abgerissene Knöpfe, zehn Schekel. Er schaute mir nach, sah, wohin ich ging, welche Tür sich vor mir öffnete und hinter mir schloß. Er beugte sich zum Namensschild, ein kleines Haus mit einem roten Dach. Er stand vor meinem Büro und bohrte seinen Absatz in die Bewässerungsgrube des Ficusbaums, vielleicht überlegte er, was für ein Schloß an der Tür war, denn dieser kleine Gauner wußte vermutlich, wie man Schlösser zerlegte, wie man Stahlzungen aus der Halterung löste. Ungefähr eine halbe Stunde später bewegte sich die Klinke, er stand in der Tür, und der Rahmen, der von Erwachsenen normalerweise ausgefüllt wird, blieb halb leer. »Kann ich ein Wasser haben?« Sein Fuß schlug einen schnellen Takt auf der Schwelle. Ich ging zum Waschbecken und kam mit einem dünnen Pappbecher zurück, er stand in der Tür und trank, das Wasser lief hörbar glucksend durch seine Kehle.

»Wie heißen Sie?« fragte er.

»Mo.«

Eine Lüge. Ich heiße nicht Mo. Nur ein einziger Mensch nennt mich so, der Mann, der sein Fahrrad immer an dem Strommast festkettete, der jetzt nur noch eine hohle, nutzlose Metallröhre ist.

»Raus oder rein, bleib nicht in der Tür stehen, sonst kommen die Mücken.«

Zögernd zerdrückte er den Pappbecher, kam herein und warf ihn in den Mülleimer. Da hast du's, Maria, dieser Kleine besitzt die Schläue einer Katze und die Gewandtheit eines Hundes, er wird dich jetzt überfallen, in der Schublade wühlen, deinen Geldbeutel klauen, und bis du die Polizei gerufen hast, ist dein Geldbeutel schon geleert und in irgendeinem Papierkorb gelandet, und dieser kleine Dieb dreht die Knöpfe von Spielautomaten oder fährt im Einkaufszentrum mit dem gläsernen Aufzug nach oben und nach unten, mit den Sachen, die er eingekauft hat.

»Wie geht es Sigi?«

Eins zu null, Maria. Du hast ihn überrascht. Plötzlich schlug sein einer Schuh gegen den anderen, und Blut stieg ihm in die Wangen. »Woher wissen Sie das?« fragte er erschrocken. Seine Schuhe lösten sich voneinander. »Sie ist eine Hu ... Sie ist eine blöde Kuh.«

Wieder muß ich dich belästigen, Gott. Gerade mal neun und

kennt schon die Enttäuschungen der Liebe. Hättest du mit dem Hormon, das uns dazu bringt, uns zu verlieben, nicht warten können, bis ihm Haare an den Beinen gewachsen sind, er den Stimmbruch hinter sich hat und sein Adamsapfel hervortritt?

»Setz dich, wenn du willst.« Ich schob ihm mit dem Fuß einen Stuhl hin. »Was ist, will sie dich nicht?«

Er rieb den Stuhlrand mit dem Finger, kratzte fettige Staubwürmer aus den Ritzen. »Bei uns gibt es einen Joram, der hat ihr eine Uhr geschenkt, die er von seiner Tante bekommen hat, deshalb geht sie mit ihm.«

»Du hattest doch Geld, warum hast du ihr nicht auch eine Uhr gekauft?«

»Weil auf der Uhr von seiner Tante ein Diamant war.« Er klimperte mit den Münzen in seiner Tasche und kratzte weiter an dem Stuhl herum.

»Ist er in deiner Klasse, dieser Joram?«

»Nein, er ist in der Fünften und ich bin in der Vierten, aber er ist in meiner Gruppe.«

»In was für einer Gruppe?«

»Dort, im Kinderheim. Im Internat.«

Der Fisch ist ins Netz gegangen. Wie viele Kinderheime gibt es in dieser Stadt? Zwei? Drei? Nimm das Telefonbuch, ruf an und frage, fehlt Ihnen zufällig ein Schimon aus der vierten Klasse?

»Und Sigi?«

»Sie ist auch in meiner Gruppe. Ich will sie nicht mehr. Wenn sie mir nicht den Lack zurückgibt, den sie von mir hat, wird sie schon sehen, was passiert.«

»Ich habe Kekse da, willst du welche?«

Eine jiddische Mame, Maria. Gibt es ein Loch in der Seele, füllt man es mit Essen. Er nahm einen Keks, blies die Krümel weg, die auf seinen roten Pullover gefallen waren, und feiner Staub flog auf.

»Was für einen Lack hast du ihr gekauft?«

»Rot mit Goldglitzer.«

Goldglitzer blitzen auf Sigis kleinen Fingernägeln, und wenn ich nicht aufpasse, tappe ich in die Falle dieser süßen, weichen

Traurigkeit. Aber ich paßte auf und strich nicht die Haare zurück, die ihm in die Augen fielen. Schokoladenfarbene Wimpern flatterten von mir durch das Zimmer, wieder zu mir.

»Wenn du nichts mehr willst, mach die Dose zu.«

Er schlug mit der Faust auf den Deckel und stand auf. »Ich muß gehen.« Seine Hose war zu lang, hing ihm über die Absätze, schleifte über den Boden. Er machte die Tür auf und ging hinaus. Auf der Straße blieb er einen Moment stehen, die Hände in den Taschen, dann überquerte er die Straße, kickte imaginäre Steine, pfiff und schaute sich nicht mehr um.

»Und du hast ihn nicht gefragt, in welchem Kinderheim er wohnt. Du kannst mich totschlagen, ich verstehe dich nicht.«

Nein. Ich habe mit ihm ein Bündnis gegen die Ordnung der Welt geschlossen. Die Welt hat es nicht verdient, daß man sie in Ordnung hält, daß man immer alles an seinen Platz zurückräumt. Juvals Augenbrauen wölbten sich, als wolle er sagen, ich verstehe dich nicht, er streckte das linke Bein vor und legte den Fuß auf Schiras leeren Stuhl. Auch das ist ein Zeichen für »ich brauche Luft«. Wann hat er schon einmal den Fuß auf einen Stuhl gelegt? Staub bedeckt die Zypressen, die Wipfel sind grau, die Zapfen bitter und hart. Der kleine Vogel Sehnsucht ist weggeflogen, der Käfig leer, das Sehn-sucht-sehn-sucht-sehn-sucht, das er in die Herzhaut gepickt hat, ist nichts weiter als ein Phantomschmerz. Ein Jahr, nachdem man ihr den großen Zeh amputiert hatte, beklagte sich die Großmutter der Finkelsteins, daß dieser große Zeh sie noch umbringe. Jaftschuk meinte, bei ihrer Oma sei eine Schraube locker, sie weine, weil ihr der Zeh weh tue, und der Zeh sei doch schon längst futsch. Als sie »futsch« sagte, hob Jaftschuk die Hand und bewegte die Finger, als würde sie mit einer Schere schneiden.

Vielleicht hat er einen anderen Pfosten gefunden, an den er sein Fahrrad kettet. Vielleicht ist sein Schlauch kaputt, vielleicht hat man ihm das Fahrrad geklaut oder er hat es einer der Luschinkas geliehen. Im Tunnel seines Saxophons treibt es der Kapitän schon mit einer, die küßt, und einer anderen, die lacht, und einer dritten, die ihm den Bart abschneidet.

Das Heulen von Hunden drang vom Wadi herauf, ein Heulen zum Himmel, und wir saßen im erleuchteten Zimmer und konnten den Himmel nicht sehen, der dunkel über uns hing. Der Himmel sah uns. Ein Mann braucht Luft, und eine Frau hat Phantomschmerzen, und zwischen ihnen steht der Korb mit dem Brot, im Teller schwimmen Tomatenkernchen und schnell und nachlässig geschnittene Zwiebelstücke.

Achtes Kapitel

Als er aus dem Volkswagen stieg, hing auf seinem Rücken ein neuer Rucksack, natürlich, kein Reisekoffer, mit dem man in die Toskana fährt, nicht solch ein James-Bond-Aktenköfferchen, das man morgens ins Geschäft mitnimmt, und nicht der Rucksack vom Reservedienst. Ein Rucksack mit Außentaschen, Reißverschlüssen, Schnallen und Gurten, ein Rucksack, wie ihn junge Leute mitnehmen, die nach dem Militär erst einmal in der Welt herumreisen. Schira sagte: »Wenn ich nach Peru oder Bolivien fahre, mußt du ihn mir leihen.« Einstweilen plant sie aber ihr Wochenende mit Charly in Eilat. Sie probiert Blusen an, Hosen, Schwimmzeug. Streicht dunklen Lack auf die Fußnägel, legt ihre Finger auf das Fensterbrett, um den Lack zu trocknen, singt Leonhard Cohen. Abraham, geh nicht dorthin, dort frißt dich der Wolf, happ!, so hat sie als kleines Kind einmal einen Igel im Gras hinter dem Lebensmittelgeschäft gewarnt, der Igel ist nicht dageblieben, sondern dorthin gegangen.

Auch am Tag darauf stand er auf der Schwelle, scharrte mit dem Fuß und fragte, ob er Wasser haben könne. Als er zum dritten Mal kam, hielt er sich nicht mit einer Einleitung auf und bat nicht um Wasser, er setzte sich hin und sagte: »Sie hat mir den Lack zurückgegeben«, streckte die Beine vor sich aus, die Schuhspitzen waren rot mit goldenem Geglitzer. »Sie ist mir egal.« Er kräuselte bitter die Lippen, voller Groll, bemerkte Maja, schielte zu ihr hinüber und senkte dann den Blick wieder zu seinen Schuhen. Maja, in ihrem altrosa Kostüm, folgte mir in die kleine Küche und berührte meine Schulter. »Wo gabelst du die nur alle auf, wollt ihr ihn adoptieren oder was?« Der Duft ihres Opiumparfüms erfüllte die Küche.

»Maja, das ist Schimon, Schimon, das ist Maja.« Ich deutete auf ihn und auf sie und verschränkte die Hände. Sie lächelte ihr mechanisches Lächeln, mit dem sie sonst Wohnungen anpries, und er rieb eifrig Fettspuren vom Tisch, stand auf und sagte: »Ich gehe.«

Ich ging ihm nach. Seine roten Schuhspitzen glitzerten unter seinen faltigen Hosenbeinen. »Möchtest du mit mir kommen?«

Der Himmel war bewölkt, seine Haare waren glanzlos und hingen ihm über die Stirn. »Wohin?« fragte er, und seine Haare warfen Schatten auf den mißtrauischen Blick, mit dem er mich anschaute.

»Jemanden besuchen.«

Die Hände in den Hosentaschen, kratzte er mit seinen Sohlen in den Ritzen zwischen dem Pflaster und schwieg, trat gegen Steine und kam mit vorgeschobenen Schultern zum Mazda, stieß die Luft aus, als wolle er sagen, ist mir doch egal, griff zögernd nach der Autotür. Wachsam wie ein gefangenes Tier saß er rechts neben mir, verfolgte meine Hände, die das Lenkrad hielten, vielleicht würde ihn die fahrende Falle zum Kinderheim bringen oder zu einer Sozialarbeiterin, er suchte nach einer der bedrohlichen Stellen, die er kannte, doch je unbekannter ihm der Weg wurde, um so öfter wanderte sein Blick vom Lenkrad zum Fenster. Ich hatte Angst, er würde mir an einer Ampel oder während der Fahrt aus dem Auto springen. »Keine Araber, kein Attentat«, hatte jemand auf einen Müllcontainer geschrieben, Schimon hob kurz den Kopf.

Als wir vor dem Eingang des Altersheims hielten, betrachtete er den Eingang. »Was ist das?« Seine Finger tasteten über den Sitz, er weigerte sich auszusteigen. In einem fünfstöckigen Gebäude gab es genug Platz für tausend Sozialarbeiter und Bewährungshelfer oder wie man die Vertreter der Wohlfahrtsbehörden auch nannte, die zuständig waren für neunjährige Jungen, denen die Welt den Rücken zugekehrt hatte.

»Das ist ein Altersheim. Mein Vater lebt hier.«

Mit angespannten Sinnen schaute er mich an, eine erwachsene Frau mit dem Gesicht einer Erzieherin, und sie hatte noch einen Vater. Er nahm die Hand vom Sitz, stieg aus und betrachtete prüfend das Gebäude. Aus dem zweiten Stock schaute ein weißhaariger Kopf und beobachtete uns, zwei weitere weißhaarige Frauen verließen das Haus, die eine klein und hinkend, die Sohle ihres einen Schuhs war doppelt so dick wie die andere, die zweite groß und verkrümmt, das Kinn zur Brust gesenkt.

Er steckte eine Hand in die Tasche, die andere glitt über das Holzgeländer, er pfiff ts, ts, ts, es hörte sich an wie das Zirpen von Grillen im Gras.

Talja machte uns die Tür auf. »Darf ich vorstellen, Schimon, Talja, mein Vater.« Vater zog seine starre Hand zwischen seinen Knien hervor und hielt sie Schimon hin, er nahm sie schlaff und zurückhaltend.

»Gehört Schimon zu unserer Familie?« fragte Talja und starrte seine Schuhspitzen an.

»Schimon ist der Sohn von einer Freundin. Er hilft mir manchmal im Büro.«

Sie rückte die Brille auf ihrer kleinen Nase zurecht, ihre Augen hingen an Sigis Schuhen mit dem roten Lack und dem Goldgeglitzer. »Ich habe noch nie solche Schuhe gesehen.« Er stellte die Füße dicht nebeneinander, blieb angespannt neben der Tür stehen, seine schokoladenbraunen Wimpern flatterten über das Zimmer, wichen ihrem Blick aus.

Ein vorwurfsvolles »Ich hab's dir ja gesagt« stand in Mutters Augen, die mich von der Wand herunter anblickten. »Ich habe dir gesagt, daß du noch Kinder kriegen sollst, zwei ist nichts, das wirst du eines Tages noch bereuen. Hast du es jetzt kapiert? Jetzt, wo du keine mehr haben kannst, fällt es dir ein? Ist das eine Lösung, irgendwelche armen Schlucker von der Straße aufzulesen?«

»Wie geht's, Vater? Was ist mit dem Zucker? Und das Bein? Was macht dein Herz?«

Er erhob sich, gestützt auf die Sessellehne, und schlurfte in seinen Hauschuhen zum Schrank im anderen Zimmer, in dem er

Geschenke aufbewahrte, ich folgte ihm. Das Zellophan der Verpackung raschelte. »Paßt das zu seinem Alter?« Er zog ein kleines, blaues Blechauto hervor, auf dem mit weißen Buchstaben POLICE stand.

»Was, du gehst auch nicht in die Schule?« fragte er sie nebenan, als die Erwachsenen das Zimmer verlassen hatten.

»Doch, ich schon. Wir haben heute frei bekommen, weil wir gestern einen Ausflug gemacht haben.«

Doch, ich schon. Die Brücke war zusammengebrochen. Er stand einen halben Meter von der Tür entfernt, betrachtete Vaters Sofa, den Tisch, die Wände, bis sein Blick auf die alte Hand fiel, die ihm ein Polizeiauto in der Größe einer Streichholzschachtel hinhielt. »Das ist für dich.«

Er rieb die Hand an seiner Hose, streckte sie aber nicht aus, um das Auto zu nehmen, als hätte er Angst, daß das Auto durch die Berührung anfangen könnte, zu natürlicher Größe anzuwachsen, Bewährungshelfer könnten herausspringen und ihn packen. Aber der faltige Parkplatz zitterte und drängte, und die kleine Hand streckte sich aus und packte das Polizeiauto, und das geflüsterte »Danke« kam schnell und heiser heraus.

»Mein Opa gibt jedem etwas.« Talja schaute von ihm zu Vater.

Die Hand, die sich um das Auto der Gesetzeswächter geschlossen hatte, lockerte sich, ließ die Räder entlang seiner Hosennaht fahren.

»In welcher Klasse bist du?«

»In der vierten.«

»Ich auch.«

Das Polizeiauto verließ die Naht und blieb mit quietschenden Bremsen stehen. Erstaunen ließ seine Unterlippe nach unten sinken, wie zu einem bösartigen Lächeln.

»Habt ihr Lust zu einem kleinen Spaziergang im Jerusalemer Wald?« Die Mazdaschlüssel klimperten in meiner Hand.

Das Polizeiauto fuhr im Rückwärtsgang in die Hosentasche.

»Ja, aber ich habe um eins Klavierstunde, sind wir bis dahin zurück?« Taljas Blick glänzte durch die Brillengläser. Vater schaute auf seine Uhr und tastete nach seinen Schuhen unter dem Bett.

Wieder bewegte Susi ihre dicken Beine zum Ausgang. »Prima, Herr Stein, daß Sie rausgehen. Eine Banane für unterwegs? Die Kleine da ist von Ihrem Sohn, dem Doktor, nicht wahr? Und wer ist der da? Von Ihrer Tochter?« Ihr Lächeln war dick und fettig.

»Von einer Freundin von ihr«, antwortete Talja, und das Polizeiauto drehte eine scharfe Kurve auf dem Knie, fuhr dann den Oberschenkel hinauf und bremste an den Rippen.

Vater drehte ihr den Rücken zu und ging zum Parkplatz, wir folgten ihm, und Susi blieb zurück, wischte sich das verschwitzte Kinn mit ihrer weißen Schürze ab, fuhr sich mit der Hand über ihren dicken Bauch, um sich zu versichern, daß sie ihre Besitztümer noch bei sich hatte, sie drehte sich um, und die automatische Tür öffnete sich vor ihr.

Die Tochter meines Bruders und der Sohn meiner Freundin saßen hinten im Auto, Schimon saß dicht an der Tür, in einem gewissen Abstand von Talja, und ließ das Auto auf der freien Fläche zwischen ihnen fahren. Talja schnallte sich an. »Nimm den Gurt«, sagte sie zu ihm. »Laut Gesetz muß man sich anschnallen, auch wenn man hinten sitzt.«

Ach, Talja, du Schatz, laut Gesetz. Laut Gesetz sollten neunjährige Kinder ein Zuhause haben und heiße Suppe zum Mittagessen. Dafür gibt es ja Polizei auf der Welt, auf der Welt herrscht wirklich Ordnung. Ich fuhr los, und er fragte sie, ob sie wirklich in der Vierten sei.

»Du fragst das, weil ich so klein bin, stimmt's? Alle fragen mich das. Mir haben zwei Monate Schwangerschaft gefehlt, deshalb fehlen mir jetzt ein paar Zentimeter.«

»Kommst du überhaupt an die Pedale vom Klavier?«

Ihre Brillengläser funkelten ihn an. »Was sind das, Pedale?«

Vater, fast verschwunden in Hut, Schal und Mantel, legte ein Ohr frei, als das Funkzeichen für die Nachrichten erklang. Samira Inbar berichtete, in Hadera habe es einen Anschlag gegeben, die Sicherheitskräfte hätten Verdächtige festgenommen, nach weiteren sei die Suche eingeleitet worden, der Kurs des Dollars sei gestiegen, der Börsenkurs gefallen, und das Wetter bleibe unveränderlich. Hat sie etwa keine Augen im Kopf, diese Samira Inbar, sieht sie nicht die violetten Wolkenelefanten, die sich westlich von Bet Karem auftürmen? Den dunkelgrauen Dunst, der am Rand des Himmels hochsteigt?

»Hast du die Schuhe so aus dem Geschäft bekommen oder hast du sie selbst angemalt?«

»Ich habe sie angemalt.« Das Polizeiauto fuhr senkrecht und waagrecht über meine Rücklehne.

»Waren deine Eltern nicht böse deswegen?«

Vater hörte ihnen zu, dann fragte er mich, was mit Naomi sei.

Ich stellte ihn etwas hinterhältig auf die Probe. »Naomi? Was soll mit ihr sein?«

»Dieser Mann, hat sie ihn wieder getroffen?«

»Ja, er heißt Rafael. Er ist Investmentberater bei der Arbeiterbank, und er hat zwei Töchter.« Hätte ich auch erzählen sollen, daß er jünger und kleiner war als Naomi, nur wenn sie ganz flache Schuhe trage, sei der Unterschied wie aufgehoben?

Die Straße war schmal und kurvig, Bäume warfen Schatten auf die Fahrbahn, die Kinder schauten aus dem Fenster, jedes aus seiner Seite, und betrachteten den Wald. Schimon drückte feuchte Lippen auf die Scheibe. »Das sind Kiefern«, sagte Talja, »ich weiß das, weil sie Nadeln haben.« Wir hielten am Picknickparkplatz. Vater hob das Gesicht zu den Baumwipfeln und lockerte seinen Schal, die Haut an seinem Hals sah in diesem Licht leer und durchsichtig aus. Ich war froh, daß ich ein Brötchen in der Tasche hatte, für den Fall, daß wir einer Bachstelze begegnen würden. Die Elefantenherde war nach Osten gezogen, der Himmel war klar, die Baumwipfel glänzten hell, die Sonne stand senkrecht über dem Wald. Talja beugte sich über eine Ansammlung von Pilzen mit blassen Hüten und betrachtete sie. »Die sind bestimmt giftig«, sagte Schimon und zog mit den Fingernägeln einen silbrigen Streifen ab, der von einem Stiel herunterhing, und Talja wich zurück.

Vater saß neben mir auf der Bank, in der Sonne. Er hatte sich fest in seinen Mantel gewickelt und schaute Talja zu, die sich auf der Rutsche vergnügte, ihre blonden Strähnen flatterten um ihr Gesicht, Schimon schälte Rindenstücke von einem Baum, betrachtete sie genau und kicherte.

»Dort ist es kühl«, rief Vater ihm zu. »Komm in die Sonne.«

Schimon zog ein Stück Rinde von einem Stamm, als wäre es der Schorf einer Wunde, näherte sich der Bank und setzte sich an den äußersten Rand, in weitem Abstand von Vater, bückte sich und hob einen kegelförmigen, harten Kiefernzapfen auf.

»Aus so einem können vielleicht fünfzig Bäume wachsen«, sagte ich, und er versuchte, die Schuppen, hinter denen sich die Samen verbargen, mit dem Fingernagel zu öffnen, aber sie waren festgeklebt und steinhart.

»Sie gehen erst bei Hitze oder bei einem Brand auf.«

Wenn sie heiß genug werden, platzen sie auf und streuen ihren Samen in den Wind. Schimon schlug mit dem Zapfen auf die Bank und schaute zu Talja hinüber, sie stand mit ihren kurzen Beinen auf einer Strickleiter, die sich unter ihrem Gewicht kaum bewegte.

Vater drehte Schimon das Gesicht mit der Brille zu. »Wie alt bist du?«

»Neuneinhalb.« Er trat nach einem Stein, der in die Luft flog, holte das Polizeiauto aus der Tasche und schob es wieder zurück.

»Ist dir nicht kalt ohne Jacke?«

»Ach, woher denn.« Er sprang auf und lief zur Strickleiter, und Vater fragte, wessen Sohn er eigentlich sei, und ich sagte, das wisse ich auch nicht. Sein Blick folgte ihm zur Brücke, und ein Niesen schüttelte seine Schultern, noch einmal und ein drittes Mal.

»Vielleicht bist du allergisch gegen Kiefernblüten, diese Bäume produzieren Unmengen Blütenstaub.« Ich legte ihm die Hand aufs Knie und erzählte, ich hätte einmal gelesen, daß die Natur in ihrem Bestreben, die weiblichen und die männlichen Anstrengungen im Gleichgewicht zu halten, Unmengen Staubgefäße produziere. Talja kam herüber und hörte zu. »Opa, ist dir nicht heiß? Willst du vielleicht deinen Mantel ausziehen?« Sie deutete erst auf ihn, dann auf mich. »Männlich und weiblich.« Dann deutete sie auf Schimon und sich selbst und wiederholte: »Männlich, weiblich.«

Schimon drehte die Strickleiter, sprang auf eine Sprosse und ließ das Polizeiauto über das obere Seil fahren.

Interessant, ob die weiblichen Anstrengungen der beiden Luschinkas im Gleichgewicht mit den männlichen Anstrengungen des Saxophonspielers sind, ob die Gesetze der Bestäubung und der Befruchtung auch für sie gelten. Das Licht fiel weich durch die Baumwipfel und breitete sich löchrig, dämmrig, bläulich und feucht zwischen den Stämmen aus. Falls ich noch einmal mit ihm schlafe, werden wir es hier tun, auf dem Lager aus grünen, feuchten Kiefernnadeln, zwischen weißen Pilzhüten, beim Knistern der aufspringenden Kiefernzapfen, der aufgeplatzten Rinde, der herabfallenden Nadeln. Nein, ich werde nicht mehr mit ihm schlafen, weder hier noch woanders. Und diese Phantomschmerzen? Nicht umsonst gibt es auf der Welt Kügelchen, die so ähnlich aussehen wie Vaters Herztabletten und Phantomschmerzen mildern.

Vater nahm die schmutzige Brille ab, rieb sie an seinem Mantelfutter und setzte sie wieder auf, um das Treiben Taljas zu beobachten, die immer wieder zwischen den Stämmen verschwand. Schimon glitt schnell die Strickleiter herunter und lief ihr nach, seine Schritte wurden leiser. Was wußte ich denn von diesem Schimon? Man hatte in den Zeitungen schon von neunjährigen Mördern und Vergewaltigern gelesen. Ihre Stimmen zwischen den dunklen Bäumen wurden lauter, mischten sich mit dem Rauschen des Windes. »Schaut doch«, riefen sie und kamen auf uns zugerannt. Eine Baumreihe von uns entfernt war eine Art Fenster im Wald, durch das man die steil abfallenden Hänge zum Fluß hinunter sehen konnte, Felsvorsprünge, Garben von Zyklamen leuchteten auf, Anemonen bewegten sich im Wind, und Talja rang die Hände und war ganz aus dem Häuschen.

»Das ist verboten, die stehen unter Naturschutz«, flüsterte sie Schimon zu, der sich hingekauert hatte und eine Zyklame ausgraben wollte. Er hörte auf, wischte die Erde von den Fingern, bedeckte die freigelegten Wurzeln wieder. »Dann eben nicht«, zischte er dem Felsen zu, den Zyklamen, der Welt.

»Ich bringe dir eine aus unserem Garten mit«, sagte sie besänftigend, und er fuhr sich mit der Zunge über die Lippen, ließ das Polizeiauto über seinen Bauch fahren und ging auf den Mazda zu, stellte sich neben die Tür und starrte giftig hinauf zu der schwachen Sonne.

»Ich sage das nicht nur so, ich bring dir wirklich eine von den dunkelrosafarbenen. Moria, wie spät ist es? Um eins habe ich Klavierstunde.« Schweigend und niedergeschlagen stiegen wir ins Auto, jeder von uns nahm ein paar Nadeln in den Haaren mit und eine eigene, kleine Bitterkeit. Schimon kehrte ohne Zyklamen zurück, Talja mit dem Gefühl, ihn gekränkt zu haben, Vater ohne das Vergnügen, das ihm eine Bachstelze gebracht hätte, und ich mit dem Phantomschmerz.

Talja lutschte an einer blonden Strähne. »Ist es noch nicht ein Uhr? Ich übe ein Lied für die Feier, die wir meinem Vater zu Ehren machen.«

»Stimmt, Muli hat bald Geburtstag.«

»Nicht wegen seinem Geburtstag, sondern weil er Chefarzt wird.«

Vater nahm den Hut ab, ein Ohr war zu sehen. »Was wird er?«

Schimons Lippen drückten sich fest an die Scheibe, die Polizei schlug rhythmisch gegen das Glas.

»Chefarzt von der ganzen Abteilung, Opa, das ist eine sehr wichtige Arbeit. Mama macht für ihn eine Überraschungsparty.«

Kindermund tut Wahrheit kund. Vor ein paar Tagen hat er einen Fötus aus meinem Uterus entfernt und war noch Dr. Muli Stein, einer der drei Oberärzte der Gynäkologie, jetzt wird an seiner Tür das Schild »Chefarzt« prangen, sein Name wird Frauen dazu bringen, zu flüstern und die Köpfe zu senken, wenn er vorbeigeht, um ihm Ehrfurcht und Achtung entgegenzubringen.

Ich hielt vor dem Eingang des Altersheims. Taljas weiche Lippen drückten sich auf seine eingefallene Wange. »Auf Wiedersehen, Opa.«

Vater drehte sich um, schob seine magere Hand zwischen den Vordersitzen hindurch und hielt sie Schimon hin. »Auf Wiedersehen, Schimon.« Und Schimon, der in der rechten Hand das Polizeiauto hielt, gab ihm die linke, flach und gerade. Das Kinn auf die Lehne des Vordersitzes gestützt, schaute er zu, wie Vater langsam auf den Eingang zuging und sich die Tür automatisch vor ihm öffnete.

»Was arbeitet dein Vater?« fragte Talja, als wir schon fast bei ihr angekommen waren.

»Das ist geheim.« Er ließ das kleine Auto über die Autopolster flitzen.

»Besuchst du meinen Opa noch einmal?«

»Weiß ich nicht.«

»Dann bereite ich dir eine Zyklame vor, statt der geschützten«, sagte sie und stieg aus, er schaute ihr nach, wie sie den Pfad entlanglief, der zu ihrem Haus führte, und richtete sich auf, als er sah, wie Talja von ihrem Hund begrüßt wurde, und sank wieder in seinen Sitz, als wir allein weiterfuhren.

Ich hielt neben dem Strommast. Das Fahrrad war mit einer schwarzen Fahrradkette festgebunden, das Schloß war kalt, auch der Sattel war kalt, es gab keine Spur mehr von der Wärme desjenigen, der damit gefahren war.

Schimon kletterte aus dem Auto und stieß erleichtert die Luft aus. »Ich muß gehen«, sagte er und lief los.

»He, was ist mit den zehn Schekel?« rief ich ihm nach, und die Sonne fing sich in der Münze, die ich ihm hinhielt. Er zog ablehnend die Schultern hoch, bis sie seine Ohren erreichten, drehte sich einmal auf einem Fuß um die eigene Achse, wandte die roten Schuhspitzen mit dem Goldgeglitzer zur Straße, wartete, bis die Ampel grün wurde, und ließ das Polizeiauto über seine Hüfte fahren.

Am Abend stellte Juval die Gurte seines neuen Rucksacks ein, kürzer, länger, breiter, enger. »Das Abendessen läßt sich doch aufschieben, oder«, zischte er zwischen den Zähnen hindurch. Die Liste der Dinge, die er mitnehmen wollte, war lang, Waschzeug, Rasierzeug, Unterwäsche, Arbeitskleidung, Freizeitkleidung, Turnschuhe, Hausschuhe, Arbeitsschuhe, Bücher. »Ich werde dort all die Bestseller vom letzten Jahr lesen.« Der leere Rucksack lehnte an der Wand, offen, eine dunkle Höhle, eine plötzlich sichtbar gewordene Fallgrube. In zehn Tagen begann der Januar, die Jahresinventur würde in neun Tagen fertig sein, und die Vorfreude kreiste schon über uns wie ein Vogel, der überall im Haus seine Federn fallen ließ. Der Abend war kalt, und Juval ging barfuß auf die Terrasse, stellte einen angewinkelten Fuß auf das Geländer, schaute den Hang hinunter, betrachtete aufmerksam die nackte Welt, die keine Schirme bereit hielt, um gegen die Sonne zu schützen, aber Laternenpfähle, um dem Mond zu helfen. Hundegebell zerriß die Stille, hörte einen Moment auf, begann erneut. Eine Grille zirpte, ein Vogel flog aus einem Baum. Er hörte das Knarren der Tür, die hinter seinem Rücken geöffnet wurde, stieß ein verhaltenes »Hi« aus, stützte die Ellenbogen auf das erhöhte Knie, der Mond beleuchtete seine nackten Zehen. Die Geranienblüten waren schwarze Wunden. Sie hatten nicht aufgehört zu blühen, obwohl ich doch tagelang vergessen hatte, sie zu gießen.

»Morgen fahre ich nach Tel Aviv«, sagte ich.

»Einkäufe?«

»Nein, Luft.«

»Luft? Die ist in Tel Aviv zehnmal schmutziger als hier in Jerusalem.«

Ich gab keine Antwort. Was hätte ich auch sagen sollen, er wußte so gut wie ich, daß man nicht der Lungen zuliebe nach Tel Aviv fuhr. Zwei Menschen in einem geräumigen Haus, mit einem breiten Fenster in jeder Wand, mit einer Terrasse zur Wüste, und trotzdem atmen sie schwer in dieser luftigen Leere.

Die Stämme der Paternosterbäume leuchteten auf, der Motor einer alten Klapperkiste röhrte, einen Moment lang waren die Baumstämme weiß gewesen und wurden plötzlich wieder schwarz, ein Autofenster ging auf, ein Kopf wurde herausgeschoben, eine Stimme rief »Süße« zu Schiras Fenster, gefolgt von einem Hupen. Schiras Rolladen ging nicht hoch, ein weiteres »Süße« erklang, ein Pfiff folgte, so scharf wie ein Geschoß. Eine Handbremse knirschte, eine Autotür ging auf, eine Zigarette glühte rot auf und landete auf der Straße, eine Hand schob Haare zurück, genagelte Sohlen schlugen auf die Platten des Pfads, es läutete an der Tür. Juval nahm seinen nackten Fuß vom Geländer, ging zur Tür und machte sie auf.

»Guten Tag, ich bin Charly.«

»Ich bin Juval.« Ohne Begrüßung, ohne ein »Freut mich, bitte kommen Sie doch herein«. Noch eine Feder, die der Vogel, der in der letzten Zeit über unseren Köpfen kreiste, fallen gelassen hatte.

»Schira ist wahrscheinlich eingeschlafen.«

Er war kleiner als Juval, mit einem kräftigen Hals und breiten Schultern, Arme mit Muskelpaketen, wie man sie im Fitnesscenter bekam, kurzgeschorene Haare, schwarze, mit Gel gestylte Stoppeln, ein schmaler, schwarzer Schnurrbart, der den Abdruck des Engels nicht verdeckte. Eine kurze, schwarze Cordjacke, schwarzes Hemd, schwarze Hose, schwarz auch die Schuhe mit den genagelten Sohlen. Und die Augen? Die Beleuchtung war zu schwach, um zu erkennen, ob von ihnen Trost zu erwarten war.

»Ich bin Moria, Schiras Mutter.«

»Sehr angenehm.« Eine kräftige Hand, fleischig, nicht sehr warm, fest.

Juval ging auf nackten Sohlen zu Schiras Tür und klopfte. »Schira, du hast Besuch.«

Ihre Stimme antwortete dumpf und verschlafen. »Was hast du gesagt, Papa?«

»Kommen Sie herein«, sagte ich, und genagelte Sohlen folgten mir ins Wohnzimmer.

Grüne Augen. Die Augen eines Tigers. Schade.

Schira kam aus ihrem Zimmer, mit wirren Haaren, in ihrem blauen Trainingsanzug, mit blassen Lippen, nackten Augen, tiefe Brunnen ohne schwarze Umrandung. Charlys Schnurrbart wurde spitzer und länger, seine Lippen öffneten sich, zeigten kleine, engstehende Zähne und festes Zahnfleisch, das den Kiefer einengte und das Lachen zum Schrumpfen brachte. Eine studiogekräftigte Hand legte sich auf ihre spröden, brüchigen Schultern, etwas blitzte in ihren Augen auf. »Ich weiß nicht, was mir passiert ist, ich habe geschlafen wie eine Mumie.«

Ein Muskel wie aus Gußeisen legt sich schwer auf einen federleichten Knochen, wie soll der standhalten?

»Komm.«

Er ging hinter ihr her in ihr Zimmer, die Tür fiel hinter ihnen ins Schloß. Ein reißendes Tier hat Josef zerrissen. Und Jakob zerriß seine Kleider und legte ein härenes Tuch um seine Lenden …

Es waren einmal zwei Kinder, die spielten in einem Zimmer, und zwei junge Erwachsene bewachten sie vor den Gefahren der Welt. Paßt auf, der Ofen ist heiß, paßt auf, die Schaukel ist kaputt, die Pilze sind vergiftet, die Schere ist spitz. Damals waren die Tage unbeschwert und angstfrei, die Füße kannten keine Schwere. Wer hätte gedacht, daß wir einmal vor ihrer verschlossenen Tür stehen würden, mit dem Wissen, daß ein schweres Gewicht drohen würde, ihr die Knochen zu brechen? Das »Paß auf, Schira« blieb uns im Hals stecken, wir blieben stumm.

»Was für ein Kerl«, sagte Juval, der mir auf die Terrasse gefolgt war, die Worte sprühten wie Spucke über den Hang. »Ich werde mit ihr reden.«

»Paß auf, du könntest sie verletzen.«

»Verletzen? Jede Sekunde verletzt sie, die sie mit diesem Kerl zusammen ist.«

»Gibst du ihnen den vw fürs Wochenende?«

»Nie im Leben.«

»Es wird eine Szene geben.«

»Von mir aus. Sie ist sechzehn, verstehst du?« Er nahm seine Hand vom Geländer und griff nach meinem Handgelenk. »Wir sind für sie verantwortlich, wir sind ihre Eltern …« Seine Wörter fielen wie Blätter den Hang hinunter, und ich spürte den Griff der vertrauten und fremden Hand und wünschte, der Griff würde sich verstärken, und die Hände würden ineinander verschmelzen. »Wenn nicht wir, wer dann?« Ein geflüsterter Aufschrei, meine Schulter lag in seiner Achselhöhle, seine Rippen drückten gegen meine Brust. Was ist mit uns passiert, Juval, daß alles so schiefgeht? Eine gelbe Zitronenschale hing am Himmel, inmitten von Goldgeglitzer, wie der von Sigis Lack. Nichts ist schiefgegangen. Ich werde nach Tel Aviv fahren, ich werde den Smog atmen, er wird zu seinem Zimmer in Galiläa fahren und frische Luft atmen, wie die Vögel, und dann wird er zurückkommen. Und vorläufig drücke ich mir die Brust an seinen Rippen platt, rieche seine trockene Sauberkeit, berühre seinen Daumennagel, der in der

Dunkelheit aufleuchtet. Du und ich und die Welt können uns gestohlen bleiben. Gestorben sind wir, du und ich, und die Welt lebt. Am Morgen wird er die Stoppeln wegrasieren, die jetzt an meiner Wange kratzen. Wenn er fragt, was das für Nässe in meinen Augen ist, werde ich sagen, Tau, und das ist keine Lüge, auch der schwarze Samt der Geranien ist naß, das Geländer ist feucht, auch das Dach des Mazda, die Lider des Himmels tränen.

»Hallo, Papa, Mama, wir gehen jetzt.«

Das Bermudadreieck an der Tür, daneben ein dünner, schwarzer Stengel, dem Strudel ausgesetzt. Juvals Zähne knirschten, sein Kiefer drückte gegen meine Wange, er schluckte und sein Adamsapfel hüpfte hoch. Das »Auf Wiedersehen« rollte aus seinem Mund wie ein Stein, mein »Auf Wiedersehen« klang gequält und zerquetscht, und Schira hörte es und kaute an ihrem Fingernagel.

»Laßt es euch gutgehen. Komm, wir gehen.«

Die Tür ging auf und wurde geschlossen, der Motor hustete, die Paternosterbäume waren bis zu den Knien nackt und weiß, die Klapperkiste machte einen Satz um die Kurve und nahm die zarte Silhouette mit, die uns befohlen hatte, es uns gutgehen zu lassen.

»Du brauchst nur zu kommen, in Tel Aviv erfindet sich das Leben selbst«, hatte Tehila am Telefon gejubelt. »Restaurants, Kinos, Strand, Märkte, Museen, es gibt genug zu tun, meinst du nicht?« Die Worte waren aus ihrem Mund gesprudelt wie Champagner aus einer geschüttelten Flasche.

Sie erwartete mich auf der Straße, gekleidet in eine weite Hose, wie die Araber sie tragen, und in eine flammend orangefarbene Tunika, und ein breites Fransencape umhüllte sie wie ein Gebetsschal. »Du wirst es nicht finden, die Wohnung ist im Erdgeschoß, der Eingang ist hinten.« Als sie mich sah, breitete sie die Arme aus, um mich zu umarmen, und das Cape umhüllte mich wie Flügel aus Stoff. »Ich warne dich, einmal Tel Aviv, immer Tel Aviv. Diese Stadt wirkt wie eine Droge.« Sie drückte mich stürmisch. Eine dickstämmige Sykomore hatte ihre runden Früchte auf den Weg zum Hof verstreut, sie zertrat sie, und der Saft rann unter ihren bunten Mokassins hervor. Mit erhobenen Händen schob sie große, verstaubte Blätter zur Seite und sagte: »Dieser Baum muß unbedingt beschnitten werden. Schau, da sind wir, siehst du die blaue Tür?«

Zwei rote Katzen waren auf das blaue Metall gemalt. »Hier leben glücklich Tehila und Claudio.«

»Mach dir keine Sorgen, ein bißchen Terpentin, und die Katzen sind weg, gestern habe ich Hühner gemalt, morgen werden es Elefanten sein, alles nach Lust und Laune und je nachdem, was gerade los ist. Auch Claudio kann man wegwischen, aber da sei Gott vor. Der Süße ist losgezogen, um uns etwas zu essen zu holen.« Sie schob den Riegel von der Tür zurück, das blaue Brett knirschte und ging auf, die andere Seite war in einem grellen Zitronengelb bemalt.

»Siehst du, das ist es, was man in Tel Aviv eine Erdgeschoßwohnung nennt, ein Schuppen, der auf Wunsch des Hausbesitzers Geld bringen soll. Er bringt einen Installateur her, läßt eine Toilette und ein Waschbecken einbauen und nennt das ganze Wohnung und schämt sich nicht, dreihundertfünfzig Dollar für dieses Loch zu verlangen.« Eine kleine Küche, ein großes Zimmer, das in ein kleines überging, die Wände bunt und mit großen Blumen in Rot, Gelb und Lila bemalt. Vor dem großen Fenster flatterte ein Spitzenvorhang mit aufgetrenntem Saum, ein weißer Chiffonschal vor dem kleinen, ein breites Doppelbett, bedeckt mit einem grünen Leinenüberwurf, füllte das mittlere Zimmer. Auf dem Boden des großen Zimmers lagen Sitzpolster und Kissen mit Fransen.

»*Please*«, sie streckte die Hand aus, »fühl dich wie zu Hause.« Ich soll mich wie zu Hause fühlen? Wer möchte das schon.

»Wasser? Kaffee? Kräutertee?« Sie hielt ihre üppigen Locken mit einer roten Plastikspange zusammen, jetzt drehte sie ihren dicken Hals zur Tür. »Oh, riechst du das?«

»Was gibt es zu riechen?«

»Die Baguettes kommen. Sesam und Satar. Er hat seinen Fuß noch nicht auf den Weg zum Hof gesetzt, da rieche ich schon, was er in der Tüte hat. Claudio sagt, mit einer Nase wie meiner müßte ich eigentlich als Spürhund bei der Polizei arbeiten.«

»Bravo.« Der Rolladenreparateur drückte die Tür auf und kam herein, in der Hand eine braune, offene Tüte, die den Duft von Zaatar und frischem Brot verströmte. Das »Bravo« wurde mit einem fremden, rollenden R gesprochen, graue Locken hingen im Nacken, geröstete Haut wie von einem Bademeister am Strand, auf seinen rechten Unterarm war eine Meerjungfrau tätowiert.

Er deutete mit dem rechten Finger auf mich, mit dem linken auf Tehila. »Das und das kommt wirklich aus der gleichen Fabrik? Jesus Christ, eure Eltern haben auf sechs verschiedene Mustermodelle zurückgegriffen, oder?« Er streckte mir eine braungebrannte Hand hin. »Freut mich, Claudio.«

»Sehr angenehm, Moria.«

»Moria? Ich habe mal einen Rolladen in einem Hotel »Moria« repariert, am Toten Meer, im Zimmer der Direktorin, was für eine Frau, diese lustige Direktorin.« Claudio lachte und zeigte dabei seine Zähne, die gelb waren vom Nikotin und zu wenig Platz im Unterkiefer hatten.

»Nein, im Ernst, du und sie, ihr kommt aus derselben Fabrik? Bei dir haben sie jedes Gramm abgezählt, bei ihr sind sie eingeschlafen, und es war ihnen egal, wieviel Material verbraucht wurde.« Er lachte und ließ seine Augen zwischen Tehila und mir hin- und herwandern.

Drei lange Baguettes lagen auf der Anrichte, mit Zaatar bestreut, mit Sesamkörnern. Tehila schnitt sie der Länge nach durch, dann teilte sie sie in Stücke, breitete zwischen den Sitzpolstern eine Plastikdecke aus, brachte Ziegenkäse, bulgarischen Schafskäse, Hüttenkäse und Marmelade.

»Dann guten Appetit, Mädchen.« Claudio klatschte in die Hände, küßte meine Schwester auf ihr süßes Ohrläppchen, setzte sich auf das lilafarbene Polster und spreizte die Beine in den Jeans weit auseinander. Tehila setzte sich in die so entstandene Öffnung, und seine Beine schlossen sich um ihren Po.

»Was bereitest du uns vor, Baby?«

Sie schmierte eine dicke Schicht Hüttenkäse auf das Baguette, streute Salz darüber und fütterte Claudio, beide bissen sie in das Baguette, abwechselnd, einmal er, einmal sie.

»Was ist los in der heiligen Stadt?« fragte sie. »He, Baby, laß mir was übrig. Wie geht's unserem Alten? Ich werde ihn eines Tages zum Strand bringen, Tel Aviv kann ihm nur guttun. He, Baby, du drückst mich dort. Und was jetzt, Schafskäse? Oliven?« Krümel fielen von der Brotrinde auf ihre Beine, sie saß im Schneidersitz, eingeklemmt in dem Dreieck seiner mageren Schenkel. »Au, Baby, das ist wirklich . . .«

»Du hast ja, soviel ich weiß, ein richtiges Imperium dort, in Jerusalem. Man sieht, daß du Sorgen hast. Ich, Claudio, muß dir gestehen, je weniger ein Mensch auf der Bank hat, desto besser ist das für seine Gesundheit. Ich? Diese beiden Koffer, das ist alles.« Sein Kinn deutete zu dem Holzverschlag über der Toilettentür. »In dem einen habe ich das Material für die Rolläden, im anderen Material zum Leben, Unterhosen, Strümpfe.« Er lachte und Hüttenkäseflocken färbten seine Zähne weiß. »Und was habe ich doch für eine Frau!« Seine Schenkel drückten ihr Hinterteil, und sie schmiegte sich an seine Lenden. Sein Kinn lag an ihrem dicken Hals, sie schnaubte und blies die Krümel von seinem Mund in ihren Ausschnitt.

»Schmu'el soll vor dir gehen«, hatte Mutter gesagt, als Muli und ich an der Rutsche an die Reihe kamen, wir standen nebeneinander, als wären wir eine Person, die rutschen wollte, und verdoppelten die Schlange. »Schmu'el, setz dich vor sie, und du, Moria, hinter ihn.«

»Ich möchte auch mal hinten sitzen, ich will nicht immer als erster ankommen«, protestierte Muli.

»Dann rutscht ihr eben nicht zusammen.«

»Aber warum?«

»Darum.«

Die Rutsche war steil, ich schlug die Arme um Mulis Brust, meine Beine lagen dicht an seinen, und unser gemeinsames Gewicht brachte uns in Fahrt. Dann zogen wir blaß und zitternd vor Freude unsere Beine aus dem Sand und rannten wieder zur Leiter, um unseren Platz in der Reihe einzunehmen, Muli zuerst, ich hinter ihm.

»Ist mir doch egal, wenn wir groß sind, kaufen wir ein Fahrrad, und du sitzt vorn«, sagte er. Wir wurden groß und kauften kein Fahrrad, und das einzige Mal, daß er mich von hinten umarmt hat, war an meinem Hochzeitstag, und die Welt drehte sich damals wie das zweisitzige Karussell, mit dem wir früher lachend und kreischend gefahren waren.

Jetzt ist Schmu'el wieder vorn, er wird Chefarzt, und wer neben und hinter ihm steht, muß warten. Mehr Kongresse, mehr Geld, mehr Ehre, und laute Trommelwirbel ersticken das »Sehnsucht-sehn-sucht«, das Seufzen des kleinen, hungrigen Vogels.

Das Telefon klingelte, Claudio nahm ab und sagte: »Claudio-Rolläden, guten Tag. Ein elektrischer Rolladen? Das ist nichts für mich. Ach so, kein elektrischer, gut, zufällig habe ich heute ein bißchen Zeit. Zwölf? Zwölf.« Er stand auf, stützte sich auf Tehilas Schultern. »Was wollt ihr trinken, Freundinnen?«

Tehila stand ebenfalls auf, nahm die Decke, ging hinaus, um sie auszuschütteln. »Piep-piep, es gibt was Feines«, lockte sie. Ein paar Spatzen mit schütterem Gefieder hüpften um ihre Mokassins und pickten Baguettekrümel auf.

Claudia nahm seinen Rolladenkoffer, küßte Tehila, leckte ihre Zungenspitze und ging.

»Das ist schon einer, dieser Claudio«, sagte sie und kreuzte die Arme, ihre rechte Hand griff nach ihrer linken Schulter, die linke Hand nach der rechten. »Und jetzt? Carmel-Markt oder Bezalel? Zur Dizengoff? Zum Meer?«

»Zum Meer.«

Sie war meine kleine Schwester, und doch war sie so groß und stark und führte mich durch die Straßen Tel Avivs. Wir bogen von der Arlozorov in die Dizengoff ein, und ich zog meinen Pullover aus und krempelte die Ärmel hoch. Ein heller Winterhimmel, eine transparente Leere zwischen der Frau, die ihren Hund spazierenführte, und dem Mann, der an der Bushaltestelle der Linie fünf stand und Zeitung las. Auch über der Alten mit den platingefärbten Locken und den rosafarbenen Fingernägeln war der Himmel leer, und von der Terrasse des Cafés stieg bläulicher Rauch in die luziden Höhen. Meine Schwester sah, wie ich den Blick auf die Läden richtete, da war keine Spur von Smog. Federwölkchen schwebten hoch am Himmel, darüber gab es keine sieben Himmel ... alles ist in Ordnung, für Engel gibt es keine Kasernen und keine Ehrensessel. Nichts als Leere. Man sieht, daß Gott nicht dort wohnt. Die Dächer sind weiß und flach, am Firmament wachsen keine Minarette, es steigen keine Gebete mit Rauchsäulen zum Himmel, es sind nur Dunstschwaden, die sich im Dikkicht der Antennen auflösen, und deshalb kann meine Schwester in einer feuerfarbenen Tunika herumlaufen, ihre roten Locken in Brand stecken, das Kupfer ihrer Lippen entzünden.

»Wie geht es unserer Schwester, der Nonne?« Sie schüttelte ihre Haare. »Ist sie wieder im Medizingeschäft?«

»Sie hat jemanden.«

»Mich trifft der Schlag.« Ihre Hand schlug gegen ihre linke Brust und blieb dort liegen. »Wer, wo, warum, in den Nachrichten haben sie kein Wort davon gebracht. Naomi hat jemanden? Mich trifft der Schlag.«

Ein Mann lehnte über der Theke seines Kiosks, zwischen Zeitungen und Kuchen, und machte ihr schöne Augen. »He, Süße, bist du nicht diese Esthi aus dem Film ›Afula Express‹?«

»Nein, ich bin die Esthi vom ›Metula Express‹.« Sie streckte ihm die Zunge raus.

»Du nimmst mich auf den Arm, natürlich bist du das, wegen der Haare, und dann dieser Vorbau.«

»Vorbau von deiner Mutter.«

Vier Jahre liegen zwischen ihr und mir, und vierzig Jahre Wüste. Sklaven waren wir, ich, Muli und die anderen, nur sie hatte das Gelobte Land betreten. Sie trug die Mokassins in den Händen, und ihre Füße drückten Mulden in den Sand. Auf ein Schild hatte jemand »Spannerstrand« geschrieben, die Schrift war von der Sonne gebleicht. Die Leute, die sich im Schatten des Schutzdachs niedergelassen hatten, kannten sie und winkten ihr zu. Ein Mann, der auf dem Kopf stand, winkte ihr mit rotem Gesicht, dem Caféhausbesitzer hing eine Zigarette im Mundwinkel, er grüßte sie mit einem verrauchten »Hi«. Sie legte die Hand auf den Mund, warf allen Kußhände zu, stellte zwei Plastikstühle vor die Meeresbühne.

»Die schönste Theatervorstellung der ganzen Stadt.« Sie machte eine Kinnbewegung zu der unendlichen Wasserwüste. Sie zog am Kragen, löste einen Knopf und entblößte die Fleischmassen über ihren Brüsten. Das Meer war eine Mischung aus dem Blau des Himmels und dem Gold des Sandes, es sah aus wie ein durchsichtiger, grüner Smaragd. Seine Wellen ebbten ab, durchsichtige Wasserstreifen schwappten über ihre Füße.

»Kannst du das glauben, daß sie bis heute mit keinem Mann geschlafen hat? Hätte sie sich einen Finger abgehackt, ich hätte es verstanden. Aber so eine Strafe? Davor bewahre uns der Himmel. Und du, bist du nicht tief im Inneren beunruhigt gewesen, als sie angefangen hat, bei Juval zu arbeiten, hattest du da keine Angst? Ich meine, eine hungrige Katze in einen Käfig zu sperren, in dem es Fleisch gibt, und was für Fleisch ... Mal ehrlich, hattest du keine Angst, daß zwischen den beiden etwas passiert?«

»Ich habe es in Kauf genommen«, sagte ich und schaute auf das Meer, das am Horizont die grüne Färbung verlor und blau wurde.

»Und ...?«

»Was und? Nichts ist passiert, und wenn schon, dann wäre es eben so gewesen.«

»Also wirklich!« Sie blies die Wangen auf. »Du wärst gestorben vor Eifersucht. Hast du vor, dich selbst zu bestrafen, oder was soll das? Eine normale Frau stellt ihrem Mann nicht so eine Falle. Natürlich ist Naomi keine Marilyn Monroe, aber sie hat tolle Beine. Bei mir bräuchtest du so etwas nicht zu versuchen, selbst wenn ich es dir versprechen würde, würde ich mich nicht daran halten.«

Ein dünner, kahlköpfiger Mann in Badehose kam auf sie zu. »Hi, Til, *how is life?*« Und schon wickelte er eine ihrer Locken um den Daumen, bückte sich zu ihr hinunter und erzählte ihr von irgendeinem Roni, der *out* sei, und ich war davon erlöst zuzuhören und zu antworten, endlich hatte ich das winterliche Meer für mich, ohne Hafengebühren. Es erstreckte sich vor mir bis zum Horizont. Ich beneidete es, weil es, weil es war, wie es war, und mein Neid war banal wie der Sand. Und trotzdem lag es gefangen in seinem Erdbett, es konnte nicht weg, nie etwas anderes sein als Wasser. Spontan empfand ich Mitleid für uns beide.

Das Wasser schwappte über meine Füße, zog sich zurück, und ich wußte nicht mehr, wo meine Füße aufhörten und die Seele anfing. Ich wünschte, ich wäre eine Alge, ohne Wurzel, ohne Blüte, ohne Frucht, vollgesogen mit Wasser, schwankend, hin- und hergerissen, im Sand verlassen, ausgetrocknet, welk, auf dem Schaum der Wellen getragen, um meine Sporen zu verteilen und zu verschwinden.

Und worüber seufzte Mutter, wenn sie das Meer sah?

Sie fuhr nur ein einziges Mal mit uns sechs Kindern zum Meer, sie saß in Kleidern am Strand, hatte nur die Schuhe ausgezogen und bohrte mit ihren nackten Zehen im feuchten Sand. Chani blieb ebenfalls angezogen, ihr Kleid wurde zu einem Zelt über ihren angezogenen Knien. Auch Sarale zog sich nicht aus. »Ich bin doch nicht blöd und laß mir den Rücken verbrennen.« Sie schämte sich wegen der Wülste, die an ihrem Körper schwollen, und wegen ihres ein bißchen dicker gewordenen Bauchs. Muli und ich bauten einen Tempel aus Sand, und Naomi stand daneben, die Arme über der Brust gekreuzt. »Was soll das, der Jordan fließt dort doch gar nicht«, kicherte sie beim Anblick der Rinne, die den Tempel umgab und die sich langsam mit Wasser füllte. »Du brauchst uns nicht zu sagen, wo der Jordan fließt«, fuhr Muli sie an. Er sprang auf und kachelte das Heiligtum mit Muscheln.

Tehila grub mit einem Plastiklöffel im Sand, Mutter ließ die Blicke über die riesige Wasserwüste schweifen, und ein Seufzer kam aus ihrem Mund, der denen galt, für die das Meer ein Symbol für etwas ganz anderes war. Ihre weißen Zehen lockerten den Sand am Eingang zum Tempel und glichen Priestern in weißen Gewändern. Plötzlich machten die Priester einen Satz, schüttelten den Sand ab und erstarrten. Wo war Tehila? Te-hi-la! Tehila stand auf ihren dicken Beinchen vor einem fremden Proviantkorb und zupfte grüne Trauben, die aus dem Korb herauslugten. Ein Dutzend Beine rannten auf sie zu, zerstörten beim Rennen den Tempel und verstreuten die Muscheln. »Alles deinetwegen, du dumme Gans«, zischte Muli sie an, er stand über den Trümmern des Tempels, und Naomi ließ die Hände sinken und lachte. »Das Meer sah es und floh, der Jordan wandte sich zurück.« Die Priester in ihren weißen Gewändern machten sich wieder daran, den Sand zu lockern, und Mutters Augen kamen nicht zur Ruhe, sie wagte nicht, die Lider zu senken oder den Blick in die Ferne schweifen zu lassen.

»Meine Schwester«, sagte Tehila zu dem dünnen Mann und legte ihre warme Hand auf meine Schulter.

»Deine Schwester? Sag mal, eure Eltern haben wohl gefehlt, als in der Schule der gemeinsame Nenner durchgenommen wurde?« Er hielt mir eine feuchte Hand hin. »Sehr angenehm.« Er war so mager, seine Brust glich einem gemeißelten Relief aus Rippen.

»Sie kommt aus Jerusalem.« Die Hand meiner Schwester lag schwer auf meiner Schulter, ihre Achselhöhlen verströmten einen parfümierten Schweißgeruch.

»Jerusalem? Was, lebt dort denn überhaupt noch jemand? Wer dort nicht wegen der Frommen in die Luft geht, wird von den Schahids in die Luft gesprengt. Ach, Blödsinn, nimm mich nicht ernst.« Er legte seine Hand auf die Brust. »Also, was ist, Til, geht es am Freitagabend?« Er schlug sich auf den Bauch, um eine Fliege zu vertreiben. »Und was diesen Roni angeht . . . Moment, mein Handy klingelt.« Er sprang auf und lief zu einem Kleiderhaufen, aus dem lautes Klingeln klang.

»Er ist ein Süßer.« Tehila lächelte, ließ ihre Locken über die Stuhllehne hängen und legte die Hände in den Nacken, die Ärmel ihrer Tunika fielen zurück, ihre vollen Arme glänzten in der Sonne. Das Wasser war durchsichtig wie grüne Trauben, kleine Wellen schlugen gegen ihre nackten Füße. Eine blaue Qualle schwamm auf der Oberfläche, gewölbt wie ein Pilzhut, hob und senkte sich auf ihre nackten Füße.

»Mama, Hilfe«, schrie Tehila mit weit aufgerissenem rotem Mund. Ihre Locken fielen nach vorn, als sie ihren Fuß massierte. »Miststück«, zischte sie dem Geleehut zu, der die Fangarme nach ihrem Knöchel ausstreckte.

Der schmale Glatzkopf kam vom Kleiderhaufen herübergerannt, er riß die Qualle von ihrem Knöchel und warf sie in den Sand, er betrachtete ihren Knöchel, den sie in die Luft hielt, die

Brandflecken, die sich auf der Haut zeigten, bis hinauf zu ihrem Oberschenkel, und verzog den Mund.

»Verdammt«, sagte sie, »von allen Beinen am Strand hat dieses Scheißding ausgerechnet meines erwischt.« Tehila schloß die Augen, ihr Mund blieb offen.

Der blaue Schleimhaufen zog sich im Sand zusammen und fing an zu trocknen. Der Mann schaute der Qualle beim Welken zu, dann stellte er ein Stuhlbein auf die Qualle. »Eine gezielte Vereitelung«, sagte er und grinste mich mit entblößten Zähnen an.

»Du siehst, in Jerusalem gibt's Schahids und hier Quallen«, stöhnte meine Schwester, zog den Mokassin über ihren verletzten Fuß, ließ aber den Knöchel unbedeckt. Dann stand sie, gestützt von ihrem dünnen Freund und mir, auf.

»Lauf, Süßer, dein Handy klingelt«, sagte sie, und er rannte zu seinem Kleiderhaufen. Sie hängte sich bei mir ein und hinkte schwitzend und schwer atmend neben mir her. »Scher dich zum Teufel«, rief sie dem Meer zu, und auf dem Meer kräuselten sich grünliche Wellen, und seine Oberfläche spiegelte das leere, blaue Nichts darüber.

Wir kamen zur Straße, und der Typ vom Kiosk mit den Zeitungen und den Kuchen kam heraus und deutete mit seinem nikotingelben Finger auf ihren Knöchel.

»Was?«

»Medusa Express«, schnauzte sie ihn an und stützte sich auf mich, bis ein Taxi kam.

Am Abend nach Abschluß der Inventur packten wir den blauen Rucksack, fünf Unterhosen, fünf Unterhemden, Wollsocken für abends, Baumwollsocken für nachmittags, Arbeitsstrümpfe für morgens. Kopfschmerztabletten, Tabletten gegen Sodbrennen. Die Assimovs und Tolkiens bildeten den Boden des Rucksacks, zwei John Grishams den Deckel. Und auf der Terrasse ging das Leben wie gewohnt weiter. Auf der Wäscheleine gegenüber ließen Babyhemdchen ihre weißen, leeren Ärmel herunterhängen. Die Welt stellte ihre Bühne dem Chor der Frösche zur Verfügung. Bunte Feuerquallen hingen über dem Himmel von Bethlehem. Es war Neujahrsnacht. Der Lärm von Kanonen, die Freudenschüsse in den Himmel feuern, klingt genauso wie der Lärm, den Schüsse machen, die Unheil bringen. Sie erfüllten die Luft mit ihrem Donnern, und wer konnte schon wissen, ob sie ein Feuerwerk am Himmel aufrissen oder menschliche Körper auf der Erde.

Trotzdem, wer wirklich am Ersticken ist, braucht sofort frische Luft, und wer warten kann, bis der Warenbestand gezählt ist, bei dem ist es mit dem Ersticken noch nicht so weit her. Ein armseliger Trost, Maria, er leidet also auf Stufe fünf der Richterskala, mit der die Not gemessen wird, und nicht auf Stufe acht, na und? Die Hunde bellten kraftlos den Hang herauf, ein hohles Bellen, und Feuerwerkskörper versprühten leuchtende Funken am Himmel und erloschen. Irgendwo anders standen jetzt Leute, reckten die Hälse und starrten sehnsüchtig zum Himmel, um Feuerblumen zu sehen.

In welchem Bett schläft Schimon? An welches Kissen drückt er seine Wange? Wer sorgt dafür, daß er richtig zugedeckt ist, auch seine Füße? Wenn er nicht mehr zu mir kommt, wenn er nie wieder auf meiner Schwelle steht, werde ich von einem Kinderheim zum anderen gehen und nach ihm suchen. Ich werde solange Hosenbeine hochheben, bis Sigis Goldgeglitzer mir entgegenflimmert.

Hinter mir ging die Tür auf. »Wirst du ohne mich zurechtkommen?«

»So wie ich zurechtgekommen bin, wenn du beim Reservedienst warst.«

Moses' Hände sanken, die Krieger gewannen keinen Kampf mehr. In der Dunkelheit glich der Stumpf der Kiefer einem Kanonenrohr.

»Wenn du Lust hast, könntest du ja an den Wochenenden kommen«, sagte er.

An den Wochenenden. Wie viele werden es sein? Vier? Zehn? Alle Wochenenden von jetzt an bis in alle Ewigkeit?

»Aber du willst doch allein sein.«

»Es ist nicht so, daß ich will, ich muß. Ich weiß nicht, wie ich es erklären soll ...« Sein Blick richtete sich zum Himmel über der

Babywäsche. Er, der sonst alles erklären kann und für alles die richtigen Worte findet, schafft es nicht, mir zu erklären, was keiner Erklärung bedarf.

»Ich verstehe schon, man muß es mir nicht erklären.« Seine Hand auf meiner Schulter, fünf Finger, unter ihnen auch der kleine, der »Du und ich, und die ganze Welt kann uns gestohlen bleiben«, und die Finger wanderten meinen Arm entlang und sprühten eine Wolke von Funken über meinen Rücken, wie die Feuerfunken, die am Himmel aufblitzten und erloschen.

Ausnahmslos traurig und farblos war der Himmel am nächsten Morgen. Ein fauler Zapfen löste sich vom Paternosterbaum und fiel auf das Dach des Volkswagens und rollte auch nicht herunter, als Juval losfuhr, einen blinden Passagier auf dem Blechdach. Die Hand, die aus dem offenen Autofenster geschoben wurde, um mir zum Abschied zuzuwinken, füllte die Öffnung ganz aus. Auch der Garten schien die Situation zu erfassen, er versuchte, einen guten Eindruck zu machen. Die Stiefmütterchen hoben ihre gelben und violetten Blüten, der Rosmarin reckte silberfarbene Dolden in die Höhe, die Geranien hatten aufgehört zu trauern und öffneten ihre purpurfarbenen Blüten.

Von Norden her würde das Unheil losbrechen über alle, die im Lande wohnen, hatte Jeremia vorausgesagt und sich geirrt. Drei gute Nachrichten erreichten mich, eine nach der anderen, während der Volkswagen nach Norden fuhr. Naomi und Rafael wollten am Abend zu Besuch kommen. Schira hatte Krach mit Charly. Sigi hatte sich mit Joram gestritten und ihm die Uhr seiner Tante zurückgegeben. Das Gleichgewicht der Welt war gewahrt. An der Stelle, an der sich ein Knoten lockert, zieht sich ein anderer fester zu, und die Zahl der Knoten, die erforderlich ist, um die Welt zusammenzuhalten, bleibt unverändert.

»Du kannst dich freuen, Eilat ist gestorben.« Schira kam in ihrem zerknitterten blauen Trainingsanzug in die Küche, beugte sich über das Becken, hielt den Mund an den Wasserhahn und trank und trank.

»Finito la commedia.« Sie trocknete sich nicht den Mund ab, das

Wasser lief ihr übers Kinn. »Du kannst dich freuen. Warum freust du dich nicht? Ihr konntet ihn doch vom ersten Moment an nicht leiden.« Sie schlug gegen das Küchenhandtuch, das vom Haken rutschte.

»Habt ihr euch getrennt?«

»Gestritten, aber gründlich. Die Mutter aller Streite. Ist Papa weg? Prima, zwei Strohwitwen, wir werden die Blumen gießen und uns im Fernsehen ›The Bold and the Beautiful‹ anschauen.« Mit bitterem Mund und blassen Wangen zerbrach sie einen Cracker in zwei Stücke, in vier, barfuß ging sie in ihr Zimmer, mit wirren Haaren und mißmutig. »Na, freu dich doch endlich«, schrie sie mir von dort aus zu, und »a bird on a wire« schlug entsetzt mit den Flügeln. Leonhard Cohen ließ seinen Vogel frei, um an die Decke zu stoßen, zu Boden zu fallen, gegen die Fensterscheibe zu knallen, an die Wand. Ihr Telefon klingelte, Leonhard Cohen fing seinen Vogel wieder ein, es wurde still.

»Ich hab dir was gesagt, oder? Das interessiert mich nicht.« Sie warf den Hörer auf, zog sich schwarz an, kam in die Küche, verschlang den zerbrochenen Cracker, bückte ihre zerbrechliche Silhouette und band sich die Schnürsenkel, nahm ihren kleinen Rucksack und ging zur Schule, ohne zu trampeln, ohne zu schlurfen, sie lief normal, fast leichtfüßig.

Die Gasse zwischen der Apotheke und dem Schuhgeschäft war leer. Der Wind wehte leere Plastiktüten vor sich her, drückte sie an die Wände. Valeri und die Luschinkas waren noch nicht da. Auf dem Pflaster hallte das Klappern meiner Absätze wider. Zwei Polizisten vom Grenzschutz, bis zum Kinn in ihre Mäntel gehüllt, beobachteten mich. Das haben wir trainiert, niemandem zu trauen, auch keiner Strohwitwe auf dem Weg zu ihrem Büro. Der Strommast war nackt, frei von Fahrradschlössern. Ich steckte den Schlüssel ins Schloß, ein schmaler, kurzer Schatten fiel auf die Tür. Seine Ohren waren rot vor Kälte, seine Hände steckten in den Taschen und klimperten mit etwas Metallischem.

»Sie hat diesen Joram verlassen«, sagte er und folgte mir ins Büro. »Sie hat ihm die Uhr von seiner Tante zurückgegeben.« Sein

Gesicht war blaß, die Wangen grünlich, Sigis Lack abgewetzt, das Geglitzer stumpf geworden.

»Wie lange bist du schon hier?« Ich schaltete das Licht an, den Computer und den elektrischen Wasserkocher.

»Gerade gekommen.« Er log. Seine Hand klimperte mit etwas, sein Blick hing an den Schmetterlingen auf dem Bildschirm, er beugte die Knie und hüpfte mit gerecktem Hals vorwärts.

»Kaffee oder Tee?«

»Nur alte Frauen trinken Tee.«

»Wieviel Zucker?«

»Drei.«

Er blies über den Kaffee, um ihn abzukühlen, wischte sich aber die dunkle Spur nicht von der Oberlippe, die beim ersten Schluck zurückgeblieben war. Das Leben hatte ihn gelehrt, schnell zu trinken, sich an den Essensrhythmus öffentlicher Versorgung anzupassen, wer zuerst fertig ist, hat Aussicht auf einen Nachschlag, der Geschmack gilt weniger als die Menge, und man schlingt alles nervös und unbedacht hinunter. Der Kaffee glitt in seinen Magen und erwärmte ihn. Er sah nicht mehr so spitz aus, aber seine Wangen hatten die grünliche Farbe noch nicht verloren.

»Willst du noch eine Tasse?«

»Gut.« Er legte sechs Kekse in einer Reihe vor sich hin, eine Rennbahn für das Polizeiauto, das er aus der Tasche zog. Die Räder rollten über das Kekspflaster, und verborgene Polizisten spähten aus dem Autofenster, auf der Suche nach verwahrlosten Kindern.

»Ist sie zu dir zurückgekommen?«

»Wer?« Das Auto blieb mit quietschenden Bremsen stehen.

»Sigi.«

Die Polizei fuhr weiter, bis zum gezackten Rand des letzten Kekses, machte eine scharfe Kurve und kam zurück. Er zuckte mit den Schultern. »Sie sagt, ich bin mehr wert als er.« Er hob das Auto hoch, und seine Räder drehten sich in der Luft. Gleich werde ich die Ordnung der Welt auf den Plan rufen und ihn fragen, wieso er jetzt nicht in der Schule ist. Aber die Haare hängen ihm so traurig in die Stirn, und seine Wangen sind noch immer grünlich. Das Telefon klingelte, jemand erkundigte sich nach einer Exklusivvermittlung und der Höhe der Maklergebühren. Die Tür ging auf, eine Frau mit schwerem, amerikanischem Akzent fragte nach einem Haus mit einem *piece* Land, *you know*. Seine Sinne waren geschärft, er zog einen Keks aus der Rennbahn und fing konzentriert an zu kauen, die Frau schielte zu dem Jungen hinüber, dessen Kiefer hörbar den Keks zermalmten. »Gut, *let's see*«, sagte sie, zog den Gürtel ihres Mantels fest und ging. Die Rennbahn verkürzte sich um einen weiteren Keks.

»Wann gehst du wieder mal zu deinem Vater?« fragte er.

»Morgen. Willst du mitkommen?«

»In Ordnung.« Er drückte vier Finger auf die Kekse.

Ausgerechnet zu Vaters Altersheim will er, dem Zufluchtsort für jene, die sich von der Welt zurückziehen.

»Und kommt dieses Mädchen auch?« Zum ersten Mal richtete er die Augen direkt und offen auf mich. Um seine Iris zog sich ein schmaler, brauner Kreis, und darin blitzte eine Nadel.

»Nein, sie geht in die Schule.«

Die Wimpernvorhänge senkten sich über die Augen. »Gut, ich gehe.« Seine Hand griff nach dem Polizeiauto und versenkte es tief in der Manteltasche. Die hochgezogenen Schultern waren eckig und hart und verkürzten den Hals. Er wandte sich zur Tür und schlurfte mit demonstrativer Gleichgültigkeit hinaus.

Soll sich der Himmel noch so sehr beziehen, er wird nicht sagen können: Sigi hat Joram verlassen und gesagt, daß Schimon mehr wert ist als er.

Juval hat sein Zimmer vermutlich schon erreicht, vielleicht ist er schon hinausgegangen, um kühle Apfelbäckchen zu streicheln. Wenn er anruft, werde ich ihm erzählen, daß Naomi heute abend kommt, um mir Rafael vorzustellen. Früh am Morgen hatte sie angerufen, »ich möchte, daß du ihn kennenlernst, schade, daß Juval nicht . . . und mehr als eine Tasse Kaffee und ein Stück Kuchen ist nicht nötig, wirklich nicht.«

Maja kam wütend hereingestürmt, hängte mit sauerem Gesicht ihre Jacke auf und stellte den Wasserkocher an.

»Jaki?«

»Nein. Irgendein Idiot ist mir ins Auto gefahren, hat mir die ganze Vorderseite eingedrückt und mir mitten auf der Straße eine Szene gemacht, wie fährst du denn, wo hast du denn den Führerschein gemacht und so weiter.« Tränen standen ihr in den Augen und verwischten die Wimperntusche, und schon bewegten sich ihre Finger am Telefon, um alle Verabredungen, die sie für diesen Tag getroffen hatte, zu verschieben. Der Gutachter würde mittags in die Werkstatt kommen, um den Schaden zu schätzen, sie müsse dabeisein, und nur Gott wisse, wieviel Selbstbeteiligung sie ihr aufbrummen würden. Sie atmete tief, dehnte die Rippen und ihr enges Stretchshirt weitete sich.

Ein aggressives »Scheiße« brach aus ihrem Mund und teilte der Welt mit, wie enttäuscht sie von ihr war. Sie stieß Papiere von sich weg, nahm andere zur Hand, blätterte, legte zu den Akten, tippte Daten ein und rührte laut und heftig ihren Kaffee um, und als es Mittag wurde, zog sie sich die Lippen nach und nahm ihre Jacke. »Wir werden sehen, wie sie über mich entscheiden, das sind doch alles Gauner, Jaki sagt, daß bei Gutachtern und Autowerkstätten eine Hand die andere wäscht.«

»Jaki? Ist wieder alles in Ordnung bei euch?«

»So lala.« Sie zog den Reißverschluß ihrer Jacke hoch. Über Jaki werde sie mir morgen erzählen, das sei jetzt unmöglich, so zwischen Tür und Angel, wenn in der Werkstatt das Süppchen schon anfange zu dampfen, das der Gutachter und der Automechaniker kochten.

Einmal, vor vielen Jahren, hatte ein schwerer Volvo unseren gebrauchten Subaru gerammt, einen Kotflügel zerdrückt, den rechten Scheinwerfer zertrümmert und die rostige Stoßstange verbogen. Als sie den Subaru auf eine Bahre legten und festzurrten, sagte der Mann vom Abschleppdienst, Mensch, die ganze Schnauze ist flach wie ein Fladenbrot, und Muli weinte, wie man weint, wenn ein verletzter Mensch in den Krankenwagen gelegt und mit Blaulicht weggefahren wird. »Was heulst du so, als wäre jemand gestorben, das Auto wird repariert und dann bekommen wir es wieder«, sagte Chani und zwickte ihn fest in den Hals, als wir in der Notaufnahme des Krankenhauses saßen und der Reihe nach untersucht wurden. Am Schabbat beteten wir in der Synagoge das »Der uns gerettet hat« und waren das Tagesgespräch. »Die Familie Stein steht in der Zeitung«, sagte Frau Finkelstein, »es hätte nicht viel gefehlt, und es wäre in den Todesanzeigen gewesen.«

Naomi stand in neuen, flachen Schuhen vor der Tür, er in Schuhen mit dicken Sohlen, ein oder zwei Zentimeter mehr, und sie wären gleich groß gewesen.

»Rafael.«

»Moria.«

»Freut mich.«

Er hatte eine breite, weiche, trockene Hand, ihr Druck war fest, weder anbiedernd noch flüchtig. Eine Ader pochte am Hals meiner Schwester und ließ ihren Schal erzittern. »Komm«, sagte sie und ging ihm mit hängenden Schultern voraus zum Wohnzimmer.

Ein Mann meines Alters. Seine Haare sind noch dicht, dick und schwarz. Es scheint, als hätten sich seine zweiundvierzig Jahre in den hängenden Wangen festgesetzt. Die Haut über seinem Kiefer, weich und zuviel, veränderte die Kontur seines Gesichts, zog es nach unten.

»Was wollt ihr trinken?« – »Mach dir keine Mühe.« – »Das ist keine Mühe, Kaffee? Tee?« – »Danke, hast du zufällig Pfefferminz? Prima.« – »Wollt ihr etwas essen?« – »Nein, wirklich nicht.« Und so weiter.

Alle kennen ihre Rolle genau. Niemand wird gezwungen, lieber nichts zu sagen, niemand muß von einem Fuß auf den anderen treten, niemand an seinen Nägeln kauen oder hüsteln, niemand in seinem Vorrat wühlen und einen Satz hervorzerren, um seine Verlegenheit zu verbergen. Rafael trug ein kariertes Jackett, kleine Karos in Grau und Blau. Sein Hemd war hellblau, passend zu den blauen Karos, und seine Strümpfe grau, passend zu den grauen. Naomi trug einen schwarzen Rock und eine Bluse in der Farbe eines blassen Flamingos. Sie hatte noch nicht entschieden, was sie mit ihren Händen anfangen sollte, und schob sie einstweilen unter ihren Hintern. Sie saß sehr aufrecht da, den Rücken weit von der Lehne entfernt. Rafael lehnte sich an das Kissen, er hatte die Hände ineinandergelegt und das Lächeln von »Rafael. Moria. Freut mich« war noch nicht von seinem Gesicht verschwunden. Ich ging in die Küche, setzte Wasser auf und schnitt den Kuchen, während sie sich leise unterhielten, wie Schüler vor einer Prüfung, wenn die Blätter mit den Aufgaben schon in der Hand der Lehrerin rascheln. »Nicht wirklich«, hörte ich sie sagen, und er sagte: »Da gibt es einen bedeutungsvollen Unterschied zwischen ...«, aber zwischen was, bekam ich nicht mehr mit.

»Kann ich dir helfen, Moria?« Ihre Stimme klang weich und schmeichelnd.

Als Juval anrief, war sie schon entspannt, sie lehnte am Kissen, hatte den Schal schon ausgezogen und zeigte ihren Hals. Und er hatte sein Jackett abgelegt, aus dem Ausschnitt seines Hemds lugten dichte Haare hervor, man sah einen angedeuteten Bauch, die ausgefransten Träger seines Unterhemds. Wer kontrolliert eigentlich bei einem Witwer die Nähte seiner Unterhemden? Wer füllt den Vorrat an Unterhosen auf? Die gestrickte Kippa, die er trug, war zu klein und saß oben auf den Haaren.

»Das Zimmer ist ausgezeichnet«, sagte Juval. Von einem Fenster aus sah er die Golanhöhen, vom zweiten einen Eukalyptushain. Ein Zahnstocher steckte zwischen seinen Zähnen und verhinderte die klare Aussprache des S. Er holte Essensreste, die sich zwischen seinen Zähnen festgesetzt hatten, heraus, vermutlich zerdrückte er sie zwischen den Fingern und untersuchte sie. »Das Essen? Morgens ein Brötchen mit Marmelade, und es gibt ein Lebensmittelgeschäft ... Ach, sie sind gekommen? Gib sie mir mal.« Naomi streckte die Hand nach dem Hörer aus, und Röte stieg ihr vom Hals in die Wangen, bis sie ganz und gar aussah wie ein Flamingo. »Danke, ja, natürlich ... Steimatzky hat angerufen, sie haben gefragt, ob ...«

Rafael nahm sich ein Stück Kuchen, hielt den Teller über seinen Knien in der Luft und aß mit geschlossenem Mund.

»Der Eukalyptushain, die Brücke, das Schiff«, sang ich mir auf dem Weg zur Küche in Gedanken vor. Gleich würde ich mit

Knabberzeug ins Wohnzimmer zurückgehen, ich würde Rafael fragen, wie es in dieser turbulenten Zeit mit den Geschäften stehe, ich würde ihm erzählen, was auf dem Immobilienmarkt los war, und Naomi würde vom Büchermarkt berichten, und so würde es uns gelingen, eine angenehme Stunde zu verbringen und Beweise für etwas zu sammeln, was wir erhofften, ohne daß wir uns dabei zu nahe kommen.

Rafael knackte eine Pekannuß zwischen den Fingern. Er nahm den Kern heraus, gab Naomi die eine Hälfte, mir die andere, dann knackte er noch eine Nuß, und wieder gab er Naomi eine Hälfte, die andere behielt er für sich. Dann knackte er Pistazien und legte drei grünliche Kerne auf Naomis Teller. Ein Mann meines Alters. Ein Witwer. Drei Jahre lang hat er keine Frau mehr gehabt. Hat er meine Schwester schon berührt? Hat er sie schon geküßt?

Sie erzählte von einem verdächtigen Mann, der gestern in ein Café gekommen war. »Verstehst du, die Leute sind einfach mit der Gabel in der Luft sitzengeblieben, sie dachten, er würde sie gleich in die Luft sprengen oder ein Gewehr ziehen und anfangen loszuballern, und dann . . .«

»Nein, einen Moment«, Rafael berührte ihren Arm, »einen Moment, du hast etwas vergessen«, seine Hand schloß sich um ihren Arm, »du hast vergessen, daß alles damit anfing, daß dieser Mann so dünn war wie eine Bohnenstange und einen Mantel trug, der ihm drei Nummern zu groß war.«

»Ach ja, stimmt«, erinnerte sie sich, und seine Hand löste sich von ihrem Arm, er nahm einen dicken weißen Kürbiskern von der Schale mit dem Knabberzeug.

»Und was stellt sich schließlich heraus? Daß er einfach nur ein Sonderling ist, die Leute dort hatten dann Mitleid mit ihm, sie haben ihm Hefekuchen gegeben, der von morgens übriggeblieben war. Kein Attentäter, kein Schihad, einfach ein Obdachloser.«

Rafael bückte sich, um eine Schale vom Teppich aufzuheben, und wieder waren die Haare auf seiner Brust und der ausgefranste Träger seines Unterhemds zu sehen. Straßenmusikanten und Witwer trugen ausgefranste Unterwäsche, vielleicht auch Obdachlose. Ich kochte Wasser für eine zweite Runde, und Naomi kam mir nach und brachte die leeren Tassen in die Küche.

»Nun ...?« Sie beugte sich neben mir über das Spülbecken, wartete gespannt auf meine Meinung, und ich roch, daß sie ein neues Parfüm benutzte, das ich noch nicht kannte.

»Organza, Rafael hat es mir geschenkt. Ich hoffe nur, daß er es nicht von seiner Frau kennt. Ich möchte ihn nicht an sie erinnern.«

»Frag ihn doch.«

»Nein, wir sind noch nicht soweit, daß wir über sie reden können, wir wissen noch nicht, was man aussprechen darf und wovon man besser die Finger läßt.« Ein winziges Lächeln huschte über ihre Lippen.

»Wann stellst du ihn Vater vor?«

»Vater? Erst wenn ich sicher bin, daß es was Ernstes ist. Ich bin doch nicht verrückt, daß ich ihm irgendwelche Hoffnungen in den Kopf setze, die ich nachher wieder kaputtmachen muß. Gott behüte, auch ohne das ist er schon halbtot.«

Als sie aufstanden, um zu gehen, gab er mir wieder die Hand und sagte, er freue sich sehr, mich kennengelernt zu haben. »Naomi hat mir schon so viel von dir erzählt.« Er drückte meine Hand, ließ sie los.

»Mach dir keine Sorgen, ich habe nur Gutes erzählt«, sagte Naomi, lachte und ging auf dem Pfad zum Tor vor ihm her. Er hielt sich dicht hinter ihr, so dicht, daß er fast ihren Rücken berührte, roch das Parfum, das von ihrem Nacken aufstieg.

He, Maria, Maria, deine wilde Phantasie hat dir schon das Drama von Rachel und Lea vorgespielt, Jakob teilte seine Nächte zwischen den Lagern der Schwestern Stein. Was hast du dir denn eingebildet? Daß sich dort, zwischen den Regalen mit Fantasy und Freizeitliteratur, zwischen Lyrik und Belletristik, Gefühle entzünden würden? Daß ihre Einsamkeit das Inzestverbot überwinden würde?

»Bullshit«, sagte ich laut, und nur die Geranien hörten es. Schira war nicht zu Hause, Giora in Tel Aviv, »Jakob« im Eukalyptushain, und der salzige Geruch auf dem Wasser. Ich suchte die Kassiopeia, aber sie war nicht zu sehen, auch kein anderer Stern. Am Himmel

hing eine Wolkendecke, über der sich der Mond als stumpfer Lichtstreifen hinter dem Dunst bewegte. Vielleicht schaut in diesem Moment noch jemand aus seinem Südfenster, dort, im Viertel Armon Hanaziv, starrt mit grünen Augen Zur Bahar an, vielleicht beugt er sich vor, zum Wadi, vielleicht hebt er den Kopf zum Himmel, Sehnsucht steigt vom Fenster in die Höhe, ihre Scherben sinken in den Wadi, Kummerscherben verteilen sich zwischen den Felsen. Wenn er jetzt hier wäre ... Was ist mit mir los, schließlich ist der kleine Vogel gestorben, zusammen mit dem Kind, von dem man nicht weiß, von wem es war, das Hacken des Schnabels gegen das Herz sind Phantomschläge, sonst nichts.

Als er anfing, erst nachmittags zu mir ins Büro zu kommen, wußte ich, daß die Behörden ihn gefaßt hatten. Sozialarbeiter, Bewährungshelfer, Untersuchungsbeamte, irgendwelche Vertreter der herrschenden Ordnung hatten es geschafft, ihm wieder das Joch aufzuladen, das er vorher abgeworfen hatte.

»Wann gehst du wieder zu deinem Vater?« fragte er, noch bevor er über die Schwelle trat.

»Heute. Kommst du mit?«

»Von mir aus.« Er stand da, ein Bein über das andere geschoben, seine Hosenbeine hingen über die Schuhe, Sigis Geglitzer war noch nicht ganz verschwunden.

»Ist es so? Haben sie dich wieder in die Schule geschickt?« Ich schloß die Datei im Computer und wartete auf den Bildschirmschoner, auf die weißen Schmetterlinge.

»Ist mir egal.« Er zog die Schultern bis zu den Ohren. »Kommt dieses Mädchen auch zu deinem Vater?«

»Vielleicht.«

Ich rief an, und Talja sagte: »Warte, ich frage Mama.« Ihre Mutter erlaubte es ihr.

Sie wartete vor ihrem Haus. Als Schimon sie sah, reckte er den Kopf und betrachtete den Garten, der sich hinter dem Zaun erstreckte, und die Hündin, die sich auf die Hinterbeine gestellt hatte und bellte.

»Hi«, sagte sie und ließ sich auf den Rücksitz fallen. »Tut mir leid, ich hatte dir ja eine Zyklame aus unserem Garten versprochen, schade, ich habe nicht gewußt, daß du auch kommst.«

»Nicht nötig.« Er hob mit dem Finger den Sicherheitsgurt an und ließ ihn los, so daß er auf seine Brust zurückschnallte. Violettes Dämmerlicht erfüllte die Fenster des Mazda. Ein lila Vorhang war über den Himmel gebreitet, die Säume der Wolken mit goldenen Fäden durchwirkt. Schimon hatte, nachdem er bereits gefangen war, keinen Grund mehr, sich zu fürchten, er hing entspannt im Sitz, das Kinn erhoben, um hinauszuschauen, und wirkte jünger als neuneinhalb. Wir waren noch nicht am Altersheim angekommen, da erkannte er bereits die Straße und öffnete den Sicherheitsgurt. Talja drückte ihre dicken Brillengläser an die Scheibe und las laut vor, was auf dem Schild stand: »Seniorenheim, betreutes Wohnen für die Goldenen Jahre.«

Als wir den Flur zu Vaters Zimmer entlanggingen, sagte Talja zu Schimon: »Dein Glitzern ist weg.« Er schaute auf seine Schuhe und fragte: »Bist du wirklich in der Vierten?«

Vater saß mit dem Rücken zum Fenster in seinem Sessel und aß Joghurt aus einem Becher. Der purpurne Schleier am Himmel hinter ihm bildete einen feierlichen Hintergrund für seinen schrumpfenden Kopf. Talja küßte ihn, Schimon blieb mit zusammengepreßten Beinen stehen und spielte mit dem Auto in seiner Hosentasche. »Opa, wisch das ab, du hast gekleckert.« Sie legte ihren Finger auf sein Kinn und sagte zu Schimon: »Setz dich doch.« Er löste seine Beine voneinander, setzte sich neben sie und baumelte mit den Füßen vor und zurück.

Vater stellte den Joghurtbecher auf den Tisch und wischte sich mit dem Handrücken über den Mund.

»Juval ist in den Norden gefahren, er braucht ein bißchen frische Luft.«

»Und warum bist du nicht mit ihm gefahren?« Er stand auf und schlurfte zum Geschenkeschrank.

»Er wollte allein sein.«

Vater blieb zwischen den beiden Zimmern stehen, er traute wohl seinen Ohren nicht, vielleicht hatte ich ja etwas anderes gesagt als das, was er gehört hatte. »Allein?« fragte er.

Bis Chani vierzehn war, waren er und Mutter nie in Urlaub gefahren. Erst als alle sechs Kinder entwöhnt waren und keine Windeln mehr brauchten, ließen sie sich von Frau Finkelstein zu einem kurzen Urlaub überreden, denn sie übernahm es, bei uns zu schlafen. Sie packten ihre Koffer und fuhren für drei Tage nach Zefat. Chani führte über alle Sünden und Vergehen genau Buch, sie schrieb auf, wer sein Ei nicht aufgegessen hatte, wer barfuß auf dem kalten Boden gelaufen war, wer vor dem Kühlschrank gestanden und die Tür länger als fünf Minuten offengelassen hatte. Muli stand ganz oben auf ihrer Liste, und Tehila tauchte überhaupt nicht auf. Ihr wurde vorläufig noch alles verziehen, was sie anstellte, es wurde als Irrtum betrachtet, wenn sie in Unterhosen herumlief, einen Maiskolben auf dem Wohnzimmerteppich aß, vor dem Essen nicht den entsprechenden Segen sprach. Muli schimpfte, Chani solle ihm nicht immer sagen, was er zu tun habe, sie sei hier nicht die Königin und er nicht ihr Sklave, und als Naomi und Sarale ihr zu Hilfe kamen, sagte er, sie sollten ihre Nase nicht in alles stecken. Frau Finkelstein brachte abends ihre Kinder ins Bett und überließ sie dann der Obhut ihres Mannes, bevor sie zu uns kam, in einem gelben Flanellnachthemd und in einem kurzen, blauen Morgenrock, um den Kopf ein weißes Tuch gewickelt. Sie sah aus wie ein hartgekochtes Ei. Sie zog das Wohnzimmersofa aus und legte ein Handtuch über das Kissen, um es vor ihren Cremes zu schützen. Tehila konnte sich nicht beherrschen, sie stieg aus ihrem Bett und tappte, den Daumen im Mund, zum Wohnzimmer, starrte Frau Finkelstein mit großen Augen an und kehrte ins Bett zurück. Alle vier schliefen schon, während Muli und ich darüber diskutierten, wie lange die Engel gebraucht hatten, um über Jakobs Leiter zum Himmel hinaufzusteigen und wieder herunterzukommen. Muli behauptete, über zwei Stunden, und ich sagte, bestimmt weniger, schließlich waren es ja Engel. Er war durstig und wollte, daß ich ihn in die Küche begleitete. Barfuß, auf Zehenspitzen, schlichen wir an der Wohnzimmertür vorbei und sahen Frau Finkelsteins große, geballte Hand auf der Decke liegen. »Traust du dich, auf den Balkon zu gehen?« fragte Muli, legte die Hand auf die Klinke und machte die Tür auf. Auf dem Balkon standen der Schrubber und ein Besen, die fünf gespannten Leinen für die Wäsche zogen Striche in die Luft. »Na, siehst du jetzt, wie weit das ist? Was für einen langen Weg die Engel hatten, bis sie dort hinaufkamen?« Er deutete hinauf zur Milchstraße. »Aber Engel können fliegen«, argumentierte ich, mir war kalt und ich hatte Angst. »Wenn man fliegen kann, ist das keine Kunst.« Er wollte auf das Geländer steigen, um die Entfernung zum Himmel besser abschätzen zu können, deshalb drehte er den Putzeimer um, und als er den Fuß darauf setzte, stieß er gegen den Schrubber, der der Länge nach auf den Boden knallte und den Besen mitriß. Plötzlich stand Frau Finkelstein in der Tür, in ihrem gelben Nachthemd, mit verrutschtem Kopftuch und erschrocken aufgerissenen schwarzen Eulenaugen. Sie schrie auf und zog Muli vom Eimer. Mit gesenkten Köpfen gingen wir an ihr vorbei in die Wohnung. Sie schloß die Tür zum Küchenbalkon ab, schob den Schlüssel in die Tasche ihres Nachthemds und sagte: »Gott möge uns davor bewahren, fast wärst du runtergefallen wie eine Kartoffel. Und du? Du bist doch schon groß, wo ist denn dein Verstand?« Am nächsten Morgen benahm sie sich uns gegenüber, als wäre nichts passiert, aber den Schlüssel behielt sie bei sich, bis der Urlaub um war und Vater und Mutter aus Zefat zurückkamen. Da sagte sie zu ihnen: »Euer Thronfolger, der hat vielleicht Ideen ...«, und als wäre nichts weiter vorgefallen, ging sie zur Küche und steckte den Schlüssel wieder ins Schloß. Muli verstand nicht, was vom Balkon zu fallen mit einer Kartoffel zu tun haben sollte, er warf eine aus dem Fenster und hielt die Luft an, bis wir sie auf den Boden aufschlagen hörten. Dann rannten wir hinunter, um zu sehen, was mit ihr passiert war. Sie war in drei Teile zerplatzt, mit feuchtem Fleisch lag sie auf dem Asphalt des Parkplatzes. Muli hob sie auf und versuchte die Teile zusammenzusetzen, und die weiße Stärke erstarrte auf seiner Haut.

Vater stand auf der Schwelle des kleinen Zimmers, saugte an seinen leeren Wangen auf dem Weg zu seinem Geschenkeschrank. Mutter und Rabbiner Kook sahen nicht gerade vergnügt aus. Ihre Lippen verzogen sich, als wollte sie sagen, Zimmer, pah, wer frische Luft braucht, soll sich ans Fenster stellen, den Mund aufmachen und tief einatmen. Die Schranktür knarrte, Papier raschelte, und Vater brachte zwei Kugelschreiber mit mehreren bunten Minen mit. Talja sprang vom Sofa. »Ach, Opa, danke!« Schimon blieb sitzen, er nahm den Kugelschreiber erst, als Vater ihm die Hand mit dem Kugelschreiber hinhielt. Er drückte darauf herum, malte einen roten Strich auf seinen Handrücken, drückte noch einmal und malte einen grünen Strich, dann drückte er wieder, ohne zu malen, und schließlich klemmte er sich den Stift in den runden Ausschnitt seines Pullovers. Talja malte eine Blume auf die Rückseite eines alten Rezepts. »Siehst du, Opa?« Vater nahm die Brille ab, rieb die Gläser an seiner Hose und kniff die Augen zusammen, um besser zu sehen. Schimon drückte die Knie aneinander und ließ den Blick nicht von ihm, er lehnte sich im Sofa zurück, stützte sich mit den Händen ab, und seine Augen folgten den alten Händen, die die Brille sauberrieben und wieder aufsetzten.

Talja hob den Stift hoch und drehte sich zu ihm. »Hast du auch einen Opa?«

Er zuckte mit den Schultern und schwieg.

»Hast du oder hast du nicht?« Sie strich sich eine blonde Strähne aus dem Gesicht.

»Ich habe einen.« Seine Schuhe schlugen aneinander, er rutschte zum Sofarand, blieb steif sitzen.

Sie starrte auf seine Schuhe. »Du hast fast kein Glitzern mehr drauf.«

»Na und? Ich kann's mir noch tausendmal draufmachen.«

Vater, ein Reisender an der letzten Station seiner Fahrt, beobachtete die beiden, die ihre Reise gerade erst begonnen hatten und ihre Fahrkarten noch in den Händen hielten, zusammengekauert saß er da und schwieg, er fragte nichts, er erzählte nichts. Talja malte, und Schimon knipste an seinem festgeklemmten Stift herum, schaute von den Schmetterlingen, die unter Taljas Hand entstanden, zu Vater. Der Löffel fiel aus dem Joghurtbecher zu Boden, Schimon sprang hoch, hob ihn auf und legte ihn neben den Becher. Als auf einmal Vaters Telefon klingelte, fuhren wir alle zusammen, wie von einem plötzlichen Windstoß getroffen, als hätte es gar nicht klingeln dürfen. Der Apparat machte einen Lärm, als wäre er selbst überrascht, und er hörte nicht auf zu klingeln, bis Vater den Hörer nahm und an sein Ohr hielt. Sechs Augen sahen zu, wie sich sein Hals spannte, wie sich der Adamsapfel hob und senkte, wie die andere Hand den Hörer stützte, als wäre die erste unfähig, die Nachricht allein zu tragen.

Sie hätte nicht angerufen, wenn sie nicht sicher wäre, daß es etwas Ernstes sei, schließlich sei er auch ohne das schon halbtot, und sie würde ihm doch keine Hoffnungen in den Kopf setzen, die sie dann wieder kaputtmachen müsse, da sei Gott vor . . .

Erschrocken hörte er zu und schwieg, seine Augen wurden groß, so groß wie seine Brillengläser.

»Naomi . . . sie kommt mit ihm her«, sagte er, als er den Hörer wieder aufgelegt hatte.

Ich küßte ihn auf die Stirn. »Herzlichen Glückwunsch, Vater.« Seine Stirn war feucht und kühl.

Schimon hatte die Lider gesenkt, seine kakaobraunen Augen folgten Vaters Händen, die sich auf seine Oberschenkel senkten, er beobachtete seinen Adamsapfel, seine Lippen, die sich voneinander lösten und das Nichts, das dazwischen war. Vielleicht wünschte er ja, der Joghurtlöffel würde wieder runterfallen, damit er ihn aufheben und neben den Becher legen könnte.

»Morgen, mit Gottes Hilfe«, sagte Vater und wiederholte noch einmal »morgen«, und das zweite »morgen« entschlüpfte seinem Mund wie ein Kind, das aufgehalten worden war und nun schnell versuchte, seine Geschwister einzuholen.

Als wir sagten, daß wir gehen wollten, stand er nicht auf, diesmal begleitete er uns nicht zur Tür. Gebeugt vom Gewicht der Nachricht blieb er sitzen, seine Hände umklammerten seine Knie. Talja küßte ihn auf die Stirn, und Schimon hob die Hand, kratzte sich am Ohr und ließ sie langsam sinken, bis sie Vaters Hand berührte und sich hin- und herbewegte, und der Ärmel seines roten Pullovers bewegte sich auch.

»Danke für den Kugelschreiber.« Bei diesen Worten öffneten sich die Hände, dann kehrte die alte, vertrocknete Hand zum Knie zurück, die junge versank in der Hosentasche und spielte mit dem Polizeiauto.

»Das hier ist wie ein Krankenhaus«, sagte Schimon, als er durch den langen Flur schlurfte.

Talja hielt sich am Geländer fest, ihre kleinen Füße hüpften hinter ihm her. »Nicht ganz«, sagte sie. »Die Leute hier sind nur alt, nicht krank.«

Er zuckte mit den Schultern. »Alt und krank ist doch dasselbe.«

»Stimmt nicht.« Sie nahm eine blonde Strähne in den Mund. »Mein Opa ist alt, und er kann einem leid tun, weil meine Oma tot ist, aber er ist nicht krank.«

Schimon ließ das Polizeiauto über das Geländer fahren und gab Sirenengeräusche von sich, und als sich die Glastüren hinter uns geschlossen hatten und wir draußen standen, drehte er sich um und betrachtete das Gebäude des Altersheims.

»Ja, wie ein Krankenhaus«, sagte er entschieden und legte den Kopf in den Nacken, als wäre dort, am grauen Himmel, die Bestätigung dafür zu finden. Er schätzte das Gebäude mit der Kenntnis eines Heimbewohners ab, wie einer, dessen Sohlen an lange, gerade Gänge gewöhnt sind, für den das Essen aus großen Edelstahltöpfen geschöpft wird, in Speisesälen, ein Teller neben dem anderen, zusammen mit anderen Ausgestoßenen, die statt einer Mutter eine Hausmutter hatten. »Ja, wie ein Krankenhaus«, wiederholte er und schob zwei Finger in den Mund, sein Pfiff drang zu den Alten, die hier an diesem Ort untergebracht waren und die, statt zu Hause zu leben, betreut wohnten.

Auch Talja hob das Gesicht, sie stellte sich auf die Zehenspitzen und sagte, daß es bald dunkel würde.

Sie stiegen hinten ins Auto, Schimon kniete sich auf den Rücksitz und schaute aus dem Rückfenster zu dem Haus, das sich langsam entfernte.

»Lernt ihr schon Englisch?« fragte Talja.

»Ich kann Englisch nicht ausstehen«, sagte er zu der immer länger werdenden Asphaltschlange. »*One, two, three,* dein Vater macht kikeriki. *Four, five, six,* deine Mutter, die gibt dir nix. *Seven, eight, nine,* ein Klaps, und du bist allein.«

»Wer hat sich das ausgedacht, du?« Talja bog sich vor Lachen, ein volles kindliches Gelächter.

In einem Atemzug rasselte er die Zahlen noch einmal herunter, »... ein Klaps, und du bist allein.« Er wurde lauter, schlug mit der Faust im Takt auf die Lehne des Rücksitzes. Beim dritten Mal stimmte sie ein, rief *»one, two, three«*, aber noch nicht »dein Vater macht kikeriki«, und dann waren wir auch schon vor ihrem Haus angekommen. Sie stieg aus, die neuen Verse vor sich hin murmelnd, und als sie auf den Stufen vor der Haustür stand, winkte sie uns zu. Die Parkplätze des Arztes und der Rechtsanwältin waren beide leer, das Haus dunkel. Talja holte einen Schlüssel aus ihrem Brustbeutel, und Schimon murmelte, *one, two, three,* und seine Augen folgten ihr, wie sie die Treppe hinaufstieg, hingen an ihren Fingern, die den Schlüssel ins Schloß schoben.

»Willst du zu mir kommen, zum Abendessen?« fragte ich und fuhr los, das Polizeiauto bewegte sich heftig. Er wußte die Nummer des Kinderheims nicht, auch nicht, ob man sich dort sorgen würde oder nicht, er wußte nur den Namen der Straße. Eine freundliche Stimme bei der Auskunft verband mich mit dem »Kinderheim Schalom«, von dem man nicht wußte, ob man sich dort um Kinder Sorgen machte, die zu spät nach Hause kamen.

»Schimon? Von welchem Schimon reden Sie?« fragte eine Frau.

»Schimon aus der vierten Klasse.«

»Ach so, Schimon Cohen. Was ist denn jetzt schon wieder passiert?«

»Gar nichts. Ich wollte nur sagen, daß er ungefähr um acht Uhr zurückkommt.«

»Wer sind Sie, bitte? Ich brauche den ganzen Namen und die Telefonnummer. Was haben Sie gesagt? Mo-ri-a I-lam.« Die Frau wiederholte den Namen und fragte, in welchem Verhältnis ich zu Cohen stünde.

»Ich bin eine entfernte Verwandte«, sagte ich, und er knabberte am Kragen seines Pullovers, drehte das Gesicht zur Straße und setzte sich richtig hin.

»Willst du nicht lieber vorn sitzen?«

Er quetschte sich zwischen den Vordersitzen durch und setzte sich auf den Beifahrersitz. »Das war Jamima, die Hausmutter, die hat einen Hintern ...« Er zog sich den Pullover über den Mund, schaute hinunter zu den Pedalen und kicherte.

Mit gesenktem Kopf betrat er hinter mir die Diele und folgte mir in die Küche, den Blick starr auf seine Schuhspitzen gerichtet, offenbar wollte er das Haus nicht betrachten, wollte keine Vergleiche ziehen.

»Rührei oder Omelette?«

»Egal.« Er bewegte das Auto über den Deckel eines Marmeladenglases, störte die Ruhe der gezuckerten Kirschen.

»Hast du kein Kind?« Er riß sich ein Stück vom Omelette ab und steckte es in den Mund, und während er noch kaute, riß er bereits das nächste ab, er nahm eine Olive und legte sie auf seinen Teller, dann nahm er noch drei, genierte sich und legte sie zurück.

»Ich habe zwei Kinder, Giora und Schira. Sie sind schon groß. Und du, hast du Geschwister?«

»Fünf.« Er verschlang den Rest des Omelettes, sein Kinn glänzte fettig.

»Da ist Zitrone, du kannst dir ein bißchen Saft auf den Salat träufeln. Leben sie auch dort, im Kinderheim?«

Er kämpfte mit sich, welche Olive er nehmen sollte, entschied sich dann für eine schwarze runzelige. »Mein Bruder war auch dort, dann haben sie ihn woanders hingebracht, und meine Schwestern leben bei einer Pflegefamilie.« Er brach eine Scheibe Schnittkäse in zwei Teile, seine Finger waren schwarz vom Olivensaft. Sein Polizeiauto fuhr über das Brotbrett, seine Lippen machten Bremsgeräusche.

Sechs überflüssige Kinder, für die die Welt vorübergehend einen Abstellplatz gefunden hatte und hoffte, sie würde sie später, wenn sie groß wären, nicht am Hals haben.

»Ich habe auch fünf Geschwister, wir waren auch zu sechst. Willst du Kakao?«

»Und wo sind sie, im Heim?« Er tunkte Brot in die Salatsoße. »Gut, Kakao. Ist es schon acht?« Als er hörte, daß noch Zeit war, fuhr er mit dem Polizeiauto zwischen Oliven und Käse herum. Er schob die Hand bis zum Tischrand, sein Ärmel rutschte zurück, das nackte Handgelenk sah dünn und glatt aus, alles in allem ein schmaler, neuneinhalbjähriger Knochen. Wer konnte wissen, was diese Hand schon angefaßt hatte, wie oft sie sich schon gehoben hatte, um das Gesicht zu schützen, wem sie schon zum Abschied zugewinkt hatte, wem gegenüber sie schon eine unzüchtige Bewegung gemacht hatte.

»Hast du einen Papa ... ich meine ... also, hast du einen Mann?«

»Ja, ich habe einen Mann. Er ist nach Galiläa gefahren, er wird zurückkommen.« Wieso habe ich zu ihm gesagt, mein Mann wird zurückkommen, hat das irgend jemand bezweifelt? Andererseits, hat es mir jemand versprochen? »Weißt du was? Wir rufen ihn an und erzählen ihm, daß du hier bist.«

Er zuckte mit den Schultern, seine Stimme klang gequetscht. »Er kennt mich nicht.«

Juvals Telefon klingelte die vollen sieben Mal, auch das »Bitte hinterlassen Sie eine Nachricht nach dem Piepton« war zu hören, aber ich wartete den Piepton nicht ab und legte auf.

»Ist es schon acht?« Er kippte zwei Löffelchen Zucker in den Kakao, zusätzlich zu den beiden, die ich schon hineingetan hatte, und nahm einen Schluck, die Augen auf die Tasse konzentriert, trank er den Kakao schnell aus, dann nahm er das Polizeiauto in die Hand, zu einer letzten Fahrt. Bei seinem Einsatz prallte das Auto gegen die Olivenschale, schob sie zum Fahrbahnrand und von dort zu Boden. Wie freigelassene Verdächtige rollten die schwarzen Oliven nach allen Seiten, und beide knieten wir uns hin, um sie wieder einzusammeln. Als die letzten eingefangen waren, war es acht.

Sieben Stufen und eine bewachte Tür. Der Wachmann legte eine geduldige Hand auf die Schulter im roten Pullover, er drängte den Jungen nicht zur Eile.

»Wann gehst du wieder zu deinem Vater? Am Mittwoch? *Four, five, six,* deine Mutter ...« Er ging hinein. Der Wachmann nickte mir zu, man sah ihm an, daß er alles über die Bewohner dieses Orts wußte, und die Tür schloß sich hinter ihnen.

Da siehst du's, Maria, Muli hat dir ein Kind herausgenommen, und schon bietet dir der Himmel ein anderes an, einen Jungen aus dem Heim. Freiwillig hast du ihn auf deine Fahrten zum Altersheim mitgenommen, freiwillig hast du abends mit ihm Oliven gegessen, freiwillig läßt du ihn für einen Tag, für zwei, oder überhaupt allein zurück. Früher oder später wirst du zu einer weiteren Enttäuschung in der Reihe der Enttäuschungen werden, die er bereits gesammelt hat, seine Schultern werden härter werden, sich heftiger und entschiedener hochziehen, er wird die Finger tiefer in den Mund schieben und länger und bitterer auf die Welt pfeifen.

Inzwischen ziehen die Sterne ihre Kreise, der Nordstern steht am Himmel über dem Kinderheim, eine weit entfernte, glänzende Scherbe. Naomi ist sich sicher, daß es etwas Ernstes ist, die Dinge kommen langsam in Ordnung. Die Mandelbäume sind schon am Verblühen, weiße Streifen liegen aufgehäuft an den Straßenrändern, alles geschieht zu seiner Zeit. Und was könnte mehr Mut machen, als das, daß jeder Storch am Himmel sein Ziel kennt? Jede Mandel bekommt zur rechten Zeit eine harte Schale, jede Hyazinthe verdickt ihre Blätter, wenn es soweit ist, bunte Tulpen füllen sich, und ihre Kelche werden sich nicht zu früh öffnen. Aber dann hebt irgendwo dieses Etwas den Kopf und kämpft frech gegen die Ordnung der Welt an. Eine Hand näherte sich der Klinke, öffnete die Tür, ein nicht zugeknöpfter Flanellärmel war zu sehen, ein aufgerichteter Saxophonkoffer, rauchgraue Augen, Lippen, von einem künstlerischen Engel modelliert.

Kein »Wo warst du die ganze Zeit«, kein »Warum sieht man dich nicht«, kein »Deine Hände sind etwas Besonderes, Mo«. Einen Moment lang bückte er sich vor dem Schreibtisch, zog das Saxophon aus dem Koffer, spitzte die Lippen, legte sie um das Mundstück, und schon saßen sie zu dritt in der kleinen Kneipe, mit rotem funkelndem Wein, und versprachen, daß morgen ein Schiff ins Meer stechen würde, in das Meer so blau, noch morgen, und schon füllte sich dein Hals mit einem Weinen, das du nicht weinen wirst. Die dichten Stoppeln zogen sich auseinander, die Adern am Hals verdoppelten sich, der Kapitän sagte, macht nichts, macht nichts, und die Hände trafen sich nicht zum Klatschen, die Hände klebten am Tisch und die Zunge am Gaumen. Das Mundstück löste sich von den üppigen Lippen, die es umfaßt hatten, das Saxophon kehrte in seinen Koffer zurück, der Flanellellenbogen legte sich auf den Tisch, der Arm ruhte auf dem Holzrand, die Hand lag offen da, die Finger ausgebreitet wie ein Spinnennetz.

»Ich war schwanger.« Diese drei Worte sprangen aus meinem Mund wie drei Kinder aus ihrem Versteck. Die Flanellellenbogen und die Finger hoben sich kurz vom Tisch und sanken wieder hin.

»Und was ist geschehen?« Seine Augen waren auf mich gerichtet, und obwohl er aus den Augenwinkeln sehen mußte, daß geflügelte Bildschirmschoner aus dem Nichts auftauchten und über den Bildschirm flatterten, drehte er sich nicht zu ihnen um.

Ich erzählte es ihm. Was gab es da schon viel zu erzählen? Ich war schwanger. Ich hatte abgetrieben. Und das war's.

»War es von mir?«

»Ich weiß es nicht.«

Auf einmal erschlafften seine Wangen und wurden leer, seine Unterlippe schob sich über die Oberlippe, er sah viel älter aus. Soll er sagen, es tut mir leid oder es tut mir nicht leid. Soll er seufzen. Soll er sagen, es ist besser so. Hauptsache, er hört auf, an seiner Oberlippe zu nagen, Hauptsache, er zerbeißt die Oberlippe nicht mit den Zähnen des Unterkiefers, Hauptsache, die Lippen lösen sich voneinander, damit ich nicht denken muß, daß seine Augen nur deshalb glänzen, weil ihm Schmutz hineingekommen ist.

»Hast du Kinder?«

»Eine Tochter. Jana. Das Mädchen, das Flöte spielt, ist meine Tochter Jana.«

»Und die andere?« Meine Zehen zogen sich in den Stiefeln zusammen und die Knorpel knackten.

»Ihre Mutter. Wir waren ein Jahr verheiratet, heute hat sie einen anderen Mann.«

Ach, Maria. Das sind also deine Luschinkas, die du tausendmal in sein Bett gelegt hast, bei denen du tausendmal zugeschaut hast, was sie mit ihm im Bett machen und er mit ihnen. Meine Hand ging zu seiner, so wie Mulis Hand an jenem Petersilientag zu dem Apfel, unfähig zu verstehen, warum sie plötzlich gefangen war, warum sich die Netze um sie spannten, warum sie sich nicht befreien konnte, warum sich Lippen auf sie drückten, warum sie sich plötzlich losriß und zu meinem Schoß zurückkehrte.

Möchtest du Tee, fragte ich, und das war alles, was ich wissen wollte.

Das Leben, das uns bis dahin ruhig zugeschaut hatte, beschloß, sich einzumischen und das Treffen zu beenden, von dem man nicht wissen konnte, wohin es die Protagonisten führen würde, und schickte eine Frau herein, die dringend eine Drei-Zimmer-Wohnung im Stadtzentrum brauchte.

»Einen Moment, könnte ich bitte Ihre Toilette benutzen?« Ihre Hand lag auf ihrem Bauch, die Toilettentür schloß sich hinter ihr, Valeri war schon aufgestanden, legte sich die Gurte des Koffers über die Brust.

»Auf Wiedersehen, Mo.« Seine Stimme klang dumpf, schwer, wie das Echo eines fernen Donners.

Er machte die Tür auf und ging hinaus, und diesmal drückte er sie nicht vorsichtig ins Schloß. Ein letztes Licht fiel auf seine breiten Schultern, er drehte sich zu den Ficusbäumen neben dem Strommast, an dem er sein Fahrrad angekettet hatte. Was konnte man gegen eine Träne machen, die sich im Auge sammelte und in die Freiheit sprang? Ich hatte ihn noch nicht einmal nach dem Namen der zweiten Luschinka gefragt, wenn ich ihn nicht mehr treffe, werde ich es nicht erfahren.

Würde die Welt von anderen Gesetzen regiert, würde ich jetzt mit ihm auf seinem schmalen Bett liegen, ich würde die Vertiefung an seinem Schlüsselbein küssen. Der kleine Vogel Sehnsucht wäre nicht gestorben, er wäre nicht irgendwohin geflogen, er wäre nicht futsch wie der Zeh der alten Frau Finkelstein. Er wäre lebendig, würde atmen. Er hat das Fahrrad noch nicht losgebunden, ich könnte ihm noch nachrennen und ihn einholen, er steht noch neben dem Strommast, die Daumen in den Taschen eingehängt, die ausgebreiteten Finger auf den Jeans, ohne daß sie einen Takt trommeln. Würde die Welt das Verlangen nicht eingrenzen und einengen, nicht verbieten und mit Strafe bedrohen ... Auch der Himmel weiß, daß ich meinen Mann begehre, aber nicht nur ihn, und die Welt legt dir die Rechnung vor, wenn du ... und kein Schiff wird morgen in See stechen. Ich bin hier, so wie dieser Tisch und der Schrank. Und wo schon von meinem Mann die Rede ist, den ich begehre, er rief an und fragte, ob ich ihn nicht am Schabbat besuchen wolle.

»Aber du willst doch allein sein, oder?«

»Sechs Tage werde ich allein sein, am siebten werde ich vom Alleinsein ruhen. Du wirst ganz begeistert sein von dieser Landschaft.«

Nach dreiundzwanzig Jahren ist das Laken neben mir leer, die Hand tastet nachts über eine kalte, schwere Leere. Der Rücken biegt sich, und es gibt keine Brust, die sich an ihn schmiegt, die Matratze ist zu groß, und ich schiebe meine Glieder an die Stellen, die schon von meinem Körper eingedrückt sind, und ich stecke die Decke unter mir fest, weil es hinter mir keinen Windbrecher gibt. Ein Jahr lang hat der Körper dieser Luschinka seinen Körper gewärmt, und sie bekamen eine Tochter, Jana. Seither ist das Laken rechts und links neben ihm kalt, manchmal wärmt ihn die eine oder andere Maria, und dann bleibt der Duft ihres Shampoos im Laken hängen.

»Ich habe Vater Rafael vorgestellt«, verkündete Naomi am Telefon. Ihr Radio sang »Man sagt, es gibt ein Land«.

»Halt dich fest, Moria, wir heiraten am Neumondstag des Monats Nissan.«

»Sag das noch einmal«, schrie ich, und alle Tränen, die ich in der letzten Zeit zurückgehalten hatte, drängten sich in meinen Augenhöhlen, drängten vorwärts, brachen heraus und erstickten die Glückwünsche. Naomis Naseputzen mischte sich mit dem »Wo ist das Land, wo ist die Sonne« und übertönte das Lied.

»Vater war wie erschlagen. Erst nach einer Minute hat er mich beglückwünscht und mich geküßt. Er hat mir einen Kuß gegeben, begreifst du das? Er hat mich über dreißig Jahre lang nicht mehr geküßt. Er hat Mutters Foto angeschaut und gesagt, hoffentlich weiß sie davon, dann hat er angefangen zu schwitzen. Nimm ein Cordil, habe ich gesagt, und er hat es getan. Ach, übrigens war ein Junge bei ihm, keine Ahnung, wie er an den geraten ist.«

»Hatte der Junge einen roten Pullover an? Waren seine Schuhspitzen rot?«

»Ja, der rote Pullover stimmt, was die Schuhe betrifft, habe ich nicht darauf geachtet.«

Gefangen in ihrem Glück erkundigte sie sich nicht nach dem Jungen, sie erzählte von Rafael, der von Vater gesagt hatte, er gehöre zu den Gerechten der alten Generation. Und in mein Weinen mischte sich ein Weinen der Trauer, auf das am Schluß keine Glückwünsche warteten, ein Weinen über die armselige Brüderlichkeit, die einen alten Mann und einen Jungen verband, beide Bewohner öffentlicher Einrichtungen, die jeden Dienstag Schnitzel essen und jeden Donnerstag Fischfrikadellen.

So hatte Muli geweint, als man ihm nicht erlaubt hatte, mit den Finkelsteins in den Zoo zu gehen. »Sie haben genug eigene Kinder, sie brauchen nicht noch so einen Banditen am Hals«, sagten sie zu ihm. Die Finkelsteins hörten es durch das Fenster und sagten, im Gegenteil, je mehr Kinder, um so leichter wäre es, und außerdem sei Jaftschok Weltmeisterin darin, verlorene Kinder aufzugabeln.

»Also von mir aus«, sagte Mutter seufzend, und er hörte nicht auf zu weinen.

Sarale steckte sich die Finger in die Ohren. »Jetzt ist ja gut, du darfst doch, warum jammerst du weiter?«

»Jetzt weine ich wegen etwas anderem«, sagte er und weinte noch lauter.

»Zweimal Weinen zu einem Preis«, kicherte Chani. »Das ist wie zwei Fliegen mit einer Klappe schlagen.« Und er trat nach ihr und schrie: »Halt den Mund, du dumme Kuh. Du verstehst überhaupt nichts.«

Man durfte Vater mit dem plötzlichen Glück nicht allein lassen, das nicht langsam eingesickert war wie Tau, sondern ihn getroffen hatte wie ein Steinwurf.

Aber Vater war nicht allein. Susi stand am Eingang des Altersheims und zerteilte eine Orange. »Was ist heute los, hat euer Vater Geburtstag? Ihre Schwester ist bei ihm, und noch jemand.« Als sie »Ihre Schwester« sagte, malte sie mit beiden Händen die Figur der Besucherin in die Luft. »Na ja, ein bißchen Freude kann Stein nichts schaden. Wollen Sie ein Stück?« Sie hielt mir eine Orangenschnitze hin, und die Sonne drang durch die Schale und ließ die saftigen Fasern aufleuchten.

Claudio saß auf Vaters Sofa, die Beine unter sich zusammengeschlagen, und Tehila hockte auf dem Teppich und nähte einen Knopf an Vaters Hemd.

»Buona sera«, rief Claudio fröhlich und zog die Füße unter sich heraus.

Meine Schwester hob das Hemd zu ihrem Mund und biß den Faden durch. »Guten Tag, allerseits, wen haben wir denn da!«

»Moria, ha?« Claudio setzte sich auf. »Moria wie das Hotel mit der lustigen Direktorin, bei der ich mal den Rolladen repariert habe und auch sonst einiges.«

Tehila streckte den Fuß aus und trat gegen seinen Schuh. »Genug, das haben wir schon gehört.« Er schwieg, hörte aber nicht auf zu lachen.

»Was, schon zwölf«, rief sie, sprang auf und zog ihn am Arm. »Komm, wir sind spät dran.« Sie wandte sich mir zu. »Er muß zum Gericht, zu einer Verhandlung. Eine Frau hat den Rolladen nicht bezahlt, den er für sie gemacht hat, und er ist so, wie er zu sein scheint, er hat den Mut eines Muchachos, er verklagt sie.«

»Der Richter wird auf mich warten.« Claudio stand auf. »Schließlich hat er nicht jeden Tag einen Claudio vor Gericht. Wir werden dort einen Auftritt hinlegen, wie er ihn noch nie erlebt hat, auch diese Frau nicht, die ihre Rechnung nicht bezahlt hat.«

Vater saß da, in seinen Sessel versunken, das Lachen und die Worte schwirrten um ihn herum wie Tauben, deren Verschlag man geöffnet hatte.

Tehila legte ihm die Hand auf die Schulter. »Ich wollte ihn massieren, aber er geniert sich. Versteh doch, Vater, eine Massage ist wie eine Physiotherapie. Beim nächsten Mal gebe ich nicht nach. Nun, was sagst du zu unserer eisernen Jungfrau? Ich habe gedacht, mich trifft der Schlag, als sie mir erzählt hat, daß der Termin schon feststeht, und Vater sowieso ... Gut, gehen wir, mein Muchacho sitzt schon auf heißen Kohlen.«

Er nahm seine Lederjacke vom Sofa, sie wickelte sich in ihren roten indianischen Poncho und beugte sich über Vater. »Und denk dran, Vater, das Zauberwort heißt Massage.«

»Bleiben Sie gesund, Herr Stein.« Claudio streckte ihm seine Handwerkerhand hin. Vaters »Auf Wiedersehen« klang matt, als habe er aufgehört, diesem Wort zu trauen, das auf die Zukunft verwies, erschöpft hörte er zu, wie Claudios Schritte im Flur verhallten. Seine Wangen waren eingefallen, die Haut vertrocknet wie bei getrockneten Pflaumen. Ich umarmte ihn, und er wich mir nicht aus. »Wollen wir Tee trinken, Vater?«

»Schimon war hier«, sagte er, »dieser Junge.«

»Er braucht einen Opa«, sagte ich und ging zum Spülbecken.

»Was er braucht, sind ein Vater und eine Mutter.« Angestrengt und heiser kam Vaters Stimme zu mir. »Seine Mutter ist in einer Anstalt, und sein Vater lebt mit einer anderen Frau.«

»Das hat er dir erzählt?« Nur hier, am Wohnort der Exilanten, hatte er es gewagt, seinen Sack zu öffnen und seine Sorgen auf den Tisch zu legen. Mit hängenden Schultern breitete Vater die Hände auf den Knien aus, erschöpft von den Neuigkeiten und den vielen unerwarteten Besuchern, und ich vergaß, daß ich Tee machen wollte, ging zurück und setzte mich neben ihn, nahm eine Hand von seinem Knie und umschloß sie mit meinen Händen.

»Nun, was sagst du zu Naomi?«

»Gott weiß immer Rat.« Er hob seine freie Hand zum Himmel. »Wir verstehen es nicht.«

Er hat recht. Wir verstehen es nicht, warum Naomi so viele glückliche Jahre ihres Lebens vorenthalten worden sind, aber wenn sie schon vor zwanzig Jahren geheiratet hätte, wäre ihr Glück jetzt womöglich schon vorüber.

»Möchtest du Tee?« Es war noch gar nicht lange her, da hatte ich diese Frage auch Valeri gestellt. Ich hatte ihn nicht nach dem Namen der zweiten Luschinka gefragt, der mit den flammenden Haaren und den blitzenden Augen, die einmal seine Frau gewesen war, die Mutter seiner Tochter Jana mit dem schmalen Brustkasten und den dünnen, glatten Haaren. Hätte Muli nicht den Fötus aus mir entfernt, hätte ich vielleicht ein Kind mit blonden Haaren zur Welt gebracht, das mich mit rauchblauen Augen angeschaut und mit vollen Lippen »Mama« genannt hätte. Ich spürte einen Stich in der Brust, meine Hand tastete zu meinem Bauch, legte sich über die Stelle, an der der winzige Fötus herausgerissen worden war, ein Stückchen atmender Mensch, über dessen Schicksal ich entschieden hatte.

Ich stand auf, um Tee zu kochen, und stieß einen Seufzer aus, der von der Stelle kam, die von der Nadel gestochen worden war. Vater hob den Kopf und fragte, ob Juval schon zurückgekommen sei.

Dann tranken wir Tee und unterhielten uns über Naomi, die heiraten und in Rafaels Wohnung ziehen würde, aber vielleicht würden ja auch alle vier, Rafael, Naomi und die beiden Mädchen, in eine neue Wohnung ziehen, in eine, die nicht mit Erinnerungen beladen war. Ich sagte, zu Ehren von Naomis und Hadassas Hochzeit würden wir für ihn eine neue Hose und ein neues Hemd kaufen, und er lächelte und machte eine abwertende Handbewegung. »Wozu das denn?« Als wäre eine neue Hose überflüssig, wenn die Lebenserwartung nicht mehr viel versprach. Er setzte die Brille ab und schaute mit roten, entzündeten Augen zum Fenster. »Sie haben Glück, seine Mädchen, sie bekommen eine gute Mutter.« Er nahm die Tasse mit beiden Händen, hob sie zum Mund und trank vorsichtig einen Schluck.

»Ich habe ein bißchen Geld, vielleicht kannst du herausbekommen, ob dieser Junge etwas braucht, dieser Schimon.«

Ein unhörbarer Knall ließ nicht nur die Fensterscheibe erzittern, sondern auch das Kumquatbäumchen, das bereits anfing zu welken. Wer weiß, vielleicht war die Ursache für den Knall nicht Geschwindigkeit, sondern das Böse, vielleicht hatte sich in diesem Moment das Unglück in der Welt vergrößert.

»Trink«, sagte ich, »es wäre schade, wenn der Tee kalt würde.«

Er gehorchte wie ein Kind und trank die Tasse leer, dann sagte er noch einmal, »Gott weiß immer Rat«, als läge ihm der Rest von Naomis Glück auf der Zunge, zerkleinert, verspätet und irgendwie seltsam.

Neuntes Kapitel

Zimmer, pah, wer frische Luft braucht, soll sich ans Fenster stellen, den Mund aufmachen und tief einatmen, hätte Mutter gesagt, das bildet er sich doch alles nur ein. Er will allein sein? Allein ist man nur im Grab.

An einem Strohhalm kauend, die Hand auf einem hölzernen Gartentor, wartete Juval im Staub, der von den Rädern aufgewirbelt wurde. Seine Hand hob sich zur Straße, und der Strohhalm, der zwischen seinen Zähnen steckte, richtete sich auf.

Sechs Tage werde ich allein sein, hatte er gesagt, und am siebten werde ich vom Alleinsein ruhen.

Als er den Mazda entdeckte, erkannte mein geheimer Mitreisender ihn und versank tief im Beifahrersitz, er senkte den Kopf unter die Scheibe und beugte sich vor, Richtung Handschuhfach. Ein kleiner Schütze, der sich vor den Generälen mit den erwachsenen Gesichtern in Sicherheit brachte.

»In welchem Verhältnis stehen Sie zu ihm?« hatte mich die Leiterin des Kinderheims gefragt, und ich hatte geantwortet, »ich bin eine entfernte Verwandte«, auch wenn es richtiger gewesen wäre zu sagen, daß ich eine Fremde war, die ihm sehr nahestand. Sie hatte ihre Brille aufgesetzt und alle Nummern aufgeschrieben, von denen die Ordnung der Welt abhing, die Nummer meines Personalausweises, meine Telefonnummer, und sie hatte gesagt, für diesen Jungen, diesen Cohen, würden auch ein Dutzend Augen nicht reichen, man dürfe ihn keine Sekunde aus den Augen lassen, und wenn ich mitten am Wochenende genug von ihm hätte, könnte ich ihn jederzeit zurückbringen, was auch immer geschehe, hier sei immer jemand, der Dienst habe. Auch wenn das ganze Heim zu einem freien Wochenende wegführe, gebe es doch welche, die keinen Platz hätten, wohin sie fahren könnten, und dieser Cohen gehöre leider, leider zu ihnen. Die Schublade, die sie aufzog, enthielt grüne Aktenordner, die aussahen wie die Krankenakten beim Arzt, in denen all unsere Krankheiten und Beschwerden registriert sind, sie nahm eine Akte heraus, auf der »Schim'on Cohen« stand, darunter die Identitätsnummer, die man ihm ganz umsonst bei seiner Geburt zugeteilt hatte. Sie richtete ihre stechenden Augen auf das Blatt mit den Nummern, die meine Identität bezeugten, und legte mich in Schimons Akte ab.

Ein paar Meter von ihrem Zimmer entfernt wartete Schimon, einen fast leeren Rucksack auf dem Rücken. Seine Jeans waren neu und zu lang, das eine Hosenbein war umgeschlagen, das zweite hing herunter. Der Kugelschreiber, den er von Vater bekommen hatte, klemmte im Ausschnitt seines Pullovers. Seine Mitbewohner, die keinen Ort hatten, zu dem sie fahren konnten, schliefen noch. Wäre da nicht dieser Cohen gewesen, der sie mit seinen Launen in Trab gesetzt hatte, würde die Frau Direktor auch noch gemütlich zwischen Kissen und Decke im Bett liegen, in ihrem Zimmer am Rand des Heims. Aber dieser Cohen aus der vierten Klasse hatte sich überraschenderweise, wie man so sagte, eine entfernte Verwandte angelacht, und die Direktorin hatte sich gezwungen gesehen, die Zähne zu putzen, einen ordentlichen Morgenrock über ihr Nachthemd zu ziehen, eine ernste Miene aufzusetzen und sich zum Büro zu begeben.

»Cohen, komm her.« Sie schob ihre Brille auf die Nase, das Rascheln ihres bis auf den Boden hängenden Morgenrocks näherte sich der Tür. »Mach ja keinen Ärger, hörst du?« Sie starrte ihn an. Seine Knie zuckten, er kaute an einem Fingernagel und prüfte das Ergebnis seiner Zähne. Ein Klimpern in seiner Hosentasche wies darauf hin, daß dort das Auto steckte, das er von Vater bekommen hatte.

»Schließlich liegt die Verantwortung für dieses Kind bei mir.«

Ihr Blick sprang von ihm zu mir. »Ich hoffe, daß Sie verstehen, mit wem Sie es zu tun haben.«

Ein Junge, der sich den Schlaf aus den Augen rieb, lugte um die Tür, barfuß, in Turnhose und Unterhemd. »Deine Mutter?« fragte er gähnend und bekam als Antwort ein Achselzucken.

»Deine Sozialarbeiterin?«

»Ach wo.« Wieder hoben sich die Schultern.

Die Direktorin wandte sich an den gähnenden Frager. »Hast du deine Zähne geputzt, Perez? Entweder wäschst du dich jetzt oder du gehst zurück ins Bett.« Vor diese beiden Möglichkeiten gestellt, wandte Perez seine verschlafenen Augen zum leeren Flur und verschwand.

Die Luft war kalt und trocken, der Wachmann legte eine angebissene Orange hin, wischte sich die Hand an der Uniformjacke ab und machte sich bereit, das Tor zu öffnen.

»Ich fahre in den Norden«, verkündete Schimon dem Tor, das sich quietschend öffnete.

»Oho, in den Norden«, staunte der Wachmann, als habe der Norden etwas zu bieten, was man im Süden nicht fand. »Kommst du heute abend zurück?« An seinem Akzent war zu hören, daß er aus demselben Land kam wie Valeri und seine Luschinkas.

»Abends.« Schimon trat gegen das Tor, das nicht ganz aufgehen wollte. »Sehr spät abends«, betonte er, stieß mit dem Ellenbogen das Eisentor so weit auf, als sollte ein ganzes Heer von Heimbewohnern passieren.

»Gute Fahrt.« Der Wachmann betrachtete das Tor, hörte, wie die Türen in den Angeln quietschten. »Nerven, es sind alles nur die Nerven«, erläuterte er mir die Beweggründe der Jungen, die stießen und traten, und bewegte den Kopf hin und her.

Ein schwarzer Hund schritt majestätisch durch den Garten und kam nun aus dem Tor, beschnupperte den Strohhalm, der von Juvals Lippen gefallen war, richtete die Ohren auf und lief hinter Juval her zum Mazda. Ein Ururenkel von Simche, eine größere und ältere Ausgabe des Hündchens von damals. Erstarrt, in einer embryonalen Haltung, saß Schimon im Auto, eine Taktik, die dazu bestimmt war zu entwaffnen. Wer ihn sah, würde denken, daß er fertig sei, und ihn in Ruhe lassen. Aber auf Juval verfehlte es seine Wirkung. Er wartete, bis ich ausgestiegen war, und umarmte mich, eine Umarmung, die berücksichtigte, daß fremde Augen zuschauten, dreiundzwanzig Jahre und eine Weltordnung, die keine mehr war. Ich könnte es ihm nicht verübeln, wenn er glauben würde, ich hätte mir aus Angst vor diesem Moment ein verlassenes Kind gesucht, um es zwischen mich und diese Zypressen zu stellen, die größer und ernster wurden.

Er machte die Beifahrertür auf und lächelte den Jungen an, der auf dem Sitz kauerte. »Herzlich willkommen.« Er streckte seine braungebrannte Hand aus, und Schimon ergriff sie schnell. Er klickte ein paarmal heftig mit seinem Kugelschreiber, nahm den Rucksack, der zu seinen Füßen stand, und stieg aus, gleichgültig gegen den Hund, der die Reste von Sigis Glitzerlack beschnupperte und daran leckte.

»Ich bin Juval, und du bist Schimon, stimmt's?« So ist Juval, in seinem Kopf verbinden sich sofort die alten Fäden mit den neuen. Ich bin Juval, du bist Schimon. Und es war gut, daß wir die Schwierigkeiten des Zusammentreffens hinter uns gebracht hatten, ohne zu stolpern, daß der Ablauf des Tages klar vor uns lag und wir den Blick auf unsere Umgebung richten konnten.

Unter dem Schild mit dem Namen »Familie Talguker« stand ein kleines, dunkelhäutiges und dunkelhaariges Mädchen und starrte uns mit ihren Mandelaugen an, ein Streifen ihres nußbraunen Bauchs war nackt, sie bohrte mit einem Finger in ihrem Nabel, mit dem anderen in ihrer Nase. »Cider, komm her«, rief sie den Hund. Cider. Hatte er seinen Namen von Cider Hagalil? Simches Enkel und Urenkel, sein Erbe hörte auf einen Namen, in dem die Kiste Cider Hagalil nachklang, die Kiste, in der sein Urvater gehaust hatte und aus der er mitten in der Nacht vertrieben worden war. Cider hörte seinen Namen, der vom Tor her gerufen wurde, und war hin- und hergerissen zwischen den neuen Aufregungen, die der Mazda mit sich brachte, und dem, was bekannt und sicher war, hinter dem Tor, inzwischen hatten sich zwei etwa zehnjährige Jungen zu der Kleinen gesellt, gleich groß, beide mit glänzenden Haaren, olivfarbener Haut und Grübchen im Kinn. Zwillinge.

»Deine Frau?« fragte einer von beiden Juval.

»Dein Sohn?« fragte sein Double.

Juval ignorierte die Fragen nach den familiären Verhältnissen und sagte: »Joni und Roni, das sind Moria und Schimon.« Sie traten vom Tor zurück und ließen uns passieren, mich, Schimon und Juval, und so gingen wir zwischen Beeten mit Zwiebeln, Radieschen und Pfefferminze zu seinem Pensionszimmer. Joni, Roni und ihre kleine Schwester blieben am Tor stehen und schauten uns nach, und Cider, der uns erst schwanzwedelnd gefolgt war, überlegte es sich anders und kehrte zu ihnen zurück. Dieser Teil des Gartens bestand aus Beeten mit Gemüse und Kräutern, sie zeigten die ganze Bandbreite der Grüntöne, von einem durchsichtigen Smaragd bis zu einem dunklen, bläulichen Türkis. Kleine, rosafarbene Blüten zitterten auf den leeren Zweigen der Pflaumen- und Apfelbäume, neben denen Bettwäsche an Wäscheleinen hing und im Wind flatterte. Ein breites Lächeln voller weißer Zähne tauchte zwischen den Laken auf, ein Büschel dunkler, im Nacken zusammengehaltener Haare, ein olivfarbenes Kinn reckte sich über die Wäschestücke. Es war die Zimmervermieterin, sie trug einen weißen Wollpulli und Jeans, ihr Oberkörper war schmal, ihre Hüften seltsam breit und schwer. Das Lächeln, mit dem sie uns begrüßte, wirkte so erfrischend wie ihre Kräuterbeete.

»Juval«, rief sie, »wenn du etwas brauchst, ich bin hier.«

»Das ist Ora«, stellte Juval vor, und das Polizeiauto in Schimons Tasche fuhr hin und her. Das Zimmer war so strahlend weiß wie das Lächeln der Gastgeberin, heiter, sauber, ohne Spuren der Leute, die sich vorher schon darin aufgehalten hatten. Auf dem breiten Doppelbett lag eine Tagesdecke in verschiedenen Blautönen, die himmelblauen Vorhänge bewegten sich leicht, auch der Lampenschirm war blau, und die Golanhöhen, die durch das Fenster zu sehen waren, hatten einen bläulichen Ton, unberührbar lagen sie da, hoch und weit und dunstig. Juvals Unterwäsche lag gefaltet im Schrank, seine Hemden hingen auf Bügeln, über der

Stuhllehne lag ein feuchtes Handtuch, sein Rasierzeug stand auf dem Waschbecken, und obwohl seine Sachen herumlagen, wirkte das Zimmer leer.

Draußen sprang ein Ball über den Kies, Schimon lehnte an der offenen Tür und trank Limonade, er war auf der Hut, sein halbleerer Rucksack lag neben ihm auf dem Boden, griffbereit für eine rasche Flucht. Er schaute Joni und Roni zu, die sich gegenseitig den Ball von den Füßen nahmen. Ein langbeiniger Junge gesellte sich zu ihnen, streckte das Bein aus und ließ den Ball auf seinem Schuh hüpfen, und Cider sprang hoch, der Ball landete auf dem Weg zwischen den Beeten und rollte zum Zimmer, der Schuh mit Sigis Goldgeglitzer traf ihn, kickte ihn hoch über die Pflaumen und Äpfel, und auf dem Weg zum Boden traf er ein weißes Laken und hinterließ einen braunen Fleck.

»Mach ja keinen Ärger, Cohen, hörst du?« hatte die Heimleiterin ihn gewarnt. Bedeutete ein Fleck auf einem Laken schon Ärger? Schimon stieß mit der Fußspitze gegen die Schwelle und pfiff, die Hand im Nacken, vor sich hin, er wartete aus der Entfernung, was mit ihm passieren würde. Daran gewöhnt, beurteilt zu werden, wurde er nicht nervös, er betrachtete den Fleck und wartete. Aber es gab kein Urteil und es gab keinen Richter. Ora nahm ganz ruhig einen Schlauch und spritzte das Laken ab, bis Erde zu Erde gekommen war, das tropfende Laken war wieder weiß und alles vorbei. Und nicht nur, daß es kein Urteil gab, er hatte zudem bewiesen, daß er kicken konnte. »Willst du spielen?« riefen ihm Roni und Joni zu, und er ließ die Hand vom Nacken sinken und ging zu ihnen, seine Sohlen klopften nonchalant auf den Boden. Der Langbeinige zog ihn am Ärmel. »Du mit Joni gegen mich und Roni.« Wie sollte er wissen, wer mit ihm spielte und wer gegen ihn, wenn die beiden sich so ähnlich sahen wie die Wassertropfen, die aus dem Laken tropften.

Juval und ich blieben im Zimmer, wir saßen uns gegenüber am Tisch. Seine Haut war braun geworden, seine Haare ein bißchen dünner, sein Doppelkinn länger, die Zypressen in seinen Augen wirkten blasser.

Er nahm meine Hand in seine, seine Haut war hart und rauh.

»Du bist also gekommen«, sagte er, und noch einmal: »Du bist also gekommen.«

»Ja, ich bin gekommen«, sagte ich, und der kleine Finger, der »Du und ich, und die Welt kann uns gestohlen bleiben«, hakte sich in meinen kleinen Finger. Seine Hand war warm, unter den Blasen, die sich durch die Arbeit mit der Heckenschere auf seinen Handflächen gebildet hatten, lagerten tausende Berührungen, gnädige, leichtsinnige und mißtrauische, Nerven und Adern, die hervortraten, pochend und lebendig, eine Landkarte unseres Glücks und unserer Traurigkeit.

»Doch, das ist ein Elfmeter«, »nein, ist es nicht«, riefen die Jungen draußen im Hof, Cider bellte, und es war nicht klar, ob er für oder gegen den Elfmeter war. Schimon kämpfte aus allen Kräften mit Roni gegen Joni oder umgekehrt, mit rotem Gesicht und wirren, feuchten Haaren, sein Pullover hing über dem Pfahl, der den Wein stützte.

»Gut, daß du dich mit ihm angefreundet hast.« Juval verstärkte den Druck seiner Hand. So werden wir wieder mal über jemand anderen sprechen als über uns, wir werden über verlassene Kinder sprechen und die verlassenen Erwachsenen vernachlässigen.

»Und du, geht es dir gut mit deinem Alleinsein?«

»Ja und nein.« Seine Augen wanderten von mir zur offenen Tür, und Oras weißer Pulli spiegelte sich in seinen Pupillen, sie kam den Pfad entlang, gefolgt von der kleinen Olivfarbenen. Sie klopfte an die offene Tür, »darf ich?«, und brachte eine Schüssel mit grünen, hellen, glatten Klaräpfeln. Sie war braun und kräftig, mit breitem Hintern und schweren Armen, strahlte etwas Echtes aus, wie der Wein, der an ihren Hauswänden wuchs. Unmöglich, daß sie ihn nicht gereizt hatte. Hätte er eine wie sie an seiner Seite, hätte sich keine Furche zwischen seinen Augenbrauen gebildet, und die Zypressen seiner Augen stünden lebendig und aufrecht. Sie stellte die Schüssel auf den Tisch und nahm die Kleine auf den Arm, »komm, wir gehen«. »Gehen«, echote die Kleine, und ihre Mandelaugen betrachteten uns über die Schulter ihrer Mutter.

»Willst du mit uns kommen?« fragte der Langbeinige draußen.

»Frag deine Eltern, ob sie es dir erlauben«, sagte Joni, vielleicht war es ja auch Roni, und ihre Füße hämmerten über den Sand zum Zimmer, und sie umringten ihn, ein kleiner, neugieriger Kreis.

»Darf ich mit ihnen zum Basketball gehen?«

Der Sportplatz sei fünf Minuten entfernt, sagten sie, und sie seien in einer Stunde zurück, der Langbeinige zeigte sein Handgelenk und sagte, seine Uhr sei so genau wie die vom Radio, ich sah keinen Grund, dagegen zu sein. Sie liefen zum Pfad zurück, zu viert, und bevor sie ihn etwas über seine Eltern fragen konnten, fragte er sie: »Wo ist euer Vater?« Wenn es nur ein bißchen Gerechtigkeit auf der Welt gab, würde er sofort erfahren, daß auch sie etwas vermißten.

»Beim Reservedienst«, sagten Joni und Roni im Chor.

»Er ist Offizier beim Ingenieurcorps«, fügte der Langbeinige hinzu. Das S zischte er aus flachen Lippen, die Zischlaute verbanden sich mit dem Zirpen der Grillen, dem Summen von Fliegen, Bienen, Wespen und anderen Insekten, die ihre Existenz durch Summen kundtaten. Juval schaute den vier Jungen nach, die sich entfernten und hinter dem Gebüsch neben dem Gartentor verschwanden, und während ihre Stimmen verklangen, schloß er die Tür und sagte zum dritten Mal: »Du bist also gekommen.« Er legte die Arme um meinen Bauch und hielt mich fest, so wie er mich in unserer Hochzeitsnacht festgehalten hatte, als ich sagte, ich hätte Gefühle im Bauch. Wir nahmen die blaue Tagesdecke nicht vom Bett, wir waren wie zwei Menschen, die zu ihrem Heimatort zurückgekommen waren, erschrocken über das, was sich verändert hatte, verzaubert vom Bekannten, und die langsam die Farben und Gerüche des Hauses wiedererkannten, obwohl das Haus nicht mehr dasselbe war. Er schlief mit mir, gierig und gekränkt, und ich sehnsüchtig und schuldig mit ihm, und zwischen unsere aneinandergeschmiegten Körper zwängte sich ein heftiges Weinen, und als es endlich herausbrach, wurde es zu einem schweren, mitreißenden Lachen. Er schaute mich wild an, mit verkrampften Kiefermuskeln, ein Rest Lachen brach aus seinem Mund, rollte heraus, wurde Teil eines größeren, mächtigeren Gelächters, stieg auf seine Brust und ergoß sich über das Bett, auf dem wir lagen, und unser Lachen war Tränen und brechende Stimmen und klang so sehnsüchtig wie ein Weinen.

Mitten beim höchsten Ausschlagen war einmal das Seil unserer Schaukel gerissen, und Muli und ich waren zu Boden gestürzt. Entsetzt und mit blutigen Knien starrten wir uns an, doch unsere Tränen wurden zurückgedrängt, unsere Münder, schon zum Schreien aufgerissen, wurden breit, und wir fingen an zu lachen. »Komisch, ich habe ganz viel Weinen im Bauch und heraus kommt Lachen«, sagte Muli verwundert und bemühte sich zu weinen. Damals wußten wir noch nicht, daß Weinen und Lachen Zwillinge waren, wie wir, und daß manchmal das eine zum Vertreter des anderen wurde.

»Moria«, flüsterte er an meinem Hals, »Moria.« Die Last des heiligen Berges, die auf meine schwachen Schultern gelegt worden war, als ich drei Kilo wog, drei Kilo Fleisch und Blut, die kaum wußten, wie man atmet, wie man den Körper bewegt, wie man weint und dafür Nahrung bekommt, und schon hatte das erste Brandopfer Druckstellen auf den Schultern hinterlassen.

Moria, seine Hand wanderte zu meinem flachen Bauch, blieb darauf liegen wie ein schwerbeladenes, kräftiges Floß. Wäre er nicht müde gewesen, der Engel des »Lege deine Hand nicht an den Knaben«, hätte er Mulis Schlachtmesser gestoppt, und ich hätte jetzt einen fünf Monate alten Embryo in mir. Aber der Engel war schon müde, die vielen Opferungen hatten ihn erschöpft, »macht, was ihr wollt, und laßt mich in Ruhe«, hatte er der Welt verkündet und weitergeschlafen auf seiner Sternenhülle, alt und erschlafft, und unten auf der Erde werden weiter Kinder aus Gebärmüttern entfernt, sie werden in den Müll geworfen oder sie werden gebunden und geknebelt geboren.

Valeri, der Valeri der Luschinkas, nennt mich »Mo«, eine unbedeutende Silbe, leicht wie ein Mottenflügel oder Fallschirm einer Pusteblume, und Muli trotzt dem Erhabenen und dem Heiligen und nennt mich »Maria«. Nur in den Akten der geordneten Welt heiße ich Moria, und bei meinem Mann. Seine eine Hand lag mit der ganzen Last ihrer Blasen und Schwielen auf meinem Bauch, die andere wischte mir die feuchten Haare aus der Stirn, durch das Fenster auf der gegenüberliegenden Seite schauten die Golanhöhen herein, grau, düster, an ihr Schicksal gefesselt.

Wir verließen uns auf die Uhr des Langbeinigen, die ihm zeigen würde, wann die Stunde vorbei war, und wären wohl noch liegengeblieben, schweigend, wir hätten die Worte umgangen und uns vor ihnen gehütet wie vor Hunden, die den Fremden angriffen, der nach Hause zurückkehrte. Doch dann klingelte das Telefon, die Leiterin wollte wissen, ob mit Cohen alles in Ordnung sei.

Ausgezeichnet, sagte ich und erschrak. Was wußte ich denn, vielleicht hatte er sich mit den anderen zerstritten, vielleicht hatten sie ihn zusammengeschlagen oder er sie, oder er war weggelaufen und hatte sich in einem Minenfeld verirrt oder die syrische Grenze überquert, vielleicht war ihm ein Bein abgerissen worden, oder er hatte sich den Knöchel gebrochen, vielleicht war er in einen Hinterhalt der Hisbollah geraten und wurde gefangengehalten.

Ich schüttelte Juval an der Schulter. »Schimon.«

Wir zogen uns schnell an, getrieben von einem Gefühl der Verantwortung und einer möglichen Katastrophe, doch noch während wir die letzten Knöpfe zumachten, hörten wir Stimmen vom Tor her. Juval zog den blauen Überwurf glatt, fuhr sich mit den Fingern durch die dünnen Haare und machte die Tür auf. Wir sahen die vier, wie sie lachten, und ihre weißen Zähne blitzten in der Sonne. Schimon war aufgeregt, seine Wangen glühten, er deklamierte für die anderen »*one, two, three . . . seven, eight, nine,* ein Klaps, und du bist allein . . .« Er zeigte ihnen, was er gesammelt hatte, und dabei habe er noch weitere Schätze in seinem halbleeren Rucksack neben der Tür. Er sah Juval und senkte die Stimme bei *four, five, six . . .*, und seine Begleiter gingen langsamer. Dazu angehalten, die Privatsphäre der Pensionsgäste zu wahren, blieben sie einige Schritte von der Tür entfernt stehen, und Schimon schnappte seinen Rucksack und lief zu ihnen zurück, öffnete die Gurte und breitete seine Schätze zwischen den Pfefferminzbeeten aus. Ein Taschenmesser mit einer rostigen Klinge, bei der die

Spitze abgebrochen war, Murmeln, ein mit einem Gummi zusammengehaltenes Kartenspiel, Sigis Glitzerlack, ein Federmäppchen aus Holz und ein Foto des Torwarts von Beitar Jerusalem, und nur der Langbeinige wunderte sich, daß auf dem Rucksack Cohen stand und auf dem Zimmer Ilam.

»Ich habe zwei Namen.« Er zuckte nicht mit der Wimper und zog eine grünäugige Straußenfeder hervor, und als alle seine Besitztümer offen dalagen, holte er aus seiner Hosentasche den letzten Schatz, das kleine Auto, das die Herrscher über Recht und Ordnung repräsentierte und das er von der Sektion Mitleid bekommen hatte. Mit den Händen in der Tasche lehnte Juval am Türpfosten und betrachtete das Wunder, das dem Ausgestoßenen geschah, die bunten, faszinierenden Fäden, die er spann. In zwei Stunden würde der Zauberer wieder von hier verschwinden, und die Stunde der Wahrheit würde nie kommen, für immer würde Schimon der Besitzer zweier Namen und all der Schätze bleiben, und das Staunen würde weiter über den Pfefferminzbeeten schweben und sich nie auflösen.

Ein Mann in Uniform öffnete das Gartentor und schloß es hinter sich. »Papa!« Die Kinder rannten auf ihn zu, auch die Kleine tappte auf nackten Füßchen zu ihm. Schimon blieb allein zwischen den Pfefferminzbeeten stehen, ein König ohne Untertanen, seine Besitztümer verstreut zu seinen Füßen, die Augen auf den Mann gerichtet, der die Kleine herumschwenkte und ihren nackten Nabel küßte. Er sammelte seine Sachen in den Rucksack, steckte die Polizei in die Tasche, nahm seinen Pullover vom Pfosten, zog ihn an und kam zum Zimmer, wobei er den Rucksack am Schopf gepackt trug, wie man ein geschlachtetes Huhn trägt.

Juval hielt ihm den größten und schönsten Apfel aus der Schale hin, »hier, willst du einen?« Schimon nahm ihn, schließlich wußte er, daß man in diesem Leben alles nehmen mußte, was man umsonst bekam. Nur noch ein kleiner Schritt wäre es gewesen zwischen ihm und einem neu erworbenen Ruhm, und ein einziges Öffnen und Schließen des Gartentors hatte den Moment zerstört. Jetzt wußte er nicht, was er tun oder sagen sollte, und biß in den Apfel, zwischen Tun und Reden wurde das Kauen zur Handlung, das hörbare Zermalmen zwischen den Zähnen zu Stimme und Worten.

Juval zog eine Schublade auf und holte eine Dominoschachtel heraus. »Willst du spielen?« Schimon nagte den Rest vom Apfelbutzen, warf einen Blick hinüber zu Jonis und Ronis Haus, sah, daß niemand hineinging und niemand herauskam, und sagte: »In Ordnung.« Er zog ein Bein unter den Po, das andere baumelte unter dem Tisch, er stützte das Kinn auf, murmelte *one, two, three,* versank in sich, offenbar nicht verlockt von der familiären Szene, er glaubte selbst nicht an den Bluff, den er den anderen so geschickt verkauft hatte. Nachdem er beim ersten Spiel verloren hatte, zog er auch das zweite Bein auf den Stuhl, kniete sich sprungbereit hin, um seine Chancen zu erhöhen.

»Soll ich dir was zeigen?« hatte Muli einmal gerufen und alle achtundzwanzig Dominosteine in einer Reihe aufgestellt, dann tippte er den ersten an, der Stein kippte, berührte im Fallen den zweiten, der seinerseits stürzte und den dritten mitnahm, und so weiter, bis die ganze Reihe umgefallen war. »Weißt du, wie man das nennt? Kaskade. Wie Kaske.« Von da an war die »Fallsucht« der Dominosteine für mich mit der Schirmmütze von Finkelsteins Opa verbunden, die er »Kaske« nannte, er trug sie immer über das taube Ohr geschoben, das andere blieb frei, dem Lärm der Welt ausgesetzt. Im Lauf der Jahre brauchte ich die Kaske von Finkelsteins Opa nicht mehr als Gedächtnisstütze, das Leben hatte mir schon genug eigene Beispiele dafür geliefert, wie der verhängnisvolle Fall des ersten Steins eine ganze Reihe zum Einsturz brachte. Schimon stieß einen scharfen, schneidenden Pfiff aus, in dieser Runde hatte er gewonnen, die sprungbereite Haltung hatte etwas genützt.

»Noch ein Spiel?«

Er nickte, ja, noch eins, doch diesmal verlor er. Er tastete nach dem Auto in seiner Tasche, und sein Blick huschte hinüber zum Hof, vielleicht war ja irgendein Joni oder Roni herausgekommen. Wenn sie auftauchten, würde er ihnen noch einmal seine Schätze zeigen und ihnen ein paar von Jamimas komischen Sprüchen sagen, zum Beispiel »Paßt auf euren Mund auf, verstanden?«, und die Spottverse, die Jamima, die Hausmutter, so wütend machten, daß sie dunkle Augen bekam und anfing zu schimpfen, und wenn sie schimpfte, zitterten ihre Arschbacken mit ihr, wie Pudding zitterten sie, dann stießen sie sich gegenseitig in die Rippen, »ihr Hintern ... schaut doch, ihr Hintern ...«, und sie sangen: »Im Teich schwimmt ein Barsch, beißt Jamima in den Arsch, der Arsch ist groß wie ein Boot, und ihr Schlüpfer ist rot«, und sie kugelten sich auf dem Boden vor Lachen. Und schon schlich sich eine aggressive, männliche Heiserkeit ein.

Gefangen in seiner Fremdheit stand er plötzlich auf einem Stuhl, sprang auf den Boden, rannte hinaus auf den Hof, er trabte wie ein Pferd, watschelte wie eine Ente, sprang mit grazilen Beinen wie ein Reh, ritt auf einem imaginären Besen, von Sinnen und wild, lief über die Pfefferminzbeete, wand sich zwischen den Knospen des Mandelbaums, verschwand hinter der Bettwäsche auf der Leine, tauchte zwischen Pflaumenbäumen auf, schrie, krähte, sang und bellte, zeigte der Welt die ganze Kraft seiner Muskeln und Sehnen, zeigte ihr auf obszöne Art den Mittelfinger, weil man ihn abgeschoben hatte, er wieherte, heulte, lachte abgehackt, biß in die kalte Luft, und während der ganzen Zeit ließen Juvals Augen ihn nicht los, sie sprangen mit seinen Sprüngen, folgten dem knochigen Rücken, der sich geschmeidig unter Bettlaken hindurchschob und zwischen den leeren Weinreben auftauchte, hüpfte und schwankte, und Juvals Augen, diese kleinen Eisbälle, folgten ihm und zogen den schweren Körper hinter sich her. Sein Fuß löste sich von der Zimmerschwelle und zerriß die Bande der Selbstbeherrschung und der Gastgeberschaft, die Fesseln seiner Erziehung, seines Alters und seiner Vernunft, er rannte zu den Pflaumenbäumen und verschwand im Dickicht der Bäume, sprang hinter dem wilden Jungen her. Ein Fangspiel mit zwei Mitspielern, die es nicht abgesprochen hatten. Ein Mann mit dünnen Haaren, einem Bauchansatz und Doppelkinn wand sich zwischen den Weinranken hindurch, mit rotem Gesicht, schwitzend und schwer atmend, aber seine Beute war schlau und kräftig, ein Kater, der sich harmonisch zwischen Steinen und Gras bewegte. Da siehst du es, Maria, der Mann, mit dem du gerade geschlafen hast, dessen Leidenschaft gebremst und gezügelt war, verliert die Fassung wegen eines dahergelaufenen Jungen, den du mitgebracht hast. Und der Junge, der so trickreich mit ihm spielt, huscht unter seinen Händen weg und verschwindet, lauert ihm hinter dem Rücken auf, ist weg und kommt wieder. Und du verlierst beide. Der Kleine griff nach dem Wasserhahn, versuchte, den Blick des Großen in die Irre zu leiten, der kam von rechts, sprang nach links und von links nach rechts, drehte sich um den Hahn, stolperte bei der Verfolgung mit seinen großen Beinen, bis die verschwitzte Hand plötzlich vom Wasserhahn rutschte, der Verfolger machte einen Satz und sein langer Arm packte ihn am Hemd. Der katzenhafte Körper zappelte, um sich zu befreien, und beide rollten ineinander verschlungen unter dem Wasserhahn auf der Erde. Das brüllende Lachen des Erwachsenen traf auf das helle Kinderlachen, der Mann hielt den Hemdzipfel in der Hand, und keiner von beiden hatte es eilig, etwas zu ändern, sie lagen unter dem Wasserhahn, und über ihnen weitete sich das winterliche Blau. Ich wollte hingehen, mich zwischen sie legen, ich wollte von dem großen Mann gehalten werden und den Kleinen zu uns beiden ziehen, den Kleinen, der keuchend lachte und ausgestreckt auf der Erde lag, der Schatten des Wasserhahns warf eine Linie über seine Wange, er schielte zu Juval, und wieder brüllten beide vor Lachen. Plötzlich stand das kleine Mädchen vor ihnen, »bum gemacht, gefallen, bum gemacht«, rief sie, rieb ihren Nabel und lief auf ihren kleinen Beinen davon, um die Nachricht zu überbringen, und da war auch Cider und stellte sich über sie, leckte erst über Sigis Geglitzer, dann fuhr seine Zunge über die großen Schuhe, schnüffelte an den erdigen Sohlen. Sie lachten und lachten, ein krampfhaftes Lachen, und ich lachte ebenfalls, weil Juval lachte und weil Schimon lachte, und weil dieses Lachen ein Seil war, über das diese plötzliche und einfache Verbrüderung balancierte. Einen Moment lang verdunkelte sich das Blau, eine dicke Wolke löste sich auf, Wind trieb die Fetzen nach Osten und klärte den Horizont.

Schwitzend und zerzaust setzten sich beide auf, zögerten das Aufstehen noch hinaus.

Schimon deutete mit dem Kinn auf mich. »Ich kenne ihren Vater, ich weiß, wo er wohnt.«

»Im Ernst?«

»Schau, das hat er mir geschenkt.« Er nahm das Polizeiauto aus der Tasche und hielt es Juval hin, der nahm es in die Hand und ließ es über die Blasen und Schwielen seiner anderen Hand fahren. Von allen Orten, die er in seinem neunjährigen Leben gesehen oder sich vorgestellt hatte, wählte er ausgerechnet diesen, um ihm von dem alten, knochigen Mann zu erzählen, der in einem Haus lebte, das wie ein Krankenhaus war. Es war nicht zufällig und nicht aus heiterem Himmel, daß Vater in seinem Gedächtnis auftauchte. Er versuchte mit allen Mitteln, einen Faden zu finden, der uns mit ihm, dem fremden Jungen, verbinden würde. Schaut her, ich kenne euren Alten, ich weiß sogar, wo er wohnt, und ich habe einen Beweis, das Polizeiauto, das er mir geschenkt hat. Meine Besitzurkunde, die mich an eurem Leben teilhaben läßt. Das Polizeiauto blieb auf Juvals Hand stehen, die Hand zog sich zusammen, wurde immer kleiner, wurde zur Hand eines Jungen von neun oder sieben oder sechs Jahren. Juval war ein Einzelkind gewesen, ältester und zugleich jüngster Sohn im Haus seiner Eltern, dessen Linien und Winkel gerade waren, in dem alles maßvoll war, es gab weder ausufernde Fröhlichkeit noch unerträglichen Kummer, Sorgen und Sorglosigkeit hielten sich in Grenzen. Morgens ging man gekämmt zur Schule, abends, vor dem Schlafengehen, putzte man sich die Zähne, und dazwischen schaute man fern oder las Bücher und lachte und weinte an den richtigen Stellen. Auch das Ableben der Eltern, kurz hintereinander, war wie nach Plan gelaufen, die kürzeste Verbindung zwischen zwei Punkten ist die Gerade, ein kompaktes Sterben, zwei zum Preis von einem. Ein großes Kind saß da im Sand, Hosengröße sechsundvierzig, und ließ ein Polizeiauto über seine Hand fahren, das Auto, in dem sich seine gestohlene Kindheit verbarg.

Das Weinen, das mich überfallen hatte, als wir miteinander schliefen, stieg wieder in mir auf. Gleich werde ich mich zu ihnen setzen, in den Sand unter dem Wasserhahn, ich werde meine

Hand auf die Hand des Kleinen legen und den Großen umarmen, und das Blau über uns wird wüst und leer sein wie am ersten Tag der Schöpfung, und die Geschichte der Welt wird einen neuen Anfang nehmen, sie wird jetzt beginnen, von hier aus, von dieser Stelle unter dem Wasserhahn, mit dem Jungen, einem Mann und einer Frau und keiner Schlange. Wir werden ihn zu uns nehmen, der Mann wird der Frau gehören und die Frau dem Mann, und der Heilige, gelobt sei Er, der Welten erschafft und zerstört, wird Valeri und seine Luschinkas entdecken und sie hinter die dunklen Berge bringen, an den Ort für alles Verlorene und Verwahrloste, auch für den Fötus, den Muli mir herausgerissen hat.

Warum eigentlich nicht? Ich warf einen Blick auf ihn, als wir bereits auf der Rückfahrt waren, warum sollten wir ihn eigentlich nicht zu uns nehmen?

Er schlief rechts neben mir auf dem Beifahrersitz, zusammengesunken und entspannt. Der Schlaf hatte ihm die Schläue und die Angst genommen, hatte jeden Ausdruck von seinem Gesicht gewischt. Es war weich wie das eines Babys, mit einem feuchten Spalt zwischen den Lippen, Stirn, Wangen und Kinn waren so glatt, als wären sie noch nie von Bosheit und Mißtrauen gestreift worden, als hätten sich die Lippen noch nie verzerrt, als hätten sie noch nie etwas Gemeines gezischt. Er war zusammengekauert wie ein Embryo, der Sicherheitsgurt hielt ihn auf dem Sitz fest, die Abenddämmerung machte seine Züge weich, in den Kurven lauerten die letzten Strahlen der untergehenden Sonne, plötzliche Lichtbündel bohrten sich in seine Nasenlöcher und seine Lider. Zusammengezogen wie im Uterus der Frau, die ihm das Leben gegeben hatte, kauerte er auf dem Sitz und schien zufrieden. Wir werden ihn zu uns nehmen und ihm das bieten, was der Schlaf ihm bietet, wir werden die Falten in seiner Seele glätten.

Und Juval? Er wird nicht eine Sekunde verlangen, um die Sache zu überdenken, er wird mich anhören und sagen, ja, klar. Man muß kein Prophet sein, um das zu wissen, und es ist überflüssig, den Wasserhahn als Zeugen aufzurufen für das, was zu seinen Füßen geschah. »Du kennst also Morias Vater, na und?« hatte er gesagt, als sie aus dem Sand aufgestanden waren und sich den Staub aus den Kleidern klopften.

»Ich kenne auch das Mädchen«, sagte Schimon, die Hände an den Körper gepreßt, während Juval ihm den Schmutz vom Rükken klopfte.

»Was für ein Mädchen?«

»Die Kleine mit der Brille.«

»Ach so, Talja, ihr Vater ist Morias Bruder.« Juval rieb mit der Hand über den kleinen Rücken, als wolle er einen Fussel entfernen, dann wanderte seine Hand den Nacken hinauf und streichelte den Kopf, und Schimon zog den Hals ein, als wolle er sich wehren.

»Ich weiß. Sie hat fünf Geschwister.«

Da siehst du's, Maria, eine kleine Kalkgrube, die keinen Tropfen durchläßt. Er hat sich im Kopf eine Kartei angelegt und alle Steins, die er kennengelernt oder von denen er gehört hat, darin eingetragen. Er hat sich im Kopf eine Familie erschaffen, die aus dem knochigen, alten Mann besteht, dem kleinen, kurzsichtigen Mädchen, der Frau, deren Herz weich wie neunprozentiger Quark ist und die fünf Geschwister hat. Jetzt würde noch der Mann der Frau sein Puzzle vervollständigen, der, dessen Hand einfach seinen Kopf gestreichelt hatte, und er, der nicht wissen konnte, was man mit einer Hand macht, die den Kopf berührt, ohne daß sie eine Ohrfeige geben oder nach Läusen suchen will, hat ein Zischen ausgestoßen, vielleicht dreißig »Ssss« waren zwischen seinen Lippen hervorgekommen, bis sich die Hand von der Stirn zur Mitte des Kopfs bewegte und dann den ganzen Weg bis zum Nacken, wo sie innehielt. Genau in diesem Moment tauchten Joni und Roni im Hof auf und blieben mitten im Sprung stehen, aus Achtung vor der verborgenen Gnade des Augenblicks. Als wir zum Auto gingen, folgten sie uns in einem gewissen Abstand, sie beobachteten uns vom Tor aus, auch Cider schien zu spüren, daß etwas für ihn Unfaßbares geschah, jedenfalls blieb er bei ihnen am Tor stehen. »Auf Wiedersehen, Schimon«, riefen sie einer nach dem anderen, und er antwortete »*One, two, three*...«

und stieg so selbstverständlich ins Auto, als hätte er jahrelange Übung darin. Er hörte, wie sie weiterdeklamierten, bei *»four, five, six«* hängenblieben und sich über den Reim stritten.

Er schlief. Auf seinem Gesicht lag die gelbliche Blässe des Tagesendes. Sein Schlaf war tief. Ganz kurz bewegte sich sein Unterkiefer, als würde der Schlaf unterbrochen, ein tiefer Seufzer ließ seine Wangen erzittern, doch gleich zeigten sie wieder die kindliche Glätte. Er war kaum ins Auto gestiegen, da hatte ihn schon dieser Schlaf übermannt. Juvals Hand war noch im Rückspiegel und winkte zum Abschied. Er hatte nicht gefragt, wann ich wiederkäme, er begleitete uns zum Auto und drückte mir einen lahmen Kuß hinter das Ohr, strich meine Haare weg und küßte mich noch einmal, Schimon hatte den ersten Kuß beobachtet und sich abgewendet, beim zweiten aber wieder hingeschielt. Dann schlief er ein.

»Fahr vorsichtig.« Worthülsen, sonst nichts.

»Ruf an, wenn ihr angekommen seid.« Die Wipfel der Zypressen waren dunkel und von einer tiefen Traurigkeit.

»Natürlich fahre ich vorsichtig.« Ich hielt ihm den kleinen Finger hin, du und ich, und die ganze Welt kann uns gestohlen bleiben, und Schimon sah, wie man sich in der ordentlichen Welt voneinander verabschiedet, zwei Küsse hinter das Ohr, ein undurchdringliches Gesicht und ein hingehaltener kleiner Finger.

Als er aufwachte, waren wir schon kurz vor Afula. Die Dunkelheit war schwach, als habe sie ihre Kraft auf dem Weg ins Tal verloren. In Jerusalem ist die Dunkelheit dichter, bedeutungsschwerer.

»Hast du Hunger?«

Wir hielten am Falafelstand von Afula, wo es nach Fett roch. Auf einmal war er hellwach, sein Mund stand offen, seine Augen verschlangen die Handbewegungen des Zauberers. Der Falafelmann warf Kichererbsenbällchen ins kochende Öl, fischte sie heraus und schob sie in das offene Maul eines Fladenbrots, zwei waren gefangen worden, drei stiegen auf und landeten im Brot, gefolgt von vier weiteren. Wenn eine Fee ihm einen Wunsch gewährte, würde er sich vielleicht wünschen, sein ganzes Leben lang auf diesem Quadratmeter Erde stehenzubleiben, neben dem Kessel mit dem heißen Öl, Falafelbällchen in Fladenbrote springen zu lassen, auf saure Gurken und Tahini, und dazu *»one, two, three«* zu singen und für das Publikum, das gekommen war, um den Tennisspieler zu sehen, der die Falafel-Turniere eines nach dem anderen gewann, Ronaldo oder Chaim Revivo zu sein.

Er schob Salat und saure Gurken in seine Pita, drückte sie mit den Fingern fest und lud noch Krautsalat und gedünstete Aubergine darauf. Das Tahini rann aus dem Fladenbrot, und er leckte es ab und kaute, bis er satt war und ihm der Kiefer weh tat, und die Falafel, die vorher hinten auf der Theke gelegen hatten, lagen jetzt zerdrückt neben den Fladenbroten und fanden keinen Abnehmer mehr.

Konzentriert und bewußt schnallte er sich an, als könne er damit das Abenteuer verlängern, das mit jedem Meter, den der Mazda fuhr, seinem Ende näherrückte. Wach und lebhaft schaute er auf die Straße und schielte aus den Augenwinkeln zu mir. »Wird er für immer dortbleiben?«

»Wer?«

»Juval.« Er sprach den Namen rasch und beiläufig aus, als wolle er sich vor zu viel Intimität schützen, die doch nur mit Kummer enden würde. Diese Beiläufigkeit verband sie beide. Eine Welt, in der Männer weggingen, irgendwo anders lebten und höchstens eine Adresse hinterließen.

»Nein, er bleibt noch eine Weile dort, dann kommt er zurück.« Als hätte mir das jemand versprochen. »Fahr vorsichtig«, hatte er gesagt, und das Ohr war ein erfahrener Seismograph für die Schwingungen der Seele. Wäre es nach ihm gegangen, hätte er diesen Jungen in unsere Familie aufgenommen, schließlich reparierte er die Welt mit seinem Atem, einer, der daran glaubt, daß die große Heilung aus tausend kleinen Reparaturen besteht. Einer, der sich keiner Partei verpflichtet, der keine Petition unterschreibt, der bei keiner Demonstration eine Fahne trägt, der aber die Krebsbekämpfung unterstützt, die Blinden, das Komitee, das für die Soldaten Freizeitvergnügungen organisiert, den Verein zur

Bekämpfung der Mukoviszidose, der die Stadtverwaltung über Umweltschäden informiert, der Plastikflaschen in die Plastikcontainer wirft und alte Zeitungen zum Altpapier bringt. Einer, der bereit ist, etwas zu investieren, damit ein einziger Tropfen in einem ganzen Meer von Unrecht ungeschehen gemacht wird, der wenigstens ein bißchen Erlösung in die Welt bringen will. Wir hatten Jerusalem erreicht, und der kleine Tropfen Unrecht neben mir merkte es nun und drückte den Sicherheitsgurt fest an seine Brust. Er klickte mit dem Kugelschreiber, spielte mit dem Polizeiauto in der Hosentasche, stieß mit dem Fuß seinen Rucksack hin und her. Als das Dach des Kinderheims auftauchte, richtete er sich auf und bereitete sich auf den Existenzkampf vor, seine Augen glitten über die Front des Hauses, suchten Anzeichen für Aufregungen, die es während seiner Abwesenheit vielleicht gegeben hatte, Zeichen, die ein Fremder nicht erkannte, an denen aber ein geübtes Auge einiges ablesen konnte, so zum Beispiel an Mischas Beinen, denn daß Mischa draußen stand, lag an etwas, was drinnen geschehen war. Überkreuzte Beine, gespreizte Beine, Sohlen, die auf Fußböden hämmern, oder angespanntes Stillstehen, im Kinderheim ist alles ein Ergebnis der Umstände.

»Wann gehst du wieder zu deinem Vater?« fragte er, öffnete den Sicherheitsgurt, nahm seinen Rucksack, hängte den Riemen über die Schulter und stieg aus. »Hallo, Mischa«, er schlug dem Wachmann auf den Arm, und Mischa fragte, ob es denn schön gewesen sei im Norden.

»Super«, sagte er, trat gegen das sich öffnende Tor und stieg die Stufen hinauf, gespannt, alles zu erfahren, was sich während seiner Abwesenheit zugetragen hatte. Jamima, die Hausmutter, stand in der Tür und füllte sie mit ihrem breiten Hintern aus. An der Wand hinter ihr hingen an einem schwarzen Brett Zettel, mit bunten Stecknadeln festgesteckt. Notizen über herausgerissene Nägel, über abgerissene Rollädengurte, über abgenutzte Wasserhahndichtungen, und auch darüber, welches Kind eine Strafe bekommen hatte und welcher Art diese Strafe gewesen war, wer zum Wochenende weggefahren war und wann er zurückkommen würde. Sie zog die Stecknadel heraus, die im C von Cohen steckte, und fragte, ob es Probleme mit Cohen gegeben habe.

»Warum hätte es Probleme mit ihm geben sollen?«

Sie schaute mich verblüfft an, die Möglichkeit, daß es ohne Probleme abgelaufen sein konnte, war ihr wohl nicht in den Sinn gekommen. Sie steckte die Nadel in ein rundes Kissen und atmete tief ein und aus. Eine Sorge weniger. Die Liste der losen Nägel, der gerissenen Rollädengurte, der leckenden Toiletten, der noch ausstehenden Kinder war kürzer geworden.

Wieder tauchte Perez von irgendwoher auf und fragte, was er schon morgens gefragt hatte, als er noch verschlafen gewesen war. »Deine Sozialarbeiterin?«

Schimon zuckte mit den Schultern. »Wieso denn?«

Jubelschreie kamen aus einem Zimmer, Perez rannte in Richtung der Stimmen. Ich legte die Hand auf Schimons Kopf, um mich von ihm zu verabschieden, und wiederholte Juvals Bewegung auf seinen Haaren, Haare, die einmal im Monat vom Friseur des Viertels zu einem Wohltätigkeitstarif geschnitten werden. Sie kommen zu ihm, warten, bis sie an der Reihe sind, und fahren mit den Händen über ihre Köpfe, ihre Hoffnung hängt an den Scherenblättern, sie träumen davon, beim Verlassen des Salons auszusehen wie der Torwart von Beitar Jerusalem. Ich ging auf den Ausgang zu, er in Richtung des Lärms am anderen Ende des Hauses, seine Füße schlurften durch den Gang, das Schlurfen mischte sich mit dem, was er vor sich hin murmelte: ». . . der Arsch ist groß wie ein Boot, und ihr Schlüpfer ist rot . . .«

»Ich wünsche Ihnen einen schönen Abend«, sagte der Wachmann zu mir, als hätte ich mir mehr als jeder andere Mensch einen schönen Abend verdient.

»Ich Ihnen auch, Mischa.«

Erfreut, daß ich mich an seinen Namen erinnerte, hielt er mir ritterlich die Tür auf, wie Valeri es mit meiner Bürotür getan hatte, machte sie langsam zu, ging an meinem Mazda vorbei, als ich gerade wendete, trat ins Scheinwerferlicht, schob das Kinn vor und gab mir ein Zeichen, daß die Straße frei war und ich beruhigt fahren konnte.

Den ganzen Tag lang hatte ich nicht an Valeri gedacht, und nun, da er einen Spalt gefunden hatte, durch den er in mein Leben schlüpfen konnte, wuchs er wie wild, betrachtete von seinem Fenster aus die Kassiopeia, leuchtende Schleppen von Meteoriten, den ganzen Glanz, der über den Himmel gestreut war, von hier bis Moskau. Sein Fenster war breit, bot genug Platz für mindestens eine weitere Sehnsucht. Juval sah von seinem Zimmer aus die schwarzen Berge und die dunklen Wipfel der Eukalyptusbäume, und ich sah die Windschutzscheibe meines Mazda und das Dutzend nackter Paternosterbäume und Licht in Schiras Zimmer.

Als er mich am nächsten Tag zu Vater begleitete, lief er einen Schritt vor mir durch den Flur, als hätte er es eilig, und wartete ungeduldig darauf, daß ich ihn einholte. Er stand noch auf der Schwelle, da fing er schon an zu erzählen: »Wir sind am Samstag zu ... zu Ju ... zu Juval gefahren.« Vater zog die Brust ein und schluckte die Entweihung des Schabbat wie eine bittere Pille. Schon immer war Vater davon ausgegangen, daß es auch bei Gott eine Hierarchie der Sünden und eine Skala der Gefälligkeiten gab. Gott war schließlich der erste, der sagen würde, die Rettung eines Jungen sei wie die Rettung eines Lebens, und die Rettung eines Lebens sei wichtiger als die Einhaltung der Schabbatruhe. Und wenn dieser Junge nicht ausreichte, das Fahren am Schabbat zu rechtfertigen, so würde es der häusliche Frieden tun, kein Schabbat, der nicht bereit wäre, um des häuslichen Friedens willen auf seine Ehrung zu verzichten. In den ganzen Wochen hatte Vater mich nicht gefragt, warum Juval weggefahren war, und vor allem, warum allein, bei den Steins fragt man nichts, man gibt sich mit dem zufrieden, was man sieht, und überläßt es den Eingeweiden, sich umzudrehen, zu überlegen und zu raten.

Nun schaute er Schimon an, der mit Händen und Füßen erzählte. »Du wirst es nicht glauben, er hat sie in die Höhe geworfen, sechs auf einmal, und hat sie mit dem Fladenbrot wieder aufgefangen, und keines ist runtergefallen, kein einziges.«

Vaters eingefallene Augen traten ihm fast aus den Höhlen, verschluckten Schimons Falafelkugeln, die Kugeln sprangen in die Höhe und fielen wieder herunter, und das ganze Zimmer war ein einziger Falafelstand, die heiligen Bücher verwandelten sich in Schüsseln mit Salaten und eingelegten Gemüsen und Tahini, das Zimmer verwandelte sich in ein weiches, warmes Fladenbrot, und die Kichererbsenbällchen flogen durch die Luft und schlugen die Tabletten für das Herz, den Zucker und den Blutdruck k.o.

Als plötzlich die Tür aufging und Muli hereinkam, blieben die Falafel in ihrem Aufstieg auf halber Höhe hängen, und die Ränder der Fladenbrottaschen wurden zugenäht, die Schüsseln mit den Salaten wurden hoch und schmal und verwandelten sich wieder in Bücher, und Vaters Augen kehrten in ihre Höhlen zurück.

»Ich bin Muli, Taljas Vater.« Muli hielt Schimon die Hand hin. Er hatte schon von ihm gehört, von ihm und seinen wunderbaren Versen. Schimon, der von sich aus keinem Arzt die Hand gab, hielt ihm verwirrt die linke hin, und bevor er seinen Irrtum merkte, hatte Muli schon seine schlaffe Hand gedrückt und wandte sich an Vater.

Mit den Händen im Schoß, drückte sich Schimon auf das Sofa, fasziniert von dem Vertreter der Ordnung, der plötzlich aufgetaucht war, einer von denen, die einen dazu bringen, eine Nummer zu ziehen, ruhig dazusitzen und zu warten, bis man drankommt, auf Befehl das Hemd auszuziehen und den Mund aufzumachen, die einen veranlassen, Medikamente zum richtigen Zeitpunkt zu schlucken.

Bis wir aufstanden, um zu gehen, saß Schimon zusammengekauert auf dem Sofa und betrachtete Muli, und weil er sich nicht entscheiden konnte, ob er für oder gegen uns war, zog er es vor, mit Vater in den langen Flur zu gehen und Muli und mich von hinten zu beobachten.

Muli paßte seine Schritte den meinen an. »Was ist mit dir, Moria?« Der Mann, der versucht hatte, mich zu überzeugen, daß das Kind mein Leben verändern könnte, hatte bestimmt eine Theorie darüber, wie dieser Schimon Teil meines Lebens geworden war. Auch er hatte einmal ein Herz aus neunprozentigem Quark gehabt, bevor die geologischen Schichten in seinem Herzen erstarrten. Morgens und abends hatte er darum gebeten, daß die Bettlerin mit den krummen Fingern zu uns ziehen dürfe. Was spielte es für eine Rolle, daß wir kein Zimmer hatten, wir könnten ihr doch ein Bett im Wohnzimmer herrichten. Du spinnst, sagte Sarale, wenn wir Platz hätten, hätten wir doch noch ein paar Kinder bekommen, und Naomi sagte, dann hätten sie doch Simche nicht heimlich weggebracht, wie Diebe in der Nacht. Er ließ sich weder von dem einen noch von dem anderen Argument überzeugen, und einmal, als wir an der Bettlerin vorbeikamen, blieb er stehen und fragte sie, ob sie bei uns wohnen wolle. Sie schwieg, streckte ihm bettelnd ihre krummen Finger hin. Er sah sie an, sie hielt sich die Hand wie eine Hörmuschel ans Ohr, und er schrie, wollen Sie bei uns wohnen? Sie riß ihren zahnlosen Mund auf und rief Gott an, beugte sich vor und streckte die Arme aus, um ihren Besitz zu schützen. Muli wich erschrocken zurück, und eine Frau, die gerade vorbeikam, fragte, wer uns erzogen habe, sie erhob ihre Stimme und rief laut, Schande und Schmach.

Wir gingen durch den Flur, vergrößerten den Abstand zwischen uns und den beiden hinter uns, wie wir es früher mit Tehila gemacht hatten, als wir die Zwillinge der Steins waren, als wir unser »Wir« stahlen und es an der Zahl der Schritte zwischen ihr und uns maßen. Und jetzt war es mein Zwilling, der sich weit von dem Haus der Steins entfernt hatte und es trotzdem nicht schaffte, das Steingefühl aus sich zu vertreiben. Wäre er Dudi Finkelstein, hätte er, ohne mit der Wimper zu zucken, die tausend Fragen gestellt, die ihn beschäftigten. Was war zwischen mir und Juval passiert, warum hatte Juval den Lebenswagen angehalten, war ausgestiegen und in ein Zimmer gezogen, was war mit diesem anderen, von dem ich vielleicht schwanger gewesen war, oder auch nicht. Energisch und selbstsicher wurde er von Schritt zu Schritt schneller, als würde seine Kehle um so freier, je mehr Distanz wir gewannen. Die automatischen Türen öffneten sich vor uns und schlossen sich hinter uns, wir standen auf dem Platz vor dem Altersheim.

»Es ist alles so kompliziert, Moria.« Die Worte kamen gezwungen aus ihm heraus, Gesandte all der anderen, die er nicht aussprach. Verloren und sich seiner Schwäche bewußt, hob er die Augen zu den Flammenbäumen, an deren leeren Zweigen die Fetzen des vergehenden Tages hingen, wie von den Engeln aufgehängte Wäsche.

»Ich habe mit jenem Mann geschlafen, um ein für alle Mal den heiligen Berg loszuwerden, den ich mein ganzes Leben lang mitgeschleppt habe«, sagte ich, obwohl er nichts gefragt hatte. »Und weißt du was? Es ist nichts passiert. Ich habe dem Berg einen Tritt versetzt, einen Mordstritt, und dann? Was schwer war, ist schwer geblieben.«

Seine Augen hingen an dem Baum, und sein Gesicht zeigte mir, daß ich ihm nichts Neues gesagt hatte. Auch er hatte seine eigene Sammlung an Schwierigkeiten, und was blieb ihm von all den Fußtritten, die er verteilt hatte? Abgetretene Schuhe, das war alles.

»Und woher kommt dieser Schimon?«

Muli ist Arzt, und alle Ärzte suchen nach den Ursachen für ein Ergebnis, und Muli ist außerdem ein Toragelehrter und weiß, daß nichts auf der Welt zufällig geschieht. Eine zufällige und unerklärbare Welt ist für ihn nicht vorstellbar. Und wenn eine Sache nicht mit Gott erklärbar war, dann mußte sie es mit Hilfe der Biologie, der Biochemie oder der Physik sein.

»Es ist einfach passiert, es hat mit zehn Schekeln angefangen und sich dann weiterentwickelt«, antwortete ich, aber meine Antwort stellte ihn nicht zufrieden.

»Der Mensch braucht vermutlich einen Haken, irgend etwas, woran er sich aufhängen kann«, sagte er, den Blick auf die Glastür gerichtet, die sich vor Vater und Schimon öffnete, und betrachtete die Schritte des Lebensanfangs und seines Endes.

»Wenn du glaubst, daß Schimon der Haken ist, an dem ich meine Existenz befestige, dann irrst du dich, er ist es, der sich an mich hängt, nicht ich mich an ihn.«

Er antwortete nicht, denn die beiden waren schon in Hörweite. Vater betrachtete den düsteren Himmel über den Wipfeln der Flammenbäume, und Schimon zirpte vor sich hin, den Blick auf die Schuhe gerichtet, die uns näher kamen. Der Tag war schon fast dem Abend gewichen, es war die Zeit von Nichtmehr und Nochnicht, mein Zwilling ging neben mir her, schweigend und gebeugt, als trage er noch immer die Last des Berges, die man ihm aufgeladen hatte, auf den Schultern, klug genug zu wissen, daß du, egal, mit wem du schläfst, egal, wie viele Frauen du schwängerst, egal, wie viele Schweine du ißt, den heiligen Buckel nicht los wirst, hast du ihn einmal auf den Schultern getragen, wirst du auch mit ihm begraben werden.

»Muli«, sagte ich, und der Chef der gynäkologischen Abteilung streckte den Arm aus und legte ihn um mich. Früher war dieser Arm einmal der Haken gewesen, an dem die halbe Welt hing. Schokoladenbraune Wimpern hoben sich, ein wacher, lebhafter Blick beobachtete den Arm, der um mich gelegt war, und das Gehirn wühlte in den Familienakten, was über wen darin notiert war, Muli war Taljas Vater, der Sohn ihres Großvaters, Morias Bruder, Arzt, Chef einer Abteilung, ein Kapitän Gottes.

»Vielleicht am Montag«, sagte Schimon zu Vater, und Vater sagte, »gut«. Menschen, die an den Randbezirken des Lebens wohnen, brauchen nicht zu diskutieren. Er würde ohne mich zu ihm kommen. Doch obwohl er Vater schon in der Tasche hatte, legte er den Sicherheitsgurt an und fragte: »Wann gehst du wieder zu deinem Vater?« Halte das eine fest und laß das andere nicht los. In dieser geizigen Welt bist du verloren, wenn du nicht noch eine Reserve an Aufmerksamkeit hast.

Er wußte auch schon, wie er allein zu unserem Haus kommen konnte. Der Kugelschreiber steckte in seinem Hemd, das Polizeiauto in der Tasche, die Buchstaben POLICE waren schon fast abgewetzt, so wie das Goldgeglitzer von Sigi und Sigi selbst, die zu »die aus Zimmer sieben« geworden war. Schira fragte, ob ich Mutter Theresa oder so etwas geworden sei und ob das Leben ohne ihren Vater so langweilig sei, daß ich mir Kinder von der Straße auflesen müsse, aber als er sechs Tage hintereinander nicht bei uns aufgetaucht war, fragte sie: »Solltest du nicht dort anrufen und fragen, was mit deinem Schützling los ist?« Wenn er kommt, legt sie die Dominosteine auf den Tisch in der Eßecke und spielt mit ihm. Angespannt und Nüsse knabbernd überlegt sie sich jeden

Zug, und wenn er anfängt zu zirpen, stößt sie ihn mit dem Ellenbogen in die Seite und sagt: »Hör schon auf, das nervt.« Sie erklärt ihm die schlechten Nachrichten im Fernsehen, und er sagt »Tod den Arabern«, und manchmal schafft er es noch zu sagen, »keine Araber, keine Attentate«, bevor sie ihn am Ärmel packt und ihn anfährt: »Sag so etwas nie wieder, verstanden?« Und wenn ihm dann noch etwas auf der Zunge liegt, murmelt er »Im Teich schwimmt ein Barsch, beißt Jamima in den Arsch ...«

Schira, deren DNA auch das steinsche Fallsuchtgen hatte, ordnete die Steine in einer Reihe hintereinander, wie es Muli damals getan hatte, und führte ihm vor, wie der erste mit seinem Umfallen alle anderen zu Fall brachte. »Kaskade« hatte Muli das genannt, wie die Kaske von Finkelstein.

Als wir älter wurden, hatte die Kaskade aufgehört, als Beispiel zu dienen, sie war selbst zu einem Gleichnis geworden. Auch Gott, die Decke über unseren Köpfen, war nicht vor ihr sicher. Ein Balken nach dem anderen barst, bis die ganze Decke einstürzte, und statt unserem Gott, der sich in Staub aufgelöst hatte, erschien das Blau der unendlichen Leere. Plötzlich hatten wir Luft und Licht und einen offenen Raum über uns, geräumig und erschreckend.

Solange Schira ihm nicht erlaubte, »Tod den Arabern« zu sagen, ihm das Zirpen verbot und beim Dominospielen gewann, litt er still, das war wohl mehr oder weniger das, woran ihn das Leben gewöhnt hatte, aber als sie ihn nach seinen Geschwistern fragte, sagte er »ich muß gehen«, kritzelte mit seinem Kugelschreiber auf der Dominoschachtel herum und murmelte: »Schira die Kuh, macht immer muh.«

Als er gegangen war, entdeckte sie, daß er mit runden Buchstaben »Tod den Arabern« auf die Schachtel geschrieben hatte, sie kochte und zischte: »Dem werd ich's zeigen.«

Als die Verlobung von Naomi und Rafael näherrückte, die »Familienfeier«, wie Naomi das Ereignis nannte, hatte er unter seiner Rubrik Verwandte auch schon Giora eingetragen.

Als er gesehen hatte, wie er hereinkam, hatte er sich klein gemacht. Erst mach dich so flach wie der Boden, sollen sie doch auf dich treten, das macht nichts, dann kannst du alles sein, was du willst. Aber Giora trat nicht auf ihn. Er zeigte ihm die F 16, die er aus Papierschnipseln zusammengeklebt hatte, und erklärte ihm die spezifischen Eigenschaften des Flugzeugs, und diesmal griff Schimon nicht nach seinem Polizeiauto, er klickte noch nicht einmal mit dem Kugelschreiber. Er warf das Kissen, mit dem Giora nach ihm geworfen hatte, zurück, und erwies sich bei der Kissenschlacht, die sich entwickelte, als sehr geschickt, und zwischen jedem Wurf sagte er: »Du hast dich oxidiert, stimmt's?«, und Giora lachte und fragte: »Was habe ich?«

»Oxidiert. Du hast dir die Haare gebleicht. Wenn ich groß bin, mache ich das auch.«

Giora kam zu mir in die Küche. »Alle Achtung, Mama.«

Schau an, noch einer, der glaubte, ich hätte mir einen Haken besorgt, an dem ich mein Leben fixieren konnte. »Pah, Vorsicht, ja, ich habe nicht nach einer Möglichkeit gesucht, wohltätig zu sein, dieser Junge ist mir passiert, so wie man von einer Biene gestochen wird, verstehst du?«

»Gut, gut, ich habe nichts gesagt.« Er versuchte mich zu besänftigen. Er machte Juvals Urlaub für die Änderungen in meinem Leben verantwortlich.

Giora war nicht der einzige, der sich mit Juvals Urlaub beschäftigte. Auch der Kleine, der nichts vergißt, fragte jedesmal: »Ist Juval schon zurückgekommen?« und wunderte sich nicht über die Antwort.

Während der Schimon-Zeit und der Zeit von Juvals Zimmer traf ich Valeri nicht. Ich machte einen Umweg um die Champs-Élysées dieser Stadt, um nicht von den Klängen des Saxophons getroffen zu werden. Der Winter ging schon dem Ende zu, die Abstände zwischen den einzelnen Regenfällen wurden länger, und wenn es regnete, war der Regen aggressiv und stumm, wütend trommelte er gegen die Fenster, die vor ihm zugeschlagen wurden, begleitet von mürrischem Donnergrollen, das wie schimpfendes Gemurmel über den Himmel zog, und seine Blitze waren Lichter, die der Gefängniswärter der Welt in seine Zellen strahlen ließ. Die Tage ohne Regen waren trocken und kalt, ihr Blau strahlend und kühl. Nachts stand ich auf der Terrasse, betrachtete die Himmelskörper über den Paternosterbäumen. Das dunkle Purpur der Geranien glänzte, und unter den Rippen, zwei Fingerbreit unter dem Herzen, spürte ich die Phantomschmerzen, stechend und unaufhörlich. Der Zeh der Großmutter wurde wieder lebendig. Die Sterne warfen mir die blauen Funken zu, die sie vorher aus den Augen eines anderen genommen hatten, der sie von einem anderen Fenster aus betrachtete, und wenn diese Augen in Wodka gebadet waren, leuchteten die Funken der Sterne in einem hellen Türkis.

»Der Mieter von Gross war hier«, sagte Maja irgendwann, schöner und glücklicher denn je. Der Kurzschluß mit Jaki, dem Mann, der über die Divisionen der Unterröcke herrschte, war repariert, und schon war vom Heiraten die Rede.

»Was wollte er?« fragte ich.

Woher solle sie wissen, was er wollte, von Anfang an habe sie kein Wort mit ihm gewechselt, sie sei Luft für ihn, existiere nicht, aber ihr Bauch sage ihr, daß ihre Voraussagen sich endlich erfüllten, daß er Gross jetzt endlich zeigen würde, wo der Fisch pinkele. Ihr Gefühl? Daß er ausziehen würde, obwohl er laut Vertrag noch lange bleiben müsse.

»Hat er das gesagt?«

Nein, das habe ihr nur ihr Gefühl gesagt. Übrigens, sie glaube, daß dieser Typ kein Jude sei. Wäre er einer von uns, hätte sie ihn gerne bedient, warum auch nicht, aber sowohl unsympathisch als auch Nichtjude, um die Wahrheit zu sagen, sie habe von Anfang an gewußt, daß der nichts Rechtes sein könne.

Ich war sicher, daß er weder Gross reinlegen noch den Vertrag brechen wollte. Er hatte mich meinetwegen gesucht. Punkt. Der Zeh der alten Frau Finkelstein, zwei Fingerbreit unter dem Herzen, schmerzte und verströmte eine bittere Sehnsucht, es war gut, daß das Telefon klingelte und die Sehnsucht zurückdrängte und bremste. Es war Naomi, sie berichtete, daß die Vorbereitungen für das Familientreffen fast abgeschlossen seien. Sie hätten beschlossen, daß die Bewirtung fleischlos sein solle, aber reichhaltig. Daniel, Rafaels Bruder, würde eine Rede halten, ein paar Worte nur, und wenn Juval hiersein würde, würde sie sich das auch von ihm wünschen. Die Hochzeit solle, so Gott wolle, am Neumondstag des Nissan stattfinden. Und außerdem meinte sie, das Problem mit den Schuhen gelöst zu haben, sie habe für das kommende Glück ein Geschäft gefunden, in dem man aus ideologischen und gesundheitlichen Gründen keine Schuhe mit Absätzen verkaufe, sie hätten dort eine große Auswahl an flachen Schuhen, einfach phantastisch.

Und was wird in einem Jahrzehnt sein? Werden die Jahre sie kleiner machen, so daß sie sich irgendwann wieder Absätze erlauben kann? Wird das kommende Glück sie größer machen? Wird der Größenunterschied zwischen ihnen durch andere Unterschiede ausgeglichen werden?

Ich hatte für das Familientreffen zwei festliche Hemden gekauft, ein weißes für Vater, ein meerblaues für Schimon, mit einem roten Anker und goldenen Haken auf der Tasche.

»Die Botschaft ist zu offensichtlich«, sagte Schira. »Du teilst ihm dadurch mit, daß du sein Anker bist, du bindest ihn an dich.«

Es kam ihr nicht in den Sinn, daß man nicht nur einen Anker auswerfen konnte, sondern ihn auch lichten, um wegzufahren, und daß zu ankern bedeuten konnte, an jemanden gebunden zu sein, der weggegangen ist, um ein Zimmer in Ramot Naftali oder in Tel Jisaskar zu nehmen. Und wenn laut Gesetz eine verlassene Frau nicht wieder heiraten kann, was sieht dann das Gesetz für einen Mann vor, der von seiner Frau verlassen worden ist?

Ich erwartete ihn am Tor, bei Mischa, und er kam gekämmt die Treppe herunter, der Kugelschreiber, den er von Vater bekommen hatte, steckte in der Tasche seines neuen Hemds, beulte den Anker aus und betonte ihn. Perez ging einen Schritt hinter ihm, stieß einen erstaunten Pfiff aus und packte ihn an seinem neuen Hemd. »Deine Sozialarbeiterin?«

»Wieso denn«, er zog die Schultern hoch und senkte sie wieder, und der kleine Matrose ging zu Mischa und segelte mit mir zum Familientreffen. Er schnallte sich fest, stieß den Pfiff einer Eisenbahnlokomotive aus, ratterte wie Räder und pfiff noch einmal. Die Jacke in der Hand, damit sie keine Handbreit seines neuen Hemds bedeckte, trat er mit mir durch die Tür des Restaurants, das für diesen Anlaß gemietet worden war, dasselbe Restaurant, in dessen Garten ich mit Asa'el gesessen hatte, unter dem Eukalyptusbaum, der uns mit seinem gelben Blütenstaub bedeckt hatte. Naomi war zu aufgeregt, um zu fragen, was dieser fremde Junge in der viel zu langen Hose hier zu suchen hatte. Sie empfing uns am Eingang, küßte mich herzlich, ohne Rücksicht auf mein Make-up zu nehmen. Ihr Kleid war silbergrau, und sie trug eine Kette aus roten, weinklaren Rubinen. Rafael wartete, bis er an der Reihe war. Er drückte mir fest die Hand, sein Lächeln war gezwungen und ließ seine Hängebacken dünner erscheinen. Er nahm die Hände von zwei Mädchen, die rechts und links von ihm standen. »Darf ich vorstellen, Schiri und Rona.« Zwei grüne Kleider, zwei blonde Köpfe, vier mandelförmige Augen, vier honigfarbene Zöpfe, zwei schmale, dünnlippige Münder.

»Das ist Schimon«, sagte ich, und sie blieben unbeweglich stehen, waren nicht begeistert, ihn kennenzulernen.

»Schimon?« sagte Rona, die kleinere, »wir haben in der Klasse einen Schimon, der schielt. Sein Vater ist Pilot.« Bis Schimon überlegt hatte, ob einer, der schielte und dessen Vater Pilot war, einem vorzuziehen war, der nicht schielte und keinen Vater hatte, kamen Talja und Vater, Muli und Smadar. »Das königliche Paar«, sagte Sarale und musterte ihre gertenschlanke Schwägerin, die sich bei Muli eingehängt hatte, um ihre hohen Absätze vor dem Kies im Hof zu schützen. Vater kam in seinem schneeweißen Hemd die Stufen herauf, mit der einen Hand auf Talja gestützt, mit der anderen auf seinen Stock, der Kragen seines Hemds stand steif um seinen Hals. Naomi, umarmend, küssend, weinend, wandte sich an die Mädchen. »Kommt, ich stelle euch meinen Vater vor.« Die Mädchen folgten ihr, sagten mit geschlossenen Mündern »sehr angenehm«, und ihre Augen huschten zu Talja, die sich auf die Zehenspitzen stellte, um Naomi einen Kuß zu geben.

»Weißt du, Naomi, Moria hat mal gesagt, es würde dir noch etwas Gutes passieren. Asa'el hat gedacht, du würdest nach Indien fahren, und ich, daß du heiratest.« Die beiden Mädchen schauten sich an und kicherten, ihr Kichern wurde lauter, verwandelte sich in ein lautes Lachen, als sie hörten, daß sie Talja hieß und fast zehn war, und daß sie nur deshalb so klein war, weil ihr ein paar Monate Schwangerschaft gefehlt hatten.

»Zehn?« Schiri riß die Augen auf. »Rona ist größer als du, und sie ist gerade mal acht.«

»Na und?« Talja wandte sich von ihnen ab, sie hatte Schimon entdeckt. »Hi, Schimon. Oh, die Zyklame.« Sie legte ihre kleine Hand auf die Brust. »Schade, daß ich nicht wußte, daß du kommst.«

Auch wenn sie die Grimassen nicht sah, die Rafaels Töchter machten, spürte sie die Barrikade, auf deren einer Seite die Mädchen standen und auf deren anderer sie und Schimon.

»Ein schönes neues Hemd hast du«, sagte sie. »Es macht einem Lust, zum Meer zu fahren.«

Schimon fuhr mit der Hand über den Anker. Er sah zu Asa'el hinüber und sagte, er sehe aus wie ein Junge in seiner Klasse, den sie »Mehl« nennen würden, weil seine Haare so weiß wie Mehl seien. Der Direktor und die dicke Jamima würden ihnen nicht erlauben, sich die Haare zu oxidieren, aber bei Mehl würde das ganz von allein kommen. Er sei schon gebleicht aus dem Bauch seiner Mutter gekommen, von der niemand wisse, wo sie jetzt sei und ob aus ihrem Bauch weitere Oxidierte gekommen seien.

Chani kam mit El'asar und den fünf ältesten ihrer Nachkommen, angeführt von Hadassa und ihrem Verlobten. Chani beglückwünschte das Paar und sagte, jedes Unglück könne sich zum Guten wenden, und der Heilige, gelobt sei Er, vergesse keinen und baue für jeden ein Haus für die Ewigkeit. Es war zu bezweifeln, daß Rafaels verstorbene Frau mit dieser Ewigkeit einverstanden gewesen wäre, er dankte ihr jedenfalls und sagte: »Die älteste Schwester? Es ist uns eine große Ehre«, und führte sie zu dem reich gedeckten Büffet, wo Sarale sich schon ein paar Salatblätter fischte und ein paar dünne Teigzigarren, die sie noch dünner machte, indem sie die äußere Schicht entfernte.

»Das ist Moria, die mittlere Schwester«, stellte mich Rafael seinen beiden Schwestern und seinem Bruder Daniel vor, der eine Rede halten sollte. »Ihr Mann heißt Juval, er ist im Norden und kann leider nicht kommen.«

Er kann nicht. Das hört sich an, als hätte sich der Mann der mittleren Schwester in einer Grenzstellung eingegraben und würde auf ein Kommando der Hisbollah lauern. Soll ich ihnen von der Apfelernte bei der Familie Talguker erzählen, von den überflüssigen Trieben, die er abschneidet, von dem Zimmer, in das er mittags um halb eins zurückkehrt, von der Frau mit dem breiten Becken, die ihm Klaräpfel bringt, von dem olivhäutigen kleinen Mädchen, das ihr an den Fersen hängt, von Cider, der gedankenvoll am Tor liegt und sich an die Vertreibung seines Vorfahren erinnert.

Rafaels Bruder und seine Schwestern waren so kräftig wie er, und wenn sie lächelten, schoben sich ihre dicken Wangen zu einem Doppelkinn zusammen. Eine von ihnen, Schula, erzählte Rafaels Töchtern von dieser netten Frau, die ihren Vater heiraten würde, sie sagte, sie hätten lange genug gelitten, und ihr Haus würde jetzt endlich wieder ein richtiges Heim.

»Unsere Mutter war schöner als sie, sie war blond«, entschied Schiri und befreite sich aus der Umarmung ihrer Tante.

»Blonde sind schöner«, fügte Rona hinzu, die, genau wie ihre Schwester, die honigfarbenen Haare ihrer Mutter geerbt hatte.

Naomis Hand lag auf Vaters weißem Hemd, sie war gebeugt, als würden Gewichte an ihr hängen und sie nach vorn sinken lassen. Ein vierundvierzigjähriges Herz, das an ein ausgewogenes Gewicht von Illusionen und Enttäuschungen gewohnt war und nun gezwungen war, sich der Last des späten Glücks anzupassen.

Sie legte ihre Hand auf Vaters Schulter, fragte: »Was willst du trinken«, und goß ihm einen Grapefruitsaft light ein. Vater sprach den Segen »Durch dessen Wort alles entstand« und trank, dann schaute er sie an und sagte: »Durch dessen Wort alles entstand, Naomi, alles, auch die schlimmen Jahre.« Ihr Glück beugte sie nach vorn, während es ihn fast zu Boden drückte. Das weiße Hemd klebte an seiner mageren Brust, Leute segneten ihn, sagten »herzlichen Glückwunsch«, und wollten an seinem Gesicht die

Freude erkennen, die ihm geschenkt worden war, und er teilte seine Kraft in drei Teile, einen Teil brauchte er, um gerade zu gehen und aufrecht zu stehen, einen Teil für die Hand, die das Glas hielt und zum Mund führte, und was übrigblieb, stand der Freude zur Verfügung.

Mit einer Fülle von Lächeln, Locken, Stoff, Farben, Seidenglanz und Rascheln erschienen Tehila und Claudio in der Tür.

Meine kleine Schwester hatte sich dadurch, daß sie als letzte geboren worden war, das Recht erworben, als letzte zu kommen und damit die Ordnung, die vor ihrer Ankunft entstanden war, durcheinanderzubringen. Sie sah in ihrem eidottergelben Kleid aus wie eine Sonnenblume in voller Blüte, er trug enge Jeans und ein rotes Hemd. Ihr »Herzlichen Glückwunsch« ließ Vater hochfahren, der Saft schwappte in seinem Glas. Lachend und umarmend wanderten die Sonnenblume und das Rotkehlchen durch die Reihen der Gäste, sagten »hi« und »hallo«, verteilten Küsse und Händedrucke, Umarmungen.

»Moria, nicht wahr?« Claudio drückte mir die Hand. »Wie das Hotel »Moria«, in dem ich mal einen Rolladen repariert habe, für die . . .«

Tehila trat ihm auf den Fuß. »Gut, gut, das wissen wir schon«, sagte sie und zog ihn hinter sich her zu Muli.

»Mein Bruder. Ein Gynäkologe. Oberarzt.«

»Oho«, sagte Claudio, offensichtlich beeindruckt von Muli und den Chancen, die ihm sein Beruf bot, er verbeugte sich und hielt Smadar die Hand hin. »Claudio, diplomierter Rolladenfachmann.« Er lachte, daß man seine Zähne sah, und die Vertreterin des Rechts schenkte ihm ein dünnes, säuerliches Lächeln.

Als Rafael sich von den gelben und roten Stoffwogen und dem Wasserfall an Locken erholt hatte, sagte er: »Einen Moment, ich möchte dir meine Töchter vorstellen«, suchte seine Töchter und deutete aus dem Fenster: »Die beiden mit den Zöpfen da, Schiri und Rona.«

Draußen saßen Talja und Schimon mit überkreuzten Beinen auf dem kalten Kies, und vor ihnen, auf der Bank, saßen Rafaels Halbwaisen. Vier Kinder, und jedem einzelnen von ihnen fehlte etwas Wichtiges im Leben: eine Mutter, die sich aus freien Stükken in ihre eigene Welt zurückgezogen hatte oder mit Gewalt genommen worden war, zwei Monate Schwangerschaft, Scharfsichtigkeit und ein paar Zentimeter Größe. Die beiden saßen auf der Bank wie Aschenputtels Stiefschwestern und diskutierten heftig mit dem einfachen Volk, das ihnen zu Füßen saß. Ich machte mir keine Sorgen um ihn, wenn ihm etwas Schlimmes passieren würde, würde ihm ein Herz, so groß wie der Ozean, zu Hilfe eilen, und im schlimmsten Fall würde er die Karte ziehen, die noch nie ihre Wirkung verfehlt hatte, das »*One, two, three*«, oder »Im See schwimmt ein Barsch, beißt Jamima in den Arsch«. Es gab keinen Mund, der sich bei diesen Versen nicht zu einem Lächeln oder Mißfallen verziehen würde.

Ich nahm mir eine mit Kartoffeln gefüllte Zigarre, dann kam Asa'el und fragte mich, ob ich mich noch an den Alten erinnerte, der zu seiner Frau gesagt hatte, das bildest du dir alles nur ein. »Kann man sowas vergessen?« fragte ich, und Chani machte uns ein Zeichen, wir sollten aufhören, denn Daniel, Rafaels Bruder, stellte sich bereits vor das Büffet und fing damit an, daß es nicht gut für den Menschen sei, allein zu sein. Er sagte, es gebe nichts Vollkommeneres als ein gebrochenes Herz, und zwei seien besser als einer allein, und der dritte Faden, die Verbindung zwischen den Menschen und Gott, würde nicht so schnell reißen, doch in diesem Fall gehe es auch um einen vierten, denn da gab es ja noch Schiri und Rona, und im Leben gebe es kein Zufrüh und kein Zuspät. Die Stimmen draußen wurden lauter, der Kampf um Aschenputtels Königreich hatte begonnen. Stimmt nicht, stimmt doch. Dummkopf. Blöde Gans. Brillenschlange. Halt den Mund. Der Wind fuhr durch die Zweige des Eukalyptus, und ihr Rauschen übertönte die Stimmen. Daniel hatte seine Rede noch nicht beendet, er sagte, der Leim sei der gemeinsame Nenner, der die Eheleute miteinander verbinde, und die Frau sei sein Haus, »und wenn ich sage, sein Haus, dann meine ich nicht ein Gebäude aus Steinen . . .« Ein scharfer Schrei erklang im Hof und traf das Wort »Steine« und ließ Daniel zurückweichen, bis sein Hintern gegen das reichhaltige Büffet stieß. Rafael rannte zum Fenster, Asa'el zum Hof, das Rotkehlchen zur Terrasse. Ich stieß Chani zur Seite, rempelte Sarale an, trat auf den niedrigen Schuh der Braut und flog wie Mary Poppins zum Hof. Blaß und mit verzerrtem Mund stand Schiri unter dem Eukalyptusbaum, auf ihrer Stirn, dicht am Scheitel, der die Haare in die beiden Honigzöpfe teilte, klaffte ein drittes Auge, ein roter Blutstropfen, von einem bläulichen Schein umgeben. Das Hoftor wurde aufgestoßen, das neue blaue Hemd blitzte auf der Straße auf, Talja rannte zum Tor, das vor ihr zuschlug, und schrie aus aller Kraft »Schimon«, und Rona lief ins Restaurant hinein, um die Nachricht zu verbreiten.

Der Nachkömmling, der mir so teuer war wie Efraim dem Josef, hatte den Anker gelichtet und floh, so schnell er konnte, und ich rannte ihm nach und rief »Schimon«, und das »Schimon« kämpfte in meinem Hals mit der einströmenden Luft und der, die ausströmen wollte. Mal leuchtete das Hemd in der Sonne auf, dann wurde es wieder von Schattenstreifen getroffen, die dünnen Ellenbogen schlugen durch die Luft, er entfernte sich immer mehr, und mein »Schimon« wurde immer heiserer und wurde vom Lärm der Autos zerrissen, dem Hupen, dem Wind, dem Glück. Wer kann einen Jungen besiegen, der die Gene des Fluchtinstinkts aus der Brust der Frau gesogen hat, eine Minute vor deren eigener Flucht. Bei drei von zehn Jagdsprüngen hat die Löwin Erfolg. Wer weiß, wie erfahren Schimon beim Flüchten war, aber diesmal fiel er rein, seine zu langen Hosenbeine, die um seine Absätze flatterten, waren schuld daran. Er stürzte neben dem Müllwagen an der Straßenecke, und bevor er aufstehen konnte, packte ich ihn am Zipfel seines neuen Hemds.

»Laß mich«, schrie er und wand seinen dünnen Körper, um sich aus meinem Griff zu befreien.

»Hast du einen Stein auf sie geworfen? Vermutlich ist es ihr recht geschehen«, sagte ich, und er hörte auf zu zappeln. Zusammengekauert, mit gesenktem Kopf, wie ein Sprinter vor dem Sprung, saß er da und glaubte, nicht recht gehört zu haben.

»Laß mich«, schrie er noch einmal, ein vergeblicher Versuch.

»Vermutlich ist es ihr recht geschehen«, sagte ich, »und glaub nicht, daß ich dich jetzt verlasse, wir gehören zusammen.«

Plötzlich erschlaffte er, nur sein Atem ging schnell.

»Sie hat zu Talja ›Zwergin‹ gesagt.« Er klickte mit dem Stift und fummelte an seinem Polizeiauto herum, vermutlich prüfte er, ob seine Schätze noch da waren.

Schau, du hast geglaubt, daß ein Herz, so groß wie der Ozean, ihm beistehen würde, wenn ihm etwas Böses geschieht, und als das Böse ihr geschah, stand ihr ein hartes, bitteres Herz in der Größe eines Olivenkerns zur Seite, das die Beleidigung rächte, indem es einen Stein warf.

»Ich werde es ihr zeigen!« Seine dunklen Augen brannten. Ja, er wird es ihr zeigen, ihr und seiner Mutter und der Frau seines Vaters und der Direktorin und Jamima, der Hausmutter, und allen verdammten Frauen der Welt.

Ich berührte seine Schulter. »Komm.«

»Ich gehe nicht dorthin zurück.« Er schüttelte die Schulter und wollte weggehen.

»Wir gehen beide nicht zurück«, sagte ich und drehte mich um, um die Straße zu überqueren, und seine langen Hosenbeine, die über die Schuhe hingen, folgten mir. Wir gingen die Bezalelstraße hinunter und schwiegen. Ich bestach ihn nicht mit Worten und nicht mit Schmeicheleien. Es war später Nachmittag, die Sonne stand schon im Westen, ab und zu wurde sie von Wolken verdeckt.

»Wohin gehst du?« Er schaute mich mit einem Blick an, hinter dem sich das Mißtrauen seiner neun Jahre verbarg.

»Ich gehe? Wir gehen. Wir hören uns Musik an.«

Die von den Hosenbeinen verschluckten Schuhe liefen weiter neben mir her, der Stoff raschelte auf dem Bürgersteig und mischte sich mit dem zirpenden Geräusch, das er in die Nachmittagsluft pfiff.

Die Flötenspielerin war noch dünner und knochiger geworden, als bliese sie ihre ganze Persönlichkeit in das Metallrohr der Flöte, als verdunstete sie allmählich. Die Gitarristin schien kräftiger und entschiedener, ihre Finger spielten entschlossen auf dem Instrument, lockten Klänge hervor, zupften an den Saiten. Und er? Verschlossen und fremd. Seine Klänge waren wie seine Augen, klar, kühl, durchdringend, sie ließen keinen Raum für Zweifel, sie waren schneidend, drangen bis auf die Knochen, es war nichts Weiches an ihnen. Sie spielten »Im Land meiner Liebe blühten die Mandelbäume«. Mit Beinen so fest wie die Finger der Gitarristin trat ich näher, bis zum Saxophonkoffer, und Schimon folgte mir und verschluckte seine Pfeiftöne, später, wenn wir weggingen, würde er sie wieder hervorholen. Jetzt hingen seine Augen an den Münzen auf dem purpurnen Futter des Koffers, seine Finger tasteten über die goldenen Haken des gestickten Ankers auf seinem Hemd, er zählte die Schekel auf dem roten Samt. Seine Wangen glühten, seine Haare waren zerzaust und wild, die Augen des Mannes, der mich nie nach meinen Kindern gefragt hatte, hefteten sich mit schneidenden Pupillen auf ihn, zogen ihm die Haut ab, um hineinzudringen, um eine Wahrheit zu finden. Über mich? Über den Fötus, der keine Möglichkeit bekommen hatte? Auf dem Bein, das den Takt klopfte, spannten sich die Nähte, die die zerrissene Haut zusammenhielten, ich hatte sie geküßt, eine nach der anderen, und würde die Hose jetzt aufplatzen, würde ich sie wieder küssen, und über den Narben war die billige Konfektionsunterhose. »In einer Zeit, einer guten Zeit, vergessen wir das Leid ...« Wer vergißt, was wird vergessen, es ist wie ein kleiner Hund, das Leid, es läuft dir nach, klebt wie ein Schatten an deinen Beinen, beißt mit zahnlosem Maul in den Saum deines Kleides, leckt deine Beine, läßt dich das Kind vergessen, du kannst ihn bis morgen treten, Maria, seine feuchte Zunge wandert schon an deinen Beinen nach oben, läßt dich den Jungen vergessen, den du hierher mitgebracht hast, er ist schon müde und hockt auf dem Boden. Seine schokoladenbraunen Wimpern zittern, gleich wird er einschlafen, und du hast nichts dabei. Deine Handtasche ist beim Familientreffen geblieben, zwei Tische vom Büffet entfernt, unter dem Tisch, auf dem der Teller mit der gefüllten Zigarre steht, von der du die Hälfte zurückgelassen hast. Du hast noch nicht einmal vier Schekel, um eine Flasche Mineralwasser für ihn zu kaufen, und er ist ausgetrocknet, das »Zwergin«, das Aschenputtels Schwester ausgestoßen hat, hat ihm die letzte Flüssigkeit herausgezogen, und er hat sein Leben und seine ohnehin geringen

Chancen aufs Spiel gesetzt und seinen Zorn gegen die honigfarbene Stirn geschleudert. Jetzt hat er keinen Wind mehr in den Segeln, leer und klein ist er in seinem neuen Hemd und den Hosen, die reichen müssen, bis er nachgewachsen ist. Das Glühen seiner Wangen erlischt, eine grünliche Blässe breitet sich auf ihnen aus. Gleich wird er ohnmächtig werden.

Ich unterbrach die Musik, stoppte die kräftigen Finger, den Fuß, der auf den Boden klopfte. »Kannst du mir zehn Schekel leihen?«

Er beugte sich über den Instrumentenkoffer, nahm eine Zehnschekelmünze heraus, dann noch eine, und als er mir das Geld hinhielt, wanderten seine Augen über mein Gesicht, um etwas zu sehen, aber ich reagierte nicht. Ich lächelte nicht, ich zwinkerte nicht, ich verzog nicht den Mund. Was geschehen war, war geschehen, der sehnsüchtige Vogel war weg, der Phantomzeh futsch, ich hatte nichts mehr zu tun, außer daß ich ihm zwanzig Schekel schuldete. Meine Hand schloß sich über den Münzen zur Faust. »Komm«, sagte ich zu Schimon und half ihm beim Aufstehen. Er war schlaff, sein Arm, den ich festhielt, war dünn wie Mulis Arm, damals, als wir noch die Zwillinge der Steins gewesen waren und verglichen hatten, wer von uns dicker war. Die Luschinkas schauten uns nach, als wir gingen, bestimmt sagten sie sich laut oder in Gedanken, sie hat noch nicht einmal danke gesagt, diese Frau, sie wird die zwanzig Schekel so sicher zurückgeben, wie uns Haare auf den Händen wachsen. Ich zog ihn am Arm hinter mir her zum Kiosk auf der anderen Seite, mit kleinen Schlucken, wie ein Vögelchen, trank er von dem Mineralwasser, ruhte sich zwischendurch immer wieder aus, dann wurden seine Schlucke kräftiger, seine Lippen saugten an der Flasche, bis sie gluckernd leer geworden war, und plötzlich kehrten Kraft und Farbe in ihn zurück, und Mißtrauen.

Ich winkte ein Taxi, und er fragte, »Wohin fährst du?«, mit fest zusammengedrückten Beinen.

»Wir fahren beide. Zum Kinderheim.«

Der Fahrer drängte ihn. »Los, mach schon, Junge«, und er stieg zögernd hinter mir ins Taxi, rutschte weit weg von mir, drückte sich an die Tür. Ich würde ihn bei der Leitung des Kinderheims verraten, ich würde die Sache mit dem Stein erzählen, den er aus einem Haufen Kies genommen hatte, ich würde beschreiben, wie der Stein in einem Bogen durch die Luft geflogen und genau auf der hübschen Stirn gelandet war.

»Ist mir doch egal, wenn sie mich dafür bestrafen, was ich ihr getan habe.« Er kratzte mit dem Fingernagel im Lederbezug des Vordersitzes.

»Ich habe dir doch gesagt, es geschah ihr recht. Dummkopf, glaubst du, daß ich dich verpetze?«

Dummkopf. Vielleicht hat er sein ganzes Leben lang auf dieses »Dummkopf« gewartet. Ich habe doch Erfahrung mit Dummheiten, schon fünfunddreißig Jahre lang habe ich das »Dummkopf«, das Vater einmal zu mir gesagt hat, nicht vergessen, und es wirkt immer noch nach.

»Ist Juval schon zurückgekommen?« fragte er, als wir in die Straße des Kinderheims einbogen, und als wir ankamen, fragte er: »Wann gehst du zu deinem Vater?« Eine entscheidende Frage, von dem das bißchen Mitleid abhing, das ihm die Welt bot, das bißchen Fürsorge. Das Taxi hielt vor Mischa, der kleine Matrose richtete sich auf, murmelte *»One, two, three«*, stieg aus und ging mit betont gleichgültigen Schritten die Stufen hinauf, drehte sich um, sah, daß ich ihm zuwinkte, hob die feste Hand, um zurückzuwinken, zog die Lippen nach unten und stieß sein Zirpen aus.

»Auf dich wartet eine Überraschung«, sagte Sarale, als ich am Restaurant ankam. Sie stand mit Smadar im Schatten des Eukalyptusbaums und machte mit dem Kinn eine Bewegung, ich solle hineingehen.

»Eine Überraschung?« Warteten Polizisten auf mich, damit ich den kleinen Übeltäter anzeigte? Vertreter des Jugendamts? Eine Sozialarbeiterin? Sanitäter, die die Verletzte behandelten? Radioreporter?

»Los, geh schon rein«, drängte Sarale, riß ein Blatt des Eukalyptusbaums ab, unter dem ich einmal mit ihrem Mann gesessen und Zitronentorte gegessen hatte.

»Da ist sie ja«, rief eine Stimme in der Tür. »Gott sei gelobt.« Chani atmete erleichtert auf.

Die große Sonnenblume umarmte mich. »Hi, *young lady*, wir haben uns Sorgen um dich gemacht, und um deinen kleinen Verrückten. Komm schon, du wirst gesucht.«

Es waren keine Gesetzesvertreter, die mich suchten, keine Polizei, kein Sozialamt, keine Behörde, kein Notarzt. Es waren Gründe des Herzens, die ihn gebracht hatten, auch wenn man nicht wußte, welche, Sehnsucht, Schuld, Verzeihen? Braungebrannt und mit hängenden Schultern stand Juval in seinem gelben Hemd vor dem Büffet, aß eine Olive und unterhielt sich mit dem Brautpaar. Die Verletzte drängte sich dicht an ihren Vater, einen Gazebausch auf der Stirn, der mit Pflaster festgehalten wurde. Sie bemerkte mich als erste, hob ihre mandelförmigen, angsterfüllten Augen zu mir und drückte sich an ihren Vater. »Moria«, sagten alle drei im Chor, Juval und das glückliche Paar. Er küßte mich auf den Kopf, und Naomis zukünftige Schwägerinnen lächelten erfreut. Der müde Krieger war in die Arme seiner Frau zurückgekehrt, er roch nach Klaräpfeln, und seine Hände sahen aus wie die eines Mannes, der ein Gewehr gehalten und entsichert hatte.

»Julia Roberts und Richard Gere«, sagte Claudio lachend, »nun, noch ein Kuß, warum nicht?«

»Was ist, bist du der Regisseur dieser Szene?« Tehila schob ihr Rotkehlchen zur Seite und biß ihn ins Ohrläppchen.

Ich fragte ihn, wann er losgefahren sei, wann er angekommen sei, wie die Fahrt war, aber das Wichtigste fragte ich nicht, bist du zum Familientreffen gekommen oder heim. Ich war die Frau des aus der Ferne heimgekehrten Mannes, bis ich Taljas dicke Brillengläser fragend auf mich gerichtet sah. Blaß drückte sie sich an Mulis Bein.

»Schimon geht es gut, er ist zu Hause«, sagte ich.

»Zu Hause? Er hat mir erzählt, er wohnt in einem Heim.«

»Wirklich? Das hat er dir erzählt?«

Wie hatte er die Größe dieses kleinwüchsigen Mädchens erkannt und ihr in seiner Armseligkeit beigestanden. Die bescheidene Solidarität der Geknebelten. Sie war nicht sofort erleichtert. Sie schaute mich an, an ihren Vater gedrückt, dann zog sie ihre Hand aus seiner und sagte: »Es ist mir egal, sollen sie doch über mich sagen, was sie wollen«, sie drehte sich zum Fenster, schaute hinaus zu ihrer schönen Mutter und zu Sarale, und mein Zwilling erbarmte sich meiner und fragte: »Bist du von der UNO, Moria?«

»Ich? Von den Alliierten.«

»Das bist du schon immer gewesen«, sagte er und nahm meine Hand wie damals, in den Tagen des Staunens und des Glücks, und hätten wir jetzt etwas zu teilen gehabt, wir hätten es gerecht geteilt.

Im Volkswagen verbarg sich die Antwort auf die Frage, die ich nicht gestellt hatte. Der große Rucksack, den er für seinen Umzug in das Zimmer angeschafft hatte, stand im Kofferraum, um die Unterhosen, die Strümpfe, die Hemden und die Tolkiens und Assimovs nach Hause zurückzubringen.

Unter den zwölf Paternosterbäumen an unserem Hoftor umarmten wir uns, eine Umarmung, die sich anfühlte wie Hausschuhe, vertraut und beruhigend, und dann wie neue Schuhe, drückend und schmerzhaft. Wir umarmten uns neben dem trockenen, alten Stumpf der Kiefer und sahen, daß ein Trieb gewachsen war, ein frecher, fröhlicher Ableger. Aus der Wunde, die das Beil des Holzhackers geschlagen hatte, drängte sich das Leben hervor, das unter ihr verborgen gewesen war.

Was bedeutete das? Daß es solche Holzfäller gab und solche.

Und noch bevor wir uns aneinander gewöhnt hatten, fragte er nach dem kleinen Wildling, den mit den beiden Namen.

Schon wieder sprachen wir über einen Dritten, statt über uns beide. Und warum sollten wir auch über uns beide sprechen? Wir ließen das Leben sprechen, wir warteten einfach ab. Was hätten wir davon, wenn wir die Kruste von der Vergangenheit kratzten und in dem herumwühlen würden, was sich darunter verbarg, was geschehen war, war geschehen, wir wandten uns der Zukunft zu. Wir sprachen über das Haus, das endlich getüncht werden mußte, über das Terrassengeländer, das neu gestrichen gehörte, über das Dach, das geteert werden mußte, über Schwertlilien und Zyklamen, die wir pflanzen würden, über den Hochzeitsbaldachin, den man am Neumond des Monats Nissan für Naomi und Rafael errichten würde, und über den Hochzeitsbaldachin für Hadassa am Neumond des Siwan, über neue Terrassenmöbel, über die Toskana im Sommer. Und bis das alles geschehen wird, werden grüne Nadeln den Schößling bedecken, der auf dem Stumpf gewachsen ist, und die Babywäsche auf der Leine der Terrasse gegenüber wird einem acht Monate alten Kind passen, und wir werden schon sehen, was dann ist. Kein Zweifel, Juval hatte nicht nach dem kleinen Wildfang gefragt, um von uns abzulenken, er interessierte sich ehrlich für ihn, den Besitzer zweier Namen. Dieser Junge war für ihn wie ein schmerzender Zahn, an den die Zunge immer wieder stieß und über das wunde Zahnfleisch tastete, und deshalb stand der Junge oben auf der Liste, vor dem Dach, dem Geländer, dem Anstreichen und der Farbe. Um das, was weh tut, kümmert man sich zuerst.

»Sie haben schon zu Mittag gegessen«, sagte Mischa und machte mir das Tor auf, und Jamima, die Hausmutter, ließ ihn rufen. Auf einem imaginären Besen reitend, bog er um die Flurecke, in dem Matrosenhemd, das ich ihm gekauft hatte.

»Jemand wartet auf dich«, sagte ich, und seine Hasenohren richteten sich auf. Die Welt war voller gefährlicher Jemands, Vertreter der Polizei, Vertreter der Behörden, biologische Vertreter, die nichts von einem wissen wollten. Er spähte zur Welt hin, die sich hinter Mischas Schulter verbarg, und sah den Volkswagen und Juval, und eine Million Grillen sammelten sich in seinem Mund und wollten ausbrechen. Die Theorien, die er über die Welt hatte, waren auf einmal nichts mehr wert. Männer lassen einen im Stich? Da war einer, der war wiedergekommen.

»Komm«, sagte ich, und er kam pfeifend, an seinem Stift klikkend, an seinem Polizeiauto fummelnd, und der Lärm, den er machte, wurde immer lauter.

Juval stieg aus dem Auto und legte ihm die Hand auf die Schulter, wartete, bis sich die Schulter an die Berührung gewöhnt hatte und sich entspannte, dann beugte er sich zu ihm und fragte: »Willst du am Wochenende zu uns kommen?« Und seine Frage war wie ein Goldregen, der plötzlich vom wolkenlosen Himmel fiel.

»Was soll das heißen? Meinst du für zwei Tage? Daß ich bei euch schlafe?«

»Wenn du willst.«

Das Polizeiauto brach aus seiner Hosentasche hervor und machte einen Satz zum Himmel, stieg hoch bis zu den Stromdrähten, drehte sich auf seinen silbernen Rücken, und er rannte, um es wieder aufzufangen, immer wieder warf er es in die Luft und fing es auf. Er rannte an Mischa vorbei, die Treppe hinauf, stolperte, fiel hin, stand wieder auf, stieß die Tür auf, verschwand im Kinderheim und kam mit seinem Rucksack zurück, in dem sich seine wenigen Schätze befanden. Einen Moment lang stand der kleine, wilde Matrose oben auf der Treppe, dann kam er heruntergehüpft, *one, two, three* ... Mischa machte das Tor auf und hielt es offen, wenn Mischa eine Freude sah, die das Tor passieren wollte, erwies er ihr Ehre.

Barfuß und im Unterhemd schaute Perez um die Tür, sprang, immer zwei Stufen auf einmal nehmend, herunter, lief an Mischa vorbei und blieb vor dem Volkswagen stehen, zog mit dem Finger einen Kreis um die Scheinwerfer.

»Der Mann von deiner Sozialarbeiterin?«

Schimon hob die Schultern unter dem Matrosenhemd, »Wieso denn«, sagte er. Er stieg ins Auto, und wir lichteten den Anker. Perez blieb stehen und schaute uns hinterher, und Staub wirbelte um seine nackten Beine.

Wolken mit zerfressenen Rändern segelten vor mein Bürofenster, blaß und schwerelos zogen sie ostwärts, getrieben von einem ungeduldigen Frühling. Die Unruhen des Winters waren vergessen, bald würde der Himmel wieder blau und trocken sein, und auch die Verwirrungen der Erdbewohner würden in Vergessenheit geraten. Wir werden das Haus renovieren, teeren, tünchen, streichen, im Garten werden die Schwertlilien und die Zyklamen wachsen, unsere Arme werden sich wieder verschränken, und meine Hände werden sein, was sie immer waren, ich habe sie am Morgen nicht eingecremt, noch nicht einmal gefeilt, an meinen Händen ist nichts Besonderes, der Sommer wird Mo ein Ende bereiten, sie wird verschwinden und nicht wiederkommen. Die Wurzeln der Vergangenheit faulen, und ich richte all meine Gedanken auf die Tage, die vor mir liegen. Zwei Wohnungen im Westen der Stadt stehen zum Verkauf an, mir winkt ein hübscher Gewinn, und heute bin ich allein im Büro, denn Maja hat sich diesen Vormittag freigenommen, um cremefarbene Schuhe zu suchen, die zu ihrem Hochzeitskleid passen, und dann wird sie Orchideen in der passenden Farbe suchen, nur gut, daß sie den cremefarbenen Schleier bereits hat. Aber während die Leute Wohnungen kaufen und Schuhe suchen, geht das Leben unmerklich weiter. Während eine Kundin sich nach einer Wohnung mit einem Balkon erkundigt, gärt es im tiefen Moder der Erde. Der einzige Samen, der von der gärigen Fäulnis abgefallen und in der Erde gelandet ist, so klein wie Millionen ihrer Samen, schwillt im verborgenen an, reift und platzt aus seiner Schale. Während die Frau sich für die Himmelsrichtung der Fenster interessiert, für die Installationen, wächst der widerspenstige Stengel, windet sich und sucht einen Weg, bricht sich einen Spalt, und in der kurzen Zeit, in der die Frau sich mit der Hand durch die Haare fährt und sagt: »Ich denke, die Wohnung ist gut für mich«, reißt die Erde auf, der Sproß der Sehnsucht bricht hervor, bitter und stark, und verkündet, hier bin ich, ich bin nicht verschwunden. Sie wird noch ein wenig nachdenken, sie wird sich beraten lassen, sie wird zurückkommen, sie wird unterschreiben, sie wird bezahlen, und bis sie ihr Jackett anzieht und aufsteht, um zu gehen, wird der Sprößling kräftig und bekommt wilde, große Blätter, und die Phantomschmerzen sind schon unerträglich, und ich habe bereits die Tasche und die Schlüssel in der Hand, ich fühle mich wie eine Zündschnur, an die Feuer gelegt wurde, meine Füße eilen zu jener Gasse. Wenn er mir das Lied der Frau spielt, die die letzte Spucke ihres Mannes aufhebt, werde ich mich diesen Klängen öffnen, sollen sie mit mir machen, was sie wollen, und wenn ich weine, dann weine ich eben.

Aber die Gasse zwischen der Apotheke und dem Schuhgeschäft lag verlassen da. Keine Spur war von Valeri und seinen Luschinkas zu sehen, nur die schwarzen, leeren Pflastersteine, eine trübe Pfütze und Wind, der darüber wehte.

Eine Stunde später war ich wieder dort, die Gasse sah noch verlassener aus als zuvor.

Zwei Stunden später ging ich zum dritten Mal hin. Ein Straßenkehrer kniete auf dem Boden, vor ihm sein Besen, rechts neben ihm ein Haufen Müll. Valeri und die Luschinkas waren nicht da, auch der letzte Staub, den ihre Sohlen auf den Steinen der Gasse hinterlassen hatten, war schon zusammengefegt. Ich überquerte die *Champs-Élysées* dieser Stadt, ging zum Schmuckgeschäft gegenüber, diesem Geschäft, an das ich mich einmal gelehnt hatte, auf dessen Edelsteine einmal mein Schatten gefallen war.

Der Verkäufer trat vor die Tür. »Was kann ich für Sie tun? Eine Kette? Ein Ring?«

»Dieser Musiker, der mit dem Saxophon, war er in der letzten Zeit hier? Heute? Gestern?«

Die Schultern des Verkäufers sanken nach unten. »Sie möchten keinen Ring? Bei mir gibt es zwanzig Prozent auf Perlen und Korallen. Sie fragen nach diesem Russen? Nein, wir haben schon seit ein paar Tagen Ruhe vor ihnen. Eines Tages hat die Erde sie verschluckt. Was sagen Sie zu diesem Stein? Echte Koralle, und dieser da ...«

Die Rolläden der Wohnung im vierten Stock waren heruntergelassen, die Tür abgeschlossen, sein Name war vom Briefkasten und von der Tür entfernt worden, nur die Aufkleber von Shimon Peres und Bibi Netanjahu waren noch da, und die Werbung des Installateurs, der sich für Notfälle anbot. Eine Stromrechnung war unter der Tür hindurchgeschoben worden, ihr Rand schaute noch heraus. Ich klopfte mit dem Knöchel an die Tür, das Klopfen eines Gastes, der einen Schlafplatz sucht, dann klopfte ich fester, wie ein Gerichtsvollzieher, schließlich schlug ich mit der Faust an die Tür, »entweder machst du jetzt auf, oder ...«, und die Schläge kamen trocken und hohl zu mir zurück. Eine Nachbarin aus dem

Stockwerk darunter hörte den Lärm, kam ins Treppenhaus, drehte den Kopf nach oben.

»Sie brauchen gar nicht zu klopfen, sie sind weg.«

»Wer ist das, sie?«

»Der Russe und seine Freundin.« Sie kam ein paar Stufen herauf, zog eine Nadel aus ihren Haaren und betrachtete mich forschend.

»Sie meinen wohl seine Tochter«, sagte ich, ich lehnte mit der Schulter an der Tür, an der Wange von Schimon Peres.

»Nein, was haben Sie, wenn ich sage seine Freundin, dann weiß ich, was ich sage. Seine Tochter ist diese magersüchtige Blondine, und die andere hat einen schwarzen Pferdeschwanz, sie hat mit ihm eine Woche hier gewohnt, dann sind sie weggezogen. Das war's.«

Sie hielt die Nadel im Mund, nahm ihre Haare, drehte sie zu einem Nackenknoten und steckte die Nadel hinein.

»Wenn Sie mehr wissen wollen, gehen Sie zu Marcelle im ersten Stock, sie weiß Bescheid. Vielleicht ist er nach Rußland gefahren, keine Ahnung, vielleicht war er ein Fremdarbeiter ohne Erlaubnis, und man hat ihn geschnappt, vielleicht kommen sie nach ein paar Tagen ja auch hierher zurück, Marcelle weiß es.«

»Mama, komm ...«, ein kleiner Junge in Unterhosen und Strümpfen kam herauf und packte sie am Kleid.

»Wirklich, als sie die Treppe heruntergekommen sind, hat man ihnen angesehen, daß sie ... he, du Plagegeist, was zerrst du mich so am Kleid, ich komme ja schon.« Sie nahm den Kleinen auf den Arm, ging langsam hinunter und sagte: »Sie kommen, kriegen einen Haufen Zeug von der Jewish Agency und fahren nach Rußland, nach Amerika. Nur wir Dummköpfe sitzen unser Leben lang hier fest, mit den Hypotheken und allem. Sind Sie von der Integrationsbehörde oder was?«

Ich saß auf der Mauer vor dem Haus, vor den achtzig Fenstern, die der Bauunternehmer in diesen Block gequetscht hatte. In einem Fenster wurde ein Teppich geklopft, aus einem anderen kamen Seifenblasen, die ein Junge blies, im dritten tanzte ein Glockenspiel, auf der Leine vor einem vierten hingen Frauenunterhosen, auf einem Fensterbrett gärten saure Gurken, auf einem anderen wuchs Petersilie, an manchen saßen alte Leute mit aufgestützten Ellenbogen oder Kinder schauten heraus. Im vierten Stock war ein großes Fenster mit heruntergelassenem Rolladen, wie ein blindes Auge. Und über dem Block mit den achtzig Fenstern, hoch über den sieben Himmeln, hing die blaue Decke, die über die Engel gebreitet war.

Gabriel, der alte, fleißige Engel, hebt den Kopf aus der Decke, betrachtet die Welt und breitet seine Flügel über die aus, die dazu bestimmt waren zu stolpern. Seine Hand überdeckt gefährliche Fenster, sein alter Fuß glättet Fallgruben, seine abgenutzten Flügel bringen Saxophonspieler, derentwegen Gelübde gebrochen werden, nach Rußland oder Amerika. Der Engel bewahrt mich vor allem Bösen.

Eine Katze sprang auf die Mauer und rollte sich nicht weit von mir zusammen, die Blätter der Pappel rauschten, und ihre Blätter zitterten silbern.

So ist die Welt, Maria, eingemachte Gurken, Wäsche an der Leine, Kinder, die Seifenblasen blasen, Katzen, die sich auf Steinen zusammenrollen, verschlossene Fenster, trocknende Herzen, Pappeln in ihrer Schönheit.

Eine Münze habe ich ihm gegeben, dann noch eine, damals, als ich die Gerbera und die Melone in den Händen hielt, und ein andermal habe ich mir eine Münze geliehen, dann noch eine, und habe sie ihm nicht zurückgegeben.

Ich öffnete meinen Geldbeutel, nahm eine Zehnschekelmünze heraus und stellte sie auf ihre schmale Kante, sie warf einen elliptischen Schatten, mit meinem nicht gefeilten Fingernagel stieß ich sie den Hang hinunter. Die Münze rollte südwärts, sprang auf, rollte weiter, vom Bürgersteig auf die Fahrbahn und immer weiter. Ich sah nicht, wo sie schließlich gebremst wurde, was sie zum Straucheln brachte, auf welche ihrer beiden Seiten sie fiel. Ich zog eine zweite Münze aus meiner Tasche, stieß sie ebenfalls den Hang hinunter und sah nicht, wie weit sie rollte. Vielleicht werden die Münzen gar nicht gebremst und rollen weiter, zusammen mit der Erdkugel, springen über Längen- und Breitengrade, überqueren Dörfer und Felder, Länder und Städte, und erreichen in einigen Tagen oder Jahren Moskau, dort rollen sie durch die Straßen, so lange, bis sie einen Turnschuh Größe achtundvierzig treffen, vor dem sie erschöpft zum Stillstand kommen.

»Sie sind ja immer noch hier.« Die Frau mit den Haarspangen kam mit dem Kind aus der Tür, um den Mülleimer auszuleeren. »Sie brauchen nicht auf ihn zu warten. Ich habe es Ihnen doch gesagt. Marcelle weiß alles, sind Sie zu ihr gegangen?«

Am Himmel öffnete sich ein weißes, kaltes Auge, ein voller, gleichgültiger Mond. Die dämmrige Traurigkeit der Pappeln äußerte sich mit dem Glanz des Mondes, mal schimmerten die Blätter, mal waren sie stumpf. Ich stand auf, um zu gehen, die Frau lief zur Mülltonne, die Tüte mit dem Abfall in der rechten Hand, den Jungen an der linken, ihr schwerer Schatten und sein kleiner liefen ihnen auf dem Bürgersteig voraus. Sie gingen den Hang hinunter, sie ließ seine Hand los, hob die Tüte zum Maul der Mülltonne und stopfte sie hinein. Ich ging an ihnen vorbei, ging weiter, das Gesicht vom Mond abgewandt, von den Himmelskörpern, von der Milchstraße, vom Nordstern. »Wenn es etwas gibt, woran du nicht denken willst, such dir was zum Zählen, Strommasten, Bäume, egal was«, hatte mir mein Zwillingsbruder beigebracht, als wir uns vor dem Fluch der Bettlerin fürchteten, damals zählten wir die schwarzen Hunde, die wir auf der Straße trafen und die so aussahen wie Simche. An der Straßenecke leuchtete ein einsamer Scheinwerfer auf, ein Auto mit nur einem Licht, und ein Motor ging aus. Ich ging weiter, entfernte mich von der Mutter und ihrem Sohn, zählte laut die Pappeln, sechs, sieben, acht …

»Mama, Geld!« Der Schrei des Jungen holte mich ein, als ich bei der neunten Pappel war.

Ich drehte mich um und sah, wie sich der Kleine zum Sand hinunterbückte und eine Münze aufhob.